SUSANNE GOGA | Das Leonardo-Papier

SUSANNE GOGA IM GESPRÄCH

Wie entstand die Idee zu »Das Leonardo-Papier«?
Diese Frage beantworte ich gern, weil es für diesen Roman tatsächlich eine ganz konkrete Inspiration gab. Vor einigen Jahren las ich Bill Brysons wunderbares Sachbuch »Eine kurze Geschichte von fast allem«. Sein Kapitel über die »Steineklopfer«, die Pioniere der Geologie vor allem in Großbritannien, hat mich sehr begeistert, und als ich über einen neuen Roman nachdachte, fielen mir diese frühen Geologen sofort wieder ein. Spannend finde ich dabei vor allem, dass hier Jahrzehnte vor Darwin ein Spannungsfeld zwischen Naturwissenschaft und christlichem Glauben entstand.

Sie schreiben historische Romane – was fasziniert Sie ausgerechnet an diesem Genre?
Mir gefällt es, von Menschen zu erzählen, die unter anderen Bedingungen und in anderen kulturellen Zusammenhängen leben. Dazu begebe ich mich nicht ins Mittelalter oder die Antike, sondern finde gerade jene Epochen spannend, die auf den ersten Blick gar nicht fremd erscheinen und letztlich doch weit weg sind, wenn man sich näher mit ihnen beschäftigt. »Das Leonardo-Papier« spielt vor nicht einmal zweihundert Jahren, und doch ist die kulturelle und technische Kluft zur heutigen Zeit ungeheuer groß. Natürlich setze ich mich dabei auch mit der Rolle der Frauen in der jeweiligen Zeit oder Gesellschaftsschicht auseinander, so auch bei Georgina, die ein selbstbestimmtes Leben führen möchte, obwohl dies für Frauen in jener Zeit nur sehr schwer möglich war.

Wenn Sie sich eine Zeit aussuchen dürften, in der Sie leben könnten, welche wäre es?
Ich möchte in keiner anderen Zeit als der heutigen leben. Ganz spannend fände ich aber die Idee eines Zeit-Urlaubs. Zwei Wochen Renaissance oder ein Wochenendtrip ins Berlin der 1920er Jahre wären schon toll.

Über die Autorin
Susanne Goga, 1967 geboren, ist eine renommierte Literaturübersetzerin. Sie schrieb zwei historische Kriminalromane, bevor sie sich mit »Das Leonardo-Papier« dem klassischen historischen Roman zuwandte. Susanne Goga lebt mit ihrer Familie in Mönchengladbach, sie schreibt bereits an ihrem nächsten Roman für den Diana-Verlag. Mehr über die Autorin auf ihrer Website: www.susannegoga.de.

SUSANNE GOGA

Das Leonardo-Papier

Roman

Diana Verlag

FSC
Mix
Produktgruppe aus vorbildlich bewirtschafteten Wäldern und anderen kontrollierten Herkünften

Zert.-Nr. SGS-COC-1940
www.fsc.org
© 1996 Forest Stewardship Council

Verlagsgruppe Random House FSC-DEU-0100
Das für dieses Buch verwendete FSC-zertifizierte Papier *Holmen Book Cream* liefert Holmen Paper, Hallstavik, Schweden.

Originalausgabe 11/2009

Dieses Werk wurde vermittelt durch
die Literarische Agentur Thomas Schlück GmbH, 30827 Garbsen
Redaktion | Sabine Thiele
Umschlaggestaltung | Hauptmann & Kompanie Werbeagentur,
München – Zürich, Teresa Mutzenbach
Umschlagmotiv | © The Bridgeman Art Library
und Philadelphia Museum of Art/CORBIS
Herstellung | Helga Schörnig
Satz | Leingärtner, Nabburg
Druck und Bindung | GGP Media GmbH, Pößneck
Printed in Germany 2009
978-3-453-35298-8

www.diana-verlag.de

Bill Bryson gewidmet,
der mich zu den Steineklopfern führte

PROLOG

Daher kommen wir bei unserer gegenwärtigen Untersuchung zu dem Schluss, dass wir keine Spuren eines Anfangs finden, und keine Aussicht auf ein Ende.

James Hutton

London 1805

Der Regen peitschte durch die Straßen, trieb Unrat und alte Zeitungen vor sich her, schoss in Bächen durch die Rinnsteine und scheuchte Mensch und Tier ins Haus. Nicht ins Warme, Geborgene, das war hier kaum zu finden, nur in irgendeinen Raum, in dem man sich halbwegs trocken zusammendrängte und versuchte, beim Branntwein die klamme Kälte zu vergessen. Aber es gab auch jene, die gar kein Obdach fanden und sich trotz des unbarmherzigen Wetters auf den Straßen herumtrieben.

Die Gegend um St. Giles und Seven Dials war nicht nur eine der ärmsten der Stadt, sondern auch düster und verrufen, und wer konnte, machte einen großen Bogen um die engen, überfüllten Gassen, die in ein dicht gewebtes Leichentuch aus Gestank und Qualm gehüllt waren. Dirnen standen unter zerfransten Markisen, um vor dem Regen Schutz zu suchen, und riefen dem Vorbeieilenden obszöne Ermunterungen zu, doch der Mann mit dem Handkarren hastete weiter die Straße entlang, den Kragen des schäbigen Mantels hochgeschlagen, den Zylinder tief in die Stirn gezogen.

Die Verkommenheit schien aus dem Pflaster aufzusteigen, die Mauern atmeten Verlorenheit, die Menschen erschienen ihm wie Geister, die jeden Augenblick mit grauen Fingern nach ihm greifen konnten. Die Rookeries, die Elendsgassen jenseits der St. Giles High Street, waren ein verschachteltes Labyrinth aus schäbigen Gebäuden und Kellern, feuchter als jeder andere Ort der Stadt, ein morbider Palast aus bröckelndem Mauerwerk, schimmelndem Putz und morschem Holz.

Niemand, der hier wohnte, hätte sich auch nur entfernt vorstellen können, dass nicht weit von diesem Viertel Menschen lebten, die keinen Gedanken an ihr tägliches Brot verschwenden mussten, die sich jeden Tag in saubere Kleider hüllen, ihre Wäsche in lavendelduftenden Kommoden aufbewahren und in mit kupfernen Pfannen vorgewärmten Betten schlafen konnten. Menschen, denen Dienstboten alle Verrichtungen abnahmen, vom Öffnen der Tür bis zum Frisieren oder Leeren des Nachttopfes. Diese Londoner Viertel hätten von den Rookeries ebenso weit entfernt sein können wie der Mond.

Joshua Hart bewegte sich zielstrebig, schaute nicht in die narbigen, ausgemergelten Gesichter, die ihm aus den Hauseingängen entgegenstarrten, sondern versuchte, sich zu orientieren. Die Verzweiflung war ein echter Ansporn. Er war nur einmal hier gewesen und das in einer Gegend, deren Straßennetz ein Betrunkener ersonnen haben musste oder der Teufel selbst. Hier gab es nichts, an das er sich halten konnte, da jede Gasse, jede Durchfahrt, jeder Torbogen gleich schäbig und verkommen wirkte. Fensterscheiben gab es nirgendwo, die Bewohner hatten Papier oder Lumpen in die klaffenden Öffnungen gestopft, um sich halbwegs gegen die Witterung zu schützen, was jedoch sinnlos war, denn die Kälte kam von innen, schien den Häusern angeboren zu sein wie ein Buckel oder Klumpfuß.

Es war wohl seine Selbstversunkenheit, die ihm half, das Viertel ungeschoren zu durchqueren. Dies war der kürzeste Weg ans Ziel, und ihm blieb nicht viel Zeit. Er musste sich zwingen, nicht nach hinten zu blicken, ob sie ihm schon auf den Fersen waren. Nein, das war nicht möglich, niemand würde einen angesehenen Bürger hier vermuten, selbst wenn dieser seinen guten Ruf verloren hatte, seine Familie, seinen ehrenwerten Beruf, dem nichts geblieben war außer dem, was er am Leib trug.

Dann endlich bog er mit seinem holpernden Karren um die letzte Ecke und erblickte erleichtert die drei goldenen Kugeln, die über dem Eingang des Pfandhauses hingen und höhnisch auf die ärmliche Straße hinabschauten. Er sah sich um, doch die Straße lag verlassen da. Er stieß die Tür auf, wobei eine heisere Klingel ertönte, und zerrte den Karren hinein. Hinter der Theke war niemand zu sehen. Joshua Hart nahm den Zylinder ab und schüttelte ihn aus, bevor er sich im Laden umsah. Im Dämmerlicht konnte man die Waren kaum erkennen. Er nahm Umrisse von Schränken und überquellenden Regalen wahr, alle Ecken waren angefüllt mit Dingen, für die kein vernünftiger Mensch auch nur einen Penny ausgegeben hätte. Doch in St. Giles hatten die Leute für alles Verwendung, und so kreisten die ärmlichen Güter in einem ewigen Zyklus von Hand zu Hand und landeten immer wieder hier bei William Jessop.

Dieser war aus seinem Hinterzimmer getreten, aus dem eine Öllampe warm herüberleuchtete. Das Licht zeugte davon, wie gut Jessop von seinem Pfandhaus leben konnte, auch wenn er sich alle Mühe gab, das hinter seiner schäbigen Kleidung zu verbergen, um in dieser ärmlichen Gegend nicht aufzufallen.

Als er Joshua entdeckte, fragte er mit knarrender Stimme: »So spät noch Kundschaft?« Dann entfernte er sich mit schlurfenden Schritten, holte die Lampe von nebenan und leuchtete dem Besucher ins Gesicht. Sein flaumiges weißes Haar stand ihm wie der Strahlenkranz auf einem mittelalterlichen Heiligenbild vom Kopf ab. Erkennen huschte über seine Züge. »Ach, Sie sind das. Ich dachte schon, Sie kommen nie mehr.«

»Ich habe etwas bei Ihnen hinterlegt.«

»Gewiss doch, Sir. Ist aber schon länger her.«

»Vier Jahre, um genau zu sein, Mr. Jessop.«

»Und jetzt möchten Sie Ihre Besitztümer zurück.« Er strich zufrieden über seinen watteweichen Backenbart, der für einen Bewohner dieser Gegend ungewöhnlich gepflegt wirkte. »Das ist gut, die Truhen nehmen viel Platz weg.«

»Ja, Mr. Jessop. Wenn Sie nun bitte meine Sachen holen würden.«

Der Pfandleiher hob gemächlich die Hand und bedachte Joshua Hart mit einem durchtriebenen Blick. »Nicht so schnell, Sir. Sie haben Ihren Besitz vier Jahre lang bei mir untergestellt, das kostet. Und nun soll ich die Truhen, die übrigens bleischwer sind und sich kaum ohne fremde Hilfe verrücken lassen, auch noch für Sie holen? Bei meiner Gicht?«

»Na gut, wo stehen sie? Dann hole ich sie selbst.«

Dem Pfandleiher fiel angesichts dieser Begriffsstutzigkeit beinahe die Lampe aus der Hand, doch er fing sich wieder. »Haben Sie mich nicht verstanden? Sie schulden mir noch Geld, Sir.«

Joshua Hart öffnete seinen nassen Mantel und wühlte in der Westentasche. Dann zog er eine Uhr hervor und ließ sie an der Kette vor der Nase des Pfandleihers baumeln. »Das sollte wohl reichen für zwei Truhen, die nur herumgestanden haben. Außerdem haben Sie damals eine Anzahlung erhalten.«

Jessop wiegte bedächtig den Kopf. »Aber die reicht nicht aus, Sir. Ich hätte dort, wo die Truhen stehen, andere Dinge anbieten können, die mir einen netten Gewinn eingebracht hätten.« Er schnalzte mit der Zunge. »Andererseits, ein schönes Stück. Ich frage auch nicht, woher Sie die haben.«

Dann wühlte er in einer Schublade und förderte einen zerknitterten Zettel zutage, auf dem sein Name und seine Adresse geschrieben waren, sowie *Zwei Truhen, zur Aufbewahrung*. Er griff zur Feder und kritzelte darunter: *Abgeholt und bezahlt am 4. Oktober 1805*.

Joshua Hart biss sich auf die Zunge und schluckte seine Empörung hinunter. Dann griff er nach dem Zettel und steckte ihn achtlos ein. Nur weg von hier, weg von diesem abscheulichen Alten und seinem elenden Pfandhaus, weg aus dieser ganzen Kloake. Er folgte Jessops gekrümmtem Zeigefinger in einen Raum, der noch muffiger und düsterer war als der, den er soeben verlassen hatte. Mithilfe der Öllampe, die Jessop vor sich her trug, fanden sie seine Besitztümer in der äußersten Ecke. Nach der Staubschicht zu urteilen, hätten die Truhen ebenso gut seit dem Mittelalter in diesem Loch stehen können.

Zum Glück waren sie mit Metallgriffen versehen, so dass Joshua Hart sie mit einiger Mühe in den Ladenraum zerren konnte, wobei er seine nassen Kleider über und über mit Staub und Schimmel verschmierte. Er hatte sich wohlweislich eine einfache Karre ohne Rand besorgt, damit er die Truhen auf die Ladefläche schieben konnte, statt sie mühsam über den Rand heben zu müssen. Von Jessop, der seine Anstrengungen seelenruhig aus blutunterlaufenen Augen betrachtete, war keine Hilfe zu erwarten.

Als die Truhen verstaut waren, klopfte Joshua Hart seinen Mantel ab, wodurch er den Schmutz nur verteilte, nickte dem Pfandleiher zu und verließ schleunigst den Laden.

Der Regen war noch stärker geworden und verwandelte die Straße in Morast. Ihm graute vor dem Weg nach Bethnal Green.

Der Vikar Ethan Hart hatte sich gerade ins Schlafzimmer begeben, den Morgenrock ausgezogen, die Brille abgesetzt, sein Nachtgebet gesprochen und wollte sich zu seiner Frau ins vorgewärmte Bett legen, als er innehielt.

»Was ist, Ethan?«, fragte Mary Hart schläfrig. »Hast du etwas gehört?« Sie setzte sich auf. »Einen Einbrecher?«

Ethan Hart hob die Hand und schüttelte den Kopf. »Nein, da klopft jemand an die Haustür.«

Seine Frau setzte sich so abrupt auf, dass ihr die Nachthaube vom Kopf rutschte. »Du kannst um diese Zeit nicht mehr an die Tür gehen. Die Leute müssen einsehen, dass auch ein Pfarrer Schlaf braucht. Hoffentlich wachen die Kinder nicht auf.« Manchmal verlangte der Beruf ihres Mannes Opfer, mit denen sie sich nicht abfinden mochte.

Dann sah sie, wie Ethan einen Augenblick zögerte, den Morgenrock wieder überwarf und nach der Kerze auf dem Nachttisch griff. »Vielleicht ein Notfall, ein Sterbender, da kann ich mich nicht guten Gewissens zu Bett legen. Ich bin gleich zurück.«

Mit diesen Worten verließ er das Zimmer. Das Pfarrhaus, ein schmalbrüstiger dunkler Ziegelbau aus dem vergangenen Jahrhundert, knarrte und ächzte bei jedem Schritt, als wäre es ein lebendiges Wesen, das auf jeden seiner Schritte reagierte. Mary hatte es innen liebevoll ausgestattet, da sie sich auf jede Art von Handarbeit verstand. Im Dunkeln wirkte das Haus jedoch ein wenig unheimlich, zumal bei diesem Wetter. Am Fuß der Treppe horchte er. Da war es wieder – das Klopfen! Es kam eindeutig von der Haustür.

Ethan bewegte sich leise durch den Flur. In dieser Gegend musste man nachts eine gewisse Vorsicht walten lassen. Vielleicht war es auch ein Nachbar, beruhigte er sich, dessen Frau im Sterben lag, oder ein Kind, das schnell getauft werden musste, damit es nicht im Stand der Sünde starb. Dicht vor der Tür fragte Ethan Hart: »Wer ist da?«

»Ich bin's, Joshua. Mach auf.«

Entsetzt taumelte der Vikar einen Schritt nach hinten und stützte sich am Garderobenständer ab. Das konnte nicht sein, das war unmöglich. Die Worte musste er sich eingebildet haben. Als er sich gefasst hatte, trat er wieder an die Tür. »Sagen Sie mir, wer Sie wirklich sind und was Sie von mir wollen.«

»Herrgott noch mal, Ethan, mach auf. Ich bin es, dein Bruder.« Wütend hämmerte der Türklopfer gegen das Holz.

Du sollst den Namen des Herrn nicht unnütz im Munde führen, schoss es ihm durch den Kopf, doch für solche Ermahnungen war jetzt keine Zeit. Er öffnete die Tür einen Spaltbreit und spähte hindurch.

Der Mann war völlig durchnässt, seine Kleider glänzten im flackernden Kerzenschein, als wären sie aus Glas. Neben sich hatte er einen Karren stehen, der mit zwei großen Truhen beladen war. Seine Augen, die tief in den Höhlen lagen – vermutlich war er am ganzen Körper abgemagert, doch der weite Mantel verbarg seine Gestalt –, blickten flehend und zornig zugleich. »Lass mich nicht so vor deiner Tür stehen, Ethan. Du bist ein Christenmensch, also mach auf. Ich friere mich zu Tode.«

Der Vikar trat zurück und ließ den durchnässten Mann mit seinem Karren in die Diele, wobei er versuchte, die Lache zu übersehen, die sich auf dem verschossenen, aber peinlich sauberen Teppich um den Besucher und sein Hab und Gut bildete. »Was hast du hier zu suchen? Sieben Jahre Australien, so hat es doch geheißen.«

Joshua Hart trat spontan vor, als wollte er seinen Bruder am Kragen packen. »Ja, und vier Jahre habe ich es ausgehalten. Dreieinhalb, um genau zu sein, die übrige Zeit war ich auf stinkenden Frachtschiffen hierher unterwegs.«

Sein Bruder zog ihn am Arm in den Salon und schloss die Tür. Im Raum hing noch ein bisschen Wärme, eine schwache Erinnerung an das erloschene Kaminfeuer. »Was hast du dir nur dabei gedacht? Sie werden dich wieder einfangen, und diesmal kommst du nicht so leicht davon. Und wie kannst du es wagen, hierherzukommen? Mary liegt oben im Bett. Ich habe nie etwas von deiner Schande verraten. Du seiest nach Amerika ausgewandert, um dein Glück zu machen, habe ich erzählt ...«

Joshua riss sich zusammen und schaute Ethan mit brennenden Augen an. »Wie willst du ermessen, was ich durchgemacht habe? Du sitzt hier in deinem behaglichen Pfarrhaus, schreibst beim Kaminfeuer deine Sonntagspredigten und machst ein frommes Gesicht.«

»Genauso hättest du auch leben können, Joshua«, meinte sein Bruder. »Liebe, Glück, Ruhm, du wolltest alles. Und dann hast du es leichtfertig verspielt.«

»Ein kleiner Fehltritt, der mit unbarmherziger Härte geahndet wurde, das weißt du sehr gut!«, rief Joshua, als die alte Empörung wieder in ihm aufloderte.

Ethan Hart legte mit einer müden Handbewegung den Finger an die Lippen. »Sei leise. Die Kinder schlafen. Und lass die alten Geschichten ruhen. Du hast nicht nur gegen das Gesetz, sondern auch gegen die guten Sitten verstoßen. Das wiegt moralisch noch schwerer.«

»Moral, Moral, du und deine Moral.« Ethan hatte die Stimme gesenkt, sprach aber immer noch im Zorn. »Du bist ungerecht, Bruder. Ich habe immer meine Pflicht getan, keinen Kranken von meiner Tür gewiesen, solange ich meine Praxis hatte. Was ich in der übrigen Zeit gemacht habe, geht nur mich etwas an.«

»Nicht ganz. Du hast nach eitlem Ruhm gestrebt, nach öffentlicher Anerkennung, statt bescheiden das zu tun, was dir im Leben bestimmt war. Nun hast du alles verloren. Darum besinne dich, und stelle dich deiner Strafe.«

Für solche gut gemeinten, aber wenig hilfreichen Ratschläge hatte Joshua keine Geduld und stieß seinen Bruder mit einer heftigen Bewegung in den nächsten Sessel. »Hör mir wenigstens dieses eine Mal zu, ohne fromme Reden zu schwingen. Ich möchte dich um einen Gefallen bitten, deshalb bin ich hier.« Er deutete auf den Hausflur, in dem er seinen Karren abgestellt hatte. »Darin sind wichtige Dinge, die meine Frau bekommen soll.«

Er wollte weitersprechen, doch als er den Ausdruck auf dem Gesicht seines Bruders sah, verstummte er und tastete unwillkürlich nach dem geschnitzten Schrank, um sich abzustützen. Er ahnte, was Ethans Miene bedeutete, wollte es nur nicht wahrhaben. Einen Augenblick lang rang er mit dem Wunsch, aus dem Haus zu stürmen, vor dem zu fliehen, was er sogleich erfahren würde, doch feige war er nie gewesen. Man konnte ihm Ungestüm und mangelndes Urteilsvermögen vorwerfen, auch unmoralisches Verhalten, aber er wich der Wahrheit nicht aus.

»Was ist los, Ethan? Warum schaust du mich so an?«

Sein Bruder senkte den Kopf und heftete die Augen auf den Dielenboden zwischen seinen Pantoffeln. »Natürlich, woher solltest du es auch wissen?«

»Sag es mir.«

»Die Frau starb bei der Geburt des Kindes.«

Joshuas blasses, von vorzeitigen, tiefen Falten gezeichnetes Gesicht erstarrte zu einer Maske. »Woher weißt du das?« Er trat vor, als wollte er Ethan am Morgenrock packen.

»Da mir dein Schicksal nicht gleichgültig war, auch wenn du das mitunter zu glauben scheinst, habe ich jemanden beauftragt, Erkundigungen einzuziehen. Es finden sich immer gesprächige Küchenmädchen oder Stallburschen, die für ein paar Münzen redselig werden.« Er räusperte sich, als wäre es ihm als Mann der Kirche peinlich, zu solchen Mitteln gegriffen zu haben. »Als ihre Zeit gekommen war, gebar sie ein Mädchen. Sie erholte sich jedoch nicht von der Niederkunft und verstarb wenige Tage später im Kindbett.« Als er sah, wie sein Bruder in die Knie sank und das Gesicht in den Händen vergrub, wurde ihm bewusst, wie grausam seine nüchternen Worte geklungen haben mussten, und er fuhr in etwas sanfterem Ton fort: »Die Kleine wächst bei ihrem Großvater auf und trägt auch seinen Namen. Sie ist dort in guten Händen, Joshua. Belass es dabei.«

»Wie … wie heißt sie?«

»Georgina.«

»Ein guter Name.« Mit Bewegungen, die an einen uralten Mann erinnerten, erhob sich Joshua Hart vom Boden und trat ans Fenster, obwohl die Läden geschlossen waren. Er lehnte den Kopf gegen die Scheibe, wie um sich abzukühlen, und drehte sich langsam herum. »Dann ist mein Leben ohnehin verwirkt.«

»Versündige dich nicht, Bruder. Gott freut sich über jeden verlorenen Sohn, der den Weg zu ihm findet«, warnte ihn Ethan, doch seine Worte klangen seltsam kraftlos, als wäre er selbst nicht davon überzeugt.

Joshua trat wieder vor ihn hin und sah ihn eindringlich an. »Dann musst du mir erst recht den Gefallen tun, um den ich dich gebeten habe. Bewahre die Truhen auf, bis meine Tochter einundzwanzig Jahre und erwachsen genug ist, um zu erfahren, wer ihr Vater war. Vorher wird es ihr ohnehin niemand verraten. Ich möchte, dass sie den Inhalt, der mir viel bedeutet hat, als Erinnerung erhält.«

Ethan wiegte zweifelnd den Kopf. Vermutlich würde die Familie alles tun, um zu verhindern, dass das Mädchen überhaupt je von seinem Vater erfuhr. Andererseits würden viele Jahre vergehen, in denen Unerwartetes geschehen konnte. Um seinen Bruder zu beschwichtigen, nickte er und erhob sich aus dem Sessel. »Gut, du kannst den Karren ums Haus fahren und die Truhen in den Schuppen stellen. Ich sorge dafür, dass sie sicher verstaut werden. Ansonsten …« Er sah betont an Joshua vorbei.

»… kannst du nichts mehr für mich tun.« Joshua schaute sich in dem düsteren Salon um, als wollte er sich noch einmal vor Augen führen, auf welches Leben er verzichtet hatte, drehte sich abrupt zur Tür und trat in den Flur. Er hob die Hand, um Ethan zurückzuhalten, der gerade einen Mantel überziehen wollte. »Ich kenne den Schuppen. Geh zu Bett, deine Frau macht sich gewiss schon Sorgen.«

Die Haustür fiel vernehmlich hinter ihm ins Schloss. Ethan ging durch den dunklen Flur zur Hintertür und horchte, hörte gedämpftes Fluchen und Poltern, als sein Bruder die Kisten in den Schuppen zerrte. Obwohl seine Füße mittlerweile eisig kalt waren, brachte er es nicht über sich, wieder nach oben ins Schlafzimmer zu gehen, bevor die Geräusche nicht verklungen waren. Als nichts mehr zu hören war, wandte er sich zur Treppe. Bevor sein Fuß die erste Stufe berührt hatte, fuhr er zusammen.

Auf der stillen Straße ertönten Fußgetrappel und Rufe. Er lief durch den Flur, riss die Haustür auf und trat, ohne auf den Regen zu achten, auf die Schwelle.

Laternen tanzten auf und ab wie bei einem Umzug, doch die Männer, die sie trugen, hatten kein Vergnügen im Sinn. Man hörte Keuchen, dann einen Schmerzensschrei, bevor jemand rief: »Schnell, verflucht noch mal! Die Fesseln, bevor er mir entwischt! Der Kerl tritt wie ein Pferd!«

Vermutlich keine Polizisten, dachte Ethan Hart, eher bezahlte Diebesfänger, die für jede gelungene Verhaftung Geld erhielten. Er wusste nicht, wie sie seinem Bruder auf die Schliche gekommen waren, aber sie würden eine saftige Belohnung einstreichen. Unerlaubte Rückkehr aus der Deportation war ein schweres Vergehen; an die Strafe, die Joshua erwartete, mochte er gar nicht denken. Seiner Frau würde er nichts davon erzählen. Damals war es ihm gelungen, die Schande, die sein Bruder über die Familie gebracht hatte, vor ihr zu verbergen, und so sollte es auch bleiben. Sie würde sich nur Sorgen machen. Eine Notlüge schien erlaubt.

Ethan Hart stand in der Tür des Pfarrhauses und sah im unstet flackernden Licht der Laternen, wie drei wenig vertrauenerweckende Gestalten den Gefesselten abführten, während der Himmel noch immer seine Fluten herabsandte, um die Stadt von ihren Sünden reinzuwaschen.

Unruhig wie ein Tiger in der Menagerie schritt Joshua in der Zelle auf und ab. Waren da Stimmen im Flur? Kamen sie ihn holen? Aber es war eine andere Tür, die sich knarrend öffnete, ein anderer widerstrebender Körper, den man gewaltsam hinauszerrte, eine andere arme Seele, die ihren letzten Gang antrat.

Er erinnerte sich an den Augenblick der Urteilsverkündung. Wie ihm die Röte heiß ins Gesicht gestiegen war. Ihm wurde nicht eisig kalt, wie es in den Romanen gerne hieß, wenn der Held eine furchtbare Nachricht erhielt, ihm wollte schier der Kopf platzen, als das Blut hineinschoss.

Vier Jahre lang hatte er nur ein Ziel vor Augen gehabt, das ihn während der grauenhaften Überfahrt, während der Zeit im Steinbruch – welch eine Ironie, ausgerechnet ihn mit der Zwangsarbeit im Steinbruch zu quälen! – und auf der Flucht am Leben erhalten hatte: sich um jeden Preis zu retten, um nach England zurückzukehren, zu seiner Frau und seinem Kind.

Doch als er seinem Bruder ins Gesicht geblickt hatte, war ihm, als hätte er in einen Abgrund geschaut. Erst da hatte er begriffen, dass sein Leben verwirkt, die Leiden und Gefahren, die er auf sich genommen und durchgestanden hatte, umsonst gewesen waren. Es gab nur einen Trost: dass er die Truhen, die über den Tod hinaus eine Brücke zu seiner Tochter schlagen würden, bei Ethan hatte unterbringen können.

Joshua Hart konnte von seiner Zelle aus das Johlen der Menge hören. An diesem Tag standen sechs Hinrichtungen an, seine war die letzte. Wollte man ihn damit quälen oder ihm noch ein bisschen Zeit gewähren, um sich vom Leben zu verabschieden? In Wahrheit war es wohl viel einfacher. Vielleicht würfelte der Henker. Oder er schaute nach, wessen Urteil zuerst ergangen war. Hier gab es keine höhere Ordnung, vor dem Newgate-Gefängnis scheute selbst Gott zurück.

Er blieb stehen und legte sein Gesicht an die Mauer. Sie war nicht sauber, aber wohltuend kühl und linderte das Brennen seiner Haut. Dann spreizte er die Finger, drückte die Handflächen gegen die Steine und schloss die Augen. Er fühlte sich, als wäre er heimgekehrt.

Er sah sich, angetan mit einer alten Hose und einem verschlissenen Hemd, unter der heißen Sonne in einem Steinbruch arbeiten. Neben sich eine lederne Tasche, wie er sie auch für seine Instrumente benutzte, aber angefüllt mit Hämmern, Meißeln und Tüchern, in die er seine Funde wickelte. Sein Nacken brannte, die Haut war schon rot und würde abends schmerzen, aber er konnte einfach nicht aufhören, wo er gerade eine Ecke freigelegt hatte, ein Stück nur, das aber Großes verhieß. Vorsichtig klopfte er mit dem Hammer Gesteinsbröckchen ab, setzte den Meißel wie einen Hebel an und bewegte ihn vorsichtig auf und ab, um den Fund aus dem umgebenden Kalkstein zu lösen. Mit einem Pinsel entfernte er den losen Bruch oder pustete ihn weg. Seine Arme waren wie von Mehl bestäubt, der pulverfeine Kalk vermischte sich mit dem Schweiß zu einem weißen Belag, als hätte ein Maler seine Arme angestrichen. Er spürte die Erregung, als er den Fund endlich aus dem Stein lösen konnte und den wunderbar geformten Ammoniten in der Hand hielt.

Joshua war so versunken in seine Erinnerungen, dass er die Geräuschkulisse des Gefängnisses, das Rasseln der Schlüssel, die johlende Menge in der Newgate Street, das Raunen, als die Klappe fiel und der Strick sich straffte, nicht mehr wahrnahm. Er war an einen Ort gegangen, an den ihm niemand folgen konnte.

Er sah wieder das leicht gebräunte Pergament, mit filigranen Zeichnungen bedeckt, zart und doch mit entschlossenem Strich gefertigt, und dazwischen die Schrift, die aus einem fernen Land zu stammen schien, so sonderbar waren ihre Buchstaben geformt. Wie er gegrübelt hatte, bis ihm eine Idee kam, verrückt, aber so logisch, dass sie nur wahr sein konnte. Er hatte das Rätsel gelöst. Doch das war erst der Anfang gewesen, denn wie ein Kind, das vor einem Frisierspiegel mit zwei aufgeklappten Seitenflügeln spielt, erblickte er immer neue Rätsel, die sich ins Unendliche zu erstrecken schienen.

Dann ging ihm etwas durch den Kopf, das der große James Hutton im vergangenen Jahrhundert geschrieben und was bei manchen Kollegen Empörung ausgelöst hatte, ihm in diesem Augenblick aber Trost spendete.

Daher kommen wir bei unserer gegenwärtigen Untersuchung zu dem Schluss, dass wir keine Spuren eines Anfangs finden, und keine Aussicht auf ein Ende. Vielleicht galt das, was Hutton über das Alter der Erde geschrieben hatte, nicht nur für die Steine, auf denen man stand, sondern auch für das, was die Menschen Seele nannten, das Unsterbliche in jedem Einzelnen? Womöglich schwamm dieses unzerstörbare Etwas im Ozean der Zeit, der keinen Anfang und kein Ende hatte. Kein christlicher Gedanke, aber einer, der ihn begleiten würde, wenn die Schritte des Wärters vor seiner Zelle innehielten.

Die Ruhe, die von den Mauersteinen in seinen ganzen Körper geströmt war, verließ ihn selbst dann nicht, als der Wärter den Schlüssel ins Schloss steckte, ihm die Hände auf den Rücken band und ihn durch die Korridore führte, hinunter in den Innenhof und auf die Straße, bis zum Galgen. Die Menge zerfaserte schon an den Rändern, fünf Hinrichtungen waren vielen genug, nur die besonders Unersättlichen standen noch im Halbkreis ums Gerüst.

Joshua Hart hatte die Augen geschlossen – nicht um den Blicken der Menge auszuweichen, sondern um die Gedanken, die ihm so tröstlich erschienen waren, in sich zu bewahren.

Ich treibe im Ozean der Zeit, sagte er sich immer wieder, mein Körper wird vergehen, doch etwas in mir wird mich überdauern. Und er dachte ganz fest an seine Tochter, als könnte er die Entfernung zwischen ihnen überwinden und ihr sachte über die Wange streichen.

Dann öffnete sich die Klappe unter seinen Füßen.

KAPITEL I

Sie genießt es, niemanden zu fürchten und stets zu sagen, was ihr gefällt.

ANNA MARIA PINNEY ÜBER MARY ANNING

Lyme Regis, 1812

»Sieh mal, Tante Aga, das ist ein Schlangenstein.« Das Mädchen streckte die Hand aus. Darin lag ein spiralförmiger Stein, der in einem Schlangenkopf endete. Die ältere Dame trug ein streng geschnittenes dunkelgrünes Kleid und eine Haube mit passendem Band.

»Der Kopf ist aber nicht echt. Eigentlich sehen sie anders aus, wenn man sie findet. Schau, so.« Das Mädchen zog einen weiteren Stein aus der Tasche, noch größer und mit einem deutlichen Rippenmuster versehen, der keinen künstlich gemeißelten Schlangenkopf aufwies. »Den hier finde ich noch schöner, weil Mary ihn so in den Klippen gefunden hat.«

»Mary?«, fragte Lady Agatha Langthorne, die mitten auf der Wiese oberhalb der Klippen saß, eine Decke unter sich ausgebreitet, ein wenig abwesend, da sie ein aufgeschlagenes Buch in der Hand hielt. Das milde Wetter erlaubte es ihnen, hier oben auf dem Gipfel der Welt zu sitzen – so jedenfalls kam es ihr vor –, und sie genoss es, die überfüllten Straßen von Lyme hinter sich zu lassen und sich auf die grünen Wiesen mit den vielen Wildblumen zu flüchten, von denen sie einen wunderbaren Blick auf das blau glitzernde Diamantarmband des Kanals hatten.

»Ja, Mary«, wiederholte ihre Großnichte Georgina, »Mary Anning. Meine neue Freundin. Sie hat mir erzählt, dass man diese Steine eigentlich Ammoniten nennt, nach den Hörnern des Gottes Ammon.« Die Zehnjährige strich sich die rotbraunen Strähnen aus dem Gesicht, die aus ihren langen Zöpfen gerutscht waren. Ihr blaugrünes Kleid, unter dessen Saum eine spitzenbesetzte Hose hervorlugte, passte wunderbar zur Farbe ihrer Augen. Manchmal fand sie ihre Nase ein bisschen zu groß, doch sie war gerade und schön gewachsen.

»Meinst du die Kleine, die im Ort Steine verkauft?«, fragte Lady Agatha und schluckte die Sorge angesichts dieser wenig standesgemäßen Bekanntschaft hinunter. Sie waren dem Mädchen kürzlich auf der Straße begegnet, und es hieß, es verdiene mit dem Sammeln von Versteinerungen den Lebensunterhalt für den Bruder und die verwitwete Mutter. Dabei konnte die Kleine nicht älter als zwölf oder dreizehn Jahre alt sein. Zudem hatte Agatha erfahren, dass die Familie nicht der Kirche von England angehörte, sondern einer abtrünnigen Glaubensgemeinschaft, die es nicht einmal verdammte, wenn jemand am heiligen Karfreitag in den Klippen umherkletterte und Steine suchte. Doch Agatha Langthorne war eine lebenskluge Frau und hatte oft genug erfahren, dass die interessantesten Menschen nicht unbedingt jene sein mussten, die einem an Stand, Herkunft und Glauben ebenbürtig waren. Daher streckte sie nun die Hand aus. »Zeig sie mir bitte, Georgina.«

Stolz reichte ihr das Mädchen die beiden Ammoniten. »Und, welcher gefällt dir besser?«

Lady Agatha tat, als müsste sie eine Weile überlegen, und sagte dann mit Bedacht: »Du hast recht, das Natürliche ist schöner als das von Menschenhand Veränderte. Also nicht der mit dem Schlangenkopf. Hat Mary Anning sie dir geschenkt?«

Georgina wurde ein wenig rot und schaute zu Boden, wobei sich weitere Haare aus den Zöpfen lösten und im Wind flatterten.

Ihre Großtante legte einen Finger unter ihr Kinn, hob ihr Gesicht an und sah ihr in die Augen. »Nun?«

»Ich … ich habe sie mir ausgeliehen. Aber ich dachte, wir könnten sie … vielleicht kaufen. Jedenfalls den einen. Marys Familie lebt davon.«

»Wie viel verlangt sie denn dafür?«

»Das weiß ich nicht. Ich wollte dich erst um Erlaubnis bitten, bevor ich Ja sage.« Georgina hob den Kopf.

»Na schön, dann werden wir heute Abend bei den Annings vorbeischauen und uns nach dem Preis erkundigen.« Lady Agatha stand auf und strich ihr Kleid glatt. »So, jetzt könnte ich eine Tasse Tee vertragen. Sollen wir in den Ort hinuntergehen und uns etwas Gutes gönnen?«

Georgina klatschte in die Hände. »Ja, das machen wir. Ich bin so froh, dass wir hergekommen sind. Es ist so schön hier.« Ihr Herz wollte schier überquellen. Sie machte einen zaghaften Schritt auf ihre Großtante zu und legte den Kopf an deren Brust. Agatha Langthorne war eigentlich kein Mensch, der zu körperlichen Zärtlichkeiten neigte, strich ihr aber kurz übers Haar und schaute dabei nachdenklich aufs Meer hinaus.

Während die meisten Damen ihrer Bekanntschaft ins vornehme Gewühl von Bath reisten, hatte Lady Agatha Langthorne es vorgezogen, in diesem Jahr den südlicher gelegenen Kurort Lyme Regis mit seiner reizvollen Küstenlandschaft aufzusuchen. Zwar kamen viele Tagesausflügler von Bath herunter und verstopften mit ihren eleganten Kutschen die engen Straßen, doch wenn man ihnen nicht begegnen wollte, unternahm man einfach einen Spaziergang über die Klippen, bis sie wieder abgefahren waren.

Mit ihrer Großnichte hatte sie schon einige herrliche Wanderungen unternommen, wenn es ihr im Ort zu geschäftig wurde. Außerdem bot Lyme noch ein besonderes Vergnügen, das ganz nach Agatha Langthornes Geschmack war.

Am Strand gab es nämlich fünf hölzerne Badekarren, die von Pferden ins Meer hinausgezogen wurden. Um den Anstand zu wahren, wurden sie von Frauen aus dem Ort begleitet, die die wagemutigen Damen vor neugierigen Blicken schützten. Agatha Langthorne hatte sich schon zweimal im Inneren des Karrens umgezogen und war, nur mit einem einfachen Flanellkleid angetan, ins Meerwasser getaucht, was sie als ausgesprochen wohltuend empfunden hatte. Die Zeiten, in denen man die Berührung mit Wasser als ungesund betrachtete, schienen Gott sei Dank vorüber.

Georgina hatte sich bisher nicht getraut, es ihr gleichzutun, doch Lady Agatha hoffte, das Mädchen noch zu diesem Erlebnis überreden zu können. Nur gut, dass ihr Bruder nicht mitgereist war, denn er hätte gewiss alles darangesetzt, Schwester und Enkelin von diesen neumodischen Torheiten abzuhalten.

Manchmal fragte sich Lady Agatha, ob es ihrer Großnichte nicht schadete, zwischen dem strengen Regiment im Haus des Großvaters und den ungezwungenen Wochen, die sie bei ihr verbringen durfte, hin und her zu pendeln. Eigentlich war das düstere Londoner Stadthaus kein Ort für ein elternloses Kind. Das Mädchen erhielt dort wenig geistige Anregung und kaum Zuneigung vonseiten des Großvaters. Georgina sprach selten über ihre Gefühle, doch die grenzenlose Freude, die sie bei jedem Besuch an den Tag legte, verriet mehr über ihre Einsamkeit als alle Worte. Das und die Fragen, mit denen sie bisweilen herausrückte, wenn sie Lady Agatha in besonders guter Stimmung wähnte. »Wie hat meine Mama ausgesehen? War sie eine schöne Frau? Konnte Papa reiten? Ist er auf die Jagd gegangen, oder hat er lieber über seinen Büchern gesessen? Wie haben sich die beiden kennengelernt?«

In solchen Augenblicken war Lady Agatha froh, wenn sie das wissbegierige Kind rasch ablenken konnte. Sie beschäftigte sich seit Jahren mit Chemie, was schon ihren verstorbenen Mann befremdet hatte – die Ehe war von kurzer Dauer gewesen und kinderlos geblieben – und bei ihrem Bruder auf offene Missbilligung stieß. Doch das hatte sie nie daran gehindert, ihren Interessen nachzugehen, und sie besaß eine beachtliche Sammlung chemischer

Lehrbücher. Die ungefährlicheren Experimente führte sie Georgina gern vor, die das Labor als Wunderzimmer bezeichnete, und das Mädchen schaute mit aufgerissenen Augen zu, wenn aus Kolben und Reagenzgläsern blubbernde Blasen aufstiegen oder farbige Dämpfe wallten. Darüber vergaß Georgina auch die drängendsten Fragen.

An der Wand des Salons hing ein kolorierter Stich, der einen Herrn mit weiß gepudertem Haar und Kniehose zeigte, mit einer Hand auf einen Tisch gestützt, auf dem Papier, Tintenglas und eine Flasche zu sehen waren. Um ihn herum auf dem Boden lagen Bücher und seltsam geformte Glaskolben.

»Das ist Lavoisier, der große Chemiker«, hatte Tante Agatha gesagt, als Georgina sie zum ersten Mal nach dem Herrn gefragt hatte. »Zugegeben, ein Genie, selbst wenn er Franzose war.« Dann fügte sie nachdenklich hinzu: »Er hat mit seiner Frau zusammengearbeitet. So stelle ich mir eine ideale Ehe vor. Gemeinsam an wissenschaftlichen Experimenten arbeiten, statt über sparsame Haushaltsführung und Kindererziehung zu streiten. Sie hat auch viele seiner Bücher illustriert.«

»Das würde ich auch gern machen. Ich könnte Schneckenhäuser malen und hübsche Steine«, sagte Georgina spontan. »Musste die Frau nie putzen und kochen?«

»Dafür hatten sie wohl Dienstboten«, meinte Lady Agatha.

Nach und nach hatte Tante Aga mehr über den Herrn in der Kniehose und seine kluge Frau erzählt, doch so gern Georgina ihr zuhörte und die geheimnisvollen Laborutensilien betrachtete, hatte sie sich nie wirklich mit der Chemie anfreunden können. Die Vorstellung, irgendwann einmal mit einem Mann zusammen bedeutende Forschungen anzustellen, ging ihr jedoch noch lange im Kopf herum.

Sie hatten in der Teestube Platz genommen und warteten mit knurrendem Magen auf ihre Scones mit Rahm und Erdbeermarmelade. Einige Gäste, die ebenfalls im Ort residierten, nickten ihnen grüßend zu. Lady Agatha hielt sich zurück, weil sie all jene Menschen als langweilig erachtete, die sich selbst als interessanten Gesprächsgegenstand betrachteten, eine Gruppe, die ihrer Ansicht nach fast die gesamte britische Bevölkerung umfasste. Sie unterhielt sich lieber mit einem verständigen Kind als mit einem albernen Gentleman, der sie mit Berichten von der letzten Fuchsjagd anödete, oder einer Dame, die nur die neueste Hutmode im und auf dem Kopf hatte.

Georgina schaute sie abwartend an, als die Bedienung, eine rundliche ältere Frau mit strahlend weißer Schürze, den Teller mit den Scones vor sie hinstellte.

»Nur zu, mein Kind, bediene dich.«

Georgina schnitt einen Scone durch, bestrich ihn dick mit Rahm und gab einen ordentlichen Löffel Erdbeermarmelade darauf. Dann versuchte sie, möglichst damenhaft hineinzubeißen, was ihr allerdings nicht ganz gelang.

»Es gibt Taschentücher, Georgina. Lieber mit Genuss essen, als sich dauernd beherrschen.«

Mit diesen Worten biss Agatha selbst in ihr Gebäck. Ein Tropfen Marmelade fiel auf das Tischtuch.

Schweigend genossen sie ihren Tee. Plötzlich entstand Unruhe draußen auf der Straße. Männerstimmen, Schritte, laute Rufe. Hoffentlich kein Schiffsunglück, dachte Lady Agatha spontan. Damit musste man am Meer immer rechnen. Die Bedienung war zum Fenster gegangen und hatte die Gardine beiseitegeschoben, trat dann durch die Tür und rief einem der Männer etwas zu. Als sie wieder hereinkam, blieb sie an Lady Agathas Tisch stehen.

»Die kleine Anning hat wieder etwas gefunden. Sie bringen es gerade vom Strand hoch. Es soll ein Ungeheuer sein.«

Großtante und Großnichte sahen einander an. Binnen einer Minute hatten sie bezahlt, ihre Mäntel angezogen und die Teestube verlassen. Auf der Straße hatte sich bereits eine Menschenmenge um einen Karren versammelt. Als sie näher traten, hörten sie das Getuschel der Umstehenden.

»... noch nie gesehen ... erstaunlich ... wie aus einer anderen Welt ... sensationell ...«

Auf einmal erklang eine helle Stimme.

»Miss Georgina, sehen Sie nur, was wir gefunden haben.« Ein etwa zwölfjähriges, einfach gekleidetes Mädchen mit dunklen Zöpfen hatte sich durch die Menge gedrängt und streckte Georgina die Hand entgegen. Als es Lady Agatha erblickte, machte es einen Knicks. »Madam, möchten Sie sich vielleicht auch anschauen, was wir am Strand gefunden haben? Es ist ganz außerordentlich.«

»Du musst Mary Anning sein.«

Das Mädchen nickte höflich, schien aber ungeduldig, den Fund zu zeigen. Die Menge bildete eine Gasse, damit die Herrschaften vor den Karren treten konnten. Beim Anblick des Fundstücks stieß Lady Agatha ein »Mein Gott!« hervor.

Auf dem Karren lag, auf Tücher gebettet, ein gewaltiges Skelett, das Lady Agatha spontan auf fünfzehn oder sechzehn Fuß Länge schätzte. Es hatte eine Vielzahl von Rippen, seltsam geformte Füße mit vielen kleinen Knöchelchen und einen langen Schwanz, dessen Ende nach unten abgeknickt war, als hätte man ihn gewaltsam durchgebrochen. Noch nie und in keinem ihrer gelehrten Bücher hatte sie ein solches Geschöpf gesehen.

»Es hat ja keinen Kopf«, ertönte Georginas Stimme etwas vorlaut, und ihre Tante wollte sie schon tadeln, weil Mary so stolz auf ihren unglaublichen Fund war, doch diese kam ihr zuvor.

»Und ob es einen hat«, verkündete sie triumphierend und winkte einen Jungen herbei, der sich bislang im Hintergrund gehalten hatte. »Das ist mein großer Bruder Joseph. Er hat den Kopf schon letztes Jahr gefunden.« Sie deutete auf die Klippen. »Bevor sie den ganzen Körper ausgraben konnten, hat es eine Schlammlawine gegeben, und wir konnten lange nicht mehr an der Stelle suchen. Kürzlich bin ich wieder hingegangen und habe den Rest entdeckt.« Sie sagte es so selbstverständlich, als hätte sie ein Stück Treibholz oder eine hübsche Muschel gefunden und nicht die Überreste eines Tieres, wie es die Welt noch nicht gesehen hatte.

»Wenn Sie mitkommen möchten, können wir Ihnen den Schädel zeigen.« Mary deutete die Straße entlang. »Er ist bei uns zu Hause.« Sie hielt einen Augenblick inne, als wäre es ihr plötzlich unangenehm, die vornehme Dame und ihre Nichte in ihr ärmliches Zuhause zu bitten, doch Georgina vertrieb die kurze Verlegenheit.

»Natürlich möchten wir ihn sehen. Das stimmt doch, Tante Aga, oder?«

Lady Agatha nickte. »Das sollten wir uns nicht entgehen lassen, mein Kind. Auf geht's!«

Auf Marys Zeichen hin rollte der Karren, der von mehreren Männern geschoben wurde, wieder an. Wie bei einer Prozession folgten ihm Mary, Joseph und ihre Gäste zu einem gepflegten, recht ansprechenden Häuschen. Leider genieße die Gegend keinen allzu guten Ruf, weil das Gefängnis in der Nähe stehe, vertraute Mary ihnen an. Sie erfuhren auch, dass der verstorbene Vater der Kinder Zimmermann gewesen war und früher selbst Fossilien am Strand gesammelt hatte.

»Ich weiß noch, wie Vater sie in der Werkstatt sauber gemacht hat«, sagte Joseph, der bislang sehr schweigsam gewesen war. »Manchmal hat er auch den runden Tisch vors Fenster gestellt und sie an Besucher verkauft.«

»Ja, so wie wir es heute tun«, erklärte seine Schwester stolz. »Wenn die Postkutsche ankommt, haben wir die meisten Kunden. Manche Leute kommen sogar mehrmals, um unsere Steine zu kaufen. Sie verschenken sie oder legen sie in eine Vitrine in ihren Salon.« Die Art, wie sie das letzte Wort aussprach, ließ darauf schließen, dass in ihrem Heim kein Salon zu finden war.

»Wann ist euer Vater gestorben?«, fragte Lady Agatha, die nichts von übertriebenem Taktgefühl hielt.

Mary blickte ernst. »Vor zwei Jahren. An der Schwindsucht. Er war vorher schon lange krank, weil er von einer Klippe gestürzt ist. Black Ven dort drüben, die ist besonders heimtückisch, da müssen wir beim Absteigen sehr aufpassen.« Wie zuvor schon sprach sie diese Dinge mit einer Gelassenheit und Würde aus, die zu einem viel älteren Menschen gepasst hätten. Bevor sie noch mehr erzählen konnte, trat eine Frau aus der Tür und wischte sich, als sie Lady Agatha erblickte, unwillkürlich die Hände an der Schürze ab. Mit einem angedeuteten Knicks sagte sie: »Mrs. Anning, Madam.«

»Guten Tag. Wir haben uns erlaubt, Ihre Tochter nach Hause zu begleiten. Sie hat einen ganz außergewöhnlichen Fund gemacht.«

Auf Marys Zeichen hin hoben mehrere Männer das teils noch in Stein gebettete Skelett geschickt vom Wagen und schleppten es ächzend in die Werkstatt. Drinnen legten sie es auf eine lange Werkbank und verabschiedeten sich, wobei Mrs. Anning ihnen einige Münzen zusteckte.

»Danke, Will, danke, George, und auch dir, Caleb, Gott segne euch.«

Die Männer tippten sich an die Mützen und verschwanden um die nächste Ecke.

Lady Agatha und Georgina schauten sich in der Werkstatt um, die sehr ordentlich wirkte. Auf einem Tisch lagen verschiedene kleine Fossilien, darunter auch Ammoniten, die Schlangensteine. Daneben waren Kalksteinplatten angeordnet, denen ganze Tiere eingeprägt waren, als hätte man sie mit Stempeln in feuchten Ton gedruckt.

»Madam, hier ist der Kopf.«

Sie drehten sich um und hielten den Atem an. Mary hatte einen weiteren Tisch herangeschoben, auf dem ein versteinerter Schädel lag, der keinem Tier ähnelte, das Lady Agatha je gesehen hatte. Gewiss, das lang gezogene

Maul erinnerte entfernt an ein Krokodil, doch die riesigen knöchernen Höhlen, in denen sich einst die Augen befunden hatten, sahen völlig anders aus. Insgesamt mochte der Kopf etwa vier Fuß lang sein und schien tatsächlich zu dem enormen Körper zu gehören.

»Was kann das sein, Tante Aga? So ein Tier habe ich noch nie gesehen.« Georgina war näher getreten und berührte den Schädel vorsichtig mit einem Finger, als hätte sie Angst, das Maul könnte unvermittelt zuschnappen.

»Wir auch nicht. Aber es kommen sicher gelehrte Herren her, wenn sie davon erfahren«, sagte Mary zuversichtlich.

»Und wir hätten nichts dagegen, ihnen den Fund zu verkaufen«, beeilte sich ihre Mutter zu sagen. »Die Kinder verdienen unseren Unterhalt, seit mein Mann von uns gegangen ist«, fügte sie in entschuldigendem Ton hinzu, als schämte sie sich ihrer Geschäftstüchtigkeit.

Mary schien ein wenig verärgert, weil ihre Mutter sich ins Gespräch mischte, auch wenn sie es nicht offen zeigte. Man durfte seine Waren nicht zu eifrig feilbieten, sonst wurde man übervorteilt. Dieser Fund war etwas ganz Besonderes, das sie nicht einfach so hergeben würde. Wenn sie mit Bedacht handelte, würde der Erlös ihren Unterhalt für viele Monate sichern. Doch ging es ihr dabei um viel mehr als den Preis, den sie mit ihrer Riesenechse, oder was immer es auch sein mochte, erzielen konnte.

»Ich habe schon in all meinen Büchern nachgeschlagen, aber nirgends etwas über solche Tiere gefunden«, sagte sie.

Lady Agatha schaute Mary überrascht an, denn es kam selten vor, dass Kinder aus diesen Kreisen lesen konnten.

»Du scheinst mir ein ganz besonderes Mädchen zu sein«, sagte sie und holte ihre Geldbörse hervor, aus der sie zwei Shilling-Münzen nahm und den Kindern überreichte. »Für euren Fleiß und Mut. Ich habe die Klippen gesehen. Es ist gefährlich, in ihnen herumzuklettern.«

Die Kinder bedankten sich, blickten aber etwas niedergeschlagen, als hätten sie sich wieder an ihren Vater erinnert, der eben diesen gewinnbringenden Klippen zum Opfer gefallen war. Lady Agatha und Georgina versprachen, in den nächsten Tagen noch einmal vorbeizukommen, und wollten sich gerade verabschieden, als Lady Agatha sich noch einmal umdrehte.

»Georgina, was ist mit diesen Ammoniten, die du mir vorhin gezeigt hast?«

Ihre Nichte wühlte in der Tasche ihres Kleides und streckte sie ihr entgegen. Als die Tante ihren flehenden Blick sah, fragte sie Mary Anning: »Was kosten die beiden, mein Kind?«

»Den mit dem aufgemalten Kopf gebe ich Ihnen umsonst, weil er nicht mehr so ist, wie ich ihn gefunden habe. Der andere kostet zwei Shilling.«

»Das ist ein vernünftiger Preis.« Lady Agatha bezahlte die geforderte Summe und keinen Penny mehr, um das Mädchen, das so viel Würde ausstrahlte, nicht zu beschämen. »Ich wünsche euch weiterhin viel Glück bei eurer Suche. Und ich werde aufmerksam die Zeitungen lesen, ob ich darin etwas über euer sonderbares Tier entdecke.«

Als Lady Agatha an diesem Abend in Georginas Zimmer ging, um ihr gute Nacht zu sagen, fand sie sie nicht wie sonst mit einem Buch im Bett, sondern am Tisch sitzend, vor sich die beiden Ammoniten. In der Hand hielt sie eine Leselupe und betrachtete im Schein einer Öllampe den naturbelassenen Fund.

»Sieh mal hier durch, Tante Aga, so kannst du die Rillen besser erkennen. Sieht er nicht wunderschön aus? Und ich weiß auch, wie Mary ihn gereinigt hat. Vielleicht finde ich einen am Strand und kann es selbst einmal versuchen. Man muss aufpassen, dass der Kalkstein nicht zerbricht, wenn man mit Hammer und Meißel arbeitet.«

Lady Agatha setzte sich still in einen Sessel und betrachtete das Mädchen, das den Ammoniten noch immer aufmerksam mit der Lupe untersuchte. Sie spürte, dass Georgina eigentlich noch etwas sagen wollte, und ließ ihr Zeit, bis sie die richtigen Worte fand.

»Es ist schön, dass Mary so viel von ihrem Vater gelernt hat.« Sie blickte vorsichtig über die Schulter, um zu sehen, wie ihre Großtante reagierte. »Wenn sie in den Klippen klettert und etwas Interessantes findet, ist es sicher, als schaute er ihr über die Schulter.« In ihrer Stimme lag eine unverhohlene Sehnsucht.

Lady Agatha antwortete nicht, sondern hing ihren eigenen Gedanken nach. Sollte es wirklich Zufall sein, dass Georgina so viel Freude an Mary Annings Funden fand, oder lenkte das Schicksal, an das Lady Agatha eigentlich nicht glaubte, ihre Wege? Würde es sich als vorübergehende Laune erweisen – angeregt durch die Ferienreise nach Lyme –, die so schnell verflog wie die Freude an einem neuen Spielzeug? Wäre es gut für sie, wenn sie tatsächlich der Faszination der Steine verfiel?

KAPITEL II

Und Gott nannte das Trockene Erde, und die Sammlung der Wasser nannte er Meer. Und Gott sah, dass es gut war.

GENESIS 1,10

London, Mai 1821

Wagen um Wagen bog zwischen den Säulen vom Strand in den Innenhof von Somerset House, vierrädrige Kaleschen, leichte Einspänner und sportliche Karriolen mit zwei Pferden, deren Lenker beträchtliches Geschick besitzen mussten. Die Menschen auf der Straße blieben stehen und blickten bewundernd auf den Zug. Es musste schon ein besonderes Ereignis sein, wenn es die ganze elegante Welt herbeilockte. Im Hof wurden Schläge von livrierten Dienern aufgerissen und Trittstufen ausgeklappt.

Lady Anne Fellowes stieg aus der neuen Kutsche mit dem Familienwappen. Sie war rechtzeitig zur Saison geliefert worden, so dass sie nicht mehr im altmodischen Landauer ihres Vaters umherfahren musste, in dem sie sich nur ungern sehen ließ. Sie blickte nach oben und dankte dem Himmel, dass er an diesem Tag ein Einsehen gehabt und keinen Regen geschickt hatte. Dass bloß das Kleid nicht ruiniert wurde, das sie eigens für diesen Anlass nach der allerneuesten Mode hatte anfertigen lassen. Man trug wieder auf Taille geschneidert, und zwar an ebenjener Stelle, an der die Natur die weibliche Taille vorgesehen hatte und nicht knapp unterhalb der Brust, wie es jahrelang *de rigueur* gewesen war. Zum Glück, wie Lady Anne dachte, als sie an ihrer Figur hinabblickte, die nicht mehr ganz vollkommen war, nachdem sie drei Kinder geboren hatte, jetzt aber durch das Korsett in eine elegant geschwungene Form gebracht wurde. Die zarten Musselinkleider im griechischen Stil standen eigentlich nur ganz jungen Mädchen, zu denen sie sich beim besten Willen nicht mehr zählen konnte.

Nun denn, das Wetter spielte mit. Die Ausstellungseröffnung in der Royal Academy of Arts galt als eines der wichtigsten Ereignisse der Saison, und es wäre mehr als unerfreulich gewesen, wenn die Gäste, verborgen unter von Dienern gehaltenen Schirmen, im Laufschritt zum Eingang hätten eilen müssen, bevor sie mit verschmutzten Seidenschuhen und nassen Kleidersäumen in die Halle traten. Lady Anne verneigte sich gefällig, wenn sie Bekannte entdeckte, und hielt ungeduldig Ausschau nach ihrem Ehemann, der wohl aufgehalten worden war.

Ach ja, dort drüben unterhielt er sich mit dem Earl of Livermore. Einen solchen Mann durfte man nicht einfach stehen lassen, selbst wenn er der größte Langweiler unter der Sonne war. Er konnte kaum noch gehen, fühlte sich auf dem Pferderücken aber nach wie vor wie zu Hause. Lady Anne trat hinzu. Geduldig lauschte Sir Richard Fellowes dem Bericht über die schlechte Fasanensaison im vergangenen Herbst und die ähnlich mageren Aussichten für die kommende Moorhuhnjagd. Für den Earl waren die Monate, in denen nicht gejagt wurde, von quälender Eintönigkeit und mussten irgendwie durchgestanden werden, bis er wieder mit Pferd und Flinte in die Wälder ausrücken konnte. Wie die meisten Besucher der Ausstellung interessierte auch er sich nicht für die gezeigten Werke oder deren Schöpfer, sondern für die gesellschaftlichen Freuden, die dieses Großereignis in jedem Mai bot. Was für den Earl so viel hieß wie mit Gleichgesinnten oder leidensfähigen Zuhörern über die Jagd zu fachsimpeln.

Zum Glück erblickte Sir Richard in diesem Moment seine Frau, die ihm einen unwilligen Blick zuwarf, und nutzte dies, um sich in aller Höflichkeit vom Earl zu verabschieden.

»Danke, Sie haben mich gerettet«, sagte er erleichtert zu Lady Anne.

Entschlossen spannte sie ihren Sonnenschirm auf, worauf er ihr mit einer leichten Verneigung seinen Arm anbot. Lady Anne rechnete es ihrem Mann hoch an, dass er sich auch nach jahrelanger Ehe noch solch galanter Gesten bediente, um ihr seine Wertschätzung zu zeigen. Natürlich ignorierte sie wie andere Damen ihres Standes, was er unternahm, wenn er allein in London weilte, und wohin er sich begab, wenn er nicht gerade in seinem Klub die Zeitung las oder mit anderen Herren in jener Gegend von St. James dinierte, die nur Männern vorbehalten war. Pünktlich nach Ostern kehrte er für kurze Zeit aufs Land zurück, bevor die Londoner Saison begann, und reiste mit seiner Frau gemeinsam zur Eröffnung der Royal Academy wieder in die Stadt.

In diesem Jahr hatte Lady Anne Fellowes einen ganz besonderen Grund, sich auf allen Bällen und Dinnerpartys aufmerksam umzuschauen, denn sie suchte einen Mann für ihre Nichte. Diese wurde in diesem Jahr zwanzig und war bereits in die Gesellschaft eingeführt worden, doch selbst der Aufenthalt in Miss Wildings Seminar für höhere Töchter hatte sie nicht in eine elegante junge Dame verwandeln können, die Lady Annes Vorstellungen entsprach.

Lady Anne hatte nie verstanden, wie ein junges Mädchen an solch banalen Dingen wie Steinen Gefallen finden konnte, doch seit Georgina vor einigen Jahren eine Reise ans Meer unternommen hatte, verfolgte sie dieses Forschungsgebiet mit leidenschaftlichem Interesse. Es war unfassbar, dass Lady Agatha solche Marotten unterstützte und ihrer Großnichte, die im Grunde recht ansehnlich war, eine glänzende Zukunft ruinierte.

Ein Mann, der Georginas Bekanntschaft suchte und daraufhin mit Geschichten über versteinerte Tiere gelangweilt wurde, die man im lebenden Zustand höchstens mit dem Fuß zertreten hätte, würde vermutlich die Flucht ergreifen und bei einer sittsameren jungen Dame sein Glück versuchen.

Lady Anne hätte es am liebsten gesehen, wenn Georgina gar nicht mehr zu ihrer Großtante gereist wäre. Das ließ sich jedoch nicht vermeiden, da sie außerhalb der Saison bei ihren Kindern auf dem Land blieb und sich das Mädchen nicht das ganze Jahr über aufbürden wollte. Andererseits erschien es unpassend, Georgina im Haus ihres Großvaters sich selbst zu überlassen. James Fielding mochte ein

Mann von hohen Prinzipien sein, aber der Umgang mit einem jungen Mädchen erforderte eine feste Hand und viel Geschick, und dafür war eine erfahrene Frau einfach besser geeignet. Zudem zeigte er so wenig Interesse an Georgina, dass diese vermutlich die ganze Zeit in der Bibliothek verbracht hätte. Also musste Georgina, solange Lady Anne ihre Pflichten im Wahlkreis ihres Mannes wahrnahm und sich der Erziehung ihrer eigenen Kinder widmete, wohl oder übel bei Lady Agatha wohnen.

In der Eingangshalle der Royal Academy drängten sich die Menschen, und Lady Anne bemerkte mit Wohlwollen, dass inzwischen auch andere Damen zum Schnürkorsett zurückgekehrt waren, während sie im vergangenen Jahr noch die Einzige gewesen war. Wie befriedigend, in der Vorhut einer neuen Mode zu reiten, statt ihr hinterherzustolpern. Als sie den Earl of Livermore von rechts auftauchen sah, schob sie ihren Mann sanft in die entgegengesetzte Richtung, denn von Moorhühnern wollte sie an diesem Tag nun wirklich nichts mehr hören.

»Einen Augenblick, meine Liebe. Ich möchte Sie mit jemandem bekannt machen.« Sir Richard begrüßte einen hochgewachsenen, hageren Mann in dunklem Frack und eng anliegender, cremefarbener Hose. Doch nicht seine gut geschnittene, eher unauffällige Kleidung erregte sofort die Aufmerksamkeit von Lady Anne, sondern seine Augen – hellgrün und mit einem auffallend dunklen Ring um die Iris –, die sie beinahe zu durchdringen schienen. Er war nicht schön im landläufigen Sinne, keiner der üblichen Beaus, auch nicht mehr ganz jung, wirkte aber interessant und besaß eine Art, sie mit konzentrierter Zuvorkommenheit anzuschauen, als wäre sie der einzige Mensch weit und breit.

»Darf ich vorstellen, meine Liebe – St. John Martinaw, ein brillanter Chirurg am St. Thomas' Hospital. Ich prophezeie jedem, der es hören möchte, dass er die Chirurgie revolutionieren und ihr endlich zu dem Ansehen verhelfen wird, das ihr schon so lange gebührt. Vor einigen Jahren hat er sogar den Prinzregenten behandelt, ich habe Ihnen doch davon erzählt.« Was nicht stimmte, dem so Vorgestellten aber schmeicheln sollte. »Wenn alle Operateure so wären wie er, müssten sie sich nicht länger hinter jedem aufgeblasenen Physikus verstecken. Mr. Martinaw, meine Gattin, Lady Anne Fellowes.«

St. John Martinaw verbeugte sich höflich, wobei er in einer bescheidenen Geste die Hand auf die Brust legte.

»Es ist mir eine Ehre, Sie kennenzulernen, Lady Anne, wenngleich Ihr Mann es bei seiner Vorstellung etwas zu gut mit mir gemeint hat. Meine Arbeit bereitet mir große Befriedigung, was mir eigentlich Lohn genug sein müsste. Andererseits muss ich gestehen, dass es für die Patienten von Vorteil wäre, wenn unsere Tätigkeit mehr Ansehen genösse, denn dann würde sich mancher operieren lassen, statt sich auf Egel und Laudanum zu verlassen und so sein Leben zu riskieren. Ich hoffe, Sie verzeihen mir diese offenen Worte.«

Lady Anne lächelte ihn ermutigend an. »Ich bin davon überzeugt, dass Sir Richard Sie ganz richtig eingeschätzt hat, Mr. Martinaw, er ist ein ausgezeichneter Menschenkenner. Darf ich fragen, ob Sie französische Vorfahren haben?«

»Ja, aber das liegt schon Jahrhunderte zurück, Lady Anne. Meine Familie hat den Namen Martineau vor langer Zeit der englischen Schreibweise angepasst, was mir in den Jahren der Revolution und der Kriege gegen Napoleon durchaus zustattengekommen ist. Ich bin Engländer durch und durch.«

»Ich hoffe, ich bin Ihnen mit meiner Frage nicht zu nahe getreten, aber ich habe eine kleine Schwäche für Ahnenforschung, und die alten normannischen Familien sind besonders faszinierend.« Lady Anne zog es dann aber doch vor, das Thema zu wechseln, und fragte: »Haben Sie sich die Bilder schon angesehen?«

St. John Martinaw hüstelte verlegen. »Ich muss gestehen, dass ich keinen allzu großen Kunstverstand besitze. Ich schaue mir die Natur lieber so an, wie sie ist, und nicht, wie sie ein Maler auf der Leinwand angeordnet hat. Wo spüren wir Gottes Anwesenheit stärker als da, wo wir auf seinen Spuren wandeln, indem wir die Weisheit seiner Schöpfung erkennen?«

Lady Anne konnte ihre Ratlosigkeit angesichts dieses unvermittelten Glaubensbekenntnisses nicht ganz verbergen, worauf ihr Mann hilfsbereit einwarf: »Ich nehme an, Mr. Martinaw denkt an seine Arbeit im Hospital, nicht wahr? An die Untersuchung und Behandlung des menschlichen Körpers, in dem sich Gottes ganze Herrlichkeit und Gestaltungskraft offenbaren.«

»Sir Richard, das haben Sie ausgezeichnet formuliert«, erklärte Martinaw mit Nachdruck. »Aber ich möchte die Dame nicht mit Gesprächen über meine Arbeit langweilen, wo doch die Saison gerade begonnen hat.«

Trotz dieser eleganten Wendung war Lady Anne ein bisschen enttäuscht, da sie sich wertvolle Einblicke in Mr. Martinaws gesellschaftlichen Hintergrund erhofft hatte. Er wirkte ernsthaft und seriös und schien fest im Glauben verwurzelt, was man von vielen Gentlemen der jüngeren Generation, denen der Sinn nach Trinkgelagen, ausgefallenen Wetten und Glücksspiel stand, nicht behaupten konnte. Doch Mr. Martinaw war schon zum Wetter übergegangen, das trotz kühler Witterung einen erfreulichen Mai versprach.

In diesem Augenblick wurden sie unterbrochen, als ein junger, überaus elegant gekleideter Herr hinzutrat, der nach der neuesten Mode frisiert war. Er verströmte ein Flair vollkommener Gepflegtheit und Selbstzufriedenheit und begrüßte St. John Martinaw höflich.

»Mr. Martinaw, welch Vergnügen, Sie hier zu treffen. Ich wusste nicht, dass Sie ein Freund der schönen Künste sind. Wollen Sie mir nicht Ihre reizenden Begleiter vorstellen?«

»Lady Anne, dies ist Mr. George Bellas Greenough, ehemaliger Präsident der Geological Society of London. Mr. Greenough, Lady Anne Fellowes und ihr Ehemann Sir Richard, Staatssekretär im Innenministerium.«

George Greenough verbeugte sich vor den Fellowes. »Es ist mir eine Ehre. Gewöhnlich verirre ich mich nicht in diese Ausstellung, aber Freunde haben mich genötigt. Ich bin eher ein Mann der Wissenschaft als der Leinwand.«

»Wie ungewöhnlich«, bemerkte Lady Anne mit einer hochgezogenen Augenbraue. »In letzter Zeit scheint sich alle Welt nur noch für Steine zu interessieren. Die Zeitungen sind voll von irgendwelchen Entdeckungen, Leute lesen Bücher über Kreide und Schiefer, alte Knochen und vorsintflutliche Ungeheuer, und nun begegne ich hier sogar dem ehemaligen Präsidenten der Geological Society. Bitte verraten Sie mir, Mr. Greenough, was ist nur an dieser neuen Wissenschaft, dass sie auch so viele Laien zu begeistern weiß? Klären Sie mich auf, vielleicht entgehen mir ja wunderbare Dinge.«

Greenough nahm die leicht ironische Bitte durchaus ernst und erwiderte nach kurzem Überlegen: »Lady Anne, was Sie feststellen, ist in der Tat bemerkenswert. Selten hat eine Wissenschaft so viel Interesse beim Publikum erregt. Vielleicht liegt es daran, dass wir Geologen greifbare Beweise liefern, die man in die Hand nehmen und betrachten kann. Wer mit offenen Augen durch die Welt geht, kann sogar bei einem gewöhnlichen Spaziergang interessante Entdeckungen machen.« Greenough konnte seine Begeisterung nicht im Zaum halten.

»Letztes Jahr bin ich mit zwei Kollegen auf den Kontinent gereist. Wir besuchten zunächst die Niederlande, wo man vor Jahren das Monster von Maastricht gefunden hat. Dann sind wir nach Deutschland auf die Schwäbische Alb gefahren und haben Höhlen besichtigt, in denen man auch Überreste vorzeitlicher Menschen gefunden hat. Danach ging es weiter nach Italien …« Er verstummte, errötete leicht und verbeugte sich rasch. »Verzeihung, ich habe mich hinreißen lassen. Ich wollte Sie nicht langweilen, Lady Anne.«

»Wenn es um Steine geht, kann er sich einfach nicht beherrschen«, erklärte St. John Martinaw trocken.

George Greenough räusperte sich verlegen. »Gewiss verhält man sich in Gesellschaft von Wissenschaftlerkollegen anders als in Gegenwart von Damen. Aber seien Sie versichert, meine Herrschaften, dass die Geologie keineswegs anstößig ist und auch bei vielen Damen durchaus Interesse erregt.«

»Was die Frage der Anstößigkeit betrifft«, meldete sich Martinaw wieder zu Wort, während Sir Richard, der mit dem Gespräch scheinbar wenig anfangen konnte, von einem Fuß auf den anderen trat und vorsichtig nach weiteren Bekannten Ausschau hielt, »ist dies nicht so einfach. Zwar mag die Geologie die Sittlichkeit junger Damen nicht bedrohen, doch wenn Gelehrte die Wahrheit der Bibel infrage stellen, können sie damit das Seelenheil ihrer gutgläubigen Zuhörer und Leser gefährden, was nicht zu unterschätzen ist.«

Greenough wollte spontan zu einer Antwort ansetzen, doch Sir Richard hob die Hand. »Verzeihung, die Herren, aber ich sehe dort jemanden, den ich begrüßen muss. Lady Anne, wir dürfen den Minister nicht warten lassen. Es war mir eine Ehre, Mr. Greenough. Auf bald, Mr. Martinaw.« Er nahm seine Frau sanft, aber bestimmt am Arm und zog sie mit sich fort.

Nach diesem sehr plötzlichen Abschied, der sich hart an der Grenze zur Unhöflichkeit befand, legte ihm Lady Anne entrüstet die Hand auf den Arm.

»Wie konnten Sie nur, Sir Richard? Ich fand Mr. Martinaw sehr angenehm und hätte gern noch länger mit ihm geplaudert.«

Ihr Ehemann schüttelte unwillig den Kopf. »Ich auch,

aber dieser Greenough ist ein eitler Selbstdarsteller, der sich am liebsten selbst reden hört. Gerade vorgestellt, und schon hält er uns gelehrte Vorträge.«

»Natürlich, das ist mir nicht entgangen. Aber zurück zu Mr. Martinaw – Sie meinen tatsächlich, er habe eine große Zukunft vor sich?«

Sir Richard beugte sich zu ihr und sagte in bedeutsamem Ton: »Es heißt, er unterhalte Verbindungen in allerhöchste Kreise. Der Prinzregent hegt größte Wertschätzung für ihn, seit Martinaw ihn mit seinen Messern von einem äußerst unangenehmen Leiden kuriert hat, welches näher zu beschreiben sich in Ihrer Gesellschaft verbietet.«

Lady Anne drehte sich um und schaute noch einmal zu St. John Martinaw hinüber, der gerade in eine hitzige Diskussion mit George Greenough vertieft schien. Seriös, ernst, mit großer Zukunft und besten Beziehungen. Nicht mehr ganz jung, aber Jugend allein war keine Tugend. »Wissen Sie, ob er noch ledig ist?«

»Soweit mir bekannt ist, gibt es bislang keine Mrs. Martinaw«, entgegnete ihr Ehemann.

Lady Anne lächelte zufrieden. »Vielleicht sollten wir Mr. Martinaw demnächst zu einer Dinnerparty bitten, Sir Richard. Was halten Sie davon?«

Mary Hart kniete auf dem Boden und betete. Die Dielen waren hart, und doch zwang sie sich, auszuharren, als könnte sie ihren Mann auf diese Weise am Leben halten. Von ihren vier Kindern lebte das Jüngste, eine sechsjährige Nachzüglerin, noch im Hause. Wie sollte sie allein zurechtkommen? Die Pfarrstelle brachte gerade genug ein, um ein Dienstmädchen zu entlohnen, das die grobe Hausarbeit erledigte und das Kochen besorgte. Insgeheim schämte sie sich für diese selbstsüchtigen Gedanken. Ihr Mann rang mit dem Tode, und sie sollte ihm beistehen, aber die Angst vor den Alltagssorgen verdrängte alle anderen Gefühle.

Es war eine geheimnisvolle Krankheit, unter der Ethan litt. Der Arzt und der Apotheker, die sie mehrfach zurate gezogen hatte, stellten die unterschiedlichsten Diagnosen und widersprachen einander laufend. Doch weder die Medizin, die sie verschrieben, noch kalte Güsse, heiße Kompressen oder Aderlässe hatten ihm geholfen.

Zuerst waren die Kopfschmerzen nur gelegentlich aufgetreten, und sie hatten es auf zu viel Arbeit und Sorgen geschoben oder auf Wetteränderungen, doch die Schmerzen wurden immer häufiger. Eines Tages kam Ethan völlig verschmutzt von einem Krankenbesuch heim und erzählte in gequältem Ton, dass ihn mitten auf der Straße Schwindel überkommen habe und er um ein Haar von einer Droschke überfahren worden sei. Seine Frau versuchte, das Problem praktisch zu lösen, brachte ihm heißen Punsch und übergab dem Mädchen die schlammigen Kleider zum Waschen. Als er zwei Wochen später auf der Kanzel stand und auf einmal die Bibel nicht mehr lesen konnte, weil er, wie er Mary später anvertraute, nur noch graue Flecken im aufgeschlagenen Buch sah, begriff sie endlich, dass er ernsthaft krank war. Wie krank, konnte niemand ahnen.

Nach und nach magerte Ethan Hart ab, weil sein Magen ständig schmerzte und er das wenige, das er zu sich nahm, meist nicht bei sich behalten konnte. Oft lag er im

Bett, die Hände um den Kopf geschlungen, als wollte er ihn zermalmen, und wimmerte wie ein Kind. Mary betete jeden Tag, allein und mit ihm gemeinsam, doch Gott schien andere Pläne für Ethan Hart zu haben.

»Mary!« Ethans Stimme klang laut und überraschend kräftig. Ein Wunder? Hatte Gott ihr selbstsüchtiges Gebet etwa doch erhört? Sie sprang auf und lief ins Zimmer nebenan. Ihr Mann hatte sich auf die Ellbogen gestützt und schaute sie aus tief liegenden Augen an. Sein Gesicht war eingefallen, und ihre Hoffnung schwand, als sie die gequälten Züge erblickte. Ethan streckte ihr die Hand entgegen, beinahe beschwörend.

»Komm zu mir, Mary. Setz dich.«

Sie trat näher und setzte sich aufs Bett, worauf er fast gierig nach ihrer Hand griff und sie an sich zog. Verwirrt schaute sie ihn an.

»Mary, ich habe einen Auftrag für dich.« Er sprach gehetzt, als fürchte er, ihm bleibe nicht genügend Zeit.

»Was für einen Auftrag, Ethan? Ich werde alles tun, was du wünschst, das verspreche ich dir.«

Er lag kraftlos da, als wäre ihm selbst das Sprechen zu viel.

»Lass uns morgen darüber reden, Lieber. Es strengt dich zu sehr an.« Mary wischte ihm die Stirn mit einem feuchten Tuch ab.

»Morgen?« Sein Lachen klang bitter. »Gib mir noch etwas Laudanum, ich muss es dir heute sagen.«

Sie gab einen Löffel Laudanum in ein Glas Wasser und hielt es ihm an die Lippen. Damit hatte der Apotheker immerhin eine Linderung der unerträglichen Kopfschmerzen bewirkt, wenngleich Mary merkte, dass sie die Dosis immer weiter erhöhen musste, wenn sie ihrem Mann noch helfen sollte. Kein Wunder, dass es Menschen gab, die der Gier nach solchen Arzneien erlagen.

»Gut, dann erzähle es mir jetzt.« Sie nahm seine Hände in ihre und sah ihm in die Augen.

»Vor vielen Jahren habe ich von einem Mann, der dem Tod geweiht war, zwei Truhen entgegengenommen und ihm versprochen, sie einer bestimmten jungen Dame zu übergeben, sowie diese einundzwanzig Jahre alt wird. Wer es war, tut nichts zur Sache.«

»Wo sind diese Truhen? Und was war darin?«, fragte Mary sanft. Sie spürte, dass es keinen Sinn hatte, Ethan nach dem namenlosen Mann auszufragen. Seine Miene verriet ihr, dass er nicht über ihn sprechen wollte.

Er bewegte den Kopf schwach auf dem Kissen hin und her. »Ich habe nicht hineingeschaut, die ganzen sechzehn Jahre nicht. Ich wollte nichts damit zu tun haben.« Er fuhr sich mit der Zunge über die rissigen Lippen, und Mary reichte ihm ein Glas Wasser. Wortloses Verstehen, das Ergebnis einer jahrelangen Ehe. Auch das würde ihr fehlen.

»Aber meine Zeit läuft ab. Du musst den Auftrag für mich erfüllen.« Er sammelte Kraft, um weiterzusprechen. »Du musst der jungen Frau schreiben, wenn es vorbei ist. Wenn ich in Frieden mit der Welt sterben soll, musst du mir versprechen, es zu tun.«

Mary schlug die Hände vors Gesicht und schluchzte. Sie hatte sich so lange beherrscht, Ethan immer wieder Mut gemacht und neuen Rat eingeholt, doch als er nun diese endgültigen Worte sprach, konnte sie einfach nicht an sich halten. Als sie sich wieder gefasst hatte, wischte sie die Tränen ab und sah ihm in die Augen. »Wie erfahre ich, wie diese junge Frau heißt und wo sie wohnt?«

»Hol Schreibzeug.«

Als Mary Papier, Feder und Tinte besorgt und sich mit einem Buch als Unterlage wieder an Ethans Bett gesetzt hatte, ließ er sich noch einen Schluck Wasser geben. Dann diktierte er ihr Namen und Anschrift, die er auch nach sechzehn Jahren auswendig kannte.

Mary schrieb alles nieder, legte das Papier weg und sah ihn mit liebevoller Sorge an. »Wann soll ich dieser Miss Fielding schreiben?«, fragte sie leise, wohl wissend, was in ihrer Frage mitschwang.

»Bald«, hauchte Ethan und schloss geschwächt die Augen.

KAPITEL III

Gemessen an Größe und Erhabenheit ihres Gegenstands steht die Geologie in der Rangfolge der Wissenschaften gleich hinter der Astronomie.

Sir John Herschel

Den Tag, an dem der Brief kam, sollte Georgina Fielding nie vergessen. Sie hatte sich mit einer Handarbeit in den Salon zurückgezogen, da man Besuch zum Tee erwartete und ihre Tante nicht wünschte, dass man sie über gelehrten Papieren antraf, sondern sittsam mit einem Stickrahmen in der Hand.

Im Haus ihres Großvaters am Bloomsbury Square war selbst der Salon ein düsterer Raum mit dunklen Samtportieren an den Fenstern, die das helle Junilicht aussperrten. Auch die Möbel waren in dunklem Holz gehalten, ebenso die Bezüge der Sessel und Stühle. Allein die Récamière in der Ecke war mit cremefarbener Seide bezogen und wurde nur deshalb dort geduldet, weil sie James Fieldings längst verstorbener Frau gehört hatte, die während ihrer letzten Krankheit gern darauf geruht hatte. Eine Sentimentalität, wie sie sich der alte Herr selten erlaubte, und so war der übrige Raum ganz nach seinen Vorstellungen ausgestattet.

Georgina saß im Schein einer Lampe und schaute angestrengt auf das Blumenmuster, an dem sie gerade stickte, da sie sich von den Augen ihres Großvaters beobachtet fühlte. Er verabschiedete sich nur widerwillig von Traditionen und hatte noch lange Perücke getragen, als andere Männer längst ihre eigenen Haare zeigten, ohne Puder und Rosshaar. Nun hielt er an seiner Cäsarenfrisur fest, trug die weißen, noch dichten Haare kurz geschnitten und ins Gesicht gekämmt, während Jüngere ganz nach dem romantischen Vorbild Lord Byrons das Haar wieder länger wachsen ließen. Ansonsten hatte James Fielding leider wenig von einem Cäsaren, da sein Körper von gutem Essen und altem Portwein unbeweglich geworden und sein Gesicht häufig stark gerötet war. Auch litt er unter Gicht, die angeblich durch zu üppige Nahrung ausgelöst wurde, und konnte manchmal kaum den Sessel verlassen.

Wie so oft kam sich Georgina unter seinen Blicken wie eine Gefangene im Haus ihrer Kindheit vor, deren Bewegungsspielraum stark begrenzt war. Mit den Jahren war dieses Gefühl der Beklemmung immer stärker geworden, und sie hatte sich oft gewünscht, auf dem Land in einem Haus mit weitläufigem Garten zu leben, mit einem plätschernden Bach in der Nähe, einer Pferdekoppel, zwitschernden Vögeln und vor allem – einer richtigen Familie.

Sie wusste wenig über ihre Mutter, die bei ihrer Geburt gestorben war; niemand sprach von ihr. Es war, als wäre mit Susan Fielding auch die Erinnerung ihrer Familie an sie erloschen. Georgina erklärte es sich damit, dass der Verlust für ihren Großvater zu schmerzlich gewesen war und jede Erwähnung die Wunde von Neuem aufgerissen hätte. Sie besaß nicht einmal ein Bild von ihr, keine Briefe oder anderen Dokumente, die ihr etwas über die Frau, der sie das Leben verdankte, verraten hätten. Das Einzige, was Georgina je bekommen hatte, war ein schön geschnitztes Holzkästchen, dessen Deckel ein Blumenmuster aus kostbaren Intarsien zierte. Darin fanden sich ein Fingerhut aus Porzellan, eine Kette mit einem emaillierten Medaillon, das leider nicht das Gesicht ihrer Mutter, sondern ein mit feinstem Pinsel gemaltes Landschaftsbild mit hohen Klippen zeigte, ein zartes Taschentuch mit den eingestickten Initialen S.F. und ein winziger Parfumflakon, der noch einen ganz schwachen Duft verströmte. Ihr Großvater hatte ihr das Kästchen an ihrem zehnten Geburtstag wortlos überreicht und erst als Tante Aga ihn wütend anstieß, hinzugefügt, es sei eine Erinnerung an ihre verstorbene Mutter. Seine Miene verriet ihr, dass weitere Fragen nicht erwünscht waren. Und so war es immer gewesen, wenn Georgina sich auf dieses verbotene Terrain gewagt hatte.

Als Kind hatte sie ihre Tante Anne einmal gefragt, ob diese ihrer Mutter ähnlich sehe. Die Antwort war ein strafender Blick gewesen, gefolgt von den Worten: »Nein, meine Schwester war völlig anders als ich. Schau in den Spiegel, wenn du wissen möchtest, wie sie ausgesehen hat.« Selbst Tante Aga, die sie natürlich auch gefragt hatte, wollte nichts über ihre Nichte Susan erzählen.

»Es würde dich nur traurig machen, Liebes, und das möchte ich nicht. Komm, ich zeige dir etwas Interessantes im Labor.«

Das Wissen, ihrer Mutter ähnlich zu sehen, hatte Georgina stets wie einen unsichtbaren Talisman gehütet. Von ihrem Vater hingegen wusste sie gar nichts, nicht einmal seinen Namen. Tante Anne hatte kurz angebunden erklärt, sie trage den mütterlichen Namen, weil sie bei den Großeltern aufgewachsen sei. Ihre Miene war so abweisend, dass Georgina nicht gewagt hatte, weiter nach ihrem Vater zu fragen. Er war ein leerer Fleck in ihrem Leben geblieben, gesichts- und namenlos.

Mit elf Jahren hatte man sie in Miss Wildings Mädchenpensionat gegeben, dessen Aufgabe vor allem darin bestand, die Schülerinnen zu jungen Damen zu erziehen, die alle notwendigen Attribute besaßen, um eine gute Partie zu machen. Georgina hatte sich dort stets als Außenseiterin gefühlt, wenn die anderen Schülerinnen von ihren Familien erzählten, an Besuchstagen ihre Eltern und Geschwister empfingen oder die Ferien mit ihnen verbrachten.

Manchmal hatte sie davon geträumt, sich einfach aufzumachen und die Geschichte ihrer Eltern zu erforschen. Doch hatte es ihr dazu immer am nötigen Mut, vor allem aber an der Gelegenheit gefehlt.

Als Carrie, das Hausmädchen, anklopfte und mit einem silbernen Tablett eintrat, auf dem die Post lag, blickte Georgina kaum von ihrer Stickerei hoch, so versunken war sie in ihre Gedanken. Wenn ihr Großvater gewusst hätte, was in ihrem Kopf vorging, wäre er vermutlich entsetzt gewesen, denn er hatte sich stets bemüht, das Geheimnis ihrer Herkunft zu wahren.

Jetzt stieß er einen Laut der Verwunderung aus.

»Hm, eigenartig …« Er drehte einen Brief in den Händen, betrachtete ihn prüfend von allen Seiten und sah seine Enkelin an: »Georgina, mein Kind, dieser hier scheint für dich zu sein.«

Sie stand auf und trat vor seinen Sessel, um den Brief entgegenzunehmen. Schlichtes Papier, kein Siegel, das gefaltete Blatt nur mit einer jener Scheiben aus Gummi und Mehl verschlossen, die man mit der Zunge anfeuchtete. Eine weibliche Handschrift, das war auf den ersten Blick zu erkennen, mit feiner Feder geschrieben und leicht nach rechts geneigt. Eine sachliche Schrift ohne Schnörkel und verspielte Eigenheiten. Er war an *Miss Georgina Fielding, im Hause James Fielding, Esquire, Bloomsbury Square, London* adressiert. Er trug keinen Absender, was ihr einen leichten Schauer über den Rücken jagte, als berge das Schreiben ein Geheimnis. Sie spürte den Blick ihres Großvaters auf sich, der wohl darauf wartete, dass sie den Brief vor seinen Augen öffnete und las. Georgina biss sich auf die Unterlippe und überlegte fieberhaft, wie sie das vermeiden konnte. Die Rettung erfolgte in Gestalt ihrer Tante, die in diesem Augenblick hereinkam und die Ankunft der erwarteten Teegäste ankündigte. James Fielding stemmte seinen schweren Körper mühsam aus dem Sessel, worauf Georgina rasch sagte: »Ich bringe meine Stickarbeit nach oben und richte mein Kleid.«

Fielding warf ihr einen misstrauischen Blick zu, da an ihrem Kleid ganz und gar nichts auszusetzen war, und sagte: »Georgina, wir erwarten dich umgehend zurück.«

Georgina nickte, schob den Brief in die Tasche ihres Kleides und eilte nach oben in ihr Zimmer, wo sie das Schreiben unters Kopfkissen schob. Dann trat sie vor den

Spiegel, zupfte die Haare zurecht, strich ihr Kleid noch glatter, als es schon war, und begab sich mit würdevollem Schritt hinunter in den Salon.

Erst am Abend, als der Besuch gegangen und die übliche Vorlesestunde mit Großvater und Tante absolviert war – Georgina trug zwei Kapitel aus Richardsons *Pamela* vor, um die Seele zu erfreuen und die Empfindsamkeit zu schulen –, konnte sie sich ungehindert auf ihr Zimmer begeben und den Brief öffnen.

Sie riss ihn nicht ungestüm auf, sondern stellte die Lampe auf den Lesetisch am Fenster, setzte sich in den zierlichen Sessel mit dem hellblauen Seidenbezug, den sie besonders liebte, und öffnete das Siegel. Das Blatt war eng beschrieben. Unterzeichnet hatte eine Mrs. Mary Hart, deren Name ihr völlig unbekannt war. Georgina lehnte sich zurück und begann zu lesen.

BETHNAL GREEN, LONDON, DEN 16. JUNI 1821

Sehr geehrte Miss Fielding,

ich weiß nicht recht, wie ich dieses – zugegeben sehr ungewöhnliche – Schreiben beginnen soll, da Sie vermutlich gar nichts von der Existenz meines verstorbenen Mannes und meiner Wenigkeit wissen. Ich hoffe, Sie nicht in Schrecken zu versetzen oder die Grenzen des Anstands zu verletzen, doch wenn Sie diesen Brief gelesen haben, werden Sie verstehen, dass ich nicht anders handeln kann.

Mein Name ist Mary Hart. Ich bin die Witwe des Vikars Ethan Hart, der vor zwei Wochen viel zu früh nach schwerer Krankheit verschieden ist. Auf seinem Totenbett hat mir mein Mann ein

Versprechen bezüglich gewisser Besitztümer abgenommen, von denen ich selbst bis dahin keinerlei Kenntnis besaß. Er hat mich gebeten, nach seinem nahenden Tod, dem er mit großem Gottvertrauen entgegengesehen hat, Verbindung zu Ihnen aufzunehmen und Ihnen etwas zu übergeben, das man ihm vor langer Zeit anvertraut hat.

Georgina ließ den Brief einen Moment sinken und fuhr sich mit der Hand über die Augen, als könnte sie ihrer eigenen Wahrnehmung nicht trauen. Wer war diese Frau? Und was waren das für Dinge, die jemand ihrem verstorbenen Mann anvertraut hatte?

Da wir uns nie vorgestellt wurden und ich nicht sicher war, wie ein unangekündigter Besuch in Ihrem Hause aufgenommen werden würde, wende ich mich auf diesem Wege an Sie, um Sie von den fraglichen Umständen in Kenntnis zu setzen. Es würde mich freuen, wenn Sie mich brieflich darüber unterrichten könnten, auf welche Weise Sie Ihren Besitz entgegennehmen möchten.

Zu diesem Zwecke weise ich darauf hin, dass es sich um zwei Truhen ausgesprochen schweren Inhalts handelt, die nicht leicht zu befördern sein dürften. Eine Abholung mit einer Kutsche oder einem anderen Gefährt wird daher unabdingbar sein. Auch wäre es denkbar, dass ich einen Wagen bestelle und Ihnen die Truhen zusende, obgleich ich darauf hinweisen muss, so unangenehm mir dies auch ist, dass ich in diesem Falle um eine Übernahme der Transportkosten bitten müsste, da ich mich als Witwe in einer schwierigen pekuniären Lage befinde.

Ich wäre Ihnen sehr dankbar, verehrte Miss Fielding, wenn Sie mir mit baldiger Post mitteilen würden, auf welchem Wege diese Angelegenheit arrangiert werden kann.

Hochachtungsvoll,
Mrs. Mary Hart

Am Ende des Briefes war die genaue Adresse, 25 Wilmot Street in Bethnal Green, angegeben.

Georgina legte den Brief auf das Tischchen und holte tief Luft. Für sie stand sofort fest, dass sie unbedingt antworten und herausfinden musste, was es mit diesen Truhen auf sich hatte.

Wie vorausschauend, dass sie den Brief für diese einsame Mußestunde am Abend aufgehoben und nicht im Beisein ihres Großvaters gelesen hatte!

Gleich morgen würde sie eine Antwort an Mrs. Hart verfassen, sich darin für das zuvorkommende Schreiben bedanken und ankündigen, dass sie die Truhen persönlich abholen werde. Dazu musste sie allerdings einige nicht unwesentliche Hindernisse überwinden: einen geeigneten Zeitpunkt abpassen, eine Droschke mieten, nach Bethnal Green fahren und die Truhen unbeobachtet nach Hause schaffen und irgendwo verstecken. Dies stellte eine echte Herausforderung dar.

Es regnete schon seit dem frühen Morgen. Georgina dachte sehnsüchtig an das Haus ihrer Großtante, in dem es auch bei Regenwetter viel zu tun gab. Sie konnte in den

Schätzen der Bibliothek stöbern oder ins Labor gehen und sich von Tante Aga chemische Experimente vorführen lassen. Am liebsten setzte sie sich jedoch an den Arbeitstisch, den Tante Aga ihr in einer Ecke aufgestellt hatte und auf dem sie ihre Funde säuberte, katalogisierte und in Kästen ordnete.

Vor zwei Tagen war es ihr gelungen, dem Hausmädchen Carrie unauffällig das Schreiben an Mrs. Hart mitzugeben, und nun wartete sie auf eine günstige Gelegenheit, um unbemerkt das Haus zu verlassen.

Sie hatte sich in die Bibliothek ihres Großvaters zurückgezogen, auch wenn das literarische Angebot nicht ganz ihren Wünschen entsprach, doch war die Wahrscheinlichkeit, inmitten der hohen Regale aus dunklem Holz in Ruhe gelassen zu werden, am größten. Kürzlich erst war Georgina auf die Trittleiter gestiegen und mit dem Zeigefinger über die oberen Kanten der Bände gefahren, um den grauen Staub zu betrachten, der von jahrzehntelanger Vernachlässigung zeugte. Ihr Großvater studierte die Tageszeitungen und den *Punch* von der ersten bis zur letzten Seite und pflegte seine Lektüre laut zu kommentieren. Ansonsten las er nur juristische Fachbücher, da er schöne Literatur für Zeitverschwendung hielt.

Georgina hatte einen Brief von Mary Anning erhalten, in dem die junge Frau aus Lyme von ihren jüngsten Funden berichtete. Sie hatte sogar einige ihrer exakten und sorgfältigen Zeichnungen mitgeschickt und schilderte anschaulich, wie man die weit ins Meer hinausragende, »The Cobb« genannte Hafenmauer, das Wahrzeichen des Ortes, zurzeit neu erbaute.

Sie hatten einander nie aus den Augen verloren, und Georgina freute sich, von der jungen Frau aus Dorset zu hören, zumal sie so aus erster Hand von deren erstaunlichen Funden erfuhr. Georgina verfolgte genau, welcher Geologe über interessante Funde schrieb, doch die Herren vergaßen meist zu erwähnen, wem sie ihre spektakulären Forschungsobjekte verdankten. Las man ihre Berichte, hätte man glauben können, die Verfasser hätten persönlich zu Hammer, Meißel oder Spaten gegriffen und die wertvollen Funde geborgen, statt seelenruhig in ihren Studierzimmern zu sitzen und die Nachricht von einer neuen Entdeckung abzuwarten, die sie für ihre Zwecke erwerben konnten.

Es klopfte. Lady Anne Fellowes betrat ohne höfliche Wartepause den Raum und warf einen missbilligenden Blick auf die ausgebreiteten Zeichnungen, die das Skelett einer fischartigen Eidechse, wie Georgina sie damals als Kind gesehen hatte, und einige kleinere Fossilien darstellten. Es kümmerte sie wenig, von wem die unpassende Korrespondenz stammte, fest stand, dass ihre Nichte sich wieder einmal einer wenig damenhaften Beschäftigung hingab. Leider zeigte sich Georgina bei ihren diesbezüglichen Ermahnungen oft widerspenstig, und dann meldete sich die Erinnerung an Lady Annes verstorbene Schwester wie eine alte Narbe, die bei feuchtem Wetter zu schmerzen beginnt. Schlechtes Blut, hämmerte es dann in ihrem Kopf, obgleich sie den boshaften Gedanken zu unterdrücken versuchte.

Sie hoffte nur, dass in keinem ihrer drei Kinder jener Keim der Rebellion angelegt war, der sich in ihrer Schwester Susan so fatal Bahn gebrochen hatte und den sie auch bei ihrer Nichte spürte. Ihrem Mann, der sie vergötterte und ihr blind vertraute, hatte sie nur erzählt, ihre Schwester sei bei Georginas Geburt gestorben, und der Vater lebe ebenfalls nicht mehr. Womöglich ahnte er etwas, doch die Vernunft hatte Sir Richard Fellowes stets davon abgehalten, Lady Anne mit Fragen zu bedrängen. Seine Frau war durch und durch ehrbar, besaß beste Manieren und gesellschaftlichen Ehrgeiz, und das genügte ihm vollauf.

»Georgina, du weißt, dass dein Großvater und ich diese Korrespondenz nicht gutheißen.«

Georgina blieb mit voller Absicht auf ihrem Stuhl sitzen und erwiderte gelassen: »Ich habe heute bereits eine halbe Stunde Klavier gespielt und den Kissenbezug fertig gestickt, wie du es gewünscht hast. Nun steht es mir wohl frei, den Zeitvertreiben nachzugehen, die mir wirklich am Herzen liegen.«

»Dir mag es nicht am Herzen liegen, jene Fähigkeiten zu schulen, die eine gute Ehefrau ausmachen, aber ich lege größten Wert darauf«, entgegnete Lady Anne und zwang sich, Ruhe zu bewahren. Ihre Nichte hatte eine stille, bockige Art, gegen die sie noch kein Mittel gefunden hatte. »Willst du dich bei Tisch mit den Herren etwa über alte Knochen unterhalten?«

»Haben wir heute Gäste?«

»Nein, ich spreche von der Dinnerparty bei den Winterstones. Du solltest dich allmählich umziehen, Georgina.«

In diesem Augenblick wurde Georgina schlagartig klar, was sie zu tun hatte. Sie legte die Lektüre beiseite und sah

Lady Anne ein wenig leidend an. »Verzeih mir, Tante Anne, wenn ich so ungehalten war, aber ich fühle mich unpässlich. Ich sollte wohl lieber zu Hause bleiben.« Bei diesen Worten schlug sie verschämt die Augen nieder, um ihrer Tante zu verstehen zu geben, dass es sich um eine spezifisch weibliche Unpässlichkeit handelte.

»Dieses Unwohlsein kommt aber sehr plötzlich, meine Liebe, und scheint dich nicht an jenen Tätigkeiten zu hindern, die dir so am Herzen liegen«, entgegnete Lady Anne eisig.

»Ich pflege mit den Augen zu lesen«, platzte Georgina zu ihrem eigenen Erschrecken heraus. »Entschuldigung, das war ungezogen von mir«, fügte sie daher rasch hinzu. »Aber ich fühle mich *wirklich* nicht gut, Tante Anne. Ich werde mich hinlegen und mir von Mrs. Summers warme Umschläge machen lassen, das lindert meist die Beschwerden. Bitte entschuldige mich bei Mr. Winterstone und richte Mrs. Winterstone meine besten Empfehlungen aus.«

Lady Anne schaute sie verblüfft und beinahe etwas enttäuscht an, da Georginas zahme Antwort ihrer Schimpftirade den Schwung genommen hatte. Natürlich kam es vor, dass sich junge Frauen einmal im Monat unwohl fühlten, und es wäre herzlos und unpassend, Georgina in diesem Zustand in Gesellschaft zu zwingen.

»Gut, ich werde dich entschuldigen. Aber ich verlange, dass du dich wirklich ausruhst.« Mit diesen Worten und einem letzten strengen Blick verließ sie die Bibliothek.

Zum Glück lag die Wilmot Street in Bethnal Green nicht weit von Bloomsbury entfernt, so dass die Zeit eigentlich reichen sollte, um das Vorhaben in die Tat umzusetzen. Georgina hatte alle nötigen Vorkehrungen getroffen und sich der Verschwiegenheit von Mrs. Summers versichert, wenngleich die Haushälterin fassungslos den Kopf schüttelte, als sie hörte, dass Georgina um diese Zeit noch ausfahren wollte.

Als Georgina in ihrem Zimmer vor dem Spiegel stand, sorgfältig die Haube zurechtrückte und seitlich am Hals mit einer Schleife band, die Pelisse, den langen durchgeknöpften Mantel, über ihr Kleid streifte, glatt strich und halbhohe Stiefel anzog, zitterten ihre Hände vor Aufregung. Hoffentlich konnte sie auf Mrs. Summers Loyalität bauen. Im Zweifelsfall würde sich diese aber vermutlich auf die Seite ihrer Herrschaft stellen, um ihre Position nicht zu gefährden.

Dennoch, sie musste die Gelegenheit nutzen.

Georgina zählte rasch die Münzen in ihrem Retikül. Wenn sie eine Droschke, die für mindestens vier Passagiere gedacht war, allein nutzen wollte, musste sie dem Kutscher ein Mehrfaches zahlen, konnte vielleicht aber einen Gesamtpreis für Hin- und Rückfahrt aushandeln.

Sie warf einen kurzen Blick in den Salon, wo Mrs. Summers die Hausmädchen Carrie und Betsy beim Staubwischen beaufsichtigte, und gab ihr einen Wink. Die mollige Frau mittleren Alters, die ihr früher immer etwas Leckeres zugesteckt oder ihr im Vorübergehen sanft über den Kopf gestrichen hatte, wenn sie von ihrem Großvater harte Worte oder ernstes Schweigen erntete, lächelte ihr zu.

Auf der Straße sah Georgina in beide Richtungen. Es war noch hell, eine Mietdroschke zu finden nicht schwer.

Schon bald rollte ein Wagen herbei, und sie hob die Hand, um dem Kutscher ein Zeichen zu geben. Der rotgesichtige Mann hielt an und stieg schnaufend vom Bock.

»Wohin soll es denn gehen, Miss?«

»Wilmot Street in Bethnal Green. Hin und zurück. Auf dem Rückweg sind zwei schwere Truhen zu befördern. Ich möchte auf jeden Fall allein fahren.«

Der Mann schaute sie grinsend an. »Aha, Sie mischen sich nicht gern unters Volk, was?«

Georgina errötete. Sie war es nicht gewöhnt, sich allein in London zu bewegen, und begriff nun, wie ungeschützt eine junge Frau ohne Begleitung war. Gleichwohl brauchte sie die Dienste des Kutschers und warf daher hochmütig den Kopf zurück: »Ich wüsste nicht, was Sie das angehen sollte. Ich zahle, Sie fahren.«

Der Mann pfiff anerkennend durch die Zähne und lüftete den Hut. »Gut, Miss, dann bekomme ich sechs Shilling von Ihnen.«

»Einverstanden.« Georgina überlegte rasch. »Ich gebe Ihnen jetzt drei und den Rest, wenn Sie mich und meine Truhen wohlbehalten hier absetzen.« Sie schaute noch einmal in alle Richtungen und stieg in die Droschke, die mit einem Ruck anfuhr.

Die Kutsche rollte am grünen Viereck des Russell Square vorbei. Georgina kannte die Gegend von Spaziergängen und Kutschfahrten, doch je weiter sie nach Osten kamen, desto fremder wurde die Umgebung. Der Osten Londons mit seinen Hafenanlagen und den ärmlichen Vierteln jenseits des Towers galt als zu laut, überfüllt und anrüchig für junge Damen. Es war wie ein fremdes Land, über das getuschelt oder in der Zeitung berichtet wurde, das anständige Menschen aber nicht aufsuchten.

Auch Bethnal Green hatte schon bessere Tage gesehen. Hier hatten sich viele hugenottische Seidenweber angesiedelt, die mit ihrem Gewerbe aber kaum noch etwas verdienten. Mittlerweile drängten sich an die fünfundvierzigtausend Menschen in den Häusern des Viertels, und es wurden immer mehr. Georgina schaute neugierig aus dem Fenster der Kutsche. Die Spuren des Elends waren nicht zu übersehen – verschmutzte Straßen und Rinnsteine und schwangere Frauen, die aussahen, als könnten sie schon die zerlumpten Kinder, die zu ihren Füßen im Dreck spielten, nicht ernähren. Überall in den Straßen hing der Geruch von Tierkot und menschlichen Ausdünstungen. Georgina hielt sich ein Taschentuch vors Gesicht und war heilfroh, dass sie vor den Blicken der Menschen verborgen war.

Was mochte dieser Vikar Hart für ein Mensch gewesen sein, wenn er in einem Viertel wie Bethnal Green sein Amt versehen hatte? Wohl keiner jener satten, selbstzufriedenen Pfarrer, die sich profitable Pfründe gesichert hatten und ihre Gemeinde nur aus der Ferne betreuten. Entweder hatte er aus echter Nächstenliebe gehandelt oder war wegen eines Vergehens strafversetzt worden. Welche Verbindung konnte zwischen ihm und ihr bestehen? Die Frage ließ ihr keine Ruhe.

Georgina spürte, wie ihr Herz heftiger schlug, als sie sich dem Ziel näherten. Was würde sie in dem Pfarrhaus erfahren, was in den Truhen finden, die dort seit vielen Jahren auf sie warteten?

Das Pfarrhaus war ein düsterer Ziegelbau mit einem Vorgarten, in dem verwelkte Blumen von besseren, fröhlicheren Zeiten kündeten. Drinnen war es trotz der Jahreszeit kühl und dunkel, und Georgina fröstelte, als sie in den Flur trat. Über dem ganzen Haus lag eine eisige Stille.

Mary Hart hatte sämtliche Spiegel im Haus verhängt und empfing ihren Besuch in tiefes Schwarz gehüllt. Georgina spürte etwas, das über die Trauer hinausging, vielleicht Verzweiflung angesichts der Zukunft, in der sich Mrs. Hart als Witwe ohne nennenswertes Einkommen durchschlagen musste. Vermutlich würde ihr nichts anderes übrig bleiben, als in Stellung zu gehen, vielleicht in einem Geschäft oder, wenn sie geschickt war, bei einer Schneiderin oder Hutmacherin.

Sie war eine Frau von etwa vierzig Jahren, deren Gesicht nicht schön, aber sanft und freundlich wirkte. Die Schatten um die Augen, die vom Weinen gerötet waren, und die Falten um den Mund ließen sie verhärmt und älter wirken. Sie bat Georgina in den Salon, der von einigen Lampen erhellt wurde und ausgezeichnete Handarbeiten enthüllte, die Mrs. Hart vermutlich selbst angefertigt hatte: gehäkelte Deckchen, bestickte Kissenbezüge und geschmackvolle Tischläufer. Dennoch wirkte der Raum irgendwie tot, als hätte er seine Seele verloren. Noch nie hatte Georgina erlebt, dass ein Haus solche Trauer verströmte, und kam sich wie ein Eindringling vor.

Sie setzte sich, strich den Rock glatt und sah Mrs. Hart erwartungsvoll an. »Vielen Dank für Ihren Brief. Ich musste … es hat ein wenig gedauert, bis sich die Gelegenheit bot, herzukommen. Zunächst möchte ich Ihnen mein tief empfundenes Beileid zum Tod Ihres Mannes aussprechen.«

Mrs. Hart hob müde die Hand, um sie zu unterbrechen. »Miss Fielding, ich danke Ihnen, aber ich möchte, wenn Sie gestatten, gleich zur Sache kommen. Die letzten Wochen haben mich sehr erschöpft.«

Georgina nickte mitfühlend, wollte sich aber nicht so knapp abspeisen lassen. »Das kann ich durchaus verstehen und werde Sie auch nicht lange aufhalten. Aber eine Frage könnten Sie mir vielleicht doch beantworten: Hat Ihr Mann Ihnen irgendetwas über den Herrn erzählt, der ihm diese Truhen anvertraut hat? War er ein Mitglied seiner Gemeinde? Oder ein Freund?«

Mary Hart schaute zu Boden. Georgina konnte ihre Haltung nicht ganz deuten. War es nur Trauer oder noch etwas anderes? »Das weiß ich leider nicht, Miss Fielding. Er hat es mir nicht gesagt. Gewöhnlich gab es keine Geheimnisse zwischen uns, aber …« Sie zog ein Taschentuch aus dem Ärmel und wischte sich die Augen, als wollte sie einen Schlusspunkt setzen.

»Ich verstehe«, sagte Georgina enttäuscht. Mrs. Hart schien tatsächlich nichts zu wissen.

In diesem Augenblick drehte sich der Türknauf, und nackte Füße tappten ins Zimmer. Die Witwe zuckte zusammen und drehte sich zu dem etwa sechsjährigen Mädchen im Nachthemd um. »Abby, was machst du denn hier?«

Sie stand auf und hob die Kleine auf ihren Schoß. »Du fühlst dich ganz kalt an. Geh wieder ins Bett.«

»Ich habe schlecht geträumt, Mama«, erklärte das Mädchen. »Von Papa«, fügte sie leise hinzu, und die Mutter vergrub das Gesicht im weichen Haar der Kleinen. So verharrte sie einen Moment und schien völlig vergessen zu haben, dass sie mit ihrer Tochter nicht allein war. Dann aber – Georgina musste irgendein Geräusch verursacht haben – setzte Mrs. Hart ihre Tochter auf den Boden, stand auf und öffnete die Tür. »Geh bitte, Liebes, ich komme nachher noch einmal zu dir. Du kannst ein Gebet für Papa sprechen. Das mit den Engeln.« Nachdem das Mädchen verschwunden war, wischte sich die Mutter über die Augen und setzte sich wieder. »Sie müssen entschuldigen, aber Abigail nimmt den Verlust ihres Vaters am schwersten. Sie war sein Liebling. Unsere Nachzüglerin.«

Ein Schluchzen ließ sie innehalten. Die Frau war sichtlich am Ende ihrer Kräfte und in Gedanken eher bei ihren Kindern als bei irgendwelchen alten Truhen. Georgina beschloss, sich zu verabschieden.

»Verzeihen Sie, ich wollte Sie nicht unnötig aufregen. Wenn Sie mir sagen, wo sich die Truhen befinden, hole ich sie mit dem Kutscher zusammen ab.«

Mrs. Hart sprang auf, als hätte ihr das Signal, dass der Besuch aufbrechen würde, neue Kraft verliehen. »Nein, nein, ich komme mit, das ist das Mindeste, was ich tun kann.« Die Frau schien froh, die Besitztümer loszuwerden, die sie an den Tod ihres Mannes erinnerten, während Georgina es nicht erwarten konnte, die Truhen nach Hause zu bringen und in Ruhe zu öffnen.

Mrs. Hart holte eine Laterne, zündete sie an, warf einen Umhang über und führte Georgina durch den Hausflur zur Hintertür, die sie mit einem großen schmiedeeisernen Schlüssel öffnete. »Seit mein Mann nicht mehr lebt, schließe ich abends alle Türen ab«, sagte sie wie zur Entschuldigung.

»Das kann ich gut verstehen«, erwiderte Georgina.

Die Tür führte in einen Hof, an den sich ein handtuchschmaler Garten anschloss, dessen Obstbaume winzige grüne Früchte trugen. In einer Ecke stand ein hölzerner Verschlag. Mrs. Hart öffnete die Tür und leuchtete hinein, so dass Georgina die beiden verstaubten Truhen mit den rostigen Beschlägen sehen konnte, die in einer Ecke neben verschiedenen Gerätschaften und Werkzeugen, einem Emailleeimer und einer Schütte mit Kartoffeln standen.

»Ich sage dem Kutscher Bescheid«, murmelte Georgina.

Der Mann wirkte unwillig, fuhr die Droschke aber murrend vor den Durchgang neben dem Haus, der zum Hof führte, und folgte Georgina zum Schuppen. Sie musste ihm zwei weitere Shilling versprechen, sonst wäre er nach einem Blick auf die Truhen davongefahren. Nach langem Fluchen, Schieben und Ziehen gelang es ihm schließlich, diese bis zur Kutsche zu schaffen, wo er sie schnaufend hineinwuchtete. Dann wischte er sich die Stirn mit dem Ärmel ab und sah Georgina drohend an. »Das hätten Sie mir ruhig vorher sagen können, Miss.«

Zu Hause würde sie wohl den Stallknecht zu Hilfe holen müssen. Zum Leidwesen Lady Annes beschäftigte ihr Großvater keine männlichen Hausdiener, obwohl diese als Zeichen von Wohlhabenheit galten, doch der Lohn, den sie verlangten, war ihm zu hoch.

Als die Truhen verstaut waren und der Kutscher ungeduldig auf dem Bock wartete, trat Georgina mit ausgestreckter Hand auf Mrs. Hart zu. »Ich danke Ihnen vielmals und wünsche Ihnen und Ihren Kindern …«, sie zögerte kurz, »… viel Mut und Kraft für die Zukunft.«

Die Frau sah sie überrascht an. Georgina schien die richtigen Worte gefunden zu haben. »Sie sind sehr gütig, Miss Fielding. Mögen Ihnen die Truhen Gutes bringen.« Sie drückte Georgina wortlos die Hand und kehrte ins dunkle Haus zurück.

Georgina stieg in die Kutsche, die anrollte, bevor sie die Tür geschlossen hatte. Sie hoffte inständig, dass ihr Großvater und ihre Tante nicht verfrüht von der Dinnerparty zurückkehrten. Die Kutsche jagte förmlich über das Pflaster, der Kutscher trieb die Pferde gnadenlos an, weil er wohl auf weitere Geschäfte an diesem Abend hoffte und den Auftrag so rasch wie möglich erledigen wollte.

Georgina konnte sich kaum zügeln, so stark war der Wunsch, die Truhen schon in der Droschke zu öffnen. Aber sie wollte sich alles in Ruhe anschauen. Also lehnte sie sich zurück und schloss die Augen.

Auf einmal hielt die Droschke unvermittelt an. Der Schlag wurde aufgerissen, und eine ärmlich gekleidete Frau mit einem Kind auf dem Arm streckte die Hand herein. Entsetzt wich Georgina in die äußerste Ecke des Innenraums zurück und überlegte fieberhaft, ob sie der Frau Geld geben sollte oder nicht, um keine weiteren Bettler anzulocken. Dann wurde die Frau mit einem Ruck zurückgestoßen und vom Kutscher weggeschubst, so dass sie beinahe mit dem Kind in die Gosse gestürzt wäre.

Nachdem Georgina dem Kutscher versichert hatte, ihr sei nichts geschehen, stieg er wieder auf den Bock und trieb die Pferde schnalzend an. Sie selbst blieb verkrampft in ihrer Ecke sitzen, bis die Droschke schließlich anhielt und der Kutscher mit lauter Stimme rief: »Bloomsbury Square!«

Sie stieg erleichtert aus. Diese Begegnung war dann doch abenteuerlicher gewesen, als sie sich gewünscht hatte. Der Stallknecht half, die Truhen nach oben in Georginas Zimmer zu schaffen, ein schweres Stück Arbeit. Sie waren gerade in ihrem Wandschrank verstaut, als unten die Haustür geöffnet wurde. Dann erklangen die Stimmen ihrer Tante und ihres Großvaters; Schritte kamen die Treppe herauf. Rasch schlug Georgina die Schranktüren zu, drehte den Schlüssel um, legte sich aufs Bett und griff nach dem feuchten Umschlag, den Mrs. Summers frisch vorbereitet hatte. Dazu schob sie das halb geleerte Glas Porterbier, das ihre Tante als Stärkung empfohlen hatte, gut sichtbar nach vorn auf den Nachttisch.

Als es an die Tür klopfte, fragte sie leise: »Ja, bitte?«

»Sie ist noch wach, Vater«, hörte sie ihre Tante sagen. Lady Anne trat mit einem Kerzenleuchter in der Hand ein. »Geht es dir besser, mein Kind?«

Georgina hob leicht den Kopf, um ihre Tante anzuschauen, und nickte. »Die Umschläge haben mir gutgetan und auch das Porter. Morgen früh fühle ich mich sicher wieder ganz wohl. Ich hoffe, ihr hattet einen angenehmen Abend.«

Lady Anne blieb neben dem Bett stehen und betrachtete ihre Nichte prüfend. »Es waren einige interessante Gäste da. Ich hoffe sehr, dass du uns bei der nächsten Einladung wieder begleiten wirst. Für ein junges Mädchen gehst du in London viel zu selten aus dem Haus. Die Stadt hat viel zu bieten, und du hast einiges nachzuholen.«

Die Saison neigte sich schon wieder dem Ende zu, und mehr als zwei oder drei Jahre blieben einem Mädchen meist nicht, um einen angemessenen Ehemann zu finden.

Natürlich bestand bei einem Mädchen wie Georgina die Gefahr, dass sie sich einen Mann aussuchte, der ganz und gar nicht Lady Annes Vorstellungen entsprach. Sie war unberechenbar und impulsiv wie ihre Mutter; es war ihr durchaus zuzutrauen, dass sie sich allein von ihrem Herzen leiten ließ, was nie eine gute Basis für eine Ehe war. Umso mehr Grund, sie möglichst oft bei gesellschaftlichen Ereignissen zu präsentieren und schnellstens einen geeigneten Ehemann für sie zu finden.

KAPITEL IV

Denn siehe, ich will eine Sintflut kommen lassen auf Erden, zu verderben alles Fleisch, darin Odem des Lebens ist, unter dem Himmel. Alles, was auf Erden ist, soll untergehen.

GENESIS 6,17

Justus von Arnau fuhr mit einem Ruck aus dem Schlaf. Das Zimmer war dunkel wie Tinte, nicht einmal das Fenster zeichnete sich in der Schwärze ab, und sein Herz hämmerte, als wäre er eine lange Strecke gelaufen. Zwischen den Schulterblättern spürte er das schweißgetränkte Nachthemd am Rücken kleben. Er tastete mit einer Hand zum Nachttisch, auf dem eigentlich eine Kerze stehen musste. Da er so oft auf Reisen war, fiel es ihm mitunter schwer, sich an die genaue Beschaffenheit des jeweiligen Zimmers zu erinnern. Dann wusste er nicht mehr, wo Bett oder Nachttopf standen oder wo sich die Tür befand, denn die vielen Gasthöfe und Privathäuser, in denen er logiert hatte, verschwammen zunehmend in seinem Gedächtnis und erzeugten künstliche Bilder von Räumen, die er in Wirklichkeit nie so gesehen hatte. Bisweilen fehlte ihm das sichere Gefühl, in ein eigenes Heim zurückkehren zu können, einen festen Ankerplatz zu besitzen, der ihm Halt und Ruhe schenkte.

Vor Jahren hatte er sich zu diesem unsteten, wechselhaften Leben entschlossen, dessen Preis zuweilen Einsamkeit war. Nach der Rückkehr aus dem Krieg war ihm das Leben auf dem elterlichen Gut auf einmal eng erschienen, es nahm ihm die Luft zum Atmen. Sein Vater hatte ihm vorgeworfen, sich nur dem Genuss hinzugeben, während er in Wahrheit versucht hatte, die Kriegserlebnisse zu vergessen. Manchmal war er froh, dass seine Mutter nicht mehr miterlebt hatte, wie er sich mit dem Vater überwarf und Wiedenau für immer hinter sich ließ.

Endlich schmiegte sich das Messing des Leuchters kühl in seine Hand. Justus stand auf und tastete sich zum Kamin, in dem noch einige Scheite glommen. Er konnte nicht lange geschlafen haben, vermutlich war es nicht später als ein oder zwei Uhr morgens. Er beugte sich vor und entzündete die Kerze an der Glut, worauf eine zitternde Flamme zuckende Schattenbilder an die Wände zeichnete und die Umrisse der Möbel erkennen ließ. Justus setzte sich in einen Lehnstuhl und stellte die Kerze neben sich auf ein Tischchen.

Vieles ging ihm durch den Kopf, als er im dunklen Zimmer saß und darauf wartete, ausreichend müde zu werden, um noch auf einige Stunden Schlaf hoffen zu dürfen. Um sich abzulenken, griff er zu Papier und Feder und machte sich Notizen. Nicht alles, was er schrieb, war zur Veröffentlichung bestimmt. Manches diente ihm als Skizze oder persönliches Tagebuch oder bot einen Weg, um sich von Erlebnissen des Tages zu befreien, die sich in seine Nächte zu stehlen drohten.

Er hatte geglaubt, sich endgültig von den Träumen befreit zu haben, so lange hatten sie ihn nicht heimgesucht. Während sie ihn in den ersten beiden Jahren fast jede Nacht aus dem Schlaf gerissen hatten, waren sie, seit er die Verbindung zu Heimat und Familie gelöst und sich auf seine ausgedehnten Reisen begeben hatte, zu einem seltenen Spuk geschrumpft. Nur dann und wann erhoben sie ihren trotzigen Kopf, als wollten sie ihn mahnen, dass das Vergessen nie von Dauer sein konnte.

Justus forschte in seinen Gedanken, ob der vergangene Abend irgendeinen Funken entzündet hatte, der den Weg in seinen Nachtschlaf gefunden hatte. Dann fiel es ihm ein. Ein Gast beim Dinner hatte den Herzog von Wellington erwähnt, und man brachte einen Toast auf den viel gerühmten Helden von Waterloo aus, worauf der Gastgeber Justus abbittend zugelächelt und das Glas auf Feldmarschall Blücher und seine tapferen Preußen erhoben hatte. Zum Glück hatten sie sich bald darauf weniger militärischen Dingen zugewandt, über die Londoner Saison und den neuesten politischen Klatsch geplaudert und sich schließlich von den Damen verabschiedet, um sich mit Zigarren und Brandy in die Bibliothek zurückzuziehen.

Doch dieses kurze Zwischenspiel hatte anscheinend genügt, um die alten Dämonen zu wecken, und sie hatten nur darauf gewartet, bis er ihnen im Schlaf hilflos ausgeliefert war.

Zuerst waren es nur die Geräusche gewesen, das dumpfe Grollen der Kanonen, das Wiehern der Pferde, gebrüllte

Befehle und Schreie, über allem die Schreie der Verletzten und Sterbenden. Dann kamen die Bilder, Detailausschnitte, als hätte sich ein Zeichner die Mühe gemacht, alles aus der Nähe zu betrachten und nicht das große Schlachtgemälde, sondern die vielen grausamen Kleinigkeiten festzuhalten, aus denen sich der Krieg zusammensetzte. Der völlig unversehrte Fuß einer Leiche, der Rest des Körpers von panischen Pferdehufen zertrampelt; die verkrümmte Hand einer alten Frau, die, von verzweifelter Gier getrieben, die Taschen eines Gefallenen durchsuchte; ein junger Trommler, der mit irrem Blick, die Trommel um den Hals, blindlings durch die Reihen der Kämpfenden stolperte. Justus selbst hatte abseits gestanden, als unbeteiligter Beobachter, als Gesandter in seinem eigenen Traum, und doch gespürt, wie ihn etwas mit magnetischer Kraft ins Getümmel zog, während er versuchte, dem Sog zu widerstehen. Er wollte nicht kämpfen, sträubte sich dagegen, doch da waren so viele bekannte Gesichter, jung und doch vor der Zeit gealtert, die ihn zu sich riefen, ihm sagten, er könne nicht abseits stehen. Also machte er einen Schritt nach vorn, um zu ihnen zu gelangen, fand sich aber plötzlich allein auf dem Schlachtfeld wieder, in dichten, eisig kalten Nebel gehüllt, der durch seine Kleider drang. Geisterhaft bleiche, feuchte Hände tauchten aus dem Grau um ihn herum auf und griffen nach ihm. Als er mit einem Schrei aus dem Schlaf auffuhr, meinte er für einen entsetzlichen Moment, eine dieser Hände noch in seinem Rücken zu spüren, bevor er begriff, dass es nur sein vom Schweiß klammes Nachthemd war.

Nachdem er den Traum niedergeschrieben hatte, widmete er sich seinen Notizen über den vergangenen Abend.

Die Dinnerparty bei Colonel Ogden hatte sich als fade, förmliche Angelegenheit entpuppt, und er hatte sich beherrschen müssen, seine Langeweile zu verbergen. Falls alle Begegnungen in England so verliefen, würde es ihn nicht lange in diesem Land halten. Andererseits war er erst vor wenigen Tagen angekommen und musste Beziehungen knüpfen, ein Netz aus Bekanntschaften und Zufallsbegegnungen weben, das ihm wissenswerte Dinge über das unbekannte Land verriet. Auf diese Weise sammelte er Geschichten, aus denen er fesselnde Reiseberichte für seine Leser daheim spann, die begierig waren, von Ländern zu erfahren, die sie selbst nie gesehen hatten. Dies war ihm in Italien gelungen, das ihm zuerst so fremd erschienen und alsbald wunderbar vertraut geworden war, und würde gewiss auch hier in England möglich sein.

Der Gastgeber des Abends galt als einflussreicher Mann mit besten Beziehungen, der ihm viele Türen öffnen konnte, und so hatte Justus es auf sich genommen, über die Jagd, von der er nichts verstand, und den Krieg, von dem er nichts hielt, zu plaudern.

Natürlich fragte man ihn auch nach seinen Reisen. Die Gäste interessierten sich vor allem für Anekdoten über amüsante kulturelle Eigenheiten anderer Völker. Erzählte er von Florenz, ging es ihnen um den toskanischen Sonnenschein und die fremdartige Küche mit den starken Gewürzen, während sein Bericht über die Schätze der Uffizien seine Zuhörer nicht recht begeistern konnte. Ebenso erregte die Frechheit der römischen Taschendiebe mehr Aufmerksamkeit als seine Worte über die hungernden Straßenkinder, die gegen Geld Kunststücke vollführten.

Um das Thema zu wechseln, erzählte Justus von Arnau dann, er wolle demnächst die Familie seiner Mutter, die er leider kaum kenne, in der Nähe von Manchester besuchen. Er verschwieg, dass seine Mutter aus recht einfachen Verhältnissen stammte und in den Kreisen der von Arnaus nie wirklich anerkannt worden war.

Beim dem Wort »Manchester« erhob sich eine unübersehbare Aufregung. Man berichtete Justus von den schlimmen Unruhen unter den dortigen Arbeitern, bei denen fünfzehn Menschen gestorben waren. Justus erfuhr, dass Soldaten auf rebellische Arbeiter geschossen hatten, um wieder Ruhe und Ordnung herzustellen.

Jemand warf ein, manche Kreise hätten das Vorgehen des Militärs als »übertrieben brutal« empfunden, worauf ein anderer Herr mit ernster Miene erwiderte: »Wenn wir solch aufrührerisches Verhalten nicht im Keim ersticken, werden überall neue Unruheherde sprießen, das versichere ich Ihnen.«

Justus lenkte das Thema wieder auf seine Reisen und erklärte, er überlege, nach seiner Rückkehr aus dem Norden einige Zeit in Oxford zu verbringen, was seine Zuhörer wieder in gute Stimmung versetzte, denn nun ging es um eine ihrer heiligsten Stätten, und sie überboten sich in Anekdoten und Ratschlägen, was er sich in der Universitätsstadt anschauen müsse und welcher Gasthof zu empfehlen sei.

»Sir, Sie sollten auf jeden Fall eine Vorlesung von William Buckland im Corpus Christi College hören. Er gilt als überaus exzentrisch, dabei aber als unterhaltsam und lehrreich«, empfahl ihm ein Herr, mit dem man ihn zwar bekannt gemacht hatte, dessen Name ihm aber entfallen war.

»Sein Name und sein Fachgebiet sind mir leider nicht geläufig«, erwiderte Justus höflich.

»Der ehrenwerte William Buckland hat seit letztem Jahr den ersten Lehrstuhl für Geologie am Corpus Christi College inne«, erklärte sein Gesprächspartner. »Ich bin zwar Chirurg und kein Geologe und gehöre auch nicht wie Mr. Buckland der überaus gelehrten Geological Society an, aber ich lese und schätze seine Theorien durchaus. Erst in diesem Jahr hat er eine faszinierende Studie über die Spuren der Sintflut in Gesteinen veröffentlicht.«

»Ich frage mich, wie Sie Ihrer Arbeit nachgehen und gleichzeitig solch mannigfaltigen Interessen huldigen können, Martinaw«, warf Colonel Ogden ein. »Auch für Sie hat der Tag nur vierundzwanzig Stunden.«

Ach ja, St. John Martinaw lautete der Name, hatte Justus bei sich gedacht und in gelassenem Ton geantwortet: »Leider erwischen Sie mich damit ganz und gar auf dem falschen Fuß, Sir.« Er hatte die Spitze seiner Zigarre abgeknipst und in den Kamin geworfen. »Zwar habe ich von dieser jungen Wissenschaft gehört, bin mit ihren Einzelheiten jedoch nicht vertraut. Und auch die Theologie ist so gar nicht mein Fach. Aber wenn Sie mich aufklären möchten – Unwissenheit ist mir ein Ansporn, ein Tatbestand, den ich, wann immer möglich, zu ändern suche.«

»Das ist lobenswert«, hatte Martinaw mit einem etwas gezwungenen Lächeln entgegnet. »Mr. Buckland wird Ihre mangelnden Vorkenntnisse gewiss durch seine unnachahmliche Vortragskunst ausgleichen. Zudem muss man kein

Theologe sein, um Gottes Wort und Wirken in der Welt, die uns umgibt, zu erkennen.«

Justus hatte Martinaw einen neugierigen Blick zugeworfen. Interessant, dies war ein Mann, der Tag für Tag den menschlichen Körper zerlegte und sezierte, die Funktion der einzelnen Organe genauestens kennen musste und doch so sehr auf das Wirken eines Höheren zu vertrauen schien. Ein Mann, den zu studieren sich lohnen könnte. Sehr zurückhaltend, mit durchdringendem Blick und auffallend schönen Händen, die sicher geschickt mit Skalpell und Lanzette umzugehen verstanden.

Irgendwann entglitt Justus die Feder, aus Müdigkeit und wohl auch, weil es so kalt im Zimmer war. Er lehnte sich im Sessel zurück und schloss die Augen. Die Juninacht war kühl, der Kamin spendete kaum noch Wärme.

Er stand auf, wusch sich in der Schüssel und zog sich um. Dann trat er ans Fenster und schaute hinaus auf die dunkle Straße. Um diese Zeit waren nur noch wenige Menschen unterwegs. Eine Frau taumelte und stützte sich an einer Hauswand ab, ob betrunken oder krank, war von fern nicht zu erkennen. Eine einsame Kutsche rollte lärmend über das Pflaster, als wollte sie die Bewohner der umliegenden Häuser aus ihrem mehr oder weniger wohlverdienten Schlaf wecken. Sonst war niemand zu sehen.

Er legte sich zurück ins Bett, blieb aber noch eine Weile wach, während ihm unter dem Federbett allmählich wieder warm wurde. Irgendwann überkam ihn dann aber doch der Schlaf. Die Träume behelligten ihn in dieser Nacht nicht mehr.

Georgina stand auf, entzündete eine Öllampe und stellte sie auf ein Tischchen, das sie unmittelbar neben den Wandschrank schob. Dann verriegelte sie die Tür, öffnete den Schrank und strich über das glatte dunkle Holz der ersten Truhe, bevor sie versuchte, den Schlüssel zu drehen. Er war ganz verrostet und hatte wohl all die Jahre über im Schloss gesteckt. Er bewegte sich nicht. Sie rüttelte und versuchte es erneut, vergeblich. Also zog sie ihn mit Mühe heraus und holte eine Nagelfeile, mit der sie den gröbsten Rost entfernte. Dann tauchte sie einen Lappen in das Kännchen mit dem Lampenöl und rieb damit über das Metall, bis es sich glatt anfühlte. Georgina steckte den Schlüssel vorsichtig wieder ins Schloss, und es gelang ihr, ihn zu bewegen, auch wenn sie ziemliche Kraft aufwenden musste.

Die Scharniere knarrten, als erwachten sie widerwillig aus jahrelangem Schlaf. Als sie den Deckel aufklappte, stieg ein schwacher Geruch nach Papier, Holz und etwas Ursprünglicherem aus der Truhe auf. Erde.

Obenauf lag ein hellgraues Leintuch, das in einer Ecke mit den verschlungenen Initialen JH bestickt war. Vorsichtig nahm sie das Tuch herunter und legte es zur Seite. Dann hielt sie mit einem überraschten Laut den Atem an.

Rundliche Gegenstände, in Stoff gewickelt, dazu kleine Schachteln, allesamt sorgfältig in einer klaren, gestochenen Handschrift gekennzeichnet. Vorsichtig nahm Georgina eine heraus. Sie wog schwer in der Hand, und als sie den Deckel öffnete, erblickte sie einen unauffälligen grau-braunen Stein. Sie las die Beschriftung. »Ragstone, sandiger

Kalkstein, Steinbruch Maidstone, Kent, 18. März 1801. Häufig als Baumaterial verwendet.«

Die Truhe enthielt Steine in allen Farben, schwarz und glatt, bunt gekörnt, rötlich wie gebrannter Ton oder grau und von weißen Adern durchzogen; andere porös und leicht wie Schwämme, Bimsstein. Dazu Gneis, Granit, Kohle, Sandstein, Muschelkalk, Ton. Georgina ordnete sie nebeneinander an und legte die passenden Kärtchen dazu, auf denen stets Datum und Fundort sowie wesentliche Angaben zum Stein verzeichnet waren.

Kein Zweifel, das war die Sammlung eines Geologen. Und sie war fast zwanzig Jahre alt, entstammte also einer Zeit, in der die Wissenschaft noch ganz am Anfang gestanden hatte. Damals gab es keine Geological Society und keinen Lehrstuhl an einer Universität, nicht die wunderbare, liebevoll von Hand kolorierte geologische Karte von England und Wales, die William Smith vor sechs Jahren veröffentlicht hatte. Zu dieser Zeit hatte es nur den einen oder anderen Sammler gegeben, begeisterte Amateure, die fasziniert waren von dem, was sich in der Erde verbarg, die in Stein, Ton und Lehm der Geschichte des Planeten nachspürten.

Nach und nach packte Georgina die ganze Truhe aus, die nichts als Steine enthielt. Keine persönlichen Gegenstände oder Erinnerungsstücke, keine Notizen, keinen Brief, der ihr erklärt hätte, weshalb die Sammlung so lange im Schuppen eines Pfarrhauses auf sie gewartet hatte.

Einen Augenblick lang meinte sie, Schritte im Flur zu hören, und stand leise auf. Mit angehaltenem Atem horchte sie, bereit, Truhe und Wandschrank rasch zu schließen.

Eine Minute verging, dann die nächste. Nichts zu hören. Sie musste sich geirrt haben, vielleicht war es der Schritt eines Hausmädchens auf dem Weg ins Bett gewesen.

Sie trat zu der zweiten Truhe, feilte und ölte den Schlüssel, drehte ihn herum und öffnete den Deckel.

Wenn sie eben schon geglaubt hatte, einen Schatz in Händen zu halten, war die Überraschung nun noch größer. Dies musste der weitaus wertvollere Teil der Sammlung sein.

Das hier waren keine Gesteinsproben, wie sie jeder halbwegs erfahrene Amateur entdecken konnte, sondern Fossilien, jedes für sich einzigartig, Zeugen einer fernen Vergangenheit.

Georgina erinnerte sich an die Stücke, die Mary Anning ihr vor Jahren in Lyme gezeigt hatte: Seesterne in unterschiedlichen Formen, Ammoniten, die sogenannten Donnerkeile, Muscheln und viele mehr.

Sie nahm einen Ammoniten aus der Truhe und strich sanft über die perfekten Windungen des Gehäuses. Wie viele Jahre mochten vergangen sein, seit er als lebendes Tier durch ein urzeitliches Meer geschwommen war, dessen Existenz wenige Menschen erst langsam zu erahnen begannen? Wie hatte er ausgesehen? Ähnelte er einem Geschöpf, das heute noch unentdeckt auf Erden weilte, oder war er einfach ausgestorben, ohne Spuren im Jetzt zu hinterlassen?

Georgina hatte viel über Fossilien gelesen, denen die Menschen früher Zauberkräfte zugeschrieben hatten. Da sie sich nicht erklären konnten, woher die seltsam geformten Steine stammten, die sie auf ihren Feldern, am Strand oder in Kalkgruben fanden, hatten sie sich Geschichten zurechtgelegt. Geschichten von Göttern, die Donnerkeile auf die Erde geschleudert, von Riesen, deren Zähne man entdeckt hatte, von Sonnenradsteinen und Schlangenzungen.

Behutsam räumte Georgina die Fossilien aus, getrieben von der Hoffnung, doch noch eine Spur des Sammlers zu finden, irgendwelche persönlichen Dinge.

Sie entdeckte einen etwa einen Fuß langen, in Stoff gewickelten Gegenstand, der nicht nach einem Stein aussah. Als sie das Tuch auseinanderschlug, stieß sie einen leisen Freudenschrei aus. Ein Hammer, ein echter Geologenhammer. Handlich, schön gearbeitet, an einer Seite spitz zulaufend. Und im Griff wieder die eingravierten Initialen JH. Sie wusste, wie man den Hammer ansetzte, wenn man einen vielversprechenden Stein entdeckt hatte, dass man die Augen abwenden musste, um sich nicht an den umherfliegenden Splittern zu verletzen. Sie kannte die Enttäuschung, wenn sich nichts Interessantes im Inneren verbarg, und auch das Glücksgefühl, wenn sich die Arbeit gelohnt hatte.

Wer war der Mann gewesen, der ihr diesen Schatz zugedacht hatte? Noch während die Frage zaghaft Gestalt annahm, keimte auch schon die Ahnung in ihr. Sie versuchte, sich dagegen zu wehren, wollte es sich nicht eingestehen, da nur wieder neue Fragen daraus erwachsen würden, auf die sie keine Antwort wusste. Doch es widersprach ihrer Natur, sich selbst zu täuschen.

Wer hätte ihr diese Sammlung, die ihrem Besitzer gewiss viel bedeutet hatte, hinterlassen sollen, wenn nicht ihr Vater? Was aber war aus ihm geworden? Weshalb hatte man ihr nie von ihm erzählt? Welche unaussprechlichen Ereignisse hatten dazu geführt, dass sie im Haus ihrer Großeltern aufgewachsen war und deren Namen trug?

Georgina spürte, wie Verzweiflung in ihr aufstieg. Sollte sie endlich auf eine Spur des Vaters gestoßen sein? Doch sie hatte die Truhen in großer Heimlichkeit herbeigeschafft, hatte ihren Großvater und die Tante getäuscht. Mit wem konnte sie jetzt darüber sprechen? Nicht umsonst hatte man sie jahrelang mit einer Mauer des Schweigens umgeben. Sie beschloss, ihre Vermutung zunächst für sich zu behalten. Erst wenn sie mehr erfahren, womöglich sogar greifbare Beweise gefunden hatte, konnte sie Antworten verlangen. Und dazu musste sie tätig werden; Beschäftigung war die beste Ablenkung von trüben Gedanken.

Georgina legte den Hammer beiseite und beugte sich über die Truhe. Sie ahnte nicht, wie viel Zeit vergangen war, hatte nicht einmal auf die Uhr gesehen, so vertieft war sie in ihre Entdeckungen. Die Ahnung, wer JH gewesen war, ließ ihr keine Ruhe. Irgendeine persönliche Spur musste er doch hinterlassen haben. Sie tastete über den Boden der Truhe. Sorgfältig ließ sie die Hände über das Holz wandern. Als sie gerade aufgeben wollte, rutschte ihr Finger plötzlich in eine Vertiefung in einer der Ecken. Ein doppelter Boden! Sie krümmte den Finger und zog am Holz, doch es rührte sich nicht. Georgina blies eine Haarsträhne aus dem Gesicht, die sich aus ihrer Frisur gelöst hatte. Ihr Finger tat weh, so fest saß der Boden, der seit Jahren nicht herausgeholt worden war. Dann endlich gab er mit einem Ruck nach, dass Georgina fast nach hinten fiel. Sie hob das Brett heraus und lehnte es an die andere Truhe.

Mit der Lampe leuchtete sie hinein: Eine Mappe aus braunem Leder war zu sehen. Sie nahm sie heraus und fand darin ein großes Notizheft, Quartformat, schätzte sie. Darin dieselbe gestochene Handschrift, die sie von den Beschriftungen der Fundstücke kannte. Und auf dem Deckblatt die Worte: *Joshua Hart, Doctor Medicinae, London 1799.*

KAPITEL V

[Für die Natur] ist die Zeit ohne Grenzen und steht ihr folglich immer zur Verfügung.

JEAN-BAPTISTE LAMARCK

St. John Martinaw saß in seinem Arbeitszimmer im St. Thomas' Hospital und betrachtete die Zeichnungen verschiedener Skelette, darunter das einer Wasserschildkröte, eines Krokodils und eines Warans, wobei er besonderes Augenmerk auf den Bau der Gliedmaßen richtete. Zwischendurch stand er auf und trat an einen großen unbearbeiteten Holztisch, auf dem das eindrucksvolle versteinerte Skelett eines bisher namenlosen Tieres lag. Er nahm eine Lupe zur Hand und beugte sich über einen Vorderfuß, kehrte zum Tisch zurück und änderte etwas an seiner Zeichnung, bis sie mit seinen Beobachtungen genau übereinstimmte. Als er fertig war, legte er die Abbildungen aller Tiere nebeneinander und betrachtete sie konzentriert. Er war so versunken, dass er zusammenfuhr, als es an die Tür klopfte.

»Ja, bitte?«, fragte er gereizt angesichts der Störung, die

ihm sehr ungelegen kam. Er nutzte die Zeit zwischen den Operationen gern, um seine naturwissenschaftlichen Studien voranzutreiben.

Jacob Burdon, einer der Krankenhausdiener, steckte den Kopf zur Tür herein und sagte: »Mr. Martinaw, Mr. Shayle wünscht Sie zu sprechen.«

Martinaw bedeutete dem Sekretär, den Besucher hereinzuführen.

Anthony Shayle war ein begabter junger Chirurg von gewinnendem Äußeren und fröhlichem Naturell – kastanienbraunes Haar, Sommersprossen, eine meist muntere Miene –, doch an diesem Tag erschien er völlig verändert. Blass, bedrückt, die Schultern gebeugt, als trüge er eine schwere Last auf dem Rücken, blickte er Martinaw kaum an, sondern blieb mit verschränkten Armen stehen und sah zu Boden.

»Nun, Mr. Shayle, was kann ich für Sie tun?«, erkundigte sich Martinaw freundlich und bot dem jungen Mann einen Platz an.

»Sir, ich … ich habe einen Brief vom Direktor des Hospitals erhalten«, begann Shayle mit ungewohnt leiser und schleppender Stimme. »Angeblich muss das Hospital Einsparungen vornehmen, weshalb ich gebeten werde, mich umgehend um eine andere Anstellung zu bemühen. Wie Sie wissen, Sir, habe ich im vergangenen Jahr geheiratet. Unser erstes Kind ist wenige Monate alt. Ich habe Familie und muss die Miete bezahlen. Ich weiß nicht, wie ich so bald eine andere Stelle finden soll. Daher dachte ich …«

»Ja?«, fragte Martinaw mit sanfter Stimme und drehte seine Schreibfeder in den Händen. »Was dachten Sie?«

»Nun, ich dachte, dass Sie sich vielleicht für mich verwenden könnten, Sir.« Dem jungen Mann war deutlich anzusehen, wie schwer ihm die Worte über die Lippen gingen. »Ich verstehe nicht, weshalb man mich auf einmal nicht mehr braucht. Ich hatte immer mehr als genug zu tun, und Sie waren so freundlich, meine Arbeit als Arzt gelegentlich lobend zu erwähnen, Sir.«

»Hm.« Martinaw hatte die Feder weggelegt und die Hände vor sich auf dem Schreibtisch verschränkt. Er winkte Shayle näher, als wollte er ihm etwas anvertrauen. »Ganz unter uns, Mr. Shayle, habe ich munkeln hören, dass die Leitung des Hospitals nicht mit Ihren, wie soll ich sagen, französischen Neigungen einverstanden ist.«

»Sir? Was wollen Sie damit andeuten? Ich bin ein treuer Untertan von König George!«

Martinaw lachte, doch seine Augen blieben ernst. »Gewiss, gewiss, es war auch nicht politisch gemeint. Ich dachte eher an Ihre wissenschaftlichen Ansichten, Mr. Shayle. Mir ist bekannt, dass Sie sich nicht nur für unser eigenes Fachgebiet, die Medizin, interessieren, was an sich nicht verwerflich ist. Ich selbst beschäftige mich auch mit vergleichender Anatomie, wie Sie vielleicht wissen.« Er deutete vage in die Richtung des Arbeitstisches. »Allerdings wäre es denkbar, dass Ihr eingehendes Studium der Theorien von Monsieur Lamarck bei Ihren Vorgesetzten auf wenig Gegenliebe stößt.«

Shayle lächelte und wirkte geradezu erleichtert. »Aber das ist doch – wenn es nur darum geht … Wie Sie bereits sagten, ist es nicht mehr als ein faszinierender Zeitvertreib, der keinerlei Einfluss auf meine Tätigkeit im St. Thomas' hat. Lamarcks Ideen mögen provokant erscheinen und in England wenig Anklang finden, aber wir leben in einer modernen Zeit, einer Zeit wissenschaftlicher Freiheit. Ich meine damit …«

Martinaw hob warnend die Hand. »Wollen Sie damit sagen, dass Sie Lamarcks Ansichten tatsächlich teilen, Mr. Shayle? Die Vorstellung, Gott habe nicht jedes Lebewesen als solches erschaffen, sondern dass sich höhere Formen aus niederen entwickelt haben? Dass Tiere einen langen Hals entwickeln, weil sie die Blätter großer Bäume fressen, und dieses Merkmal auf ihre Nachkommen vererben? Dass alle Lebewesen – vielleicht gar der Mensch, falls Sie in Ihrer Vermessenheit so weit gehen wollen – auf einen einzigen Stamm zurückzuführen sind? Dass Mensch, Laus und Elefant aus einer Wurzel hervorgegangen sind? Diese Ideen sind nicht ungefährlich.«

Shayle sah ihn erstaunt an, doch Martinaw kam einer Bemerkung zuvor. »Wie Sie sehen, bin ich mit den Thesen dieses Herrn durchaus vertraut. Lamarck stellt damit alles infrage, woran wir seit beinahe zweitausend Jahren glauben. Er zweifelt an den Grundfesten des Lebens auf dieser Erde, an allem, was unser Selbstverständnis als Mensch ausmacht. Die moderne Wissenschaft hat einen langen Weg hinter sich, dessen Ende noch gar nicht abzusehen ist, darin bin ich ganz Ihrer Meinung. Aber die menschliche Wissenschaft ist dazu da, das Wirken Gottes zu erklären, und nicht, es zu widerlegen oder als Hirngespinst abzutun.«

»Sir, mit Verlaub …«, der junge Mann suchte nach Worten.

»Ich habe durchaus versucht, mich für Sie einzusetzen,

als ich von der bevorstehenden Entlassung hörte, Mr. Shayle, aber meine Bemühungen waren leider vergeblich. Ich kann nichts mehr für Sie tun.«

Am Hals des jungen Arztes waren rote Flecken erschienen, die wie Blutspritzer aussahen. »Sir, ich glaube nicht, dass meine Arbeit in irgendeiner Weise dem christlichen Glauben widerspricht. Die wunderbare Ordnung, die alles Leben durchdringt, kann von Gott erschaffen sein, auch wenn sich die Formen des Lebens immer wieder verändern. Wir wissen inzwischen, dass mancherlei Lebewesen ausgestorben sind …«

»Wir vermuten es, mehr nicht. Wer kann sagen, welch unvorstellbare Geschöpfe sich in den Tiefen des Dschungels oder der Ozeane verbergen?«

»Sir, Sie können doch nicht wirklich behaupten …«

»Mr. Shayle, es tut mir wirklich leid, aber die Entscheidung ist gefallen. Ich wünsche Ihnen alles Gute.«

Er blieb mit gesenktem Kopf hinter dem Schreibtisch stehen, während Shayle mit schleppenden Schritten den Raum verließ.

Der Preis, den Georgina für die Hoffnung auf einen ruhigen Abend in ihrem Zimmer zahlen musste, war beträchtlich. Mehrere nachmittägliche Höflichkeitsbesuche mit Lady Anne standen auf dem Programm. Georgina saß in Morgenzimmern und Salons mit Damen, die heiratsfähige und standesgemäße Söhne besaßen, betrieb gepflegte Konversation und wäre dabei am liebsten Hals über Kopf zurück nach Bloomsbury geeilt, um endlich das lederne Notizbuch genauer zu untersuchen.

Um nicht erneut den Unwillen ihrer Tante auf sich zu ziehen, musste sie jedoch ihre Rolle spielen, gesittet auf der Stuhlkante sitzen, aus einem zierlichen Tässchen Tee trinken und wie viele andere junge Frauen Wissen und Lebenserfahrung hinter einer Fassade ahnungsloser Unschuld verbergen, die nach den gesellschaftlichen Gepflogenheiten von ihr erwartet wurde. Zum Glück hielt man die übliche Besuchszeit von höchstens einer halben Stunde ein, bevor sie mit Lady Anne die Kutsche bestieg und die nächste Dame aufsuchte.

Zwischen fünf und sechs Uhr nachmittags begaben sie sich zur Promenade in den Hyde Park, wo Georgina mit Tante Anne im Schatten der Bäume umherspazierte, wenngleich dieser Brauch hauptsächlich der Aristokratie vorbehalten war. Lady Annes Ehrgeiz kannte jedoch keine Grenzen, und die Aussicht, Angehörige der besten Gesellschaft zu grüßen oder gar von ihnen zurückgegrüßt zu werden, trieb sie, sofern das Wetter es erlaubte, während der Saison Tag für Tag in den Park.

Auf dem Reitweg trabten makellos gekleidete Damen und Herren hoch zu Ross dahin, nickten Freunden und Bekannten zu und gaben sich lässig und zielstrebig zugleich, eine Haltung, die Georgina ihrer eigenen Ansicht nach niemals erlangen würde, weil sie entweder gelangweilt oder begeistert war, wobei man als Dame weder die eine noch die andere Gefühlsregung offenbaren sollte.

Lady Anne grüßte und wurde mitunter auch zurückgegrüßt, doch Georgina entging nicht, dass manch einer den Kopf abwandte und seinen Schritt oder den seines Reittiers zu beschleunigen schien. Lady Anne raunte ihr den einen oder anderen Namen samt einer kurzen Charakterisierung zu und erwartete von ihrer Nichte die nötige Ehrfurcht, von der allerdings nicht viel zu spüren war.

»Siehst du, Georgina, Lady Jersey, eine der Allmächtigen von Almack's.« Damit spielte sie auf jene exklusiven Gesellschaftsräume an, die von einem Komitee aus sechs oder sieben Damen beherrscht wurden, welche allein entschieden, wer dorthin eingeladen wurde. Der Einlass bei Almack's kam einem Ritterschlag gleich, doch Lady Anne hatte bislang nicht das Privileg einer Einladung genossen.

Georgina fragte sich immer aufs Neue, was die Tante zu diesen Bemühungen trieb – war es nur der Wunsch, sie respektabel zu verheiraten? Glaubte sie, ein elternloses Mädchen müsse besonders rasch und sicher unter die Haube gebracht werden? Oder spekulierte sie gar darauf, ihre eigene gesellschaftliche Stellung weiter zu verbessern, indem sie die Nichte mit einem Adligen verheiratete, dessen Rang dem ihres Mannes überlegen war? Georgina sehnte stets das Ende der Promenade herbei, selbst wenn das Wetter noch so schön war, da die Erwartungen und Verhaltensregeln sie wie ein Korsett einzwängten, in dem sie kaum Luft bekam.

Wieder zupfte Lady Anne Georgina am Ärmel. »Und dort, der Ehrenwerte Freddy Linton. Sein Vater soll unermesslich reich sein. Er selbst bringt am liebsten das Familienvermögen unter die Leute.«

Georgina fühlte sich angewidert von der unverhohlenen Bewunderung ihrer Tante und verspürte nicht den geringsten Wunsch, sich mit irgendeinem dieser Menschen zu unterhalten – was zum Glück aber auch recht unwahrscheinlich war. Denn obwohl Lady Anne einen Baronet geheiratet hatte, der im Unterhaus saß, lag eine schwer zu überbrückende Kluft zwischen ihr und den Angehörigen des Hochadels, nicht zuletzt, weil ihr Vater sich sein nicht unbeträchtliches Vermögen selbst erarbeitet hatte. Georgina hatte während ihrer Schulzeit genügend spitze Bemerkungen über solche Menschen aufgeschnappt, um zu wissen, wie verächtlich man ihnen begegnete.

Als Frau konnte man natürlich reich heiraten. Leider war die Auswahl an Junggesellen von Stand und Vermögen alles andere als unerschöpflich, da gewöhnlich nur der älteste Sohn den gesamten Besitz erbte, während das Angebot an heiratsfähigen Töchtern ehrgeiziger Eltern schier unendlich war.

Endlich war die Promenade vorbei, und der Park leerte sich rasch. Seufzend kehrte Lady Anne mit Georgina zur Kutsche zurück, die in Richtung Bloomsbury rollte. Nachdem Georgina den Besuch im Park ohne Murren absolviert hatte, gestattete man ihr, sich nach dem Abendessen auf ihr Zimmer zurückzuziehen. Lady Annes Ehemann war hinzugekommen und unterhielt seine Frau und ihren Vater mit den neuesten Anekdoten aus dem Parlament. Im Gehen hörte sie noch das dröhnende Gelächter von Sir Richard und das Klirren von Gläsern, als ihr Großvater die Brandykaraffe holte.

Endlich allein! Georgina schloss die Zimmertür von innen ab und stellte die zweite Lampe, die sie sich bei Mrs. Summers besorgt hatte, auf den Tisch. Für das bevorstehende Unterfangen benötigte sie so viel Licht wie nur möglich. Dann holte sie das Ledernotizbuch aus der untersten Schublade ihrer Wäschekommode, wo sie es unter Leinenunterhosen und Hemden verborgen hatte. Sie stellte beide Lampen auf einen Beistelltisch und setzte sich in den bequemen Sessel am Fenster.

Georgina schlug das Notizbuch auf. Wieder las sie auf dem Deckblatt die Worte *Joshua Hart, Doctor Medicinae, London 1799*. Der Besitzer war also Arzt gewesen und hatte es zweiundzwanzig Jahre zuvor gekauft oder begonnen. Vermutlich war er ein Verwandter von Ethan Hart gewesen. Warum aber hatte die Pfarrerswitwe nichts von ihm gewusst?

Vorsichtig blätterte sie weiter. Das Heft schien Aufzeichnungen zu enthalten, die allerdings nicht medizinischer Natur waren, sondern eindeutig zur Steinsammlung in den beiden Truhen gehörten.

Es handelte sich um keine längeren zusammenhängenden Texte wie in einem Tagebuch, sondern um kurze Absätze, die oft mit Zeichnungen versehen waren. Manche stellten schön nachgebildete Steine oder Fossilien dar, andere Querschnitte durch einzelne Erdschichten, wie Georgina nach einigem Überlegen zu erkennen glaubte.

Zwischendurch hatte Joshua Hart – so dachte sie an ihn, das Wort Vater wäre ihr fremd vorgekommen – Zitate eingestreut, die aber meist nur mit Initialen gekennzeichnet waren. Manche waren der Bibel entnommen, andere schienen von Wissenschaftlern zu stammen.

So war an einer Stelle zu lesen: *Daher kommen wir bei unserer gegenwärtigen Untersuchung zu dem Schluss, dass wir keine Spuren eines Anfangs finden, und keine Aussicht auf ein*

Ende. J.H., Earth 1785. Das Zitat war mit einem Ausrufezeichen versehen. Georgina überlegte, wer sich hinter den Initialen verbergen könnte, und kam schließlich auf den schottischen Gelehrten James Hutton. Sie hatte von seinen Theorien über das Alter der Erde gehört, jedoch keines seiner Werke gelesen, da sein Stil selbst unter Wissenschaftlern als nahezu unverständlich galt.

Hatten diese Worte Joshua Hart besonders beeindruckt, dass er sie hier niedergeschrieben hatte? Bedeutete es, dass er Huttons Meinung teilte oder eher, dass er sie widerlegen wollte?

Sie blätterte weiter und stieß auf ein Zitat, das Hart mit einem Ausrufezeichen und mehreren Fragezeichen versehen hatte: *Denn siehe, ich will eine Sintflut kommen lassen auf Erden, zu verderben alles Fleisch, darin Odem des Lebens ist, unter dem Himmel. Alles, was auf Erden ist, soll untergehen.* (Genesis 6,17)

Waren Hart bei seinen wissenschaftlichen Forschungen Zweifel an den Worten der Bibel gekommen? Oder eher an den Ideen der Naturforscher? Auch das ging aus den Unterlagen nicht hervor.

Das ganze Buch wirkte sonderbar, durcheinander gewürfelte Gedanken und Skizzen ohne Zusammenhalt und roten Faden, und doch konnte Georgina sich seiner Faszination nicht entziehen. Falls sie aus der Art der Niederschrift auf den Gemütszustand Harts schließen konnte, musste er oft aufgewühlt gewesen sein und seine Vorstellungen spontan notiert haben, wie sie ihm gerade in den Sinn kamen. Vielleicht während seiner Arbeitsstunden, sobald sich ein Augenblick der Ruhe ergab? Oder spät am

Abend, wenn er von seinen Krankenbesuchen heimgekehrt war und bei Kerzenschein ein bisschen Zeit für seine naturwissenschaftliche Leidenschaft fand? Das Buch sah reichlich abgenutzt aus, er hatte es vermutlich bei sich getragen und hervorgeholt, wann immer ihm ein neuer Gedanke kam.

Die Zeichnungen waren sauber ausgeführt und stellten wohl Harts eigene Funde dar, da sie meist mit Daten und Orten gekennzeichnet waren.

Georgina war, als ginge von dem Buch eine Wärme aus, die sie aufs Angenehmste durchströmte, eine Erregung, der sie sich nicht entziehen konnte.

Auf den letzten Seiten wurde die Schrift sehr unruhig, manchmal schien Hart die Feder abgerutscht zu sein, so dass die Seite von feinen dunklen Spritzern übersät war, und die Buchstaben wurden zunehmend unleserlicher. *LV*, die Abkürzung tauchte nun mehrfach auf, sagte Georgina aber gar nichts. *Norfolk* stand einmal da, ohne erklärenden Zusatz. Die Grafschaft, gewiss, aber was hatte sie mit Harts Forschungen zu tun gehabt? Gab es dort besonders interessante geologische Phänomene zu entdecken?

Dann das Wort *Coke* gefolgt von der Frage: *H. Hall?*

Georgina schüttelte den Kopf. Was als wissenschaftliche Notizensammlung begonnen hatte, wurde zunehmend unverständlicher und sprunghafter, und sie fragte sich, ob Joshua Hart seine Aufzeichnungen überhaupt für fremde Augen bestimmt hatte. Wenn nicht, hätte er sie doch aus der Truhe entfernen können. Oder hatte er sich so plötzlich von seiner Sammlung trennen müssen, dass dafür keine Zeit geblieben war?

Etwas enttäuscht klappte sie das Buch zu, von dem sie sich Erkenntnisse über den Menschen Joshua Hart erhofft hatte, das ihre Verwirrung aber nur vergrößerte. Was sollte sie damit anfangen?

Nun, nicht gleich den Mut verlieren, sagte sie sich, sie würde alle Seiten gründlich durcharbeiten und sich Gedanken machen, was die rätselhaften Kürzel zu bedeuten hatten. Sie wollte das Buch gerade wieder sicher verstauen, als ihr noch ein Gedanke kam.

Sie schlug es noch einmal auf und befühlte vorsichtig die vordere Umschlagklappe. Nichts. Georgina schalt sich eine Närrin, als Enttäuschung in ihr aufstieg. Dies war das Leben und kein Abenteuerroman! Dennoch konnte sie nicht widerstehen, auch noch die hintere Klappe zu überprüfen. Und tatsächlich – da war etwas. Behutsam schob sie drei Finger hinein und zog ein auf die Hälfte gefaltetes Blatt heraus.

Georginas Herz machte einen Sprung, eine heiße Welle durchflutete sie, als hätte ein Fieber ihren ganzen Körper ergriffen. Schon das leicht bräunliche Papier war etwas ganz Besonderes, es fühlte sich wie Stoff an, fast wie Leinen, und schien kostbar zu sein. Sie klappte es vorsichtig auseinander. Im Falz entdeckte sie winzige, kaum erkennbare Löcher, die wohl von einer dünnen Nadel herrührten.

Die Seiten waren eng mit einer sonderbaren Schrift bedeckt und am rechten Rand mit filigranen, technisch aussehenden Zeichnungen versehen, die keine Ähnlichkeit mit den Notizen von Joshua Hart hatten. In der rechten oberen Ecke einer Seite stand die Zahl Zehn, wohl eine Seitenzahl, während die Rückseite keine derartige Kennzeichnung aufwies. Einzelne Wörter waren durchgestrichen, und sie musste sich eingestehen, dass sie nichts davon auf den ersten Blick entziffern konnte.

Georgina schenkte sich ein Glas Wein ein, um ihre Nerven zu beruhigen. Dann legte sie das Blatt auf ihren Schoß und beleuchtete es mit der Lampe. Die Zeichnung stellte eine Art Bottich dar, unter dem ein Feuer brannte. Darüber befand sich ein Flaschenzug, der dem Anschein nach in der Luft hing. Sie konnte sich nichts darunter vorstellen, doch unter der Zeichnung gab es eine schmale Kolumne Text, bei der es sich vermutlich um die Bilderklärung handelte. Zu schade, dass sie nichts davon lesen konnte. Dann drehte sie das Blatt um und betrachtete die andere Seite, an deren rechtem Rand sich ebenfalls Zeichnungen befanden, die spitze Stäbe und einen weiteren Flaschenzug darzustellen schienen. Auch auf dieser Seite war nichts zu entziffern.

Sie überlegte. Konnte es sich um eine Fremdsprache handeln? Denkbar wäre es, selbst wenn ein gewöhnlicher Arzt meist nur Latein beherrschte; vielleicht war Joshua Hart ein Polyglott gewesen. Dann aber müssten zumindest einzelne Wörter lesbar sein, selbst wenn sie ihren Sinn nicht entschlüsseln konnte. Sie meinte, den einen oder anderen Buchstaben zu erkennen, doch die Wörter widersetzten sich beharrlich jedem Deutungsversuch.

Georgina lehnte sich im Sessel zurück und schob sich eine Haarsträhne aus der Stirn. Zu dumm, nun saß sie hier in London fest. Tante Anne würde sie während der Saison niemals nach Langthorne House fahren lassen, dabei stünden ihr in Lady Agathas Haus ganz andere Möglichkeiten offen. Zum einen war ihre Bibliothek viel besser ausgestattet als die von James Fielding, zum anderen war ihre Großtante eine kluge und gebildete Frau, die sich womöglich einen Reim auf das seltsame Dokument machen konnte.

Mehr noch, im nahe gelegenen Oxford gab es Geologen, denen sie die Steinsammlung zeigen und von denen sie ein Urteil über deren wissenschaftlichen Wert einholen könnte. Sie stampfte vor lauter Ungeduld mit dem Fuß auf, rief sich aber sofort zur Ordnung, denn das Haus war hellhörig, und sie wollte mit ihrem wenig damenhaften Verhalten keine unnötige Aufmerksamkeit erregen.

Andererseits wäre London sicher der geeignete Ort, um etwas über den geheimnisvollen Joshua Hart zu erfahren. Dieser Gedanke hob Georginas Laune beträchtlich. Sie scheute davor zurück, mit Mrs. Hart zu sprechen, wollte die Witwe nicht noch einmal belästigen. Außerdem hatte diese kategorisch erklärt, nichts über die Truhen und deren Besitzer zu wissen.

Aber Georgina konnte sich anderswo umhören, möglicherweise hatte jemand ihn als Arzt gekannt. Den Rest der Saison würde sie Nachforschungen über Hart anstellen und sich nach ihrer Rückkehr zu Lady Agatha nach Oxfordshire um die Sammlung kümmern.

Dann kam ihr noch ein Gedanke. Selbst wenn James Fieldings Bibliothek keine brauchbaren Nachschlagewerke enthielt, gab es in London zahlreiche Leihbüchereien und wissenschaftliche Bibliotheken, in denen sie womöglich eine Antwort auf das Rätsel der geheimnisvollen Zeichen fände. Sie musste nur einen Weg finden, um unbemerkt dorthin zu gelangen.

Nun aber war es Zeit, ins Bett zu gehen. Schon morgen gab es viel zu tun, und dafür benötigte sie Kraft und Erfindungsreichtum.

Die Nachforschungen gestalteten sich viel schwieriger, als Georgina angenommen hatte. Als ahnte sie etwas, ließ Lady Anne sie nicht mehr aus den Augen und schleppte sie von einer gesellschaftlichen Verabredung zur nächsten. Georgina blieb kaum noch Zeit für sich selbst, und abends war sie oft so müde, dass sie nur noch ins Bett sinken konnte. Es schien, als wollte man um jeden Preis bis zum Ende der Saison einen Ehemann für sie finden.

Bei Tage war sie niedergeschlagen, weil sie sich wie ein Pferd vorkam, das auf dem Markt zur Schau gestellt und an den Meistbietenden verkauft werden soll. Sie wusste, wie wichtig die Auswahl eines Ehemanns für eine junge Frau war, weil man es ihr von klein an eingeschärft hatte. Dennoch war es ihr nie gelungen, auch nur annähernd so viel Begeisterung für die vorhersehbaren Rituale des Werbens aufzubringen wie die jungen Damen ihrer Bekanntschaft. Man schaute einen Herrn flüchtig an, der sich vorstellte und einen zum Tanz aufforderte; man schlug die Augen nieder, wich zurück, näherte sich vorsichtig und unternahm schließlich als Höhepunkt einen ersten gemeinsamen Spaziergang in Begleitung einer Anstandsdame. Die jungen Damen und Herren führten eine Art Menuett auf, dessen Schritte genau festgelegt waren und wenig Raum für eigene Ideen boten.

Zudem wurden sie ständig belauert – von Müttern, Großmüttern und Tanten, die über ihre Schützlinge wachten und sie jahrelang auf den großen Auftritt vorbereitet hatten. Manchmal wünschte sich Georgina, sie wäre wohlhabend wie Tante Agatha, dann könnte sie ganz auf die Ehe verzichten und nach Lust und Laune leben: sich kleiden, wie es ihr gefiel, und Zeitvertreiben nachgehen, die ihr am Herzen lagen.

Als sie sich für den dritten Ball innerhalb einer Woche umkleiden sollte, schützte sie schließlich erneut eine weibliche Unpässlichkeit vor.

Lady Anne schaute sie prüfend an, trat dann an ihren Sekretär und kramte in aller Ruhe einen kleinen, in rotes Leder gebundenen Kalender hervor. Sie blätterte darin, las kurz und runzelte die Stirn. »Mein liebes Kind, wir sollten vielleicht ärztlichen Rat einholen.«

Georgina sah sie verständnislos an. Mrs. Summers hatte ihr behutsam beigebracht, dass diese Beschwerden nicht als Krankheit zu betrachten, sondern vollkommen natürlich seien.

»Es ist noch nicht lange her, dass du nicht mit uns zu den Winterstones gehen konntest. Wenn deine Unpässlichkeit so häufig auftritt, besteht Grund zur Sorge. Wenn ein junges Mädchen zu stark … hm … jedenfalls kann es den Körper schwächen und ernsthafte gesundheitliche Folgen haben. Ich werde wohl unseren Hausarzt konsultieren müssen …«

Georgina machte unwillkürlich einen Schritt auf ihre Tante zu. Ihre Arme hingen herab, doch die Hände waren zu Fäusten geballt. Die Knöchel traten weiß hervor, so sehr musste sie sich beherrschen. »Führst du etwa Buch über mich? Verzeichnest du alles, was ich sage und tue, in deinem Kalender?«

»Mein Kind, ich habe nur dein Bestes im Sinn«, sagte Lady Anne mit aufreizender Sanftmut.

»Es fällt mir schwer, das zu glauben.«

Lady Anne, die den Kalender gerade zurückgelegt hatte, fuhr herum, so dass ihr Kleid heftig über den Boden wischte. »Was willst du damit andeuten?«

»Nun, du erzählst immer, es ginge dir nur um mein Wohl. Aber ich werde nie gefragt, ob es mir gefällt, ständig in Gesellschaft zu gehen, mich herauszuputzen und zur Schau zu stellen, mit dummen Leuten Konversation zu treiben und brav zu nicken, wenn irgendwelche Herren Unsinn erzählen, während ich lieber ein gutes Buch lesen oder auf Reisen gehen würde«, brach es aus ihr heraus.

»Da dein eigenes Urteilsvermögen so unreif ist, kannst du von Glück sagen, dass dein Großvater und ich besser wissen, was gut für dich ist«, erwiderte Lady Anne in schneidendem Ton. »Für eine junge Frau in deiner Stellung gibt es nichts Wichtigeres als eine gute Heirat. Um einen passenden Ehemann zu finden, musst du dich an gewisse Spielregeln halten. Wer das nicht tut, wird von der Gesellschaft ausgeschlossen. Solange dir diese Regeln nicht in Fleisch und Blut übergegangen sind, wirst du dich damit abfinden müssen, dass ich im Auftrag deines Großvaters über dein Wohl wache.«

Georgina stampfte mit dem Fuß auf. Sicher, es war kindisch, aber sie konnte ihre Empörung nicht länger zügeln. »Ich will diese Regeln nicht lernen! Mich interessiert nicht, was die Leute denken! Ich will meine eigenen Regeln aufstellen und danach leben!«

»Ich habe es gewusst«, sagte Lady Anne leise und wandte sich ab. Ihre Schultern schienen herabzusinken, ihr Kopf war geneigt, als resigniere sie.

Sollte ich gewonnen haben?, fragte sich Georgina. Doch die nächsten Worte rissen sie aus dieser Illusion.

»Angesichts dieses Verhaltens werde ich mit deinem Großvater sprechen und dafür plädieren, dass die Besuche bei deiner Großtante vorerst unterbleiben«, verkündete Lady Anne. »Du kannst dich auf dein Zimmer zurückziehen.« Sie sagte es mit einem lauernden Blick, als wollte sie Georginas Reaktion prüfen.

Das Mädchen überlegte rasch. Dazu durfte es nicht kommen, niemals. Auch wenn sich alles in ihr sträubte, musste sie dieses eine Mal über ihren Schatten springen. Also neigte sie den Kopf und sagte: »Ich werde mich umziehen. Das hellblaue Ballkleid?«

Lady Anne nickte mit kaum verhohlenem Triumph.

Vor der Tür holte Georgina tief Luft. Sie hatte eine Niederlage hingenommen, weil sie auf einen größeren Sieg hoffte. Sie würde den Abend über sich ergehen lassen, um sich andere Freiheiten zu erkaufen, und bei Kerzenschein das Notizbuch studieren.

Sie ertrug die Tage und sehnte verzweifelt die Abende herbei, an denen sie in ihrem Zimmer sitzen konnte, die Blätter des Notizbuchs im Schein der Lampe ausbreitete oder die Steine in hölzernen Sammelkästen anordnete, die sie sich ganz offiziell gekauft hatte – für die Aussteuer, wie sie ihrer Tante voller Überzeugung versichert hatte. Das Lügen fiel ihr allmählich leicht, und sie rechtfertigte es damit, dass man sie zu derartigen Ausflüchten zwang. Liebevoll stellte sie die Steine und Fossilien nach Gruppen zusammen und legte sie mit den von Joshua Hart beschrifteten Kärtchen in die einzelnen Fächer.

Der erste Fund stammte aus dem Jahre 1797, der letzte von 1801. Danach gab es keine Fundstücke und keine Eintragungen im Notizbuch mehr. Mit dem Mai 1801 brach alles ab, und Georgina fragte sich, ob das Ende seiner Untersuchungen mit Harts Tod zusammengefallen war. Er könnte auch zunächst erkrankt und dann gestorben sein oder aus irgendeinem Grund den Gefallen an seinen Forschungen verloren haben. Denkbar wäre auch, dass es ihm als Arzt an Zeit mangelte. Oder hatte er sich zum Kriegsdienst gemeldet und in einem Lazarett gearbeitet, wo er womöglich getötet worden war? Sie stand nach wie vor mit leeren Händen da.

Dann kam ihr eine Idee, die zwar nichts mit Joshua Harts Arbeit zu tun hatte, ihr aber Hinweise auf seine Reisen und Aufenthaltsorte liefern konnte. Also griff sie zu Papier und Feder und listete sorgfältig sämtliche Fundorte auf, die auf den Kärtchen verzeichnet waren, und dazu die jeweiligen Daten.

Alle Fundorte lagen in der näheren Umgebung der Hauptstadt, in Grafschaften wie Kent, Berkshire und Surrey, manchmal auch in London selbst. Es gab kein einziges Exemplar von der Südküste, keine Fossilien aus Orten wie Lyme Regis, wo Mary Anning so viele außergewöhnliche Entdeckungen gemacht hatte, oder aus Wales, wo sich nach William Smiths geologischer Karte besonders altes Gestein befand.

Das konnte bedeuten, dass Hart in London gelebt und

sich wegen seiner ärztlichen Tätigkeit oder aus finanziellen Gründen nie weit von dort entfernt hatte. Dann betrachtete Georgina die Daten und stellte fest, dass Funde aus der gleichen Gegend stets mit bestimmten Jahreszahlen zusammenfielen, als hätte Hart dort einen kurzen Urlaub verbracht und dabei Exkursionen in die Steinbrüche der Umgebung unternommen.

So musste er 1801 zehn Tage in Kent gewesen sein, denn es gab zwölf datierte Fundstücke aus Orten wie Maidstone und Canterbury. Auf der Rückseite einer Karte, die zu einem Stück Kreide aus Canterbury gehörte, machte Georgina eine bemerkenswerte Entdeckung, die einen Rückschluss auf Joshua Harts Reisen zuließ: *Typische Kreide, Canterbury und Klippen Dover. Mehrtägige Wanderung.* Auf einmal hatte sie das Gefühl, seine Schritte zu verfolgen, in Gedanken mit ihm auf Reisen zu gehen, durch den Südosten Richtung Küste zu wandern, vielleicht sogar bis zu den Kreideklippen von Dover.

An diesem Abend träumte Georgina, sie zöge mit Mary Anning und einem Mann, dessen Gesicht sie nicht erkennen konnte, über Land. Am Rand einer steilen Klippe blieben sie stehen und erblickten am Strand, tief zu ihren Füßen, ein gewaltiges Skelett, das seinen gekrümmten Schwanz ins Meer hineinstreckte und den Schädel an den steilen Fels gepresst hielt. Gerade als sie sich hinüberbeugen wollte, spürte sie eine sanfte Hand auf der Schulter, und der gesichtslose Mann warnte sie mit freundlicher Stimme, sie solle sich nicht zu weit hinüberlehnen.

KAPITEL VI

Hier vervollkommnet sich der menschliche Geist und verroht zugleich, bringt die Zivilisation ihre Wunder hervor und wird der zivilisierte Mensch wieder zum Wilden.

ALEXIS DE TOCQUEVILLE

»Trinken wir auf die Zukunft und den Wohlstand«, sagte Sir Richard Fellowes und erhob sein Glas. Die anderen fünf taten es ihm nach. Der Tisch war aufs Schönste gedeckt: feinstes Leinen, schimmernde Kristallgläser und Karaffen, glänzend poliertes Silber und ein Tafelaufsatz, der an Pracht seinesgleichen suchte. Die Reste des zarten Lammbratens waren soeben abgeräumt worden und machten einer Auswahl kleinerer, unterschiedlich gefüllter Pasteten Platz.

Lady Anne hatte das Diner für diesen Abend minuziös geplant. Ihr Vater war froh gewesen, alles aus der Hand geben und seine Tage im Klub verbringen zu können, um den lästigen Vorbereitungen und der Unruhe im Haus aus dem Weg zu gehen. Er fand es sehr erfreulich, dass Anne sich so reizend um Georgina bemühte, die ihm zunehmend lästig wurde. Natürlich hätte er sich den Damen des Hauses gegenüber nie so grob und kränkend ausgedrückt, doch für einen Mann in seinen Jahren war es nicht angenehm, sich mit den Heiratsaussichten eines jungen Mädchens beschäftigen zu müssen, das möglichst schnell und vorteilhaft unter die Haube gebracht werden sollte. James Fielding war kein leidenschaftlicher Vater gewesen, und auch als Großvater mangelte es ihm an jener Sentimentalität, die manchen älteren Herren Tränen der Rührung in die Augen trieb, wenn sie ihre Enkel auf den Knien wiegen durften. Nein, er saß am liebsten in rein männlicher Gesellschaft mit Zeitung, Portwein und Zigarre am Kamin.

Lady Anne hatte nur einen Gast geladen, was eine besondere Respektbezeugung darstellte. Dies war möglich geworden, da Lady Agatha eine ihrer seltenen Reisen nach London unternommen hatte, um ärztlichen Rat einzuholen. Ihre Anwesenheit erlaubte es, St. John Martinaw einzuladen, ohne eine weitere alleinstehende Dame hinzubitten zu müssen, um eine gerade Anzahl bei Tisch zu haben.

Georginas Freude über Tante Agathas Besuch war groß, zumal diese vorgeschlagen hatte, bei dieser günstigen Gelegenheit ihre Nichte persönlich mit nach Oxfordshire zu nehmen, da die Londoner Saison nahezu vorüber war. Nun konnte Georgina die Truhen im Wagen ihrer Großtante transportieren.

Die Vorfreude tröstete sie über die Klagen Lady Annes hinweg, dass die Saison zu Ende und noch immer kein geeigneter Bewerber für sie in Sicht sei. Natürlich hatte es Herren gegeben, die im Haus Fielding vorgesprochen hatten, doch sie fanden keine Gnade vor Lady Annes prüfenden Augen oder missfielen Georgina so sehr, dass sie sich rundweg weigerte, mehr als die nötigsten Höflichkeitsfloskeln mit ihnen zu wechseln. Lady Anne hoffte nun auf den Herbst – oder auf eine nähere Bekanntschaft mit dem Ehrengast des Abends.

Schon lange hatte Lady Anne St. John Martinaw mit ihrer Nichte bekannt machen wollen, und dieser Abend würde die letzte Gelegenheit sein, bevor diese aufs Land reiste. Vor dem Essen hatte sie Lady Agatha eingeschärft, sich höflich zu verhalten und auf kritische Bemerkungen zu verzichten, da dieser Abend von größter Bedeutung für ihre Nichte sei.

»Sie erwähnten eben, dass Sie sich nicht nur mit Medizin beschäftigen, Mr. Martinaw«, sagte Georgina, die von der Aussicht auf die baldige Abreise beflügelt wurde und in dieser Stimmung wohl zu jedem freundlich gewesen wäre, selbst wenn er sich nicht so höflich und bescheiden verhalten hätte wie Mr. Martinaw. Er hatte anschaulich von seiner Arbeit im Krankenhaus berichtet, natürlich immer im Rahmen des Schicklichen, und die Fortschritte der medizinischen Wissenschaft gelobt. James Fielding genoss schweigend das gute Essen und den Wein und machte sich nur gelegentlich mit einem leisen knurrenden Lachen oder einem »Hört, hört« bemerkbar. Lady Agatha hatte einige kluge Fragen gestellt und war tatsächlich ungewöhnlich höflich und zurückhaltend geblieben, so dass man schon jetzt von einem gelungenen Abend sprechen konnte.

Lady Anne war hoffnungsvoll. Zwar ließ Georgina noch nicht erkennen, dass sie den Gast in irgendeiner Weise anziehend fand, doch war ihre Gesprächigkeit Beweis genug, dass er sie immerhin nicht langweilte oder abstieß.

St. John Martinaw betupfte sich die Lippen mit der blütenweißen Serviette. »In der Tat, Miss Fielding, ich beschäftige mich auch mit vergleichender Anatomie.« Er machte eine Pause, als wolle er abwägen, ob er sie damit überfordere, doch Georgina schaute ihn aufmerksam und abwartend an.

»Ich studiere den Körperbau verschiedener Tierarten, um Unterschiede und Ähnlichkeiten zu erkennen. Ich seziere die Tiere und lege Zeichnungen an, auf denen der Knochenbau oder die Anordnung der inneren Organe zu erkennen sind.« Wieder blickte er sie prüfend an. »Ich hoffe, ich langweile Sie nicht.« Dann fügte er mit einem unsicheren Lächeln hinzu: »Ist das Thema bei Tisch genehm?«

»Ach, kommen Sie, junger Mann«, fuhr ihn Lady Agatha, die plötzlich wieder die Alte zu sein schien, mit barscher Freundlichkeit an. »Zieren Sie sich nicht, wir sind fast beim Dessert.«

Georgina, froh darüber, nicht die Skandale, Liebesgeschichten und frisch gestifteten Ehen der Saison durchkauen zu müssen, nickte ihr dankbar zu. »Mr. Martinaw, Sie langweilen mich keineswegs, und ich erfreue mich eines robusten Magens.«

Er lächelte. »Gut. Nehmen wir beispielsweise die Zähne. Angenommen, Sie haben eine Reihe tierischer Zähne vor sich, die nicht gekennzeichnet sind. Was können sie Ihnen verraten?«

Georgina überlegte kurz. »Die Größe der Zähne könnte Rückschlüsse auf die Größe des Tieres zulassen.«

Martinaw nickte. »Das trifft in manchen Fällen zu. Aber nicht immer. Es gibt auch gewaltige Tiere mit erstaunlich kleinen Zähnen.«

Lady Anne, Sir Richard und Mr. Fielding schwiegen

höflich, da ihnen derartige Gespräche nicht lagen. Dennoch konnte die Dame des Hauses ihre Genugtuung nicht verbergen. Noch nie hatte sich Georgina so bereitwillig und angeregt mit einem Mann unterhalten, selbst wenn es dabei um tierische Zähne ging.

»Also, dann würde ich einmal vermuten, dass man erkennen kann, welche Nahrung das Tier zu sich nimmt, ob es also ein Raubtier ist oder Pflanzen frisst.«

»Gratulation, Sie besitzen einen wissenschaftlichen Verstand, Miss Fielding«, verkündete Martinaw, ohne zu überlegen, ob dies wohl das geeignete Kompliment für eine junge Dame war. Er konnte nicht ahnen, dass er ihr damit eine größere Freude gemacht hatte als mit jeder Bemerkung über ihr reizendes Lächeln oder ihre engelsgleichen Locken.

»Und wenn in fernen Ländern neue Tierarten entdeckt werden, schickt man Ihnen ein ausgestopftes Exemplar, um es zu untersuchen?«, erkundigte sie sich. Es war, als säße sie mit Martinaw allein am Tisch, so still waren die anderen geworden.

»Das kommt bisweilen vor, aber leider nicht allzu oft.« Er beugte sich vor und trank von seinem Wein. »Es gibt jedoch noch eine andere Kategorie von Tieren.« Das klang beinahe geheimnisvoll. »Sie sind ungewöhnlicher als jedes lebende Geschöpf, und auch an ihren Körpern lassen sich faszinierende Entdeckungen machen.«

»Und welche?«, fragte Georgina gespannt.

»Fossilien. Haben Sie davon gehört?«

»Natürlich.«

»Dann wissen Sie auch, dass es sich um die versteinerten Überreste vorzeitlicher Tiere handelt. Diese weisen im

Idealfall Zähne auf, die sich selbstverständlich untersuchen lassen. Und daraus wiederum lassen sich ähnliche Rückschlüsse auf Ernährung und Jagdverhalten ziehen wie bei lebenden Geschöpfen.«

»Ja, und ich habe so etwas auch schon einmal gesehen.« Mit geröteten Wangen und glänzenden Augen berichtete sie von dem Besuch in Lyme, während Martinaw sie fasziniert fixierte.

Beide bemerkten die Blicke gar nicht, die zwischen den beiden Damen und Sir Richard hin und her flogen. Triumph bei Lady Agatha, als wollte sie sagen, das habt ihr nun davon, wenn ihr einen Mann der Wissenschaft für Georgina einladet. Unsicherheit bei Sir Richard Fellowes, der nicht recht wusste, was er von diesem Tischgespräch halten sollte und ob es wirklich schicklich sei, und Zuversicht bei seiner Frau, die spürte, dass hier eine Verbindung geknüpft wurde, die über höfliche Konversation und billige Schmeicheleien hinausreichte.

Als Lady Anne und Sir Richard an diesem Abend zu Bett gingen, stützte sie sich auf einen Ellbogen und sah ihren Mann äußerst zufrieden an. »Was habe ich Ihnen gesagt? Schon als wir ihn in der Academy trafen, habe ich gespürt, dass es einen Versuch lohnt. Sie werden korrespondieren, darauf gebe ich Ihnen mein Wort.« Mit diesem Versprechen löschte sie die Kerze.

Aus den Aufzeichnungen des Justus von Arnau:

Manchester, August 1821:

Heute hatte ich erwartet, endlich meiner Tante gegenüber-

zustehen, die ich nie zuvor gesehen habe, und in ihr eine letzte Verbindung zu meiner Mutter zu finden. Doch zunächst wurde ich enttäuscht.

Als ich vor dem Häuschen stand und anklopfte, öffnete mir eine Frau und schaute mich fragend an. Ob Mrs. Rose Beaton hier wohne, fragte ich.

Die Frau wandte abrupt den Kopf ab, hustete in ein Taschentuch und erwiderte: »Ist nach Ancoats gegangen nach der Geschichte. Konnte das Haus nicht halten.«

Ich verstand sie nicht und erklärte, dass ich einen weiten Weg hinter mir hätte und meine Verwandte gern besuchen würde.

Erkennen flackerte in ihren Augen. »Rose hat mal von ihrer Schwester erzählt, die einen reichen Mann geheiratet hat. Einen Ausländer. Gehören Sie zu denen?«

Ihre unverblümte Ansprache war gewöhnungsbedürftig, doch ich nickte, denn nur so würde ich etwas von ihr erfahren. »Ja, Madam, so ist es. Meine verstorbene Mutter war die Schwester von Mrs. Rose Beaton.«

Die Frau bedeutete mir zu warten und verschwand im Hausflur. Ungeduldig hörte ich, wie drinnen Schubladen geöffnet wurden, das Knistern von Papier und ihre Schritte, die sich schlurfend der Tür näherten. Dann streckte sie mir einen Zettel entgegen.

»Da steht es. Rose Beaton wohnt jetzt in Ancoats. Sie können ihn mitnehmen, sie kommt nicht mehr zurück.«

Im Gehen spürte ich ihre neugierigen Blicke im Rücken. Schon da überkam mich eine dunkle Vorahnung.

Cheltenham, September 1821:

Meine Abreise aus Manchester glich einer Flucht. Endlich habe ich die Häuserburgen hinter mir gelassen und kann in Ruhe weiterschreiben.

Als ich dem Droschkenkutscher mein Ziel nannte, musterte er mich und fragte misstrauisch: »Ganz sicher, Sir?«

Es war eine andere Welt.

Gewaltige mehrstöckige Bauten aus rotem Backstein wuchsen vor uns empor. Schier endlose Fensterreihen und hohe Schornsteine, aus denen schwarzer Qualm drang. In den Straßen herrschte gewaltiger Lärm, ein Getöse aus menschlichen Stimmen, Pferdegespannen und dem Dröhnen unsichtbarer Maschinen.

Den Kutscher schien das alles nicht zu kümmern. Das sei die Baumwollstadt, in deren Spinnereien Tausende von Menschen arbeiteten.

Die Straßen waren so eng, dass kaum Licht hereinfiel. Die Wohnhäuser hatten rußgeschwärzte Mauern und standen dicht an dicht, so dass man kaum von einzelnen Gebäuden sprechen konnte, eher von einer hundert Yards langen steinernen Baracke. Ein schmaler Durchgang, der mit struppigem Gras überwuchert war, und schon folgte die nächste Baracke. Auf den Straßen schmutzige Kinder mit bloßen Füßen, Unrat, Pferdemist, und man spürte förmlich, wie die ungesunde Luft in die Lungen drang und dort einen schwarzen Schleier hinterließ.

Und hier, in diesen Elend, sollte meine Tante wohnen?

Ich stieg aus. Stand in der engen Straße und zögerte, an die Tür des Häuschens zu klopfen. Vielleicht wollte meine Tante nicht in diesem Elendsloch gesehen werden. Gleichwohl, ich hatte einen weiten Weg zurückgelegt und würde es mir nicht verzeihen, wenn ich nun kehrtmachte.

Also klopfte ich. Schluckte mühsam. Dann ging die Tür auf. Die Frau besaß keine Ähnlichkeit mit meiner Mutter, und doch spürte ich, dass ich diesmal vor dem richtigen Haus stand. Ihr Haar war grau, das Gesicht von tiefen Falten durchzogen, dabei wusste ich aus den Erzählungen meiner Mutter, dass Rose die Jüngste gewesen war, 1777 geboren und somit erst vierundvierzig Jahre alt. Sie schaute mich an wie einen Fremden, der ich für sie auch war.

Ich stellte mich vor, zögernd und von tiefem Unbehagen erfüllt. Mrs. Beaton schaute zuerst ungläubig, dann breitete sich ein Lächeln auf ihrem Gesicht aus, und sie zog mich am Arm in den schmalen, düsteren Flur. Ich drehte mich kurz um und gab dem Kutscher ein Zeichen, er solle warten.

Sie führte mich in ein winziges Zimmer mit einem Fenster zur Straße, durch das kaum Licht fiel. Sofort bemerkte ich, wie sauber es hier drinnen war, als wollte sie auf diese Weise eine Insel der Reinlichkeit und des Anstands inmitten von Schmutz, Ruß und Krankheit bewahren.

»Sie …«, sie räusperte sich, »Sie sind Carolines Sohn? Sie haben mir damals geschrieben, dass sie gestorben ist?« Das stimmte, mein Vater hatte sich seinerzeit nicht einmal die Mühe gemacht, Mutters englische Familie zu benachrichtigen. Ich selbst hatte ein kurzes, aber herzliches Schreiben geschickt.

Rose Beatons Augen wanderten über meinen Gehrock und die eleganten Stiefel, die ich mir bei einem Schuhmacher in Florenz hatte fertigen lassen.

»Ja. Ich bin auf Reisen und wollte …« Ich zögerte, dabei war

ich selten um Worte verlegen, kam mir in dem engen Heim aber ziemlich fehl am Platze vor.

»Setzen Sie sich doch. Meine Kinder sind noch bei der Arbeit.«

»Arbeit?«, fragte ich und nahm in einem Sessel Platz.

»Ja, in der Spinnerei in der Redhill Street.« Zum ersten Mal begegnete ich der Kinderarbeit, die in Englands Fabriken so verbreitet ist.

Als hätte Rose Beaton meine unausgesprochene Frage gehört, sagte sie: »Elsie ist siebzehn, Ralph fünfzehn, Mary ist zwölf. Paul wohnt nicht mehr bei mir, er ist nach Liverpool gegangen, als Hafenarbeiter, und hat dort geheiratet.«

Ich räusperte mich und zögerte mit der nächsten Frage, doch wieder kam sie mir zuvor: »Wie haben Sie mich gefunden?«

»Ich war bei Ihrem alten Haus, und die Dame, die jetzt darin wohnt, hat mir Ihre neue Adresse genannt«, erwiderte ich.

»Ach ja, Mrs. Kelsey. Ich hatte nicht damit gerechnet, dass wirklich jemand nach mir fragt.« Sie wirkte freundlich und zurückhaltend, und so nahm ich allen Mut zusammen und fragte, was sie in diese Gegend verschlagen habe.

Rose Beaton schluckte heftig und biss sich auf die Unterlippe, um die aufsteigenden Tränen zu unterdrücken. »Vor zwei Jahren habe ich meinen Mann verloren. Bei den Unruhen. Er wurde von einem Soldaten erschossen.«

Ich erinnerte mich an das seltsame Wort vom »Peterloo-Massaker«, das ich auf der Dinnerparty bei Colonel Ogden gehört hatte, und fragte nach, wo dieses Peterloo eigentlich liege.

»Damit ist St. Peter's Field gemeint, ein freies Feld, auf dem sich die Leute damals versammelt hatten. Ein Mann von der

Zeitung hat es später Peterloo genannt, weil es dort aussah wie auf einem Schlachtfeld. Waterloo, Sie wissen schon.«

Und ob ich das wusste.

»Alles fing an, als die Getreidezölle erhoben wurden. Da wurde das Brot so teuer, dass die Arbeiter in den großen Städten kaum noch ihre Familien ernähren konnten. Und im schlimmen Jahr 1816, als es gar keinen Sommer gab, war die Ernte so schlecht, dass die Leute keinen Ausweg mehr gesehen haben. Mein Will hat sich gegen die Brotpreise aufgelehnt, zusammen mit vielen anderen. Er war immer ein sanfter Mann, der regelmäßig in die Kirche ging und nie mit anderen stritt oder sich prügelte. Aber er wurde immer zorniger. Und dann kam die große Versammlung im August 1819, da wollte er dabei sein und die Redner hören. Die Soldaten haben sie von allen Seiten eingeschlossen. Und sie haben geschossen und sind mit Säbeln auf die Leute losgegangen, auf ihre eigenen Landsleute. Und mein Will wollte einer Frau mit ihrem Kind zu Hilfe kommen …« Sie musste wieder schlucken. »Aber er ist gestürzt, und dann hat ihn ein Pferd …« Sie konnte nicht weitersprechen.

»Soll ich Ihnen ein Glas Wasser holen?«, fragte ich, um irgendetwas zu tun, denn ihr Bericht hatte mich hilflos gemacht.

Rose schüttelte den Kopf. »Nein, es geht schon. Jedenfalls blieb mir danach nichts übrig, als hierher zu ziehen. Ich konnte das Haus nicht halten. Ohne Wills Lohn kamen wir nicht über die Runden, obwohl ich Näharbeiten angenommen habe. Die Fabrik ist nichts für mich. Aber die Kinder finden dort ihr Auskommen.« Sicher hatte sie sich etwas anderes für sie erhofft, und ihr resignierter Blick verriet, dass sie sich in ihr Schicksal gefügt hatte.

Ich spürte, wie mich erneut Unbehagen überkam, denn die

Tatsache, dass diese Frau die Schwester meiner Mutter war, konnte nicht darüber hinwegtäuschen, dass uns im Grunde nichts verband. Der gesellschaftliche Aufstieg, den meine Mutter, die Tochter eines Pferdeknechts, durch die Heirat mit Konrad von Arnau erfahren hatte, ließ die Kluft umso größer erscheinen. Ich konnte ihr keinen echten Trost spenden, da wir einander völlig fremd waren.

Weil ich ihr dennoch irgendwie helfen wollte, griff ich in die Tasche, um einige Geldscheine herauszuholen. Als Rose Beaton dies sah, sprang sie abrupt von ihrem Stuhl und schaute mich von Scham und Wut erfüllt an.

»Sir, meinen Sie etwa, ich hätte das erzählt, um Sie anzubetteln? Dann muss ich Sie bitten, mein Haus zu verlassen.« In diesem Augenblick gewann sie eine Würde, die mir Respekt einflößte, und ich fragte mich, wie ich sie dazu bringen könnte, die Hilfe zu akzeptieren.

»Bitte nehmen Sie es, Mrs. Beaton, und betrachten Sie es nicht als Almosen. Es ist für Ihre Kinder gedacht. Meine Mutter hätte es so gewollt.«

Anscheinend hatte ich die richtigen Worte gefunden, denn ihr Gesicht wurde weicher, und sie schien mein Angebot ernsthaft zu überdenken. Dann nahm sie die Scheine entgegen und sah mir in die Augen. »Ich lege es für die Kinder weg. Gerade die Mädchen können es für die Aussteuer gebrauchen. Und vielen Dank, Sir.«

Sie begleitete mich zur Tür und schaute mir nach, bis ich in die Kutsche gestiegen war. Noch am selben Abend packte ich meine Sachen und verließ Manchester mit der ersten Postkutsche.

KAPITEL VII

Hier sehn wir die Reste von Landtier und Fisch
Mit lauter kaputtem Geschirr auf dem Tisch …
Haut ohne Knochen und Knochen, entblößt,
Und Brocken von Stein, woran man sich stößt.
Kein Platz mehr frei, um Kapern zu schneiden
Zwischen Büchern, Papier und Kalkstein und Kreiden.
Akten, Kartons, präpariertes Getier
Und umgekippte Büsten sind hier.
In diesem Chaos steht der Weise
Begibt sich auf Gedankenreise
In Händen Butterbrot und Steine
Und murmelt vor sich hin alleine
Was Fremde seltsam dünken mag:
»Jetzt sehe ich klar wie am helllichten Tag.«

GEDICHT ÜBER WILLIAM BUCKLAND

Oxford, August 1821

Der Anblick, der sich von der Anhöhe bot, war einfach märchenhaft. Georgina Fielding kam es vor, als blickte sie geradewegs in ein fremdes Land. Nicht einmal in London hatte sie so viele verschiedene Türme auf engstem Raum gesehen. Lang und schlank wie Finger, eckig wie die Burgfriede des Mittelalters, zinnenbewehrt oder spitz in den Himmel ragend, dazwischen die elegante Kuppel des Sheldonian Theatre. Grau und ockerfarben und zartgelb leuchteten sie in der hellen Nachmittagssonne, als wollten sie die Reisenden von fern begrüßen.

Georgina spürte, wie eine ungestüme Sehnsucht in ihr aufstieg, und sie legte die Hand im feinen ledernen Handschuh an die Kehle, um ihren wilden Pulsschlag zu besänftigen. In der Kutsche wartete Pfarrer Edward Aynscroft, ein alter Freund ihrer Tante Aga, der ihr an diesem Tag ein wunderbares Geschenk machen würde. Er wollte sie in Oxford dem Sohn eines Freundes vorstellen: dem berühmten Naturforscher und Geistlichen William Buckland, der im vergangenen Jahr erster Dozent für Geologie am Corpus Christi College geworden war.

Tante Aga hatte keine Fragen gestellt, als Georgina sie in London um Erlaubnis gebeten hatte, die beiden hölzernen Truhen diskret in die Kutsche laden zu lassen. In Langthorne House angekommen, hatte sie die Sammlung eingehend betrachtet, die einzelnen Stücke bewundert und Georgina geholfen, die Sammelkästen in ihrer Arbeitsecke zu ordnen.

Dennoch, etwas war anders als sonst gewesen. Mit

einem Anflug von Enttäuschung hatte Georgina konstatiert, dass es ihrer Großtante an der üblichen Begeisterung mangelte und diese eine gewisse Mattigkeit an den Tag legte. Selbst als sie ihr voller Aufregung das Notizbuch gezeigt und den Namen Joshua Hart erwähnt hatte, führte dies nicht zur erwarteten Reaktion. Lady Agatha erklärte rundweg, sie habe nie zuvor von dem Mann gehört und könne sich auch nicht vorstellen, weshalb er Georgina seine Sammlung hätte hinterlassen sollen.

Allerdings schien sie Georginas Enttäuschung zu spüren und überraschte sie daher mit dem Ausflug zu William Buckland. Georgina hatte einige Stücke aus Joshua Harts Sammlung eingesteckt, um sie dem Wissenschaftler zu zeigen.

Nun machte sie unwillkürlich einen Schritt nach vorn, als wollte sie die Wiese hinunterlaufen und den Rest des Weges zu Fuß zurücklegen. Sie konnte nicht in Worte fassen, was diese Reise für sie bedeutete. Es musste eine sagenumwobene Stadt sein, eine Insel der Gelehrsamkeit, die wie ein steinernes Schiff auf den sanften Wellenhügeln der Grafschaft Oxfordshire dahinschwamm. Sie verspürte einen leisen Stich, fast einen körperlichen Schmerz, der in dem Wissen wurzelte, dass sie nie dort unten leben und zu den Studenten gehören würde, dass ihr die Tore der Universität verschlossen blieben. Wie es wohl wäre, die Freiheiten zu genießen, die sich jungen Männern ihres Standes boten?

Zögernd stieg sie wieder in die Kutsche. Pfarrer Aynscroft lächelte ihr milde entgegen. Sie nahmen die Fahrt wieder auf. Als sie sich der Stadt schließlich näherten, schlugen auf einmal von überall her Glocken die volle Stunde, nicht gleichzeitig, sondern mit winzigen Abweichungen, als hätten sie verschlafen, und als wollte die zuerst erwachte Glocke die nächstfolgende an ihre Aufgabe erinnern. Die Hufe der Pferde klapperten lauter, die Räder hallten heftiger, als sie von der sandigen Landstraße aufs Pflaster der Stadt rollten. An einer besonders geschäftigen Kreuzung bog die Kutsche nach rechts in die High Street.

Reverend Aynscroft deutete aus dem Fenster nach links auf ein wunderschönes zartgelbes Gebäude mit einem eindrucksvollen viereckigen Turm. »Magdalen College«, sagte er. »Es grenzt unmittelbar an den Fluss. Von dort aus kann man an warmen Tagen sehr angenehme Bootspartien unternehmen.« Er lächelte versonnen, als hegte er romantische Erinnerungen an lang vergangene Sommertage auf dem Fluss.

Interessiert betrachtete Georgina die vielen Geschäfte, die sich an dieser pulsierenden Straße angesiedelt hatten – Bäcker und Buchbinder, Drogisten und Hutmacher, Goldschmiede und Kolonialwarenhändler. Vor allem aber bestaunte sie die würdigen Herren, die gemessen einherschritten, und die jungen Männer, die umhereilten und einander mit erhobenem Barett grüßten, allesamt in schwarze Talare gehüllt.

Ja, sie war wirklich in Oxford angekommen!

Bucklands Diele war eine chaotische Wunderkammer. Auf Regalen, Kisten und Boden türmten sich Steine in allen Formen und Farben, zumeist mit winzigen Kärtchen versehen, auf denen Fundort und Datum verzeichnet waren, viele aber auch wild verstreut, so dass sich Georgina ernsthaft fragte, wie der gelehrte Mann sie je wieder voneinander unterscheiden wollte. Dazu gab es Muschelschalen in allen erdenklichen Gestalten, oft sonderbar geformt oder zu Klumpen verbacken, vielleicht aus fernen Ländern. Und Knochen in allen Größen, sie schienen dem Professor besonders am Herzen zu liegen.

Georgina musste ihre Röcke zusammenhalten, damit sie im Vorübergehen nicht die Fundstücke von ihren Plätzen fegte. Auf Damenbesuche war man hier nicht eingerichtet.

Je tiefer sie in den Korridor vordrangen, desto dichter stapelten sich Stein, Muschel und Gebein. Einmal stolperte Georgina beinahe über eine ausgestopfte Hyäne – präparierte Tiere schienen eine weitere Leidenschaft von William Buckland zu sein. Und dann, ganz am Ende, mündete der Korridor ins Allerheiligste, das Studierzimmer des Professors, von wo ein deutlich vernehmbares Hämmern auf Stein erklang.

An einem großen Tisch, auf dem eine geradezu unglaubliche Unordnung herrschte, saß, ihnen seitlich zugewandt, William Buckland: eine schwarze gebückte Gestalt, reglos wie ein Rabe, nur die Hände befanden sich in Bewegung. Er war offenkundig derart in seine Arbeit vertieft, dass er nicht nur den angekündigten Besuch völlig vergessen zu haben schien, sondern auch die herannahenden Schritte nicht bemerkte.

William Buckland beugte sich gerade über einen gewaltigen Steinbrocken, den er auf einen Sandsack gebettet hatte und konzentriert mit Hammer und Meißel bearbeitete, so dass die Krümel in alle Richtungen stoben. Hin und wieder blies er Steinstaub von dem Brocken, bevor er mit seiner ebenso kraftvollen wie minuziösen Arbeit fortfuhr. Zwischendurch griff er zu einer Feile und arbeitete damit weiter.

Nach kurzem Warten wurde den Besuchern klar, dass er sie nicht ohne höfliche Ankündigung bemerken würde. Edward Aynscroft räusperte sich, worauf der Kopf des Professors in die Höhe schoss. Er wandte sich zur Tür und lächelte verschämt. Aynscroft hatte erzählt, der Gelehrte sei ein gestandener Mann von Ende dreißig, doch sein rundliches Gesicht ließ ihn deutlich jünger erscheinen. Buckland legte Steinbrocken und Werkzeug beiseite, wischte sich die Hände am Talar ab, wo sie deutlich sichtbare Spuren hinterließen, und trat mit ausgestreckten Armen auf seine Gäste zu.

»Aynscroft, mein lieber Freund, Sie müssen verzeihen, aber ich habe heute Morgen dieses herrliche Exemplar von Arietites mit der Post erhalten und musste gleich damit beginnen, es freizulegen. Wenn ich mich in solch einen Fund vertiefe, neige ich dazu, alles um mich herum zu vergessen, was natürlich ebenso unverzeihlich wie unhöflich ist. Und Sie müssen Miss Fielding sein. Es ist mir eine Freude, Sie hier zu begrüßen.« Er verneigte sich vor ihr und sah sich im Studierzimmer um. »Wie Sie sehen, empfange ich selten Damen in meinen Räumen, was auch den bedauerlichen Mangel an Sitzgelegenheiten erklärt.«

Bevor er fortfahren konnte, hatte sie die Hand erhoben. »Bitte, Professor Buckland, machen Sie sich keine Mühe. Ich ziehe es vor, mir Ihre wunderbaren Funde im Stehen anzuschauen. Sie erinnern mich an die Wunderkammer eines Fürsten, angefüllt mit den Schätzen der Natur.«

Sie trat an einen Schrank heran, in dem eine Ansammlung runder und länglicher Steine unterschiedlichster Größe und Farbe sorgfältig nebeneinander angeordnet und mit Orten und Daten versehen war. »Sind das hier auch Fossilien, Professor Buckland?«

Er drehte sich um und errötete bis zu den Haarwurzeln, als er erkannte, vor welchen Stücken sie stand. Dann warf er seinem Freund einen Hilfe suchenden Blick zu und räusperte sich verlegen. »Miss Fielding, das sind … wie soll ich sagen – ich bin noch dabei, einen Terminus für diese Objekte zu prägen. Ich dachte an … Koprolithen.« Er verstummte.

»Sie müssen verzeihen, aber meine Lateinkenntnisse erstrecken sich nur auf einige klassische Zitate«, erwiderte Georgina. Ihr Blick ruhte ebenso höflich wie unerbittlich auf dem Gesicht des Professors, der sich in Qualen wand, doch sie hatte in der Tat keine Ahnung, um was es sich bei den Fundstücken handeln mochte.

»Aynscroft, alter Freund …«, meinte Buckland geradezu flehentlich.

Der Pfarrer, der gerade in die Betrachtung eines ausgestopften Papageientauchers vertieft war, blickte auf. »Was ist denn?«

»Miss Fielding wünscht zu wissen, was das hier ist.« Er deutete auf die Vitrine.

»Ja, und? Erklären Sie es ihr, dazu sind wir doch hergekommen. Sie wird ohnehin keine Ruhe geben, bis sie es erfährt.«

Völlig auf sich gestellt, gab Buckland alle weiteren Versuche auf, das heikle Thema zu umschiffen. »Miss Fielding, es ist, wie soll ich es formulieren, fossiler Dung. Tierische Ausscheidungen, wenn Sie mich verstehen.«

Georgina musste sich das Lachen verbeißen, als sie die Erleichterung auf Bucklands Gesicht bemerkte. Nun, da er die peinliche Antwort glücklich über die Lippen gebracht hatte, erwärmte er sich für diesen Gegenstand und schien von einem Moment zum anderen jegliche Befangenheit abzustreifen. Er hielt erst inne, als er Aynscrofts betretenen Blick bemerkte, ein Augenblick der Verlegenheit, der Georgina nicht entging.

»Hm, wie dem auch sei, schauen wir uns doch einige meiner hübscheren Exemplare an. Miss Fielding, wenn ich bitten dürfte.«

Georgina trat an ein Kabinett, in dem einige besonders eindrucksvolle Fossilien lagen. »Diese hier kenne ich. Es sind lauter Ammoniten, nicht wahr? Haben Sie die alle selbst gefunden, Professor Buckland?«

Der Gelehrte schüttelte den Kopf. »Ich begebe mich zwar auch in die Natur, um dort nach ihren Schätzen zu suchen, aber meine Aufgaben hier im College hindern mich leider oft daran, ausgiebigere Exkursionen zu unternehmen. Zum Glück kenne ich viele Menschen, die in Steinbrüchen oder Gegenden arbeiten, die geologisch interessant sind. Wir zahlen gutes Geld, damit die Arbeiter rücksichtsvoll mit den Funden umgehen und diese sicher für uns aufbewahren.« Er nahm einen gewaltigen Ammoniten von etwa einem Fuß Durchmesser aus dem Kabinett und reichte ihn Georgina. »Diesen habe ich beispielsweise aus Lyme erhalten.«

»Von Mary Anning?«, fragte sie rasch.

Nun war es an Buckland, überrascht zu sein. »Woher kennen Sie die ›Prinzessin der Paläontologie‹?«

»Ich weiß nicht, wer ihr diesen Namen gegeben hat, aber ich hatte das Vergnügen, ihr als Kind zu begegnen. Meine Großtante und ich waren dabei, als sie ein riesiges Skelett in den Klippen entdeckte, zu dem ein außergewöhnlicher Kopf gehörte, der von keinem bekannten Tier zu stammen schien. Seitdem korrespondieren wir miteinander.«

Edward Aynscroft hatte sich offenbar damit abgefunden, an diesem Nachmittag eine Nebenrolle zu spielen, und war vor eine weitere Vitrine mit ausgestopften Tieren getreten, in deren Betrachtung er sich versenkte.

»Ich weiß noch, wie beeindruckt ich war, als Miss Anning den Kopf holte und an den Rumpf hielt«, erklärte Georgina. »Es war wie ein Blick in eine andere Zeit.«

Dann deutete sie auf die lederne Tasche, die sie auf einem freien Fleckchen Boden abgestellt hatte. »Mr. Buckland, ich würde Ihnen gern etwas zeigen.«

Der Gelehrte schaute sie auffordernd an. »Nur zu, Miss Fielding, haben Sie mir einen hübschen Stein mitgebracht?« Es klang ein wenig herablassend, obwohl es gewiss nicht böse gemeint war. Umso überraschter blickte Buckland drein, als Georgina den ersten Stein auswickelte und ihm überreichte.

»Aber das ist ja … erstaunlich … ein ausgezeichnetes Exemplar von *Anahoplites Splendens*. Woher stammt dieses wunderbare Stück, Miss Fielding?« Vorsichtig drehte Buckland den etwa zwei Zoll großen, wie poliert glänzenden Ammoniten in der Hand und betrachtete ihn von allen Seiten.

»Ich habe es geschenkt bekommen«, erklärte sie knapp. Und fügte aus einem Impuls heraus hinzu: »Ist Ihnen der Name Joshua Hart bekannt? War er ein berühmter Sammler?«

Buckland überlegte kurz und schüttelte den Kopf. »Nein, er sagt mir gar nichts, ich habe ihn auch nie in einer wissenschaftlichen Publikation gelesen. Wann ist er denn gestorben?«

Eine heikle Frage. Dann fiel ihr ein, dass die Einträge im Notizbuch 1801 endeten, und sie wagte eine Schätzung. »Vor etwa zwanzig Jahren.« Sie spürte, wie sie rot anlief, da sie fürchtete, sich in Widersprüche zu verstricken, aber der Geologe schien derart fasziniert, dass er sich nicht nach Einzelheiten erkundigte.

»Dann ist es kein Wunder, Miss Fielding, damals war ich noch ein Jüngling. Gewiss war er ein begabter Amateur, wie alle Geologen in jener Zeit. Nicht jeder hat auch über seine Funde geschrieben. Wie gut, dass sie der Nachwelt erhalten geblieben sind.«

Georgina atmete erleichtert durch.

Buckland sah sie lächelnd an. »Können Sie mir sagen, an welchem Ort der Ammonit gefunden wurde?«

»Ach so.« Sie schaute auf die Karte, die dabei gelegen hatte. »In Folkestone. Gefunden am 3. Mai 1800.«

»Dann hatte er damals noch gar keinen Namen. Der wurde nämlich erst vor sechs Jahren vergeben«, erklärte Buckland. »Steht etwas Näheres auf der Karte?«

»Nein, nur Ammonit, Fundort und Datum«, sagte Georgina und nahm das Fossil wieder entgegen.

»Haben Sie noch mehr solche Schätze für mich?«, fragte Buckland mit deutlich gewachsenem Respekt, während sich Reverend Aynscroft bescheiden im Hintergrund hielt und die Szene wohlwollend betrachtete.

»Ja.« Georgina holte fünf weitere Fundstücke hervor, die Buckland sorgfältig untersuchte und allesamt als wertvoll und ausgezeichnet präpariert bezeichnete. »Miss Fielding, Sie sollten überlegen, ob Sie Ihre Sammlung einem Museum zugänglich machen möchten«, meinte Buckland mit einem prüfenden Seitenblick. »Ich bin eine Art inoffizieller Kurator des Ashmolean Museum. Wir würden uns glücklich schätzen, eine so interessante Sammlung zu erwerben.«

»Bitte geben Sie mir Bedenkzeit«, entgegnete Georgina höflich. »Ich habe die Sammlung erst kürzlich erhalten und möchte sie gern genauer studieren. Ihr Urteil hat mich in dem Gefühl bestärkt, etwas Besonderes zu besitzen, von dem ich mich gewiss nur schwer trennen kann. Selbstverständlich wäre sie bei Ihnen in guten Händen, doch sie birgt auch einen gewissen sentimentalen Wert für mich.«

Der Geologe nickte verständnisvoll, schaute aber begierig auf die Fundstücke.

Danach führte er sie von Vitrine zu Vitrine, zeigte Tabellen und Diagramme, beantwortete geduldig alle Fragen und konnte zu jedem Knochen eine interessante Geschichte beisteuern. Georgina folgte ihm auf dem Fuß und hatte ihren Begleiter völlig vergessen.

Dann, ganz unvermittelt, rief Buckland »Ach, der Tee!« und schlug sich an die Stirn, als hätte er etwas Unverzeihliches getan.

»Kommen Sie bitte, ich bin ein wirklich schlechter

Gastgeber.« Er führte sie den Korridor entlang zu seinen Wohnräumen.

Ein Dienstmädchen öffnete die Tür, bevor William Buckland nach dem Knauf greifen konnte, und deutete mit einem diskreten Kopfnicken auf eine Tür, die vermutlich in den Salon führte. »Sie werden schon erwartet, Herr Professor. Der Assistent von Monsieur Cuvier aus Paris, der sich Ihre Sammlung ansehen möchte. Sie haben ihn für heute zum Tee gebeten.«

Ein Hauch von Röte stieg vom Hals in Bucklands Wangen, und er sah Georgina und Aynscroft betreten an. »Das ist mir nun wirklich ausgesprochen peinlich, aber der Brief kam schon vor zwei Monaten an, und da habe ich zugesagt, nicht bedenkend, dass … Cuvier ist ein hochgeschätzter Kollege, den ich ungern vor den Kopf stoßen möchte, indem ich seinen Mitarbeiter … Wie sollen wir nun …?« Er fingerte mitleiderregend an seinem Halstuch, als wäre es ihm plötzlich zu eng geworden.

»Professor Buckland«, sagte Georgina, nachdem sie dem Pfarrer einen beschwichtigenden Blick zugeworfen hatte, »wir sind uns bewusst, wie viele Verpflichtungen Sie haben. Es war sehr freundlich von Ihnen, uns Ihre Zeit zu schenken. Verabredungen, die zuerst getroffen wurden, genießen natürlich Vorrang. Ich würde mich freuen, wenn wir dies bei Gelegenheit wiederholen könnten, da mir der Besuch Ihrer Vorlesungen, die ich mir faszinierend vorstelle, leider versagt ist.« Doch noch während sie die Worte aussprach, formte sich in ihr eine kühne Idee.

KAPITEL VIII

Der menschliche Verstand hungert nach jeglicher Wahrheit, physisch wie auch moralisch; und der wirkliche Nutzen der Wissenschaft liegt darin, diesen Hunger zu befriedigen.

WILLIAM BUCKLAND

Oxford, September 1821

Als Justus von Arnau in Oxford eintraf und sein Zimmer im Gasthaus *Mitre* bezog, hatte er sich den nächsten Schritt bereits zurechtgelegt. Er setzte sich an den kleinen Sekretär, den man ihm auf sein Ersuchen hin ins Zimmer gestellt hatte, damit er seinen Schreibarbeiten nachgehen konnte, und verfasste eine kurze, höfliche Notiz an William Buckland im Corpus Christi College, in der er sich vorstellte und darum bat, eine seiner Vorlesungen besuchen zu dürfen. Er adressierte das Schreiben an das College, faltete das Blatt zusammen, gab Siegellack darauf und drückte seinen Ring hinein, der statt eines Familienwappens die ineinander verschlungenen Buchstaben JA trug.

Nachdem er den Brief in die Post gegeben hatte, ging Justus in die Gaststube und bestellte Lammkoteletts und ein großes Glas Ale. Da er niemanden kannte, war er zu keinerlei Konversation verpflichtet, was bisweilen durchaus angenehm sein konnte. Er aß die ausgezeichneten, knusprig gebratenen Koteletts, trank sein Bier und entwarf im Geist die Fragen, die er Buckland gerne stellen wollte. Die Begegnung mit Menschen, die er nicht kannte und die Beschäftigungen nachgingen, von denen er noch nichts wusste, schien nie ihre Faszination zu verlieren.

Die Rückfahrt aus dem Norden war ebenso gemächlich vonstattengegangen wie der Hinweg, und er hatte unterwegs Warwick Castle besichtigt, eine ausgezeichnet erhaltene mittelalterliche Burg, über die er einen recht gelungenen Bericht für das *Wochenjournal* verfasst hatte. Ob er auch die bedrückenden Erfahrungen aus Manchester für ein größeres Publikum niederschreiben würde, wollte er in aller Ruhe entscheiden.

Nun war er erst einmal neugierig auf diese Stadt, deren ganz besondere Atmosphäre er gleich bei seiner Ankunft gespürt hatte. Trotz aller Geschäftigkeit lag eine Ruhe über den Straßen, und selbst die Dahineilenden schienen in ernsthaftes Nachdenken versunken. Er hatte keinen festen Abreisetag im Gasthof angegeben, denn wer wusste schon, wie lange es ihn hier halten würde?

Der junge Mann, der sich auf den ersten Blick in nichts von den anderen Studenten unterschied, schritt mit ausholenden Schritten durch den Innenhof des College und nickte den Entgegenkommenden flüchtig zu. Ich bin hier zu Hause, schien seine Haltung zu verkünden, dieses Recht wird mir niemand streitig machen.

Im Inneren des jungen Mannes sah es jedoch anders aus. Georgina spürte, wie ihr in ihrer Verkleidung abwechselnd heiß und kalt wurde. Auf einmal kam es ihr vor, als wäre ihr Plan gar nicht so gut durchdacht.

Männerkleider zu besorgen, war mithilfe von Tante Aga, die sich nach reiflicher Überlegung bereit erklärt hatte, Georgina bei diesem Vorhaben zu unterstützen, nicht allzu schwer gewesen. Ein Talar war in Oxford überall erhältlich, und Lady Agatha hatte eine alte Hose ihres Mannes und ein Hemd herausgesucht, die zwar muffig rochen, ansonsten aber brauchbar schienen. Unter dem Vorwand, eine private Theateraufführung vorzubereiten, hatten sie Reverend Aynscroft zudem seinen Theaterfundus abgeschwatzt. Eine ganze Kiste mit Haaren in den unterschiedlichsten Farbtönen, sogar Backenbärte samt dazugehörigem Kleber, waren darunter gewesen.

Als Georgina, bewaffnet mit diesen Schätzen, ihre Verwandlung in einen Mann begonnen hatte, hatte sie übermütig gelacht. Jetzt aber stiegen unzählige Fragen in ihr auf. War ihr Gang zu auffällig, zu gewollt männlich? Grüßte man sich, auch wenn man einander nicht vorgestellt worden war? Wann applaudierte man dem Dozenten? Sie hatte zwar viel Sorge auf ihr Äußeres verwandt, sich aber keine Zeit genommen, das Verhalten der jungen Männer näher zu beobachten. Doch nun gab es kein Zurück.

Am Morgen hatte sie sich so lange geräuspert, bis ihre Stimme einen rauen Klang angenommen hatte, und auf dem Ritt nach Oxford – der Herrensattel war ungewohnt, aber in Hosen durchaus bequem – lauthals gesungen.

Nur diese eine Vorlesung, sagte sie sich mit klopfendem Herzen. Wenn ich niemanden anspreche, wird nichts geschehen. Ich verhalte mich genau wie alle anderen. Ich muss nur zusehen, wie die Männer sich geben, und es ihnen gleichtun. Wenn an einem Ort niemand mit einer Frau rechnet, wird man dort auch keine entdecken, versuchte sie sich Mut zu machen. Die Leute sehen nur, was sie sehen wollen. Ihr Gesicht schien zu brennen, und sie legte flüchtig die Hand an die Wange, doch die fühlte sich ganz kühl an.

Der holzgetäfelte Saal des Ashmolean Museum, in dem an diesem Tag die Vorlesung stattfand, war zum Bersten gefüllt mit Studenten, aber auch mit seriös wirkenden älteren Männern, bei denen es sich wohl um interessierte Kollegen des Professors handelte. Alle Stühle waren besetzt. Georgina, der das Herz die ganze Zeit bis zum Hals geschlagen hatte, war froh, dass sie in der Menge untertauchen konnte, und stellte sich unmittelbar neben die Tür, wo noch ein Fleckchen frei war. Der Student neben ihr rückte ein wenig zur Seite, und sie wollte sich schon bedanken, nickte aber lieber knapp und blickte wieder nach vorn.

Allmählich ging ihr Atem ruhiger. Sie gestattete sich einen verstohlenen Blick in die Runde, und ein leiser Triumph mischte sich in ihre Angst. Sie hatte es geschafft, sie war tatsächlich so weit gelangt!

Die Wände des Saales zierten Hirschgeweihe, Tierzeichnungen und gewaltige Knochen. Eine Zeichnung stellte das Skelett eines elefantenähnlichen Geschöpfes mit eindrucksvollen Stoßzähnen dar. Überall hingen und standen Bilder von Lebewesen und Querschnitte durch verschiedene Erdschichten, das erkannte sie auf den ersten Blick. In den Ecken waren ausgestopfte Tiere aus aller

Herren Länder aufgestellt, doch am erstaunlichsten war die Ansammlung auf und vor dem Pult des Professors, das über und über mit Versteinerungen bedeckt war, die als Anschauungsmaterial für die Vorlesung dienten. Auf dem Boden lag ein gewaltiger Ammonit.

William Buckland hatte hinter dem Pult Stellung bezogen und wartete, dass Ruhe im Saal einkehrte. Dann räusperte er sich vernehmlich und trat vor sein Publikum, in der Hand ein dickes, in Leder gebundenes Buch mit Goldschnitt, das er nun demonstrativ in die Höhe hielt.

»Was, meine Herren, glauben Sie, ist das hier?« Er schaute sich erwartungsvoll im Hörsaal um. Die Zuhörer sahen einander fragend an, bis einer die Hand hob.

»Die Heilige Schrift, Herr Professor?«

»In der Tat, Mr. Clarke, dies ist die Bibel. Und mit welchen Worten beginnt die Bibel? Das Buch Genesis, Vers 1?«

Georgina blickte Buckland verwundert an, da sich dies nicht nach einer Geologievorlesung, sondern eher nach Sonntagsschulunterricht anhörte, doch das Publikum schien an ausgefallene Einleitungen gewöhnt.

»Am Anfang schuf Gott Himmel und Erde«, antwortete ein Student aus der zweiten Reihe.

»Sehr richtig, Mr. Emerson. Wie erfreulich, dass Sie als angehender Naturwissenschaftler so bibelfest sind. Nun, meine Herren, Sie werden sich gewiss alle fragen, was dies mit Geologie zu tun hat.« Buckland legte eine dramatische Pause ein. »Manche Brüder im Geiste befürchten, unsere Forschungen könnten Skepsis gegenüber dem Wort Gottes wecken. Diese Sorge ist jedoch vollkommen unbegründet. In diesem Bändchen …« Er hielt ein in goldgeprägtes rotes Leder gebundenes Buch in die Höhe, »… habe ich unter dem Titel *Vindiciae Geologiciae oder Eine Erklärung des Zusammenhangs von Geologie und Religion* erläutert, dass ich nichts weniger wünsche, als Gott aus diesem neuen wunderbaren Reich der Natur zu vertreiben. Im Gegenteil erkennen wir in ihm die Hand eines gütigen Schöpfers, der es wunderbar und vorausblickend eingerichtet hat, um die Bedürfnisse des Menschen zu erfüllen.«

»Wenn der Schöpfer so gütig ist, soll er mir eine höhere Apanage bewilligen«, flüsterte der Student neben Georgina seinem Kommilitonen zu.

Georgina schwankte zwischen Belustigung und Empörung. Welch unerhörter Luxus, sich Witze erlauben zu dürfen, während sie selbst einfach nur froh war, in diesem Saal zu stehen.

Buckland fuhr in seinen Ausführungen fort, und Georgina konnte erleben, welches Feuer von dem Professor ausging und welche Begeisterung er in seinen Zuhörern zu entfachen verstand. Anschaulich und mit echter Leidenschaft schilderte er, wie er es sich zur Aufgabe gemacht hatte, Glaube und Wissenschaft zu vereinen und mit seinen geologischen Forschungen dem Wirken Gottes nachzuspüren. »Um ihr erhabenes Ziel zu erreichen, nämlich durch die Wahrheit der Wissenschaft zur höheren Wahrheit der Religion zu gelangen, müssen die Naturwissenschaften das Recht haben, Fragen zu stellen. Wir leben nicht mehr im Zeitalter Galileis. Nein, wir sind moderne, aufgeklärte Menschen, die ihren Verstand gebrauchen dürfen, um in die Welt unter ihren Füßen vorzudringen und zu ergründen, wie sich ihre Gestalt im Laufe der Zeit verformt hat, wie Erdbeben, Vulkanausbrüche und gewaltige Fluten auf sie eingewirkt haben.«

Das gefiel ihr. Ein Aufruf zu freiem Denken. Natürlich wusste sie, dass Bucklands Aufforderung nur an die Studenten gerichtet war, die im Halbrund vor ihm saßen. Dennoch spürte sie in diesem Saal auf einmal eine Geborgenheit, die aus der Gemeinschaft erwuchs, dem Gefühl, endlich tun zu können, wonach sie sich schon lange gesehnt hatte.

Buckland kam zum Ende seines Vortrags.

»Gerade in den Gesteinen finden wir Spuren der Sintflut. Denn wie sonst sollten wir versteinerte Meeresmuscheln hoch im Gebirge finden, wenn nicht herbeigeschwemmt durch Fluten, die Gott auf die Menschen herabgesandt hat? Um diese Beweise zu sammeln, zu untersuchen und zu unterscheiden, sind wir Geologen da. Gehen Sie mit offenen Sinnen durch die Welt.«

An dieser Stelle brachen die Zuhörer in Applaus aus, den Buckland bescheiden, aber sichtlich zufrieden entgegennahm. Georgina wollte ihr Glück nicht überstrapazieren. Vielleicht sollte sie den Saal verlassen, bevor man sie in ein Gespräch verwickelte. Doch sie kam nicht mehr dazu.

Buckland hob die Hand und bat um Ruhe. Er schaute sich suchend im Saal um, bis sein Blick auf einen blonden Mann in der ersten Reihe fiel.

»Meine Herren, ich vergaß ganz, Ihnen einen besonderen Gast vorzustellen. Justus von Arnau, ein deutscher Schriftsteller, der eine Reise durch unser schönes England unternimmt und seinen Landsleuten darüber berichten wird.«

Der blonde Herr, der keinen Talar trug, stand auf und verbeugte sich. Höflicher Applaus und Kopfnicken von allen Seiten. »Es ist mir eine Ehre, dieser Vorlesung beizuwohnen.«

Buckland sah seine Studenten mit schelmischem Ausdruck an. »Aber, meine Herren, ich fürchte, es gibt noch jemanden, der Herrn von Arnau gern begrüßen möchte und im Flur auf sein Stichwort wartet. Wir wollen unserem Gast doch nicht die Bekanntschaft mit Tiglath Pileser vorenthalten.«

Leises Murmeln, unterdrücktes Gelächter, während sich der deutsche Gast fragend umsah. Überall entdeckte Georgina grinsende Gesichter. Ein ungutes Gefühl beschlich sie. Es schien ein Scherz zu sein, in den alle außer ihr und dem Deutschen eingeweiht waren.

Buckland gab ein Zeichen, worauf ein Student zu einer Seitentür ging, »Herein« rief und beiseitetrat.

Ein lebender Bär, angetan mit Talar und Barett wie ein Student, kam in den Saal und tappte auf dicken Pfoten zum Pult, wo er vor Buckland stehen blieb. Dieser schickte den Diener dankend hinaus, griff in die Tasche und hielt dem Bären eine Leckerei hin, die dieser ihm sanftmütig aus der Hand fraß.

Der Professor führte den Bären unter dem johlenden Gelächter der versammelten Studenten zu dem Deutschen hin. Das Tier streckte auf ein Zeichen hin höflich die Pfote aus. Der blonde Mann stand auf, schüttelte sie pflichtschuldig und fragte: »Darf ich Sie hinausbegleiten?«, was die Anwesenden mit Applaus quittierten.

Zu Georginas Entsetzen war dies keine rhetorische Frage gewesen. Der Schriftsteller führte den Bären, der ihm nach einem Befehl seines Herrn bereitwillig folgte, genau in ihre Richtung. Verzweifelt schaute sie nach rechts und links, doch die Zuhörer standen so dicht gedrängt, dass sie sich kaum bewegen konnte. Wie gelähmt sah sie das gewaltige Tier auf sich zukommen.

»Verabschiede dich, Tiglath Pileser«, sagte der Deutsche, als sie fast die Tür erreicht hatten. Dunkle Bärenaugen schauten Georgina an, und es kam ihr vor, als steuerte er genau auf sie zu. Da hielt es sie nicht länger auf ihrem Platz. »Verzeihung.« Sie zwängte sich zwischen ihren Nachbarn hindurch und stürzte hinaus, wobei sie sich mit ihrem Talar an einem Stuhl verfing. Ein wildes Zerren, dann löste sich der Stoff mit einem Ruck, dass sie beinahe hingefallen wäre. Sie rannte in den Flur hinaus. Die erstaunten Blicke der Studenten trafen sie wie Dolche im Rücken.

»Tiggy, schäm dich, du hast dem jungen Herrn Angst gemacht«, hörte sie Buckland noch sagen.

Justus von Arnau war zwar erstaunt gewesen über die hastige Flucht des jungen Mannes – wäre der Bär wirklich gefährlich gewesen, hätte Buckland ihn wohl kaum in den Hörsaal geholt –, empfand es aber als Gebot der Höflichkeit, den Studenten um Verzeihung zu bitten.

Er vermutete, dass der junge Mann das Gebäude verlassen hatte, um sich an der frischen Luft zu erholen, und entdeckte ihn nach längerem Suchen auf einer Bank im Innenhof, die hinter einem Rosenstrauch stand. Er saß zusammengesunken und völlig reglos da.

Justus von Arnau trat vor ihn hin und verneigte sich knapp.

»Sir, ich möchte mich in aller Form bei Ihnen entschuldigen. Es war nicht meine Absicht, Sie zu erschrecken. Wir waren wohl die Einzigen im Publikum, die Tiglath Pileser noch nicht kannten.«

Der junge Mann blickte ruckartig auf und sah ihn aus großen Augen an. Trotz der auffallenden Sonnenbräune wirkte sein Gesicht sehr bleich.

»Wie bitte?«, fragte er mit hell klingender Stimme, als hätte man ihn aus seinen Gedanken gerissen.

»Ich sagte, ich möchte um Verzeihung bitten, dass ich Sie vorhin im Hörsaal erschreckt habe«, wiederholte Justus von Arnau. »Ich war selbst überrascht von dem tierischen Gast, wie Sie sich vorstellen können.«

Der junge Mann räusperte sich. »Schon gut, Sir, es war nur der Schreck.«

Justus sah ihn prüfend an. Irrte er sich, oder klang die Stimme tiefer als vorhin? Er wollte sie noch einmal hören. Also stellte er sich in aller Form vor.

»Sie gestatten, Justus von Arnau. Würden Sir mir die Freude machen, ein Glas Ale mit mir zu trinken?«, fragte er mit einer höflichen Verbeugung. »Nach diesem äußerst denkwürdigen Abschluss einer ebenso denkwürdigen Vorlesung dürfte Ihnen eine kleine Stärkung guttun.«

Er sah, wie es hinter der Stirn des jungen Mannes arbeitete, der tief errötet war und nach einer höflichen Ausrede zu suchen schien, um die Einladung auszuschlagen.

»Vielen Dank, Sir, Sie sind sehr freundlich. Aber ich muss leider … ich habe eine dringende Verabredung. Es war mir ein Vergnügen.« Der Student verneigte sich knapp und verließ fluchtartig den Innenhof.

Justus von Arnau blickte ihm nachdenklich hinterher. Das Erschrecken vor dem Tier, der wechselnde Tonfall, das auffallende Erröten – er konnte sich keinen Reim darauf machen. Außer … Das würde alles erklären, aber wäre es nicht zu unwahrscheinlich?

KAPITEL IX

Ich streite mich nicht mit einem Krokodil und habe an ihm auch nichts auszusetzen; ein Krokodil ist auf seine Weise eine sehr respektable Persönlichkeit. Aber ich bestreite, dass ein Mensch ein verbessertes Krokodil ist.

WILLIAM BUCKLAND

Der September neigte sich dem Ende zu. Bald würden die langen dunklen Herbstabende beginnen, die man am liebsten mit einem guten Buch am Kamin verbrachte. Die Luft hingegen war noch warm, als wollte sie den Sommer nicht ganz ziehen lassen. Auch die Bäume trugen noch dichtes Laub; nur wenige bunte Blätter waren schon abgefallen und bildeten einen bunten Flickenteppich im Gras.

Auf dem Weg in die Stadt war Georgina etwas nervös, da ihr Abenteuer im College erst zwei Tage zurücklag. Alles war so wunderbar gelungen, bis die Begegnung mit dem lebenden Bären sie völlig aus der Fassung gebracht hatte. Nachdem sie wie von Sinnen aus dem Hörsaal gestürzt war, hatte sie in einer Nische kurz innegehalten. Folgte man ihr? Hatte sie sich verraten? Im Flur waren Schritte und Gelächter zu hören gewesen. Sie war weitergelaufen, eine enge, gewundene Treppe hinunter, auf den ausgetretenen, blank gewetzten Stufen beinahe ausgerutscht und endlich in den Hof gelangt. Dort hatte sie sich eine kurze Rast auf der Bank erlaubt, um Atem zu schöpfen – und war prompt von dem Deutschen überrascht worden, der sich bei ihr entschuldigen wollte. Sie war einer Ohnmacht nahe gewesen. Er hatte sie scharf und durchdringend angeblickt, und Georgina hatte einen Moment lang an der Wirksamkeit ihrer Verkleidung gezweifelt. Zu ihrer großen Erleichterung hatte er sich bald darauf zurückgezogen. Die Gefahr war gebannt gewesen.

Ihr Gastgeber empfing sie persönlich an der Tür.

»Ich hoffe, wir sind nicht zu früh, mein lieber Buckland«, erklärte Reverend Aynscroft mit einer liebenswürdigen Verbeugung.

»Aber keineswegs, mein Freund, keineswegs«, beeilte sich der Geologe zu sagen und bat seine Besucher mit einer ausladenden Geste herein. »Miss Fielding, es ist mir ein außerordentliches Vergnügen!«, fügte er lächelnd hinzu.

Georgina gab ihm die Hand und warf einen Blick ins Esszimmer, dessen Tür weit geöffnet war. Sie schienen tatsächlich die ersten Gäste zu sein. Eigentlich hatte sie diese Einladung zum Dinner gemeinsam mit ihrer Großtante wahrnehmen sollen, doch da sich Tante Aga unwohl fühlte, hatte sie den ehrenwerten Pfarrer gebeten, ihre Großnichte noch einmal nach Oxford zu begleiten.

Eine Abendgesellschaft bei William Buckland war ein reizvolles Vergnügen, obwohl man nie genau wusste, was einen in kulinarischer Hinsicht erwartete. Aynscroft hatte Georgina vorgewarnt, sie solle keinesfalls herkömmliche

Gerichte wie Fasan, Lamm oder Hammel erwarten, sondern auf exotischere Genüsse gefasst sein.

»Miss Fielding«, erklärte nun Buckland, »ich hoffe, Sie nicht erneut vor den Kopf zu stoßen, aber wie es aussieht, werden Sie heute Abend die einzige Dame sein. Leider musste Miss Etheldred Benett – eine ausgezeichnete Geologin, vielleicht haben Sie von ihr gehört – wegen einer Erkrankung in der Familie absagen. Wir werden daher eine kleine Runde sein, in der es sich gut plaudern lässt.«

Buckland führte sie in den Salon, wo ein Hausmädchen Erfrischungen reichte. Die Wohnung war durchaus sehenswert: Auch in Bucklands privaten Räumen stapelten sich überall Steine und Knochen, so dass kaum ein Unterschied zum Studierzimmer im College zu erkennen war. Georgina sah sich staunend um und entdeckte zwischen einem porösen grauen Steinbrocken und dem Unterkiefer eines unbekannten Lebewesens einen Porzellanteller mit Gebäck. Sie fragte sich, ob die Kekse darauf wohl frisch oder inmitten der Sammlung vergessen worden waren und sich in ihrer Konsistenz den geologischen Funden angeglichen hatten.

Während sie noch in diese Betrachtung vertieft war, wurde die Haustür geöffnet, und das Mädchen führte einen Herrn in den Salon. Georgina blickte eher beiläufig auf. Dann blieb ihr fast das Herz stehen.

»Miss Fielding, mein lieber Aynscroft«, sagte Buckland munter, »dürfte ich Sie mit Herrn Justus von Arnau bekannt machen? Wie Sie vielleicht schon gehört haben, weilt er zurzeit in Oxford, um seine deutschen Leser mit Geschichten über unser verschlafenes Städtchen zu erfreuen.«

Georgina spürte, wie eine heiße Welle über ihr zusammenschlug. Das durfte nicht wahr sein! Der blonde, hochgewachsene Mann, der in einem ungezwungen und doch elegant wirkenden Cutaway und einer neumodischen, weiter geschnittenen Hose den Raum betrat, begrüßte sie und Reverend Aynscroft mit einer vollendeten Verbeugung.

Während er mit den anderen Herren zwanglos plauderte, dachte Georgina fieberhaft nach. War ihre Verkleidung so überzeugend gewesen, wie sie gedacht hatte? Hatte sie sich durch den überstürzten Aufbruch aus dem Hörsaal verraten? Oder war ihm etwas anderes an ihr aufgefallen?

Nein, gewiss nicht. Sie hatte nach ihrer Rückkehr in den Spiegel geschaut und keinen Makel an ihrer Maskerade festgestellt. Aber was, wenn doch?

»Sie beherrschen unsere Sprache ganz ausgezeichnet«, lobte Reverend Aynscroft in diesem Moment den deutschen Gast.

»Meine Mutter war Engländerin«, erklärte Justus von Arnau. »Sie hat mir schon als kleines Kind Englisch beigebracht, woran ich großes Vergnügen fand. Sie ließ sich Bücher aus England schicken, die sie mir zuerst vorgelesen und später zum Lernen gegeben hat. Außerdem hatte ich das etwas geringere Vergnügen, vor Waterloo als Verbindungsoffizier zu dienen.«

Der Geistliche zog fragend eine Augenbraue hoch. »Sicherlich ist der Krieg kein Vergnügen, aber es dürfte doch eine Ehre gewesen sein, in dieser Schlacht auf preußischer Seite zu kämpfen.«

Trotz ihrer inneren Erregung bemerkte Georgina, dass bei diesen Worten ein Schatten über das Gesicht des Gastes huschte und die kaum sichtbaren Falten um den schön geschnittenen Mund betonte.

»Gewiss, eine Ehre, aber letztlich eigne ich mich nicht für den Soldatenberuf. Lassen Sie uns doch über erfreulichere Dinge sprechen – über Geologie, zum Beispiel«, wechselte Justus von Arnau gewandt das Thema. »Als ich nach England kam, wusste ich gar nichts darüber, doch hier begegnet mir diese Wissenschaft auf Schritt und Tritt und nimmt mich zunehmend gefangen. Beschäftigen Sie sich auch mit dieser faszinierenden Lehre, Miss Fielding?«

Die Frage kam überraschend, und Georgina musste sich zwingen, ihm ins Gesicht zu sehen. Nur nicht erröten, beschwor sie sich selbst, spürte aber, wie ihr heiß wurde.

»Ja, sie fasziniert mich sehr. Ich hatte sogar das große Vergnügen, die interessantesten Stücke in Professor Bucklands Studierzimmer zu besichtigen. Seine Sammlung ist außerordentlich.«

Herr von Arnau hatte den Kopf zur Seite geneigt und schien sie prüfend zu betrachten, obwohl sein Blick für einen Unbeteiligten völlig harmlos wirken musste. Oder bildete sie sich schon Dinge ein?

Ruhe bewahren!, mahnte sie sich. Der Abend musste durchgestanden werden. Danach würden sie einander hoffentlich nie wieder sehen.

Wieder erklangen Schritte an der Tür, ein neuer Gast wurde hereingeführt und von William Buckland vorgestellt.

»Miss Fielding, darf ich Sie mit meinem guten Freund William Conybeare bekannt machen?« Der Neuankömmling war, wie sie erfuhr, Geistlicher und Amateurgeologe.

Georgina spürte, dass der Deutsche sie nicht aus den Augen ließ. Sie zwang sich, an etwas anderes zu denken, sonst hätte sie wohl keinen vernünftigen Satz mehr über die Lippen gebracht.

Bei Tisch saß sie ihm genau gegenüber und musste das Beste aus dieser unerwünschten Position machen. Als die Suppe aufgetragen wurde, beugte sich der Schriftsteller vor und fragte: »Miss Fielding, mögen Sie eigentlich wilde Tiere?«

Bei diesen Worten machte ihr Herz einen Satz. Die anderen Herren schauten sie erwartungsvoll an.

»Ich … ich hatte bisher wenig Gelegenheit, derartige Geschöpfe kennenzulernen, Sir.«

Justus von Arnau zuckte mit den Schultern und sah sie mit belustigt funkelnden Augen an. »Nun ja, unser verehrter Gastgeber ist dafür bekannt, dass er in Sachen Haustiere recht ausgefallene Vorlieben hegt. Er hält sich sogar einen lebenden Bären, den er nach einem assyrischen Herrscher benannt hat. Ich hatte vorgestern das Vergnügen, Tiglath Pileser persönlich kennenzulernen.«

Kein Zweifel, sein Blick war herausfordernd. Georgina verfluchte sich innerlich, dass sie die Einladung angenommen hatte. Aber wie hätte sie ahnen können, dass der einzige Mensch, der ihr gewagtes Spiel enthüllen konnte, ebenfalls zu Gast sein würde?

»Ach, Buckland, haben Sie wieder Ihre Studenten erschreckt?«, warf Conybeare ein und rettete sie vor einer Antwort. »Er kann es einfach nicht lassen. Irgendwann wird jemand mit schwachem Herzen im Hörsaal tot umfallen.«

»Nun ja«, bemerkte Justus von Arnau trocken, »es gab tatsächlich einen jungen Herrn, der sehr überstürzt den Saal verließ.«

Georgina spürte, wie ihre Handflächen feucht wurden. Sie war kurz davor, sich zu entschuldigen und Reverend Aynscroft zu bitten, er möge sie nach Hause begleiten. Diese Andeutungen konnte sie keine Sekunde länger ertragen. Warum quälte er sie so? Das war dreist und unhöflich.

Buckland legte den Suppenlöffel hin und tupfte sich mit der Serviette den Mund ab. »Das mag sein, Herr von Arnau, aber dazu bestand wirklich keine Veranlassung. Tiglath ist ein ausgesprochen gut erzogenes Tier, dessen Haltung mir keinerlei Schmutz oder andere Unannehmlichkeiten verursacht. Ich habe mich sehr an ihn gewöhnt. Er ist recht intelligent, und ich habe schon überlegt, ob ich ihn abrichten soll, damit er mir bei Expeditionen ins Gelände meine Ausrüstung trägt.« Bei den letzten Worten zwinkerte er, als nähme er sich selbst nicht ganz ernst.

Sein Freund Conybeare warf ihm einen belustigten Blick zu. »Wie ich hörte, verkleiden Sie ihn gelegentlich sogar als Studenten.«

»Durchaus, mein Lieber, durchaus. Ich spielte sogar mit dem Gedanken, ihn in eine Theologievorlesung über Franz von Assisi zu schicken, der bekanntlich den Tieren predigte. Warum sollte ein Geschöpf Gottes nicht eine gelehrte Vorlesung hören?«

Georgina hatte dem Geplänkel gelauscht und eine Entscheidung getroffen. Sie würde Haltung bewahren und sich nicht in die Knie zwingen lassen. So leicht würde Herr von Arnau nicht den Sieg davontragen. Also beugte sie sich interessiert vor und fragte liebenswürdig: »Haben Sie schon viel von unserem Land gesehen, Herr von Arnau?«

Er zog flüchtig die Augenbraue hoch, als hätte er nicht damit gerechnet, dass sie sich nach seinen Anspielungen noch an der Unterhaltung beteiligen würde. »Ja, das eine oder andere habe ich bereits gesehen. Ich bin in Lincoln und Manchester gewesen. Natürlich konnte ich mir kein umfassendes Bild machen, dafür müsste ich schon länger hier leben.«

»Könnten Sie sich mit dieser Vorstellung anfreunden, Sir?« Solange sie die Richtung vorgab, konnte er nicht zu dem Bären zurückschwenken.

Justus von Arnau lehnte sich ein wenig zurück und sah sie nachdenklich an. »Das kommt darauf an, ob ich genügend Anregungen finde, interessante Dinge, über die ich meinen Lesern berichten kann.«

»Ganz so langweilig dürfte unser Land doch wohl nicht sein«, bemerkte Georgina und hoffte, es möge nicht unhöflich klingen. Sie wollte bei den anderen Gästen keinen Verdacht erregen.

»Nein, keineswegs«, erwiderte von Arnau mit einem charmanten Lächeln.

In diesem Moment trug das Mädchen auf ein Zeichen Bucklands hin den nächsten Gang auf. Sie brachte eine große Platte, auf der ungewöhnliche, kleine, rundliche Bratenstücke lagen, die mit einer köstlich duftenden Soße serviert wurden. Bevor Georgina fragen konnte, worum es sich bei dem Fleischgericht handelte, deutete Buckland mit einer ausladenden Geste auf die Platte.

»Meine Freunde, heute darf ich Ihnen eine besondere

Delikatesse anbieten. Das heißt, ich hoffe, das Gericht wird sich als Delikatesse erweisen. Sie kennen meine Experimentierfreude in Essensfragen.«

Conybeare sah ihn misstrauisch an. »Buckland, ich hoffe, es ist nicht wieder Krokodil. Das war ungenießbar, wie Sie selbst zugeben mussten.«

Georgina erinnerte sich an die Warnung des Reverend und warf einen argwöhnischen Blick auf die Servierplatte, doch Buckland griff schon nach der Vorlegegabel und schaute aufmunternd in die Runde. »Meine Dame, meine Herren, ich kann Sie beruhigen. Das Krokodil hat sich in der Tat als wenig schmackhaft erwiesen, was möglicherweise an der Zubereitung gelegen hat. Heute habe ich ein weniger exotisches Tier für Sie ausgewählt. Wer möchte die Igel in Orangensoße probieren?«

Justus von Arnau trank rasch etwas Wasser, um seinen Schreck zu verbergen. Georgina konnte ihre Schadenfreude kaum verhehlen. Dann trafen sich ihre Blicke, und er nickte schicksalsergeben.

»In Italien musste ich Singvögel essen, in Frankreich Kalbskopf. Da kann ich bei Igeln in England schlecht Nein sagen«, erklärte er entschlossen.

»Ausgezeichnet, Herr von Arnau, das nenne ich Mut.« Buckland ließ es sich nicht nehmen, ihm persönlich einen Igel auf den Teller zu legen, worauf von Arnau den rundlichen, stachellosen Klumpen betrachtete, als sammelte er Mut für den ersten Bissen. Dann schnitt er ein kleines Stück ab, kaute gründlich, schluckte und nickte.

»Sehr zart. Wirklich vorzüglich. Greifen Sie zu, meine Dame, meine Herren.« Und aß ungerührt weiter.

Georgina musste so viel Contenance bewundern und beschloss, es ebenfalls zu versuchen. Sie verdrängte das Bild eines niedlichen Igels, der durchs Herbstlaub wanderte, ließ sich auftragen und probierte. Es schmeckte tatsächlich ganz passabel, der Wildgeschmack war nicht zu stark. Hätte sie nicht gewusst, was sie vor sich hatte, wäre ihr eher Kaninchen in den Sinn gekommen.

Justus von Arnau lächelte sie über den Tisch hinweg an. »Ich hoffe, es schmeckt Ihnen.«

»Danke, ich bin sehr zufrieden. Mein Kompliment an den Herrn des Hauses und seine gewagte Menüauswahl.«

Buckland hatte seinen Igel schon zur Hälfte verspeist. »Es ist mein erklärtes Ziel, mich einmal durchs gesamte Tierreich zu essen, bevor ich meinem Schöpfer gegenübertrete. Ich betrachte es als Weg, mich mit seinen Kreaturen vertraut zu machen und seine Herrlichkeit zu preisen. Warum diese Ehre nur Rind und Schwein, Hammel und Truthahn angedeihen lassen? Auch Mäuse und Meerschweinchen haben ein Recht auf ansprechende Zubereitung.«

Georgina fragte sich, ob dies wohl im Sinne des Schöpfers war. Aber galten dessen Wege nicht als unergründlich?

Als die Platte mit den verbliebenen Igeln abgeräumt und ein konventionellerer Nachtisch in Gestalt von Pflaumenkompott mit Vanillecreme aufgetragen wurde, schlug Buckland sich an die Stirn und schaute seinen Freund Conybeare an.

»Fast hätte ich es vergessen. Denken Sie nur, unsere Miss Fielding hier war zugegen, als Mary Anning jenes Geschöpf fand, über das Sie gerade schreiben. Wollen Sie es nicht Ichthyosaurus nennen?«

Conybeare legte den Löffel weg und sah sie aufmerksam an. »Ist das wahr? Sie waren dabei?«

»Sozusagen«, antwortete Georgina. »Ich habe zwar nicht die Fundstelle besucht, aber Miss Anning hat uns das Fossil unmittelbar danach gezeigt. Es wurde gerade auf einem Karren vom Strand gebracht. Es war ein sehr beeindruckender Moment, den ich nie vergessen werde. Haben Sie das Fossil selbst untersucht?«

»Ja, ich hatte das große Vergnügen. Das Faszinierende an diesem Fund ist, dass das Tier Merkmale eines Krokodils, einer Echse und eines Fisches aufweist«, erklärte William Conybeare, hielt aber inne, als Justus von Arnau vorsichtig die Hand hob und um eine nähere Beschreibung des Geschöpfes ersuchte.

»Nun, das Lebewesen ist etwa fünf Meter lang, hinzu kommt noch der Kopf, der von lang gezogener Form ist und in eine Art Schnabel mündet. Es gleicht keinem Wesen, das heute noch auf Erden lebt. Es scheint, als hätte man die Eigenschaften verschiedener Tierarten genommen und ein neues Wesen aus ihnen geschaffen.«

Georgina beugte sich interessiert vor, da sie dankbar für die Ablenkung war. Solange sich alle angeregt über den Ichthyosaurus unterhielten, würde es keine Anekdoten über Bären geben.

»Warum kann es keine Krokodilart sein, die einfach noch nicht entdeckt wurde?«, warf Justus von Arnau ein, der sich in der Rolle des Advocatus diaboli zu gefallen schien.

»Ein guter Einwand, wissenschaftlich gedacht. Aber ich werde ihn widerlegen, Herr von Arnau. Erstens, weil man es versteinert in den Klippen Südenglands gefunden hat. Zweitens, weil es andere Eigentümlichkeiten aufweist, die auf Fische hindeuten. Seine Wirbelsäule ist ungemein biegsam, und die Knochen sind viel leichter als bei einem Krokodil, was dem Tier auch das Schwimmen in heftiger, aufgewühlter See ermöglicht hätte.«

»Handelt es sich also um eines jener Meeresungeheuer, von denen die Seeleute seit Jahrhunderten berichten und die man stets als Ammenmärchen abgetan hat?« Justus von Arnau trank einen Schluck Portwein.

»Nein«, meldete sich Georgina zu Wort. »Ich war erst zehn Jahre alt, als ich das Skelett gesehen habe, habe es aber nie vergessen. Es strahlte etwas Erhabenes aus und kam mir … es kam mir uralt vor.« Sie warf einen Blick auf ihren Gastgeber. »Ich kann einfach nicht glauben, dass unsere Erde und das Leben auf ihr nur wenige tausend Jahre alt sein sollen. Wir finden immer mehr Spuren von Lebewesen, die es heute nicht mehr gibt. Vielleicht ist die Erde doch älter, als wir bisher angenommen haben.«

Dann bemerkte sie den Blick ihres Gegenübers. Machte er sich über sie lustig? Doch Justus von Arnau lächelte keineswegs spöttisch, sondern schaute sie wie gebannt an und nickte ihr unauffällig zu, als wollte er sie zum Weitersprechen ermutigen. Leider kam sie nicht dazu.

»Mein liebes Kind«, sagte Reverend Aynscroft, »ich begrüße es durchaus, dass Ihre Großtante Sie gelehrte Bücher lesen lässt, aber mir scheint, manche davon bringen Sie auf … wie soll ich sagen … gefährliche Gedanken. Wer die Worte der Heiligen Schrift anzweifelt, begibt sich auf einen Weg, der ins Verderben führt.«

Sie warf Justus von Arnau, der urplötzlich und völlig unerwartet zu ihrem Verbündeten geworden war, einen bittenden Blick zu, worauf dieser sich räusperte. »Nun ja, wie Sie wissen, bin ich ein völliger Laie in solchen Fragen, aber mir scheint, Miss Fielding weiß ihre Ansichten durchaus zu begründen. Ich habe mir erklären lassen, dass die Erde aus verschiedenen Schichten besteht, die übereinander gelagert sind und bis in große Tiefe reichen. Kann so etwas wirklich in kurzer Zeit entstanden sein? Und wenn man dort versteinerte Lebewesen findet, die keinem Menschen bekannt sind, müssen diese wohl ausgestorben sein.«

Aynscroft wiegte den Kopf. »In der Bibel steht nirgendwo, dass Gott seine Geschöpfe aussterben lässt.«

»Mit Verlaub, Sir, diese Frage wird unter Gelehrten heftig diskutiert«, schaltete sich in diesem Moment Buckland ein. »Selbst ich als Mann der Kirche bin der Ansicht, dass durchaus zu allen Zeiten Lebewesen ausgestorben sind – durch Katastrophen wie Vulkanausbrüche, Krankheiten oder Nahrungsmangel. Das widerspricht durchaus nicht dem Wort Gottes.« Außerdem sei er zu der Erkenntnis gelangt, dass die sechs Schöpfungstage der Bibel nicht als gewöhnliche Tage von vierundzwanzig Stunden Länge zu verstehen seien. »Gott denkt in anderen Dimensionen«, schloss er.

Der alte Geistliche schien entsetzt. Gesottene Igel, Meeresungeheuer und nun auch noch ein Bruder im Herrn, der an den sechs Schöpfungstagen zweifelte. Georgina bedauerte ihn ein wenig, war aber froh, dass der Abend so unterhaltsam verging und damit die Zeit näher rückte, da sie der verstörenden Gegenwart Justus von Arnaus entfliehen konnte.

Als sich schließlich alle voneinander verabschiedeten, trat von Arnau mit ihrem Mantel auf sie zu und half ihr hinein. Sie bedankte sich mit einem Knicks und wollte zu ihrem Gastgeber eilen, um ihm für den unterhaltsamen Abend zu danken, als der Schriftsteller ihr die Hand auf den Arm legte und sie sanft in eine Ecke führte.

»Kann es sein, dass wir uns schon einmal begegnet sind, Miss Fielding?« Die Frage klang freundlich und verriet keinen Spott.

Georgina zuckte unwillkürlich zusammen und schaute sich hastig um, doch die anderen Herren waren ins Gespräch vertieft. Sollte sie alles leugnen? Er konnte nichts beweisen.

»Auf mein Wort, ich wollte Sie nicht erschrecken.« Dann legte er einen Finger an die Lippen. »Von mir erfährt niemand etwas. Das verspreche ich.«

Georgina spürte, wie eine Ader an ihrem Hals pochte. In ihrem Inneren tobte es. »Wie ... wie haben Sie es gemerkt?«, stieß sie leise hervor.

»Sie haben unverwechselbare Augen, Miss Fielding. Meine Verehrung.«

Sie neigte kurz den Kopf und sah das Hausmädchen mit ihrer Pelisse kommen.

»Einen Augenblick noch, Miss Fielding. Ich würde Sie gern wiedersehen. Darf ich Ihnen meine Aufwartung machen?«

»Das halte ich für keine gute Idee, Herr von Arnau.« Sie fühlte sich hin- und hergerissen zwischen der aufkeimenden Sympathie, die sie für ihn empfand, und der Sorge, er könne ihr Geheimnis verraten.

»Warum nicht?« Seine Augen waren unverwandt auf ihr Gesicht gerichtet. Georgina suchte nach Worten. Als Gentleman hätte er sich mit ihrer Antwort zufriedengeben müssen, und es war auch unhöflich, eine Dame so anzustarren. Dennoch löste seine Frage ein leises Kribbeln aus. »Weil ich immer befürchten müsste, dass Sie Ihr Wissen ausnutzen«, antwortete sie unverblümt.

»Und wenn ich Ihnen verspreche, dies nicht zu tun?«, fragte er eindringlich.

»Ich … werde es mir überlegen.«

Sie konnte ihm ansehen, dass er mit dieser Antwort nicht zufrieden war, doch er ließ es dabei bewenden. Dann verneigte er sich förmlich vor ihr und trat beiseite.

In der Kutsche sprach sie mit dem Reverend über die Ereignisse des Abends. Der alte Herr wirkte immer noch erschüttert angesichts der Äußerungen seines jungen Freundes. Sie versuchte, ihn zu trösten, was aber wohl nicht sonderlich überzeugend ausfiel, da sie Buckland insgeheim zustimmte.

Als sie Langthorne House erreichten, war sie in der schaukelnden Kutsche fast eingeschlafen. Sie rieb sich die Augen und ließ sich von Reverend Aynscroft hinaushelfen. Das Hausmädchen Katie öffnete ihnen die Tür, doch schon tauchte hinter ihr Lady Agatha auf, der es sichtlich besser ging. Sie bot dem Reverend noch ein Glas Portwein an, um sich für den Heimweg zu wärmen, das dieser aber dankend ablehnte.

»Für einen Mann in meinem Alter ist dies nicht die

richtige Zeit, um dem Alkohol zuzusprechen. Ich werde mich geradewegs ins Bett begeben, Lady Agatha. Ich wünsche Ihnen beiden eine gute Nacht.«

Nachdem sich die Tür hinter ihm geschlossen hatte, legte Georgina den Mantel ab und folgte ihrer Tante in die Bibliothek. Im Vorbeigehen sah sie auf der Anrichte einen Brief liegen, der an sie adressiert war, und nahm ihn mit. Während sie noch überlegte, ob sie ihrer Tante von der Begegnung mit Justus von Arnau erzählen sollte, warf sie einen flüchtigen Blick auf den Absender.

Der Brief stammte von St. John Martinaw. Du lieber Himmel, den hatte sie völlig vergessen.

KAPITEL X

Stärkt den weiblichen Verstand, indem ihr ihn erweitert, und der blinde Gehorsam wird ein Ende finden.

MARY WOLLSTONECRAFT

Georgina genoss es, im behaglichen Kaminzimmer zu sitzen, wo die Flammen zuckende Schatten an die stuckverzierte Decke warfen und Holzscheite anheimelnd knisterten. Sie hatte für einen Augenblick die Augen geschlossen und ließ den Abend noch einmal Revue passieren, sah wieder die merkwürdigen Gerichte und hörte Bucklands angenehme Stimme, die von Sintflut und seltsamen Chimären erzählte. Doch ein Gesicht stahl sich immer wieder in die Bilder, und Justus von Arnaus blaue Augen funkelten amüsiert und eindringlich zugleich. Den Brief von St. John Martinaw hatte sie aus einem Impuls heraus in die Tasche ihres Kleides gesteckt. Am nächsten Morgen blieb immer noch Zeit, ihn zu lesen.

Auf Lady Agathas Wunsch bereitete Mrs. Wright heiße Schokolade, die sie mit missbilligendem Blick persönlich servierte und dabei etwas von »schlechten Träumen«

und »Bauchgrimmen« murmelte, was ihre Herrin gar nicht zur Kenntnis nahm. Sie erkundigte sich stattdessen eingehend nach der Dinnerparty und lachte herzhaft, als sie von den Igeln in Orangensoße hörte. »Meine Unpässlichkeit war wohl ein Wink des Schicksals«, meinte sie und pustete vorsichtig auf die dampfende Schokolade. »Ich glaube nicht, dass mein Magen so etwas noch vertragen würde.«

»Es schmeckte gar nicht schlecht«, meinte Georgina belustigt. »Es erinnerte ein bisschen an Kaninchen. Nur die Orangensoße verriet, dass es sich um ein ausgefalleneres Wild handeln musste. Gelten Igel eigentlich als Wild?«, setzte sie nachdenklich hinzu.

Lady Agatha musste derart lachen, dass ihre Tasse gefährlich auf der Untertasse klirrte. »Das solltest du wohl eher Mr. Buckland fragen, Georgina. Meine gute Mrs. Wright kennt sich nur mit den trivialeren Vertretern wie Hirsch und Reh aus.« Dann wurde sie ernst. »Und du meinst, der liebe Aynscroft sei ernsthaft ungehalten gewesen?«

Georgina schüttelte den Kopf. »Ungehalten ist nicht das richtige Wort, eher enttäuscht. Es gefiel ihm wohl nicht, wie sich Mr. Buckland über die Bibel äußerte. Dass manche Dinge nur symbolisch und nicht wörtlich gemeint seien. Außerdem habe ich James Hutton und seine Vorstellung einer ungeheuer alten Erde erwähnt. Auch das passte nicht in sein Weltbild, fürchte ich.«

Lady Agatha setzte die Tasse energisch auf einem Beistelltischchen ab und machte eine wegwerfende Handbewegung. »Unsinn, er soll seinen Verstand gebrauchen, statt enttäuscht zu sein. Früher haben die Menschen an Alchemie geglaubt: dass man mit dem Stein der Weisen Gold erzeugen könne, dass es ein Lebenselixier gebe, das sich mit dem nötigen Wissen aus bestimmten Substanzen destillieren lasse. Heute wissen wir, dass es Träume waren, geboren aus Aberglauben und mangelndem Wissen. Wir glauben etwas, bis man uns widerlegt und wir mit unseren Sinnen erkennen, dass es nicht stimmen kann. So wird es auch mit der Geologie und allen anderen Naturwissenschaften sein.«

Da Georgina merkte, dass ihre Großtante in guter Verfassung war, wagte sie auch, von den beiden Begegnungen mit Justus von Arnau zu erzählen. Obwohl sie sich bemühte, so sachlich wie möglich zu berichten, warf Lady Agatha ihr einen scharfen Blick zu.

»Hoffentlich ist er vertrauenswürdig. Wir wussten ja, dass deine Unternehmung ein beträchtliches Risiko barg.« Sie klopfte sich nachdenklich mit ihrem Lorgnon gegen den Mund. »Macht er einen verschwiegenen Eindruck? Manche Ausländer sollen sehr schwatzhaft sein.«

Georgina ließ sich Zeit mit der Antwort. »Das ist schwer zu sagen. Er war höflich, aber … wie soll ich sagen … sein Blick durchdringt einen. Aber er scheint Gentleman genug, um eine Dame nicht in Gesellschaft zu kompromittieren. Das hoffe ich wenigstens.« Sie verstummte und blickte Hilfe suchend in ihre Tasse. »Ansonsten ist er durchaus charmant und unterhaltsam, aber ich werde nicht recht schlau aus ihm.«

»Nun ja, mein Kind, jene Männer, die man nach zwei Minuten durchschaut hat, sind ohnehin langweilig.« Lady Agatha schien aus Erfahrung zu sprechen, und Georgina fragte sich zum wiederholten Mal, was ihre Großtante wohl alles erlebt haben mochte. Sie war früh verwitwet und in Zeiten jung gewesen, die nicht gerade für ihre Prüderie in Liebesdingen bekannt waren. Auch Damen konnten sich damals einiges erlauben, solange es nicht öffentlich bekannt wurde.

»Zuerst kam es mir vor, als wollte er mich herausfordern, geradezu ärgern«, sagte sie schließlich. »Er machte versteckte Anspielungen. Mir blieben nur zwei Möglichkeiten – entweder gar nichts mehr zu sagen oder zum Angriff überzugehen.«

Lady Agatha lachte. »Ich ahne, wie du dich entschieden hast. Und das war richtig so.« Sie hob das Lorgnon vor die Augen und sah Georgina prüfend an. »Er will dir also seine Aufwartung machen?«

Georgina nickte, sagte aber nichts, weil sie sich ihrer Gefühle nicht sicher war. Eigentlich hatte sie gehofft, Lady Agatha werde ihr jeden weiteren Kontakt untersagen, um ihren Ruf nicht zu gefährden, doch war ihre Tante kein Mensch, der es anderen leicht machte.

»Dass er dir seine Aufwartung machen möchte, zeugt von höflichem Interesse. Solange der Anstand gewahrt bleibt, darfst du Bekanntschaften pflegen. Es ist ratsam, wenn ein junges Mädchen Lebenserfahrung sammelt, bevor es heiratet. Auf diese Weise wirst du weltgewandter und kannst dich in Gesellschaft sicherer bewegen.«

Georgina wurde rot, da sie ungern an die Heiratspläne ihrer Tante erinnert wurde. Sie hatte gehofft, wenigstens in Langthorne House davon verschont zu bleiben. Leider schien die Frage sie bis nach Oxfordshire zu verfolgen.

Warum betrachtete alle Welt ein junges Mädchen immer nur als zukünftige Ehefrau?

»Es … es geht nur um einen Höflichkeitsbesuch, Tante Aga, weiter nichts.«

»Dann brauchst du es dir auch nicht so schwer zu machen. Ach, es ist übrigens ein Brief für dich angekommen, hast du ihn gefunden?«

Georgina nickte. »Ich lese ihn morgen.«

»Dann scheint er ja nicht weiter wichtig zu sein«, meinte Lady Agatha, doch ihr Blick war unergründlich.

In dieser Nacht plagten Justus von Arnau keine schlechten Träume. Es ging darin eher absurd zu: Ein Krokodil führte einem Bären vor, wie man mit einem Hammer Steine zerschlug, und eine Gestalt im schwarzen Talar reichte eine Platte mit kandierten Mäuseschwänzen herum. Bevor er mit einem Lachen in der Kehle aufwachte, erhaschte er noch einen flüchtigen Blick auf einen jungen Mann, der ihn über die Schulter hinweg ansah. Er hatte die Augen von Georgina Fielding. Er strich sich die Haare aus dem Gesicht, verschränkte die Arme hinter dem Kopf und gab sich interessanten Überlegungen hin.

Wie groß war seine Überraschung gewesen, als er der jungen Dame vorgestellt wurde und beim ersten Blick in ihre Augen erkannte, wen er vor sich hatte.

Vorhin im Traum hatte sie ihn mit dem gleichen Blick bedacht wie beim Dinner, als sie bei der Unterhaltung in gefährliches Fahrwasser geraten war und ihn wortlos um Hilfe gebeten hatte. Es gehörte Mut dazu, als Frau in Gegenwart von drei Geistlichen die Wahrheiten der Bibel anzuzweifeln. Justus hatte ihren Schneid bewundert. Andererseits war ihm durchaus bewusst, dass viele Leute ihr Verhalten als unziemlich bezeichnet hätten, ganz zu schweigen von dem Ausflug in Männerkleidern. Was mochte sie dazu bewegen, solche gesellschaftlichen Risiken einzugehen? Wusste sie nicht, was sie zu verlieren hatte, war es ein amüsanter Zeitvertreib, oder wollte sie der Welt etwas beweisen?

Er zündete eine Kerze an, stützte sich auf den Ellbogen und schaute auf seine Taschenuhr. Kurz vor vier.

Wieder wanderten seine Gedanken zu Georgina Fielding. Auf seinen Reisen war er einigen klugen Frauen begegnet, doch meist waren es ältere, erfahrene Damen, deren Unterhaltsamkeit ihren Liebreiz bei Weitem übertraf. Miss Fielding hingegen war jung, sehr jung, und obendrein hübsch. Ihr Scharfsinn gefiel ihm ebenso wie die Selbstverständlichkeit, mit der sie sich am Gespräch beteiligte.

Justus von Arnau staunte über sich selbst. Während er sonst eher zurückhaltend war und auf seinen Reisen selten enge Bindungen einging, da er um deren Vergänglichkeit wusste, hatte er auf die vage Hoffnung hin, Miss Fielding wiederzusehen, noch am selben Abend sein Zimmer auf unbestimmte Zeit weiter angemietet. Dennoch befand er sich in einem Zwiespalt, da Interesse und Vorsicht ihr lang geübtes Gleichgewicht zu verlieren drohten.

Sollte er abwarten, ob er von ihr hörte? Auf eine erneute Zufallsbegegnung hoffen? Oder Miss Fielding ungebeten aufsuchen? Soweit er wusste, wohnte sie bei ihrer Tante, die ein Landhaus unweit der Stadt besaß. Er spürte, wie die leise Stimme, die ihn vor einer überstürzten Annäherung warnte, verklang und einer neuen Entschlossenheit wich. Er würde morgen dorthin reiten, seine Karte abgeben und sich der Tante vorstellen. Damit wäre den gesellschaftlichen Regeln Genüge getan. Die Idee gefiel ihm. Mit diesem Gedanken drehte er sich auf die Seite und schlief wieder ein.

London, im September 1821

Werte Miss Fielding,

schon lange trage ich mich mit diesem Schreiben, da Sie so freundlich waren, mir bei unserer letzten Begegnung einen Briefwechsel zu gestatten. Nun sind einige Wochen ins Land gegangen, in denen ich im Hospital sehr in Anspruch genommen war, da wir eine beunruhigende Zahl von Typhusfällen hatten und eine Epidemie befürchteten. Ich bin zwar Chirurg, legte aber mit Hand an, wie es üblich ist, wenn eine Abteilung unter besonders großer Anspannung arbeitet. Somit war ich abends, ehrlich gestanden, derart erschöpft, dass ich keine Muße mehr fand, Ihnen in angemessener Form zu schreiben. Nun, da sich die Lage beruhigt hat, finde ich endlich Gelegenheit, diese längst überfälligen Zeilen an Sie zu richten.

London liegt unter einer herbstlichen Dunstglocke; das schöne Wetter, auf das wir gehofft hatten, scheint auszubleiben. Leider habe ich keine Neuigkeiten aus meinen Naturforschungen zu vermelden, da ich, wie bereits erklärt, sehr von meiner Arbeit beansprucht wurde. Ich hoffe jedoch, interessante Dinge berichten zu können, wenn wir uns hier in der Stadt wieder begegnen, worauf mir Ihre Tante und Ihr werter Großvater Hoffnung gemacht haben.

Georgina spürte, wie sich bei diesem letzten Satz etwas in ihr veränderte. Es war, als zöge sich eine Schlinge um sie zusammen. Sie hatte sich ein einziges Mal mit St. John Martinaw unterhalten, was zugegeben interessant und kurzweilig gewesen war, doch nun kam es ihr vor, als webte ihre Tante ein Netz um sie, als nutzte ihre Familie ihre Abwesenheit, um Entscheidungen für ihre Zukunft zu treffen.

Wie gut, dass sie sich den Brief für den Morgen aufgehoben hatte, sonst hätte sie vermutlich keinen Schlaf gefunden. Sie hatte einer Korrespondenz zugestimmt, weil sie sich von Martinaw ernst genommen fühlte. Doch nun saß sie hier in Oxfordshire und musste fürchten, dass man hinter ihrem Rücken ihre Zukunft verplante. Tante Anne hatte Georginas Interesse an den Naturwissenschaften als Sympathiebekundung für den Chirurgen verstanden und sofort auf eine nähere Bekanntschaft und nachfolgende Vermählung gehofft.

Zu dumm, jetzt verdarb man ihr auch noch den Aufenthalt in Langthorne House.

Sie wollte den Brief schon zerreißen, zwang sich aber, ihn zu Ende zu lesen, denn Mr. Martinaw trug schließlich keine Schuld an ihrem Zorn.

Ich hoffe, Sie machen mir die Freude und besichtigen nach Ihrer Rückkehr einmal meine anatomische Sammlung, die ich im Hospital aufbewahre. Dann kann ich Ihnen die faszinierenden Zähne, über die wir uns so angeregt unterhalten haben, persönlich zeigen. Außerdem enthält sie weitere interessante Stücke, über die ich mich gern mit Ihnen unterhalten würde.

Ich wünsche Ihnen alles Gute, einen angenehmen Aufenthalt in Oxfordshire und eine gesunde und sichere Rückkehr in die Stadt, wo ich hoffe, Sie alsbald wiederzusehen.

Mit hochachtungsvollen Grüßen,
St. John Martinaw

Georgina legte den Brief beiseite und trat ans Fenster. Beim Frühstück hatte Großtante Aga sie prüfend angesehen, aber auf drängende Fragen verzichtet und stattdessen angeboten, ihr am Nachmittag etwas im Labor zu zeigen. Georgina hatte aufrichtig erfreut zugestimmt und sich danach in ihr Zimmer zurückgezogen, um den Brief zu lesen.

Er hatte ihr die Laune gründlich verdorben.

Wie sollte sie sich nun verhalten? Sie musste Mr. Martinaw antworten, so viel stand fest. Zu schweigen wäre ebenso unhöflich wie ungerecht gewesen, da seine Zeilen sehr freundlich gewesen waren.

Was aber sollte sie ihm schreiben und vor allem wie? Unverfänglich sollte es klingen. Sie durfte ihn nicht vor den Kopf stoßen, wollte ihn aber auch nicht zu weiteren Annäherungsversuchen ermutigen. Am besten, sie beschrieb sachlich und detailliert, wie sie ihre Steine reinigte und in Kästen anordnete, sich Notizen machte oder über Land spazierte, mit ihrer Großtante im Garten saß, Esskastanien sammelte und schöne Herbstblätter in dicken Büchern presste.

Georgina hatte sich gerade an ihr Schreibpult gesetzt

und wollte zu Papier und Feder greifen, als sie Hufgetrappel vor dem Haus hörte. Neugierig stand sie auf und trat wieder ans Fenster. Dann wich sie unwillkürlich einen Schritt zurück. Der Reiter, der sich elegant aus dem Sattel schwang, sein Pferd an einen Zaunpfosten band und auf das Haus zuschritt, war niemand anderer als Justus von Arnau.

Sie wich instinktiv zurück, obwohl er sie hinter dem Vorhang gar nicht sehen konnte, und presste die Hand vor den Mund. Sie stand wie erstarrt da. Er hatte nicht einmal seine Karte abgegeben oder eine kurze Nachricht gesandt. Zeugte das wirklich von guten Manieren? Wollte dieser Fremde sie nun doch in Verlegenheit bringen? Georgina löste sich aus ihrer Lähmung und schritt unruhig im Zimmer auf und ab, bis das erwartete Klopfen an der Tür erklang. Nun gab es kein Zurück.

»Und wie sind Sie auf die Idee gekommen, als Schriftsteller durch halb Europa zu reisen?«, fragte Tante Aga und stellte ihre Teetasse ab, ohne den Blick von ihrem Besucher zu wenden.

Sie hatte den unverhofften Besuch freundlich empfangen und zum Morgentee eingeladen, den sie gewöhnlich im Labor einzunehmen pflegte. Doch an diesem Morgen hatte sie eigens im Salon servieren lassen. Als Georgina hinzugekommen war, hatte Justus von Arnau sie mit vollendeter Höflichkeit begrüßt und sich umgehend dafür entschuldigt, dass er schon an diesem Tag und ohne Voranmeldung seine Aufwartung aufmache. Ihren Besuch in Bucklands Vorlesung erwähnte er mit keinem Wort.

Tante Aga hatte seine Erklärungen mit einer Handbewegung abgetan. »Schon gut, Herr von Arnau, wir leben zurückgezogen und freuen uns über jede Abwechslung. Und ein weit gereister Mann wie Sie hat sicher interessante Dinge zu erzählen.«

Georgina war erleichtert. Da Justus von Arnau sie nicht verraten hatte und nun auch ihre Großtante nicht auf ihren Ausflug ins College ansprach, drohte keine unmittelbare Gefahr. Also gab sie sich der Beobachtung des Besuchers hin.

Wie so oft gelang es Lady Agatha mit ihrer unverblümten Art, ihr Gegenüber zum Sprechen zu bringen. Sie drängte nicht, sondern fragte in sachlichem Ton, so dass man ihr die Neugier nicht übel nehmen konnte. Auf diese Weise brachte sie Justus von Arnau dazu, etwas von sich zu erzählen.

»Ich erkannte schon früh, dass ich nicht zum Soldaten geboren bin, Lady Agatha. Mein Vater hingegen hatte sich gewünscht, dass ich als Offizier eine Laufbahn in der preußischen Armee anstrebe. Das ist in England sicher ähnlich. Mein Bruder hat Wiedenau, das Familiengut, übernommen, und ich als Jüngerer musste mir eine andere Beschäftigung suchen. Wie ich hörte, werden hier in England viele jüngere Söhne Priester, doch dieser Weg ist in Deutschland nicht üblich. Daher bot sich die Offizierslaufbahn an, aber nicht jeder ist dafür geeignet. Nach Waterloo habe ich meinen Abschied genommen.«

Er wirkte plötzlich abweisend.

»Darf ich fragen, weshalb Sie nicht zu Ihrer Familie zurückgekehrt sind?«, fragte Georgina und bemerkte den verwunderten Blick ihrer Großtante, doch der Gast antwortete offen.

»Da hatte ich mich bereits mit meinem Vater überworfen, Miss Fielding, und musste irgendwie meinen Lebensunterhalt bestreiten. Ich habe zwar ein Legat von meiner Mutter erhalten und werde vermutlich einen Anteil am Gut erben, aber bis dahin bin ich auf mich selbst gestellt. Mit anderen Worten«, nun trat wieder ein Lächeln auf sein Gesicht, »nach englischen Maßstäben bin ich kein Gentleman.«

Damit spielte er auf das eherne Gesetz an, nach dem ein Mann, der seinen Lebensunterhalt mit Arbeit verdiente, welcher Art sie auch sein mochte, nicht als Gentleman betrachtet wurde. Georgina, die den Sinn dieses Prinzips nie verstanden hatte, konnte nicht an sich halten.

»Herr von Arnau, in diesem Fall muss ich mich für meine englischen Landsleute entschuldigen. Ich kenne Männer, die für ihr Geld arbeiten müssen und weit ehrenhafter sind als manche, die einen Titel geerbt haben und vom Vermögen ihrer Vorfahren leben.« Sie dachte flüchtig an St. John Martinaw, der mit seiner chirurgischen Kunst Menschen heilte und davon seinen Lebensunterhalt bestritt. Was sollte daran verwerflich sein?

Justus von Arnau sah sie mit einem Lächeln an, bei dem ihr ganz warm wurde. »Wie ich sehe, vertreten Sie nicht nur in der Naturwissenschaft ebenso mutige wie unpopuläre Ansichten, Miss Fielding. Meine Hochachtung.«

Georgina war bei dem Lob gegen ihren Willen errötet und beugte sich vor, um sich ein Sandwich zu nehmen. Ihre Gefühle wechselten so rasch, dass sie ihre Verwirrung kaum verbergen konnte.

»Jetzt würde ich aber gern einmal etwas von Ihren Arbeiten sehen, Miss Fielding. Zeigen Sie mir Ihre Werkstatt?«

Georgina sah ihn überrascht an. Schon wieder hatte er sie verunsichert, einen Ausfallschritt gemacht, als sie am wenigsten damit rechnete. Er war wie ein Fechter, der seinen Gegner in Sicherheit wiegte und dann unvermittelt zustieß. Sie warf ihrer Großtante einen fragenden Blick zu.

»Mein Kind, ich muss gleich zu Reverend Aynscroft, er möchte mit mir über einen Fonds für in Not geratene Familien sprechen, der ihm sehr am Herzen liegt.«

Georgina schwankte zwischen Erleichterung und Enttäuschung und wagte nicht, Justus von Arnau oder ihrer Großtante ins Gesicht zu sehen.

»Eigentlich schickt es sich nicht, aber da ihr nicht allein im Haus seid, werde ich es dieses Mal gestatten. Die Hausmädchen bleiben in der Nähe«, fügte Lady Agatha würdevoll hinzu und wandte sich an den Besucher. »Daher verabschiede ich mich schon einmal von Ihnen, Herr von Arnau. Miss Fielding wird Ihnen nur zu gern ihren Arbeitsplatz vorführen, denke ich. Es war mir ein Vergnügen.«

Georgina, die ihre Aufregung kaum verbergen konnte, führte ihren Besucher in den hinteren Teil des Hauses, in dem das Labor ihrer Tante untergebracht war. Staunend betrachtete Justus von Arnau die vielen Reagenzgläser, Kolben und Apparaturen. Georgina zog den dunkelgrauen Kittel über, mit dem sie bei der Arbeit ihr Kleid schützte, und winkte ihn heran. Auf der Fensterbank und dem Tisch waren zahlreiche Steine angeordnet, manche in Kästen, andere lose, alle mit kleinen Schildern versehen, auf denen in gestochen scharfer Schrift Fundort und Datum vermerkt waren. Auf dem Tisch lagen Hämmer, Feilen und andere Werkzeuge, dazu feine Pinsel, mit denen sich loser Staub entfernen ließ.

»Das ist mein Reich«, sagte sie mit einer Geste zu dem schlichten Holztisch, an dem sie bei der Arbeit zu sitzen pflegte. In ihrer Stimme schwang leiser Stolz mit.

Justus von Arnau trat näher und betrachtete die Fundstücke. Manche wirkten unscheinbar, andere waren aus vielen bunten Mineralien zusammengesetzt und sahen aus wie von der Hand eines Künstlers geschaffen. Dann aber drehte er sich um, lehnte sich an den Tisch und schaute sie eindringlich an. »Darf ich Sie etwas fragen, Miss Fielding?«

Georgina nickte und errötete gegen ihren Willen. Das wird allmählich zur Gewohnheit, dachte sie verärgert. Warum bringt mich dieser Mann so aus der Fassung?

»Weshalb waren Sie in der Vorlesung?«

»Ist das nicht offensichtlich?«, fragte Georgina zurück und deutete auf ihren Arbeitsplatz.

»Sie haben Mr. Buckland doch schon kennengelernt.«

»Aber das war mir nicht genug«, erwiderte sie leidenschaftlich. »Ich wollte mich einmal als Student fühlen. Da man einer Frau dies nicht zugesteht, musste ich mich in einen Mann verwandeln.« Und habe damit meinen guten Ruf aufs Spiel gesetzt, fügte sie in Gedanken hinzu.

Justus von Arnau schaute sie prüfend an. »Das war ziemlich kühn, Miss Fielding. Ich bewundere kühne Menschen.«

»Und ich schätze Menschen, die kompromittierende Dinge über andere wissen und diese für sich behalten«, entgegnete sie.

Er streckte ihr wortlos die Hand entgegen. Georgina ergriff sie, ließ aber rasch los. Dann nahm sie einen flachen, runden Stein und hielt ihn ihrem Gast hin. »In letzter Zeit hat mich dies hier am meisten beeindruckt.«

Justus verstand den Wink, betrachtete den Stein und sagte leicht amüsiert: »Wenn ich es nicht besser wüsste, würde ich sagen, dies sei ein versteinertes Brötchen.«

»Genau, die Chedworth-Brötchen. So werden sie bisweilen auch genannt.«

»Und was ist so Besonderes daran?«

»Schauen Sie ihn genau an. Sehen Sie diese fünf Doppelstrahlen, die vom Mittelpunkt auslaufen und eine Art Stern bilden?«

»Ja, die sehe ich. Er sieht wirklich hübsch aus. Aber was ist sein Geheimnis?«

»Es sind die Überreste gewöhnlicher Seeigel, wie man sie noch heute an der Küste findet.«

»Aber wo sind ihre Stacheln geblieben?«, wollte Justus wissen.

»Wenn Seeigel sterben, verlieren sie nach und nach ihre Stacheln. So auch dieses steinerne Exemplar eines *Clypeus ploti.* Dieses hier habe ich selbst in einem Steinbruch gefunden. Sie halten gerade etwas in der Hand, von dem niemand weiß, wie alt es wirklich ist.«

»Er ist wunderschön«, sagte Justus von Arnau beinahe andächtig und legte ihn behutsam nieder.

Georgina schaute ihn erstaunt an. So viel Empfindsamkeit hatte sie ihm gar nicht zugetraut. Plötzlich wurde ihr bewusst, dass sie zum ersten Mal einem Menschen außer ihrer Großtante die Dinge zeigte, die ihr so am Herzen lagen. Ihr kam dabei unvermittelt eine Idee. Nein, das wäre undenkbar. Oder etwa nicht? Er hatte ihr zweimal sein Wort gegeben – wäre es nicht kleinlich, ihm immer noch zu misstrauen? Sie verspürte den überwältigenden Wunsch, er möge noch bleiben.

Georgina atmete tief durch. »Herr von Arnau«, setzte sie vorsichtig an. »Sie haben viel von der Welt gesehen. Ich würde Ihnen gern etwas zeigen, das mir Kopfzerbrechen bereitet. In gewisser Weise hat es sogar mit Geologie zu tun.«

Er schaute sie an und schien angenehm überrascht. »Bitte sehr, nur zu. Aber Sie wissen, ich bin kein Fachmann auf diesem Gebiet.«

Georgina hob beschwichtigend die Hand. »Das müssen Sie auch nicht sein. Vor einiger Zeit gelangte ich in den Besitz eines alten Notizbuchs, auf dessen Inhalt ich mir keinen Reim machen kann. Es enthält viele Abkürzungen und zusammenhanglose Bemerkungen. Wenn Sie Zeit haben, würde ich es Ihnen gern einmal zeigen.«

Hoffentlich bin ich nicht zu weit gegangen, dachte sie flüchtig, doch die Aufregung überwog ihre Bedenken. An dem Notizbuch war nichts Kompromittierendes, und ein frischer, unvoreingenommener Blick auf dessen Inhalt konnte durchaus neue Erkenntnisse bringen.

Justus von Arnau sah sie mit aufrichtiger Freude an. »Es wäre mir eine Ehre, Miss Fielding.«

Er untersuchte das Notizbuch zunächst von außen. Mit seinen langen, schlanken Fingern fuhr er über den Einband. Dann erst schlug er das Buch auf.

Georgina legte einige Blätter auf den Tisch. »Ich habe mir einige Dinge notiert, die mir wichtig erscheinen. Joshua Hart, der Besitzer dieses Buches, war offensichtlich Arzt von Beruf.«

Justus von Arnau hob die Hand. »Eins wüsste ich gern. Wie sind Sie an dieses Notizbuch gelangt? Das haben Sie mir noch gar nicht erzählt.«

Georgina zögerte einen Moment. Wenn sie ihm davon berichtete, gäbe sie persönliche Dinge preis, die ein Fremder nicht unbedingt erfahren musste. Aber sie hatte sich entschlossen, ihm zu vertrauen, und ihr Zögern konnte als Unhöflichkeit ausgelegt werden. Die Entscheidung fiel zu seinen Gunsten.

Als Georgina von ihrem Besuch im Pfarrhaus in Bethnal Green erzählte, kam ihr die Geschichte noch merkwürdiger vor als damals. Der Brief, die verwitwete Frau und die Truhen, die für sie bestimmt sein sollten, der instinktive Drang, ihrem Großvater und ihrer Tante die ganze Sache zu verschweigen, die Enttäuschung, weil Mrs. Hart nichts über die Truhen wusste und ihr Mann für immer verstummt war, und die naheliegende Vermutung, dass Ethan und Joshua Hart miteinander verwandt gewesen waren.

Justus von Arnau hörte aufmerksam zu, einen Finger zwischen die Seiten geklemmt. »Das ist eine sonderbare Geschichte. Eine Geschichte, die viele Fragen offenlässt und etwas Romanhaftes hat, finden Sie nicht?«

Georgina nickte. »Da kann ich Ihnen nur beipflichten. Ich habe von Anfang an gespürt, dass es wichtig war, auf diesen Brief zu reagieren. Und nun will ich endlich meine

Fragen beantwortet haben. Bisher konnte mir niemand dabei helfen.«

»Der Mann war also Geologe, und Sie haben nicht nur sein Notizbuch, sondern auch seine Sammlung erhalten. Eine Sammlung, deren wissenschaftlicher Wert nach den Worten unseres guten Professors nicht zu verachten ist.«

»Sie haben vollkommen recht. Der Name Joshua Hart war Mr. Buckland allerdings nicht geläufig, so dass es sich entweder um einen unbekannten Amateur oder um jemanden, der vor längerer Zeit gestorben ist, handeln dürfte.«

»Und Sie haben die verwitwete Dame nicht noch einmal aufgesucht, um sich nach diesem Hart zu erkundigen?«

Georgina schüttelte den Kopf. Sie dachte an die bedrückende Atmosphäre in dem düsteren Pfarrhaus und wie aussichtslos ihr die Lage der Frau erschienen war. Zudem wäre es riskant gewesen, sich ein zweites Mal ohne das Wissen ihrer Tante nach Bethnal Green zu begeben.

»Könnte dieser Mr. Hart mit Ihnen verwandt sein? Ein entfernter Cousin, von dem Sie bislang nichts wussten? Zugegeben, es klingt reichlich unwahrscheinlich«, fügte Justus von Arnau selbstkritisch hinzu.

»Ich hatte den Namen nie zuvor gehört«, entgegnete Georgina wahrheitsgemäß. »Er ist im Familienkreis nicht gefallen, daran würde ich mich erinnern.« Sie schluckte, immerhin war es nicht gelogen. Dass möglicherweise ein Vater seiner Tochter die Sammlung vermacht hatte, wäre eine Erklärung gewesen, doch verbat es sich, dies gegenüber Justus von Arnau zu erwähnen. Sie gestand es sich nur in stillen Momenten ein, wenn sie allein mit sich und ihren Gedanken war.

»Dann müssen wir eben selbst dahinterkommen«, sagte dieser nun. Er bemerkte nicht ihren erstaunten Blick bei dem Wort »wir«, das er ganz selbstverständlich gewählt hatte.

Für Georgina klang es wie ein Versprechen. Zum ersten Mal seit langer Zeit hatte sie das Gefühl, von einem anderen Menschen außer ihrer Großtante vollkommen verstanden zu werden und das, obwohl sie Justus von Arnau erst seit wenigen Tagen kannte.

Er blätterte sorgfältig Seite für Seite um, deutete auf Abkürzungen, stellte Fragen, die sie meist nicht beantworten konnte. Dann zeigte er auf das Zitat von James Hutton.

»Wissen Sie, von wem das stammt?«

Georgina nickte. »Von James Hutton, ich erwähnte ihn gestern Abend. Ein schottischer Geologe, der sich mit seiner These vom unbestimmten Alter der Erde nicht nur Freunde gemacht hat.«

»Mr. Hart scheint diese Idee wichtig gewesen zu sein. Vielleicht fühlte er sich in seinen eigenen Ansichten bestätigt und hat das Zitat deswegen mit einem Ausrufezeichen versehen«, meinte Justus von Arnau und blätterte weiter. »Hm, mit der Bibel hat er sich anscheinend ebenfalls auseinandergesetzt. Die Sintflut, interessant. Und die Zeichnungen sind wunderbar ausgeführt«, sagte er in bewunderndem Ton. »Sie haben etwas – wie soll ich es ausdrücken …«

»Ich konnte auch kein Wort dafür finden«, sagte Georgina, »aber ich habe gespürt, dass sie etwas Besonderes sind. Und von einem besonderen Menschen angefertigt wurden.«

Dies war der richtige Augenblick. Sie schob die Hand in die hintere Umschlagklappe und zog das lose Blatt heraus. »Das habe ich zufällig gefunden, als ich mir das Notizbuch zum ersten Mal genauer angesehen habe. Ich habe nicht die geringste Vorstellung, welche Sprache es sein könnte. Deshalb wollte ich es Ihnen zeigen.«

Er trat mit dem Blatt ans Fenster, betrachtete die Schrift mit zusammengekniffenen Augen und schüttelte schließlich den Kopf. »Ich bin kein Gelehrter, aber es ähnelt keiner Schrift, die mir von den Zeichen her geläufig ist. Kein Griechisch, kein Kyrillisch, kein Arabisch oder Hebräisch. Noch ein Rätsel, das es zu lösen gilt. Und das Papier ist auch ganz anders als das im Notizbuch, es fühlt sich viel fester an.«

»Ich glaube, man nennt es Leinenpapier«, sagte Georgina. »Es ist teuer und wird nur für besondere Zwecke verwendet. Ich finde, es sieht sehr alt aus, viel älter als das Notizbuch. Und das hier« – sie deutete auf die winzigen Löcher im Falz – »lässt vermuten, dass das Blatt einmal gebunden oder geheftet war.« Ernst fuhr sie fort: »Erklären kann ich es nicht, aber ich hatte vom ersten Augenblick an den Eindruck, als wäre dieses Blatt das Wichtigste an dem gesamten Notizbuch. Eben weil der Besitzer es in der Umschlagklappe versteckt zu haben scheint. Die Schrift und das Papier lassen darauf schließen, dass die Aufzeichnungen nicht von Joshua Hart stammen. Von wem dann? Hat jemand sie ihm geschenkt, oder wurden sie gekauft? Worin liegt ihr Wert? Sie sind alt, so viel steht wohl fest.«

Justus von Arnau warf einen prüfenden Blick auf das seltsame Papier und fuhr sanft mit den Fingern darüber. Er betrachtete eingehend die Zeichnungen, so wie Georgina es getan hatte, und deutete auf die Zahl Zehn, in der rechten oberen Ecke. »Wenn dies eine Seitenzahl sein soll, muss es mindestens neun vorhergehende Seiten geben. Was mag aus denen geworden sein? Im Übrigen kommt es mir vor, als hätte man die Zahl später hinzugefügt, die Tinte sieht ganz anders aus. Das ist wirklich interessant.«

Justus gab Georgina das Blatt zurück, die es faltete und wieder in den Umschlag schob. Dann konzentrierte er sich auf die Notizen von Joshua Hart und stieß bald einen erfreuten Laut aus. Er deutete mit dem Finger auf eine Seite.

»Hier, ›Norfolk‹, das ist doch eine handfeste geografische Angabe. Und daneben steht ›Coke‹, ist das vielleicht ein Ort in dieser Gegend?«

»Meine Großtante besitzt eine detaillierte Karte von Großbritannien, die ich bereits konsultiert habe«, erklärte Georgina in bedauerndem Ton. »In ganz Norfolk war kein Ort dieses Namens zu entdecken.«

»Und ›H. Hall‹? Henry Hall? Herbert Hall? Könnte es sich dabei um einen Personennamen handeln?«

Georgina überlegte. »Natürlich. Aber … es könnte auch ein Haus sein, ein Landsitz oder Schloss. Darauf bin ich noch gar nicht gekommen.«

»Dann sollten wir herausfinden, ob es in Norfolk ein Schloss dieses Namens gibt, das irgendeine Verbindung zum Wort ›Coke‹ besitzt«, schlug Justus von Arnau sachlich vor.

Auf einmal war es, als käme Bewegung in ihre Nachforschungen, und Georgina konnte ihre Aufregung kaum zügeln. Vergessen waren die Vorbehalte gegen ihn. Endlich hatte sie jemanden gefunden, mit dem sie Ideen austauschen konnte, der sie beflügelte und inspirierte.

Sie überlegte, wo sie die Antwort auf diese Fragen finden könnte. Dann kam ihr eine Idee. »Herr von Arnau, ich glaube, ich habe die Lösung gefunden. Seit etwa zwanzig Jahren erscheint ein Register des gesamten englischen Adels, es nennt sich *Debrett's Peerage*. Meine Großtante besitzt zwar kein eigenes Exemplar, aber es müsste in jeder Buchhandlung in Oxford zu bekommen sein.« Ihr Gesicht hatte sich vor Aufregung zart gerötet.

»Wunderbar. Ich werde mich gleich morgen darum kümmern«, sagte er, als wäre es die selbstverständlichste Sache der Welt.

Georgina ging es beinahe zu schnell. Eben noch hatte sie Herrn von Arnau gefürchtet. Nun befanden sie sich schon seit geraumer Zeit allein in diesem Zimmer, und sie hatte ihm sehr persönliche Dinge offenbart und ihre Schätze gezeigt. Konnte sie sein Angebot wirklich annehmen?

KAPITEL XI

Hast du einmal vom Fliegen gekostet, wirst du beim Gehen auf immer den Blick zum Himmel richten, denn dort bist du gewesen, und danach wirst du dich auf immer sehnen.

LEONARDO DA VINCI

Georgina konnte ihre Unruhe kaum verbergen. Zwei Tage war es her, dass Justus von Arnau ihr seine Aufwartung gemacht und versprochen hatte, Nachforschungen über die Familie Coke anzustellen. Seither hatte sie nichts mehr von ihm gehört.

Mit Tante Aga hatte sie nicht über dieses Vorhaben gesprochen. Den Grund dafür konnte sie selbst nicht recht benennen; ihr Gefühl hatte sie davor gewarnt, von ihrer vertraulichen Unterredung zu berichten. Zwar hatte sie ihr geschildert, wie sie den Gast in aller Sittsamkeit in ihrer Werkstatt herumgeführt und von ihren Funden berichtet hatte, aber dass sie ihm das Tagebuch und das geheimnisvolle Blatt gezeigt hatte, erwähnte sie nicht. Es war ein winziger Bruch in ihrer engen Beziehung, ein erster Riss, der davon zeugte, dass ihr das alte Vertrauen in die Großtante zu entgleiten drohte. Sie wollte lieber nicht darüber nachdenken, ob sie erwachsen wurde und sich deshalb von Tante Aga zu lösen begann oder ob die Wurzeln dafür tiefer lagen.

Nun wartete sie. Georginas Geduld war immer schon begrenzt gewesen und untätig dazusitzen nicht ihre Stärke. Sie konnte Herrn von Arnau weder anschreiben noch aufsuchen, das ließ ihre kurze Bekanntschaft nicht zu. Sollte sie ihr Vertrauen letztlich dem Falschen geschenkt und sich mit ihrer Offenheit selbst geschadet haben? Wenn er nun doch sein Wissen ausnutzte und Buckland und dessen Kollegen von ihrer Verkleidung erzählte?

Georgina schalt sich abwechselnd für ihren Argwohn und verfiel wieder in Sorge. Sie hatte Mühe, diese Unruhe vor der Großtante zu verbergen. Daher unternahm sie viele Spaziergänge in der Umgebung des Hauses, wo sie mit ihren Gedanken allein sein konnte. Sie malte sich sogar aus, wie es wäre, noch einmal in Männerkleider zu schlüpfen und sich selbst nach Oxford zu begeben. Der Gedanke verfolgte sie bis in ihre Träume, und ein Traum fühlte sich so wirklich an, dass sie mit klopfendem Herzen erwachte und lange nicht einschlafen konnte.

Sie saß in einer Art Kaffeehaus inmitten einer Schar von Männern. Es war laut und verräuchert, Gelächter hallte durch den hohen Raum und brach sich an der Decke. Georgina war dennoch ganz ruhig. Sie war unter ihresgleichen, ein Mann, der im Kreise anderer Männer seinem Vergnügen nachging.

Justus von Arnau, der ihr gegenübersaß, bestellte für sie beide Kaffee und wählte dann zwei edle Zigarren aus, deren Spitzen er geschickt abknipste. Dann reichte er ihr eine und lächelte sie herausfordernd an. Er selbst entzündete seine

Zigarre, klemmte sie lässig zwischen Zeige- und Mittelfinger, zog daran, legte den Kopf in den Nacken und stieß eine Rauchwolke aus, die sich nach oben zur dunklen Holzdecke kräuselte. Georgina nickte nonchalant, als hätte sie in ihrem ganzen Leben nie etwas anderes getan. Lässig steckte auch sie die Zigarre an, schob sie vorsichtig in den Mund und atmete ein. Der Hustenanfall war schlimmer als alles, was sie je bei einer Erkältung erlebt hatte. Justus von Arnau drückte ihr mit verwundertem Blick ein Glas Wasser in die Hand. Dann ging ein Leuchten über sein Gesicht.

Er stand auf, blickte sich im Raum um und bat die Anwesenden um Ruhe. »Meine Herren, ich bitte um Ihre Aufmerksamkeit. Unter uns befindet sich ein Eindringling!« Mit diesen Worten griff er nach Georginas Kopf und riss an ihren Haaren. Sie wollte empört protestieren, als sie spürte, wie etwas nachgab und ihre Haare schwer über Schultern und Rücken flossen. Alle Gesichter hatten sich ihr zugewandt. Sie saß da wie nackt. Am Pranger. Erste Empörung machte sich breit. Stühle wurden gerückt. Ein Gentleman spuckte vor ihr auf den Boden. Der Wirt kam hinter der Theke hervor und legte seine Hand wie einen Schraubstock um ihren Arm …

Sie fuhr mit einem Ruck im Bett auf. Ihr Arm hatte sich in der Decke verwickelt, so dass es ihr beinahe das Blut abschnürte. Georgina tastete unbeholfen, um sich zu befreien. Dann lehnte sie sich schwer atmend zurück und wartete, bis ihr hämmerndes Herz ruhiger schlug.

Wie sonderbar, dass sich in Träumen oft das Geschehene spiegelte oder Wünsche und Ängste, die die Menschen umtrieben! Ihr Traum enthielt alles, was sie in den vergangenen Tagen beschäftigt hatte: Justus von Arnau, ihre Verkleidung und den stillen Wunsch, noch einmal dieses Gefühl der Freiheit auszukosten. Sie errötete beim Gedanken an die kühne Georgina des Traums, die sich in ein Kaffeehaus unter lauter Männer begeben hatte, einen Ort, der noch verbotener war als jener Hörsaal. Und der Schrecken, als man sie bloßgestellt hatte, saß ihr noch in den Gliedern.

Trotz allem spürte sie, während sie endlich wieder wegdämmerte, tief im Inneren ein angenehmes Kribbeln, das selbst der größte Schreck nicht vertreiben konnte.

St. John Martinaw faltete den Brief zusammen, schob ihn auf dem Schreibtisch beiseite und lehnte sich zufrieden auf seinem Stuhl zurück. Ja, er war auf dem richtigen Weg, das spürte er genau. Zwar gab Miss Fielding in ihren Zeilen keine großen Gefühle und Geheimnisse preis, doch das konnte er vom ersten Schreiben einer jungen Dame auch nicht erwarten.

Trotzdem las er aus ihren Zeilen eine freundliche Zuneigung, die Anlass zu den schönsten Hoffnungen gab. Der nahende Herbst würde Miss Fielding unweigerlich vom Landgut ihrer Großtante wieder nach London und somit zu ihm führen. Im Laufe des Sommers hatte er seine Bekanntschaft mit der Familie vertiefen können, und vor allem Lady Anne schien ihm durchaus gewogen. Mr. Fielding würde einen angesehenen Arzt wie ihn durchaus als Bewerber für seine Enkelin in Betracht ziehen müssen, denn die Familie war nicht von Stand, während er selbst in den kommenden Jahren auf einen Ritterschlag hoffen durfte.

Auch das wissenschaftliche Interesse, das er bei Miss Fielding festgestellt hatte, war äußerst erfreulich. Wie viel mehr konnte einem Mann gelingen, der von einer treuen, liebevollen Frau unterstützt wurde, die seine Neigungen teilte, deren Rat er suchen konnte und die ihm Trost und Zuspruch spendete, wenn seine Arbeit einmal nicht die gewünschten Fortschritte machte! Ja, sie wäre die ideale Ehefrau für ihn, davon war er überzeugt. Es hatte Gott gefallen, dass sie einander begegneten, und er hoffte von ganzem Herzen, dass dieser Weg zum gewünschten Ziel führte.

Er wollte sie nicht bedrängen und überlegte, wann er wohl mit gutem Gewissen den nächsten Brief an sie richten durfte. Allzu lange konnte er nicht warten, wollte er nicht unhöflich erscheinen, doch wenn er ihn gleich heute versandte, könnte dies den Eindruck allzu großen Eifers erwecken.

Zwei Tage, sagte sich St. John Martinaw schließlich. So lange konnte er sich gedulden und sich die richtigen Worte zurechtlegen.

Was sie wohl gerade machte? Sie hatte geschrieben, dass sie bunte Herbstblätter sammelte und in dicken Büchern presste. Gewiss würde es sie interessieren, wie sich die Formen der Blätter im Laufe der Erdgeschichte verändert hatten. Er hatte einen Aufsatz darüber gelesen, der eine sehr hübsche Zeichnung eines Ginkgo-Blatts enthielt, und nahm sich vor, ihn Miss Fielding bei nächster Gelegenheit zu überreichen.

Nach drei Tagen hatte Georgina die Hoffnung beinahe aufgegeben und überlegte, wie sie nun doch auf eigene

Faust an das nötige Wissen gelangen konnte. Sie stöberte stundenlang in der Bibliothek und verfluchte zum ersten Mal Tante Agas Vorliebe für naturwissenschaftliche Werke. Es war einfach nichts zu finden, das ihr Antworten hätte liefern können.

Sie lief den ganzen Tag im Haus auf und ab, von ihrem Zimmer in die Bibliothek, von der Bibliothek an ihren Werktisch, vom Werktisch in den Salon.

Ihre fiebrige Unruhe blieb auch Tante Agas misstrauischen Blicken nicht verborgen. »Mein Kind, du machst mich nervös. Ich empfehle dir einen Spaziergang, um deinen unruhigen Geist zu besänftigen und deinen Bewegungsdrang zu stillen«, schlug diese schließlich vor, wobei sie missbilligend von ihrem Buch aufblickte.

Georgina legte einen wunderschönen Kaschmirschal um die Schultern und verließ das Haus. Samuel, der Pferdeknecht, nickte ihr zu.

Als sie das Tor hinter sich gelassen hatte, bog sie nach rechts ab und schritt den Hügel hinunter. Die Tage waren noch schön, und um die Mittagszeit schien die Sonne mit geradezu verschwenderischer Wärme. Nach wenigen Schritten wurde ihr der Schal zu warm, und sie hängte ihn über den Arm. Der Himmel war strahlend blau, keine einzige Wolke war zu sehen, und in solchen Augenblicken verstand sie gut, was die Dichter zu ihren Lobgesängen auf die englische Landschaft hingerissen hatte. Wäre es Frühling gewesen, hätte sie hinter jeder Wegbiegung auf Wordsworth' gelben Narzissenteppich gehofft. Doch auch die herbstlichen Blumen mit ihren Rot- und Brauntönen gaben ein wunderbares Bild ab.

Allmählich merkte sie, wie die Unruhe der letzten Tage von ihr abfiel und einer inneren Klarheit wich. Sie sehnte nicht nur die Nachrichten herbei, die Justus von Arnau ihr bringen würde. Er fehlte ihr. Sie dachte gern an das Gespräch mit ihm zurück. Natürlich würde ihre Familie diese Neigung ganz und gar nicht gutheißen. Selbst wenn er aus gutem Hause stammte, war er doch Ausländer und zudem eine Art Vagabund, der sein Geld selbst und auf recht ungewöhnliche Weise verdiente.

Sie bog vom Weg ab und ging einen kleinen Pfad hinunter. Sie hob einen Kiesel vom Boden auf und warf ihn mit einer ausholenden Bewegung in den kleinen Bach, der sich am Fuß des Hügels durch die noch grünen Wiesen schlängelte. Am liebsten hätte sie immer hier gelebt, weil sie sich freier fühlte als in London. Doch sie merkte auch mit Sorge, dass ihre Großtante sich anders verhielt als sonst. Nicht so unbeschwert, nicht so scharfzüngig, nicht so unkonventionell. Ihr schien etwas auf der Seele zu liegen, doch Georgina wusste nicht, was es sein konnte.

Sie stand ganz versunken da, als mit einem leisen Klatschen ein zweiter Kiesel ins Wasser fiel, dass funkelnde Tropfen aufstoben.

Georgina fuhr erschrocken herum.

»Ich muss mich bei Ihnen entschuldigen, Miss Fielding«, sagte Justus von Arnau mit einer Verbeugung.

»Wie … ich habe Sie gar nicht kommen hören«, sagte sie verwirrt. Eben erst hatte sie an ihn gedacht, ihn geradezu herbeigewünscht, und nun stand er da. Ihr Herz schlug heftig, und sie musste schlucken.

Er deutete nach oben auf den Weg, wo er sein Pferd an

einen Zaunpfahl gebunden hatte. »Bitte verzeihen Sie, wenn ich Sie erschreckt haben sollte. Ich war gerade unterwegs nach Langthorne, um Ihnen endlich Bericht zu erstatten, als ich Sie hier unten entdeckte.«

Sie schaute instinktiv in alle Richtungen. Es war nicht passend, mit einem Herrn allein auf freiem Feld zu plaudern. Eigentlich wäre es an Herrn von Arnau gewesen, ihr seine Begleitung nach Hause anzubieten, damit sie sich in einer angemesseneren Umgebung unterhalten konnten. Andererseits war sie erleichtert, denn so konnte er von seinen Erkundungen berichten, ohne dass Tante Aga davon erfuhr. Georgina deutete auf einen Stein, der trocken und als Sitzplatz für eine Dame geeignet war. Justus nickte zustimmend und lehnte sich ihr gegenüber an einen Baum, bevor er zu erzählen begann.

Er schilderte die Buchhandlung so lebendig, dass Georgina meinte, selbst darin zu stehen. Ein dämmriger Raum, eigentlich zu dunkel, um dem Betrachten von Büchern, Landkarten und Kupferstichen dienlich zu sein, aber es gab gemütliche Nischen, in denen Lampen einen sanften Schein verbreiteten. In der Luft ein anheimelnder Geruch nach Papier und staubiger Gelehrsamkeit. Sie sog unwillkürlich die Luft ein. Er war ein guter Erzähler.

»Ich bin zwischen den Regalen umhergeschlendert, als wollte ich mir mit Muße die Bücher anschauen. Das dunkle Holz der Regale schimmerte im Lampenlicht.« Als ihn der Buchhändler ansprach, hatte er seinen Wunsch geäußert. Man händigte ihm die beiden Bände aus, und er hatte in einer Nische Platz genommen, um sie, wie er sagte, vor dem Kauf in Ruhe zu prüfen.

»Leider halfen mir die Bücher nicht weiter. Die Familien sind nach ihren Adelstiteln geordnet. Ein Landsitz, dessen vollen Namen wir nicht einmal kennen, wäre wie die Nadel im Heuhaufen gewesen.«

Georgina sah ihn enttäuscht an. »Haben Sie gar nichts herausgefunden?« Sofort bereute sie ihre Worte, da er doch die Mühe auf sich genommen hatte, um ihr einen Gefallen zu tun.

Justus von Arnau hob beschwichtigend die Hand. »Nicht so schnell, Miss Fielding. Eine gute Erzählung braucht Zeit, um zu reifen, genau wie guter Wein.«

Er hatte den Buchhändler geradeheraus gefragt, ob dieser einen Landsitz oder ein Schloss in Norfolk kenne, das die Bezeichnung Hall trug. Und war tatsächlich fündig geworden. »Ihm fiel sofort Holkham Hall ein, ›ein wahrhaft prachtvoller Besitz mit herrlichen Ländereien‹, wie er sich ausdrückte. Auch kannte er den Namen der Familie, die dort wohnt.«

»Und?«, fragte sie gespannt.

»Es sind die Cokes, Verwandte des letzten Earl of Leicester, der ohne lebende Nachkommen starb. Die Familie erbte den Besitz, nicht aber den Titel«, verkündete Justus von Arnau nicht ohne Stolz.

»Coke!« Georgina spürte, wie sich einige Teile des Rätsels zusammenfügten.

»Und ich habe weitere Erkundigungen eingezogen«, fuhr Justus von Arnau stolz fort. »Der jetzige Schlossbesitzer hat das Anwesen in der weiblichen Linie geerbt. Er hieß Roberts und nahm den Namen seiner Frau an. Thomas Coke ist Parlamentsabgeordneter und als ›Coke aus

Norfolk‹ bekannt. In einem muss ich Sie jedoch enttäuschen, Miss Fielding«, meinte Justus entschuldigend. »Dieser Mr. Coke ist nicht nur Politiker, sondern auch ein hoch geschätzter Fachmann für moderne Landwirtschaft.«

»Landwirtschaft?«, fragte Georgina überrascht und nahm einen verspäteten Marienkäfer auf die Hand, der sich auf ihrem Kleid niedergelassen hatte. Dann sah sie das Tierchen an, als könnte es ihr die Fragen beantworten.

Justus breitete entschuldigend die Arme aus. »Ja, er gilt als Kapazität auf seinem Gebiet. Leider erwähnte der Buchhändler keinerlei geologische Vorlieben, Fossiliensammlungen oder Ähnliches.«

Georgina ließ den Käfer fliegen und blickte zu Boden. So dankbar sie Herrn von Arnau auch war, konnte sie ihre Enttäuschung dennoch nicht verbergen. Nun wusste sie zwar, wer »Coke« und was »H. Hall« war, doch blieben viele Fragen offen. Was hatte Joshua Hart an den Cokes und ihrem Schloss interessiert? Wozu die Abkürzungen?

Justus stieß sich mit dem Fuß vom Baumstamm ab und schlenderte im hohen Gras auf und ab. »Eine Hoffnung bleibt uns allerdings noch. Ich war vorhin bei Mr. Buckland. Nein, er bot mir diesmal keinen Imbiss an«, warf er belustigt ein, als er Georginas fragenden Blick sah. »Er erwähnte allerdings, er wolle sich eine Tischplatte aus Koprolithen anfertigen lassen.«

Als Georgina in Gelächter ausbrach, ließ er sich erklären, was sich hinter dem Fachbegriff verbarg.

»Verzeihung, dass ich ein so unpassendes Thema anspreche. Er sagte nur, er wolle sie in die Platte einfügen lassen, das sähe sehr hübsch aus.« Justus nahm sich vor, die Möbel des Professors bei der nächsten Einladung einer genauen Prüfung zu unterziehen, vor allem, wenn Essen darauf serviert wurde. »Jedenfalls erkundigte ich mich, ob er jemanden wüsste, der sich mit der Genealogie der Grafschaft Norfolk auskennt. Vielleicht kann uns ein Fachmann sagen, welche Verbindung zwischen einem Amateurgeologen und Holkham Hall bestehen könnte.«

»Und?«, fragte Georgina gespannt.

»Buckland erwähnte einen alten Archivar im Magdalen College, der sich mit der Geschichte der ostenglischen Grafschaften beschäftigt. Er heißt Horace Gilmore. Mr. Gilmore wäre bereit, uns morgen zu empfangen.«

Georgina sprang von ihrem Stein auf. »Ich werde …« Dann besann sie sich. Nein, sie konnte Tante Aga nicht um Erlaubnis bitten, da sie ihr Herrn von Arnaus Erkundigungen bislang verschwiegen hatte und keine langen Erklärungen abgeben wollte. Wie aber sollte sie es anstellen? Notfalls würde sie sich heimlich aus dem Haus schleichen müssen. Vielleicht sollte sie Kopfschmerzen vorschützen? Fast wie zu Hause bei Tante Anne, dachte sie, und spürte ein leises Unbehagen. »Um wie viel Uhr, Herr von Arnau?«

»Mr. Gilmore und ich haben uns für ein Uhr mittags verabredet. Soll ich Sie um elf abholen?«

Sie nickte und machte Anstalten, zur Straße zurückzukehren. »Ich werde um elf an der letzten Wegbiegung vor Langthorne warten. Auf morgen.« Mit diesen Worten wandte sie sich ab. Es gab viel, über das sie in Ruhe nachdenken wollte.

Daher merkte sie nicht, dass Justus von Arnau ihr noch lange nachsah.

Lady Agatha war besorgt. Sie hatte sich in ihr Studierzimmer zurückgezogen und saß mit einer Decke über den Knien in ihrem Lieblingslehnstuhl. Auf einmal kam sie sich alt vor. Es war, als hätte sich in dem Augenblick, in dem Georgina ihr gleich nach der Ankunft in Langthorne das Notizbuch gezeigt hatte, etwas unwiderruflich verändert. Eine lang verdrängte Angst war erwacht, die ihr seither keine Ruhe ließ.

Neben sich auf dem Tisch hatte sie einen Holzkasten stehen, dessen Deckel mit schönen Schnitzarbeiten verziert war. Darin bewahrte sie Briefe auf, die sie seit langer Zeit nicht in der Hand gehabt und beinahe vergessen hatte. Lady Agatha hatte stets gehofft, sie nie wieder hervorholen zu müssen.

In all den wunderbaren Jahren, in denen sie Georgina hatte aufwachsen sehen, in denen sie ihrer Großnichte die Welt gezeigt und ihren Wissensdurst zu stillen versucht hatte, war ihr stets bewusst gewesen, dass sie bestimmten Fragen nicht ewig ausweichen konnte. Ihr Bruder hatte sich geweigert, mit dem Mädchen darüber zu sprechen. Für ihn bestand keine Veranlassung, die schmerzliche Vergangenheit wieder ans Licht zu holen, und das galt auch für seine Tochter Anne.

Lady Agatha hingegen hatte sich in der ganzen Zeit wie eine Betrügerin gefühlt, weil sie Georgina nie etwas über ihre Herkunft erzählt hatte. Hatte nicht jeder Mensch das Recht zu erfahren, wer seine Eltern waren? Sie hatte sich eingeredet, es sei zu Georginas Bestem, und sie wollte sie tatsächlich aus Liebe beschützen. Doch nun, da das Mädchen erwachsen wurde, brauchte es diesen Schutz vielleicht nicht mehr. Lady Agatha blieb unentschlossen, ob sie Georgina alles erzählen oder sie diese Entdeckungen allein machen lassen sollte. Sie selbst würde allerdings einen hohen Preis zahlen, wenn sie weiter abwartete, da Georgina ihr schwere Vorwürfe machen oder sich gar von ihr abwenden würde, wenn sie die Wahrheit erfuhr.

Lady Agatha wusste nicht recht, was sie von diesem jungen Deutschen halten sollte, der ein unübersehbares Interesse an Georgina zeigte. Er war charmant und wohlerzogen, wirkte aber unkonventionell und schien ein reichlich ungeregeltes Leben zu führen. Seufzend stützte sie den Kopf in die Hand und griff nach dem ersten Brief. Während sie ihn las, meinte sie eine Stimme zu hören, ein wenig atemlos und voller Überschwang. Die Stimme von Susan Fielding.

Susan war ein wildes Kind gewesen, ganz anders als ihre Schwester Anne, die schon früh gelernt hatte, dass gutes Betragen den größten Lohn einbrachte. Nicht so Susan. Sie war immer diejenige gewesen, bei der sich die Zöpfe lösten, die ihr Kleid mit Kirschen oder Erdbeermarmelade bekleckerte, die Löcher in den Strümpfen und unerklärliche schwarze Flecken am Kinn hatte. Wenn Lady Agatha zu Besuch kam, stürmte ihr das Mädchen schon an der Tür entgegen und warf sich in ihre Arme, als hätten sie einander seit Jahren nicht gesehen. Sie spürte, dass dies nichts mit den Vorteilen zu tun hatte, die Tantenbesuche meist mit sich brachten – hübsche Mitbringsel und besonders gutes Essen –, sondern mit dem Gefühl, dass Lady Agatha sie ernst nahm.

Sie las Susan keine Märchen vor und begutachtete ihre

Handarbeiten eher flüchtig, ging dafür lieber mit ihr spazieren und erklärte ihr die Welt. Keine Frage war zu dumm und kein Thema zu anstößig, seien es nun die Ausscheidungen von Pferden oder die Tatsache, dass manche Leute reich und andere arm waren. Wenn Lady Agatha die Antwort nicht wusste, spekulierten sie und ihre Nichte wild drauflos und dachten sich die verrücktesten Erklärungen aus. Es waren immer ganz besondere Stunden gewesen.

Sie faltete den Brief zusammen, legte ihn zurück in den Kasten und klappte den Deckel zu. Sie musste sich die Augen wischen, das war ihr schon lange nicht mehr passiert.

Dann erinnerte sie sich an die furchtbare letzte Begegnung mit Susan. Fast wäre sie zu spät gekommen. Ihr Bruder hatte ihr nicht Bescheid gegeben, was sie ihm bis heute übel nahm. Vielleicht war es eine Gedankenverbindung gewesen. Eigentlich glaubte sie nicht an überirdische Zeichen, doch eine unerklärliche innere Unruhe hatte sie bewogen, sich spätabends auf den Weg nach London zu machen. Als sie im Haus ihres Bruders eintraf, öffnete ihr die Haushälterin mit blassem, verkniffenem Gesicht die Tür. Da hatte Lady Agatha begriffen.

Sie hatte so klein ausgesehen in dem riesigen Bett, als wäre sie wieder zum Kind geworden. Doch das war sie nicht, sie war eine Frau, die ein Kind geboren hatte. Ein Kind, das sie nun das Leben kosten würde. Und der strenge und doch so trostlose Blick ihres Bruders verriet Lady Agatha, dass er dies trotz seines Kummers als Strafe für Susans Sünden betrachtete.

Lady Agatha hatte ihn nicht angesehen, sondern war neben dem Bett auf die Knie gefallen, hatte die Hand ihrer

Nichte ergriffen, die kalt war wie eine Totenhand, und an ihre warme Wange gepresst, als könnte sie ihr damit die Wärme des Lebens zurückgeben. Stattdessen spürte Lady Agatha, wie die Kälte dieser Hand sich ihres Gesichtes und schließlich ihres ganzen Körpers bemächtigte.

Als sie schon glaubte, Susan werde nicht mehr sprechen, hatte sie ein leises Flüstern gehört, so leise, als wäre es das Rascheln einer Maus hinter dem Vorhang. »Versprich mir, dass du für sie da sein wirst. Sie braucht dich. Wie ich dich gebraucht habe.«

Lady Agatha hatte ihr natürlich ihr Wort gegeben und es bis heute gehalten. Als Georgina heranwuchs und ihre Zuneigung zu ihrer Großtante sehr deutlich zeigte, hatte sie mehrfach versucht, ihren Bruder und Anne zu überreden, das Mädchen ganz bei ihr aufwachsen zu lassen, doch davon wollte vor allem Anne nichts hören. Sie hatte gedroht, Georginas Besuche in Langthorne zu unterbinden, wenn Lady Agatha sich nicht mit dem zufriedengäbe, was ihr zustand. Georgina solle in London aufwachsen und dort auf ihre gesellschaftliche Rolle vorbereitet werden. Lady Agatha hatte sich gefügt, um das Mädchen nicht zu verlieren, und die Wochen, die sie gemeinsam verbrachten, stets als etwas besonders Kostbares empfunden.

Nun aber war sie an einem Punkt angelangt, an dem sie nicht weiterwusste. Sollte sie darauf vertrauen, dass Georgina aus eigener Kraft herausfinden würde, was sie wissen wollte?

In diesem Augenblick hörte sie rasche Schritte und Georginas Stimme im Flur, es klopfte, und schon riss das Mädchen die Tür auf.

Georgina hielt das Notizbuch triumphierend in die Höhe. »Du wirst nicht glauben, was ich soeben herausgefunden habe.«

Lady Agatha schob das Holzkästchen an die äußerste Ecke des Tisches und sah ihre Großnichte erwartungsvoll an.

Nachdem Georgina von ihrem Spaziergang zurückgekehrt war, hatte sie sich auf ihr Zimmer begeben, wie schon so oft das Notizbuch hervorgeholt und sich in die seltsamen Abkürzungen und Zeichnungen vertieft. Dann hatte sie aus der Umschlagklappe das Papier mit den filigranen Abbildungen hervorgeholt und war damit ans Fenster getreten, um es bei Tageslicht zu betrachten. Noch immer ergaben die Buchstaben keinen Sinn. Sie schaute so lange darauf, bis bunte Flecken vor ihren Augen tanzten und die braune Tinte auf dem zartbraunen Papier zu verschwimmen schien. Als sie wieder an den Tisch treten und das Blatt an seinen Platz zurücklegen wollte, fiel es ihr versehentlich aus der Hand. Georgina bückte sich, um es aufzuheben und erstarrte, als ihr Blick in den Standspiegel fiel. Sie ließ die Augen zwischen den beiden Gegenständen hin und her wandern, als sähe sie sie zum ersten Mal. Mit angehaltenem Atem kniete sie sich hin, als hätte sie Angst, mit einer abrupten Bewegung die verblüffende Entdeckung zu zerstören.

Behutsam nahm sie das Blatt in die Hand, stand auf und trat damit vor den Spiegel. Und erkannte, wie einfach die Lösung war.

KAPITEL XII

Gab es die Sintflut?, mag mancher sich fragen,
Das ist klar wie der Schlamm, hört man Buckland sagen.

NICHOLAS SHUTTLEWORTH

Georginas Erkenntnis löste eine ganze Lawine neuer Fragen aus. Hatte Joshua Hart das alles selbst geschrieben? Oder war es die Kopie eines fremden Textes? Wenn ja, in welcher Sprache? Wer auch immer der Verfasser sein mochte, er hatte dafür gesorgt, dass niemand seine Worte auf den ersten Blick entziffern konnte. Existierte nur dieses eine Blatt, oder war es Teil eines weit umfangreicheren Manuskripts? Lauter neue Fragen, doch zum ersten Mal fühlte sich Georgina davon nicht abgeschreckt, sondern spürte eine ungeheure Erregung, als wäre sie seit Stunden auf der Jagd und hätte endlich den Fuchs aufgescheucht. Justus von Arnau musste unbedingt davon erfahren, das war ihr erster Gedanke.

Georgina sprang auf, griff nach dem Notizbuch und stürmte aus dem Zimmer, um Tante Aga von der aufregenden Entdeckung zu berichten.

»Das hast du ganz ausgezeichnet gemacht, mein Kind«, erklärte Lady Agatha und legte ihr die Hand auf den Arm.

Doch Georgina spürte, dass die Reaktion nicht ganz aufrichtig war. Sie vermisste das Feuer und die Begeisterung, die so typisch für ihre Großtante waren. Sie wirkte irgendwie matt. Trug sie vielleicht doch eine ernsthafte Krankheit in sich? Rasch verdrängte Georgina ihre Sorgen, zu aufregend war die Entdeckung.

»Eigentlich war es purer Zufall«, gestand sie. »Wenn mir das Blatt nicht auf den Boden gefallen wäre …«

»Was glaubst du, wie viele Entdeckungen auf einen Zufall zurückgehen?«, schnitt Tante Aga ihr das Wort ab. »Ohne ihn wären wir oft hilflos. Was der Zufall ist, kann ich nicht genau sagen, ob göttliches Einwirken oder Schicksal oder etwas, das sich unserem Verständnis entzieht. Aber wir brauchen ihn. Wer etwas anderes behauptet, ist vermessen oder überheblich.«

»Aber was soll ich jetzt damit anfangen? Ich kann es nicht entziffern. Es scheint eine fremde Sprache zu sein.« Georgina stützte nachdenklich das Kinn in die Hand. »In Oxford werde ich hoffentlich jemanden finden, der mir weiterhelfen kann.« Sie schaute Tante Aga an. »Du hörst mir ja gar nicht zu!« Ihre Sorge vertrieb die spontane Empörung. »Bist du krank, fühlst du dich nicht gut? Soll ich einen Arzt rufen?«

Ein Ruck ging durch Lady Agathas Körper. Dann straffte sie den Rücken, sah Georgina eindringlich an und sagte schließlich mit ungewöhnlich leiser Stimme: »Ich habe an deine Mutter gedacht, als du hereinkamst.«

Georgina ließ das Blatt, das sie in der Hand hielt, sinken. Ihr Herz klopfte auf einmal, dass es beinahe wehtat. In dem angenehm hellen Zimmer mit den eleganten Queen-Anne-Möbeln und den zartgrünen Fensterdekorationen war es so still, dass man das Rascheln einer Maus gehört hätte.

»Was ist mit meiner Mutter?« Georginas Lippen fühlten sich völlig taub an, sie spürte ihren Mund beim Sprechen gar nicht mehr.

»Ich musste an deine Mutter denken, wie sie als Mädchen war. Wie ähnlich ihr euch seid. Wie lebhaft und temperamentvoll sie war.« Lady Agatha schaute zur Seite, als wollte sie etwas verbergen.

»Warum habt ihr mir nie von ihr erzählt? Wenn ich gefragt habe, bekam ich nie eine Antwort, von niemandem. Bis heute weiß ich nur, dass sie bei meiner Geburt gestorben ist und dass ihr Vorname Susan lautete. Ach ja, und ich besitze das Kästchen, das ich zu meinem zehnten Geburtstag bekommen habe, das aber nichts wirklich Persönliches enthielt. Das sind nicht viele Erinnerungen an eine Mutter.«

Ihre Freude war verflogen, und sie musste sich auf die Lippen beißen, um nicht zu weinen. Warum gerade jetzt, in diesem Augenblick, im Hochgefühl ihrer Entdeckung? Sie hatten doch so viele Jahre Zeit gehabt.

Georgina kam sich betrogen vor, betrogen um die kleinen, aber kostbaren Dinge, die sie gern gewusst, in denen sie Trost gefunden hätte – wie zum Beispiel, dass ihre Mutter Temperament gehabt hatte und sie ihr ähnlich war.

»Ich glaube, ich bin nie über ihren Tod hinweggekommen. Ich habe ja selber keine Kinder, und deine Mutter war wie eine Tochter für mich. Ihre Schwester gehörte immer ganz zu den Londoner Fieldings, aber Susan war anders.«

»Und das sagst du mir jetzt einfach so?«, fragte Georgina ungläubig.

»Nicht einfach so. Die Entscheidung ist mir schwergefallen. Einerseits sollst du etwas über deine Mutter erfahren, andererseits wollte ich dir nicht wehtun. Für solche Dinge gibt es wohl keinen richtigen Augenblick. Aber da du mich dabei ertappt hast, wie ich in Gedanken woanders war, fand ich, es sei dein gutes Recht zu erfahren, woran ich gedacht habe. Und das war nun einmal deine Mutter.«

»Wie viel wirst du mir erzählen?«, fragte Georgina, die sich in Trotz flüchtete. »Einige ausgewählte Dinge? Warum glauben immer andere, sie müssten entscheiden, was ich erfahren darf?« Sie spürte, wie etwas mit ihr durchging, wie sie eine Grenze überschritt, hinter der es kein Zurück mehr gab. »Ich möchte nicht, dass du mir einen kurzen Blick gewährst und die Tür danach wieder verschließt. Ich habe immer geahnt, dass etwas nicht stimmte, dass es mehr war als ein gewöhnlicher Tod im Kindbett. Ihr habt mir nie etwas über meinen Vater erzählt, wie er gelebt hat, wie er gestorben ist, nicht einmal, wie sein Name lautete.«

Sie fühlte sich leer. Ihr war, als könnte sie nie wieder etwas empfinden. Am stärksten war die Enttäuschung über Tante Agas Verrat, denn so kam es ihr vor. Sie hatte sie von allen Verwandten am meisten geliebt und musste nun begreifen, dass auch Menschen, die man über alles liebte, nicht ohne Fehler waren.

»Mein Kind, ich glaube, du solltest dich beruhigen, bevor wir uns weiter unterhalten. Über deinen Vater kann ich dir zu diesem Zeitpunkt nichts sagen, da ich erst Rücksprache mit deinem Großvater halten muss.«

Wieder eine Mauer, die vor ihr aufragte, wieder eine Tür, die vor ihr ins Schloss fiel. »Das kann nicht dein Ernst sein! Ich weiß, dass ihr euch nicht gut versteht. Weshalb nimmst du solche Rücksicht auf ihn?«

»Weil er dich in seinem Haus aufgezogen hat. Ich eigne mich nicht als Mutter und bin immer dankbar gewesen, dass meine Ehe kinderlos blieb.«

Georgina zuckte zusammen bei diesen harten Worten. »Es hat dir also gefallen, mich in den Ferien in deiner Nähe zu haben und mich danach wieder zurückzuschicken, ohne darüber nachzudenken, wo ich selbst lieber gelebt hätte? Du hast es dir sehr einfach gemacht!«, stieß sie hervor, ohne über ihre Worte nachzudenken. Noch nie hatte sie in diesem Ton mit ihrer Großtante gesprochen, doch ihre Gefühle überwältigten sie.

Sie bemerkte, dass Tante Aga sehr blass geworden war, auch wenn sie sich ansonsten nichts anmerken ließ. Georginas Worte mussten sie erschüttert haben, daran bestand kein Zweifel.

»Ich weiß, dass du im Augenblick sehr durcheinander bist, und verzeihe dir deine Unbeherrschtheit. Aber du musst dich beruhigen, bevor wir uns weiter unterhalten.«

Die gelassenen Worte erzürnten Georgina nur noch mehr. Ihr war sehr warm geworden, und sie fühlte sich in ihrem Kleid so beengt, als müsste sie ersticken. Sie war zutiefst davon überzeugt, im Recht zu sein, und wollte nicht nachgeben. Andererseits spürte sie, dass sie mit weiteren unüberlegten Worten etwas unwiderruflich zerstören würde. Also schob sie das kostbare Blatt in die Tasche ihres Kleides, stieß ein flüchtiges »Entschuldige« hervor und stürzte hinaus, wobei sie um ein Haar mit dem Hausmädchen Ellen zusammengestoßen wäre, das gerade die Eingangshalle fegte.

Georgina murmelte eine Entschuldigung und lief blindlings in den Garten. Sie merkte kaum, dass es zu regnen begonnen hatte, ein leichter Nieselregen, der sich wie ein sanfter Schleier über die Landschaft legte. Bald glitzerten winzige Perlen in ihren Haaren und an ihren Wimpern, doch sie achtete überhaupt nicht auf ihre Umgebung, sondern ging mit weit ausholenden Schritten die Landstraße entlang. Erst als sich ihr erhitzter Körper abkühlte und sie ein leiser Schauer überlief, kam sie wieder zu sich und blieb stehen. Sie drehte sich um, die Lichter des Hauses schimmerten in einiger Entfernung. Georgina rieb sich die Oberarme, um das Frösteln zu vertreiben. Sie konnte nicht ewig auf dem Weg stehen bleiben, doch es widerstrebte ihr, zurückzukehren.

Auf einmal fühlte sie sich auch in Langthorne nicht mehr zu Hause. Noch nie hatte sie das Fehlen ihrer Mutter so tief empfunden, sich derart heimatlos gefühlt.

Sie machte kehrt und ging langsam zum Haus, wobei sie wieder in Grübeleien versank. Warum konnte Tante Aga ihr nicht einfach von ihren Eltern erzählen? Was konnte es so Unaussprechliches geben?

Eine Vermutung, die sie sich ungern eingestand, insgeheim aber schon lange hegte, war eine uneheliche Geburt. Der Gedanke war schockierend, und sie wollte sich gar nicht ausmalen, wie es überhaupt dazu gekommen sein konnte, aber das Schweigen, mit dem ihre Familie ihren Fragen begegnet war, ließ kaum einen anderen Schluss zu. Je älter sie wurde, und vor allem seit sie die Truhen erhalten hatte, konnte sie sich diesen Überlegungen nicht länger verschließen.

Sollte der Arzt Joshua Hart ihr Vater gewesen sein, hätte ihre Familie ihn möglicherweise als Bewerber abgelehnt, da sie sich eine aussichtsreichere Partie für die älteste Tochter erhoffte. Aber welche Geschichte verbarg sich dahinter? Wie hatten ihre Eltern einander kennengelernt, wie hatte es zu der Schwangerschaft kommen können, und vor allem – was war aus ihrem Vater geworden? Selbst wenn die Fieldings ihm den Kontakt verweigert, ihm womöglich mit rechtlichen Schritten gedroht hatten, weil er ihre Tochter ins Unglück gestürzt hatte – hätte sie nicht irgendwann einmal auf seinen Namen stoßen müssen? Hätte er nicht doch einmal versucht, mit ihr in Verbindung zu treten, so dünn das Band zwischen ihnen auch sein mochte?

Georgina war mittlerweile davon überzeugt, dass er gestorben war, aber wann das geschehen sein mochte und auf welche Weise, lag völlig im Dunkeln. War er als Soldat oder Offizier im Krieg gefallen oder an einer Krankheit gestorben? Hatte es ein Duell mit einem anderen Bewerber gegeben? Es gab viele Lebensgeschichten, die sie sich auf diese Weise zurechtspinnen konnte, doch die Antwort musste sie aus eigener Kraft finden – wenn sie es denn wollte.

Unehelich geboren. Georgina versuchte, sich mit dem Gedanken vertraut zu machen. Es ist eine Schande, flüsterte ihr eine unerwünschte Stimme zu, ein Makel, der sich wie ein Schatten auf das Leben eines Mädchens legt. Eine Schande, aber auch eine Erklärung. Wenn es stimmte, erhielt das fortwährende Bemühen ihrer Tante, sie zu einer gesitteten jungen Dame zu erziehen und einen angemessenen Ehemann für sie zu finden, wie auch die Besorgnis, dabei zu scheitern, einen völlig neuen Sinn. Ein Mädchen aus gutem Hause, das unehelich geboren war, musste froh über jeden respektablen Bewerber sein.

Verzweiflung stieg in ihr auf. Wie sollte sie jemals nach ihren eigenen Vorstellungen leben, wenn schon ihre Mutter gegen die gesellschaftlichen Regeln verstoßen hatte und man ihr Verhalten deshalb aufs Schärfste überwachte?

Aber es ging nicht nur um ihre Mutter. Georgina hielt einen Augenblick inne und versuchte, sich ihren Vater vorzustellen. Wie mochte er ausgesehen haben? Gab es in ihrem Gesicht Züge, die an ihn erinnerten, oder war sie das genaue Ebenbild Susan Fieldings? War er von Stand gewesen oder jemand, mit dem sich eine Ehe grundsätzlich verboten hätte? So viele Fragen und keine Antwort.

Sie atmete tief durch, bevor sie das Haus betrat.

Auf dem Rückweg nach Oxford fragte sich Justus, was eigentlich in ihn gefahren war. Seit er Miss Fielding kannte, vergaß er ständig seine Manieren und brachte nicht nur sich, sondern vor allem die junge Frau in Gefahr, ihren guten Ruf zu verlieren. Wie hatte er sich dort unten am Bach in aller Ruhe mit ihr unterhalten können, wo man sie doch jeden Augenblick entdecken konnte? Wie stünde Miss Fielding da, wenn sie sich mit einem weltgewandten, erfahrenen Mann auf diese Weise zeigte? So unkonventionell sie auch sein mochte, war es ihr gegenüber ungerecht, sie in diesem Verhalten zu bestärken. Nun hatte er sie auch noch eingeladen, mit ihm den Archivar aufzusuchen, und er bezweifelte, dass sie ihn mit Erlaubnis ihrer Großtante begleiten würde. Er handelte unbedacht. Das sagte ihm seine Vernunft.

Doch Vernunft war nicht alles, widersprach eine leise Stimme in seinem Inneren, ein Advocatus diaboli, der rationale Gründe verdrängte und nur auf sein Gefühl hörte. Und das sagte ihm, dass er sie wiedersehen wollte.

Dann meldete sich wieder die Vernunft zu Wort. Konnte er eine Verbindung mit ihr überhaupt ernsthaft in Betracht ziehen? Was hatte er ihr zu bieten? Er war ein Reisender, immer unterwegs, stets im Aufbruch begriffen. Vom Legat seiner Mutter abgesehen, war sein Einkommen schwankend und unstet und einer Frau mit Ansprüchen kaum angemessen.

An diesem Abend trank er mehr als gewöhnlich, um sein Dilemma zu vergessen, doch die Zerrissenheit folgte ihm bis in seine Träume.

Georgina konnte vor Aufregung nicht schlafen. In ihrem Kopf wirbelten die Gedanken durcheinander. Sie musste Justus von Arnau unbedingt von ihrer Entdeckung der Spiegelschrift erzählen und konnte die Vorfreude auf den Besuch beim Archivar kaum zügeln.

Dann wieder stahlen sich dunklere Gefühle in ihre Euphorie. Ihr Vertrauen in die Frau, die ihr immer beigestanden hatte, war erschüttert, auch wenn diese Erkenntnis wehtat. Zum ersten Mal hatte Tante Aga ihre Mutter erwähnt, die Tür einen Spalt geöffnet und gleich wieder zugeschlagen. Es war, als hätte sie Georgina eine erlesene Köstlichkeit hingehalten und die Hand sofort zurückgezogen, sobald das Mädchen danach griff. Wenig zu wissen erschien Georgina auf einmal unerträglicher als völlige Ahnungslosigkeit. Das Halbwissen war quälend, da es Raum für unerfreuliche Spekulationen bot. Auch wenn sie seit Langem ahnte, dass sich hinter dem Schweigen womöglich ein Skandal verbarg, hatte sie sich als Kind bisweilen ausgemalt, wie ihre Eltern als jungverliebtes Paar gewesen waren, wie sie einander kennengelernt und sich von Herzen ein Kind gewünscht hatten. Dass Tante Aga auch auf ihre drängenden Fragen nichts dergleichen erwähnt hatte, ließ darauf schließen, dass es dieses kurze Glück nie gegeben hatte.

Wie aber war es zu dieser Schwangerschaft gekommen? Sie vergrub den Kopf in den Händen. Hatte man ihrer Mutter Gewalt angetan? Verdankte sie ihr Leben einem Verbrechen? Sie besaß nicht die Erfahrung, um sich ein solches Schicksal näher auszumalen, doch allein der Gedanke daran entsetzte sie.

Schließlich wischte sie sich die Tränen ab und traf eine Entscheidung. Sie würde weiterforschen und nicht vor neuen Fragen zurückschrecken. Es war ihr Recht, ihre Herkunft zu kennen, und nichts war unerträglicher als die Ungewissheit.

Georgina legte sich wieder ins Bett und schloss die Augen. Sie versuchte, an etwas Schönes zu denken, um doch noch Ruhe zu finden.

Das Letzte, was sie vor ihrem inneren Auge sah, waren die zartbraune Spiegelschrift und eine schlanke Hand, die mit dem Finger auf die Buchstaben deutete.

Am nächsten Morgen war Georgina entschlossen aufgewacht, hatte Tante Aga mitgeteilt, sie fühle sich nicht ganz wohl und wolle den Tag allein in ihrem Zimmer verbringen. Dem verwunderten Blick zum Trotz hatte sie sich nach einem knapp bemessenen Frühstück – sie hatte ja angeblich keinen Appetit – auf ihr Zimmer zurückgezogen und war eine Stunde später über die Hintertreppe aus dem Haus geschlichen, wobei sie an ihre heimliche Fahrt nach Bethnal Green denken musste. Nie hätte sie geglaubt, dass sie auch hier in Langthorne zu solchen Mitteln greifen würde.

Als sie an der frischen Luft stand, spürte sie neue Energie. Sie tastete vorsichtshalber noch einmal nach dem Notizbuch und dem Frisierspiegel in ihrer Tasche und verließ mit schwungvollen Schritten den Garten durchs Seitentor, von dem ein Feldweg zur Straße führte. Hinter der nächsten Wegbiegung wartete schon die Kutsche.

Justus von Arnau stieg aus und begrüßte sie, wobei Georgina unwillkürlich einen nervösen Blick über die Schulter warf. »Lassen Sie uns bitte sofort fahren, Herr von Arnau«, sagte sie nur und war froh, als der Kutscher gewendet hatte und der Wagen weg von Langthorne rollte. Sie sah ihren Begleiter an und wollte gerade ihrer Begeisterung über die Entdeckung Luft machen, stutzte dann aber.

Justus von Arnau wirkte seltsam abwesend. Unter seinen Augen lagen dunkle Schatten, und die sonnengebräunte Haut wirkte blass. Plötzlich entdeckte sie Einzelheiten, die ihr zuvor nicht bemerkenswert erschienen waren: kleine Fältchen um die Augen, die schöne gerade Nase, eine kleine Narbe an der linken Schläfe.

Als er unvermittelt aufblickte, zuckte sie zusammen und schaute errötend aus dem Fenster. Schließlich beschloss sie, dem verlegenen Schweigen ein Ende zu bereiten.

»Sie wirken heute ein wenig verstimmt, Herr von Arnau. Hegen Sie plötzlich Vorbehalte gegen den Besuch bei diesem Archivar?«

Er sah sie überrascht an. »Ganz und gar nicht, Miss Fielding. Verzeihen Sie meine Unhöflichkeit, ich habe nur schlecht geschlafen.« Sein gezwungenes Lächeln verriet, dass mehr dahintersteckte als eine unruhige Vollmondnacht oder ein zu üppiges Abendessen.

Sollte sie nachfragen? Georgina biss sich nachdenklich auf die Unterlippe. Es war an sich schon unerhört, dass sie mit einem Herrn, der kein Verwandter war, in dieser Kutsche saß.

Doch seine Worte ließen ihr keine Ruhe. Sie erinnerte sich an eine ähnliche Situation bei Professor Bucklands Tischgesellschaft, als die Sprache auf die Schlacht bei Waterloo gekommen war. Damals hatte Justus von Arnau ähnlich zurückhaltend reagiert und rasch das Thema gewechselt.

Die Kutsche holperte durch ein Schlagloch, und er streckte unwillkürlich den Arm aus, um sie zu stützen. Dann zog er die Hand rasch zurück.

»Ich hoffe, Sie sind nicht krank. Oder haben schlechte Nachrichten erhalten«, stieß Georgina hervor, wagte aber nicht, ihn anzuschauen.

Während sie ihre eleganten Schuhe betrachtete, hörte sie seine Stimme, und sie klang ganz anders als sonst.

»Möchten Sie es wirklich wissen, Miss Fielding?«

Georgina hob den Kopf. Justus von Arnau sah sie ernst an, in seinen Augen war keine Spur von Belustigung zu erkennen. Sie nickte.

»Nun gut. Ich habe schlecht geschlafen, weil jemand gestern Abend in der Stadt einige Salutschüsse abgefeuert hat. Irgendeine wichtige Persönlichkeit wurde geehrt. Ich weiß nicht, um wen es ging, und es interessiert mich auch nicht.«

Georgina rückte verlegen ihre Haube zurecht, obwohl sie tadellos saß. Sie musste ihren Händen etwas zu tun geben, da seine Worte keinen rechten Sinn ergaben, sie sich die Verwirrung aber nicht anmerken lassen wollte.

»Und warum hat Sie ein Salutschuss so beunruhigt, wenn ich fragen darf?« Ihre Stimme klang ein wenig rau.

»Weil ich ein Feigling bin, der bei jedem lauten Geräusch zusammenfährt und nachts nicht schlafen kann, weil er sich vor Alpträumen fürchtet«, antwortete Justus mit einer Bitterkeit in der Stimme, die Georgina Angst machte. Sie wartete ab, doch er schwieg.

»Herr von Arnau«, erklärte sie schließlich mit sanfter Stimme, »ich möchte verhindern, dass Missverständnisse zwischen uns aufkommen. Wenn Sie mir etwas anvertrauen möchten, werde ich gern zuhören, aber Sie müssen sich genauer erklären.«

Statt einer Antwort klopfte Justus von innen gegen die Wand der Kutsche, worauf diese umgehend stehen blieb. Er stieg aus und hielt Georgina den Wagenschlag auf.

»Wollen wir ein Stück zu Fuß gehen, Miss Fielding? Es ist angenehm trocken.«

Verwundert ergriff sie seine Hand und sprang leichtfüßig auf die Straße. Der Kutscher sah unverwandt geradeaus, als interessierte er sich nicht im Mindesten für die Launen seiner Fahrgäste. Die beiden schlenderten nebeneinander bis zum Straßenrand, der von einem Graben und dichten Hecken gesäumt wurde, die trotz der fortgeschrittenen Jahreszeit noch saftig grün waren. Der frische Wind trieb trockenes Laub vor sich her und ließ es in braunrotem Tanz umherwirbeln.

Nach wenigen Metern blieb Justus von Arnau stehen und ergriff ihre Hände.

Georgina wagte nicht, sich zu rühren. Ihr Herz klopfte so heftig, dass sie kaum atmen konnte. Lass meine Hände nicht los!, dachte sie beschwörend

»Miss Fielding, ich bitte nochmals um Verzeihung für mein ungeselliges Verhalten.« Er schien zu überlegen, wie er seine Geschichte am besten beginnen sollte. »Wie Sie wissen, war ich Soldat. Ich habe als Leutnant in der preußischen Armee gedient und bei Waterloo gegen Napoleon gekämpft, weil mein Vater es so wünschte.«

»Sie selbst wollten nicht Soldat werden?«, fragte sie und spürte mit leisem Bedauern, dass er sich wohl an die Schicklichkeit erinnerte und ihre Hände losließ.

Er hatte den Kopf gesenkt und schien nach den richtigen Worten zu suchen. »Vermutlich war ich nicht mal ein schlechter Soldat. Ich habe meine Pflicht getan, wie man es von mir erwartete. Aber danach …« Er hielt inne, und sie wartete geduldig. »Kurz nachdem ich meinen Abschied genommen hatte, begannen mich Alpträume zu plagen. Es ist lächerlich …«

»Warum sollte es lächerlich sein?«, fiel sie ihm ins Wort. »Verzeihung, ich sollte Sie nicht unterbrechen.«

Er zuckte mit den Schultern. »Einer Dame mag es zustehen, unter Alpträumen zu leiden, aber bei einem Mann ist das anders.«

»Sie meinen, es gelte als unmännlich, wenn man von solchen Erlebnissen bis in seine Träume verfolgt wird?«, fragte sie. Sie sprach rasch, bevor sie der Mut verließ. »Ich habe nie ein Schlachtfeld gesehen, Herr von Arnau, oder einen geliebten Menschen im Krieg verloren, aber ich habe darüber gelesen und kann mir gut vorstellen, dass die Bilder, die man im Kopf trägt, einen nicht ruhig schlafen lassen.« Dann verstummte sie, als hätte sie sich vor ihrem eigenen Mut erschreckt.

»Die Träume sind im Laufe der Jahre seltener geworden, aber ab und an … sie werden durch Erinnerungen ausgelöst, durch Gespräche über den Krieg oder laute Geräusche wie diese Schüsse, die mich an damals erinnern.«

Justus nahm den Zylinder ab, und der Wind blies ihm die Haare ins Gesicht. Die Geste bildete eine erstaunliche Parallele zu dem Blick in sein Inneres, den er ihr gewährte.

»Warum quälen Sie sich damit? Es ist nichts, dessen Sie sich schämen müssten.« Ihr kam es vor, als stünden sie in diesem Augenblick ganz allein auf der Welt, als gäbe es nichts um sie herum als den Himmel und die Bäume, als wären Wagen und Kutscher meilenweit entfernt.

»Mein Vater war anderer Ansicht«, sagte er schließlich.

Sie spürte, dass er dabei war, ihr noch etwas anzuvertrauen, das ihn quälte.

»Ein schwerwiegendes Erlebnis wie ein Krieg verändert das Wesen eines Menschen. Als ich aus dem Feld heimkehrte, war ich nicht mehr derselbe wie zuvor. Mein Vater wollte wissen, weshalb ich meinen Abschied genommen und auf eine ruhmreiche Offizierslaufbahn verzichtet hatte. Also habe ich ihm die Wahrheit gesagt.«

»Und es kam zum Streit?«

»Er wollte meine Entscheidung nicht hinnehmen. Er warf mir vor, mich nur dem Genuss hinzugeben, während ich in Wahrheit versuchte, die Kriegserlebnisse zu vergessen. Ich blieb über Nacht aus oder kehrte betrunken heim. Es war eine Zeit, an die ich nur ungern zurückdenke und auf die ich nicht sonderlich stolz bin. Ich kann es meinem Vater nicht einmal verübeln. Er war nie Soldat und konnte es wohl nicht verstehen.«

Georgina wusste nicht, wohin sie schauen sollte. Noch nie hatte ein Mann so zu ihr gesprochen, und sie fragte sich, wie sie darauf reagieren sollte. Sie hatte Justus von Arnau bisher nur als gewandten, welterfahrenen Reisenden erlebt und sah ihn nun in einem völlig neuen Licht, menschlicher, verletzlicher.

Tante Anne hatte ihr nicht erklärt, wie eine Dame sich zu verhalten hatte, wenn ein Mann ihr sein Herz ausschüttete. Sie streifte wortlos den Handschuh ab und hielt ihm die bloße Hand hin. Er blickte überrascht auf und drückte, als er ihr kaum merkliches Nicken sah, seine Lippen darauf.

Als sie wieder in der Kutsche saßen – Georgina schwer atmend, als wäre sie gelaufen –, fiel ihr ein, was sie Justus schon seit gestern hatte sagen wollen. Unter seinen erstaunten Blicken holte sie Frisierspiegel und Notizbuch aus der Manteltasche, nahm das einzelne Blatt Leinenpapier heraus und hielt es vor den Spiegel.

»Schauen Sie nur – unsere Fremdsprache!«, sagte sie begeistert.

Verblüfft wanderten seine Blicke zwischen Spiegelbild und Blatt hin und her. »Verdammt, ich – Verzeihung. Aber das ist …«

»Verblüffend, nicht wahr? Ich habe es ganz zufällig entdeckt. Können Sie etwas damit anfangen?«

Er schien zu überlegen. Als Georgina etwas sagen wollte, winkte er ab, als müsste er nachdenken. Dann setzte er sich abrupt auf und sah sie triumphierend an. »Miss Fielding, wissen Sie, woran mich das erinnert? Sie kennen doch Leonardo da Vinci.«

»Natürlich, den berühmten Maler. Wer kennt ihn nicht?«, erwiderte Georgina.

»Sie sagen Maler, was natürlich zutrifft. Bei meinen Reisen durch Italien habe ich jedoch gelernt, dass er nicht nur Künstler, sondern auch ein ganz ausgezeichneter Wissenschaftler und Erfinder war. Er war seiner Zeit in vielen Dingen weit voraus, entwickelte vor Jahrhunderten schon Waffen, Wasserpumpen und andere Maschinen.«

»Das ist zweifellos interessant, Herr von Arnau, aber was hat es mit meinem Notizbuch zu tun?«, fragte Georgina, die seine Erregung nicht recht teilen konnte.

Justus beugte sich vor und deutete auf das Blatt. »Das

hier ist deutlich älter als das Notizbuch selbst, darin sind wir uns doch einig.«

Sie nickte.

»Ein Gelehrter, mit dem ich mich in Mailand lange unterhalten habe, erzählte mir, Leonardo habe viele Aufzeichnungen hinterlassen, ähnlich Tagebüchern, in denen er seine Erkenntnisse und Erfindungen in Wort und Bild festhielt. Und zwar in Spiegelschrift.«

KAPITEL XIII

So wurde der Meeresboden von Zeit zu Zeit angehoben, und dadurch lagerten sich diese Muscheln in Schichten ab.

LEONARDO DA VINCI

Die Kutschte rollte in die Stadt. Jetzt im Oktober war das Michael-Trimester in vollem Gang, und es wimmelte von Studenten, darunter viele neu Hinzugekommene, die von älteren Kommilitonen lachend und lärmend in die studentischen Gepflogenheiten eingeführt wurden. Dazwischen schritten die würdigen Dozenten in ihren feierlichen Roben und Baretts einher, als könnte kein Trubel der Welt ihnen etwas anhaben.

Die Hufe der Pferde klapperten über das Pflaster, und Georgina schaute gespannt aus dem Fenster, bis die Kutsche mit einem Ruck zum Stehen kam. Justus stieg aus, bezahlte, half ihr hinaus und deutete auf das elegante Bauwerk aus gelblichem Stein, dessen prachtvoller eckiger Turm über den Cherwell und die Magdalen Bridge wachte.

»Ich kenne das Gebäude, es ist wunderschön. Nur schade, dass heute nicht der erste Mai ist«, fügte sie mit einem sehnsüchtigen Blick nach oben hinzu.

»Warum?«, fragte Justus. »Sicher, bei Sonnenschein wirkt es gewiss noch ansprechender, aber …«

»Nein«, unterbrach sie ihn, »an jedem ersten Mai singt oben auf dem Turm ein Chor aus Männern und Knaben eine lateinische Hymne, ganz früh, bei Sonnenaufgang. Es ist, als würden sie die Sonne herbeisingen, wie man mir erzählt hat. Leider konnte ich nie dabei sein, weil ich um diese Jahreszeit immer in London bin, aber irgendwann werde ich es mir anhören, das habe ich mir fest vorgenommen.«

»Das klingt wunderbar«, sagte Justus und folgte Georginas Blick nach oben zu der Balustrade, hinter der sich wohl die Chorsänger zu versammeln pflegten. Ob er im nächsten Mai noch in England sein und den Gesang mit ihr gemeinsam anhören würde?, dachte er flüchtig, verdrängte den Gedanken aber und deutete auf das Tor, das in den Innenhof führte. »Wollen wir gehen? Mr. Gilmore schien höchst erfreut, dass er uns etwas über die Geschichte von Norfolk erzählen darf. Das Interesse an seinem Fachgebiet scheint ansonsten nicht allzu groß zu sein.«

Der Archivar hatte sein Zimmer hoch oben in einem Turm, und als Georgina den gebrechlich wirkenden weißhaarigen Herrn erblickte, fragte sie sich, ob es ihm überhaupt zuzumuten war, jeden Tag dort hinaufzusteigen. Er empfing sie an der Tür und betrachtete sie mit klugen, funkelnden Augen, die durch einen Zwicker blickten.

»Wie schön, dass Sie sich zu mir herauf bemühen«, sagte er und trat einen Schritt zurück, um Georgina und Justus einzulassen. Dann verneigte er sich vor Georgina. »Mein Name ist Horace Gilmore.«

»Ich bin Ihnen sehr dankbar, dass Sie sich Zeit für uns nehmen«, entgegnete Georgina, und Justus fügte hinzu: »Die Freude ist, wie ich Ihnen gestern bereits sagte, ganz auf unserer Seite.«

Der alte Herr bot ihnen zwei Stühle an einem Tisch an, der mit einer dicken Schicht aus Folianten, Büchern und Papierstapeln bedeckt war, die Georgina unwillkürlich an geologische Schichten erinnerte, in denen der ein oder andere Schatz vergraben lag. Wie lange mochte er schon hier arbeiten und Unterlagen anhäufen?

Der Archivar legte die Hand auf die Brust und neigte bescheiden den Kopf. »Womit kann ich Ihnen dienen?«

Georgina räusperte sich, um Justus zu zeigen, dass es eigentlich ihre Nachforschungen waren, und er bedeutete ihr mit einer Handbewegung, das Gespräch zu übernehmen.

»Mr. Gilmore, wir interessieren uns für die Familie Coke, die in Holkham Hall ansässig ist. Und für die Sammlung von Manuskripten, die dort aufbewahrt wird.«

Sofort huschte ein Lächeln über sein Gesicht. Sie waren wohl nicht umsonst gekommen.

»Ja, der erste Earl of Leicester war ein großer Sammler. Er unternahm eine Bildungsreise auf den Kontinent, wie vornehme junge Herren es gegen Ende ihrer Ausbildung zu tun pflegen. Seine Grand Tour führte ihn nach Italien, wo er zahlreiche Kunstgegenstände erworben hat.«

Georgina hörte gebannt zu.

»Nach seiner Rückkehr ließ er den Herrensitz erbauen, um seine Schätze darin unterzubringen. Bedauerlich, aber die Dynastie, die er sich vielleicht für dieses Schloss vorgestellt hatte, kam nicht zustande, da sein einziger Sohn sechs Jahre vor ihm starb. Damit erlosch auch der Titel.«

Das passte genau zu dem, was sie von dem Buchhändler erfahren hatten.

»Die Familie Coke, die heute dort wohnt, hat diesen Namen erst später angenommen. Sie hieß ursprünglich Roberts. Angesichts des Besitzes und des damit verbundenen Vermögens war dies nur richtig und natürlich.«

»Aber sie tragen nicht mehr den Titel des Earl of Leicester?«, warf Justus ein.

»Nein, Sir. Der Titel müsste vom König neu geschaffen und an sie verliehen werden«, erklärte Mr. Gilmore. »Das wiederum hängt von ihren persönlichen Verdiensten ab. Titel werden gemeinhin nicht verschenkt.«

»Können Sie uns etwas über die Manuskripte erzählen, die dort aufbewahrt werden?«, fragte Georgina, die allmählich genug von Cokes dynastischen Verwicklungen hatte. Sie überlegte nicht lange und fragte kühn: »Ich habe von einer Handschrift gehört, die in Spiegelschrift abgefasst sein soll. Das ist sicher sehr ungewöhnlich, oder?«

Der Archivar sah sie überrascht an. »In der Tat, das ist es. Und es gibt nur wenige Leute, die überhaupt wissen, dass sich ein derartiges Manuskript in Holkham Hall befindet. Der damalige Earl hat es von seiner großen Italienreise mitgebracht. Wie es heißt, stammt es vom großen Leonardo da Vinci.«

Georgina und Justus lächelten einander triumphierend an.

»Ich wusste es«, sagte er. »Das ist eine sensationelle Neuigkeit, Mr. Gilmore.«

Der alte Archivar sah ihn verwundert an. »Nun, ich weiß nicht, ob ich es so nennen würde, Sir. Immerhin ist Da Vinci als Künstler berühmt geworden und nicht wegen schriftstellerischer Arbeiten. Was könnte eindrucksvoller sein als das Abendmahl oder die Mona Lisa? Auch kann ich Ihnen nicht sagen, wovon diese Schriften handeln, da sie meines Wissens noch nie untersucht oder übersetzt wurden. Der Earl hat sie erworben und wie einen Schatz verwahrt, aber keinen Gebrauch davon gemacht.«

»Wissen Sie, ob gelegentlich Leute dorthin fahren, um sich das Manuskript anzusehen?«, erkundigte sich Georgina.

Mr. Gilmore hob bedächtig die Schultern und wiegte den Kopf. Vielleicht hatte die Trockenheit der Papiere auf sein Wesen abgefärbt. Etwas mehr Begeisterung hätte er schon an den Tag legen können, wenn man ihn über ein so faszinierendes Thema befragte, dachte sie bei sich.

»Das mag sein, aber mir ist die Familie Coke nicht persönlich bekannt. Ich selbst habe diese Handschrift auch nie zu Gesicht bekommen, da ich nur einmal in Holkham Hall gewesen bin. Leider war der Bibliothekar damals abwesend, so dass ich keinen Blick auf die Sammlung werfen konnte.« Das Bedauern in seiner Stimme war unüberhörbar.

Justus und Georgina verabschiedeten sich daraufhin höflich und versprachen, sich bei Gelegenheit die Sammlung wissenschaftlicher Instrumente anzuschauen, die er ebenfalls betreute.

Als Mr. Gilmore die abgenutzte Holztür hinter sich geschlossen hatte und zu seinen Büchern und Papieren zurückgekehrt war, blieb Justus vor Georgina stehen und breitete die Hände aus.

»Was soll ich sagen, Miss Fielding?«

»Es ist erstaunlich«, sagte sie tief beeindruckt. »Natürlich erklärt es noch nicht, weshalb Joshua Hart dieses Papier in seinem Besitz hatte.«

Er nickte. »Das ist eine wirklich interessante Frage. Warum hat er nur dieses eine Blatt im Notizbuch versteckt? Was ist überhaupt aus ihm geworden? Und welche Verbindung besteht zwischen Ihnen und diesem Mann?« Zum Glück ging er gerade vor ihr die Treppe hinunter, so dass er ihr Gesicht nicht sehen konnte. Sie wartete noch auf die passende Gelegenheit, um Justus von Arnau in ihre Vermutung einzuweihen.

Im Gebäude war es still, in diesem Winkel waren keine Studenten zu hören. Gewiss verirrte sich nur selten jemand in den abgelegenen Turm.

In der Kutsche warfen sie einander Fragen zu, als wären es Bälle in einem Spiel. Beide spürten, dass sie auf eine wichtige Spur gestoßen waren, etwas Außergewöhnliches, das nur ihnen beiden gehörte. Justus' Müdigkeit und Bedrücktheit waren verflogen, stattdessen schien ihn eine Art Fieber gepackt zu haben.

»Wir werden nicht umhinkönnen, nach Norfolk zu reisen und uns das Manuskript anzusehen«, erklärte Georgina atemlos. »Wir könnten auch vorsichtig anfragen, ob eine Seite fehlt, ob einmal etwas gestohlen wurde.« Ihre Wangen waren tief gerötet vor Aufregung.

Justus beugte sich vor und sah sie durchdringend an. »Habe ich eben das Wort ›wir‹ gehört?«

Georgina nickte. »Ich werde mit meiner Großtante sprechen, Herr von Arnau. Das alles ist einfach zu wichtig. Ich frage sie gleich heute. Und ich werde ihr die Wahrheit über unseren heutigen Ausflug sagen, den ich ohne ihr Wissen unternommen habe.« Sie wappnete sich innerlich schon für das Geständnis, das nicht angenehm ausfallen würde, denn Tante Aga konnte sehr streng sein. Sie würde sich zweifellos hintergangen fühlen.

Doch es kam anders. Justus half Georgina gerade aus der Kutsche, als Ellen die Haustür öffnete. »Miss Fielding, Sie haben Besuch.« Aus dem Salon erklang eine Männerstimme, und Georgina sah Justus fragend an.

»Ein Mr. Martinaw aus London, der Ihnen seine Aufwartung machen möchte. Mylady hat ihn bereits empfangen«, erklärte Ellen mit einem Knicks. »Wir haben schon nach Ihnen gesucht«, fügte sie mit leisem Vorwurf hinzu.

Justus zögerte. Georgina machte unwillkürlich einen Schritt auf ihn zu, als wollte sie ihn zurückhalten. Die Vorstellung, er könne jetzt einfach wegfahren, schien unerträglich.

»Herr von Arnau … wir wollten doch …«

Er trat vor, ergriff ihre Hand und verneigte sich. »Mir scheint, ich komme ungelegen. Bitte lassen Sie mich wissen, wann es günstiger ist. Sie wissen ja, wo Sie mich finden.« Die Worte klangen knapp und distanziert, doch sein Blick sagte etwas ganz anderes.

Georgina kam es vor wie ein Abschied für immer. Es war, als hätte London und alles, wofür es stand, seine Hand nach ihr ausgestreckt und risse sie mit Gewalt zurück. Dass St. John Martinaw diesen Weg auf sich genommen hatte, war bedeutsamer, als sie sich eingestehen mochte. Und als sie Justus in die Augen sah, begriff sie, dass er ähnlich empfand. Sie würde ihm schreiben und alles erklären, doch nun ließen ihr die Regeln der Höflichkeit keine andere Wahl, als sich von ihm zu verabschieden.

»Es tut mir so leid, ich habe von diesem Besuch nichts gewusst.« Dann hob sie die Hand und winkte kaum merklich. »Schlafen Sie wohl, Herr von Arnau.«

Angesichts dieser unangebrachten Bemerkung hob das Hausmädchen unwillkürlich die Augenbrauen, doch Georgina zog es vor, das nicht zu bemerken. Als sich die Tür hinter Justus geschlossen hatte, reichte sie Ellen ihren Mantel und begab sich in den Salon.

»Miss Fielding, es ist mir ein Vergnügen, Sie endlich wiederzusehen.«

St. John Martinaw erhob sich vom Sofa und verbeugte sich förmlich vor ihr. Er trug wieder einen dezenten dunklen Gehrock, der ihm zusammen mit der weißen Krawatte einen priesterlichen Anschein verlieh. Nun, da sie ihm unmittelbar nach dem Ausflug mit Justus von Arnau begegnete, trat der Altersunterschied zwischen den Männern umso deutlicher hervor.

Georgina knickste und hielt die Augen auf den Boden

gerichtet, da sie fürchtete, er könne in ihnen lesen, dass ihre Gedanken einem anderen Mann galten. Dann warf sie ihrer Großtante, die in ihrem Lieblingssessel saß und eine Stickerei auf dem Schoß hielt, einen fragenden Blick zu.

»Ich bin froh, dass es dir besser geht, mein Kind«, sagte Lady Agatha mit bedeutungsvollem Blick. »Mr. Martinaw und ich haben unsere Bekanntschaft erneuert und uns ganz reizend unterhalten. Er hatte volles Verständnis dafür, dass er dich bei seinem überraschenden Besuch nicht sofort angetroffen hat. Ich sagte ihm, dein Morgenspaziergang sei wie ein heiliges Ritual, auf das du nur bei Gewitter und Schneesturm verzichtest.«

Georgina, noch gefangen von dem Zusammensein mit Justus von Arnau, konnte sich kaum auf den Besucher konzentrieren. Zudem wusste sie, dass ihr noch eine ernste Unterredung mit Tante Aga bevorstand. Zunächst aber musste dieses Gespräch durchgestanden werden. »So ist es, Mr. Martinaw. Ertüchtigung in der frischen Luft schützt vor allerlei Erkrankungen.« Dann erinnerte sie sich an seinen Beruf. »Verzeihung, Sie sind ja Mediziner. Ich wollte Sie nicht belehren.«

Er hob die Hand, um sie höflich zu unterbrechen. »Meine verehrte Miss Fielding, die Krankheiten, vor denen Spaziergänge schützen, brauche ich nicht mit meinem Skalpell zu heilen. Ich kümmere mich nur um die schweren Fälle, denen mit Luft und Bewegung nicht beizukommen ist. Aber um Erkältungen und andere Unpässlichkeiten zu vermeiden, sind Spaziergänge durchaus zu empfehlen.«

»Ein deutscher Schriftsteller, der im vergangenen Jahrhundert London besuchte, bemerkte einmal, die englischen Frauen hätten große Füße, weil sie so viel umherlaufen«, warf Lady Agatha respektlos ein.

Sollte das eine Anspielung auf Justus von Arnau sein? Georgina sah sie unwillig an, doch Tante Aga gab sich völlig ungerührt.

Sie setzten sich, wobei Georgina in einiger Entfernung auf dem Sofa Platz nahm. Sie konnte keinen klaren Gedanken fassen. Der Morgen hatte zu viele Eindrücke gebracht. Zuerst das vertrauliche Gespräch mit Justus von Arnau und seine kühnen Berührungen, dann die neuen Erkenntnisse über Leonardos Notizen und nun auch noch dieser unverhoffte Bote aus einer Welt, die sie fast vergessen hatte.

Martinaw räusperte sich. »Meine verehrte Miss Fielding, ich möchte Sie um Entschuldigung bitten, dass ich Ihnen so selten geschrieben habe. Doch es gab einige Fälle von Cholera in London, die neben meiner chirurgischen Tätigkeit meine Aufmerksamkeit forderten. Wenn eine Epidemie droht, darf niemand beiseitestehen, auch wenn es nicht sein eigentliches Fachgebiet ist. Daher war ich Tag und Nacht im Hospital, um zu helfen, die Erkrankung einzudämmen und einen noch schlimmeren Ausbruch zu verhindern.«

Obwohl Georgina am liebsten allein in ihrem Zimmer gewesen wäre, antwortete sie höflich: »Das verstehe ich durchaus, Mr. Martinaw, und finde Ihren Einsatz lobenswert. Es ist eine furchtbare Krankheit, derer man scheinbar nicht Herr werden kann.«

Offenbar erfreut, dass die Damen vor diesem heiklen Thema nicht zurückschreckten, sprach er sogleich weiter.

»Als Ursache der Seuche gelten sogenannte Miasmen, üble Gerüche, die ich Ihnen nicht näher schildern möchte. Sie liegen immer über der Stadt, greifen zuweilen aber besonders um sich und rufen die Erkrankungen hervor. Bisher weiß niemand, wie man dagegen ankämpfen kann. Die Medizin kann nur die Symptome lindern, nicht aber die Wurzel ausrotten. Auf diesem Gebiet bleibt noch viel zu tun.« Er hatte sich so in Eifer geredet, dass rote Flecken auf seinen Wangen erschienen waren, die seinem eher blassen Gesicht einen ganz neuen Ausdruck verliehen. Dann schien er sich darauf zu besinnen, weshalb er eigentlich gekommen war.

»Verzeihen Sie mir, aber ich wollte Sie nicht mit beruflichen Dingen langweilen. Es diente nur der Erklärung, weshalb ich so selten geschrieben habe.« Wieder räusperte er sich, was wohl mehr auf Nervosität als auf einen angegriffenen Rachen zurückzuführen war.

»Meine werte Miss Fielding, während Ihrer Abwesenheit hatte ich das Vergnügen, die Bekanntschaft mit Ihrem Großvater, Ihrer Tante und Ihrem Onkel zu vertiefen«, sagte St. John Martinaw und trank von seinem Tee.

Georgina bemerkte mit einem gewissen Unbehagen, dass ihre Großtante das beste Wedgwood-Porzellan hatte aufdecken lassen, das besonderen Gästen vorbehalten war. War auch sie von dem guten Ruf Martinaws angetan, oder hatten Tante Anne oder ihr Großvater sie etwa schriftlich gebeten, sich um den Gast zu bemühen?

»Ja.« Georgina überlegte fieberhaft, was sie Vernünftiges erwidern sollte, während sie eigentlich nur an Joshua Hart, Leonardo da Vinci und Justus von Arnau denken konnte. Die Entwicklungen hatten sie förmlich überrollt, waren unverhofft und allzu schnell auf sie eingestürmt. »Das freut mich natürlich, Mr. Martinaw. Aber Ihr Besuch – er kommt sehr überraschend. Hatten Sie in der Gegend zu tun?«

Er sah sie etwas verwundert an, und Georgina fragte sich mit heißen Wangen, ob sie unhöflich oder taktlos gesprochen hatte.

»Ja und nein. Ich habe Bekannte in Thame, nur wenige Meilen von hier. Ich hätte zu jeder Zeit dorthin fahren können, doch da ich wusste, dass Sie noch hier sind …« Er verstummte und errötete ein wenig. »Ich wollte nicht abwarten, bis Sie nach London zurückkehren, Miss Fielding.«

Hilfe suchend schaute sie zu ihrer Tante hinüber, doch Lady Agatha fädelte eine neue Farbe ein und stickte seelenruhig weiter. »Mein Kind, ich hoffe, du weißt dies zu schätzen. Die Wege sind um diese Jahreszeit in keinem guten Zustand, und es ehrt Mr. Martinaw, dass er diese Reise unternommen hat.«

»Natürlich, Tante Aga.« War das die Strafe für ihren unerlaubten Ausflug?

»Ich habe Mr. Martinaw für morgen zum Abendessen eingeladen.«

Zum Glück nicht heute, dachte Georgina erleichtert, so bliebe ihr genügend Zeit, um Justus von Arnau zu schreiben, ihm die Lage zu schildern und gemeinsam zu überlegen, was aus der geplanten Reise nach Holkham Hall werden sollte.

Sie plauderten unverfänglich über Oxford und die Londoner Gesellschaft, wobei es zu verlegenen Pausen kam, da Martinaw sich nicht sonderlich gut auf höfliche Konversation verstand.

Schließlich berichtete sie von ihren beiden offiziellen Besuchen bei William Buckland, worauf ein Strahlen über sein Gesicht ging. »Miss Fielding, das ist ja wunderbar. Welch interessante Gesellschaft. Erzählen Sie mir von ihm.« Den Bericht über die denkwürdigen Tafelfreuden fand er amüsant, doch seine Freude sollte nicht von Dauer sein, als er vom Fortgang der Gespräche im Hause Buckland hörte.

Mit wiedergewonnener Gelassenheit berichtete Georgina von Bucklands Funden und Theorien, wobei bisweilen ein unwilliger Ausdruck über St. John Martinaws Gesicht huschte.

»Mir will scheinen, dass der Herr die Bibel sehr großzügig auslegt«, warf er an einer Stelle ein.

Georgina nickte. »In der Tat, obwohl Mr. Buckland Geistlicher ist.« Sie schürzte nachdenklich die Lippen. »Ich glaube, in seinem Inneren tobt ein Kampf. Man merkt es ihm nicht unbedingt an, aber es kann nicht einfach sein, diesen unbedingten Forscherdrang und den Dienst an Gott miteinander zu vereinen.«

»Dann sollte er alles daransetzen, das Wirken Gottes in der Natur zu erkennen und es als Grundlage für alle seine Forschungen verwenden«, entgegnete Martinaw knapp.

Georgina sah ihn erstaunt an. Er selbst war doch auch ein Mann der Wissenschaft, der sich mit der Funktionsweise des menschlichen Körpers auseinandersetzte und tierische Zähne miteinander verglich.

»Es kann doch vorkommen, dass man dabei auf Dinge stößt, die sich zumindest auf den ersten Blick nicht mit den Lehren der Heiligen Schrift vereinbaren lassen«, wandte sie ein.

Martinaw schüttelte den Kopf. »Dann muss im Zweifelsfalle das Wort Gottes Vorrang haben.«

Georgina sah unauffällig zu Tante Aga hinüber, die eine Augenbraue hochgezogen hatte, sich ansonsten aber ihrer Handarbeit widmete. Sie hätte einen Einwurf von ihr erwartet, doch ihre Tante schwieg. Dann aber bemerkte Georgina, wie Lady Agatha einen Mundwinkel ganz sachte verzog, und nahm es als gutes Zeichen.

Sie blickte sittsam auf ihre Füße und überlegte fieberhaft, was sie Martinaw entgegnen sollte. Dann blickte sie auf.

»Mr. Martinaw, erzählen Sie uns doch etwas über Ihre Arbeit in London. Haben Sie Ihre vergleichenden Untersuchungen an Zähnen fortgesetzt? Ich musste noch lange an Ihren Bericht denken.«

Nun sah Lady Agatha endlich hoch. »Das klingt interessant, das würde ich auch gern hören.«

Er lehnte sich zurück, geschmeichelt von so viel weiblicher Aufmerksamkeit, und begann, von seinen jüngsten Untersuchungen zu berichten.

Justus von Arnau schritt energisch über den Vorplatz von Langthorne House, drückte dem Mietkutscher wortlos eine großzügige Summe in die Hand und schickte ihn weg. Da trat Lady Agathas Pferdeknecht zu ihm, der einen Regenumhang übergeworfen hatte, und strich sich über den schwarzen Bart. »Kann ich Ihnen behilflich sein, Sir?«

Justus schüttelte den Kopf. »Danke, aber ich gehe lieber zu Fuß.« Mit diesen Worten schlug er den Mantelkragen hoch und machte sich auf den Weg zum Tor, während ihm Samuel verwundert nachschaute.

Es hatte zu regnen begonnen, doch Justus wollte allein sein, sich den Wind um den Kopf wehen lassen und wieder klare Gedanken fassen. Noch immer spürte er die Berührung ihrer Hände, den erstaunlich festen Druck und die Wärme, die dabei auf ihn übergegangen war. Sie waren sich sehr nahegekommen.

Trotz seiner Gefühle, die er nicht länger leugnen konnte, hatte er sich nicht gestattet, ernsthaft über eine Verbindung mit Miss Fielding nachzudenken. So sehr er sich zu ihr hingezogen fühlte, scheute er doch davor zurück, sein ungebundenes Leben aufzugeben. Wohin hätte er auch gehen sollen? Der Weg nach Wiedenau war ihm versperrt, solange er seinem Vater nicht entgegenkäme.

Nun aber war er mit einem Schlag aus dieser Unentschlossenheit gerissen worden.

Miss Fielding hatte Besuch aus London erhalten. Vielleicht war dieser Mr. Martinaw nur ein Freund der Familie, ein Bekannter, der sich in der Nähe aufhielt und ihr aus Höflichkeit seine Aufwartung machte. Und wenn nicht?, meldete sich eine beharrliche Stimme in seinem Inneren. Sie hatte völlig verändert gewirkt, nachdem sie den Namen gehört hatte. Der Name. Irgendetwas war mit ihm. Justus grübelte, doch es wollte ihm nicht einfallen.

Es war Miss Fieldings gutes Recht, Besuch zu empfangen, schalt er sich. Sie kannten einander erst kurze Zeit; Miss Fielding hatte gewiss eigene Freunde und Bekannte, eine ganze Welt, von der er nichts wusste.

Er hatte sich nie erkundigt, ob sie verlobt sei. Die Frage verbat sich, und sie selbst hatte nichts dergleichen erwähnt. Als er nun an den unerwarteten Besucher dachte, kam er sich plötzlich sehr töricht vor. Vielleicht hatte er sich völlig umsonst so viele Gedanken gemacht, vielleicht war Miss Fielding längst einem anderen versprochen.

Es ließ ihm keine Ruhe, dass er sich nicht erinnern konnte, wo ihm der Name dieses Herrn schon einmal begegnet war, da er eigentlich ein gutes Gedächtnis hatte. Er sprach den Namen mehrfach laut aus, als könnte er ihn damit aus der Vergangenheit ans Tageslicht rufen. Dann fiel es ihm ein.

St. John Martinaw war der Arzt, mit dem er sich auf der Dinnerparty in London unterhalten hatte! Ein ernsthafter, feierlicher Mensch, der sich im Gespräch zurückgehalten hatte und erst redseliger wurde, als es um Geologie ging. Aus seinem Mund hatte er erstmals den Namen William Buckland gehört.

Seither hatte Justus keinen Gedanken mehr an Martinaw verschwendet. Der Mann war ihm nicht sonderlich sympathisch gewesen – oder seine Gefühle spielten ihm einen Streich, und er deutete etwas in die Erinnerung an den längst vergangenen Abend hinein, das von der Gegenwart und seinen Empfindungen für Georgina gefärbt war. Er war wütend auf sich selbst, weil er seinen gesunden Menschenverstand zu verlieren schien und sich den Kopf über Dinge zerbrach, über die er noch gar keine Gewissheit hatte.

Ungehalten trat er mit dem Stiefel gegen einen Erdbrocken, der gegen einen Zaunpfosten prallte und zerbröckelte. Er spürte, dass vorhin beim Abschied von Georgina etwas in ihm zerbrochen war. Er hatte begriffen, dass die Außenwelt sie eingeholt hatte und das besondere Band, das sie bei ihren wenigen Begegnungen geknüpft hatten, zu zerreißen drohte.

Was würde nun aus den Plänen, nach Norfolk zu reisen, aus den Nachforschungen, der Steinsammlung und dem Notizbuch des Arztes Joshua Hart? Sollte das alles nur ein Traum bleiben? Oder würde Georgina ihm morgen sagen, dass es nur ein harmloser Höflichkeitsbesuch gewesen war, und in ihrer impulsiven Art fragen, wann sie denn endlich in die Kutsche nach Holkham Hall steigen würden?

Er marschierte weiter, doch als die Türme der Stadt aus dem Regenschleier auftauchten, war es, als hätte Oxford plötzlich seinen Zauber verloren.

KAPITEL XIV

Ich gebe wenig darauf, was junge Leute über die Ehe zu sagen haben … Sollten sie eine Abneigung gegen sie äußern, nehme ich gewöhnlich an, dass sie noch nicht dem richtigen Menschen begegnet sind.

JANE AUSTEN

Georgina wusste danach nicht mehr zu sagen, wie sie die Unterhaltung mit St. John Martinaw durchgestanden hatte. Zum Glück hatte er viel von seinen Forschungsarbeiten an Zähnen und Knochen erzählt, so dass sie kaum etwas zur Konversation beitragen musste, doch sie hatte sich zwingen müssen, aufmerksam zuzuhören und Interesse zu bekunden.

Nachdem er sich mit umständlichen Dankesworten von ihr und Lady Agatha verabschiedet hatte, wollte Georgina auf ihr Zimmer eilen, um in Ruhe einen Brief an Justus von Arnau zu verfassen, doch ihre Großtante hielt sie auf.

»Nicht so schnell, mein Kind. Ich möchte mit dir sprechen.«

Das war zu erwarten gewesen.

Tante Aga deutete auf das Sofa, von dem Georgina soeben aufgestanden war, und nahm selbst wieder im Sessel Platz. Die Stickarbeit ließ sie auf einem Beistelltisch liegen.

»Ich habe eine Kutsche gehört, bevor du hereinkamst. Und du hast mir nichts von einem Spaziergang erzählt.«

Stockend berichtete Georgina von ihrem heimlichen Ausflug nach Oxford. Sie spürte, dass sie diesmal zu weit gegangen war. Tante Aga hatte vieles geduldet, sogar unterstützt, doch dieses Verhalten würde sie nicht so schnell verzeihen.

Aber es kamen keine Vorwürfe, keine lauten Worte. Tante Aga wählte einen subtileren Weg, um ihre Missbilligung zu zeigen.

»Mr. Martinaw ist doch der Herr, der dir vor einer Weile geschrieben hat, oder? Der bei deinem Großvater zu Gast war?«, erkundigte sie sich mit einer Stimme, die keinen Widerspruch duldete. »Er scheint sich sehr um dich zu bemühen. Ich wundere mich, dass du gar nicht mehr von ihm gesprochen hast.«

»Ich habe nichts von ihm erzählt, weil es nicht viel zu erzählen gibt. Wir haben uns in London nur dieses eine Mal gesehen.«

»Und angeregt unterhalten«, warf Lady Agatha ein.

»Das ist richtig«, musste Georgina zugeben. »Tante Anne ist sehr von ihm angetan.«

»Mich interessiert nicht, was deine Tante von ihm hält«, entgegnete Lady Agatha. »Ich wüsste lieber, wie du über ihn denkst.«

Georgina drehte ein Taschentuch in den Händen, während sie sich eine möglichst unverfängliche Antwort zurechtlegte. Sie wusste selbst nicht, wann genau und aus welchem Grund die besondere Vertrautheit zwischen ihnen verschwunden war. Vielleicht lag es daran, dass Tante Aga ihr so vieles verschwiegen hatte und noch immer verschwieg.

»Er ist ein Gentleman, auch wenn er für seinen Lebensunterhalt arbeiten muss«, sagte sie schließlich. »Ein durch und durch ehrenwerter Mann mit den besten Absichten, da bin ich sicher.«

»Und?«, hakte Lady Agatha unerbittlich nach.

»Er ist alt.«

»Nun übertreibe nicht. Ein gewisses Alter hat auch seine Vorteile. Männer werden häuslicher und vernünftiger, wenn sie sich in der Jugend verausgabt haben.«

Georgina bezweifelte, dass St. John Martinaw sich je in irgendeiner Weise verausgabt hatte.

»Georgina, Kind, es ist doch offensichtlich, dass er beabsichtigt, dir demnächst einen Antrag zu machen. Die Bitte um Korrespondenz, die Bekanntschaft mit deiner Familie, der Besuch heute – du bist alt genug, um zu erkennen, worauf er hinauswill. Ich wüsste gern, wie du zu seinen Absichten stehst. Wenn ein anständiger Mann sich um dich bemüht, solltest du darauf verzichten, dich mit anderen Herren allein in der Stadt zu zeigen.« Die Art, wie sie »anderen Herren« sagte, verhieß nichts Gutes.

Plötzlich stand Georgina wieder auf der Straße neben der Kutsche, über sich den weiten herbstlichen Himmel und die Bäume mit dem bunt gefärbten Laub, und Justus von Arnau hielt ihre Hände fest in seinen.

Dann spürte sie, wie sich ein kühler Finger unter ihr

Kinn legte und ihren Kopf sachte anhob. »Es ist dir ernst mit ihm.« Es war keine Frage, sondern eine Feststellung. Lady Agatha hatte sie durchschaut, als wäre ihr Kopf aus Glas. »Mit diesem Deutschen.«

Georgina nickte, in diesem Augenblick wurde die Antwort vollkommen selbstverständlich.

Lady Agatha seufzte und setzte sich zurück in den Sessel. »Das hatte ich befürchtet.«

»Weshalb befürchtet?«, fragte Georgina. »Was hast du gegen ihn einzuwenden? Du selbst hast ihn in deinem Haus empfangen.«

»Das mag sein, aber was wissen wir schon über ihn? Ein Reiseschriftsteller mit unsicherem Einkommen, der von einem Land ins nächste zieht, nie von seiner Familie spricht, hier und dort Bekanntschaften macht und niemals lange an einem Fleck bleibt. Im Grunde hat er weder Beruf noch Familieneinkommen, ein jüngerer Sohn, wenn ich es richtig verstanden habe. Was hat dir ein solcher Mann zu bieten? Hat er dir überhaupt Anlass zur Hoffnung gegeben?«

Georgina war rot geworden, als Tante Aga Fragen in Worte kleidete, die sie sich bislang nur in Gedanken und nur in kurzen, düsteren Momenten eingestanden hatte. Die Nüchternheit darin kränkte sie. Sie war noch ganz von Justus' Händedruck und dem Blick gefangen, mit dem er sich von ihr verabschiedet hatte. Andererseits wusste sie natürlich, dass ihre Zuneigung irgendwann in geregelte Bahnen gelenkt oder für immer unterdrückt werden musste. Einen Mittelweg gab es nicht.

Ihre Familie setzte größte Hoffnungen in eine gute Partie, in die Heirat mit einem ehrenwerten Mann, sei er auch nicht sonderlich vermögend und um einiges älter als sie selbst. Aber was war mit ihr? Wurde sie gar nicht gefragt?

All das ging in ihr in wenigen Sekunden durch den Kopf, und sie kam gar nicht dazu, nach einer Antwort zu suchen.

»Georgina, ich möchte, dass du mir sagst, was du dir von einem solchen Mann erhoffst. Der Herr mag klug und charmant sein, das gestehe ich ihm gern zu. Aber ich kann mir nicht vorstellen, dass er dir eine sichere Zukunft zu bieten hat. Und ich kann es nicht dulden, dass er dich ohne meine Erlaubnis in seiner Kutsche mitnimmt.«

»Aber er unterstützt mich in dem, was mir viel bedeutet. Er lässt mir Freiheiten, die mir St. John Martinaw niemals zugestehen würde«, begehrte sie auf.

Lady Agatha zog die Augenbrauen hoch. »Und das vielleicht mit Recht, mein Kind. Auch ich habe dir viele Freiheiten gelassen, aber du musst verstehen, dass dieses Spiel irgendwann zu Ende ist. Du bist eine erwachsene Frau. Kein Gentleman – im Übrigen auch kein angesehener Arzt – würde eine Frau heiraten, die sich in Männerkleidern herumtreibt und ohne Anstandsdame umherläuft, das muss dir doch klar sein.«

Georgina sah sie tief verletzt an. »Ich habe gedacht, du wärst anders. Du hast immer voller Verachtung über Frauen gesprochen, die sich dem Willen anderer beugen. Hast betont, dass für dich andere Regeln gelten.«

Ihre Großtante hob warnend die Hand. »Ich konnte es mir erlauben, weil ich früh eine vermögende Witwe geworden bin. Daher musste ich weniger Rücksicht auf gesellschaftliche Konventionen nehmen. In dieser glücklichen Lage befindest du dich nicht.«

Die Worte trafen Georgina wie Stiche. Insgeheim hatte sie gehofft, einmal ähnlich unabhängig leben zu können wie ihre Großtante, musste aber einsehen, dass dieser Traum wohl an der Wirklichkeit zerschellen würde.

»Hat Großvater dir etwa geschrieben und dich auf den Besuch vorbereitet, damit du Mr. Martinaw möglichst herzlich empfängst?«, fragte sie aufgebracht. »Habt ihr schon alles hinter meinem Rücken abgesprochen, während ich es als Letzte erfahre? Ich habe es so satt, dass andere mein Leben lenken!«

»Nein«, Lady Agatha schüttelte den Kopf, »ich war ebenso überrascht wie du.«

»Und, wie hat er dir gefallen? Sag es mir ehrlich. Sag mir ins Gesicht, dass du St. John Martinaw für einen interessanteren und angenehmeren Mann hältst als Justus von Arnau«, platzte Georgina heraus und verschränkte trotzig die Arme.

Lady Agatha überlegte erstaunlich lange. »Nein, das kann ich nicht. Herr von Arnau sieht besser aus, ist weltgewandter und versteht sich gewiss auf interessante Konversation. Doch sind dies nicht die entscheidenden Voraussetzungen für eine Ehe, mein Kind. Eine Ehe ist keine Teegesellschaft oder Dinnerparty, bei der man auf eine anregende Unterhaltung hofft. Sie bedeutet eine Gemeinschaft, in der man Kinder aufzieht und einen Haushalt führt, mit allen Pflichten, die dazugehören. Und ich wünsche mir, dass du einen Mann findest, der mit dir ein solches Leben führt. Einen Mann, dem der Sinn nicht nach weiten Reisen oder Abenteuern steht, sondern der jeden Abend heimkommt und sein Glück bei seiner Familie findet. Und ich bin der Überzeugung, dass St. John Martinaw diese Rolle besser ausfüllen würde als Herr von Arnau.«

Georgina hatte äußerlich ruhig zugehört, während es in ihrem Inneren gärte. Sie musste einsehen, dass die Freiheiten, die Lady Agatha ihr so lange gelassen hatte, ein abruptes Ende finden sollten. Sie kam sich getäuscht vor, da sie geglaubt hatte, von ihr auf eine andere Rolle vorbereitet zu werden.

»Aber warum hast du mich immer gegen Großvater und Tante Anne in Schutz genommen? Warum hast du mir die Werkstatt eingerichtet und mich verteidigt, wenn ich wie ein verdrecktes Bauernmädchen aus dem Steinbruch heimkam? Warum bist du mit mir damals nach Lyme Regis gefahren und hast mich Mary Anning besuchen lassen? Und warum hast du mir die erste Begegnung mit William Buckland ermöglicht?«

Lady Agatha seufzte und strich ihr besänftigend über die Hand. »Mein Kind, das habe ich getan, weil ich gesehen habe, wie sehr du es dir wünschst. Und ich will es dir nicht nehmen. Solange ich lebe, sollst du deine Werkstatt hier behalten.«

»Warum dann gerade jetzt?«, fragte Georgina, die sich nicht so einfach damit abfinden wollte.

»Weil ich keine junge Frau mehr bin. Ich weiß nicht, wie lange ich noch lebe, und möchte dich gut versorgt wissen.«

Also doch! Sie musste krank sein, und diese Krankheit hatte ihr Denken in eine neue Richtung gelenkt. Das würde vieles erklären.

»Sag mir, wenn du krank bist«, bat Georgina.

»Ach«, Lady Agatha machte eine wegwerfende Handbewegung, »du weißt ja, wie die Ärzte sind.«

»Wie sind sie denn?«, fragte Georgina hartnäckig weiter.

»Ich habe ab und an Schmerzen in der Brust, und sie haben gesagt, ich solle mich nicht überanstrengen. Wobei sollte ich mich denn überanstrengen? Die Zeiten, in denen ich mir wilde Ritte über Land oder das Baden im Meer gestattet habe, sind lange vorbei.« Ihr Ton war ohne Bitterkeit. »Es könnten Anzeichen dafür sein, dass mit meinem Herzen etwas nicht in Ordnung ist. Es muss nicht heute oder morgen passieren, aber …«

Georgina trat auf sie zu und ergriff ihre Hände. Dann kniete sie neben dem Sessel nieder. »Das darf nicht sein. Gewiss gibt es in London jemanden, der dir helfen kann.«

Ihre Großtante war immer ein ungemein starker Mensch gewesen, der anderen half, statt selbst Hilfe zu benötigen. Auch jetzt, trotz der Entfremdung, war es unvorstellbar, sie zu verlieren.

»Ich muss dich etwas fragen.« Georgina konnte nicht länger an sich halten. »Lautete der Name meines Vaters Joshua Hart?«

Lady Agatha wurde blass. »Gib mir bitte einen kleinen Schluck Gin.« Sie deutete auf die geschliffene Karaffe, die auf der Anrichte stand. Georgina ging hinüber und goss einen Fingerbreit ein. Dann reichte sie ihrer Großtante das Glas, die es in einem Zug austrank.

»Ich werde mich jetzt ein bisschen ausruhen, dann essen wir zu Mittag, und heute Nachmittag werden wir uns weiter unterhalten.« Das war ein Befehl, und Georgina verließ sofort das Zimmer, auch wenn sie ihre Neugier kaum bezähmen konnte. Sie ahnte, dass dieses Gespräch ihr Leben verändern würde.

Es wurde allmählich kalt, der November schickte dem Spätherbst schon seinen kalten, feuchten Hauch entgegen. Anthony Shayle hatte den Kragen seines Mantels hochgeschlagen, doch die Nässe drang unerbittlich durch die verschlissenen Nähte. Wie durch ein Wunder hatte er ein Stück Schinken erstanden, das wohl zu klein war, um es an anspruchsvolle Kunden zu verkaufen. Die Metzgersfrau hatte es ihm zu einem Sonderpreis überlassen, weil sie ihn kannte und um seine schwierige Lage wusste.

Seit er die Arbeit im Hospital verloren hatte, schlug er sich ohne feste Anstellung durch. Er hatte sich bei allen großen Krankenhäusern in London vorgestellt, vergeblich. Es war, als eilte ihm ein schlechter Ruf voraus, dabei hatte er seine Arbeit immer tadellos verrichtet. Also hatte er sich im Erdgeschoss des schmalen Häuschens, in dem er mit seiner Frau und dem Baby lebte, eine kleine Praxis eingerichtet, die viel zu wenig abwarf, um angemessen davon leben zu können. Die Gegend war arm, und viele Leute konnten sich einfach keine ärztliche Behandlung leisten. Sie kurierten sich entweder selbst oder starben an ihren Krankheiten.

Shayle hatte sogar in der Zeitung annonciert, und es waren daraufhin auch einige Patienten gekommen, doch manche blieben nach dem ersten Besuch weg, weil ihnen die Gegend nicht behagte. Es war ein mühsamer Broterwerb und der Weg zu den Hausbesuchen meist lang und beschwerlich.

Oft fürchtete er sich vor dem Nachhausekommen. Emily schaute ihn aus großen Augen an, äußerte kein Wort der Klage, das war nicht ihre Art, aber ihr Blick trieb ihm die Schamesröte ins Gesicht. Er hatte eine Familie und konnte sie nicht richtig ernähren. Dabei hatte er studiert, war ein ausgebildeter Arzt. Er lag nachts oft wach, während Emily schlief, das Kleine nach dem Stillen noch im Arm. Er hörte Jeremys leisen Atem und das Schmatzen des winzigen Mundes. Dann dachte er darüber nach, wie es so weit hatte kommen können, nachdem sich die Zukunft lange durchaus rosig dargestellt hatte.

An diesem Abend ging er jedoch mit ausholenden Schritten durch die dunklen Straßen. Trotz des unfreundlichen Wetters spürte er ein Hochgefühl, auch wegen des Schinkens, mit dem er Emily überraschen wollte. Aber das war nicht der einzige Grund.

Am heutigen Tag hatte er einen Patienten besucht, der ihm von einer freien Stelle im London Lock Hospital berichtete. Angeblich war es nicht leicht, einen Arzt für diese Position zu finden, da sich das Krankenhaus auf Geschlechtskrankheiten spezialisiert hatte, wodurch ihm etwas Anrüchiges anhaftete. Shayle war zwar kein Fachmann auf diesem Gebiet, aber fest davon überzeugt, dass er sich die nötigen Kenntnisse rasch aneignen könnte. Und er war bereit, jede feste Anstellung anzunehmen, die sich bot. Gleich morgen wollte er sich zum Grosvenor Place begeben und um ein Vorstellungsgespräch bitten. Er hatte sich allerdings vorgenommen, Emily noch nichts davon zu erzählen, um ihr eine mögliche Enttäuschung zu ersparen.

Als er vor dem schmalen Haus aus dunkelbraunem Backstein ankam, das kaum breiter als die Spanne seiner Arme war, und gerade den Schlüssel ins Schloss stecken wollte, wurde die Tür von innen aufgerissen. Emily stand vor ihm, die Frisur völlig aufgelöst, das Kleid verrutscht, und hielt das Baby an sich gepresst.

»Jeremy hat Fieber und weint die ganze Zeit, Tony.« Sie sah ihn Hilfe suchend an. »Ich weiß nicht, was ich noch machen soll. Ich habe ihn herumgetragen, ihn gewiegt und gesungen, ihm den Bauch massiert, aber er hört einfach nicht auf. Du musst ihm helfen!«

Shayle seufzte, legte den Mantel ab und hängte den Hut an einen Haken. Dann holte er den Schinken hervor, den Emily jedoch kaum beachtete. Ihre ganze Aufmerksamkeit galt dem Kind. Er ging sich die Hände waschen und kam dann zu ihr zurück.

»Gib ihn mir.« Sie legte ihm den Jungen, der leise vor sich hin wimmerte, in die Arme. »Nimm meine Tasche und bring sie ins Wohnzimmer.«

Sie nahm die schwarze lederne Arzttasche und trug sie hinter ihm in das kleine Zimmer, in dem ein spärliches Kaminfeuer brannte. Immerhin war es wärmer als im Flur. An den Wänden hingen hübsche Aquarelle, die sie in besseren Zeiten gekauft hatten, und die Möbel waren von guter Qualität. Der Raum diente gleichzeitig als Behandlungszimmer, da Shayle nicht die Miete für eine separate Praxis aufbringen konnte. In einer Ecke stand ein Wandschirm, hinter dem sich die Patienten umziehen konnten.

Das meiste Geld verdiente er ohnehin mit Hausbesuchen in besseren Vierteln.

Er legte seinen kleinen Sohn auf das Sofa und sah ihm in die Augen. Sie blickten ziemlich klar und waren nicht gerötet. Dann legte er die Hand auf Jeremys Stirn. Er fieberte, aber nicht sehr. »Hustet er? Hat er Schnupfen?«

»Nein, das nicht. Aber er ist so unruhig. Er schiebt sich ständig die Finger in den Mund, aber wenn ich ihn anlegen will, dreht er den Kopf weg.«

Shayle dachte nach. Der Kleine sah eigentlich nicht krank aus, keine Ausschläge, keine Schwellungen an Hals oder Ohren. Doch nicht alle Krankheiten waren äußerlich zu erkennen. Natürlich hätte es im Haus wärmer und trockener sein können, doch sie waren froh, es überhaupt so gut getroffen zu haben. Wenn die schlechten Zeiten andauerten, würden sie das Haus nicht halten können. Dann kam ihm eine Idee.

»Hol bitte eine Lampe, und stelle dich neben das Sofa. Damit leuchtest du ihm ins Gesicht«, wies er Emily an.

Sie tat, was er ihr aufgetragen hatte. Ihr Mann legte dem kleinen Jungen eine Hand sanft auf die Stirn und zog mit der anderen das Kinn hinunter. »Ein wenig zur Seite, ja, so ist es gut.«

Er spähte dem Baby in den Mund und tastete mit dem kleinen Finger den Kiefer ab, der rot und geschwollen war. Shayle zog mit einem zufriedenen Lächeln den Finger wieder hervor, strich dem Kleinen über den Kopf und sah seine Frau beruhigend an. »Er bekommt Zähne, Liebes, das ist alles. In ein paar Tagen geht es ihm sicher besser.« Er überlegte kurz. »Hast du eine Möhre? Lege sie in kaltes

Wasser, und lass ihn daran kauen, das kühlt und fördert den Durchbruch des Zahns.«

Emily sah ihn beinahe beschämt an. »Was bin ich nur für eine Mutter, dass ich es nicht selbst erkannt habe?«

Shayle stand auf, legte ihr Jeremy in den Arm und küsste ihr Haar. »Er ist unser erstes Kind. Ich kann deine Sorgen verstehen. Es sind so viele ...« Mehr brauchte er nicht zu sagen. Jeder wusste, dass die Aussichten eines Kindes, die ersten Lebensjahre zu überstehen, nicht gut waren, wobei dies nicht nur vom Vermögen der jeweiligen Familie abhing. Es gab einfach zu viele Krankheiten, für die man noch kein Heilmittel kannte. Manchmal war es zum Verzweifeln, und Shayle dachte bei sich, dass er jederzeit lieber Geschlechtskrankheiten behandeln als kleinen Kindern beim Sterben zusehen würde.

»Ich habe übrigens ein Stück Schinken mitgebracht.«

»Das ist wunderbar. Den heben wir uns für morgen auf. Ich bin leider nicht mit dem Kochen fertig geworden, weil Jeremy die ganze Zeit geweint hat«, sagt Emily. »Wenn du ihn nehmen könntest, bereite ich das Essen vor.« Seit er seine Stelle verloren hatte, konnten sie sich keine Dienstboten mehr leisten. Zweimal in der Woche kam eine Frau, die die groben Reinigungsarbeiten erledigte. Ein Hausmädchen oder eine Köchin waren nicht zu bezahlen.

Manchmal schämte er sich, dass er Emily diese Annehmlichkeiten nicht bieten konnte. Er hoffte auf den nächsten Tag. Wenn er die Stelle im Lock Hospital bekäme, stünde demnächst vielleicht Geld für ein Hausmädchen zur Verfügung.

Shayle setzte sich in einen Sessel und zündete sich eine

Pfeife an, während Jeremy auf seinem Arm einschlief. Der Junge war so müde vom Weinen, dass ihm keine Kraft zum Jammern blieb. Die Möhre konnte warten. Dann fiel Shayle der alte Aberglaube ein, dass eine Bernsteinkette beim Zahnen helfen könne, und er erinnerte sich, dass Emily eine solche von einer Verwandten geerbt hatte. Schaden konnte es sicher nicht. Und seine Frau würde es vielleicht beruhigen, wenn sie dem Kleinen die Kette umlegten.

Er streckte den Arm nach einem Buch aus, das auf einem Tischchen neben dem Sessel lag. Privat hatte er sein Studium der wissenschaftlichen Schriften Jean-Baptiste de Lamarcks fortgesetzt. Sie waren ungeheuer faszinierend, und der neue Name »Biologie«, den Lamarck selbst geprägt hatte, gefiel ihm sehr. Biologie, die Lehre vom Leben.

Er hatte sich die *Philosophie Zoologique* mühsam erlesen, da bisher keine englische Übersetzung erschienen war und sein Französisch zu wünschen übrig ließ. Mithilfe eines Wörterbuchs hatte er sich die Sätze Wort für Wort erschlossen und dann versucht, ihren Sinn zu ergründen. Doch die Ideen, die darin steckten, hatten ihn derart fasziniert, dass er es nicht als Arbeit, sondern als geistiges Vergnügen empfand. Fast nie war er abends zu müde, um sich noch eine Stunde daran zu setzen, so lang sein Tag auch gewesen sein mochte.

Die Vorstellung, dass die vielfältigen Tierarten sich im Laufe der Jahre verändert und an ihre Umgebung angepasst hatten, war so umwälzend, dass er nach der Lektüre bisweilen keinen Schlaf fand. Er hatte Emily davon erzählt, und sie hatte aufmerksam zugehört und verständige

Fragen gestellt, doch dass ihm ein Buch über Tiere den Schlaf raubte, konnte sie nicht verstehen. Manchmal fehlte ihm ein Gesprächspartner, mit dem er die vielen Fragen, die beim Lesen auftauchten, diskutieren konnte, doch war er vorsichtig, mit wem er über seine Studien sprach. Die Worte von St. John Martinaw klangen ihm noch im Ohr. *Aber menschliche Wissenschaft ist dazu da, das Wirken Gottes zu erklären, und nicht, es zu widerlegen oder als Hirngespinst abzutun.* Das hatte er nicht vergessen und hütete sich, leichtfertig seine Gedanken zu äußern.

Er hatte gehört, dass Lamarck inzwischen erblindet war und in großer Armut lebte, weil seine Ideen kaum Anerkennung gefunden hatten. Andere französische Wissenschaftler genossen weitaus größeren Ruhm als er. Diese Vorstellung tröstete ihn manchmal ein wenig, erinnerte sie ihn doch an seine eigene missliche Lage. Natürlich wollte er sich nicht mit dem großen Naturphilosophen vergleichen, doch war auch ihm, wie er fand, eine ungerechte Behandlung zuteilgeworden.

Vorsichtig blätterte er mit einer Hand in dem Buch, das viele lose Zettel enthielt, auf denen er Anmerkungen in englischer Sprache notiert hatte. Er hatte sogar mit dem Gedanken gespielt, eine vollständige Übersetzung des Werkes anzufertigen, musste aber vor der überwältigenden Aufgabe kapitulieren. Dennoch verfasste er ab und an einen Aufsatz und hoffte, diese beizeiten in einem wissenschaftlichen Journal unterzubringen.

Nachdem Emily das Essen aufgetragen hatte, das durchaus schmackhaft war, und sie später noch ein wenig am Kamin gesessen und gelesen hatten, begaben sie sich zu

Bett. Das Kind lag meist zwischen ihnen, womit Shayle nie ganz einverstanden gewesen war, da er fürchtete, es des Nachts zu erdrücken, doch Emily wollte jederzeit für den Kleinen da sein. An diesem Abend jedoch bettete sie das Kind in seine Wiege, legte sich ganz eng neben Shayle und gestattete ihm, sie zu berühren. Es war, als hätte sie seine hoffnungsvolle Stimmung gespürt und wollte an seiner Freude teilhaben. Jeremy wurde noch gestillt, und so hoffte Shayle, dass eine zweite Schwangerschaft vorerst ausbleiben würde.

Am nächsten Morgen verabschiedete er sich zeitig, da einige Hausbesuche anstanden. Jeremy hatte recht gut geschlafen und wirkte fröhlicher als am Vortag. Er hielt eine dicke Möhre in seiner kleinen Hand und versuchte, sie in den Mund zu stecken. Emily erklärte nachdrücklich, sie werde ihn nicht aus den Augen lassen, damit kein Unglück mit dem Gemüse passierte.

Shayle ging mit beschwingten Schritten die Straße entlang, da er nur noch an die Vorstellung im Lock Hospital denken konnte. Die Morgenstunden vergingen wie im Flug, und seine Patienten freuten sich an seiner guten Laune. Die Arbeit ging ihm leicht von der Hand, und die Leute schienen sich wohler zu fühlen, als wenn er ihnen mit sorgenvoller Miene entgegentrat.

Gegen Mittag hatte er alles erledigt und begab sich in ein Wirtshaus, wo er saftigen Lammbraten und ein großes Glas Ale bestellte. Eigentlich war es im Haushaltsplan nicht vorgesehen, doch er hoffte so sehr auf die Anstellung, dass er es als Anzahlung sich selbst gegenüber betrachtete.

Dann schritt er derart gestärkt in westlicher Richtung zum Grosvenor Place. Der Marsch an der frischen Luft tat gut, und als er am Hospital ankam, fühlte er sich allen Herausforderungen gewachsen. Es war ein ansehnliches Gebäude, dessen Erdgeschoss cremefarben gestrichen war, während die beiden darüberliegenden Stockwerke in dunkelbraunem Backstein gehalten waren. Von außen sah es vollkommen seriös aus und ließ keinerlei Rückschlüsse auf die Krankheiten zu, die hinter seinen Mauern behandelt wurden.

Shayle rückte die Krawatte zurecht, nahm den Zylinder ab und strich sich die Haare glatt. Dann holte er tief Luft und trat durch die Tür in die Eingangshalle. Hinter einem Stehpult stand ein junger Mann mit einem Kneifer, der nicht recht zu ihm passte und für einen viel älteren Herrn geschaffen schien. Er blickte von einigen Papieren auf und sah Shayle fragend an.

»Was kann ich für Sie tun, Sir?«

»Ich bin Arzt und habe gehört, hier sei eine Stelle frei. Ich würde mich gerne vorstellen und mit dem zuständigen Herrn sprechen«, entgegnete Shayle.

»Ich werde nachfragen, Sir. Wenn Sie einen Augenblick dort drüben Platz nehmen möchten.« Der junge Mann deutete auf eine hölzerne Bank, die gegenüber der Empfangstheke stand.

Shayle setzte sich und schaute sich in der Halle um, in der nur wenige Menschen unterwegs waren. Natürlich war dies ein ganz spezielles Krankenhaus, in das keine Unfallopfer oder anderen Notfälle eingeliefert wurden. Auch Besucher waren hier eher selten anzutreffen. Seine Handflächen waren etwas feucht geworden. Er wischte sie unauffällig an der Hose ab, um seine Aufregung nicht sofort zu verraten.

Dann trat ein älterer Herr mit schlohweißem Haar auf ihn zu, der sich aufrecht wie ein Offizier hielt. Sein scharf geschnittenes Gesicht wirkte streng, aber nicht unfreundlich. Shayle stand auf und verbeugte sich leicht.

»Sir Edwin Hall«, stellte sich der Mann vor. »Ich bin der Leiter dieses Hospitals. Was kann ich für Sie tun?«

»Anthony Shayle, Doktor der Medizin. Ich habe gehört, dass hier eine Stelle frei sein soll und möchte mich gerne darum bewerben.« Er holte eine Mappe aus seiner Tasche und entnahm ihr einige Unterlagen. »Hier sind meine Referenzen, Sir.«

»Kommen Sie bitte mit in mein Büro, Mr. Shayle.« Der Mann ging vor ihm her, die Schultern eine waagerechte Linie, der Rücken umhüllt von einem tadellos sitzenden Gehrock. Er wirkte ehrfurchtgebietend, doch Shayle nahm sich fest vor, sich nicht den Schneid abkaufen zu lassen.

Das Büro war erstaunlich klein für einen Direktor und mit schlichten dunklen Möbeln eingerichtet. An den wenigen Stellen, die nicht von Bücherregalen eingenommen wurden, hingen Kupferstiche, die Londoner Stadtansichten zeigten, dazu einige Urkunden. Sir Edwin Hall bot ihm einen Stuhl an und nahm selbst hinter dem Schreibtisch Platz.

»In der Tat ist es so, dass wir einen Assistenzarzt für unser Hospital suchen. Offen gesagt, fällt es uns nicht ganz leicht, diese Stelle zu besetzen, da wir einen … wie soll ich sagen … etwas prekären Ruf genießen. Geschlechtskrankheiten sind nicht gerade das medizinische Gebiet, mit dem sich Ruhm und Ehre ernten lassen, aber die Beschäftigung damit ist bitter nötig, wenn man die Verbreitung in gewissen Schichten der Bevölkerung betrachtet.«

»Wenn Sie meine Referenzen lesen, werden Sie feststellen, dass ich bisher auf anderen Gebieten gearbeitet habe, Sir Edwin. Ich bin aber bereit und willens, mich gründlich in dieses Fach einzuarbeiten, um möglichst schnell damit vertraut zu werden.« Hoffentlich klang das nicht zu unterwürfig und beflissen, dachte er im nächsten Augenblick, doch das schien nicht Sir Edwins Sorge zu sein.

»Mein lieber Mr. Shayle, ich bin mir sicher, dass Ihre Referenzen nur die allerbesten sind.« Er schien ein wenig zu zögern. »Es ist nur so …«

Shayle blieb beinahe das Herz stehen. Welcher Einwand mochte jetzt folgen? Zu wenig Erfahrung? Aber wenn es so schwer war, einen Mann für die Stelle zu finden …

»Ich werde es Ihnen ganz ehrlich sagen: Man hat mich davor gewarnt, Sie einzustellen.«

Shayle sah den Direktor des Hospitals verständnislos an. Was mochte das heißen? Niemand hatte gewusst, dass er sich hier um eine Stelle bewerben wollte.

»Das verstehe ich nicht.«

»Mr. Shayle, soweit ich weiß, hat man nicht nur mich, sondern die Direktoren sämtlicher Londoner Krankenhäuser davor gewarnt, Ihnen Arbeit zu geben.«

Shayle war zu entsetzt, um zu sprechen; er hätte auch gar nicht gewusst, was er dazu sagen sollte. Diese Eröffnung war so ungeheuerlich, dass es ihm die Sprache verschlagen hatte. Er brauchte einen Moment, um sich zu sammeln, und stieß dann hervor: »Von wem stammt diese Warnung? Hat derjenige Ihnen einen Grund dafür genannt?«

Sir Edwin legte die Handflächen aneinander, stützte das Kinn darauf und sah ihn nachdenklich an. »Diese Warnung, wenn man es so ausdrücken möchte, war sehr allgemein formuliert. Man teilte mir mit, Sie beschäftigten sich mit wissenschaftlichen Thesen, die das religiöse Empfinden vieler Menschen verletzen könnten. Man könne nicht sicher sein, ob Ihre Arbeit von christlichen Prinzipien geleitet sei.«

Shayle musste nicht lange überlegen. »Ich versichere Ihnen, Sir Edwin, dass ich mich bei meiner ärztlichen Tätigkeit niemals von wissenschaftlichen Thesen aus einem anderen Fachgebiet beeinflussen lassen würde. Ich habe meine Arbeit immer gewissenhaft erledigt und würde das auch in Ihrem Krankenhaus tun, darauf gebe ich Ihnen mein Wort.«

Nach dieser kurzen Ansprache atmete er tief durch.

Sir Edwin blätterte in seinen Unterlagen, strich sich mehrfach nachdenklich über die Stirn und schob die Papiere wieder über den Schreibtisch. »Nun gut, Mr. Shayle, Sie scheinen wirklich willens zu sein, hier zu arbeiten. Da wir in der Tat größte Schwierigkeiten haben, die Stelle zu besetzen, werde ich Ihnen Gelegenheit geben, Ihre Fähigkeiten unter Beweis zu stellen. Sollte ich nach drei Monaten mit Ihrer Arbeit zufrieden sein, erhalten Sie eine feste Anstellung mit einem Gehalt von fünfunddreißig Pfund im Jahr. Das ist nicht viel, aber mehr können wir nicht zahlen. Wie Sie sich vorstellen können, verfügen wir aufgrund unseres Fachgebietes über eine sehr geringe Anzahl von Gönnern aus der guten Gesellschaft.«

Shayle musste schlucken, da er am St. Thomas' deutlich mehr verdient hatte, aber das hier war immer noch besser als die Unwägbarkeiten, die eine eigene Praxis mit sich brachte. Also entgegnete er ruhig: »Ich bin Ihnen sehr dankbar, dass Sie mir diese Gelegenheit geben, und verspreche, Sie nicht zu enttäuschen, Sir Edwin.«

»Gut. Heute ist Freitag. Sie können am Montag anfangen. Melden Sie sich bitte um acht Uhr am Empfang, man wird Sie dort abholen und einweisen. Es schadet übrigens nicht, wenn Sie das Wochenende nutzen, um sich mit den Grundlagen der Venerologie vertraut zu machen.«

Shayle stand auf, nahm Hut und Tasche und wollte das Zimmer verlassen, doch die Frage, die Sir Edwin unbeantwortet gelassen hatte, ließ ihm keine Ruhe.

»Sir«, setzte er an, »bitte sagen Sie mir, wer auf diese Weise gegen mich vorgegangen ist.«

Der Direktor des Krankenhauses blickte ihn durch seinen Zwicker an. »Ich nenne keine Namen. Nur so viel: Es gibt kaum einen einflussreicheren Mann im St. Thomas'. Und man sagt ihm eine große Zukunft voraus.«

Anthony Shayle verließ mit einer Verbeugung das Büro. Draußen auf der Straße setzte er den Zylinder auf und atmete tief durch.

Nun wusste er auch, weshalb er in allen anderen Krankenhäusern auf verschlossene Türen gestoßen war. Es hatte gar nicht an seinen Referenzen als Arzt gelegen oder dass es nirgendwo eine freie Stelle gab – es war Rufmord gewesen.

KAPITEL XV

Denn nichts wird bei den Operationen künstlicher oder natürlicher Art geschaffen, und es kann als Axiom angesehen werden, dass vor und nach jedweder Operation die gleiche Menge an Materie vorhanden ist.

ANTOINE-LAURENT DE LAVOISIER

LANGTHORNE HOUSE, OKTOBER 1821

Sehr geehrter Herr von Arnau,

ich habe diese Zeilen so schnell wie irgend möglich verfasst. Ich bin Ihnen wohl eine Erklärung schuldig. Leider erfolgte unser Abschied heute Morgen sehr unvermittelt, da sich unerwarteter Besuch aus London eingestellt hatte. Es handelte sich um St. John Martinaw, einen mir bekannten Arzt, der so freundlich war, mir seine Aufwartung zu machen, da er gerade in der Gegend weilt.

Nun wurde es schwierig. Georgina hielt die Feder schräg, und schon war ein Tropfen Tinte wie eine schwarze Perle aufs Papier gefallen. Sie löschte ihn und hoffte, Herr von Arnau möge keinen zu großen Wert auf eine makellose Korrespondenz legen.

Sie sollen wissen, dass zwischen Mr. Martinaw und mir keinerlei Vereinbarung besteht. Wir sind uns nur einmal persönlich begegnet und haben einige Briefe gewechselt.

Es war nicht leicht, unverfängliche Formulierungen für den Aufruhr in ihrem Inneren zu finden. Georgina konnte Herrn von Arnau schwerlich ihre Gefühle eingestehen, das verbat der Anstand, sie wollte über den verzauberten Augenblick vom Morgen aber nicht einfach hinweggehen.

Unsere heutige Begegnung wird mir in ganz besonderer Erinnerung bleiben, Herr von Arnau. Sie haben mir großes Vertrauen erwiesen, indem Sie mir einige sehr persönliche Empfindungen offenbarten. Und eine Berührung kann mehr ausdrücken als schöne Reden und die Stille zwischen zwei Menschen von einem tieferen Einverständnis künden, als es sich mit Worten herstellen lässt.

Das war ziemlich unverblümt, wie sie fand, doch sie wollte unbedingt verstanden werden. Ihr war bewusst, dass sie damit eine Grenze überschritt, doch sie hatte die Enttäuschung in Justus' Augen gelesen, als er von dem Besuch aus London hörte. Der Gedanke hatte sie auch im Gespräch mit Tante Aga nicht losgelassen, und sowie sie allein war, hatte sie ihr Schreibzeug aus dem Sekretär geholt und sich an die Arbeit gemacht. Sie würde Samuel gleich nach Oxford schicken, damit Justus von Arnau das Schreiben noch heute erhielt.

Unsere Nachforschungen sollen von diesem Besuch nicht berührt werden, und ich hoffe, wir finden alsbald Gelegenheit, die Reise nach Norfolk näher zu besprechen.

Bei jedem Wort, das Georgina schrieb, spürte sie ein tiefes Bedauern, da sie ahnte, dass sich mit Martinaws Besuch etwas verändert hatte, das ihre Pläne aufschieben, wenn nicht gar durchkreuzen würde. Doch was auch geschehen mochte, sie musste um jeden Preis noch einmal mit Justus sprechen, bevor sie nach London zurückkehrte.

Es gibt Dinge, die ich Ihnen bisher verschwiegen habe, da ich selbst keine Gewissheit darüber besitze. Doch nach dem heutigen Morgen möchte ich Vertrauen mit Vertrauen vergelten.

Ich habe eine Vermutung, wer Joshua Hart gewesen sein könnte, auch wenn ich es nicht mit letzter Sicherheit weiß. Es würde manches erklären. Was genau, möchte ich Ihnen bei einer persönlichen Unterredung erläutern; bis dahin habe ich womöglich Weiteres erfahren.

Ich bitte Sie, Herr von Arnau, sich ein wenig zu gedulden. In der Hoffnung auf ein baldiges Wiedersehen verbleibe ich mit den allerbesten Grüßen,

Georgina Fielding

Sie faltete den Brief, versiegelte und adressierte ihn und begab sich nach unten, wo sie ihn dem Hausmädchen Katie anvertraute. »Samuel soll sofort losreiten und ihn im

Gasthof *Mitre* in Oxford übergeben, wenn möglich an den Herrn persönlich.«

Katie knickste und eilte davon.

Georgina sah dem Pferdeknecht vom Fenster aus nach, die Stirn an die Scheibe gelehnt, und wartete darauf, dass sie zum Mittagessen gerufen wurde. Sie wusste kaum, wie sie die Muße für den Brief gefunden hatte, der sorgfältig formuliert sein wollte. Nun brach sich die Aufregung wieder Bahn, als sie an die Ankündigung ihrer Großtante dachte. Leider wurde ihre Geduld auf eine erneute Probe gestellt.

Beim Mittagessen, dem Georgina zu Mrs. Wrights Enttäuschung nur wenig Aufmerksamkeit schenkte, verlor Lady Agatha kein Wort über die Angelegenheit. Es wurde genug geklatscht, da musste man den Dienstboten nicht auch noch leichtfertig Gesprächsstoff liefern. Georgina musste sich allerdings zwingen, in aller Ruhe über Lady Agathas neue Experimente zu plaudern, bei denen sie die Versuche der Lavoisiers nachgestellt hatte.

»Ich weiß noch, wie du mir von ihrer idealen Ehe erzählt hast«, sagte Georgina. »Dass sie gemeinsam geforscht haben, statt sich über alltägliche Dinge zu streiten.«

»Habe ich das? Wie unvorsichtig von mir«, erwiderte Lady Agatha und schob den Teller beiseite. Sie hatte ebenfalls nicht viel gegessen.

»Es hat mich so tief beeindruckt, dass ich mich bis heute daran erinnere.«

»Gewiss, aber so etwas ist auch seltener als Gold. Eine solch gleichberechtigte Beziehung zwischen Mann und Frau, meine ich«, erwiderte Lady Agatha skeptisch.

»Aber nicht unmöglich«, beharrte Georgina, die ganz eigenen Gedankengängen folgte.

»Nein, aber nahezu unmöglich. Außer den Lavoisiers fällt mir jedenfalls kein zweites Beispiel ein, mein Kind. Richte dich darauf ein, dass du eine Ehe führen wirst wie alle anderen, in der deine Sphäre und die deines Mannes voneinander getrennt sind. Du wirst einen klirrenden Schlüsselbund am Gürtel tragen, der dir die Verantwortung für das Haus und die Dienstboten überträgt, während sich dein Mann um alle Angelegenheiten und Geschäfte außerhalb des Heims kümmert. Vergiss nicht, auch du wirst Macht besitzen, nur in anderer Form als dein Ehemann.«

Georgina stützte den Kopf in die Hand. »Ich weiß nicht, ob mir das wirklich reizvoll erscheint, Tante Aga.«

»Bedauere, aber danach wird ein Mädchen gewöhnlich nicht gefragt. Versuche, dir eigene Räume zu schaffen, in denen du deinen Einfluss nutzen kannst und in die sich dein Mann nicht einmischt.«

»Hättest du es auch so gehalten?«, fragte Georgina, deren Widerspruchsgeist ungebrochen war.

»Wie du weißt, hat meine Ehe nicht sehr lange gedauert. Ich war schon unabhängig, bevor ich mich derartigen Fragen widmen musste. Bei Freundinnen und Verwandten habe ich es jedoch miterlebt und immer jene Ehen als vorteilhaft betrachtet, in denen sich die Frau darauf verstand, ihre eigenen Möglichkeiten zu nutzen und sich Freiheiten zu schaffen, ohne gegen die Spielregeln zu verstoßen und damit die gesellschaftliche Achtung zu riskieren.«

Georgina schwieg. So vernünftig diese Ratschläge auch klingen mochten, wehrte sie sich innerlich dagegen. Die wenigen Stunden mit Justus von Arnau hatten ihr einen Blick auf ein Leben erlaubt, das ganz anders war, das nicht in den engen Bahnen, die Lady Agatha soeben abgesteckt hatte, verlaufen würde. Das konnte sie natürlich nicht eingestehen, da ihre Bekanntschaft noch zu jung war, um ernsthafte Pläne zu schmieden, doch hatte sie sich insgeheim so manches ausgemalt, das sie niemandem anvertrauen konnte. Auch Lady Agatha nicht.

Mit gesenktem Kopf nahm sie sich Trauben und Käse, obwohl ihr eigentlich nicht nach Essen zumute war. Die Aussicht auf das bevorstehende Gespräch mit ihrer Großtante war ihr auf den Magen geschlagen, und sie war nervös wie selten zuvor. Nur gut, dass sie ihre Vermutung im Brief an Justus von Arnau nicht in Worte gekleidet hatte. Wenn sie sich nun irrte und Joshua Hart gar nicht ihr Vater gewesen war? Sie hätte sich lächerlich gemacht.

Doch ein Gefühl, ein unbezwingbares Gefühl, sagte ihr, dass es kein Irrtum gewesen war. Und als sie wenig später Lady Agatha in ihrem Schlafzimmer gegenübersaß – einem Ort, den diese ausgewählt hatte, damit sie ungestört und außer Hörweite der Dienstboten miteinander sprechen konnten –, kam die Antwort, mit der sie gerechnet hatte.

»Es stimmt. Joshua Hart war dein Vater.« Der Satz fiel in die Stille wie ein Stein in einen Teich.

Georginas Herz schlug bis zum Hals. Sie konnte kaum einen klaren Gedanken fassen, alle Fragen stürmten gleichzeitig auf sie ein. Sie musste schlucken, bevor sie überhaupt ein Wort herausbrachte. »Ich habe dir von den Truhen erzählt und dir das Notizbuch gezeigt. Du wusstest, wie sehr ich mir immer gewünscht habe, mehr über meine Eltern zu erfahren. Und trotzdem hast du mir nichts gesagt? Wie konntest du?«

Lady Agatha schüttelte den Kopf. Ein schmerzlicher Zug lag um ihren Mund. »Ich konnte es dir einfach nicht anvertrauen. Dein Großvater und ich haben gleich nach deiner Geburt die Übereinkunft getroffen, nie darüber zu sprechen. Du solltest seinen guten Namen erben, statt unter dem Schicksal deiner Mutter zu leiden. Kein Schatten sollte jemals auf dich und deinen Ruf fallen.«

Sie saß da wie erstarrt. Es stimmte also: Sie war die Tochter von Susan Fielding und Joshua Hart. Georgina musste begreifen, dass eine Nachricht, vor der man sich fürchtete, nicht weniger wehtat, nur weil man sich auf sie vorbereitet hatte. Sie blickte fassungslos auf. »Ihr habt mir Dinge vorenthalten, mein Leben lang. Es gab im Pensionat andere Mädchen, deren Eltern ebenfalls tot waren. Aber sie wussten etwas über sie, hatten Erinnerungsstücke geerbt. Sie kannten immerhin ihre Namen.« Sie schwieg, als sammelte sie Kraft für die nächste Frage. »Meine Eltern waren nicht verheiratet, oder?«

Lady Agatha strich sich seufzend über ihr Kleid, das tadellos glatt herabfiel. »Nein. Sonst lautete dein Name Georgina Hart.«

Georgina hatte sich aus ihrer Erstarrung befreit. »Weshalb waren sie nicht verheiratet? Hatten meine Großeltern Einwände gegen eine Ehe?«

»Das auch.«

Die nichtssagenden Antworten trieben sie allmählich zur Weißglut. Sie spürte, wie eine heiße Welle des Zorns in ihr aufstieg, und fürchtete, die Beherrschung zu verlieren. Um nichts zu sagen, das sie später bereuen würde, holte sie tief Luft, bevor sie weitersprach.

»Verdiente er als Arzt zu wenig Geld? War er von niederer Herkunft? Wollte er sich womöglich ganz der Wissenschaft verschreiben? Vielleicht fand Großvater, es sei eine brotlose Kunst, und verbat Mutter deshalb, ihn zu heiraten.«

Lady Agatha wiegte den Kopf. »Das mag alles sein, mein Kind. Dein Großvater wollte nicht mit mir darüber sprechen. Und ich kann dir nicht mehr erzählen, das habe ich bereits gesagt. Die anderen Antworten musst du selbst finden, Georgina.«

Lady Agatha schüttelte seufzend den Kopf und trank einen Schluck Tee, worauf sie das Gesicht verzog. Sie schien zu überlegen, ob sie sich noch einen Gin genehmigen sollte.

Georgina schaute sie fassungslos an. Nie zuvor war sie sich so betrogen vorgekommen.

»Du solltest unberührt von diesen ganzen Kümmernissen aufwachsen«, sagte Lady Agatha überraschend sanft, als hätte sie Georginas Gedanken gelesen. »Natürlich konnte dein Großvater dir die Eltern nicht ersetzen, dazu fehlte es ihm am nötigen Feingefühl und der Erfahrung im Umgang mit Kindern. Er ist kein herzlicher Mann, das zeigte sich bereits bei seinen eigenen Töchtern. Also bat ich ihn, dich regelmäßig zu mir zu schicken, um deine Tante Anne ein wenig zu entlasten. So habe ich es ihm jedenfalls erklärt.« Ein Lächeln huschte über ihr Gesicht. »Das Ergebnis entsprach nicht ganz seinen Vorstellungen.«

»Und jetzt möchtest du am liebsten alles zurücknehmen, damit ich mich in mein Schicksal füge und eine gute Ehefrau und Mutter werde.« Diesen Einwurf konnte sich Georgina nicht verkneifen. »Aber was ich von dir gelernt habe, lässt sich nicht ungeschehen machen. Du hast mich mehr geformt als jeder andere Mensch.«

Lady Agatha sah sie mit einem Blick an, der Georgina ein wenig Angst einflößte, einer Mischung aus Bedauern, Sorge und einem Anflug von Stolz. »Ja, da magst du recht haben. Doch frage ich mich inzwischen, ob das richtig war.«

Georgina konnte nicht länger an sich halten und sprang auf. »Wir drehen uns ständig im Kreis, merkst du das denn nicht? Was geschehen ist, ist geschehen.« Sie versuchte gleichzeitig, die Angst zu verdrängen und den Zorn heraufzubeschwören, aus dem sie Kraft schöpfen konnte. Doch schon folgte der nächste Schlag.

»Setz dich bitte, Georgina. Ich habe dir noch etwas zu sagen.« Lady Agathas Ton war unbeeindruckt und ließ keinen Widerspruch zu.

»Bevor du nach Hause kamst, habe ich bereits mit Mr. Martinaw gesprochen. Er teilte mir mit, dein Großvater habe sein Einverständnis gegeben, dass Mr. Martinaw dich nach London begleitet, sobald sein Aufenthalt bei seinen Freunden beendet ist. Dies dürfte in einigen Tagen der Fall sein. Du solltest dich also auf die baldige Rückreise vorbereiten.«

Georgina sah sie entsetzt an. »Aber die Saison beginnt frühestens in zwei oder drei Monaten. Warum sollte ich so früh dorthin zurückkehren?«

»Weil dein Großvater und deine Tante es wünschen.«

Trotz des entschlossenen Tons war Lady Agatha anzumerken, dass sie sich nicht wohl in ihrer Haut fühlte.

»Aber …«

»Dass dein Großvater dies anordnet, beweist mir, dass er eine hohe Meinung von Mr. Martinaw hat und großes Vertrauen in ihn setzt. Dieser Anweisung kann ich mich nicht einfach widersetzen.« Bei diesen Worten wich sie Georginas Blick aus.

Georgina war derart außer sich, dass sie zunächst kein Wort herausbrachte. Es war ein Verrat, der ihre schlimmsten Befürchtungen übertraf.

»Aber Herr von Arnau …« In Sekundenschnelle brach alles zusammen, was die vergangenen Monate so aufregend und verzaubernd gemacht hatte: ihre Nachforschungen, die Besuche bei Buckland und das Zusammensein mit Justus von Arnau.

»Ich kann nicht zulassen, dass du hierbleibst und weiter mit ihm Umgang pflegst, wenn dein Großvater etwas anderes wünscht.« Lady Agatha ließ ihre Worte wirken. »Allerdings gibt es die Post.« Wieder eine Pause. »Und es könnte geschehen, dass jemand so unvorsichtig ist, einen Zettel mit deiner Londoner Adresse aus der Hand zu geben.«

Georgina sah sie ungläubig an. Sie war völlig verwirrt und wusste nicht mehr, was sie denken sollte. Auf wessen Seite stand Tante Aga eigentlich? Wollte sie ihr wirklich einen Ausweg lassen oder sie einfach nur beschwichtigen und sich ihrer ohne weitere Streiterei entledigen?

Ihre Großtante machte eine abrupte Handbewegung, um anzudeuten, dass sie entlassen war.

»Ich möchte mich etwas hinlegen, mein Kind. Die Aufregungen des heutigen Tages waren zu viel für mich.«

Justus von Arnau wollte gerade den Gasthof verlassen, als ein Mann in der Eingangshalle auf ihn zutrat und ihm einen Brief hinhielt. »Sir, das soll ich Ihnen geben.«

Erstaunt erkannte er den Pferdeknecht von Langthorne House. Das konnte nur eines bedeuten. Er drückte dem Mann eine Münze in die Hand, worauf dieser kehrtmachte und sich auf sein Pferd schwang, das draußen angebunden war.

Justus trat in eine Nische, wo er das Schreiben ungestört öffnen konnte. Eilig überflog er die Zeilen und drückte das Blatt in einer spontanen Regung an sich. Seine Befürchtungen hatten sich nicht bestätigt, im Gegenteil, Miss Fielding erwiderte seine Gefühle. Er begab sich umgehend ins *Queen's Lane Coffee House*, setzte sich ans Fenster und zog den Brief hervor, um ihn noch einmal in Ruhe zu studieren.

Angeblich bestand keine Vereinbarung zwischen ihr und diesem Mr. Martinaw, doch die Art und Weise, wie sie darüber schrieb, ließ Justus vermuten, dass Mr. Martinaw eine Verbindung anzustreben schien. Und wenn es so wäre?, fragte er sich. Hätte er den Mut, es mit einem Bewerber aufzunehmen, der schon die Gunst der Familie gewonnen zu haben schien?

Er musste an den erregten Fußmarsch von vorhin denken, nach dem er mit dreckverschmierten Stiefeln, verschmutztem Mantel und Blasen an den Füßen im Gasthof eingetroffen war. Er war außer sich gewesen und hatte schon an einen bevorstehenden Abschied geglaubt. Der Brief belehrte ihn eines Besseren, doch die Herausforderung blieb.

Kurz darauf fiel sein Blick auf ein Plakat an der Wand, das ein Bach-Konzert in der Christ Church Cathedral ankündigte. In drei Tagen sollte es stattfinden. Justus liebte Bach, auch wenn er ihn seit Langem nicht mehr selbst gespielt hatte. Vielleicht würde Georgina ihn begleiten? Ja, er würde sie einladen, öffentlich, unverfänglich, zu einer seriösen musikalischen Darbietung, gegen die niemand etwas einwenden konnte. Damit würde er ihrer Beziehung den etwas zweifelhaften Charakter nehmen und sie mit Anstand und Würde ausführen.

Lady Agatha gab wider Erwarten ihre Einwilligung, dass Georgina Justus von Arnau zu dem Konzert begleiten dürfe, und ließ sich für den Abend entschuldigen. Ihr war bewusst, dass ihr Bruder Mr. Martinaw als Bewerber um die Hand seiner Enkelin akzeptiert hatte. Er schien durchaus ehrenwert, und wenn er ihren Bruder und dessen dünkelhafte Tochter von seinen guten Absichten überzeugt hatte, musste er gesellschaftsfähig sein, wenngleich ihm ein Hauch von fanatischer Strenge anhaftete. Sie würde Georgina, wie ihr Bruder es wünschte, in Begleitung des Arztes nach London reisen lassen, wollte dem Mädchen aber diesen einen Abend mit Justus von Arnau gönnen. Danach würden sie einander vermutlich nicht wiedersehen.

Georgina freute sich sehr, da sie kaum mit dieser Erlaubnis gerechnet hatte.

Für den Abend kleidete sich Georgina mit besonderer

Sorgfalt an und wählte ein zartgrünes Kleid mit hoch angesetzter Taille, das ihren Busen betonte und wunderbar mit ihrem rotbraunen Haar harmonierte. Dazu legte sie einen zarten Spitzenschal um die Schultern, der ihr Dekolleté durchschimmern ließ. Von Ellen, die recht geschickt im Umgang mit Kämmen, Spangen und Haarnadeln war, ließ sie sich eine elegante Lockenfrisur legen. Zufrieden betrachtete sie sich im Spiegel, den Kopf leicht zur Seite geneigt, trat einen Schritt zurück und drehte sich auf Zehenspitzen um sich selbst. Ja, so würde sie Justus von Arnau gegenübertreten können.

Lady Agatha sagte nichts, doch ihr bewundernder Blick war Kompliment genug. Sie legte Georgina kurz die Hand auf den Arm und strich ihr flüchtig über die Wange. »Ich wünsche dir einen schönen Abend, mein Kind.«

Justus von Arnau trug einen eleganten dunklen Frack mit blütenweißem Hemd und Halstuch und wirkte darin ungewohnt feierlich. Auch er schien sich des besonderen Augenblicks bewusst zu sein, obwohl er noch nicht von ihrer geplanten Abreise mit St. John Martinaw erfahren hatte.

Er begrüßte Lady Agatha formvollendet, die sich lächelnd zurückzog und das Feld den jungen Leuten überließ. Dann trat er einen Schritt zurück und musterte Georgina so lange, dass ihr die Röte in den Wangen stieg.

»Nun sagen Sie doch etwas«, stieß sie schließlich hervor.

Er verneigte sich leicht. »Ich bin heute Abend der glücklichste Mann in ganz Oxfordshire.«

Nun war es an ihr, sprachlos zu sein.

Nachdem er Georgina in die durchgeknöpfte Pelisse geholfen und Ellen ihr einen Muff gereicht hatte, da die Abende schon empfindlich kühl waren, half er ihr in die Kutsche und nahm ihr gegenüber Platz. Zunächst schwiegen sie, doch dann ergriff Georgina das Wort und erzählte von der bevorstehenden Rückkehr nach London.

Es war dämmrig in der Kutsche, so dass sie sein Gesicht nicht sehen konnte, aber seine Stimme klang betroffen. »Das kommt ziemlich überraschend, Miss Fielding.«

»Nicht nur für Sie, Herr von Arnau. Ich hätte es mir anders gewünscht. Wir sollten nun überlegen, wie wir mit unseren Nachforschungen fortfahren. Ich werde dieses Vorhaben nicht aufgeben.«

Er zögerte. »In Ihrem Brief erwähnten Sie, dass Sie neue Erkenntnisse über Joshua Hart erwarteten. Darf ich fragen, ob Sie diese inzwischen erhalten haben?«

Georgina holte tief Luft. Als sie den Brief schrieb, waren ihr die Worte leicht aus der Feder geflossen, doch war es etwas völlig anderes, offen über ihre Herkunft zu sprechen. Sie begann mit ihrer Kindheit, den vielen unbeantworteten Fragen, dem Nichtwissen und den Träumen, die sie sich gestattet hatte. Wie sie älter geworden und allmählich geahnt hatte, dass die Geschichte ihrer Eltern dunkel und kummervoll gewesen sein musste. Schließlich erzählte sie von ihrer unehelichen Geburt und war zutiefst dankbar, dass sie in der dunklen Kutsche saßen. Sie hätte nicht gewagt, ihm dabei ins Gesicht zu sehen. Als sie fertig war, lehnte sie sich zurück und schloss die Augen.

Wie durch ein Wunder wirkte Justus von Arnau nicht

schockiert, sondern fragte mit ernster Stimme: »Was bedeutet dieses Wissen für Sie?«

Georgina war überrascht und suchte nach einer Formulierung, die ihre Gefühle möglichst treffend wiedergab. »Wie soll ich sagen … natürlich bin ich betroffen und hätte es mir anders gewünscht. Aber das Wissen verleiht meiner Vergangenheit endlich ein Gesicht. Jetzt, wo ich weiß, wer Joshua Hart war und wie nahe er mir steht, kann ich versuchen, mehr über den Mann herauszufinden, von dem mir nur zwei Truhen voller Steine und ein Notizbuch geblieben sind.« Sie lächelte, obwohl er es nicht sehen konnte. »Das klingt wie ein billiges Melodrama, nicht wahr? Aber es geht um mich und mein Leben. Ich kann erst dann in die Zukunft schauen, wenn ich die Vergangenheit kenne.«

Sie spürte, wie er bei ihren Worten aufmerkte.

»Das kann ich gut verstehen. Erinnern Sie sich, dass ich einmal eine Verwandte in Manchester erwähnte? Sie ist meine Tante. Ich bin ihr dort zum ersten Mal begegnet. Wir waren uns natürlich völlig fremd. Sie lebt in ärmlichen Verhältnissen. Als ich ihr begegnete, spürte ich auf einmal wieder die Nähe meiner Mutter. Ich hatte ein Stück meiner Vergangenheit gefunden.«

»Ganz so geht es mir auch«, sagte Georgina eifrig. »Wenn ich mehr über meine Eltern weiß, kenne ich auch mich selbst besser.«

»Das mag durchaus sein, Miss Fielding, aber Ihnen muss auch bewusst sein, dass Sie bei Ihrer Suche auf Dinge stoßen könnten, die noch unerfreulicher sind als das, was Sie bisher erfahren haben. Vielleicht war Ihr Großvater nicht umsonst gegen diese Ehe, er mag Gründe gehabt haben, von denen Sie nichts wissen. Dann möchten Sie es am liebsten wieder vergessen, aber das wird nicht möglich sein.«

Damit rührte er an einen wunden Punkt, doch Georgina wollte sich nicht geschlagen geben. »Ich will keine Angst mehr haben, zumindest nicht davor. Es gibt andere Dinge …« Sie verstummte.

»Welche Dinge?«, fragte er leise und beugte sich vor.

Sie zögerte, noch mehr von sich preiszugeben, doch der Drang, sich auszusprechen, überwog ihre Sorge. »Ich habe Ihnen doch erzählt, dass Mr. Martinaw mich vorzeitig nach London begleiten soll. Wenn mein Großvater dies gutheißt und ausdrücklich gestattet, zeigt dies, dass er Mr. Martinaws Werben befürwortet und gegen eine Verbindung zwischen ihm und mir keine Einwände erheben wird. Ganz im Gegenteil, er wird sie sogar fördern. Er und meine Tante suchen schon länger nach einem geeigneten Ehemann für mich, eben weil … wegen meiner Herkunft.« Sie konnte nicht weitersprechen.

Dann spürte sie Justus' Hand auf ihrer. Er drehte sie behutsam herum und drückte seine Lippen auf ihre Handfläche. Georgina war zu verblüfft, um sie zurückzuziehen, wollte es auch gar nicht. Eine heiße Welle durchflutete sie, angenehm und aufreizend zugleich.

»Ihre Herkunft kümmert mich nicht, Miss Fielding. Ich urteile nicht nach Stammbäumen, sondern nach dem Wesen eines Menschen. Ich habe in Italien unter einfachen Leuten gelebt, von denen mancher einem sogenannten Gentleman das Wasser reichen konnte. Ihre Moral und Aufrichtigkeit war oft stärker ausgeprägt, auch wenn es ihnen an eleganten Umgangsformen mangelte. Zudem sind diese häufig eine bloße Fassade, hinter der sich brüchige Mauern und tiefe Risse verbergen.« Er hatte mit großer Leidenschaft gesprochen. Vielleicht dachte er an seinen Vater, von dem er sich im Streit getrennt hatte, weil dieser seinen Lebenswandel nicht guthieß.

»Was Sie sagen, berührt mich sehr, Herr von Arnau«, entgegnete sie und wählte ihre Worte mit großer Bedachtsamkeit. »Aber Sie müssen verstehen, dass ich mich dem Wunsch meines Großvaters nicht widersetzen kann. Ohne Rücksprache mit ihm kann ich keine … keine Verpflichtung eingehen.« Ging sie zu weit?, fragte sie sich erschrocken. Musste sie nicht abwarten, bis er sich deutlicher äußerte?

»Das verlange ich auch nicht, Miss Fielding. Ich wollte ohnehin demnächst wieder nach London reisen und werde bei dieser Gelegenheit bei Ihrem Großvater vorsprechen. Zuvor aber werde ich mich nach Norfolk begeben, falls Sie dies noch wünschen.«

Sie lächelte. »Natürlich wünsche ich das. Ich werde Ihnen meine Adresse geben, damit Sie mir von Ihren Erkenntnissen berichten können.« Dann fügte sie leise hinzu: »Damit Sie wissen, wo Sie mich bei Ihrer Rückkehr finden.«

Auch Justus schien erleichtert, dass diese schwierige Hürde genommen war. »Gut, dann können wir also zum künstlerischen Teil des Abends übergehen. Gleich hören wir das erste Brandenburgische Konzert und eine Cello-Suite. Mögen Sie Bach?«

»Ich hatte bisher kaum Gelegenheit, seine Musik zu

hören. Nur dann und wann bei einem Klavierabend, aber nie in einem großen Konzert oder einer Messe. Und Sie?«

»Als Junge habe ich lange Klavierunterricht erhalten. Seit ich umherreise, hoffe ich immer, irgendwo ein Piano vorzufinden, auf dem man mich ein wenig dilettieren lässt.« Er lachte. »Sollte ich einmal sesshaft werden, kaufe ich mir als Erstes ein Pianoforte. Vor Jahren hatte ich sogar das Privileg, Herrn van Beethoven spielen zu hören. Ein tief beeindruckendes Erlebnis. Wie ich hörte, ist er inzwischen völlig taub und tritt nicht mehr vor Publikum auf. Die Vorstellung, dass er seine wunderbare Musik nicht mehr hören kann … Dennoch, Bach ist mir immer noch am nächsten. Seine Musik ist streng und doch von tiefen Gefühlen beseelt.«

Ich entdecke immer neue Seiten an ihm, dachte Georgina verwundert und stellte sich vor, wie Justus am Klavier aussehen mochte, die schlanken Hände auf den Tasten, leicht vorgebeugt, ganz allein mit sich und der Musik.

Es wurde ein unvergesslicher Abend. Georgina genoss es, ganz nah bei Justus in der herrlichen Kathedrale zu sitzen und der Musik zu lauschen, die emporzustreben schien wie die steinernen Säulen, auf denen das Kirchenschiff ruhte. In der Pause nahmen sie Erfrischungen ein und begegneten dabei William Conybeare, dem Freund Bucklands, der sich nach ihren geologischen Forschungen erkundigte und wissen wollte, ob Herr von Arnau über die abenteuerliche Küche im Hause Buckland zu schreiben gedenke.

Justus lächelte. »Das kann ich nicht ausschließen, Mr. Conybeare. Meine Landsleute wären sicher fasziniert von den exotischen Genüssen, wenngleich sie nicht als Beispiele für die typische englische Küche gelten können.«

»Sie können Lammbraten und Pasteten gern in einem Nebensatz erwähnen«, erwiderte Conybeare.

Es war eine fröhliche, ungezwungene Plauderei, nach der sie sich wieder auf ihre Plätze begaben. Nun, da sich das Konzert dem Ende zuneigte, überkam Georgina aufs Neue die Traurigkeit. Vielleicht war dies ihr letztes Zusammensein mit Justus in Oxford, und sie wollte jede Minute auskosten, jeden Ton der Musik am liebsten ins Unendliche ausdehnen, damit der Abend nie zu Ende ging.

Sie spürte die Wärme, die von Justus' Körper ausging, und musste sich beherrschen, um nicht seine Hand zu ergreifen. Obwohl die Musik herrlich war, hatte Georgina an diesem Abend keinen rechten Sinn dafür, weil sie die ganze Zeit an den Mann an ihrer Seite denken musste.

Plötzlich erklang begeisterter Applaus, die Musiker verbeugten sich, und Georgina klatschte in die Hände. Justus stand auf und holte ihre Pelisse an der Garderobe.

Auf dem Heimweg saßen sie einander schweigend gegenüber, als wäre das Konzert ein letztes Atemholen vor dem Abschied gewesen. Die Angst vor der Trennung schnürte Georgina die Kehle zu, und sie wünschte beinahe, die Fahrt möge zu Ende gehen, weil sie die wortlose Spannung nicht länger ertragen konnte.

Als der Wagen schließlich vor dem Haus hielt, zögerte Georgina, biss sich auf die Lippen und fragte dann leise: »Sind Sie noch immer entschlossen, für mich nach Norfolk zu reisen und dort das Manuskript anzuschauen?«

»Ja, Miss Fielding, ich habe Ihnen mein Wort gegeben, und ich pflege mein Wort zu halten.«

»Daran habe ich nie gezweifelt. Wenn Sie einen Augenblick warten möchten – ich muss etwas holen.«

Überrascht half er ihr aus dem Wagen und blieb vor der Haustür stehen. Es war zu spät, um noch mit hineinzugehen, zumal er nicht wusste, wie Lady Agatha zu dem Herrn aus London stand und inwieweit sie die Übereinkunft unterstützte, die Georginas Großvater mit dem bewussten Herrn getroffen zu haben schien. Das Hausmädchen warf ihm einen neugierigen Blick zu, doch er winkte ab und fing an, auf dem Vorplatz auf und gab zu gehen. Schließlich erklangen leichte Schritte, und Georgina trat aus der Tür. Sie reichte ihm zwei Blätter.

»Ich habe Ihnen meine Londoner Adresse aufgeschrieben«, sagte sie leise, hoffend, dass er ihr dorthin schreiben oder sie vielleicht sogar besuchen würde. »Und dann noch das hier …« Sie deutete im Schein der Laterne, die im Portikus hing, auf das zweite Blatt.

Als Justus erkannte, was es war, stieß er einen Laut der Überraschung aus. »Aber … Sie wollen es mir wirklich anvertrauen, Miss Fielding? Es ist unwiederbringlich, wenn etwas damit geschehen sollte …«

»Ich vertraue Ihnen.«

Sein Blick war so eindringlich, als wollte er sie mit den Augen festhalten, die Trennung hinauszögern. Sie drückte noch einmal seine Hand, drehte sich auf dem Absatz um und verschwand im Haus.

Justus stand da, das Blatt noch in der Hand, und sah ihr nach, bis das Licht in der Eingangshalle erlosch.

KAPITEL XVI

Eine Sekte ignoranter Menschen erklärt, die Natur oder der Himmel habe sie durch göttlichen Einfluss an diesen Orten erschaffen, so als fände man an diesen Orten nicht auch die Knochen von Fischen, die lange Zeit zum Wachsen brauchten; und als könnten wir nicht an Muschelschalen und Schneckenhäusern die Jahre und Monate ihres Lebens ablesen, wie wir es auch bei den Hörnern von Stieren und Ochsen und den Ästen von Pflanzen tun, die nie beschnitten wurden.

LEONARDO DA VINCI

Lady Agatha ging unruhig in ihrem Labor auf und ab. Seit Georgina nach London gefahren war, fühlte sie sich auf nie gekannte Weise einsam. Dabei hatte sie es stets genossen, von anderen Menschen unabhängig zu sein; umso mehr erstaunte es sie, dass die Abreise ihrer Großnichte eine derartige Leere hinterlassen hatte. Wenn sie morgens aufwachte, dachte sie spontan, was sie mit Georgina unternehmen könnte, bevor ihr einfiel, dass sie auch diesen Tag ohne sie verbringen musste.

Sie seufzte. Vielleicht hing es mit ihrem fortschreitenden Alter zusammen, dass ihr solche Veränderungen stärker zusetzten. Andererseits musste sie sich eingestehen, dass sich Georginas letzter Besuch grundlegend von allen vorherigen unterschieden hatte

Es war, als seien in dem Mädchen in diesen Wochen alle Samenkörner aufgegangen, die in ihr angelegt waren.

Das zunehmende Interesse an der Geologie, die unablässigen Fragen nach ihrer Herkunft und die neu entdeckten Gefühle, die sie Justus von Arnau entgegenzubringen schien. Eigentlich hätte Lady Agatha sich über diese Entwicklungen freuen müssen, doch die Bedenken, die ihr Zusammensein getrübt hatten, quälten sie auch jetzt.

Lady Agatha hatte es nicht über sich gebracht, Georgina mehr von ihren Eltern zu erzählen. Sie hatte sogar gewünscht, das Mädchen werde durchs Leben gehen, ohne die ganze Wahrheit erfahren zu müssen, doch diese Hoffnung würde sich nun wohl nicht erfüllen.

Sie schüttelte den Kopf und strich flüchtig über einen großen Glaskolben, der zur Hälfte mit einer blauen Flüssigkeit gefüllt war. Sie drehte sich um und betrachtete ihr Labor, das ihr zu ihrer eigenen Verwunderung auf einmal nichts mehr bedeutete. Ihren Untersuchungen hatte sie oft mehr Aufmerksamkeit gewidmet als anderen Menschen und dies nie als etwas Schlechtes empfunden. Mittlerweile war das anders. Sie wünschte sich, Georginas leichte Schritte vor der Tür zu hören oder sie über einen Stein gebeugt an ihrem Werktisch sitzen zu sehen. Selbst ihre bohrenden Fragen zu ertragen, wäre wünschenswerter als das Alleinsein mit den quälenden Gedanken.

Hatte sie richtig gehandelt? War ihr von der Vernunft diktierter Rat, St. John Martinaw den Vorzug zu geben, ein Fehler gewesen? Sie spürte Stiche in der Brust und sank auf einen Stuhl, da ihr plötzlich schwindlig wurde. Sie musste sich schonen, hatte der Arzt gemahnt, aber das war leichter gesagt als getan. Von körperlicher Ertüchtigung konnte sie Abstand nehmen, nicht aber von den aufwühlenden Gedanken, die ihr Herz mehr zu belasten schienen als jede Bewegung. Manchmal fühlte sie sich von einer Dunkelheit überwältigt, die sie wie ein Mantel zu umhüllen schien. Konnte dies ein Vorbote des Todes sein? Gerade die Aussicht, womöglich nicht mehr lange zu leben, machte ihre Sorge um Georginas Zukunft umso dringlicher. Sie schloss die Augen und atmete tief durch, bis die Stiche abgeklungen waren.

Wenn sie nun selbst einmal mit Herrn von Arnau spräche? Der Gedanke war reichlich unkonventionell, doch hatte sie nie viel Wert auf Konventionen gelegt. Angesichts seines ungeregelten Lebenswandels wie auch der Tatsache, dass er Gefallen an einer Frau fand, die nicht einmal davor zurückschreckte, Männerkleider zu tragen, war er ihr darin wohl ähnlich. Ja, vielleicht war die Idee gar nicht so schlecht.

Sie griff nach Papier und Feder und schrieb eine kurze Einladung. Dann läutete sie nach dem Hausmädchen, und als Ellen in der Tür erschien, reichte sie ihr den Brief. »Schick Samuel damit nach Oxford in den Gasthof *Mitre*. Schnellstens.«

Als Samuel am späten Nachmittag vom Regen durchweicht zurückkehrte, gab er ihr den Brief ungeöffnet wieder. Der Herr sei bereits vor Tagen abgereist und habe keine Adresse hinterlassen.

Lady Agatha sank erschöpft in einen Sessel. Doch sie gab nicht auf. Georgina hatte erzählt, sie habe Justus von Arnau bei William Bucklands Vorlesung kennengelernt und dann beim Dinner wiedergetroffen. Vielleicht wusste der Professor, wohin der Schriftsteller aufgebrochen war.

Da sie in ihrem angegriffenen Zustand die Fahrt nach Oxford scheute, verfasste sie ein kurzes höfliches Schreiben an William Buckland, in dem sie sich als Bekannte von Reverend Aynscroft vorstellte und sich erkundigte, ob er in letzter Zeit von Herrn von Arnau gehört habe.

Die Antwort ließ auf sich warten, und Lady Agatha verbrachte bange Tage, in denen sie auf jedes Geräusch an der Tür horchte und gespannt aufblickte, wenn eines der Mädchen das Zimmer betrat. Nach drei Tagen war es endlich so weit.

Oxford, 10. November 1821

Sehr geehrte Lady Agatha,

vielen Dank für Ihr Schreiben. Verzeihen Sie, dass ich erst heute antworte, aber ein früheres Schreiben, in dem ich Ihnen bedauernd mitteilen wollte, dass mir nicht bekannt ist, wohin Herr von Arnau sich begeben hat, erwies sich nach einer Begegnung mit meinem guten Freund William Conybeare als überholt. Mr. Conybeare berichtete mir beiläufig, er habe Herrn von Arnau und Ihre Großnichte kürzlich bei einem Konzert in der Christ Church Cathedral getroffen.

Sie hätten sehr nett miteinander geplaudert, und Herr von Arnau habe eine geplante Reise in die Grafschaft Norfolk erwähnt, wo er sich ein Herrenhaus ansehen wolle, um seinen deutschen Lesern darüber zu berichten. Ich bin mir nicht ganz sicher, meine aber mich zu erinnern, dass der Name Holkham Hall gefallen ist.

Bei dieser Gelegenheit möchte ich zum Ausdruck bringen, wie reizend die Bekanntschaft mit Miss Fielding war. Ich würde mich freuen, demnächst wieder anregende Gespräche mit der jungen Dame zu füh-

ren. Da sie sich in London aufhält, möchte sie vielleicht in Begleitung einer Verwandten zu einem meiner Vorträge kommen, die ich in meiner Eigenschaft als Mitglied der Royal Society und der Geological Society halten werde. Wäre es möglich, Miss Fieldings Londoner Adresse von Ihnen zu erfahren, damit ich ihr eine Einladung schicken kann?

Ich hoffe, Ihnen hiermit gedient zu haben, und verbleibe mit vorzüglicher Hochachtung,

William Buckland

Justus von Arnau war überrascht, wie herzlich man ihn in Holkham Hall empfing. Das Haus lag umgeben von herrlichen Ländereien ganz nah am Meer, und in dem Wirtshaus, in dem er ein Zimmer genommen hatte, empfahl man ihm, den Strand aufzusuchen, der selbst um diese späte Jahreszeit noch einen Besuch lohne. Bei seinem Ritt durch den Park hatte er zahlreiche Hirsche bemerkt, die hier ihr angestammtes Revier zu haben schienen, und es gab sogar einen See.

Der Besitzer hatte es sich nicht nehmen lassen, ihn persönlich zu empfangen und sich nach seinen Reisen zu erkundigen.

Thomas Coke, bekannt als »Coke of Norfolk«, war ein charmanter Mann, der eine überbordende Energie verströmte. Es schien ihn kaum länger als zwei Minuten an einem Fleck zu halten, und er verlegte ihre Unterhaltung kurzerhand aus dem Salon, in dem er Justus empfangen hatte, ins ganze Schloss, indem er seinem Besucher eine persönliche Führung offerierte.

»Sie müssen wissen, dass mein Großonkel, der erste Earl of Leicester, diese wunderbaren Schätze zusammengetragen hat. Er hat seine Grand Tour auf den Kontinent ausgiebig genutzt, um zahlreiche Kunstwerke und wertvolle Manuskripte zu erwerben. Die Statuengalerie.«

Er öffnete eine Flügeltür und trat beiseite, um seinen Gast einzulassen. Justus hielt unwillkürlich den Atem an, als er den atemberaubenden Raum betrat. Edles Parkett, hellgrüne Wände mit vergoldeten Simsen und am anderen Ende ein halbrunder Erker mit einem großen Fenster. Auf Wandborden und in Nischen standen antike Statuen und Büsten. Beeindruckt schritt Justus den ganzen Raum ab, schaute am Ende aus dem Fenster und drehte sich um, um die Galerie aus dieser Perspektive zu betrachten. »Er scheint ein wirklich kunstsinniger Mensch gewesen zu sein.«

»Nicht nur das«, sagte Thomas Coke. »Er legte auch großen Wert auf die Gestaltung der Umgebung. Die immergrünen Eichen im Park hat er eigens aus Italien einführen lassen.« Thomas Coke hüstelte. »Schwierig wird es nur, wenn Damen die Galerie besichtigen möchten. Wie Sie sehen, sind die Statuen eher unzureichend bekleidet. Ich möchte sie aber nicht mit Tüchern verhüllen, das würde den Eindruck völlig zerstören.«

Belustigt dachte Justus von Arnau an Miss Fielding, die gewiss nicht vor Scham im Boden versinken würde, nur weil antike Statuen der damaligen Zeit entsprechend gekleidet waren. Aber Miss Fielding war auch etwas ganz Besonderes, dachte er mit leiser Sehnsucht. Er verdrängte die aufkommende Wehmut, indem er sich daran erinnerte, dass er in ihrem Auftrag hergekommen war, und fühlte sich ihr plötzlich wieder nah.

»Ich bin kein Kunstkenner wie mein Vorfahr«, fuhr Thomas Coke nun fort. »Ich genieße es, in diesem wunderbaren Haus zu wohnen, doch habe ich nicht zur Erweiterung der Sammlung beigetragen. Mein Gebiet ist die wissenschaftlich begründete Reform der Landwirtschaft, wie Sie vielleicht wissen.«

»Ich habe von Ihren Verdiensten gehört«, sagte Justus.

Thomas Coke lächelte zufrieden. »Schön. Ich werde Sie jedoch nicht mit einem Vortrag über Dünger langweilen und Sie, sobald wir unseren Rundgang durch das Haus beendet haben, an meinen Bibliothekar Mr. Roscoe übergeben, der Ihre Fragen fachkundiger beantworten kann als ich.«

William Roscoe entpuppte sich als ein überaus zuvorkommender und gebildeter älterer Herr mit auffallend langer Nase. Wie sich herausstellte, war Mr. Roscoe nicht nur der Bibliothekar von Holkham Hall, sondern auch ein bedeutender Dichter, Historiker, Kunstsammler, Jurist und Politiker. Erstaunlich, wie viele Rollen ein Mensch in seinem Leben zu spielen vermochte, dachte Justus bei sich.

Nachdem sich der Hausherr verabschiedet und Justus ihm noch einmal für die unerwartete Führung gedankt hatte, erbot sich Mr. Roscoe, ihm zunächst die Bibliothek zu zeigen.

Justus war tief beeindruckt. Die Bücherregale waren in die Wände eingelassen und mit klassizistischen Kapitellen verziert, die an griechische Tempel erinnerten. Manche waren mit antikisierten Büsten geschmückt. Rücken an Rücken reihten sich die Werke aneinander, in vielfarbiges Leder gebunden und mit goldenen Lettern versehen.

Er stellte sich so hin, dass er eine Wand in voller Länge betrachten konnte. Der ganze Raum war strengen klassizistischen Maßstäben unterworfen und symmetrisch angelegt. In der Mitte der Kamin mit einem Kapitell darüber, flankiert von Bücherregalen, die wiederum von zwei hohen hölzernen Flügeltüren eingerahmt wurden, auf die wieder neue Bücherregale folgten. Ein Meisterwerk mathematisch durchdachter Baukunst.

Der Bibliothekar bemerkte seinen bewundernden Blick.

»Ein prächtiger Raum, nicht wahr, Sir?«

Justus nickte anerkennend. »Ein idealer Rahmen für das Studium gelehrter Schriften.«

»In der Tat.« Der Bibliothekar legte den Kopf ein wenig schief und sah ihn prüfend an. »Mr. Coke hat mir gesagt, dass Sie sich für unseren Da-Vinci-Codex interessieren. Das kommt sehr selten vor. Kaum jemand weiß, dass Leonardo derartige Studien betrieben hat.«

Endlich waren sie beim Thema angelangt. »Das hat man mir auch gesagt. Bis vor Kurzem wusste ich gar nicht, dass ein solches Manuskript in England aufbewahrt wird.«

»Und das schon seit über hundert Jahren«, warf Mr. Roscoe mit beträchtlichem Stolz ein, als wäre dies sein eigenes Verdienst. »In früheren Jahrhunderten war man sich des Wertes sehr wohl bewusst. Das geht aus den Preisen hervor, zu denen die Manuskripte damals verkauft wurden. Aber dann sind sie leider in Vergessenheit geraten.«

»Haben Sie den Codex jemals näher untersucht?«, erkundigte sich Justus.

»Selbstverständlich habe ich ihn mir gründlich angesehen.« Mr. Roscoe zögerte. Dann sagte er, als müsste er eine für ihn unangenehme Tatsache eingestehen: »Leider muss ich Ihnen sagen, dass ich kaum etwas entziffern konnte. Wie Sie vielleicht wissen, ist das gesamte Manuskript in Spiegelschrift abgefasst und in italienischer Sprache. Leider bin ich des Italienischen nicht mächtig. Allerdings finden sich darin viele Zeichnungen, die einige Rückschlüsse auf den Inhalt zulassen.«

»Zufällig habe ich das Vergnügen, diese Sprache zu beherrschen«, versetzte Justus. Bevor er versuchte, Georginas Blatt zu entziffern, wollte er einmal das ganze Manuskript betrachtet haben. »Daher würde ich mich gern einmal daran versuchen, wenn es gestattet ist. Natürlich werde ich das Manuskript mit äußerster Vorsicht behandeln«, fügte er hinzu, als er den besorgten Blick des Mannes bemerkte. Der Bibliothekar erweckte den Eindruck, als ob er die ihm anvertrauten Schätze notfalls mit seinem Leben verteidigen würde.

Justus spürte ein gewisses Zögern und fürchtete, Mr. Roscoe könne ihm bei seinem Vorhaben Steine in den Weg legen. Er sah ihn fragend an.

Der Bibliothekar räusperte sich und bat Justus, auf einem Sofa Platz zu nehmen. »Bevor ich Ihnen die Handschrift zeige – wozu ich nur zu gern bereit bin, denn ich freue mich über jeden, der Vergnügen an solchen Kostbarkeiten findet –, muss ich Ihnen etwas anvertrauen.« Er wirkte peinlich berührt. »Die Sache ist heikel. Sie sollten wissen, dass der Codex leider nicht mehr vollständig ist.«

Justus zog die Augenbrauen hoch. »Nicht mehr vollständig? Wollen Sie damit sagen, ein Teil sei verloren gegangen oder zerstört worden?«

Erneutes Räuspern. »Eine sehr delikate Angelegenheit. Es ist wohl vor meiner Zeit hier geschehen, so dass mich persönlich keine Schuld trifft. Zum Glück, wie ich gestehen muss, denn einen solchen Schaden hätte ich mir nicht verziehen.« Er schüttelte den Kopf, wobei er vermutlich an die Nachlässigkeit seines Vorgängers dachte. »Ich werde Ihnen erklären, wie dieses Manuskript aussieht. Es handelt sich nicht um ein gebundenes Buch, sondern um eine Sammlung loser Blätter. Der Codex besteht aus achtzehn Blättern edlen Leinenpapiers, die aufeinandergelegt und auf die Hälfte gefaltet wurden, so dass zweiundsiebzig Seiten entstanden. Aber es sind nur noch achtundsechzig Seiten übrig, mit anderen Worten, ein Blatt ist abhandengekommen.«

»Wie groß ist ein solches Blatt?«, wollte Justus wissen. Das Papier, das Georgina ihm anvertraut hatte, wog schwer in seiner Tasche, als ihm klar wurde, worauf Mr. Roscoes Bericht hinauslief.

»In etwa acht Komma fünf mal elf Zoll«, erklärte der Bibliothekar. »Und das wiederum auf die Hälfte gefaltet. Mit anderen Worten, ein Gegenstand, der sich leicht irgendwo verbergen lässt. Ihn ohne greifbare Hinweise ausfindig zu machen, käme der berühmten Suche nach der Nadel im Heuhaufen gleich.«

»Hat man denn versucht, das Blatt wiederzufinden?«, fragte Justus.

Mr. Roscoe antwortete mit einem Schulterzucken. »Wie gesagt, ich war damals noch nicht in Holkham Hall. Das müssten Sie meinen Vorgänger fragen, falls er noch lebt. Ich habe lange nichts von ihm gehört, und er war recht betagt, als er seine Stellung hier aufgab.«

»Vielen Dank, vielleicht könnten Sie mir später seine Anschrift geben.« Justus wollte nicht drängen, war aber sehr gespannt auf das Manuskript und konnte kaum erwarten, es mit eigenen Augen zu sehen. Wie gern hätte er es mit seinem einzelnen Blatt verglichen, was sich in Mr. Roscoes Gegenwart natürlich verbot.

Der Bibliothekar schien ihm seine Ungeduld anzumerken und erhob sich. »Dann werde ich jetzt den Codex holen. Übrigens muss ich Sie bitten, weiße Baumwollhandschuhe überzustreifen, damit das kostbare Papier nicht beschädigt wird. Eine Vorsichtsmaßnahme, auf die ich selbst nie verzichte.« Er holte ein Paar blütenweißer, tadellos gebügelter Handschuhe aus einer Schublade und reichte sie Justus.

»Eins würde mich noch interessieren, Mr. Roscoe. Wie hat man überhaupt gemerkt, dass eine Seite fehlt, wenn es lose Blätter sind, die sich herausnehmen lassen?«

Der Bibliothekar sah ihn aufmerksam an. »Eine berechtigte Frage, Herr von Arnau. Sie lässt sich allerdings leicht beantworten. Die Seiten sind durchnummeriert, das heißt, auf der Vorderseite jeder Blatthälfte steht eine Zahl. Nimmt man ein Blatt weg, fehlen folglich insgesamt vier Seiten mit zwei Zahlen. In unserem Fall die Zehn und die Siebenundzwanzig.«

Georgina saß an ihrem Schreibpult und starrte auf das Blatt vor sich, das bislang nur eine Überschrift trug. Eigentlich wollte sie einen ausführlichen Katalog der Sammlung von Joshua Hart – nein, der Sammlung ihres Vaters – erstellen, konnte sich aber nicht richtig konzentrieren.

Sie hatte die Steinsammlung bei Lady Agatha gelassen, da sie ihr dort sicherer erschien. Allerdings hatte sie während ihres Aufenthalts bei ihrer Großtante eine grobe Übersicht der einzelnen Stücke aufgestellt und kleine Zeichnungen angefertigt, wobei sie die Angaben ihres Vaters zu Fundort und Datum übernommen hatte. Diese Aufzeichnungen hatte sie zusammen mit anderen Unterlagen in einer von Harts Truhen nach London transportiert.

So hoffte sie, in London daran weiterarbeiten zu können, ohne eine Entdeckung der Sammlung zu riskieren.

Sie hatte sich vor einiger Zeit ein großes Kontenbuch besorgt, wie es Firmen für ihre Buchhaltung benutzten, und ihre eigene kleine Sammlung darin katalogisiert, nun wollte sie auch die Sammlung ihres Vaters darin erfassen. Doch sosehr ihr Herz an diesem Vorhaben hing, gingen ihr im Moment zu viele andere Dinge durch den Kopf.

Der Regen rann in langen Bächen am Fenster hinunter, die ineinander verschmolzen und wirre Muster aufs Glas zeichneten. Sie wusste nicht, wie lange sie schon so dasaß und auf Buchstaben starrte, die ebenso gut Hieroglyphen hätten sein können. Sie dachte flüchtig an den Franzosen Champollion, der angeblich seit Jahren versuchte, die altägyptischen Zeichen zu entziffern. Dann sprangen ihre Gedanken unvermittelt zu einem anderen Code, Da Vincis Spiegelschrift, und zu jenen wenigen kostbaren Stunden, die sie mit Justus von Arnau verbracht hatte. Wo mochte er gerade sein? Sie hatte nur einmal von ihm gehört, seit sie nach London zurückgekehrt war. Er hatte ein kurzes Schreiben geschickt, in dem er ankündigte, sich bald schriftlich an Mr. Thomas Coke von Holkham Hall zu wenden. Danach hatte er auf dessen Antwort und Einwilligung hoffen müssen. Das alles brauchte seine Zeit, dennoch konnte sie ihre Ungeduld kaum zügeln.

Natürlich entbehrte der Gedanke jeglicher Logik, doch kam es ihr vor, als wäre sie verloren, falls Mr. Martinaw um ihre Hand anhielte, bevor Herr von Arnau mit neuen Erkenntnissen aus Norfolk zurückgekehrt war. Ihr war, als erlebte sie ein Wettrennen zwischen den Männern. Daher fürchtete sie jeden Tag, Martinaw könne persönlich vorsprechen oder ein entsprechendes Schreiben an sie richten.

In den zehn Tagen, die sie wieder in London war, hatte man ihn nur einmal zum Abendessen gebeten. Da seine Arbeit ihn stark forderte, gab es keine Besuche am Tag und keine Abendeinladungen ins Konzert oder Theater, worüber Georgina heilfroh war. Obwohl die Rückkehr ins düstere Haus ihres Großvaters sie bedrückte, zog sie die Enge und Dunkelheit der Räumlichkeiten einer Begegnung mit Mr. Martinaw jederzeit vor.

Ihre Tante war ebenfalls in die Stadt gekommen, obwohl die Saison noch längst nicht begonnen hatte. Auch das deutete darauf hin, dass man sich ernsthaft auf einen Antrag Mr. Martinaws vorbereitete. Lady Anne wurde es nicht müde zu erwähnen, dass sie von Georgina größtes Entgegenkommen erwartete. Zum Glück hatte sie Justus von Arnaus Brief nicht gesehen, sonst hätte Georgina sich unangenehme Fragen gefallen lassen müssen. Die Bekanntschaft mit einem Schriftsteller konnte Lady Anne nur dulden, wenn es sich um einen Poetus Laureatus handelte, der ein »Sir« vor seinem Namen trug und bei Hofe empfangen wurde. Alle anderen Schreiberlinge waren in ihren Augen brotlose Künstler mit schlechtem Ruf.

St. John Martinaw stand ganz hoch in Lady Annes Gunst, seit eine gute Bekannte ihr hinter vorgehaltenem Fächer zugeraunt hatte, er komme in absehbarer Zeit für einen Ritterschlag infrage. Auch sonst wusste sie nur das Beste über ihn zu berichten. Sogar Mitglieder der königlichen Familie hätten seinen ärztlichen Rat eingeholt. Das alles klang überaus vielversprechend, und sie äußerte mehrfach die Hoffnung, dass ihre Nichte es zu würdigen wusste.

Georgina, die mit dem neuen Wissen über ihre Herkunft aus Oxfordshire zurückgekehrt war, begriff nur zu gut, weshalb ihre Tante so sehr auf eine respektable Heirat drang. Indes versuchte sie, die aus diesen Überlegungen erwachsende Trübsal zu vertreiben, indem sie sich an die ungezwungenen Wochen in Langthorne House erinnerte.

Sie war oft bei Lady Agatha gewesen, und doch ließ sich kein Aufenthalt mit diesem vergleichen. Mit wehmütigem Lächeln dachte sie an die denkwürdigen Gespräche mit William Buckland und die kurzen Augenblicke der Freiheit in Männerkleidern. Und natürlich war sie bei dieser Gelegenheit auch Justus von Arnau zum ersten Mal begegnet. Versonnen erinnerte sie sich an den gemeinsamen Besuch beim alten Archivar und das Konzert am letzten Abend.

Sollte all das für immer vorbei sein? Sollte sie sich künftig mit gelehrten Gesprächen begnügen, während sie keine eigenen Forschungen mehr anstellen durfte? Oder, schlimmer noch, sich bei Abendessen mit den Damen in den Salon zurückziehen und über Mode und Haushaltsführung plaudern müssen, damit die Herren ungestört am Kamin Brandy trinken und Zigarren rauchen konnten? Sie konnte sich nicht vorstellen, dass St. John Martinaw ihr die gleichen Freiheiten zugestehen würde wie Justus von Arnau. Vor allem aber machte ihr die Vorstellung, ein Bett mit ihm zu teilen und seine Umarmungen zu erdulden, Angst. Wie sehr hatte sie die flüchtigen Berührungen Justus von Arnaus genossen. In Martinaws Nähe fühlte sie keinen sanften Schauer, sie fühlte rein gar nichts.

Georgina zwang sich, wenigstens einige waagerechte Linien aufs Papier zu zeichnen, worauf sie die einzelnen Felder von eins bis vier numerierte. Das sah schon recht gut aus, versuchte sie sich zu trösten, obwohl sie im Grunde gar nichts geschafft hatte. Sie stand auf und zerrte die eine Truhe, die sie aus Oxfordshire wieder mitgebracht hatte, aus dem Schrank. Die Zimmertür hatte sie abgeschlossen, da sie immer noch besorgt war, jemand könne die Sammlung entdecken.

Sie war so in Gedanken versunken, dass sie aufschreckte, als es an der Tür klopfte.

»Ja, bitte?«

»Ein Brief für Sie, Miss«, hörte sie das Hausmädchen Betsy sagen.

»Ich komme.« Sie stand auf, drehte den Schlüssel und öffnete die Tür. Betsy, ein scheues Mädchen, dem das mausbraune Haar immer aus dem Häubchen rutschte, knickste und reichte Georgina ein Silbertablett, auf dem ein Brief lag.

»Vielen Dank.« Mit einem freundlichen Nicken schloss Georgina wieder die Tür und ging zurück ans Schreibpult. Sie drehte den Brief unschlüssig in der Hand, da sie nicht wagte, den Absender zu lesen. Sie hoffte von ganzem Herzen, er möge von Justus von Arnau kommen, fürchtete aber, Martinaws Schrift darauf zu erkennen. Als sie sich endlich ein Herz fasste, stellte sie verwundert fest, dass weder der eine noch der andere ihr geschrieben hatte.

William Buckland, D.D., F.R.S., Corpus Christi College, Oxford, lautete der Absender.

Das war nun wirklich eine angenehme Überraschung, dachte sie und erbrach rasch das Siegel. Dann faltete sie das Blatt auseinander.

OXFORD, IM NOVEMBER 1821

Meine sehr verehrte Miss Fielding,

wie ich von Ihrer Großtante erfuhr, sind Sie in die Hauptstadt zurückgekehrt, ohne dass wir uns vorher noch einmal begegnet sind, was ich sehr bedauere. Ihr Interesse an der Geologie hat mich sehr beeindruckt, und ich hätte gern öfter die Gelegenheit gehabt, mit Ihnen zu plaudern. Umso mehr hoffe ich, dass Sie uns auch im nächsten Jahr in Oxfordshire das Vergnügen Ihrer Gesellschaft machen werden.

Nun aber zum eigentlichen Anlass meines Schreibens: Wie Sie vielleicht wissen, bin ich Mitglied der Geological Society und werde daher in Kürze wieder einmal nach London kommen, um mich mit meinen Kollegen auszutauschen. Bei dieser Gelegenheit werde ich auch einen öffentlichen Vortrag halten und würde mich sehr freuen, Sie an diesem Abend im Londoner Haus unserer gelehrten Gesellschaft zu begrüßen. Es werden zahlreiche Mitglieder anwesend sein, die Ihnen gewiss Anregung und Zerstreuung bieten dürften.

Sobald ich über den genauen Zeitpunkt des Vortrags informiert bin, werde ich mir gestatten, Sie noch einmal anzuschreiben. Bis dahin hoffe ich, dass Sie wohlauf sind und neben Ihren gesellschaftlichen Pflichten genügend Zeit finden, um in Muße Ihren Forschungen nachzugehen.

Wenn wir Sie wieder in Oxford begrüßen dürfen, würde ich mich freuen, Sie zu einer Tischgesellschaft zu bitten, bei der Sie neue kulinarische Genüsse erwarten dürfen. Wie Sie vielleicht wissen, habe ich es mir zum Grundsatz gemacht, nie zweimal das gleiche Wild zu servieren.

Ich entbiete Ihnen meine besten Grüße und verbleibe hochachtungsvoll,

William Buckland

KAPITEL XVII

In den Ebenen Italiens, über denen heute Vögel fliegen, zogen einst große Fischschwärme dahin.

LEONARDO DA VINCI

Wie gebannt saß Justus von Arnau im Gasthof über den ausgebreiteten Papieren. Er merkte nicht, wie die Zeit verging, und hatte alles um sich herum vergessen. Das Feuer im Kamin war erloschen, doch er spürte die Kälte nicht, die von allen Seiten ins Zimmer drang. Für ihn gab es nur die zart gebräunten Blätter, bedeckt mit filigranen Zeichnungen und schwer leserlichen Buchstaben in brauner Tinte, die sich zu immer neuen Rätseln formten.

Wenn er einen Augenblick aufblickte, musste er sich in seiner Umgebung ganz neu zurechtfinden. Dann dachte er mit leisem Bedauern, wie ungerecht es war, dass er in diesem Zimmer nicht weit von Holkham Hall sitzen durfte, während Georgina Fielding, der eigentlichen Entdeckerin des Schatzes, die Reise nicht vergönnt war. Ohne sie wäre er nie hierhergekommen, hätte nie die kostbaren Blätter in der Hand halten dürfen, jene Seiten, die dreihundert Jahre zuvor der große Leonardo mit fließender Spiegelschrift bedeckt hatte. Es war, als schaute sie ihm über die Schulter; er konnte ihre Nähe deutlich spüren.

Mr. Roscoe hatte ihn gebeten zu warten, während er das Manuskript holte. Es wurde in einem Schuber aufbewahrt, der mit braunem Saffianleder bezogen war und die Form eines Buches hatte. Bevor der Bibliothekar ihn öffnete, deutete er auf das vergoldete Wappen der Familie Coke, das auf der Vorderseite eingeprägt war. Auf dem Rücken stand in goldenen Buchstaben zu lesen: L. DA VINCI DELLA NATURA & C. DELLE ACQUE MS. ORIGINALE DELL' AUTORE ALLA MANCINA. Der Text handelte also von der Natur und vom Wasser und war mit der linken Hand geschrieben. Der Bibliothekar klappte den Deckel auf und nahm einen roten Ledereinband heraus, der ebenfalls mit Gold verziert war und das eigentliche Manuskript enthielt.

Justus legte den Ledereinband vorsichtig auf den Tisch, schlug ihn auf und hielt vor Spannung unwillkürlich den Atem an. Zum Vorschein kam ein Umschlag aus Pappe. Auf der Vorderseite stand in italienischer Sprache: »Ein Buch verfasst von Leonardo Vincio über die Sonne, den Mond, den Lauf des Wassers, seine Punkte und seine Bewegungen –« Kein Wort über Erde oder Steine, aber das musste nichts heißen, versuchte er sich zu beruhigen.

»Was meint er mit Punkten?«, fragte Justus.

Der Bibliothekar wiegte den Kopf. »Ich kann mir nur vorstellen, dass er Punkte im mathematischen Sinne meint und Berechnungen über das Verhalten des Wassers angestellt hat.« Dann deutete er auf die winzigen Löcher im

Papier. »Wie Sie sehen, sind die Seiten zusammengenäht.«

Justus musste sofort an das einzelne Blatt von Joshua Hart denken. Waren die Seiten damals fest vernäht gewesen, hätte man ohne Gewalt keine davon heraustrennen können. Doch die Löcher auf Georginas Blatt waren ebenfalls nur winzige Nadeleinstiche, es waren keine Spuren von Einrissen zu entdecken.

Mr. Roscoe deutete wieder auf das Manuskript. »Wenn Sie ganz genau hinschauen, werden Sie erkennen, dass eine doppelte Reihe von Löchern vorhanden ist. Ich nehme an, dass sich eine alte Bindung gelöst hatte und man die Blätter später erneut zusammengenäht und dabei weitere Löcher ins Papier gestochen hat. Wann das geschehen ist, kann ich Ihnen leider nicht sagen. Natürlich wäre es sinnvoller gewesen, die Blätter an derselben Stelle zusammenzunähen, doch ist man dabei leider etwas nachlässig vorgegangen. Allerdings schmälert es den Wert der Handschrift kaum.«

Also war es denkbar, dass Joshua Hart bei seinem Besuch auf Holkham eine Sammlung loser Blätter vorgefunden, ein Blatt daraus entfernt hatte und die Seiten erst danach wieder miteinander verbunden worden waren.

»Darf ich selbst einmal umblättern?«, fragte Justus höflich.

Einen Augenblick lang schien der Bibliothekar zu zögern, als hätte man ihn aufgefordert, sein eigenes Kind aus der Hand zu geben, doch dann betrachtete er die weißen Handschuhe, die sein Besucher pflichtschuldig übergestreift hatte, und nickte.

»Bitte sehr.« Er trat ein Stück zur Seite.

Justus schlug vorsichtig die erste Seite auf, auf der drei Zeichnungen zu sehen waren. Eine große Kugel, die durch zahlreiche Geraden mit einer kleineren Kugel verbunden war. Er überlegte kurz, dann wurde es ihm klar. Soeben hatte er gelesen, dass die Aufzeichnungen unter anderem von Sonne und Mond handelten, und nur darum konnte es sich bei den beiden Kugeln handeln. Fasziniert betrachtete er die Linien, die beide Himmelskörper durchschnitten und mit winzigen Buchstaben markiert waren. Neben den Zeichnungen befanden sich schmale Kolumnen, in denen vermutlich die dazugehörigen Untersuchungen beschrieben waren.

Er blätterte weiter. Auch auf der Rückseite war eine ähnliche Zeichnung zu sehen. Fasziniert betrachtete Justus die Bilder von drei Himmelskörpern, in denen er Sonne, Mond und Erde vermutete. Es sah aus, als hätte Leonardo hier nachweisen wollen, wie sich Sonne und Erde auf das Licht des Mondes auswirkten. Wer hätte gedacht, dass der Maler gleichzeitig auch Astronom gewesen war?

Nachfolgend schien er sich mit Experimenten beschäftigt zu haben, die nach einer chemischen Versuchsanordnung aussahen.

Justus blickte hoch, als er die Augen des Bibliothekars auf sich spürte. »Verzeihung, ich war so versunken, dass ich mich unhöflich verhalten habe. Aber dieses Manuskript ist wirklich faszinierend. Fände sich nur jemand, es zu entziffern und ins Englische oder Deutsche zu übersetzen!«

William Roscoe nickte. »Es bleibt zu hoffen, dass sich irgendwann einmal jemand an diese gewaltige Aufgabe heranwagt. Aber dazu muss die Handschrift erst bekannter werden, sie ist noch immer ein unentdeckter Schatz.« Er lächelte etwas wehmütig, als befürchtete er, dass er diesen Tag wohl nicht mehr erleben werde.

Justus zog einen kleinen Spiegel aus der Tasche seines Gehrocks, den er mitgebracht hatte. »Darf ich?«

»Gewiss doch. Ich habe mich selbst bisweilen daran versucht, doch die Schrift ist schwer zu entziffern und die Sprache leider unverständlich für mich. Nur zu, versuchen Sie es ruhig.«

Justus nahm sich die Seite vor, die oben rechts mit einer kleinen Vier markiert war, und stellte den Spiegel senkrecht daneben. Die Überschrift war erstaunlich leicht zu lesen. »Von der Farbe des Himmels.« Darunter konnte er sich nicht viel vorstellen, da diese Seite keine Zeichnungen enthielt. Vielleicht hatte es mit den wechselhaften Stimmungen des Wetters zu tun, das den Himmel je nach Laune blau, grau oder schwarz färbte.

Ehrfürchtig blätterte er weiter. Es wäre eine wahrhaft gewaltige Aufgabe, dieses Buch zu entziffern und in eine andere Sprache zu übersetzen. Ihm selbst fehlte es an naturwissenschaftlichen Kenntnissen, um die es Da Vinci vor allem zu gehen schien. Man konnte nur übersetzen, was man auch verstand. Die Lektüre war gleichwohl faszinierend.

Er blätterte behutsam weiter. Auf dem achten Blatt entdeckte er die winzige Zeichnung zweier Männer, die auf einer Wippe zu stehen schienen. Ein einfaches Brett, das auf einem Stein lag und auf dem die beiden ihr Gewicht ausbalancierten.

Dann betrachtete er die Rückseite, die weniger anschaulich war. Aus einer Eingebung heraus stellte er den Spiegel wieder neben den Text und versuchte, die Überschrift zu entziffern. Diesmal gestaltete es sich schwieriger, und er spürte Roscoes kritischen Blick.

»Es ist wohl doch nicht so einfach, wie ich dachte«, gestand Justus. »Aber so rasch gebe ich mich nicht geschlagen. Lassen Sie mich etwas versuchen.« Er holte sein Notizbuch hervor und warf einen eingehenden Blick in den Spiegel. Dann stieß er einen leisen Pfiff aus, schrieb etwas nieder und schob dem Bibliothekar das Buch triumphierend hin.

»Von der Sintflut und den Meeresmuscheln.«

Das würde Georgina gefallen. Er erinnerte sich an die Tischgesellschaft bei Mr. Buckland und dessen leidenschaftliche Äußerungen über die Sintflut und die Tage der Schöpfung. Vielleicht hatte Da Vinci eigene Ideen zur großen biblischen Flut vertreten, die noch niemand kannte oder mit denen er anderen Wissenschaftlern zuvorgekommen war? Noch konnte er nicht sagen, ob sie in irgendeiner Weise mit Geologie zu tun hatten, aber es wäre lohnenswert, diese Seite genauer zu studieren. Justus blätterte gespannt weiter zur Seite neun.

Dort gab es drei Zeichnungen, die das Fließverhalten von Wasser darstellten. Doch war es durchaus denkbar, dass die dicht beschriebene Seite auch weitere Ausführungen über die Sintflut, Muscheln und Steine enthielt. Er würde auch sie genau prüfen müssen. Sobald er im Gasthof war, wollte er Georginas Blatt untersuchen. Die Zeichnungen von Seite zehn hatte er genau betrachtet und sich gefragt, weshalb Hart ausgerechnet diese Seite an sich genommen hatte, da die Bilder so gar nichts mit seinem Steckenpferd zu tun hatten, doch konnten durchaus verschiedene Themen auf einem Blatt behandelt worden sein.

»Mr. Roscoe«, sagte Justus und musste feststellen, dass sich der Bibliothekar leise zurückgezogen hatte, während er in seine Studien versunken war. Justus stand auf und schaute sich um. Dann hörte er, wie die Tür im Nebenraum geöffnet wurde. Ein Dienstmädchen trat mit einem Tablett ein, auf dem eine silberne Teekanne und eine Etagere mit Gebäck standen. Sie knickste und stellte das Tablett auf einem Tisch ab. »Mr. Roscoe hat gesagt, ich soll Ihnen einige Erfrischungen anbieten, Sir. Falls Sie noch etwas wünschen, klingeln Sie bitte.«

Nach einigen Minuten tauchte der Bibliothekar wieder auf und wischte sich im Gehen den Mund an einem blütenweißen Taschentuch ab. Er hatte wohl einen kleinen Imbiss zu sich genommen.

»Herr von Arnau, was kann ich für Sie tun?«

»Können Sie mir sagen, ob jede Seite des Manuskriptes nur ein Thema behandelt oder ob sich auch auf einem Blatt Ausführungen zu verschiedenen Gedanken finden?«

William Roscoe setzte sich und machte eine ausholende Geste. »Dazu kann ich Ihnen erfreulicherweise genau Auskunft geben. Leonardo selbst verfasste eine Aufstellung der einzelnen Themen, Gedanken oder wie immer Sie es nennen möchten. Sie zeigt uns, dass der Codex keinesfalls ein Buch im üblichen Sinne ist, das von der ersten bis zur letzten Seite zusammenhängend aufgebaut ist und die Themen in geordneter Folge behandelt. Auch hat er nicht die achtzehn Blätter gefaltet und dann von vorn nach hinten beschrieben wie ein gewöhnliches Notizbuch, sondern nach und nach zusammengefügt. Also kann es durchaus sein, dass er auf Seite drei über die Bewegungen des Wassers schreibt und den Gedanken weiter hinten noch einmal aufnimmt.«

»Verstehe.« Justus holte seine Taschenuhr hervor und warf einen Blick darauf. »Es ist schon spät. Ich möchte Sie nicht länger aufhalten, Mr. Roscoe. Dürfte ich morgen wiederkommen?« Er konnte es kaum erwarten, Georginas Blatt im Lichte seiner neuen Kenntnisse in aller Ruhe zu studieren.

»Selbstverständlich, Herr von Arnau. Sie sind jederzeit willkommen. Sie finden mich ab zehn Uhr hier in der Bibliothek.«

Sie verabschiedeten sich voneinander, und Justus holte sein Pferd, das ein Stallknecht des Schlossbesitzers gut versorgt hatte. Er war kein Jäger, doch so musste es sich anfühlen, wenn man dem lang ersehnten Wild endlich auf der Spur war.

James Fielding strich sich über den weißen Backenbart. Dann warf er einen forschenden Blick zu seiner Enkelin hinüber, die in einem Sessel am Kamin saß und ein gewichtig aussehendes Buch studierte. Er hatte einen Brief von seiner Schwester erhalten, der ihn aus seiner Selbstzufriedenheit aufgerüttelt hatte. Einen Brief, der alte, längst vergessene Wunden aufgerissen hatte, denn zum ersten Mal seit vielen Jahren erwähnte sie darin den Namen seiner Tochter Susan. Dabei herrschte zwischen ihnen seit

Langem ein stillschweigendes Einverständnis, Susan nicht mehr zu erwähnen. Auf diese Weise war es ihm gelungen, Georgina und damit auch die ganze Familie vor der Geschichte ihrer Herkunft zu schützen, das hatte er zumindest geglaubt. Dieses Schreiben jedoch bewies, dass er einem Irrtum erlegen war. Seine Enkelin schien aus unbekannter Quelle Dinge erfahren zu haben, die er selbst und sein gesamter Haushalt seit Jahren streng geheim gehalten hatten. Sogar den Namen ihres Vaters hatte sie herausgefunden, und seine Schwester hatte sie in ihrer Annahme bestätigt.

Doch wie um Himmels willen war Georgina darauf gekommen? Den älteren Dienstboten im Haus, die sich noch an ihre Mutter erinnerten, hatte man mit Entlassung gedroht, sollte jemand Miss Fielding gegenüber diese Dinge erwähnen. Er war sich vollkommen sicher, dass keiner von ihnen sein Wort gebrochen hatte. Indes, sie musste auf irgendeine Weise davon erfahren haben.

Obwohl er seiner Schwester einige Indiskretionen zutraute, glaubte er nicht, dass sie Georgina von sich aus diese Dinge enthüllt hatte. Nein, es musste einen Eingeweihten geben, der weder zur Familie noch zum Personal gehörte und sie darauf gebracht hatte. Aber wer mochte das sein?

Er hatte auch mit seiner Tochter Anne darüber gesprochen, die ihm voller Sorge zugehört und die Hände gerungen hatte, als er seinen Bericht beendet hatte. Sie dachte natürlich nur an Georginas Zukunft, die respektable Heirat, die sie sich für ihre Nichte erhoffte. Er hatte versucht, sie zu beschwichtigen, Georgina wisse nicht alles, wie Lady

Agatha ihm versichert hatte. Sie müsse auch nicht alles erfahren. Der Ruf der Familie genieße absoluten Vorrang.

Keinesfalls dürfe sie alles erfahren, hatte Lady Anne mit großem Nachdruck zugestimmt. Dieses Dilemma hatte sie sich in ihren schlimmsten Vorstellungen ausgemalt, und nun war es tatsächlich eingetreten. Sie kannte ihre Nichte. Georgina war von einer einmaligen Hartnäckigkeit und würde, wenn sie denn tatsächlich die Wahrheit erfahren wollte, keine Ruhe geben, bis sie alles wusste. Was würde dann geschehen? Und, vor allem, wer außer ihr wusste sonst noch davon? Lady Anne versprach ihm, es um jeden Preis herausfinden und diese Quelle umgehend zum Schweigen zu bringen.

Wieder schaute der alte Mann zu seiner Enkeltochter hinüber, zu der er nie eine echte Zuneigung gefasst hatte, obwohl sie im Grunde ein liebenswertes Mädchen war. Doch alles an ihr – der Eigensinn, das Aufbegehren, die sonderbaren Einfälle, der Hang zu unweiblichem Zeitvertreib – erinnerte ihn an seine Tochter und deren trauriges Schicksal.

James Fielding war kein Mensch, der viel über Herzensangelegenheiten nachdachte. Er hatte sich in seinem Leben eingerichtet und war damit zufrieden, in den Club zu gehen oder am Kamin zu sitzen und seine Zigarren zu rauchen, doch dieser Brief hatte ihn in seinem wohlgeordneten Alltag gestört. Er glich einem großen Stein, der einen ruhig dahinfließenden Bachlauf hemmt.

Umso wichtiger war es, Georgina gut zu verheiraten, und dabei kam ihm Annes Vorschlag, diesen Arzt St. John Martinaw in die engere Wahl zu ziehen, durchaus entgegen. Gewiss, der Mann war nicht von Stand, doch erzählte man sich, der Ritterschlag sei in nächster Zeit zu erwarten. Das war mehr, als sich ein Mädchen von zweifelhafter Herkunft erhoffen konnte. Ob der Mann Georgina zusagte, war für ihn von untergeordneter Bedeutung, darin dachte er genau wie seine Tochter. Er war kein junger Mann mehr und strebte danach, seine Angelegenheiten zu regeln, bevor seine Zeit gekommen war.

Im Club hatte er sich erst kürzlich mit Colonel Austin unterhalten, der interessante Dinge über Martinaw zu berichten wusste. Dieser hatte einmal König George IV. behandelt, als dieser noch Prinzregent war und die Geschäfte seines geisteskranken Vaters führte. Dies hatte ihm der König nicht vergessen, und man erzählte sich, dass Martinaw erst jüngst an den Hof gerufen worden sei, um eine notwendige Operation des Monarchen zu besprechen. Man munkelte, der Chirurg werde in absehbarer Zeit zum königlichen Leibarzt berufen, was einen gewaltigen Fortschritt für dessen Laufbahn bedeuten würde. James Fielding rieb sich unwillkürlich die Hände, während er sich diesen erfreulichen Gedanken hingab.

Der Mann suchte eindeutig die Nähe der Familie Fielding und schien von Georgina mehr als angetan. Sie würden ihn unbedingt zu einem Essen im kleinen Kreis bitten müssen, um diese vielversprechende Bekanntschaft zu festigen.

Dann kehrte er zum Ausgangspunkt seiner Überlegungen zurück, dem Brief seiner Schwester. Er spielte mit dem Gedanken, Georgina auf das heikle Thema ihrer unehelichen Geburt anzusprechen und sein Handeln zu erklären, fand aber nicht den rechten Mut dazu. Er hoffte, diesen Fragen weiterhin ausweichen und ein derartiges Gespräch ganz vermeiden zu können. Einfach weiter schweigen, sagte er sich, so wie er es die ganzen Jahre getan hatte. Eine willkommene Vorstellung.

Dennoch konnte es nicht schaden, ein wenig guten Willen zu zeigen und seiner Enkelin entgegenzukommen. Daher stand er auf und trat neben sie, wobei er ihr über die Schulter blickte und das Buch betrachtete, das sie auf dem Schoß hielt.

»Was liest du da, mein Kind?«

Georgina schrak zusammen, da sie in ihre Lektüre vertieft gewesen war und ihn nicht kommen gehört hatte. Sie wollte das Buch instinktiv schließen, doch er hob die Hand. »Lass mich doch einmal sehen.« Sie reichte ihm den Band, und er schlug die Titelseite auf: *Die Identifizierung von Erdschichten anhand der in ihnen vorkommenden Fossilien. Mit kolorierten Drucken der charakteristischsten Fundstücke jeder Schicht. Von William Smith, Landvermesser.* Georgina sah das Unverständnis in seiner Miene und verzichtete auf eine nähere Erklärung.

Das Buch enthielt farbige Abbildungen von Muscheln, Schnecken und Ammoniten, doch für James Fielding waren solche Dinge belanglos, wie er unumwunden zugab. Für ihn zählte, wozu es ein Mensch im Leben gebracht hatte, ob er wohlhabend und gesellschaftlich angesehen war. Wissenschaftliche Forschung, sofern sie nicht gewinnbringende Erfindungen wie Dampfmaschinen oder mechanische Webstühle hervorbrachte, war in seinen Augen nichts als Spielerei und Zeitvertreib reicher Leute. An diesem

Tag aber riss er sich zusammen. »Die sehen ja hübsch aus, mein Kind.«

Georgina lächelte und hoffte inständig, er werde sie in Ruhe weiterlesen lassen. Sein plötzliches Interesse war ihr nicht geheuer, und sie befürchtete, dass ihr Großvater sich nur deshalb geduldig und teilnahmsvoll zeigte, weil er Pläne schmiedete, in denen es um ihre Zukunft ging. Sie argwöhnte, dass er sich ihrer Aufmerksamkeit und Sympathie vergewissern wollte, um ihr dann umso unnachgiebiger seinen Willen aufzuzwingen.

Zurück auf ihrem Zimmer fuhr Georgina mit ihrer Katalogisierung der Sammlung von Joshua Hart fort. Säuberlich übertrug sie die Aufstellung seiner Funde, die sie im Haus ihrer Tante erstellt hatte, in ihre Liste. Es war keine besonders aufregende Tätigkeit, da sie hauptsächlich aus Abschreiben bestand, bot aber Zerstreuung und webte ein unsichtbares Band zu Justus von Arnau, der sich, wie sie hoffte, in ebendiesem Augenblick mit den Aufzeichnungen Da Vincis beschäftigte und ihr bald darüber berichten würde.

Aus Langthorne House hatte sie das Werk von William Smith mitgenommen, das ihr Großvater soeben betrachtet hatte. Sie wollte anhand des Buches versuchen, ihre und Joshua Harts Fundstücke einer bestimmten Schicht zuzuordnen, wobei sie sich an Smiths genauer Beschreibung der Böden orientierte. Zum Glück hatte ihr Vater akkurat vermerkt, woher seine Funde stammten, was bei der Bestimmung eine große Hilfe war.

Trotz allem blieb es eine mühsame Tätigkeit, die Georginas Ausdauer bisweilen auf eine harte Probe stellte, doch sie blieb hartnäckig dabei. Ihr war, als dürfte sie nicht in ihrem Bemühen nachlassen, bis sie endlich Post oder gar einen Besuch von Justus von Arnau erhielt.

Sie las den jüngsten Eintrag: *Madrepora* – das war eine versteinerte Koralle, die sehr hübsch aussah. Sie hatte sie selbst in einem Steinbruch gefunden und anhand von Smiths Buch bestimmt. Dann schlug sie nach, in welchem Boden diese Fossilien auftraten: *Korallenkalk und Pisolith oder Erbsenstein*. Ein komischer Name. Noch merkwürdiger war die Erwähnung von Korallen, die sie nur in südlichen Meeren vermutet hatte. Wie gelangten sie nach England, ein von Regen verwöhntes und nicht gerade von tropischer Hitze geplagtes Land?

Sie legte die Feder beiseite und lehnte sich zurück, da ihre Augen im dämmrigen Licht allmählich schmerzten.

Georgina sah auf die Uhr. Gleich würde der Tee serviert, und sie bemühte sich, stets pünktlich zu erscheinen, um nicht den Unmut ihres Großvaters zu erregen. Sie war fest entschlossen, William Bucklands angekündigten Vortrag besuchen, und dafür war sie auf seine Erlaubnis angewiesen. Sie öffnete die Truhe und legte das Buch hinein. Als sie den Deckel schließen wollte – sie hatte es mehrmals getan und nie etwas Ungewöhnliches bemerkt –, streifte ihre Hand ein winziges Eckchen Papier, das unter einem Querholz herausragte. Georgina zog die Truhe hervor ins Licht und holte das Papier vorsichtig heraus. Sie hatte es tatsächlich übersehen, obwohl es die ganze Zeit dort drin gesteckt haben musste.

Sie trat zur Lampe und faltete den Zettel auseinander. Billiges Papier, vergilbt, eingerissen, und in einer Ecke stand gedruckt: *William Jessop, Pfandleiher, Lawrence Street, St. Giles, London.* Darunter von Hand in einer schwer leserlichen, stark nach rechts geneigten Schrift: *Zwei Truhen, zur Aufbewahrung.* Und darunter mit anderer Tinte: *Abgeholt und bezahlt am 4. Oktober 1805.*

Fassungslos betrachtete Georgina den unscheinbaren Zettel in ihrer Hand. Wie hatte ihr dieser Hinweis entgehen können? Was hatte es mit diesem Pfandhaus auf sich, und warum hatte jemand die Truhen dort aufbewahren lassen? War es Joshua Hart – immer noch fiel es ihr schwer, in Gedanken »Vater« zu sagen – selbst gewesen? Anscheinend hatte er die Truhen nicht verpfändet, sondern einfach nur zur Aufbewahrung übergeben.

Sie las noch einmal die Anschrift des Pfandhauses. Warum hatte ihr Vater eine solche Gegend ausgewählt? Sie war natürlich noch nie dort gewesen, erinnerte sich aber, dass dieses Viertel meist im Flüsterton erwähnt wurde. Sie hatte die Dienstboten darüber tuscheln hören, und die Zeitungen berichteten bisweilen von einem besonders üblen Elendsquartier, das »Rookeries« genannt wurde. Daher machten anständige Menschen meist einen großen Bogen um St. Giles und Seven Dials; ein dunkler Vorhang aus Armut und Verbrechen lag über dem ganzen Viertel.

Konnte sie wirklich dorthin fahren und das Pfandhaus aufsuchen? Sie würde nicht nur ihren Ruf, sondern womöglich ihr Leben aufs Spiel setzen. Die Leute dort besaßen gewiss einen sechsten Sinn für Menschen, die finanziell besser gestellt waren als sie und damit lohnende Opfer ihrer kriminellen Umtriebe. Aber sie musste wissen, was es mit dem Zettel auf sich hatte. Sie spürte, dass er ihr Antworten liefern könnte, die sie auf anderem Wege nicht erlangen würde.

Natürlich wusste Georgina nicht, ob es das Leihhaus überhaupt noch gab. William Jessop konnte längst gestorben sein, das Pfandhaus verkauft oder vertrunken haben. Vermutlich würde er sich gar nicht an einen Mann erinnern, der vor sechzehn Jahren zwei Truhen bei ihm abgeholt hatte. Lohnte es sich, die Gefahren, die ein solcher Ausflug barg, auf sich zu nehmen?

Ja, dachte sie mit neuer Kraft, natürlich lohnte es sich. Die Spuren, die ihr Vater hinterlassen hatte, waren so spärlich, dass sie jedem noch so kleinen Hinweis nachgehen musste.

Sie steckte den Zettel ein und schob die Truhe zurück in den Schrank. Dann breitete sie eine Decke darüber, erhob sich und ging auf und ab, weil sie besser nachdenken konnte, wenn sie sich bewegte. Wäre Justus nur hier und nicht im fernen Norfolk, dann könnte er sie begleiten! Für einen Mann wäre es ungleich leichter, sich dorthin zu begeben, er war so viel freier in seinen Bewegungen und musste nicht unablässig auf seinen guten Ruf achten.

Sofort rief sie sich zur Räson, da es ungerecht war, Justus von Arnau herbeizuwünschen, wo er doch in ihrem Auftrag unterwegs war. Sie konnte entweder unbestimmte Zeit abwarten, bis er nach London kam, ganz auf die Nachforschungen verzichten, was natürlich nicht infrage kam, oder aber das Wagnis eingehen und allein dorthin fahren.

Während sie noch überlegte, klopfte es.

Das Hausmädchen Carrie trat ein und knickste. »Der Tee ist angerichtet, Miss.«

»Danke, Carrie.« Georgina entließ sie mit einer Handbewegung. Als sich die Tür geschlossen hatte, trat sie vor den Spiegel und sah hinein. Dann nickte sie sich selbst entschlossen zu.

Beim Tee zeigte Georgina sich besonders aufmerksam ihrem Großvater gegenüber, um einen guten Eindruck zu hinterlassen, äußerte sich sogar zum gesellschaftlichen Klatsch, bei dem sie sich sonst eher zurückhielt, erkundigte sich nach den neuesten Theaterinszenierungen und welche Opern in der Wintersaison aufgeführt würden, so dass Lady Anne sie abwechselnd verwundert und erfreut ansah.

Als sie beiläufig bemerkte, dass sie am kommenden Nachmittag mit einer alten Freundin verabredet sei, die von einem längeren Auslandsaufenthalt zurückgekehrt war, lächelte Georgina in sich hinein. Also morgen.

Endlich hatte sie eine Aufgabe gefunden, die ihr neue Erkenntnisse bescheren konnte. Als das Teegeschirr abgeräumt wurde, zog sie sich unter dem Vorwand, noch einen Brief schreiben zu müssen, in ihr Zimmer zurück.

Dort lief Georgina unruhig auf und ab, erfüllt von einer Mischung aus Euphorie und Angst. Sie konnte es kaum erwarten, am nächsten Abend an Justus von Arnau zu schreiben, und malte sich aus, was sie alles zu berichten hätte. Vielleicht würde sie ihm mit ihren Neuigkeiten sogar zuvorkommen!

KAPITEL XVIII

Und die Sintflut kann sie nicht dorthin getragen haben, denn Dinge, die schwerer sind als Wasser, treiben nicht im Wasser dahin.

LEONARDO DA VINCI

Anthony Shayle arbeitete seit einigen Wochen im London Lock Hospital und hatte sich mit seinen Aufgaben so weit vertraut gemacht, dass er sich zunehmend sicher fühlte. Es tat gut, wieder über ein geregeltes Einkommen zu verfügen, wenngleich die Tätigkeit mühsam war und die Patienten meist aus elenden Verhältnissen stammten. Oft ahnte er schon bei der Entlassung, dass sie sich über kurz oder lang erneut im Krankenhaus einstellen würden, da sie kein Verständnis für die Ursachen ihrer Krankheit aufbrachten und keine Maßnahmen gegen eine erneute Ansteckung treffen würden. Abends kehrte er müde zu Frau und Kind zurück, versuchte aber, mit der Wendung, die sein Leben genommen hatte, zufrieden zu sein. Vielleicht würde er sich einen guten Ruf erwerben und irgendwann eine richtige Praxis eröffnen können oder eine Anstellung in einem anderen Hospital finden.

Emily machte ihm keine Vorwürfe, doch er hätte ihr gern mehr geboten, sie zu etwas anderem gemacht als dem, was sie nun war – die Frau eines armen Arztes, der Menschen mit anrüchigen Krankheiten behandelte. Wie gern hätte er ihr ein gesellschaftliches Leben verschafft, Einladungen zu Kollegen in schöne Hauser, dann und wann ein hübsches Geschenk. Doch daran war nicht zu denken.

Ein weiterer Gedanke ließ ihm keine Ruhe: die Intrige, die man gegen ihn gesponnen hatte, der Versuch, ihn beruflich zu vernichten. Wen konnte Sir Edwin gemeint haben, als er von dem einflussreichen Arzt sprach? St. John Martinaw? Unsinn, er war ihm so freundlich begegnet, hatte sich persönlich für ihn eingesetzt. Wenn seine Frau Jeremy zu Bett brachte, ihm Lieder vorsang und ihn in den Schlaf wiegte, saß Shayle im Wohnzimmer und grübelte. Er hatte begonnen, ehemalige Kollegen anzuschreiben, um zu erfahren, ob seinerzeit weitere Angestellte des Krankenhauses ihre Arbeit verloren hatten. Nicht alle antworteten – er wusste nicht, welchen Grund man ihnen für seine Entlassung genannt hatte; womöglich fürchteten sie auch, er sei in eine finanzielle Notlage geraten und wolle Mitleid heischen oder um pekuniäre Hilfe ersuchen. Doch diejenigen, die zurückschrieben, bestätigten seine Vermutung, dass nur er damals seine Stellung verloren hatte.

Er saß versunken da, den Blick auf die flackernde Kerze gerichtet, die zuckende Schatten auf den Wandschirm warf, als führte sie ein Theaterstück auf. Lass das Grübeln sein, sagte er sich, genieße lieber, was du hast. Eine neue Arbeit, eine Familie, ein Zuhause. Aber dass jemand eine Intrige gegen ihn persönlich gesponnen hatte, einem von Natur aus gutmütigen Menschen, war ihm unbegreiflich. Shayle stützte den Kopf in die Hand und sah auf die Uhr. Gleich würde Emily kommen und ihn schelten, weil er im Dämmerlicht saß und vor sich hin starrte. Also zündete er die Öllampe an und griff zur Zeitung, um sich von seinen unerfreulichen Gedanken abzulenken. Er wollte schon weiterblättern, als sein Blick auf eine Überschrift fiel, neben der sich die Zeichnung eines ihm wohlbekannten Mannes befand.

NEUER LEIBARZT DES KÖNIGS

Wie am heutigen Tage vom Hof bekannt gegeben wurde, wird der angesehene Chirurg St. John Martinaw zum neuen königlichen Leibarzt bestellt. Er wird diese ehrenvolle Aufgabe mit einigen Kollegen anderer Fachgebiete gemeinsam wahrnehmen und sich um jene Erkrankungen innerhalb der königlichen Familie kümmern, die einen chirurgischen Eingriff erfordern. Der Hof äußerte sich zuversichtlich, dass Mr. Martinaw die verantwortungsvolle Aufgabe mit der ihm eigenen Umsicht, Sorgfalt und Diskretion erfüllen wird.

Mr. Martinaw ist als Direktor der chirurgischen Abteilung am St. Thomas' Hospital tätig und gilt als Kapazität seines Faches wie auch als versierter und erfahrener Naturforscher.

Weiterhin wurde verkündet, dass Mr. Martinaw bei der nächsten Investitur zum Ritter geschlagen wird, was angesichts seiner Stellung als neuer königlicher Leibarzt wie auch seiner medizinischen Verdienste als angemessen und wohlverdient betrachtet werden darf.

Die Zeichnung stellte St. John Martinaw dar, umringt von einigen Gentlemen in eleganter Kleidung, die ihm zu seiner Ernennung gratulierten. Er hatte sich nicht verändert, seit sie im St. Thomas' zusammengearbeitet hatten, wirkte noch immer sehr würdevoll und ernst.

Shayle sprang auf, legte die Zeitung beiseite und begann, auf und ab zu gehen, den Zeigefinger an den Lippen, während er sich das Gespräch nach seiner Entlassung ins Gedächtnis rief.

Martinaw war der Einzige gewesen, der je seine »französischen Neigungen« erwähnt hatte. Es klang wie eine jener Krankheiten, die zu behandeln ihm neuerdings oblag. Wie genau sich der Chirurg mit Shayles wissenschaftlichen Forschungen ausgekannt hatte, wie explizit er Lamarcks Thesen aufgezählt und als unchristlich gezeichnet hatte. In seinem Entlassungsschreiben hatte hingegen nur gestanden, man bedürfe seiner nicht mehr.

Angenommen, Martinaw hatte von sich selbst gesprochen, seine eigenen Vorbehalte geäußert und in eine unpersönliche Form gekleidet, um Shayle zu täuschen? Angenommen, Martinaw selbst fühlte sich in seinem religiösen Empfinden verletzt? Dann hätte er Shayles Forschungen vermutlich als persönliche Kränkung empfunden und ihn aus dem Hospital entfernen wollen.

Seine Gefühle gerieten derart in Aufruhr, dass er sich kaum zügeln konnte. Am liebsten hätte er sofort nach Emily gerufen, um ihr seinen Verdacht mitzuteilen, beherrschte sich aber, denn noch war alles reine Spekulation, die einer echten Grundlage entbehrte. Wenn er nun einen unbescholtenen Mann solch schändlichen Verhaltens bezichtigte? Nein, seine Frau sollte ihn nicht als überempfindlichen, Gespenster sehenden Sonderling abtun. Er würde ihr erst davon erzählen, wenn er unanfechtbare Beweise in Händen hielt.

Wo aber sollte er diese Beweise finden? Martinaw selbst darauf anzusprechen, war natürlich ausgeschlossen. Ihm waren so viele Ehrungen zuteilgeworden, seine gesellschaftliche Position war derart gefestigt, wie ihm der Zeitungsartikel gezeigt hatte, dass eine unmittelbare Konfrontation nicht ratsam schien. Besser, er hörte sich diskret bei ehemaligen Kollegen um, ob diese ihm etwas über Martinaws Vergangenheit verraten konnten.

Ihm fiel ein älterer Herr ein, Audley war sein Name gewesen, der in der Verwaltung des St. Thomas' Hospitals gearbeitet und immer ein freundliches Wort für ihn gehabt hatte. Er hatte ihn auch getröstet, als er seine Stelle verloren hatte. Vielleicht arbeitete er noch dort und würde ihm Auskunft geben. Shayle nahm sich vor, in den nächsten Tagen nach der Arbeit dort vorzusprechen, und zwar unter dem Vorwand, seiner ehemaligen Wirkungsstätte einen Besuch abzustatten.

Mit dem Schwung, den ihm der soeben gefasste Plan verlieh, öffnete Shayle die Wohnzimmertür und rief seine Frau zu sich, da er nach einem langen Tag im Krankenhaus große Sehnsucht nach ihrer Nähe verspürte.

Beim Frühstück schob Lady Anne ihrer Nichte einen Teil der Zeitung vom Vortag hin und deutete auf eine Zeichnung. »Hast du das schon gelesen? Eine überaus erfreuliche Neuigkeit, wie ich meinen möchte.«

Georgina wollte einen flüchtigen Blick auf das Blatt werfen, hielt aber inne, als sie die Zeichnung erkannte, und las den ganzen Artikel. Sie biss sich auf die Lippen und überlegte rasch, wie sie darauf reagieren sollte. Was ihre Tante von ihr erwartete, war offensichtlich: Freude, wenn nicht gar Begeisterung, die sie natürlich nicht empfand. Doch war es klüger, ihre Gefühle zu verbergen und eine höfliche Erwiderung zu formulieren.

»Gewiss, Tante Anne, das ist ein wunderbarer Erfolg für Mr. Martinaw. Er hat gelegentlich erwähnt, dass die Arbeit der Chirurgen nicht genügend anerkannt werde, aber das dürfte sich nun ändern. Ich werde ihm gratulieren, sobald ich Gelegenheit dazu finde.« Ob diese Antwort ausreichend war? Zu viel Euphorie wäre auch nicht angebracht, wenn sie keinen Argwohn erregen wollte. Also sah sie ihre Tante an und wartete auf deren Reaktion.

»Sir St. John Martinaw.« Lady Anne ließ sich den Namen mitsamt dem Titel auf der Zunge zergehen. »Das wird seine gesellschaftliche Stellung ungemein heben«, bemerkte sie, womit sie natürlich andeuten wollte, dass er nunmehr eine noch bessere Partie darstellte als zuvor. »Wie gefällt dir ›Lady Martinaw‹? Ich finde, es klingt ungemein elegant.«

Georgina biss sich wieder auf die Lippen. Allmählich wurde die Zeit knapp. Sie musste ihre Nachforschungen weiterführen. Und wann endlich konnte sie mit Justus von Arnaus Ankunft in London rechnen? Sie musste Fassung bewahren, um jeden Preis. Nichts durfte ihren Plan durchkreuzen. »Fielding ist ebenfalls ein schöner Name, wenn auch ohne einen Titel.«

Ihre Tante sah sie aufrichtig enttäuscht an. »Ich kann dich einfach nicht verstehen, Georgina. Wie kannst du …?«

Zum Glück trat in diesem Augenblick Betsy mit der Post ein. Lady Anne nahm die Briefe entgegen. An einer Sendung blieb ihr Blick hängen, und Georgina bemerkte, wie ihre Tante prüfend zu ihr herübersah. Ihr Herz schlug schneller. Sie ahnte sofort, wer ihr geschrieben hatte, doch Lady Anne schien fest entschlossen, sie zappeln zu lassen. Sie sah den Stapel Briefe weiter durch und rief dann erfreut aus:

»Sieh nur, ein Brief von Mr. Martinaw. Aber er ist an mich gerichtet.« Sie öffnete ihn und las, wobei in ihrem Gesicht förmlich die Sonne aufging. Dann blickte sie mit geröteten Wangen auf.

»Georgina, stell dir vor, Mr. Martinaw bittet um unsere Erlaubnis, dich zu seiner Investitur und einem anschließenden Empfang in sein Haus einladen zu dürfen.«

»Investitur?« Georgina konnte nur an den Brief denken, den ihre Tante so auffällig beiseitegelegt hatte, und zuckte zusammen, als Lady Anne mit ihrer zarten Hand auf den Tisch schlug.

»Genug jetzt, ich verlange, dass du mir zuhörst, Georgina. Mr. Martinaw wird zum Ritter geschlagen und bittet dich, dabei anwesend zu sein! Wenn du dort mit ihm erscheinst, kommt es einem Antrag gleich. Eine Gelegenheit, die du dir auf keinen Fall entgehen lassen solltest!«

Georgina bemühte sich, ihre wachsende Verzweiflung zu verbergen, und lächelte gezwungen. »Es ist wirklich eine große Ehre, Tante Anne.«

»Mehr als das, mein Kind, mehr als das. Sir Richard und dein Großvater werden vor Freude außer sich sein.« Sie überlegte kurz. »Es ist natürlich bedauerlich, dass es noch immer diesen Standesdünkel der Ärzte gegenüber den Chirurgen gibt, aber wenn man so geehrt wird wie Mr. Martinaw und sogar in den Adelsstand erhoben …«

»Ist auch ein Brief für mich dabei?«, fragte Georgina, die nicht länger an sich halten konnte, während ihre Tante laut überlegte.

Lady Anne griff zu dem ersten Brief und drehte ihn in Händen, als überlegte sie, ob sie ihn wirklich aushändigen solle. Dann, ganz langsam, schob sie ihn über den Tisch, ohne Georgina dabei aus den Augen zu lassen.

»Kennen wir den Herrn?«, fragte sie mit einer Stimme, die keine Ausflüchte zuließ.

Georgina schluckte. Nein, sie würde sich nicht einschüchtern lassen, das war vorbei. Während des Sommers hatte sie einen Teil ihres Selbst, den scheuen, klein beigebenden Teil, abgestreift. Sie war nicht mehr die alte Georgina, auch wenn man es ihr nicht ansehen mochte. In den letzten Wochen hatte sie sich gefügig gezeigt, um Auseinandersetzungen zu vermeiden, doch sie begriff, dass sie sich nicht länger verstellen konnte. Das wäre, als würde sie Justus von Arnau und die schönen Erinnerungen an den Sommer in Oxfordshire verraten.

»Nein.«

»Und?« So schnell gab sich Lady Anne nicht geschlagen. Eine Männerbekanntschaft ihrer Nichte durfte keineswegs ungeprüft hingenommen werden, vor allem nicht nach dieser überwältigenden Einladung.

»Ich habe ihn kennengelernt, als ich bei Tante Aga war.«

»Ihr seid euch in ihrem Haus begegnet?« Die Frage war eher eine Feststellung, als zöge Lady Anne eine andere Möglichkeit gar nicht erst in Erwägung. Sie würde sie in diesem Glauben belassen, beschloss Georgina, und nickte.

»Ja.«

»Mein liebes Kind, ich habe nicht vor, jedes Wort mühsam aus dir herauszuholen«, warnte Lady Anne ihre Nichte. »Du bist eine junge Frau im heiratsfähigen Alter, die einen zuvorkommenden und konvenablen Bewerber mit allerbesten Zukunftsaussichten hat.« Ihre Augen wanderten zur Zeitung mit dem Artikel über Mr. Martinaw. »Falls du Bekanntschaften mit Gentlemen pflegst, möchten dein Großvater und ich zumindest davon Kenntnis haben. Freilich hast du diesen …«, sie las den Namen des Absenders, »Mr. von Arnau bisher mit keinem Wort erwähnt. Gewiss ein bloßes Versehen, nicht wahr?« Ihre Stimme klang wie Stahl, der nur unzureichend mit einem weichen Tuch verhüllt war.

»Ich habe nicht von ihm gesprochen, weil es nichts zu erzählen gibt«, erwiderte Georgina. »Wir haben uns unterhalten, und nun hat er mir einen Brief geschrieben.«

Rote Flecken wanderten an Lady Annes Hals empor, ein untrügliches Zeichen dafür, dass sie kurz davor stand, die Fassung zu verlieren. Sie schob Tasse und Teller beiseite und fixierte ihre Nichte.

»Du machst es dir sehr einfach.«

»Und du mischst dich in Angelegenheiten, die dich nichts angehen, Tante Anne. Meine Post, beispielsweise.

Nur weil ich im heiratsfähigen Alter bin, musst du mich nicht fortwährend überwachen und anbieten wie … wie ein Stück Vieh auf dem Markt. Und jetzt entschuldige mich.«

Georgina stand auf, griff nach dem Brief und verließ ohne ein weiteres Wort das Zimmer. Draußen lehnte sie sich schwer atmend gegen die Tür. Gewiss, es war unklug gewesen, derart die Beherrschung zu verlieren und solch schroffe, unziemliche Worte zu gebrauchen, zumal sie beabsichtigte, just an diesem Tag nach St. Giles zu fahren, doch das Gefühl, ständig ausgespäht und einer kritischen Prüfung unterzogen zu werden, war unerträglich geworden. Wie sollte sie je aus diesem Haus entkommen, wenn nicht durch Heirat? Doch eine Ehe mit St. John Martinaw erschien ihr mittlerweile undenkbar. Zu viel war geschehen seit jener ersten angenehmen Unterhaltung – die auch nicht mehr gewesen war als eben dies: eine angenehme Unterhaltung. Doch wenn sie sich mit ihm bei Hofe zeigte, gäbe es kein Zurück.

Dann erst wurde sie sich wieder des Briefes bewusst, den sie noch immer an die Brust gedrückt hielt. Rasch eilte sie in ihr Zimmer, um ihn ungestört zu lesen.

Norfolk, den 24. November 1821

Meine sehr verehrte Miss Fielding,

zunächst einmal bitte ich tausendmal um Entschuldigung, dass ich erst jetzt von mir hören lasse. Diese Unhöflichkeit wiegt sicher umso schwerer, als Sie dringend auf Nachricht von mir warten. Bitte geben Sie mir Gelegenheit, mich zu rechtfertigen, indem Sie meine Zeilen aufmerksam lesen, denn ich habe wahrhaft lohnende Neuigkeiten zu vermelden.

Stellen Sie sich vor, ich habe das Manuskript in Händen gehalten! Mehr noch, ich habe mich tagelang mit nichts anderem als dem Studium dieser Schrift befasst, die ebenso erstaunlich wie faszinierend, geradezu herzergreifend ist. Warum, werden Sie fragen, wo ich doch kein Naturphilosoph bin, kein Wissenschaftler, der gern in finsteren Studierstuben sitzt und brüchige Pergamente entziffert. Dies trifft sicherlich zu, doch ist dieses Manuskript nicht irgendeine Handschrift, die vor langer Zeit von einem Menschen verfasst wurde, der keinen Bezug mehr zur Gegenwart besitzt, in der wir leben.

Nein, dies ist mehr, viel mehr. Das Manuskript behandelt die unterschiedlichsten Dinge: Mond, Erde, den Fluss des Wassers und enthält viele Zeichnungen von der Hand des Meisters. Natürlich konnte ich nur einzelne Wörter, wenn überhaupt, entziffern, da seine Handschrift selbst mithilfe eines Spiegels schwer zu lesen ist. Zudem hat sich die italienische Sprache im Laufe der Jahrhunderte natürlich gewandelt, wie dies auch beim Deutschen und Englischen der Fall ist, hat neue Wörter und Wendungen hinzugewonnen und alte aufgegeben. Doch trotz all dieser Hindernisse, die sich einer vollständigen Deutung in den Weg stellen, habe ich mir ein Bild vom ungefähren Inhalt der Handschrift machen können.

Da die Seiten durchnummeriert sind, nicht von Da Vinci selbst, wie es scheint, sondern von späterer Hand hinzugefügt, konnte ich genau erkennen, an welcher Stelle das Blatt von Joshua Hart sich einst befunden hat. Und ich musste feststellen, dass sich in unmittelbarer Nähe Ausführungen über Sintflut und Meeresmuscheln befinden, die durchaus eine Verbindung zur Geologie haben könnten.

Ich werde mich in den nächsten Tagen unserem Papier widmen und es anhand der Kenntnisse, die ich in Holkham Hall erlangt habe, besser zu entziffern suchen. Der Bibliothekar dort hat sich als sehr hilfsbereit erwiesen, und ich empfand beinahe etwas wie ein schlechtes Gewissen, als ich mich seiner bediente, um mehr über das Manuskript zu erfahren, ihm aber verschwieg, dass sich die fehlende Seite in meinem beziehungsweise Ihrem Besitz befindet.

Nichts geschieht ohne Ihr Wissen und Ihre Zustimmung, das versichere ich Ihnen, verehrte Miss Fielding. Sobald ich das vorläufige Studium der Handschrift beendet habe, werde ich mich nach London begeben und Ihnen meine Aufwartung machen. Ich kann es gar nicht erwarten, Ihnen persönlich von der faszinierenden Begegnung mit diesem Zeugnis einer längst vergangenen Epoche zu berichten. Ich hoffe, dass sich die ganze Angelegenheit zu Ihrer Zufriedenheit lösen wird, da ich dann die Möglichkeit erhielte, meinen Lesern eine ebenso ergreifende wie lehrreiche Geschichte zu erzählen.

Ich hoffe, Sie befinden sich wohl und genießen die Freuden und Aufregungen der Metropole. Dennoch erinnere ich mich gern an die Freuden und Aufregungen jener kleinen Universitätsstadt, die wir gemeinsam durchstreifen durften.

Ich sende Ihnen meine allerbesten Grüßen und verbleibe

Ihr
Justus von Arnau

Er hatte »Ihr« Justus von Arnau geschrieben. Versonnen schaute sie auf die letzten Zeilen, als hätte der übrige Brief überhaupt keine Bedeutung. Das stimmte natürlich nicht, und nachdem Georgina sich wieder gefasst hatte, las sie das ganze Schreiben noch einmal gründlich durch. Obwohl er noch keine greifbaren Entdeckungen gemacht hatte, schien Justus durchaus zuversichtlich, dass dies nur eine Frage der Zeit sei. Die Aufgabe war alles andere als einfach.

Wichtiger aber, und dies vor allem nach dem aufwühlenden Gespräch mit ihrer Tante, war seine Versicherung, er werde sie in London aufsuchen. Nach dieser Gewissheit hatte sie sich gesehnt, und sie verlieh ihr neuen Elan, der auch ihre eigenen Nachforschungen erleichtern würde.

Es war ein unwirtlicher Novembernachmittag, düster und nass, und das trübe Licht der wenigen Gaslaternen, die die breiteren Straßen säumten, drang nicht bis in die Gassen und Durchgänge, die Hinterhöfe und Winkel, die London bei Dunkelheit so gefährlich machten.

Georgina hatte beim Mittagessen Kopfschmerzen vorgeschützt und sich auf ihr Zimmer zurückgezogen, wobei sie angebotene Pulver und Tränke ablehnte und nachdrücklich erklärte, Ruhe sei in diesem Fall die beste Medizin. Dann horchte sie aufmerksam an der Tür, bis Lady Anne das Haus verlassen hatte. Ihr Großvater verbrachte den Nachmittag in der Bibliothek, so dass der Weg frei war.

Sie zog sich um, suchte das schlichteste Kleid heraus, das sie besaß, und zog eine alte Pelisse darüber, die an den Ärmeln etwas knapp saß und von der Mode einer vergangenen Saison zeugte. Dazu noch eine unauffällige, schmucklose Haube, fertig war die Tarnung. Dann schlich sie über die Hintertreppe, sorgsam darauf bedacht, niemandem zu begegnen, und glitt einmal in einen Türrahmen, um nicht von Carrie gesehen zu werden. Als sich die Haustür hinter ihr schloss, atmete sie tief durch.

Dank des Wetters waren nur wenige Passanten unterwegs. Georgina schaute sich suchend um. Eine Kutsche näherte sich, und sie hob die Hand, um sie heranzuwinken. Das Regenwasser spritzte hoch und benetzte ihre Pelisse. Der Kutscher sprang vom Bock, öffnete den Schlag und ließ sie einsteigen. Als Georgina dem Mann das Ziel nannte, sah er sie überrascht an, sagte aber nichts.

Georgina lehnte sich zurück, als die Kutsche mit einem Ruck anfuhr, und dachte an die andere heimliche Fahrt durch London, mit der das ganze Abenteuer begonnen hatte. Damals in Bethnal Green hatte sie nicht ahnen können, was der Brief heraufbeschwören würde: die Entdeckung von Joshua Harts Sammlung, die Begegnung mit Justus von Arnau und nicht zuletzt die Erkenntnis, wer ihr Vater gewesen war. Diesen Gedanken schob sie immer noch weg, sie wollte erst das Geheimnis des Notizbuchs entschlüsseln. *Ihre Herkunft ist mir völlig egal, Miss Fielding. Ich urteile nicht nach Stammbäumen, sondern nach dem Wesen eines Menschen.* Einen Augenblick lang meinte sie die Stimme tatsächlich zu hören und fragte sich, ob auch St. John Martinaw so denken würde. Sie schüttelte leicht den Kopf, als wollte sie die Grübeleien vertreiben, die ihr den Blick auf die kommende Aufgabe verstellten.

Sie schaute hinaus. Der Wagen rollte am Markt von Covent Garden vorbei, und sie betrachtete fasziniert das Durcheinander, das dort trotz des trüben Wetters herrschte. Auf Tischen und in Körben türmten sich Kohlköpfe, Würste und Strümpfe, Wolle und Kerzen, Haushaltswaren und billiger Tand. Die Marktschreier übertonten einander mit ihren Angeboten und schufen eine ohrenbetäubende Kulisse, deren Laute sich mit dem Rollen der Räder auf dem Pflaster und dem Klappern der Pferdehufe zu einer bizarren Symphonie vermischten. Auch dies war eine Gegend, die Georgina gewöhnlich verschlossen blieb, da die Dienstboten zum Einkaufen hergeschickt wurden.

Damen der Gesellschaft erledigten ihre Besorgungen in Vierteln, die so weit entfernt schienen wie der Mond, in holzgetäfelten Läden mit kostbaren Teppichen und wohlklingenden Türglocken. Auch wenn sie, wie es üblich war, den Haushalt führten und die Geldangelegenheiten verwalteten, wurden Lebensmittel meist ins Haus geliefert oder von Dienstboten besorgt, während sich die Dame des Hauses lediglich um den Kauf von Kleidung und Dekorationsgegenständen kümmerte.

Diese Überlegungen lenkten sie ein wenig von ihrer Aufregung ab, doch als sich die Kutsche vom bunten Treiben des Marktes entfernte und durch zunehmend düstere Straßen rollte, wurde sie sich wieder ihres gewagten Unternehmens bewusst. Hätte Justus von Arnau sie begleitet, hätte sie sich wesentlich sicherer gefühlt. Doch nun gab es kein Zurück mehr, das verbot ihr der Stolz.

Sie bogen in die Bow Street ein und kamen am Gerichtsgebäude vorbei, von dem aus die berühmten, vom Schriftsteller Henry Fielding gegründeten Bow Street Runners ausschwärmten, um Jagd auf den Abschaum der Metropole zu machen. Der Bruder des Dichters, Sir John Fielding, war ihr blinder Meister gewesen. Man erzählte sich, er habe dreitausend Verbrecher nur an ihren Stimmen erkennen können.

Die Kutsche näherte sich ihrem Ziel. Die Straßen wurden enger und waren so verschlammt, dass die Räder stecken zu bleiben drohten. Sie passierten einen kleinen Platz, an dem sieben Straßen sternförmig aufeinandertrafen. An jeder Ecke befand sich ein Wirtshaus, was es den notorischen Trinkern, an denen hier wahrlich kein Mangel herrschte, sehr einfach machte, eine neue Schnapsquelle zu erreichen, sowie man sie aus der einen hinausbeförderte. Überall liefen zerlumpte Kinder herum, barfüßig, mager, mit wild blickenden Augen, die eher an Katzen oder Füchse als an menschliche Wesen erinnerten.

Georgina musste schlucken. Was hatte ihr Vater in dieser Gegend gesucht? Diese Frage drängte sich unerbittlich auf. Wie hatte der Mann, den ihre Mutter geliebt hatte, in solchem Schmutz und Elend verkehren können? Weshalb hatte er seine kostbare Sammlung ausgerechnet hier deponiert? Dann kam ihr ein tröstlicher Gedanke. Hatte er womöglich in diesem Viertel als Armenarzt gearbeitet, war er ein selbstloser Menschenfreund gewesen? Das wäre eine Erklärung, doch ein inneres Gefühl sagte ihr, dass es nicht die ganze Wahrheit sein konnte.

Endlich hielt die Kutsche in einer Straße, die sich in nichts von den anderen unterschied. Verkommene Häuser mit eingesunkenen Dächern, Rinnsteine voller Unrat, Gräben mit schmutzigen Abwässern, durch die Ratten huschten und in denen Kinder mit nackten Füßen standen. Von Leinen, die zwischen den Fenstern gespannt waren, flatterten zerlumpte Stofffetzen, die kaum als Kleidungsstücke erkennbar waren, und die Fenster waren mit Lumpen oder Brettern gegen die Witterung verbarrikadiert, wobei selbst durch die verbliebenen Lücken kein Licht ins Innere drang, weil die Scheiben so rußverschmiert waren. An den Hausmauern lehnten junge Mädchen, die völlig unzureichend bekleidet waren und ihren Körper für eine warme Mahlzeit oder eine Flasche Gin verkauften.

»Wir sind da, Miss.«

Auf einmal widerstrebte es Georgina, auszusteigen. Wie gelähmt saß sie auf ihrem Platz. Sie schluckte. Nun, da sie so weit gekommen war und das Wagnis auf sich genommen hatte, musste sie ihre Angst überwinden. Denk an den Brief, den du Justus schreiben wirst, beschwor sie sich und stieg aus. »Warten Sie, bitte«, wies sie den Kutscher an. »Ich bin gleich zurück.«

Er wollte etwas entgegnen, doch die Münze, die sie ihm in die Hand drückte, ließ ihn verstummen. »Wenn Sie warten und mich wohlbehalten nach Hause bringen, gibt es noch einmal das Gleiche.«

Er tippte sich an den Hut und stieg mit einer angedeuteten Verbeugung wieder auf den Bock.

Georgina schaute sich um und entdeckte die drei goldenen Kugeln über der Ladentür. Die Augen auf den Boden geheftet, um die widerlichsten Pfützen zu umgehen, schritt sie auf das Gebäude zu, blieb dann aber abrupt stehen und legte unwillkürlich die Hand an die Kehle, wobei sie ihren heftig pochenden Puls spürte. An ebendieser Stelle musste ihr Vater einst gestanden haben, getrieben von dem Impuls, das, was ihm kostbar war, in diesem düsteren Elendsloch zu verstecken. Vier Jahre später war er zurückgekehrt, um seine Besitztümer abzuholen.

Sie schloss einen Moment die Augen und versuchte,

Joshua Hart heraufzubeschwören. Plötzlich wurde ihr bewusst, dass sie vermutlich nie erfahren würde, wie er ausgesehen hatte. Sie konnte nur in den Spiegel schauen und sich fragen, welche ihrer Züge von ihm stammen mochten – der Schwung der Augenbrauen, die gerade Nase, deren Spitze ein wenig nach oben strebte, die grünen Augen, das energische Kinn?

Dann rief sie sich zur Ordnung. Sie durfte ihr Glück nicht überstrapazieren und musste so schnell wie möglich diese gefährliche Gegend verlassen, zurückkehren in die hell beleuchteten Straßen mit ihren wohlgenährten Menschen und sauberen Gehwegen, wo niemand nach ihrem Rock greifen oder eine verkrüppelte Hand durchs Kutschenfenster strecken würde.

Jetzt stand sie vor der Ladentür. Die Klingel klang wie ein heiserer Schrei, und Georgina zuckte zusammen, als sie sich in dem dämmrigen Laden umschaute. Eine Landschaft aus Waren, die sich schemenhaft abzeichneten und in der Düsternis seltsam fremdartig wirkten, obwohl es sich meist um Alltagsgegenstände handelte, viele davon schadhaft und abgenutzt.

Sie wollte schon rufen, bemerkte dann aber eine Bewegung in einer Ecke des Ladens. Vorsichtig trat Georgina näher.

»Ist da jemand?«

»Kommen Sie.« Die Stimme klang alt und irgendwie ölig. Eine Lampe wurde angezündet und warf einen Teich aus Licht auf die unmittelbare Umgebung. Ein Mann – uralt musste er sein – saß hinter einer Verkaufstheke. Er war in eine Art Schlafrock gehüllt und hatte weißes, flaumiges

Haar und einen Backenbart, der seine dicken Wangen mit dem Netz aus geplatzten Äderchen umrahmte.

Georgina trat vor die Theke und sah ihn, wie sie hoffte, furchtlos an. »Sind Sie Mr. Jessop?«

Der Alte nickte. »Und mit wem habe ich das Vergnügen, junge Miss?« Sein schwerfälliger Körper strafte das lüsterne Funkeln seiner Augen Lügen. »Leider verirren sich selten Damen wie Sie in mein Refugium. Das hier ist wertloser Tand.« Er deutete mit einer dicken Hand in die Runde. »Im Hinterzimmer bewahre ich die wirklich guten Sachen auf.«

Vermutlich Hehlerware, dachte Georgina erschaudernd.

»Ich möchte nichts kaufen.«

»Ah.« Ein gieriges Leuchten huschte über seine Züge. »Sie brauchen Geld.«

»Auch das nicht.« Als ob sie hier etwas verpfänden würde, und wenn sie das Geld noch so nötig hätte! »Ich möchte nur eine Auskunft.«

»Dafür kann ich mir nichts kaufen.«

Sie biss sich auf die Lippen. »Aber Sie könnten mir damit einen Gefallen tun. Ist das nichts?«

Er ließ sich Zeit mit der Antwort. »Das sage ich Ihnen, wenn ich weiß, welcher Art diese Auskunft ist.«

Georgina holte den Zettel von Joshua Hart aus der Manteltasche und reichte ihn dem Alten. »Können Sie sich daran erinnern, Mr. Jessop?«

Ein Hustenanfall schüttelte seinen Körper, und er drückte sich ein großes, nicht allzu sauberes Taschentuch vor den Mund. »Das Alter«, keuchte er, »ich bin fast achtzig. Hab schon viel zu lange gelebt.« Er bedachte sie mit einem schlauen Blick und verkündete, als hätte er soeben eine großartige Entdeckung gemacht: »Das Altwerden ist eine Schinderei, das können Sie mir glauben, Miss. Manchmal wünsche ich mir, ich wäre mit sechzig gestorben, nach einer guten Mahlzeit, zwei Flaschen Wein, im Bett mit einer hübschen Frau.«

Als er Georginas verlegenen Blick sah, grinste er hämisch. »Sie müssen meine mangelnden Manieren verzeihen, aber hierher verirren sich, wie ich schon sagte, nur selten Damen wie Sie. Nun, dann will ich mir Ihren Zettel mal anschauen.« Er setzte einen schmierigen Kneifer auf, den er an einer Kordel um den Hals trug, und spähte auf die Quittung.

»Ja, die stammt von mir. Verdammt lange her. Was wollen Sie darüber wissen?«

Georgina nahm allen Mut zusammen. »Ich wüsste gern, wer dieser Joshua Hart war, der die Truhen bei Ihnen untergestellt hat. War er nur irgendein Kunde, oder kannten Sie ihn näher?« Sie besann sich. »Falls Sie sich überhaupt an ihn erinnern können.«

»Weshalb interessiert sich eine junge Dame für eine so überholte Geschichte?«, wollte Jessop wissen und bedachte sie mit einem neugierigen Blick aus seinen dunklen Augen, die beinahe hinter den dicken Tränensäcken verschwanden. »Sie können damals gerade mal ein Säugling gewesen sein.«

»Eben darum. Ich habe den Herrn nie persönlich kennengelernt. Ich weiß nur, dass er Arzt von Beruf war und zwei Truhen für einige Zeit bei Ihnen deponiert hat, ohne sie jedoch zu verpfänden.«

Der Alte kratzte sich am Kopf. »Mhm, warten Sie, zwei Truhen … ja, ich erinnere mich. Ungewöhnlich, dass sich ein Herr wie er in diese Gegend verirrte, denn er war ein Herr, auf mein Wort. Er hat dafür bezahlt, dass ich diese Truhen, die übrigens verflucht schwer waren, wenn Sie diesen Ausdruck verzeihen, vorübergehend bei mir lagere. Eins war allerdings wirklich seltsam.«

Georgina sah ihn auffordernd an. Der alte Mann ließ sich Zeit, doch sie wollte ihn nicht drängen. »Was denn, Mr. Jessop?«

»Na ja, dass es so lange gedauert hat, bis er wiederkam. Ich wollte die Dinger schon aufmachen und sehen, ob ich den Inhalt losschlagen kann. Sie verstehen, er hatte zwar bezahlt, aber vier Jahre sind im Pfandhaus eine halbe Ewigkeit.« Jessop rieb sich das Kinn. »Jetzt fällt mir sogar wieder ein, wie er dafür bezahlt hat. Er gab mir eine wertvolle Uhr, da er kein Bargeld besaß. Ich habe natürlich nicht gefragt, woher er die Uhr hatte. In solchen Dingen stelle ich keine Fragen, das ist für alle Beteiligten besser. Ich bin sie für gutes Geld losgeworden.«

»Und deshalb erinnern Sie sich so genau an ihn, Mr. Jessop? Weil er seinen Besitz nicht verpfändet hat und erst vier Jahre später wieder hier erschienen ist? Seitdem sind immerhin sechzehn Jahre vergangen.«

»Ja, das merke ich jeden Tag, wenn ich aus dem Bett aufstehe.«

»Haben Sie eine Ahnung, was aus ihm geworden ist?« In ihrer Stimme schwang wohl eine gewisse Verzweiflung mit, denn der Pfandleiher sagte in sanfterem Ton: »Hören Sie, junge Dame, Sie müssen mir schon ein bisschen mehr erzählen. Sie kommen doch nicht zum Vergnügen in diese Gegend.« Anzüglich musterte er sie von Kopf bis Fuß. »Ich höre sofort, wer von hier ist und wer nicht. Und Sie sind nie und nimmer ein Mädchen aus St. Giles, auch wenn Sie sich passend ausstaffiert haben.«

Georgina überlegte rasch, wie viel sie preisgeben sollte, und beschloss spontan, ihm die Wahrheit zu sagen. Sie hatte nichts zu verlieren. Vermutlich würde sie den Mann nie wieder sehen, also konnte sie ebenso gut mit offenen Karten spielen.

»Joshua Hart war mein Vater. Ich habe erst von ihm erfahren, als man mir seine Truhen übergab. In einer davon stieß ich auf diesen Zettel.« Sie holte tief Luft. Ihr Herz schlug so heftig, dass sie meinte, der alte Mann müsse es durch ihre Pelisse hindurch erkennen. »Bitte, Mr. Jessop«, sagte sie eindringlich, »ich kann nicht lange bleiben. Sagen Sie mir, ob Sie etwas über Joshua Hart wissen.«

William Jessop war gewiss ein harter und unerbittlicher Mann, dachte Georgina. Anders hätte er mit dem Gesindel in dieser Gegend keine Geschäfte machen und dabei noch einen Gewinn einstreichen können; er war ein alter Fuchs, der sich keine Sentimentalitäten leistete. Doch dann entdeckte sie einen Anflug von Mitleid in seinen Augen.

»Meine junge Dame, Sie müssen nachsichtig mit mir sein, denn mein Gedächtnis ist nicht mehr das Beste. Es sind alte Geschichten, nach denen kein Hahn mehr kräht. Auch sollte sich eine hübsche junge Dame wie Sie nicht in St. Giles herumtreiben. Aber eins kann ich Ihnen sagen, auch wenn es nicht viel ist: Ich habe diesen Namen irgendwann in der Zeitung gelesen. Wann genau das gewesen ist, kann ich Ihnen nicht sagen.«

Er schloss die Augen, als versuchte er, die Zeitung aus der Erinnerung heraufzubeschwören, und beugte sich dann abrupt vor. Georgina versuchte, die Luft anzuhalten, um seinem übel riechenden Atem auszuweichen.

Dann öffnete der Pfandleiher die Augen wieder und sah sie durchdringend an: »Ich weiß nur eins: Es ging um einen Prozess. In Old Bailey, wenn ich mich recht entsinne.«

KAPITEL XIX

In der Geologie liegt der Schlüssel zu einem der Königreiche der Natur.

WILLIAM BUCKLAND

Justus von Arnau stand abrupt auf, wobei er beinahe das Weinglas umgestoßen hätte. Entsetzt blickte er auf das unersetzliche Blatt, das um ein Haar durch einen Rotweinfleck ruiniert worden wäre, und stellte das Glas in sicherer Entfernung auf die Kommode. Er fuhr sich durchs Haar, trat wieder an den Tisch und las, was er soeben geschrieben, immer wieder durchgestrichen und korrigiert hatte, bis er mit seiner vorläufigen Fassung zufrieden war. Obgleich seine beschränkten Sprachkenntnisse und die Schwierigkeiten, vor die ihn die alte Handschrift stellte, einen Schleier über den Text warfen, konnte er doch dessen ungeheure Bedeutung ermessen.

Denn da stand zu lesen:

Der/ein jeder Meeresboden enthält noch immer Muscheln. Und die Muscheln sind zusammen mit dem Boden/der Erde? versteinert. Aufgrund der Festigkeit/Härte und Einheit wollen manche glauben machen?, diese Tiere seien von der Sintflut an Orte fern des Meeres getragen worden.

Eine Sekte dummer/unwissender Menschen erklärt, die Natur oder der Himmel habe sie durch göttlichen Einfluss an diesen Orten erschaffen, so als fände man an diesen Orten nicht auch die Knochen von Fischen, die lange Zeit zum Wachsen brauchten; und als könnten wir nicht an Muschelschalen und Schneckenhäusern die Jahre und Monate ~~ihrer Dauer~~ ihres Lebens ablesen, wie wir es auch an den Hörnern von Stieren und Ochsen und den Ästen/Zweigen? von Bäumen ~~Pflanzen~~ können ~~tun~~, die nie beschnitten wurden.

Er war kein Wissenschaftler, hatte aber von Miss Fielding und den Geologen in Oxford genug aufgeschnappt, um eine Ahnung von der Tragweite dieser Sätze zu erhalten. Der zweite Absatz klang geradezu blasphemisch, und Justus fragte sich, was die ehrwürdigen geistlichen Professoren wohl dazu sagen würden.

Leonardo zweifelte hier offenkundig an Gottes Einfluss auf die Natur. Schon an anderer Stelle im Codex hatte er die Frage gestellt, wieso man die versteinerten Überreste von Muscheln und anderen Meerestieren auf den Gipfeln hoher Berge fand.

Justus hatte bereits in Bucklands Vorlesung davon gehört und fand die Tatsache durchaus erstaunlich. Er stellte sich vor, wie ein überraschter Wanderer hoch oben in den Alpen, die er selbst überquert und ausgiebig bereist hatte, die Reste von Geschöpfen fand, die nur im Wasser, mehr noch, im Meer existieren konnten. Wer hatte sie dorthin getragen? War dort oben früher einmal Wasser gewesen?

Doch wie hatte er sich das vorzustellen, einen Ozean auf dem Gipfel der Berge? Buckland hatte diese Funde mit den gewaltigen Kräften der Sintflut erklärt. Doch wenn Justus den Text richtig verstand, hatte Leonardo schon Jahrhunderte zuvor an ebendieser These gezweifelt.

Dann erinnerte er sich an etwas. Was hatte doch gleich im Notizbuch von Joshua Hart gestanden? *Denn siehe, ich will eine Sintflut kommen lassen auf Erden, zu verderben alles Fleisch, darin Odem des Lebens ist, unter dem Himmel. Alles, was auf Erden ist, soll untergehen.* Die Sintflut. Immer wieder stieß er darauf, seit er nach England gekommen und Georgina Fielding in sein Leben getreten war. Es konnte kein Zufall sein, dass Hart dieses Zitat in seinem Notizbuch vermerkt hatte.

Er überlegte weiter. Noch heute waren Wissenschaftler wie Buckland von der Sintflut und der Möglichkeit, sie mit wissenschaftlichen Mitteln zu beweisen, überzeugt; um wie viel zwingender musste diese Ansicht zu Leonardos Lebzeiten gewesen sein – in einer Zeit also, in der es gefährlich für Leib und Leben war, an den Lehren der Bibel zu zweifeln. Eine solche Ansicht hätte der Kirche als Ketzerei gegolten.

Einige Bruchstücke fügten sich zusammen, doch blieb noch viel zu tun. Justus rieb sich die Augen. Es war spät, und er hatte viele Abende bei Kerzenschein hier im Zimmer verbracht, über die Blätter gebeugt, die Finger mit Tinte verschmiert wie ein Gelehrter in seinem Elfenbeinturm, eine ungewohnte Rolle, die er sich eigentlich nie gewünscht hatte. Er zog es vor, unter Menschen zu sein, neue Bekanntschaften zu schließen und sich Geschichten erzählen zu lassen, statt allein in einem Zimmer zu hocken und auf beschriebene Blätter zu starren, bis seine Augen schmerzten. Doch dieses Blatt fesselte ihn so, dass er seine Vorbehalte vergaß und weiterarbeitete, nicht zuletzt auch von dem Gedanken befeuert, Miss Fielding in London Bericht zu erstatten und ihre freudige Miene zu sehen.

Weshalb finden wir die Knochen großer Fische und Austern und Korallen? und verschiedener anderer/weiterer Muscheln und Meeresschnecken auf den Gipfeln hoher Berge, am Meer wie auch in niedrigen Gewässern?

Für die wenigen Zeilen hatte er mehrere Tage gebraucht, an denen er kaum aus dem Haus gegangen war. Immer wieder hatte er Buchstaben und Wörter verglichen, um die schwer leserliche Schrift zu entziffern, in seinen Erinnerungen gekramt, wenn ihn seine Italienischkenntnisse im Stich zu lassen drohten. Endlich hatte er diese vorläufige Fassung erstellt, und ihre Tragweite war so offenkundig, dass er nicht länger warten konnte.

Gleich morgen würde er sich von William Roscoe verabschieden und in den nächsten Tagen nach London aufbrechen. Er schrieb einige Zeilen an Georgina, zerknüllte das Blatt und warf es ins Feuer, wo es kurz aufflammte, sich einrollte und zu Asche zerfiel. Nein, er würde sich gar nicht lange ankündigen, sondern lieber gleich bei ihr vorsprechen, ohne erst seine Karte abzugeben. Das war zwar nicht höflich, aber die Verwandten würden seine Begegnung mit Georgina dann nicht verhindern können.

Es war wirklich an der Zeit, nach London zu fahren

und wieder unter Menschen zu gehen. Georgina würde begeistert sein, wenn er ihr das alles erzählte, dachte Justus. Auch würde es sie ihrem unbekannten Vater, dem dieses Papier so viel bedeutet hatte, näher bringen. Er freute sich schon auf ihr Gesicht, wenn er von seinen Erkenntnissen erzählen und ihr selbst alles zeigen konnte.

Die Vorstellung warf allerdings auch die weniger erfreuliche Frage auf, wieso sich die Seite aus dem Codex überhaupt in Joshua Harts Besitz befunden hatte. War der Mann nicht nur ein Arzt und Geologe, sondern auch ein Dieb gewesen? Er war sich nicht sicher, ob er Georgina diese heikle Frage stellen sollte, und schob den unangenehmen Gedanken vorerst beiseite. Er räumte seine Sachen, die wild im Zimmer verstreut lagen, zusammen und stellte Koffer und Reisetasche neben die Tür. Ein ausgiebiger Nachtschlaf, ein kräftiges Frühstück, dann würde er die nächste Kutsche nach London besteigen.

Zuerst saß Georgina wie betäubt da. Sie hatte sich rasch von dem Pfandleiher verabschiedet, den Laden verlassen, dem Kutscher ein Zeichen gegeben und war eingestiegen. Nur weg, dachte sie, als könnte der hastige Aufbruch die Worte des alten Pfandleihers auslöschen. Was hatte ihr Vater mit dem bekannten Londoner Strafgericht zu schaffen gehabt, vor dem Verbrecher verurteilt wurden? Konnte es denn immer noch schlimmer werden? Mit der Vorstellung, er sei ein Armenarzt gewesen und habe deshalb, obwohl rechtschaffen, ihre Mutter nicht heiraten können, hätte sie sich irgendwann abfinden können. Doch die Geschichte ging noch weiter, das spürte sie.

Georgina versuchte, sich zu beruhigen. Der Mann war alt, vielleicht hatte sein Gedächtnis gelitten. Sollte sie ihm überhaupt Glauben schenken? Und selbst wenn – Tausende Menschen wurden jedes Jahr in Old Bailey vor Gericht gestellt, und viele hatten nichts Schlimmes verbrochen, waren bisweilen sogar gänzlich unschuldig. Sie hatte sich von dem schmierigen Greis einschüchtern lassen, ohne einen Beweis zu verlangen. Wie hatte sie nur so dumm sein können? Plötzlich war sie wütend auf sich selbst. Sie hatte sich von dem Alten erschrecken lassen, statt genauer nachzufragen. Ein einziger Satz hatte gereicht, damit sie die Fassung verlor.

Sie hatte sich immer für ein mutiges Mädchen gehalten, das kein Risiko scheute. Sie hatte ihrer Familie die Stirn geboten und aus eigenem Antrieb herausgefunden, wer ihr Vater war. Doch bevor sie auch nur das Geringste über ihn wusste, glaubte sie einem obskuren Pfandleiher, der vor sechzehn Jahren zwei Truhen für Joshua Hart aufbewahrt hatte, als wäre sein Wort Gesetz.

Jener unbekannte Mann, der ihr Vater gewesen war, hatte ihr etwas hinterlassen, das ihm viel bedeutete, und es war ihre Pflicht, mehr über sein Schicksal herauszufinden. Sie war es ihm schuldig, nähere Erkundigungen einzuziehen, statt sich ständig den Kopf über Justus von Arnau und St. John Martinaw zu zerbrechen.

Die Kutsche bog in den Bloomsbury Square, und Georgina atmete auf. Gleich war sie in ihrem Zimmer und konnte in Ruhe über das Erlebte nachdenken, um sich einen neuen Plan zurechtlegen. Hoffentlich war ihre Tante noch unterwegs, dann war es leichter, unbemerkt ins Haus zu gelangen.

Sie ließ den Kutscher ein Stück entfernt anhalten, bezahlte ihn großzügig, stahl sich durch den Dienstboteneingang hinein und schlich die Treppe hinauf in ihr Zimmer.

Dort legte sie die Pelisse ab und trat ans Fenster. Es regnete noch immer, nur wenige Menschen waren unterwegs. Vereinzelte Kutschen rollten zischend durch die tiefen Pfützen und ließen das Wasser in die Höhe spritzen, dass die Passanten ausweichen mussten, um nicht noch nasser zu werden. Die noch jungen Linden auf dem Platz bogen sich förmlich unter der Last des Regens und erinnerten mit dem abgeworfenen Laub, das um sie verstreut lag, an eine Dame, die aus ihrem Unterkleid gestiegen war.

Georgina schüttelte den Kopf, um die merkwürdigen Gedanken zu vertreiben.

Wie konnte sie herausfinden, ob an den Worten des alten Pfandleihers etwas Wahres war? Konnte man einfach nach Old Bailey gehen und Einsicht in die Akten verlangen? Aber sie wusste ja nicht einmal, wann Hart dort der Prozess gemacht worden war, immer vorausgesetzt, dass der Alte nicht doch gelogen hatte. Andererseits gab es für ihn keinen offenkundigen Grund, ihr die Unwahrheit zu sagen. Georgina legte einen Finger an die Lippen und grübelte.

In einem zivilisierten Land wie England wurden Gerichtsakten geführt. Also musste irgendwo in einem staubigen Regal eine unscheinbare Mappe liegen, in der Einzelheiten aus dem Leben ihres Vaters auf Pergament verewigt waren.

Dann fiel es ihr ein – sie lebte doch mit einem Anwalt im Haus! Gewöhnlich interessierte sie sich nicht für den

Beruf ihres Großvaters, der ihr stets trocken und arm an Abenteuern erschienen war, aber in diesem Fall könnte er ihr tatsächlich weiterhelfen. Blieb nur zu überlegen, wie sie es möglichst geschickt anstellen konnte, um kein Misstrauen zu wecken. Natürlich konnte sie ihren Großvater nicht geradeheraus fragen, da er alles darangesetzt hatte, Joshua Hart vor ihr verborgen zu halten. Und auch vor ihrer Tante musste sie sich hüten, damit diese keinen Verdacht schöpfte.

Die Herren, die sich an jenem sturmgepeitschten Herbstabend im Hause Nr. 20 Bedford Street in Covent Garden versammelt hatten, lauschten gespannt dem Vortrag des Kollegen Isaac Sunderland, der einen Aufsatz über die geologischen Besonderheiten der Grafschaft Derbyshire verlas. Im Anschluss daran würde es wie immer in diesem Kreis eine anregende Unterhaltung über den Vortrag und andere diskutierenswerte Angelegenheiten geben. Unter den anwesenden Mitgliedern der Geological Society fanden sich Gründungsmitglieder wie George Bellas Greenough, der bis vor Kurzem Präsident der Gesellschaft gewesen war, und bedeutende Wissenschaftler wie William Conybeare und William Buckland, der, wann immer es ihm seine Lehrtätigkeit erlaubte, die Reise von Oxford in die Hauptstadt unternahm, um den zweimal monatlich stattfindenden Versammlungen beizuwohnen.

William Buckland selbst war an diesem Abend nicht ganz bei der Sache, denn so erhellend Sunderlands Erkenntnisse über die Kalksteinböden des Peak District und die praktischen Anwendungen des Gesteins in der Bauwirtschaft auch sein mochten, wanderten seine Gedanken immer wieder zu seinen nächsten Plänen. Jüngst hatten Arbeiter bei Kirkdale in Yorkshire eine Höhle entdeckt, in der sie die Knochen der unterschiedlichsten Tiere fanden. Ein Naturforscher verkündete, es seien sogar Knochen von Nilpferden darunter, was allgemein ungläubiges Erstaunen hervorrief, da im Norden Englands doch nie und nimmer solch gewaltige, nur aus tropischen Regionen bekannte Geschöpfe umhergestreift sein konnten.

Buckland selbst hatte vor einigen Jahren bei einer Europareise auch Deutschland besucht und nahe des fränkischen Dorfes Gailenreuth eine Höhle besichtigt, die neben den Knochen von Hyänen, Löwen, Füchsen, Hirschen und Wölfen sogar menschliche Gebeine unbestimmten Alters enthielt, was dem Ganzen einen zusätzlichen wissenschaftlichen Reiz verlieh. Seither verfolgte ihn der Gedanke an die Höhlen, und er war fest entschlossen, Kirkdale zu erforschen, sobald es die Witterung erlaubte.

In seinem Geist wuchsen schon lange die Fundamente eines gewaltigen Werkes, das von der Sintflut und ihren geologischen Spuren künden würde. Nun erhoben sich seine Mauern schon über die Erde und strebten dem Himmel, der Vollendung entgegen. Das Buch würde nicht nur Wissenschaft und Glauben befördern, sondern William Buckland zu großem Ruhm verhelfen. Auch er war nicht nur ein Mann Gottes, sondern auch ein Mensch – mit ebensolchen Schwächen.

Das Speisezimmer erschien ihr an diesem Tag nicht ganz so düster wie sonst, was sicherlich an Georginas innerer

Erregung lag. Hoffentlich bemerkten die anderen nicht, wie aufgewühlt sie war; Lady Annes prüfendem Auge entging nicht viel. Aus heiterem Himmel begann ihr Großvater gerade, von der Begegnung mit einem jüngeren Kollegen zu erzählen, der den Angeklagten in einem aufsehenerregenden Mordfall vor Gericht verteidigt hatte.

»Stellt euch vor, eben im Club lief mir der junge Percy Hogg – sein Vater war einer der besten Anwälte, die je vor einem Londoner Gericht aufgetreten sind – über den Weg und nahm mich wichtigtuerisch beiseite. Er konnte seine Gefühle noch nie im Zaum halten, aber wen wundert's, die Mutter war Spanierin. Völlig anderes Temperament! Jedenfalls erzählte er mir von dem Fall, der gerade in Old Bailey verhandelt wird. Ein junger, gut aussehender Bursche, der sich als Künstler ausgibt, wobei seine Kunst vor allem darin besteht, von der Hand in den Mund zu leben und lose Frauen zu malen, gewinnt die Liebe einer reichen älteren Witwe. Die Familie ist entsetzt, als beide zarte Bande knüpfen und schließlich vor den Altar treten. Aber die Dame ist so verliebt, dass sie keinen Einwand gelten lässt, und es geht auch einige Monate gut. Dann beginnt sie zu kränkeln. Kein Wunder, heißt es zuerst, sie ist nicht mehr die Jüngste, die Aufregung der neuen Ehe, zu viel für ihre Konstitution.« Er warf einen flüchtigen Blick auf seine Tochter, als überlegte er, ob dieser Bericht ihr Feingefühl verletzen könnte. »Ihr Zustand verschlechtert sich. Sie leidet immer wieder unter Übelkeit und Krämpfen. Die Ärzte sind ratlos. Nach einigen Monaten verstirbt die Dame, und der junge Ehemann erbt den größten Teil ihres Vermögens, das sie ihm im Rausch des Glücks vermacht hat. Doch ihre Familie ist argwöhnisch und erhebt plötzlich den Vorwurf, der Ehemann habe sie vergiftet.«

Lady Anne wirkte leicht konsterniert, dass ihr Vater ein so anstößiges Thema bei Tisch anschnitt, doch James Fielding ließ sich nicht beirren, sondern nahm noch einen herzhaften Schluck Wein und lehnte sich wohlig zurück.

»Womit?«, fragte Georgina ihn jetzt gespannt. Diese Geschichte würde es ihr vielleicht ermöglichen, Nachforschungen anzustellen, ohne verfängliche Fragen an ihren Großvater richten zu müssen.

»Mit Arsen!«, verkündete er feierlich. »Die Verstorbene litt an Asthma, und es ist ein bekanntes Heilmittel, das aber, in zu hoher Dosis genossen, tödlich sein kann.«

»Wie morbide«, bemerkte Lady Anne und sah ihren Vater missbilligend an. »Aber wie will man das beweisen?«

»Genau das ist die Frage, meine Liebe. Natürlich fand man nur noch geringe Mengen der Arznei in den Schränken der Frau, was nichts besagen will, da der Mann ausreichend Gelegenheit hatte, mögliche Vorräte zu beseitigen. Vermutlich bleibt nur die Möglichkeit einer Leichenöffnung.«

»Vater, wir sind bei Tisch!«, protestierte Lady Anne. »Ich kann es nicht dulden, dass du während des Essens und in Gegenwart deiner Enkelin solche widerwärtigen Geschichten erzählst.« Sie faltete ihre Serviette zusammen und machte Anstalten, sich von ihrem Stuhl zu erheben.

»Mir ist heute eben danach, meine Liebe. Ich muss es doch ausnutzen, wenn wir bei Tisch einmal unter uns sind und ich nicht auf Gäste Rücksicht nehmen muss«, bemerkte James Fielding mit einem seltenen Anflug von Humor.

Lady Anne stand auf und rauschte aus dem Zimmer, während sich Georgina und James Fielding bedeutungsvoll ansahen.

»Ich finde die Geschichte sehr interessant, Großvater.«

»Dein Interesse ist nicht gerade damenhaft, aber ich will heute nicht so streng sein. Mir scheint, du hast meinen starken Magen geerbt.«

»Wird es eine Leichenöffnung geben?«, erkundigte sie sich.

Der alte Jurist nahm noch einen Schluck Wein. »Das dürfte wohl der Richter entscheiden. Allerdings wird auch dies keine neuen Erkenntnisse bringen, da die Mediziner nicht in der Lage sind, Arsen im Körper nachzuweisen. Vielleicht wird es irgendwann eine entsprechende Methode geben, aber davon ist man noch weit entfernt.«

»Und wenn man nun Zeugen finden könnte?«, meinte Georgina.

James Fielding nickte anerkennend. »Gar nicht schlecht, du denkst in den richtigen Bahnen.«

Georgina konnte einen gewissen Stolz nicht unterdrücken, da Lob vonseiten ihres Großvaters ein seltenes Gut war. Sie wagte sich weiter vor. »Werden in Old Bailey eigentlich nur Mordfälle verhandelt?«

»Nein, auch alle anderen Schwerverbrechen, die in London begangen werden.«

»Und wie werden solche Schwerverbrechen bestraft?«

James Fielding schien einen Augenblick zu zögern, als überlegte er, ob er seine Enkelin mit solchen Äußerungen erschrecken oder gar geistig überfordern würde. Die Jurisprudenz galt gemeinhin als Gebiet, über das man nicht mit Damen plauderte.

»Meist mit dem Tode.«

Georgina war, als hätte ihr Herz ausgesetzt. Ihr wurde abwechselnd heiß und kalt, und sie konnte nur darauf vertrauen, dass ihr Großvater es nicht bemerkte. Dann fasste sie allen Mut zusammen. »Wofür kann man in Old Bailey denn mit dem Tode bestraft werden – außer wegen Mordes?«

»Beispielsweise für Fälschung, Diebstahl oder Straßenraub«, erwiderte Fielding seelenruhig und goss sich Wein nach.

»Aber das sind vergleichsweise geringe Vergehen«, empörte sie sich. »Ist die Todesstrafe in solchen Fällen nicht sehr grausam und unangemessen?«

Der Kopf ihres Großvaters zuckte hoch, dann sah er sie durchdringend an. »Die englische Justiz ist nicht grausam, sondern gerecht. Außerdem vergisst du, welchem Zweck diese Strafe dient. Sie ist nicht nur dazu gedacht, den Täter für seine Missetaten zu bestrafen und die Gesellschaft von seiner Gegenwart zu befreien, sie soll auch andere von der Nachahmung abhalten. Nur wer den Galgen fürchtet, wird darauf verzichten, sich auf unlautere Weise zu bereichern oder unbescholtene Leute um Leib und Leben zu bringen.«

Georgina, die nie mit den Härten der britischen Gerichtsbarkeit in Berührung gekommen war, sah ihn entsetzt an. Mein Vater war keiner von denen!, hämmerte es wieder und wieder in ihrem Kopf. »Es muss doch zwischen schweren Verbrechen wie Morden und Überfällen und leichteren Vergehen unterschieden werden. Sicher sind es oft arme Leute, die sich kein Essen kaufen können und deshalb stehlen.« Sie dachte an das Elend, das sie in St. Giles gesehen hatte. Dort waren Diebstähle gewiss an der Tagesordnung, so viele Menschen konnte man gar nicht aufhängen.

James Fielding schüttelte nachdrücklich den Kopf. »Nein, mein Kind, Armut ist keine Entschuldigung für unmoralisches Verhalten. Jeder kann mit seinen Händen arbeiten, und wer das nicht tut, darf sich deswegen noch lange nicht am hart erworbenen Eigentum anderer bereichern.« Er klingt beinahe wie ein Pfarrer bei der Predigt, dachte Georgina respektlos.

»Trotzdem finde ich die Todesstrafe für einen Diebstahl unangemessen grausam«, beharrte sie.

»Nun, es kommt nicht selten vor, dass die Todesstrafe abgemildert und beispielsweise in Deportation oder Brandmarken umgewandelt wird.« Als er ihren entsetzten Blick sah, fügte er rasch hinzu: »Das Brandmarken wurde allerdings inzwischen abgeschafft.«

Georgina war angewidert und wechselte rasch das Thema. Zunächst musste sie herausfinden, ob der alte Pfandleiher überhaupt die Wahrheit gesagt hatte.

»Gibt es in einem Gericht nicht eine ungeheure Menge von Akten? Sind das nicht Berge von Papier, die man irgendwo aufbewahren muss?«

»Aber ja, die Akten nehmen einen ungeheuren Raum ein.« Er strich sich über den eisengrauen Backenbart. »Natürlich haben die Gerichte ihre Archive, in denen alle Akten aufbewahrt werden. Die könnten interessante Geschichten erzählen …«

»Wer darf sie eigentlich lesen?« Georgina warf ihm einen forschenden Blick zu.

»Ich wusste gar nicht, dass dich die Jurisprudenz so interessiert, Georgina. Ein völlig neuer Wesenszug an dir.« Er betrachtete sie mit einem gewissen Stolz, als würde er sich zum ersten Mal bewusst, dass seine Enkelin auch Charakterzüge von ihm geerbt haben könnte. »Ich dachte immer, du hättest nur Bücher und Steine im Kopf und diese mehr als unpassenden Ausflüge mit deiner Großtante. Nicht, dass dein Interesse an Justizangelegenheiten besonders weiblich wäre, aber gut. Nun zu deiner Frage: Ja, im Grunde kann fast jeder diese Akten einsehen, wenn er sich vorher ordnungsgemäß anmeldet. Aber es gibt einen einfacheren Weg, wenn man die Prozesse studieren will.«

Georgina fühlte ihr Herz wild trommeln, bemühte sich aber, sich nichts anmerken zu lassen. Sie nickte aufmerksam, um ihn zum Weitersprechen zu bewegen.

»Schon seit vielen Jahrzehnten werden die interessantesten Fälle in den sogenannten *Proceedings* veröffentlicht. Früher haben viele einfache Menschen sie zur Unterhaltung gelesen, wie einen Roman oder eine Novelle. Sie gruselten sich bei den Berichten über berüchtigte Kriminelle, deren letzte Worte und die nachfolgenden Hinrichtungen. Dass es sich um wahre Begebenheiten handelte, machte sicher den besonderen Reiz dieser Geschichten aus. Die Hefte wurden für billiges Geld auf der Straße verkauft. Heute leben wir jedoch in zivilisierten Zeiten, und die Prozessberichte werden von der Stadt London ganz offiziell veröffentlicht.«

»Kann man sie einfach kaufen?«, fragte Georgina beinahe atemlos.

»Ja, sie werden im Buchhandel angeboten. Allerdings dürfte die Nachfrage nicht allzu groß sein, da heutzutage so viele Groschenhefte zu haben sind. Dazu diese unsäglichen Schauerromane voller Burgen, unheimlicher Mönche, künstlicher Menschen. Wer möchte da noch etwas über schäbige kleine Verbrechen wie Betrug oder Einbruch erfahren?«

Da trat Lady Anne wieder ins Zimmer.

»Ich hoffe, ihr habt euer unerfreuliches Gesprächsthema mittlerweile beendet.« Sie warf ihrem Vater einen bedeutungsvollen Blick zu. »Ich bin der Ansicht, dass Georgina sich auf ihre gesellschaftlichen Pflichten konzentrieren sollte, statt weiter deine Verbrechergeschichten anzuhören, Vater. In drei Wochen findet Mr. Martinaws Investitur statt, und die Schneiderin kommt morgen zur ersten Anprobe.«

Georgina nickte gehorsam und wünschte eine gute Nacht. Auf dem Weg in ihr Zimmer durchflutete sie neue Energie. Sie würde einen Weg finden, um sich in einer Buchhandlung, besser noch einem Antiquariat, die alten Ausgaben der *Proceedings* anzuschauen. Auf einmal verspürte sie wieder Stolz auf ihren Mut. Sie hatte ihr Geschick selbst in die Hand genommen und war nach St. Giles gefahren, statt untätig auf Justus zu warten.

Zum ersten Mal seit langer Zeit trat sie vor den Spiegel und musterte sich von Kopf bis Fuß. Dann löste sie die Nadeln und Kämme aus ihrem Haar und ließ es offen über die Schultern fallen. Sie öffnete die Haken an ihrem Kleid, streifte die Ärmel hinunter und ließ es achtlos zu Boden fallen. Nun stand sie im Unterrock vor dem Spiegel, griff mit beiden Händen in ihre Haare und türmte sie lose auf dem Kopf, dass nur einige Locken seitlich ins Gesicht fielen. Versunken betrachtete sie ihr Ebenbild. Die schlanken Arme, den sanften Schwung der Hüften, die Brüste, die sich zart unter dem Hemd abzeichneten. Einen Augenblick lang stellte sie sich vor, dass ein Augenpaar sie betrachtete, wagte aber nicht, den Gedanken weiterzuspinnen.

Als sie so vor dem Spiegel stand, formte sich ein Satz in ihr, eine Wahrheit, die sie schon seit Längerem empfand, nun aber zum ersten Mal laut aussprach: »Ich bin eine Frau.«

KAPITEL XX

In all jenen und tausend weiteren Beispielen,
die Zweck und gütigen Plan verraten,
spüren wir den Finger eines allmächtigen Baumeisters.

WILLIAM BUCKLAND

Die Suche gestaltete sich schwieriger als erwartet. Anthony Shayle war ständig so spät vom Dienst im Krankenhaus gekommen, dass es einige Zeit dauerte, bis er das St. Thomas' aufsuchen konnte. Das Gebäude kam ihm seltsam fremd vor, obwohl er lange Zeit hier gearbeitet hatte, und es war kein vertrautes Gesicht zu entdecken, was sicher Zufall war, sein Unbehagen aber noch verstärkte. Er begab sich in den Verwaltungstrakt und erkundigte sich bei einem jungen Mann mit hohem Kragen und ernster Miene, wo er Mr. Audley finden könne. Der junge Mann sah ihn fragend an und wandte sich dann an einen älteren Kollegen, der etwas in einem Aktenschrank suchte.

»Mr. Hoskins, der Herr fragt nach einem Mr. Audley, der angeblich hier arbeitet. Ist Ihnen der Name bekannt?«

Mr. Hoskins erhob sich vom Boden, strich sich das feuchte Haar aus dem geröteten Gesicht, das auf einen

Hang zum ausgiebigen Alkoholgenuss schließen ließ, und warf Shayle einen neugierigen Blick zu. »Mr. Audley wurde kürzlich pensioniert.« Er runzelte die Stirn. »Kann es sein, dass ich Sie schon einmal gesehen habe, Sir?«

Shayle entschied, dass er nichts zu verbergen hatte. »Gewiss, ich habe früher hier gearbeitet. Da ich zufällig vorbeikam, dachte ich mir, ich könnte Mr. Audley kurz besuchen. Aber ich scheine vergeblich gekommen zu sein.« Er überlegte kurz. »Könnten Sie mir wohl seine Privatanschrift geben? Dann werde ich ihn zu Hause aufsuchen.«

Mr. Hoskins und sein junger Kollege sahen sich an und zuckten mit den Schultern. »Warum nicht?«, meinte Hoskins schließlich. »Sie haben Glück, denn ich bin als einziger Angestellter der Verwaltung befugt, derartige Anfragen zu bearbeiten. Wenn Sie einen Augenblick warten möchten.«

Behäbigen Schrittes begab er sich in den Nebenraum, wo man Schranktüren schlagen und Papier rascheln hörte, bevor er mit einem gewichtigen Buch zurückkam und mit dem Finger eine Seite hinunterfuhr. »Hier haben wir es, Sir. Audley, John, Spicer Street 68, Whitechapel.« Er verzog das Gesicht, als er den Namen des Viertels las, und Shayle fragte sich flüchtig, was der Angestellte wohl denken würde, wenn er sein bescheidenes Häuschen mit dem Behandlungszimmer sähe, das gleichzeitig als Wohnraum diente. Andererseits überstieg Mr. Hoskins' Einkommen vermutlich nicht das seines Vorgängers, und Mr. Audley war vielleicht nur bescheidener gewesen oder in finanzielle Schwierigkeiten geraten, die es ihm nicht erlaubten, in einer besseren Gegend zu wohnen.

»Sir?«, fragte Mr. Hoskins, und Shayle zuckte zusammen. Wieso ließ er sich zu solch müßigen Überlegungen über das Schicksal anderer Leute hinreißen, wenn er doch gekommen war, um mehr über St. John Martinaw zu erfahren? Da kam ihm eine Idee. Mr. Hoskins schien ein Mensch zu sein, der sich sehr wichtig nahm und gern mit seinem überlegenen Wissen prahlte. Diese Schwäche könnte er nutzen. Also stellte er sich unwissend und fragte: »Mr. Hoskins, früher gab es hier einen ausgezeichneten Chirurgen namens Martinaw. Ist der Herr noch am St. Thomas'?«

Hoskins sah ihn fassungslos an und sagte mit einer Stimme, in der unverhohlene Verachtung mitschwang: »Aber, Sir, selbstverständlich ist er das, und wir betrachten es als eine Ehre, den zukünftigen Leibchirurgen Seiner Majestät in unserem Hause zu haben.« Er klang, als betrachtete er das St. Thomas' Hospital als sein persönliches Eigentum. »Ein überaus ehrenwerter Gentleman und freundlich zu jedermann. Er hat mich kürzlich gegrüßt und nach meinem Befinden gefragt – ich trug den Arm in einer Schlinge, nachdem ich auf der Treppe gestürzt war.«

Ein Wichtigtuer, aber nützlich, dachte Shayle und sah Hoskins interessiert an. »Was Sie nicht sagen! Leibchirurg des Königs! Erstaunlich, dass mir diese Neuigkeit entgehen konnte. Gewiss hat er sich diese verantwortungsvolle und ehrenhafte Stellung verdient, er war schon immer ein sehr fleißiger Mensch.« Das war nicht einmal gelogen, da Martinaw oft bis in die Abendstunden im Krankenhaus geblieben war, um seinen wissenschaftlichen Forschungen nachzugehen.

»In der Tat, Sir. Außerdem wird man ihn zum Ritter schlagen, was uns allen zur Ehre gereicht«, strahlte Hoskins und fügte salbungsvoll hinzu: »Und ein wahrer Christenmensch ist er überdies. Wenn wir vor Weihnachten für Bedürftige sammeln, ist seine Spende stets die großzügigste.«

»Dann wird er demnächst gewiss zusätzliche Ärzte benötigen, die ihn bei seiner Arbeit im Hospital unterstützen, während er sich bei Hof aufhält«, wagte Shayle sich vor.

»Suchen Sie etwa Arbeit, Sir?«, fragte Hoskins etwas misstrauisch.

»Nein, nein, ich bin bestens versorgt, Mr. Hoskins. Ich habe allerdings einen Bekannten, der eine neue Stellung sucht. Können Sie mir sagen, ob er sich an Mr. Martinaw persönlich wenden soll?«

Hoskins nickte eifrig. »Mr. Martinaw kümmert sich um alles, was seine Abteilung betrifft. Bis spät in den Abend sieht man in seinen Räumen Licht brennen, er schont sich wirklich nicht. Wenn neue Ärzte oder Krankenpfleger eingestellt werden, spricht er mit ihnen persönlich, da er nicht nur größten Wert auf ihre medizinischen Kenntnisse, sondern auch auf ihre moralische Eignung legt. So hat er sich einmal ausgedrückt.«

Shayle musste sich zusammenreißen, um sein Mienenspiel zu beherrschen. »Das ist wirklich bewundernswert, Mr. Hoskins. Ich darf mich nun verabschieden und danke Ihnen ganz herzlich für die Hilfe.« Er steckte den Zettel ein, auf dem er Mr. Audleys Anschrift notiert hatte, und verließ mit einem Nicken das Büro.

Am liebsten wäre Justus von Arnau gleich nach seiner Ankunft in London zum Bloomsbury Square geeilt, um Georgina Fielding wiederzusehen, doch die Vernunft gewann die Oberhand, und so suchte er zunächst sein Quartier auf. Vor seiner Abreise nach Norfolk hatte er William Buckland um Rat gefragt, da dieser regelmäßig in die Hauptstadt reiste. Der Geologe hatte ihm die Pension von Mrs. Williamson empfohlen, worauf sich Justus schriftlich nach einem Zimmer erkundigt und eine zustimmende Antwort erhalten hatte.

So stand Justus nun mit seinen Koffern an einem kalten, trüben Morgen vor dem Haus in Bayswater und betätigte den Türklopfer, einen Löwenkopf aus Messing, der einen Ring im Maul hielt. Begrüßt wurde er von frechem Hundegebell.

Die Tür ging auf, und eine gepflegte Dame in einem auffälligen Seidenkleid, das mit zarten chinesischen Figuren bestickt war, stand ihm gegenüber. Sie trug die grauen Haare straff im Nacken zusammengesteckt, was ihr in Verbindung mit dem Kleid ein leicht orientalisches Aussehen verlieh. Sie schaute ihn aus klugen braunen Augen an. Neben ihr hockte ein winziges Hündchen mit goldbraunem, lockigem Fell, das zu ihm aufblickte.

»Herr von Arnau, nehme ich an. Sie hatten sich angekündigt. Es ist mir eine Freude, Sie in meinem Haus zu begrüßen. Kommen Sie bitte herein. Sie können Ihr Gepäck fürs Erste hier drüben abstellen.« Sie deutete auf den Hund. »Darf ich vorstellen: Dmitri, mein Bolonka Zwetna.«

Als Justus das Haus betrat, wurde ihm schlagartig klar, was Buckland an dieser Pension gereizt haben musste. Sie besaß eine gewisse Ähnlichkeit mit seinen eigenen Räumen im College. Der enge Hausflur erinnerte auf faszinierende Weise an ein Museum für Völkerkunde. Die Wände waren über und über mit Masken, Seidenmalereien, Reispapierbildern und anderen Gegenständen bedeckt.

Der kleine Hund sprang an einer chinesischen Bodenvase hoch und hätte sie beinahe umgeworfen. Beim zweiten Versuch gelangte er auf den Rand, rutschte aber mit den Krallen am glatten Porzellan ab und fiel kopfüber in die Vase. Mrs. Williamson befreite das jaulende Tier und setzte es wortlos neben dem Gefäß ab.

»Sie müssen verzeihen, aber er ist eine lebende Erinnerung an meinen verstorbenen Mann, und ich hänge sehr an ihm. Mein Mann brachte Dmitris Eltern aus Russland mit. Die anderen Welpen habe ich verschenkt, doch von Dmitri konnte ich mich nicht trennen.« Dann klatschte sie in die Hände, als wollte sie die traurigen Gedanken vertreiben, und öffnete die Tür zum Salon. »Bitte treten Sie ein, Sir. Mir ist es stets ein Vergnügen, einen weit gereisten Herrn unter meinen Gästen zu haben. Ich höre gern Geschichten aus fernen Ländern. Vielleicht machen Sie mir gelegentlich die Freude, von Ihren Reisen zu erzählen.«

»Es wäre mir ein Vergnügen, Madam«, sagte Justus von Arnau und verneigte sich leicht. Dann sah er sich beeindruckt im Salon um, der ebenfalls mit zahlreichen Andenken wie Reisschalen und bemalten Wandbehängen aus Seide dekoriert war. »Wenn ich mir Ihr Haus ansehe, glaube ich allerdings, dass meine Reiseziele vergleichsweise gewöhnlich gewesen sind. Ich bin nicht weiter als bis Italien und Griechenland gekommen, während mir Ihre Sammlung eher asiatischer Herkunft zu sein scheint.«

»Das ist richtig, Sir. Mein Mann hat für eine große Handelsgesellschaft gearbeitet und ist in Russland und Asien umhergereist. Er brachte mir diese ganzen wunderbaren Dinge mit.« Sie strich über ihr Kleid. »Der Stoff stammt aus China, er wurde auch dort bestickt. Am liebsten würde ich nichts anderes tragen, aber es gibt Menschen, die mich lieber noch immer in Trauerkleidung sehen würden. Dabei ist mein Mann bereits fünf Jahre tot. Ich denke immer, Henry wäre froh, dass ich diesen wunderschönen Stoff trage.«

Justus von Arnau fand es etwas ungewöhnlich, wenngleich unterhaltsam, dass die Frau, die ihm bis eben völlig fremd gewesen war, so offen über sich und ihre Familienverhältnisse sprach. Er war froh, eine Unterkunft gefunden zu haben, in der er ein und aus gehen konnte, wie er wollte, und keine Rechenschaft über seinen Tagesablauf ablegen musste. Mehrere Bekannte hatten ihm freundlich angeboten, ihn bei sich zu Hause zu beherbergen, solange er sich in der Stadt aufhielt, doch Justus zog es vor, frei und ungebunden zu sein und nur jene gesellschaftlichen Einladungen anzunehmen, an denen ihm wirklich gelegen war. Außerdem würde es so auch keine aufdringlichen Fragen wegen seiner Bekanntschaft mit Georgina Fielding geben.

Dann bemerkte er, dass Mrs. Williamson eine Holzkiste mit Zigarren aufgeklappt hatte, die sie ihm nun hinhielt. Er bedankte sich, nahm eine Zigarre heraus und musste zu seinem großen Erstaunen feststellen, dass seine Gastgeberin sich ebenfalls bediente. Sie entzündete einen Span im Kamin und gab zuerst ihm und dann sich selbst Feuer, bevor sie genüsslich paffte.

»Bitte, setzen Sie sich, ich lasse Tee kommen.« Sie betätigte einen Klingelzug, worauf ein Chinese in Livree erschien.

»Tee, bitte, Song-Li.« Der Chinese verneigte sich und verschwand so lautlos, wie er gekommen war.

Justus konnte seine Zunge nicht zügeln. »Auch ein Andenken an eine Reise?«

Mrs. Williamson lächelte gutmütig. »Sie sagen es, Herr von Arnau. Er stammt aus Shanghai und arbeitete in einem Hotel, in dem mein Mann abgestiegen war. Er hatte irgendwelche Schwierigkeiten mit den Behörden, angeblich ging es um Opium, wobei ich das nicht glauben kann, denn er ist ein so anständiger Bursche – jedenfalls hat mein Mann ihn als Diener mitgenommen. Und ich habe ihn sozusagen von ihm geerbt. Es gibt keinen Besseren.«

Eine Zigarre rauchende Witwe mit einem chinesischen Opiumhändler als Hausdiener – ich hätte es gar nicht besser antreffen können, dachte Justus belustigt. Er freute sich schon darauf, Georgina von seiner ungewöhnlichen Zimmerwirtin zu erzählen. Was ihre Familie davon hielte, wollte er lieber nicht wissen.

Mrs. Williamson stieß eine eindrucksvolle Rauchwolke aus. »Sie haben mir geschrieben, Sie wüssten noch nicht, wie lange Sie das Zimmer benötigen werden. Das ist überhaupt kein Hindernis, Herr von Arnau. Ich habe drei Zimmer, die auf Dauer vermietet sind, und zwei Räume, die ich für kürzere Zeiträume zur Verfügung stelle. Eines davon –

ich nenne es das Pflaumenzimmer – kann von Ihnen so lange Sie wünschen bewohnt werden. Den Preis hatte ich Ihnen bereits in der Korrespondenz genannt.«

»Das kommt mir sehr entgegen«, sagte Justus und fragte sich flüchtig, wie wohl ein Pflaumenzimmer aussehen mochte. Wie lange er bleiben würde, hing einzig und allein von Georgina ab. Er hoffte von ganzem Herzen, dass sich zwischen ihnen nichts geändert hatte, wusste aber auch, dass Oxford eine völlig andere Welt gewesen war, in der ihr Freiheiten zugestanden wurden, die sie hier mit Sicherheit nicht genoss. Hinzu kam, dass St. John Martinaw seine Eifersucht weckte, da dieser in den letzten Wochen womöglich engen Kontakt zu Georgina gepflegt hatte, während er selbst in Norfolk in einer fußkalten Bibliothek saß.

Sobald er sein Zimmer bezogen hatte, würde er alle Unterlagen zusammenstellen, die er Georgina zeigen wollte. Er hatte Zeichnungen der wichtigsten Seiten aus dem Codex angefertigt und seine Übersetzungen ins Reine geschrieben. Vielleicht könnte Georgina damit an einen Wissenschaftler wie Buckland herantreten und ihm ihre Entdeckung zeigen. Mehr noch, es gab doch diese geologische Gesellschaft in London, die womöglich auch an den Ergebnissen interessiert wäre.

»Haben Sie viele Bekannte in London, wenn ich fragen darf?« Mrs. Williamson riss ihn aus seinen Gedanken. Sie saß in ihrem Sessel, in einer Wolke aus Zigarrenrauch gehüllt, und glich einer Zauberin, die soeben aus dem Nichts aufgetaucht war.

Er wollte gerade antworten, als sich die Tür öffnete und der chinesische Diener mit dem Teetablett eintrat. Er stellte zwei zierliche chinesische Porzellantassen auf den Tisch, goss den Tee ein und fügte einen Teller mit delikat aussehenden Keksen hinzu. Dann verbeugte er sich und verschwand auf leisen Sohlen.

»Er scheint wirklich ein ausgezeichneter Mann zu sein«, bemerkte Justus anerkennend.

»Wenn Sie wüssten, was ich mit Hausmädchen alles erlebt habe! Freche Dinger, die weglaufen, sobald ihnen ein Mann das Blaue vom Himmel verspricht. Manche tauchen Wochen später wieder auf und wollen die Stelle zurück, aber ich bin immer hart geblieben. Wer einmal wegläuft, läuft auch zweimal weg. Darum habe ich sie nicht wieder ins Haus genommen.«

Die Frau war in der Tat ungewöhnlich offen für eine Engländerin, dachte Justus bei sich. Als Dame der Gesellschaft hätte sie keinen chinesischen Diener beschäftigen dürfen, doch bei einer Zimmerwirtin für Gentlemen fiel es wohl nicht so ins Gewicht. Er hoffte nur, dass sie nicht allzu neugierig war, wie es bei Frauen, die mit der Vermietung von Zimmern ihr Brot verdienten, häufig der Fall war. Schwatzhaftigkeit als solche war kein Nachteil, da man von Zimmerwirtinnen oft nützliche Dinge erfuhr, doch wenn sie sich zu sehr für die Bewohner der vermieteten Zimmer interessierten, wurde es unangenehm. Mrs. Williamsons exzentrische Art gefiel ihm jedoch, und er beschloss, ihr zu vertrauen.

Nachdem er sich für den Tee bedankt hatte, führte ihn der chinesische Diener auf sein Zimmer.

Justus musste ein Schmunzeln unterdrücken. Nun wurde ihm auch klar, woher der Raum seinen Namen hatte.

Polsterbezüge, Bettdecke und die Vorhänge an Bett und Fenstern waren in einem dunklen Violett gehalten, das in der Tat an reife Pflaumen erinnerte. Die Samtstoffe verliehen dem Zimmer etwas Warmes, Anheimelndes, auch wenn es keine Farbe war, die er aus freien Stücken für die Dekoration seines Schlafzimmers gewählt hätte.

An den Wänden hingen chinesische Tuschezeichnungen von exquisiter Qualität, die bei näherer Betrachtung einige Überraschungen bargen. Die dargestellten Szenen waren, vorsichtig ausgedrückt, von ausgesprochen freizügigem Charakter, und Justus konnte nur hoffen, dass dieses Etablissement tatsächlich nur Herren vorbehalten war.

Dann kam ihm ein amüsanter Gedanke. War nicht William Buckland selbst schon hier abgestiegen? Gewiss hätte Mrs. Williamson einem Mann der Kirche nicht das Pflaumenzimmer zugewiesen. Oder rührte die warme Empfehlung des Hauses gerade daher? Interessiert musterte Justus die mit zartem Strich gezeichneten Paare, die sich in den unterschiedlichsten Positionen umschlangen, und fragte sich, ob alle Zimmer in dieser außergewöhnlichen Weise dekoriert waren oder ob ihm allein dieser besondere Genuss vorbehalten war.

Lächelnd trat er ans Bett und schickte sich an, seine Koffer auszupacken.

Georgina hatte lange überlegt, welche Buchhandlung sie aufsuchen wollte, um sich die Hefte mit den Prozessberichten anzuschauen, doch das Unterfangen gestaltete sich äußerst schwierig. Ihre Tante hatte viele Einladungen angenommen, zu denen Georgina sie begleiten musste.

Sie lief unruhig in ihrem Zimmer auf und ab.

Bei der Anprobe mit der Schneiderin, die ihre Robe für die Investitur anfertigen sollte, hatte sie sich beinahe nicht erkannt, als sie in dem fast vollendeten Kleid vor dem Spiegel stand. Es war in einem zarten Perlgrau gehalten und aus schimmerndem Satin gefertigt. Die kurzen Puffärmel und der züchtige Ausschnitt – etwas Gewagteres war bei Hofe nicht erlaubt – waren mit kostbarer Spitze verziert, und als besonderes Detail fiel ein durchsichtiger Gazerock über den Satin, was dem Kleid etwas Wolkenartiges verlieh. Sowie sie es übergestreift hatte und vor den Spiegel getreten war, wurde ihr klar, dass sie noch nie so hinreißend ausgesehen hatte. Wäre dieses herrliche Kleid doch nur einem anderen Zweck vorbehalten. Wie gern hätte sie Justus von Arnau in dieser Robe empfangen.

Selbst Lady Anne zeigte sich beeindruckt, wenngleich sie Kleinigkeiten bemängelte, wohl damit sich Mrs. Tetley, die Schneiderin, nicht zu viel auf ihr vollkommenes Werk einbildete und unter dem Vorwand zusätzlichen Arbeitsaufwandes womöglich einen höheren als den ursprünglich vereinbarten Preis verlangte. »Nun, der Saum könnte noch etwas sorgfältiger eingefasst sein, und die Spitze am Ausschnitt sitzt nicht ganz gerade – aber ja, ansonsten ist es ein durchaus ansprechendes Kleid.«

»Ich finde es herrlich«, sagte Georgina aufrichtig und lächelte Mrs. Tetley an.

»Mr. Martinaw dürfte ebenfalls davon angetan sein«, erklärte Lady Anne und fügte an Mrs. Tetley gewandt hinzu: »Der künftige Leibchirurg des Königs, wir sind miteinander bekannt. Meine Nichte wird das Kleid bei Hofe tragen, wenn er den Ritterschlag erhält.«

Georgina schaute sie entsetzt an. Musste ihre Tante denn jedem davon erzählen, damit die Nachricht möglichst schnell in London die Runde machte? Ja, genau das bezweckte sie, sagte Georgina sich dann, Tante Anne wollte den Bewerber vor vollendete Tatsachen stellen. Die Freude über das Kleid war verdorben. Ihr war, als schlösse sich ein enges Band um ihre Brust, und sie spürte, wie ihr der Schweiß ausbrach. Rasch eilte sie ins Nebenzimmer, um die Robe abzulegen.

Dort presste sie die Hände an die Wangen, die förmlich glühten, und überlegte, wie sie aus dieser Falle entkommen konnte. Betrachtete die Öffentlichkeit sie erst als Martinaws Verlobte, war es nahezu unmöglich, sich mit Anstand aus dieser Situation zurückzuziehen. Dann wäre Justus für immer verloren.

»Ist dir nicht gut, mein Kind?«, fragte Lady Anne argwöhnisch.

»Doch, doch, ich bin nur aufgeregt wegen des Kleides«, gab Georgina zur Antwort und richtete ihr Haar. »Wenn mir jemand mit den Haken helfen könnte …«

Die Schneiderin schlüpfte ins Nebenzimmer und fing an, die Haken am Rücken mit flinken Händen zu öffnen.

»Sie sehen wundervoll aus in dem Kleid, Miss Fielding«, flüsterte sie ihr ins Ohr.

Georgina nickte, um sich nicht zu verraten. Nur nicht vor den Augen der Schneiderin in Tränen ausbrechen.

Am Nachmittag hielt ihre Missstimmung an. Wie ein Tiger im Käfig lief sie vom Fenster zum Bett und wieder zurück, dachte abwechselnd an die *Proceedings* und die Investitur, die ihr solche Furcht einflößte. Der Tag rückte unaufhaltsam näher, und noch immer hatte sie Justus nicht wiedergesehen. Wochen waren vergangen, seit sie Abschied genommen hatten, und die Zeit in Oxford erschien ihr manchmal wie ein Traum, der ihr zu entgleiten drohte, sobald sie sich an Einzelheiten erinnern wollte. Dann wieder mahnte sie sich zur Geduld; immerhin war Justus ihretwegen nach Norfolk gereist, und dass er noch nicht in London war, zeugte sicher von gewissenhaften Erkundigungen.

Sie fühlte sich wie in einem Raum, dessen Wände allmählich auf sie zurückten und dessen Tür, der einzige Fluchtweg, immer kleiner wurde. Wenn es sie besonders schlimm überkam, fragte sie sich, ob es überhaupt noch Sinn hatte, auf Justus von Arnau zu hoffen. Ihre Familie würde ihm mit großem Misstrauen begegnen, ihn als Vagabunden betrachten, der seinen Unterhalt mit einer Tätigkeit von zweifelhaftem Ansehen verdiente.

Sie musste etwas tun, sonst würde sie in diesem Zimmer verrückt. Wieder trat sie an den Schreibtisch und betrachtete die Quittung aus dem Pfandhaus, die eigentlich nur neue Fragen aufgeworfen hatte, statt Antworten zu liefern.

Während sie noch so dastand, kam ihr eine Idee. Weshalb war sie nicht früher darauf gekommen? War es nicht denkbar, dass ihr Großvater diese Hefte in seiner Bibliothek aufbewahrte und es nur deshalb nicht erwähnt hatte, weil er die Lektüre als unpassend für eine junge Dame erachtete?

Georgina überlegte rasch. Eigentlich musste sie nur abwarten, bis das ganze Haus schlief, auch die Dienstboten, und sich dann heimlich in die Bibliothek begeben. Nachts blieb ihr umso mehr Zeit für eine gründliche Suche, während sie tagsüber stets die Entdeckung fürchten müsste. Niemand musste eingeweiht werden, niemand musste je davon erfahren. Mit diesem Gedanken ging sie zum Abendessen hinunter.

Wie immer, wenn man auf etwas wartete, dehnten sich die Stunden unbarmherzig in die Länge. Ihr Onkel, Sir Richard Fellowes, aß nach der Sitzung im Parlament mit ihnen gemeinsam und unterhielt sie mit Anekdoten, die sie mit einem pflichtschuldigen Lachen quittierte. Erst als der Name St. John Martinaw fiel, horchte sie auf.

»Ich sprach mit Lord Londonderry, der mit Mr. Martinaw persönlich bekannt ist und ihn als ausgezeichneten Chirurgen und Mann von Ehre bezeichnete. Er meint, der Ritterschlag sei schon lange überfällig.« Er warf Georgina einen prüfenden Blick zu, doch sie senkte die Augen, um sich nicht zu verraten.

Danach berichtete ihre Tante von der Anprobe des Kleides, das Georgina wunderbar zu Gesicht stehe. Die drei unterhielten sich weiter, als wäre sie gar nicht anwesend, was sie einerseits erleichterte, da sie nicht am Gespräch teilnehmen musste, ihr andererseits aber seltsam rücksichtslos vorkam. Sie war erwachsen, doch diese drei behandelten sie noch immer wie ein junges Ding, mit dem man nach Gutdünken verfahren und das man nach seinen eigenen Wünschen manipulieren konnte. Nicht mehr lange, schwor sie sich und spießte entschlossen ein Stück Birne aus dem Obstsalat, der als Dessert gereicht wurde, auf ihre Gabel.

»Georgina wird in dem Kleid bei Hofe großen Eindruck machen, davon bin ich überzeugt«, bemerkte Lady Anne. »Kein junger Mann wird sie an diesem Abend übersehen. Und auch die älteren Herren nicht«, fügte sie mit einem zufriedenen Lächeln hinzu.

Auch dieses qualvolle Essen ging irgendwann vorüber, und die Herren zogen sich zu Zigarren und Brandy in die Bibliothek zurück. Georgina blieb gehorsam sitzen und ließ ihre Tante berichten, welche junge Dame mit welchem jungen Gentleman im Hyde Park gesehen worden war, wessen Finanzen als zerrüttet galten und was gerade im Theater gespielt wurde. Nichts davon interessierte sie, doch es vertrieb ihr die Zeit, bevor sie sich auf ihr Zimmer zurückziehen konnte.

Georgina musste bis elf Uhr warten, erst dann waren alle zu Bett gegangen, und die Hausmädchen hatten die Kaminfeuer gelöscht. Draußen auf der Straße war es still, nur wenige Kutschen waren noch unterwegs und kaum Fußgänger, da jeder bei diesem unwirtlichen Wetter und zu dieser späten Stunde am liebsten zu Hause blieb.

Sie nahm eine Öllampe und öffnete die Tür. Vorsichtig schaute sie nach rechts und links und horchte, doch das Haus war totenstill. Sie schloss lautlos die Tür hinter sich und ging über die Bodenbretter, deren Knarren ihr unerträglich laut erschien. Vor allem die Treppe war gefährlich, doch sie hatte sich gemerkt, welche Stellen besonders geräuschvoll waren und tunlichst gemieden werden mussten. Endlich stand sie vor der Tür der Bibliothek und drehte den Knauf.

Noch nie war ihr der dunkle Raum so höhlenartig vorgekommen, und sie bemerkte enttäuscht, wie wenig Licht die Lampe warf. Allerdings wagte sie nicht, eine weitere Beleuchtung zu entzünden, sie würde so zurechtkommen müssen. Mit der Lampe in der Hand ging sie von einem Regal zum anderen, hielt aber inne, als ihr einfiel, dass sie sich viel Arbeit ersparen konnte. Die Bücher ihres Großvaters waren nach Sachgebieten geordnet, und sie stand vor dem Regal mit den historischen Werken. Die juristischen Bücher befanden sich genau gegenüber. Sie drehte sich um und leuchtete mit der Lampe die Rücken der Bände ab. Natürlich wäre es nützlich gewesen, wenn sie gewusst hätte, wie die Hefte aussahen; es war auch denkbar, dass ihr Großvater sie in einer Kiste oder einem anderen Behältnis aufbewahrte. Georgina stieg auf eine Leiter, um die Bücher weiter oben zu betrachten.

Es dauerte ein paar Minuten, bis sie fündig wurde. Da waren sie! Blaue Ledereinbände, auf deren Rückseite *Proceedings* zu lesen war. Mehrere Ausgaben waren jeweils zu Büchern zusammengefasst, um sie einfacher und sicherer aufzubewahren. Als Georgina die Jahreszahlen auf den Rücken las, dachte sie beiläufig, dass die Sammlung einen gewissen Wert besitzen mochte. Manche Ausgaben stammten noch aus dem 17. Jahrhundert.

Georgina überlegte. Joshua Hart hatte seine Truhen am 4. Oktober 1805, vor etwas über sechzehn Jahren, im Pfandhaus abgeholt. Danach verlor sich seine Spur. Sollte sie die Suche ab diesem Datum beginnen? Aber nein, er musste einen Grund gehabt haben, seine Sammlung in einem obskuren Pfandhaus zu verstecken und diese erst vier Jahre später wieder abzuholen. Hatte er die dazwischen liegenden Jahre womöglich im Gefängnis oder auf der Flucht verbracht? Immer vorausgesetzt, dass sie den Worten des alten Pfandleihers glauben konnte.

Sie würde ihre Suche im Juni 1801 beginnen, da der letzte Eintrag im Notizbuch aus dem Mai dieses Jahres stammte. Georgina suchte den entsprechenden Band, legte ihn auf einen Tisch und schlug ihn auf.

Auf der ersten Seite prangte das Exlibris ihres Großvaters, eine Justitia mit verbundenen Augen und einer Waage in der Hand, darunter ein geschwungenes Band mit dem Namen Fielding.

Leider waren die Bände nicht so übersichtlich aufgebaut, wie sie gehofft hatte. Sie musste nicht nur mit jedem einzelnen Heft eine neue Suche beginnen, die Prozesse waren auch nicht nach den Namen der Angeklagten geordnet, sondern durchnummeriert. An jedem Gerichtstag hatten zahlreiche Verhandlungen stattgefunden, die einfach der Reihenfolge nach in die Hefte aufgenommen worden waren.

Georgina fuhr mit dem Finger an den Spalten entlang, in denen die Prozesse in kürzerer oder längerer Form geschildert waren, mitsamt den Namen der Angeklagten, den Taten, die man ihnen vorwarf, und dem abschließenden Urteil. Bei fast allen Vorwürfen handelte es sich um Diebstähle verschiedenster Art, und die Urteile lauteten meist auf Deportation oder Tod. Einige wenige Angeklagte waren freigesprochen worden. Georgina musste sich beherrschen, um nicht jeden einzelnen Artikel durchzulesen und die Geschichte der Menschen, um die es ging, zu ergründen.

Plötzlich zuckte sie zusammen, von einem Geräusch aufgeschreckt. Sie schaute sich um, trat ans Fenster und seufzte erleichtert. Es war nur der Wind, der einen Ast gegen die Scheibe gedrückt hatte. Im Haus war kein Laut zu hören.

Sie blätterte Seite um Seite um und fuhr mit dem Finger an den Namen entlang, die ihr im flackernden Licht der Öllampe allmählich vor den Augen verschwammen. Monat um Monat arbeitete sie sich vor, ohne etwas zu finden. Es war, als tastete sie sich durch einen dunklen Raum, dessen Grundriss sie nicht kannte, dessen Ausgänge sie nicht einmal erahnen konnte, auf der Suche nach einem winzigen Gegenstand, der irgendwo in der Finsternis verborgen lag. Mittlerweile war sie im Oktober 1801 angelangt und hatte immer noch nichts entdecken können.

Jessop hatte von ungefähr vier Jahren gesprochen, dachte sie verzweifelt. Könnte es auch im Januar 1802 gewesen sein? Dann würde sie einen ganzen Jahrgang umsonst durchsuchen und viel Zeit verlieren. Sie zwang sich, Ruhe zu bewahren, und ging geduldig Seite um Seite durch.

Ihre Mühe wurde belohnt. Für den Gerichtstag am 2. Dezember 1801 fand sich der folgende nüchterne Eintrag:

Joshua Thomas Hart, verurteilt wegen Diebstahls, nachdem er im Juni 1801 ein wertvolles Pergament aus dem Schlosse von Holkham Hall in der Grafschaft Norfolk, das sich im Besitz der Familie Coke befand, böswillig entwendet hat.

John Lester, vereidigt: Ich habe den Angeklagten festgenommen. Der gestohlene Gegenstand konnte nicht bei ihm gefunden werden.

Edwin Carruthers, vereidigt: Ich habe den Diebstahl als solchen nicht mit angesehen, kann aber bezeugen, dass der Angeklagte in der von mir verwalteten Bibliothek geforscht und das betreffende Manuskript in Händen gehalten hat. Erst nach seiner Abreise stellte ich fest, dass es nicht mehr vollständig war. Es handelt sich um ein unersetzliches Manuskript, das jedoch nur für Fachleute von Interesse sein dürfte und dessen Geldwert ich nicht beziffern kann.

Befund des Gerichts: Aufgrund einer uns vorliegenden detaillierten Zeugenaussage, die der Angeklagte nicht widerlegen konnte, gilt er des Diebstahls als überführt.

Urteil: sieben Jahre Deportation nach Australien

KAPITEL XXI

Wir argumentieren wie folgt – durch die Geologie wird beweisbar, dass es eine Zeit gab, da keine organischen Lebewesen existierten: Diese organischen Lebewesen müssen folglich nach dieser Zeit ihren Anfang genommen haben; und wo kann man diesen Anfang finden, wenn nicht im Willen und fiat eines intelligenten und allwissenden Schöpfers?

WILLIAM BUCKLAND

Anthony Shayle hatte zwar eine neue Stelle gefunden, doch das Wissen um Martinaws Intrige ließ ihm keine Ruhe. Eine leise Verbitterung hatte in ihm Wurzeln geschlagen und breitete ihr Geflecht in seiner Seele aus. Bevor er nicht genau wusste, was für ein Mensch Martinaw war und aus welchen Motiven er handelte, würde er keine Ruhe finden. War er sein einziges Opfer gewesen, oder hatte dieser Mann aus einem Gefühl der Selbstgerechtigkeit heraus noch anderen geschadet, wenn diese wissenschaftliche Ansichten vertraten, die seinen eigenen Prinzipien zuwiderliefen?

Gespannt entfaltete er den Brief, den seine Frau ihm auf den Tisch gelegt hatte. Shayle hatte beschlossen, sich zunächst brieflich an John Audley, den ehemaligen Angestellten des St. Thomas' Hospital, zu wenden und diesen nach seinen Erinnerungen an St. John Martinaw zu fragen.

Sollte es dem Mann unangenehm sein, sich über St. John Martinaw zu äußern, könnte er entweder einen abschlägigen Brief schicken oder einfach nicht antworten. Dem alten Herrn diese Möglichkeit zu lassen, gebot die Höflichkeit. Doch Mr. Audleys Brief war so lang, dass er Shayle durchaus Anlass zur Hoffnung gab:

Sehr geehrter Mr. Shayle,

Ihr Brief kam überraschend, da ich seit einigen Monaten nicht mehr im St. Thomas' Hospital arbeite und danach nicht mehr an meiner alten Wirkungsstätte gewesen bin. Meine Beine machen mir schwer zu schaffen, und ich verlasse nur noch selten mein Stadtviertel. Aber dieser Brief soll nicht von mir berichten, sondern Ihre Fragen beantworten, die ich, wie von Ihnen gewünscht, selbstverständlich vertraulich behandle.

In der Tat kann ich mich an Sie erinnern. Wir haben uns des Öfteren in der Verwaltung gesehen, wenn Sie eine persönliche Frage hatten oder im Auftrag von Mr. Martinaw zu mir kamen. Es hat mir sehr leidgetan, dass Sie damals Ihre Stellung verloren haben. Sie schreiben, man habe Ihnen erklärt, dass nicht mehr genügend Arbeit vorhanden sei. Davon weiß ich nichts, kann allerdings bestätigen, dass kein anderer Arzt entlassen wurde. Natürlich besitze ich keinen Zugang zu den Akten mehr, dafür aber ein gutes Gedächtnis, das bisher nicht von den Schleiern des Alters getrübt wurde.

Weiterhin kann ich mich erinnern, dass die Anweisung, Ihnen Ihre Papiere auszuhändigen und die monatlichen Gehaltszahlungen einzustellen, von Mr. Martinaw unterzeichnet war. Er besaß die Befugnis, Personal einzustellen und zu entlassen, hat in diesem Falle ul-

so im Rahmen seiner Kompetenzen gehandelt. Warum es dazu gekommen ist, entzieht sich jedoch meiner Kenntnis.

Falls man anderen Krankenhäusern davon abgeraten haben sollte, Sie einzustellen, ist dies nicht auf dem Weg über die Verwaltung geschehen, was auch verständlich ist, da es sich dabei um einen ebenso ungewöhnlichen wie befremdlichen Vorgang handeln dürfte. Jedenfalls freue ich mich zu hören, dass Sie eine neue Anstellung gefunden haben, Mr. Shayle.

Nun zu Ihrer letzten – und, wie ich finde, erstaunlichsten – Frage. Sie möchten wissen, ob Mr. Martinaw in der Vergangenheit schon einmal die Entlassung einer Person aus Gründen, die persönlicher Natur waren, veranlasst hat. Dies kann ich aus meiner Erfahrung nicht bestätigen.

Indes erinnere ich mich an eine Geschichte, die etwa zwanzig Jahre zurückliegen dürfte – Sie sehen, wie lange ich diesem Krankenhaus verbunden war.

Ein Londoner Arzt wurde des Diebstahls bezichtigt. Allerdings sollte er keine der üblichen Wertsachen entwendet haben, sondern irgendein altes Dokument. In seinen Mußestunden hatte er sich anscheinend in einer Privatbibliothek mit diesem Papier beschäftigt, über das ich nichts Näheres weiß, und angeblich das gesamte Dokument oder einen Teil davon gestohlen. Zu welchem Zweck, ist mir ebenfalls nicht bekannt. Vielleicht wollte er es aus finanziellem Eigennutz an einen Sammler verkaufen.

Mr. Martinaw war mit dem Arzt bekannt, der übrigens nicht im St. Thomas' tätig war, und sagte gegen diesen aus. Mich wunderte ein wenig, dass er gegen einen Freund als Zeuge auftrat; andererseits ist er ein Mann von höchsten moralischen Prinzipien und urteilte womöglich ungeachtet der Person, die den Diebstahl begangen hatte. Der Mann wurde verurteilt. Mehr ist mir darüber nicht bekannt. Diese

Geschichte kann jedoch als Beleg dafür gelten, dass Mr. Martinaw Prinzipien über persönliche Neigungen stellt und darin gewiss ebenso hart gegen sich wie gegen andere ist.

Ich hoffe, Ihnen mit meinen Erinnerungen gedient zu haben, Mr. Shayle, und verbleibe mit den besten Wünschen für Ihre Zukunft,

mit vorzuglicher Hochachtung,

John Audley

Im Geiste dankte Shayle dem alten Herrn, der sich so viel Zeit für diesen Brief genommen hatte. Freilich fehlte es der Geschichte, von der John Audley in seinem Brief berichtete, an Details, die eine objektive Bewertung ermöglicht hätten, doch konnte Shayle sich eines seltsamen Gefühls nicht erwehren. Natürlich war ein Diebstahl ein Vergehen, das streng zu verurteilen war, daran zweifelte niemand. Dennoch fragte er sich, weshalb der Arzt gegen einen Freund ausgesagt hatte, statt diesen zu überreden, sich den Behörden zu stellen und das gestohlene Gut zurückzugeben.

In diesem Augenblick trat Emily ins Zimmer und sah ihn vorwurfsvoll an. »Was ist nur los mit dir, Anthony? Ich habe dich mehrmals gerufen, aber du rührst dich nicht. Wo bist du nur mit deinen Gedanken? In letzter Zeit sitzt du so oft hier und schweigst vor dich hin. Gibt es Schwierigkeiten bei der Arbeit?«

Leise Sorge stahl sich in ihren Blick. Er wusste genau, wie froh sie über seine neue Stelle war und konnte sie wenigstens in dieser Hinsicht beruhigen. Er strich ihr sanft übers Haar und drückte seinen Mund in ihre Locken. »Nein, Liebes, es ist alles in Ordnung. Lass uns zusammen in der Küche essen, dort ist es schön warm.«

Er mochte Emily nicht von seinen Nachforschungen erzählen, weil sie ihm gewiss raten würde, die Vergangenheit ruhen zu lassen und sich der Zukunft zu widmen. Andererseits hatte er, wie er sich eingestehen musste, Gefallen an seinen Ermittlungen gefunden und beschlossen, diese noch ein wenig weiter zu betreiben. Vielleicht entdeckte er einen Schatten auf der tugendhaft weißen Weste des St. John Martinaw, Leibchirurg des Königs.

Es war das erste Mal in ihrem Leben, dass Georgina eine ganze Nacht schlaflos verbrachte. Sie war wie von Sinnen aus der Bibliothek gestürzt, nachdem es ihr irgendwie gelungen war, den blauen Lederband zurück ins Regal zu stellen. Ein verurteilter Dieb, hallte es in ihrem Kopf, sieben Jahre Deportation, eine schändliche Strafe. Sie hatte von den Transportschiffen gelesen, den unerträglichen Bedingungen, die auf ihnen herrschten, den Kolonien, die auf dem Rücken der Sträflinge errichtet wurden. Und ihr Vater war einer von ihnen gewesen!

Als sie schließlich aufstand, weil sie es nicht länger im Bett aushielt, hatte sie Ringe unter den Augen und fühlte sich geradezu krank vor Müdigkeit. Hoffentlich merkten die Tante und der Großvater nichts, sonst musste sie sich unerfreuliche Fragen gefallen lassen. Überdies hatte St. John Martinaw sie mit ihrer Tante für diesen Abend zu einem feierlichen Essen ins *Rules* eingeladen, und sie wusste nicht, wie sie das alles überstehen sollte.

Es half nichts, sie musste sich einigermaßen zurechtmachen. Sie wusch sich mit kaltem Wasser, um ihre Lebensgeister in Schwung zu bringen, zog ein grünes Kleid an, das gut zu ihren Haaren passte, und kniff sich in die Wangen, um ihnen einen Hauch von Röte zu verleihen. Dann ging sie zum Frühstück hinunter.

Ihr Großvater war hinter der Zeitung verschwunden, und Lady Anne las in einem Damenjournal. Die beiden nickten und wünschten ihr einen guten Morgen, nahmen sich aber nicht die Zeit, Georgina genauer anzuschauen. So verlief das Frühstück eher schweigsam, was ihr nur recht war. Als sie schon hoffte, ungeschoren davonzukommen, legte ihre Tante das Journal beiseite und sah sie prüfend an.

»Ist dir nicht gut, Georgina?«

»Doch, Tante, ich bin nur ein bisschen aufgeregt wegen heute Abend.«

Ihre Tante lächelte. »Das kann ich gut verstehen. Doch Mr. Martinaw ist ein so reizender Mann, dass es gewiss ein angenehmes Dinner wird.«

Georgina schluckte. »Ja, sicher.« Sie unterdrückte die Äußerung, ein Vortrag von William Buckland erscheine ihr alle Male reizvoller als dieses Abendessen.

»Dennoch, deine Farbe gefällt mir heute Morgen nicht. Du solltest vielleicht einen Spaziergang an der frischen Luft unternehmen.« Lady Anne runzelte die Stirn. »Zu dumm, ich habe überhaupt keine Zeit, dich zu begleiten.«

»Ich könnte auch allein gehen, Tante. Hier in der Gegend kenne ich mich aus.«

Lady Anne schüttelte den Kopf. »Nein, es ist nicht

schicklich für eine junge Dame, allein durch die Straßen zu laufen. Dann müssen wir wohl darauf verzichten, und du legst dich stattdessen ein wenig hin.«

Georgina überlegte rasch, wie der Ausflug in die Freiheit doch noch zu retten sei. »Tante Anne, wie wäre es, wenn Carrie mich begleiten würde? Sie ist ein anständiges Mädchen und sicher für eine Stunde im Hause entbehrlich.«

Lady Anne sah ihren Vater an. »Was hältst du davon?«

James Fielding zuckte zusammen und blinzelte sie unwirsch über seine Zeitung hinweg an. »Wovon?«

»Georgina sieht heute Morgen etwas abgespannt aus. Ich habe vorgeschlagen, sie solle einen Spaziergang unternehmen, damit sie sich bis heute Abend wieder wohlfühlt. Was hältst du davon, wenn Carrie sie begleitet, da ich selbst verhindert bin?«

James Fielding nickte und antwortete mit einer vagen Handbewegung, die alles bedeuten konnte.

In diesem Augenblick läutete es.

»Kann man denn nicht einmal in Ruhe die Zeitung lesen?« Der alte Herr erhob sich unwillig und verließ das Zimmer.

Als Georgina hörte, wen das Hausmädchen meldete, setzte ihr Herz eine Sekunde aus.

Justus von Arnau war aufgeregt wie ein Junge, als er in seinem besten Gehrock und dem dunklen Reisemantel vor der Tür des Hauses am Bloomsbury Square stand. So lange hatte er auf diesen Augenblick gewartet, und der Gedanke, Georgina wiederzusehen, machte ihn ungewöhnlich nervös. In der Innentasche des Mantels hatte er wichtige Unterlagen verstaut, die er Georgina unbedingt zeigen wollte. Er hatte eine geruhsame Nacht in seinem Pflaumenzimmer verbracht und musste bei der Erinnerung noch immer lächeln. Er freute sich schon darauf, Georgina von seiner neuen Bleibe zu berichten, aber das war nebensächlich. Viel wichtiger war, wie sie ihn nach der Trennung empfangen, wie sie ihn anschauen, ob er die gleiche Wärme wie bei ihrer letzten Begegnung spüren würde. Denn er war sich endlich ganz klar geworden, dass er, ungeachtet aller Hindernisse, nicht ohne sie sein konnte.

Ein Hausmädchen öffnete.

»Wen darf ich melden, Sir?«

Er räusperte sich. »Mein Name ist Justus von Arnau. Ich möchte Miss Georgina Fielding meine Aufwartung machen.« Er reichte ihr seine Visitenkarte.

Das Mädchen knickste, ließ ihn ein, legte die Karte auf ein silbernes Tablett und bat ihn, einen Augenblick zu warten. Justus sah sich in der Eingangshalle um. Sie war geräumig und mit Gemälden und erlesenen Möbeln ausgestattet, das Treppengeländer schön gedrechselt, doch das Haus an sich wirkte reichlich düster. Welch bedrückende Kindheit muss Georgina hier verbracht haben, schoss es ihm unwillkürlich durch den Kopf. Während er noch in Gedanken versunken dastand, kam das Hausmädchen zurück und bat ihn in den Salon. Sie führte ihn die Treppe hinauf in den ersten Stock, wo es dank der großen Fenster, die zur Straße hinausgingen, ein wenig heller war.

Sie öffnete die Tür und meldete ihn an.

Justus' Hoffnungen wurden nicht enttäuscht. Obwohl Georgina im ersten Augenblick die Worte fehlten, strahlten ihre Augen. Bevor er etwas sagen konnte, erhob sich eine Dame von etwa vierzig Jahren mit strengem Mund und trat auf ihn zu. Ihr Blick verriet ihm, dass sie schon von ihm gehört hatte und er ihr nicht sonderlich willkommen war.

Er verbeugte sich formvollendet. »Gestatten, Justus von Arnau.« Dann schüttelte er die ihm entgegengestreckte Hand.

»Lady Anne Fellowes«, verkündete die Dame. »Es freut mich, Ihre Bekanntschaft zu machen. Meine Nichte kennen Sie schon, wie man mir berichtete.« Sie gab Georgina ein Zeichen, worauf diese vortrat und den Kopf neigte.

»Es ist sehr freundlich von Ihnen, Miss Fielding Ihre Aufwartung zu machen, doch ist dies leider kein sehr günstiger Tag dafür. Georgina fühlt sich nicht ganz wohl, und wir sind heute Abend zu einem wichtigen Essen eingeladen.«

Georgina trat ein Stück zur Seite, als wollte sie sich aus der Sphäre ihrer Tante lösen, und sah Justus beschwörend an. »Tante Anne, ich bitte dich, Herrn von Arnau nicht einfach wegzuschicken. Wir haben eine sehr angenehme Bekanntschaft gepflegt, und er ist auch von Tante Aga empfangen worden.« Sie sah ihn flehend an, um ihm zu erkennen zu geben, er möge sich nichts aus dem kühlen Empfang machen.

Georginas Herz schlug heftig, und sie hoffte, dass ihre Tante es nicht bemerkte. So lange hatte sie auf diesen Augenblick gewartet. Nun war er gekommen, und sie waren nicht allein. Natürlich hatten sie nicht darauf hoffen können, da ihre Tante fast immer im Hause wohnte, wenn Georgina in der Stadt war, doch das Gefühl, bei ihrem Wiedersehen beobachtet zu werden und ihre Gefühle nicht preisgeben zu dürfen, war eine große Enttäuschung.

»Bitte setzen Sie sich, Herr von Arnau«, sagte Lady Anne, der zum Glück bewusst geworden war, dass sie sich nicht ganz so unhöflich zeigen durfte. Wer konnte schon wissen, was dieser junge Ausländer über seine Erfahrungen mit den vornehmen Londonern verbreitete? »Darf ich Ihnen eine Tasse Tee anbieten?«

»Aber gern, Lady Anne.«

Nachdem seine Gastgeberin nach dem Mädchen geklingelt hatte, nahm Justus Platz und schaute sich seelenruhig im Salon um.

Georgina bewunderte seine Gelassenheit, und ihr Herz schlug schneller, als er ihre Tante mit einem charmanten Lächeln bedachte.

»Haben Sie vor, länger in der Stadt zu bleiben?«, erkundigte sich Lady Anne höflich.

»Wie Sie vielleicht wissen, bin ich Reiseschriftsteller. Die Dauer meines Aufenthaltes richtet sich danach, wie viele interessante Erlebnisse ich hier haben werde, über die ich meinen Lesern berichten kann«, entgegnete Justus.

Lady Anne lächelte maliziös. »Ja, Georgina hat uns von Ihrer Tätigkeit berichtet. Wie außergewöhnlich.« Der Ton, in dem sie das Wort »Tätigkeit« aussprach, ließ an eine kriminelle Handlung denken.

Justus blieb vollkommen ungerührt. »Ich weiß nicht, ob es so außergewöhnlich ist, über Menschen und fremde

Länder zu schreiben. Das haben schon andere vor mir getan.«

In diesem Augenblick kam Carrie mit dem Teetablett herein. Als sie es abgestellt hatte, stieß Georgina sie versehentlich an, wobei ein Löffel zu Boden fiel. Das Mädchen bückte sich neben ihr, um ihn aufzuheben, und Justus meinte zu hören, wie einige leise Worte fielen, doch Lady Anne schien nichts bemerkt zu haben.

Als das Hausmädchen gegangen war, nahm Georgina den Gesprächsfaden wieder auf. »Darf ich fragen, wohin Sie gereist sind, nachdem Sie Oxford verlassen hatten?«

»Gewiss, Miss Fielding. Ich habe mir die Grafschaft Norfolk angesehen, deren Einsamkeit und Meeresnähe mich sehr beeindruckt haben. Außerdem besuchte ich ein prachtvolles Schloss, das über eine wunderbare Bibliothek verfügt.« Er zog kaum merklich eine Augenbraue hoch.

Georgina reagierte mit einem Lächeln. Es war, als sprächen nur sie beide miteinander, während es sich für ihre Tante wie eine ganz gewöhnliche höfliche Konversation anhörte. »Wie heißt denn dieses Schloss, Herr von Arnau? Ich bin schon einmal in Norfolk gewesen und kenne einige Häuser.«

»Holkham Hall«, erwiderte Justus. »Es liegt in der Nähe des kleinen Ortes Wells-next-the-Sea.«

»Welch ein Zufall!«, rief Lady Anne aus. »Stellen Sie sich vor, mein Mann ist Parlamentsabgeordneter und mit dem Besitzer, Mr. Coke, bekannt. Wir waren sogar einmal dort eingeladen. Ein wirklich herrliches Anwesen.«

Justus ließ sich nicht beirren.

»Wie erfreulich, dann wissen Sie ja, wovon ich spreche,

Lady Anne. War es Ihnen auch vergönnt, die Bibliothek zu besuchen? Nein? Wie schade. Dort gibt es kostbare Handschriften, die ich mir sehr genau angeschaut habe. Ich habe viele Stunden dort zugebracht und interessante Gespräche mit dem Bibliothekar geführt.«

Georgina musste sich beherrschen, um ihre Aufregung nicht zu zeigen. Sie konnte ihm natürlich nichts von ihren eigenen Nachforschungen erzählen – oder doch?

Es war, als hätte er ihre Gedanken gelesen. »Ich hoffe, Sie hatten eine angenehme Zeit in London, Miss Fielding. Den Aufenthalt bei Ihrer Großtante scheinen Sie sehr genossen zu haben. Daher vermutete ich, Sie könnten zu jenen Menschen gehören, die sich auf dem Lande wohler fühlen als in der Großstadt.«

Georgina lächelte. »Ach, mir gefällt beides, Land und Großstadt. Es ist angenehm, diesen Wechsel zu erleben, der Geist und Seele anregt. Neben meinen gesellschaftlichen Verpflichtungen bin ich auch nicht untätig gewesen. Ich habe viel gelesen, über Geologie und andere Dinge. Unser gemeinsamer Bekannter Mr. Buckland wird demnächst einen Vortrag halten, zu dem er mich eingeladen hat. Vielleicht wäre es Ihnen möglich, ihn mit mir gemeinsam zu besuchen? Natürlich nur, wenn es dir recht ist«, sagte sie rasch mit einem Seitenblick auf ihre Tante, als wäre ihr erst jetzt wieder eingefallen, dass sie nicht allein waren.

Lady Anne lächelte säuerlich. »Darüber sprechen wir noch, mein Kind. Nun aber solltest du dich auf den heutigen Abend vorbereiten. Vergiss nicht deinen Spaziergang.« Sie klingelte nach dem Hausmädchen und blickte Justus an. »Wie ich bereits erwähnte, ist meine Nichte ein wenig erschöpft und braucht Ruhe und frische Luft. Wenn Sie uns jetzt bitte entschuldigen wollen …«

Als Carrie in die Tür trat, sagte sie: »Würdest du Herrn von Arnau bitte zur Tür begleiten? Es war mir ein Vergnügen.«

Er konnte nicht länger bleiben, ohne gegen die Regeln für morgendliche Hausbesuche zu verstoßen. Also stand er auf, verabschiedete sich von den Damen und folgte dem Hausmädchen die Treppe hinunter. Er würde einen Weg finden, Georgina wiederzusehen.

Doch er brauchte gar nicht lange nachzusinnen. Als er gerade aus der Haustür treten wollte, spürte er eine Berührung an der rechten Hand und hörte ein leises Rascheln. Er griff zu und entdeckte einen Zettel. Als er sich umdrehte, hatte Carrie die Tür bereits geschlossen.

Es waren nur wenige Worte, hastig hingekritzelt:

Nächste Straßenecke rechts. Warten Sie.

Georgina zog sich ein anderes Kleid an, richtete ihre Haare, warf einen Mantel über und ging nach unten, wo Carrie bereits in der Eingangshalle wartete, da Lady Anne sie dorthin beordert hatte. Diese stand mit strengem Blick daneben und musterte ihre Nichte.

»Du siehst schon etwas frischer aus, Georgina, aber ein Spaziergang kann nicht schaden. Bleib nicht zu lange, du sollst dich noch ausruhen, und deine Haare müssen frisiert werden.«

Georgina trat unruhig von einem Fuß auf den anderen

und schaute Carrie an, die kaum merklich nickte. Die Nachricht war also angekommen.

Als Lady Anne sie endlich entließ, atmete sie tief durch und trat vor die Tür. Es war ein kalter, aber trockener Tag, und ein leichter Wind trieb das welke Laub vor sich her. Es waren nur wenige Passanten unterwegs. Ein Kindermädchen mit frischen roten Wangen schob einen Kinderwagen und summte eine beliebte Moritat vor sich hin. Die beiden Frauen gingen ein Stück, bevor Georgina leise sagte: »Carrie, ich muss dich um einen Gefallen bitten.«

Das Mädchen nickte beflissen. »Was soll ich tun, Miss?«

Georgina drückte ihr eine Münze in die Hand. »Tee trinken und Kuchen essen.«

Carrie schaute sie verwundert an. »Ich verstehe nicht, Miss …«

»Der Herr, dem du den Zettel gegeben hast, wartet an der nächsten Ecke auf mich. Wir müssen uns unbedingt ungestört unterhalten.« Hoffentlich konnte sie Carrie vertrauen.

»Gut. Wo soll ich auf Sie warten, Miss? Es wäre sicher besser, wenn wir auch zusammen zurückkämen.«

»In der Tat«, sagte Georgina. Sie überlegte kurz. »Sagen wir, um zwölf Uhr hier an der Ecke. Und gib acht, dass niemand aus dem Haus dich sieht.« Sie sah das Mädchen eindringlich an, worauf Carrie nickte, ihren Umgang enger zog und mit raschen Schritten verschwand.

Georgina näherte sich mit klopfendem Herzen der Straßenecke. Vorsichtshalber blickte sie sich noch einmal um und prallte um ein Haar mit Justus von Arnau zusammen.

»Nicht so eilig.« Er hob ihre Hand an die Lippen. »Wie lange habe ich auf diesen Augenblick gewartet«, sagte er mit einem Zittern in der Stimme.

Sie ergriff seine Hand und drückte sie, als hinge ihr Leben davon ab. »Ich auch«, flüsterte sie, »ich auch.«

»Wo können wir ungestört miteinander sprechen?«, fragte er in eindringlichem Ton.

Sie überlegte. Das war gar nicht einfach. Dann kam ihr eine Idee. »In der Nähe gibt es eine Kirche, St. George's. Um diese Tageszeit ist es dort sehr ruhig. Wenn jemand kommt, tun wir so, als würden wir ein Gebet sprechen.«

Als sie die Kirche erreicht hatten und eintraten, schaute Justus sich staunend um. Anders als viele düstere Kathedralen, deren Fenster wenig Licht einließen, war dies ein heller, luftiger Bau mit cremeweiß getünchten Wänden, die trotz des unwirtlichen Wetters geradezu strahlten.

Sie gingen zu einer Bank, die etwas abseitsstand, und setzten sich. Wie erhofft war niemand außer ihnen zu sehen, und Lady Anne würde sich um diese Zeit gewiss nicht hierher verirren.

Justus neigte den Kopf zu ihr. »Dies ist zwar nicht ganz der Ort, den ich mir für unser Wiedersehen gewünscht habe, aber immerhin besser als …« Er warf ihr einen prüfenden Blick zu und sah, wie sie lächelte.

»Im Salon mit meiner Tante«, vollendete Georgina seinen Satz. »Da haben Sie allerdings recht, Herr von Arnau.« Sie legte ihm die Hand auf den Unterarm, ganz leicht, wie eine Feder, aber die Berührung allein machte ihn glücklich. »Es war eigentlich gar kein ungünstiger Zeitpunkt, da meine Tante morgens häufig Besuche unternimmt. Nur heute nicht, wegen des Abendessens. Ach, Sie wissen ja gar nicht …« Rasch unterrichtete sie ihn über St. John Martinaws bevorstehende Ehrung und die Einladung an diesem Abend. »Ich kann das Essen heute nicht absagen, sonst schöpft meine Tante Verdacht.« Sie schluckte. »Ich habe so sehr auf Sie gewartet.« Eine eherne Regel lautete, dass sich eine junge Dame niemals die Blöße geben durfte, ihr ungeduldiges Warten zu verraten, doch das kümmerte sie nicht mehr. »Mir bleibt nicht viel Zeit. Wenn ich mit Mr. Martinaw bei Hof erschienen bin, gelten wir in den Augen der Öffentlichkeit als so gut wie verlobt.«

Justus legte ihr behutsam einen Finger auf die Lippen. »Es wird sich schon ein Weg finden. Wann findet diese Investitur statt?«

»In nicht einmal drei Wochen«, entgegnete Georgina verzweifelt.

»Dann bleibt uns genügend Zeit«, erwiderte er zuversichtlich. »Hören Sie mir gut zu, Miss Fielding. Ich habe wichtige Dinge herausgefunden.« Er zog einige gefaltete Blätter aus der Manteltasche und reichte sie ihr. »Die sollten Sie sich anschauen, am besten allein und in Ruhe. Danach treffen wir uns und besprechen alles gründlich.« Sie konnte die Erregung in seiner Stimme hören.

Georgina merkte, wie ihr ganz warm wurde, als könnte sie seine Gedanken lesen. Justus rückte noch näher heran, nahm ihre Hand und streifte den Handschuh ab. Er drückte seine Lippen auf ihre Handfläche. Georgina schluckte schwer. Er sah sie besorgt an.

»Verzeihung, ich wollte nicht …«

»Nein«, sagte sie rasch, »es ist nur … ich habe es mir so lange gewünscht.«

»Georgina.« Er hatte tatsächlich zum ersten Mal ihren Vornamen ausgesprochen, wenn auch nur im Flüsterton.

»Justus.« Noch nie hatte sein Name so schön geklungen. »Auch ich habe Ihnen wichtige Dinge zu erzählen. Über Joshua Hart. Es gibt Neuigkeiten.« Sie hatte lange überlegt, ob sie ihm auch dies anvertrauen sollte, da sie ihre Scham darüber noch nicht überwunden hatte. Dann erinnerte sie sich, wie er auf das Eingeständnis ihrer unehelichen Geburt reagierte hatte, und fasste Mut. Sie wurde nicht enttäuscht.

»Wie aber kann er 1805 in London gewesen sein, wenn er zu sieben Jahren Deportation verurteilt worden war? Hat man ihn vorzeitig begnadigt?« Kein schockierter Blick, nur aufrichtiges Interesse.

»Ich weiß es nicht«, flüsterte sie eindringlich. »Was danach aus ihm geworden ist, konnte ich bisher auch nicht herausfinden. Seine Spur verliert sich, nachdem er die Truhen im Pfandhaus abgeholt hat. Natürlich könnte er ins Ausland gegangen sein und dort unter fremdem Namen ein neues Leben begonnen haben …« Sie zuckte hilflos die Achseln. »Ich weiß so wenig.«

Justus schaute sich wieder um und legte dann den Arm um ihre Schultern. Georgina rückte näher an ihn heran. Eine warme Welle durchflutete sie, und sie wischte sich die Augen. Schon lange hatte sie sich nicht mehr so geborgen gefühlt wie in diesem Moment in dieser stillen Kirche, einer Insel inmitten der kalten, lärmenden Großstadt.

Dann hörten sie Schritte, rutschten abrupt auseinander und senkten die Köpfe wie zum Gebet. Ein Geistlicher in schwarzer Soutane kam aus der Sakristei und nickte grüßend, bevor seine Schritte in einer Seitenkapelle verhallten.

»Wir sollten gehen«, sagte Georgina.

»Hören Sie.« Er legte einen Finger an ihr Kinn und drehte sanft ihren Kopf herum. »Gehen Sie heute Abend wie vorgesehen zu diesem Dinner, amüsieren Sie sich. Und lesen Sie unbedingt meine Übersetzungen. Sie sind der Lohn für Ihre Mühe.«

»Das werde ich, Justus. Es wäre sehr schön, wenn Sie übermorgen zu Mr. Bucklands Vortrag kämen.«

Justus nickte. »Sehr gern. Vorausgesetzt, Sie erhalten die Erlaubnis, dorthin zu gehen.« Er schien Lady Anne auf Anhieb richtig eingeschätzt zu haben. »Vielleicht könnten Sie ihm etwas darüber erzählen.« Er deutete auf die Unterlagen, die er ihr gegeben hatte. »Sie fallen in sein Fachgebiet.«

Es hätte noch so viel zu sagen gegeben, aber Georgina wollte ihr Glück nicht herausfordern, schob die Blätter in ihren Mantel und verließ mit Justus die Kirche. Die Uhr schlug zwölf. Sie sah ihn besorgt an. »Ich muss aufbrechen. Carrie wartet um zwölf Uhr an der Ecke auf mich.«

»Ich begleite Sie. Denken Sie daran, was wir vereinbart haben.«

Mit raschen Schritten kehrten sie zum Treffpunkt zurück, wo Carrie schon bereitstand. Justus verabschiedete sich mit einer höflichen Verbeugung.

»Es war mir ein Vergnügen, Miss Fielding. Auf ein baldiges Wiedersehen.« Er beugte sich noch einmal zu ihr.

»Fast hätte ich es vergessen – bei den Unterlagen finden Sie auch meine Londoner Adresse. Geben Sie mir bitte wegen des Vortrags Bescheid.«

Damit war er verschwunden.

Georgina hatte sich nach dem Mittagessen pflichtschuldig hingelegt, die Zeit aber nicht genutzt, um sich auszuruhen, sondern um die Begegnung mit Justus von Arnau nachwirken zu lassen wie einen köstlichen Geschmack, der im Mund verweilt, selbst wenn die Süßigkeit längst verzehrt ist. Sie hatte die Augen geschlossen und die Hand, die er geküsst hatte, an ihre Wange gelegt. Es schien, als wäre ein Hauch von ihm dort geblieben, und sie spürte seine Nähe, als stünde er neben ihr. Wie sollte sie am Abend ihre Gefühle verbergen, wenn St. John Martinaw sich mit seiner ruhigen, höflichen Art um sie bemühte? Er war ein kluger, umgänglicher Mann, der gewiss die besten Absichten hegte, aber die Sympathie, die sie bei ihrer ersten Begegnung empfunden hatte, war nichts gegen die Gefühle, die Justus von Arnau in ihr weckte.

Dann setzte sie sich mit einem Ruck auf. Die Unterlagen! Wie hatte sie die nur vergessen können? Sie musste über sich selbst lächeln. War es denn so schlimm, nachsichtig mit sich selbst zu sein und sich dieses eine Mal ganz ihren Gefühlen hinzugeben, statt an solch ernste Dinge wie die Geschichte ihrer Familie zu denken? Nun aber wurde es Zeit, sich wieder in die Wirklichkeit zu begeben, was durchaus angenehm war, denn Justus von Arnau gehörte zu dieser Wirklichkeit genau wie jene Zärtlichkeiten, bei denen sie in Gedanken verweilt hatte.

Zu dumm, die Papiere steckten noch in der Innentasche ihres Mantels. Vorsichtig öffnete sie die Zimmertür, schaute in beide Richtungen und huschte die Treppe hinunter. Sie konnte nur hoffen, ihrer Tante nicht zu begegnen. Sie fand den Mantel in einem Nebenraum der Eingangshalle und tastete rasch nach den Unterlagen. Sie drückte sie fest an die Brust und eilte die Treppe hinauf, wobei sie fast mit ihrem Großvater zusammengestoßen wäre.

»Wohin so eilig, mein Kind? Geht es dir besser? Leg dich lieber noch etwas hin, du siehst blass aus.«

Georgina hingegen hatte das Gefühl, ihr Gesicht stünde in Flammen, doch es gelang ihr, die Hand mit den Papieren hinter dem Rücken zu verbergen und rasch »Das wollte ich gerade tun« hervorzustoßen.

Wieder in ihrem Zimmer atmete sie tief durch. Lange konnte sie diese Heimlichkeiten nicht mehr ertragen. So viele Dinge vor ihrer Familie zu verbergen, bedrückte sie, und doch sah sie im Augenblick keinen anderen Weg. Irgendwann würde das alles vorbei sein, doch wie dieses Ende aussehen sollte, wusste sie selbst nicht.

Nun aber musste sie sich ganz auf ihre Lektüre konzentrieren, in die Justus so viel Mühe gesteckt hatte. Georgina setzte sich an den Schreibtisch, legte die Blätter vor sich und klappte sie auseinander. Zuoberst lag das Dokument, das sie in der Truhe von Joshua Hart gefunden hatte. Es war in bestem Zustand und völlig unversehrt, etwas anderes hatte sie von Justus auch nicht erwartet.

Gespannt legte sie es beiseite und betrachtete das nächste Blatt, das eine Art Zusammenfassung darstellte. Zunächst schilderte Justus darin die Geschichte des Dokuments, wie es in den Besitz der Familie Coke gelangt war und wie man es in der Bibliothek aufbewahrt hatte. Georgina las alles gründlich durch, wartete aber ungeduldig auf die wirklich interessanten Enthüllungen.

Ein jeder Meeresboden enthält noch immer Muscheln. Und die Muscheln sind zusammen mit der Erde versteinert. Aufgrund der Festigkeit und Einheit wollen manche glauben machen, diese Tiere seien von der Sintflut an Orte fern des Meeres getragen worden.

Eine Sekte unwissender Menschen erklärt, die Natur oder der Himmel habe sie durch göttlichen Einfluss an diesen Orten erschaffen, so als fände man an diesen Orten nicht auch die Knochen von Fischen, die lange Zeit zum Wachsen brauchten; und als könnten wir nicht an Muschelschalen und Schneckenhäusern die Jahre und Monate ihres Lebens ablesen, wie wir es auch an den Hörnern von Stieren und Ochsen und den Ästen von Bäumen können, die nie beschnitten wurden.

Georgina spürte, wie heftig ihr Herz schlug; selten hatte das geschriebene Wort sie so aufgewühlt. Leonardo da Vinci stellte hier Kernpunkte des christlichen Glaubens infrage! Er zweifelte an den Auswirkungen der Sintflut, die die Muscheln angeblich auf die Gipfel der Berge gespült hatte, wie auch an der Vorstellung, alles Getier unter dem Himmel sei fertig erschaffen worden und benötige nicht lange Jahre zu seiner Entwicklung. Das waren nicht die Ideen eines Künstlers, sondern eines kühnen Gelehrten!

Sie konnte nicht länger auf ihrem Stuhl sitzen bleiben, sondern griff nach den Blättern mit der Übersetzung und las im Gehen weiter.

Und wenn man sich entschiede zu behaupten, dass die Sintflut diese Muscheln Hunderte Meilen vom Meer wegtrug, kann dies nicht so geschehen sein, da diese Sintflut vom Regen hervorgerufen wurde; der Regen indes zwingt die Flüsse von Natur aus, mit allen Dingen, die sie mit sich führen, ins Meer zu stürzen, und nicht, die toten Dinge vom Meeresufer in die Berge zu tragen.

Georgina war fassungslos. Sollten diese Gedanken tatsächlich dreihundert Jahre alt sein? Warum waren sie in der Welt der Gelehrten unbekannt? Wusste William Buckland, der mit so großer Hingabe versuchte, die Aussagen der Bibel und seine wissenschaftlichen Erkenntnisse zu vereinen, von diesen umwälzenden Ideen? Vermutlich nicht, sonst hätte er sie in seine Überlegungen einbezogen. Andererseits …

Sie biss sich auf die Lippen. Wie vertrug sich das mit Bucklands Glauben? Immerhin war er Priester der anglikanischen Kirche. Natürlich wurde heute niemand mehr auf dem Scheiterhaufen verbrannt, weil er sich in angeblich ketzerischer Weise geäußert hatte, oder in sein Haus gesperrt, weil sein Weltbild nicht mit dem der Kirche übereinstimmte. Doch hatte man James Hutton nicht erst vor wenigen Jahrzehnten heftig angegriffen, weil er an den kurzen sechs Tagen der Schöpfungsgeschichte zweifelte? Es war nicht einfach, solche Gedanken gegen die herrschende Meinung zu verteidigen; wie viel schwerer musste dies für einen Mann der Kirche sein.

Sie war Justus unendlich dankbar, dass er diesen Weg für sie gegangen war und die Mühe auf sich genommen hatte, die Schriften zu entziffern. Welche faszinierenden Ideen mochten sich in den übrigen achtundsechzig Seiten verbergen? Sie bedauerte zutiefst, das Manuskript nicht mit eigenen Augen gesehen zu haben; das musste sie unbedingt nachholen.

Georgina war derart hingerissen von dem Text, dass ihr erst jetzt wieder in den Sinn kam, wie er in ihre Hände gelangt war. Hatte ihr Vater ein ebensolches Staunen empfunden, eine ähnliche Spannung? War er dafür zum Dieb geworden? Beherrschte er überhaupt die italienische Sprache, oder hatte er nur geahnt, welche Schätze das Manuskript enthielt? Kannte er jemanden, der es für ihn übersetzen sollte? Noch immer gab es so viele Fragen, auf die sie keine Antwort wusste.

Sie beschloss, William Buckland bei nächster Gelegenheit davon zu berichten. Vor zwei Tagen hatte sie einen Brief von ihm erhalten, in dem er den genauen Termin seines Vortrags nannte und sie nochmals herzlich dazu einlud. Vielleicht würde sich danach die Gelegenheit ergeben, ihm von der außergewöhnlichen Handschrift zu berichten. Schon jetzt konnte sie ihre Aufregung kaum zügeln. Sollte wirklich etwas Bedeutendes in ihre Hände gelangt sein, von dem die führenden britischen Geologen nichts wussten?

Sie dachte nach. Sich offiziell von Justus begleiten zu lassen, war ausgeschlossen. William Buckland hingegen war Geistlicher. Vielleicht würde seine persönliche Einladung und sein untadeliger Ruf Lady Anne dazu bewegen, ihre Erlaubnis zu geben. Sie las fasziniert weiter.

Die *Old Bell Tavern* mit der goldenen Glocke über der Tür war eine der ältesten Kneipen der Fleet Street, und um die Mittagszeit drängten sich dort die Journalisten der umliegenden Zeitungen, um ein rasches Mittagessen mit einem Pint hinunterzuspülen. Shayle schaute sich um und trat an die Theke, da dies seiner Erfahrung nach der beste Ort war, um ein Gespräch zu beginnen.

Das Wirtshaus atmete Geschichte – der berühmte Sir Christopher Wren hatte es für die Arbeiter erbauen lassen, die nach seinen Plänen die neue St. Bride's Church errichteten, nachdem der große Brand London vor über hundertfünfzig Jahren in Schutt und Asche gelegt hatte. Ein vernünftiger Mann, dachte Shayle, der nicht nur an sein Bauvorhaben, sondern auch an das leibliche Wohl seiner Arbeiter gedacht hatte. Wer hungrig und durstig war, ging nur mit Murren ans Werk.

Mit diesem Gedanken bestellte er ein halbes Pint – mehr war um diese Zeit nicht ratsam, wollte er seine Nachforschungen mit klarem Kopf betreiben. Er trank einen Schluck, wischte sich über den Mund und stellte den Krug auf die Theke. Dann wandte er sich an den Mann neben ihm, der eine eindrucksvolle Fleischpastete verzehrte.

»Sind die zu empfehlen?«

Der Mann nickte kauend und spülte den Bissen mit Bier hinunter. »Die besten weit und breit, Sir.«

Shayle orderte das Gleiche und fragte beiläufig: »Kommen Sie öfter her?«

»Ja, ich arbeite bei der *Times*. Ohne meine Pastete am Mittag würde ich den langen Tag nicht überstehen.«

»Sie schreiben für eine Zeitung?«, erkundigte sich Shayle, der sein Glück kaum fassen konnte. Gleich der erste Versuch schien erfolgreich.

»Ja. Über Pferderennen und Oper«, erwiderte der Mann.

»Eine ungewöhnliche Verbindung.«

»Nicht unbedingt. Beim Derby sind die Damen ebenso aufgetakelt wie in Covent Garden«, meinte der Journalist respektlos. »Sie habe ich noch nie hier gesehen. Auch ein Schreiberling?«

Shayle schüttelte den Kopf. »Nein, ich bin Arzt, aber das tut nichts zur Sache. Arbeiten Sie schon lange bei der Zeitung?«

»Als jemand, der nicht für eine Zeitung schreibt, sind Sie ganz schön neugierig, mein Freund«, meinte der Mann und bestellte das nächste Pint.

»Verzeihung.« Da traf ihn ein heftiger Schlag zwischen die Schulterblätter, und der Mann brach in dröhnendes Gelächter aus. »Nicht so schnell, mein Freund. In unserem Geschäft müssen Sie solche Scherze aushalten. James Tickley.« Er streckte Shayle die Hand entgegen.

Dieser grinste erleichtert. »Anthony Shayle.«

»Freut mich. Was wollen Sie denn so dringend wissen, mein Freund?«

Shayle beschloss, auf lange Vorreden zu verzichten und

gleich zur Sache zu kommen. Tickley machte nicht den Eindruck, als müsste man bei ihm auf irgendwelche Empfindlichkeiten Rücksicht nehmen.

»Ich interessiere mich für einen Kriminalfall, der allerdings schon lange zurückliegt. Etwa zwanzig Jahre, würde ich sagen.«

Tickley kratzte sich am Kopf. »Ich habe ein gutes Gedächtnis, mein Freund. Worum geht es? Mord? Raub? Entführung?«

»Um einen Diebstahl.«

Tickley wirkte geradezu enttäuscht. »Einen Diebstahl? Wie banal. Und daran soll ich mich erinnern?«

»Nun ja, das Diebesgut war ungewöhnlich – eine alte Handschrift, die aus einer Privatbibliothek entwendet wurde.«

Der Journalist gab sich nach wie vor skeptisch. »War das Ding wertvoll?«

Shayle zuckte mit den Schultern. »Ich vermute, der Wert war vor allem ideeller Natur. Mir ist auch nicht bekannt, ob das Papier wiedergefunden oder zum Verkauf angeboten wurde.«

»Alte Geschichten, Diebstähle von irgendwelchen Zetteln. Mit so was kann ich keine Seiten füllen, Mr. Shayle«, meinte Tickley achselzuckend. »Haben Sie nichts Besseres zu bieten?«

Shayle beschloss, die Katze aus dem Sack zu lassen. »St. John Martinaw dürfte Ihnen wohl ein Begriff sein, oder nicht?«

Tickley verschluckte sich fast an seinem Bier. »Der heilige Martinaw? Hat der etwa das Ding geklaut?«

Shayle schüttelte den Kopf. »Nein, ein Freund von ihm. Und Mr. Martinaw hat damals gegen ihn ausgesagt.«

In diesem Augenblick trat ein kleiner drahtiger Mann mit rotem Haar zu ihnen und stieß Tickley vertraulich in die Rippen. »Habe ich gerade den Namen Martinaw gehört, Jamie?«

»Mr. Shayle, das ist Hal Willoughby, ein Kollege von mir. Hal, darf ich dir Mr. Shayle vorstellen, der sich für den heiligen Leibarzt interessiert.«

Shayle kam sich vor, als wäre er in eine Komödie geraten, in der sich die Schauspieler Stichworte zuwarfen, und schaute fragend von einem Mann zum anderen.

»Darf ich annehmen, dass Sie gewisse Vorbehalte gegen Mr. Martinaw hegen, meine Herren?«

Die Angesprochenen brachen in brüllendes Gelächter aus. »Vorbehalte? Aber nicht doch. Er ist sicher ein bedeutender Arzt, aber salbungsvoll ...«

»... und derart von sich überzeugt, dass es wehtut.«

Nun wurde Shayle richtig neugierig und fasste seine Frage noch einmal für Mr. Willoughby zusammen. Dieser nickte sofort.

»Natürlich. Eine alte Geschichte, aber wenn es um Martinaw geht, ist mein Gedächtnis besser als das eines Elefanten.«

Shayle gab dem Wirt ein Zeichen, drei Pints zu bringen. Der Mund eines Informanten wollte geschmiert sein.

»Die Sache war pikant, Mr. Shayle«, sagte Willoughby zufrieden. Er schien es zu genießen, die alte Geschichte aufzutischen. »Mein werter Kollege Tickley ist nicht ganz im Bilde, sonst hätte er Ihnen verraten, dass Martinaw nicht nur gegen Hart ausgesagt, sondern ihn überhaupt erst wegen Diebstahls angezeigt hat.«

»Wer ist dieser Hart? Der Mann, der das Manuskript gestohlen hat?«

»Ja, ebender. Er war selbst Arzt. Hat sich nebenher mit naturwissenschaftlichen Forschungen beschäftigt und dabei diesen alten Wisch mitgehen lassen. Und der gute St. John Martinaw, gesetzestreu wie er nun mal ist, hat ihn angezeigt.«

Shayle hob die Hand, weil er Willoughbys Ausführungen nicht mehr folgen konnte. »Stellen Sie sich bitte vor, ich wüsste nichts von der ganzen Sache, und beginnen Sie noch einmal von vorn.«

Der Wirt stellte ihre Gläser auf die Theke, und Willoughby trank einen Schluck, bevor er sich ans Erzählen machte.

KAPITEL XXII

Und die Wasser nahmen überhand und wuchsen so sehr auf Erden, dass alle hohen Berge unter dem ganzen Himmel bedeckt wurden.

GENESIS 7,19

St. John Martinaw rückte seine Krawatte zurecht, prüfte den Sitz der eleganten Nadel mit der grauen Perle, die er sich als einzigen Schmuck gestattete, und strich sich über die Haare. Er war kein Mann, der sich gern heftigen Gefühlen hingab, erlaubte sich jedoch, einen Augenblick lang ganz und gar mit sich zufrieden zu sein. Seine berufliche Laufbahn strebte einem Gipfel zu, den er erhofft, wenn auch nicht unbedingt erwartet hatte. Bisweilen erlaubte er sich eine kleine Fantasie, in der er auf einem samtenen Kissen vor dem König niederkniete und den Ritterschlag empfing, während die Augen jener auf ihm ruhten, die ihm vor Kurzem noch herablassend begegnet wären oder gar die Nase über einen Chirurgen gerümpft hätten.

Auch Miss Georgina Fielding gehörte zu diesem Tagtraum, denn eine Frau war es, die ihm noch zur Vervollkommnung seines Selbstbilds fehlte. Er war überaus zufrieden mit seiner Wahl. Seit er Miss Fielding zum ersten Mal begegnet war, wusste er, dass sie und nur sie seine Gefährtin werden sollte. Sie wirkte verständig und klug und besaß doch etwas Mädchenhaftes. Mit ihr wollte er seine Erfolge teilen und den schwindelerregenden Berg erklimmen, der sich vor ihm erhob. Sie sollte an seiner Seite stehen, wenn sich seine kühnsten Hoffnungen erfüllten. Wenn sie ihm bisweilen etwas zurückhaltend erschien, tröstete er sich damit, dass dies einer Schüchternheit entsprang, die ihrer Jugend durchaus anstand. Liebe wuchs mit der Zeit, das war eine alte und oft belegte Weisheit.

Zunächst hatte er sich vorgenommen, Miss Fielding nicht zu drängen, ihr genügend Zeit zu geben, um ihrer Jugend Rechnung zu tragen. Den Sommer über hatte er sich klaglos mit den wenigen Briefen zufriedengegeben, die er von ihr erhalten hatte, doch allmählich wünschte er sich eine weitere Annäherung, die ihm endlich die erhoffte Gelegenheit für seinen Antrag bieten würde.

Erschien er heute Abend mit ihr im *Rules* und in Kürze bei der Investitur, würde dies den erfolgreichen Abschluss seines Werbens bedeuten. Wenn sie sich mit ihm in der Öffentlichkeit zeigte, wüsste am nächsten Tag ganz London davon. Und was in der Stadt erzählt wurde, galt bald darauf als unumstößliche Tatsache und konnte nur schwer widerlegt werden. Nein, sagte er sich ganz ruhig und ohne niedrigen Triumph, für Miss Georgina Fielding gäbe es nach Empfang bei Hofe kein Zurück.

Justus von Arnau war durch die Maiden Lane geschlendert, hatte sich das Schaufenster der Buchhandlung Ballard angesehen und dann beschlossen, rasch das empfohlene Etablissement aufzusuchen, da das Wetter einfach zu ungemütlich war, um einen ausgiebigeren Spaziergang zu unternehmen.

Nach Londoner Maßstäben war es ein noch neues Restaurant, das Ende des vergangenen Jahrhunderts eröffnet worden war und sich rasch einen ausgezeichneten Ruf erworben hatte. Wer das Land besuchte und die englische Küche in ihrer besten Ausprägung kosten wollte, bekam das Restaurant von den Einheimischen empfohlen oder wurde eingeladen. Und so dinierte Justus von Arnau an diesem Abend dort, nachdem ihm Mrs. Williamson das Etablissement wärmstens ans Herz gelegt hatte. Er war ein geselliger Mensch, genoss dann und wann aber auch ein Abendessen allein, bei dem er sich ganz auf die Gerichte konzentrieren konnte, statt auf Gedeih und Verderb Konversation machen zu müssen.

Er saß an einem kleinen Tisch mit blütenweißer Decke, poliertem Silberbesteck und makelloser Serviette und wurde von einem Kellner betreut, der ihm soeben einen ausgezeichneten weißen Portwein kredenzt hatte. Justus hatte die Karte ausgiebig studiert und sich für ein Dutzend Austern, die Wildpastete des Tages mit verschiedenen Gemüsen und Kartoffelbrei und, als einziges Zugeständnis an den kontinentalen Gaumen, Crème brulée mit schokolierten Makronen bestellt. Nun konnte er in aller Ruhe warten, bis die Köstlichkeiten aufgetragen wurden.

Er nippte an seinem Port, während ihm Jagdtrophäen und ernste Herren und Damen in Öl über die Schulter blickten, und dachte an die Begegnung vom Morgen, die ihn den ganzen Tag über wie ein warmes Tuch umhüllt und vor der Winterkälte geschützt hatte. Gewiss, er hatte sich das Wiedersehen mit Georgina anders vorgestellt, romantischer und ungestörter, doch die heimliche Unterredung in der Kirche hatte ihn für den kühlen Empfang im Salon der Tante entschädigt. Überhaupt schien ihre Bekanntschaft von solch unkonventionellen Begegnungen geprägt zu sein. Justus war froh, dass er endlich in London war, auch wenn er noch nicht recht wusste, wie sich sein Umgang mit Georginas Familie gestalten würde. St. John Martinaw schien bei den Fieldings in allerhöchster Gunst zu stehen, was angesichts seiner Erfolge und des bevorstehenden Ritterschlags nicht verwunderlich war. Wie sollte er dagegen bestehen?

Er hatte nicht die Absicht, sich geschlagen zu geben, bevor er überhaupt die Waffen geschärft hatte. Wem Georgina den Vorzug geben würde, stand außer Frage, das hatte er bei ihrer Begegnung genau gespürt. Doch welchen Einfluss hatte eine elternlose junge Frau, deren Verwandten etwas anderes für sie planten? Es war paradox, dass ihre Familie gerade von jenen Dingen, die sie einander nahe gebracht hatten – dem Ausflug in Männerkleidung, der Suche nach Joshua Hart und seinen Geheimnissen – nichts erfahren durfte. Das war wohl der Preis für ihre unkonventionelle Beziehung.

Er gab Zitrone auf eine der Austern, die mittlerweile serviert worden waren, und schluckte sie hinunter. Sie war vorzüglich, er meinte geradezu, den Wind und das Meer zu schmecken.

Justus genoss die Schalentiere, lehnte sich zurück und trank einen Schluck Weißwein. Nicht einmal drei Wochen, sagte er sich, nicht einmal drei Wochen blieben ihm, um Georgina für sich zu gewinnen. Erschiene sie mit Martinaw bei Hofe, könnte nur ein Wunder oder ein Skandal eine Verlobung verhindern.

Während er dieses Dilemma überdachte, erinnerte er sich an William Bucklands Vortrag, den Georgina erwähnt hatte. Das wäre eine ausgezeichnete Gelegenheit, ihre Bindung zu vertiefen und die angenehme Bekanntschaft mit dem Geologen zu festigen. Allerdings fragte er sich, ob ihre strenge Tante zustimmen würde, dass er sie dorthin begleitete. Im Augenblick schätzte er seine Aussichten eher schlecht ein.

Mittlerweile war er mehr als froh, allein zu speisen, da er mit seinen Grübeleien ohnehin keine angenehme Gesellschaft gewesen wäre. Beim Dessert, dessen zarte Kruste er mit einem kleinen Löffel aufklopfte, bevor er den erlesenen Karamellgeschmack genoss, war er zu der Erkenntnis gelangt, dass er sich Georgina endlich erklären und ihre Reaktion abwarten musste. Gewiss spürte sie, was er für sie empfand, doch er musste den letzten Schritt tun und es in Worte kleiden. Ihm blieb keine Zeit, da Martinaw ihm gegenüber eindeutig im Vorteil war.

Als er fertig gespeist und die Rechnung beglichen hatte, die ihn daran erinnerte, dass er dringend einige Artikel fertigstellen musste, um seinen weiteren Aufenthalt in London zu sichern, ließ er sich den Mantel geben und strebte dem Ausgang zu. Er war gerade durch die Tür getreten, als eine Kutsche vor dem Haus hielt.

Ein Herr in dunklem Mantel und Zylinder half zwei Damen beim Aussteigen. Der Gehweg war schmal, und im

Rinnstein stand handtief das Wasser. Dem Mann schenkte Justus keine Beachtung, da er ihm den Rücken zuwandte, doch Georgina Fielding hätte er unter tausend Frauen erkannt. Natürlich, die Einladung zum Abendessen, von der sie gesprochen hatte, dachte Justus und war erleichtert, dass er sich nicht mehr im Restaurant befand. Er zog den Hut tiefer ins Gesicht und glitt in den Hauseingang nebenan, damit Georgina ihn nicht bemerkte; er wollte ihr eine peinliche Situation ersparen.

Er beugte sich ein wenig vor, um wenigstens einen Blick auf sie zu erhaschen, als ihn ein Passant anstieß. Dieser schritt weit ausholend auf die kleine Gruppe zu und berührte den Begleiter der Damen am Arm.

Justus sah angestrengt hin, da das Wasser von seiner Hutkrempe tropfte und alles vor seinen Augen verschwimmen ließ. Er schlug den Mantelkragen hoch, trat ein Stück vor und horchte ungeniert. Das hier versprach interessant zu werden.

»Kennen Sie mich noch, Mr. Martinaw?«

Der Angesprochene drehte sich um, und das Licht, das aus den Fenstern des Restaurants fiel, beleuchtete sein Gesicht. Erkennen huschte über seine Züge.

»Mr. Shayle! Welch ein Zufall.«

»So würde ich es nicht nennen, Mr. Martinaw. Oder muss ich schon Sir St. John sagen?«

Bescheiden schüttelte Martinaw den Kopf. »Nicht doch, es sind noch fast drei Wochen, Mr. Shayle. Es hat mich gefreut, Sie zu sehen, aber nun … wenn Sie gestatten, die Damen können nicht hier draußen in der Kälte warten. Ich wünsche Ihnen einen guten Abend.«

Doch der als Shayle angesprochene Mann hielt ihn am Arm fest. »Nicht so schnell, Mr. Martinaw. Ich gönne Ihnen den Besuch in diesem Restaurant durchaus, wenngleich es mir aus Gründen, die Ihnen bekannt sein dürften, verwehrt ist, meine eigenen Gäste hierher auszuführen.«

Martinaw öffnete die Tür und bedeutete den Damen, schon hineinzugehen, auch wenn dies nicht den Regeln der Höflichkeit entsprach. Dann wandte er sich abrupt an Shayle. »Ich wüsste nicht, was mich …«

»Was Sie das angeht, meinen Sie?«, unterbrach ihn Mr. Shayle. »Ich schon, Mr. Martinaw. Da Sie sich so selbstlos für mich eingesetzt haben, verlor ich nicht nur meine Stelle am St. Thomas' Hospital, sondern fand auch monatelang keine neue Arbeit.«

»Das ist bedauerlich, Mr. Shayle, aber ich habe Ihnen in unserer damaligen Unterredung erklärt, dass Ihre Forschungen gewissen Personen missfallen haben. Und nun möchte ich Sie bitten, mich nicht weiter aufzuhalten, ich bin in Damenbegleitung.« Er wollte sich wieder dem Eingang zuwenden, doch Mr. Shayle vertrat ihm den Weg.

Justus lauschte fasziniert.

»Mr. Martinaw, ganz so einfach ist die Sache nicht. Sie selbst haben dafür gesorgt, dass ich meine Stelle verlor. Und dann haben Sie mich in allen Londoner Krankenhäusern schlechtgemacht.«

Wäre das Licht doch nur besser, dachte Justus gereizt. Er hätte zu gern Martinaws Gesichtsausdruck gesehen.

Dieser zog energisch die Hand weg. »Lassen Sie mich in Ruhe mit Ihrem Geschwätz, Shayle! Sie können sich nur nicht damit abfinden, dass andere es besser getroffen haben als Sie.« Er wandte sich ab und strebte dem Restau rant zu.

»Was würde wohl Joshua Hart dazu sagen?«

Martinaw hielt inne, drehte sich aber nicht um. »Ich kenne keinen Herrn dieses Namens«, sagte er kalt und ließ die Tür des Restaurants hinter sich ins Schloss fallen.

Shayle stand mit hängenden Schultern da und sah ihm nach. Er wird Martinaw kaum hineinfolgen, dachte Justus, und vor den Augen der beiden Damen eine Szene machen. Seiner Redeweise nach zu urteilen war er ein gebildeter, höflicher Mann.

Shayle wandte sich gerade zum Gehen, als Justus ihm von hinten die Hand auf die Schulter legte.

»Dürfte ich Sie auf ein Bier einladen, Mr. Shayle?«

Martinaw trat ein, schüttelte den nassen Zylinder und reichte ihn einem Bediensteten, der ihm auch den Mantel abnahm. Georgina bemerkte, wie Lady Anne ihn mit einem Blick bedachte, der zwischen Missbilligung und Neugier schwankte. Ihre Tante war es nicht gewohnt, um diese Tageszeit allein mit einer Schutzbefohlenen ein Restaurant zu betreten, und Martinaws Verhalten war recht eigenartig gewesen. Was mochte der Mann von ihm gewollt haben?

»Sie sehen aus, als wären Sie einem Gespenst begegnet, Mr. Martinaw«, sagte Georgina mit sanftem Spott. »Ich hoffe, die Begegnung verlief nicht allzu unerfreulich.«

»Nein, nein, Miss Fielding, ganz und gar nicht«, versicherte er rasch. »Ich war nur überrascht, weil ich Mr. Shayle lange nicht gesehen habe. Er hat früher unter mir im St.

Thomas' gearbeitet.« Mit einer angedeuteten Verbeugung sagte er zu Lady Anne: »Verzeihen Sie, es ist mir zutiefst unangenehm, dass Sie allein eintreten mussten, aber ich wollte Sie nicht länger den Unbilden des Wetters aussetzen.«

Der Kellner führte sie an ihre Plätze und nahm die Bestellung für Sherry auf.

Obwohl Martinaw Georginas Frage abgetan hatte, schien er aus dem Gleichgewicht geraten. Zwar plauderte er in seiner üblichen ernsten Art, sprach von Neuerungen im Krankenhaus und den Vorbereitungen für seine Tätigkeit bei Hofe, war aber dennoch nicht ganz bei der Sache. Lady Anne hatte sich offenkundig entschlossen, ihm den Fauxpas zu verzeihen, und redete über dies und das, als hätte es den merkwürdigen Zwischenfall nicht gegeben.

Anders jedoch Georgina. Der Name Shayle sagte ihr nichts, und sie überlegte schon, wo sie Erkundigungen über den Mann einziehen könnte. Das wurde ihr allmählich zur zweiten Natur. Was hatte dieser Shayle doch gleich gesagt? Er könne es sich nicht erlauben, Gäste in diesem Restaurant zu bewirten? Aus Gründen, die Mr. Martinaw bekannt sein dürften? Das konnte manches bedeuten, so auch, dass es ihm an den finanziellen Mitteln mangelte. Weshalb aber sprach er Mr. Martinaw darauf an? Wollte er ihm etwas vorwerfen oder ihn womöglich um Geld angehen? Ein Arzt, der vielleicht unverschuldet in Not geraten war, und einen ehemaligen Kollegen auf offener Straße anbettelte? Nein, das konnte nicht sein. Ihre Neugier war geweckt.

»Georgina?«

Sie zuckte leicht zusammen. Lady Anne sah sie eindringlich an. »Ich erzählte Mr. Martinaw gerade von dem reizenden Kleid, das Mrs. Tetley für dich geschneidert hat. Es ist mädchenhaft und würdevoll zugleich, Mr. Martinaw, es wird Ihnen sicher gefallen. Natürlich ist sich Georgina der Ehre bewusst, die ihr mit dieser Einladung zuteilwird.«

Georgina beeilte sich zu nicken, um keinen Argwohn zu erregen, während es hinter ihrer Stirn fieberhaft arbeitete.

»Darf ich fragen, welche Fortschritte Ihre naturwissenschaftlichen Forschungen machen, Mr. Martinaw?«

Er berichtete von anatomischen Untersuchungen an Knochen und Zähnen lebender und fossiler Säugetiere und der neuesten Abhandlung, die er darüber verfasst hatte.

Georgina hörte aufmerksam zu und stellte intelligente Fragen, während Lady Anne ihnen verunsichert lauschte, da sie von diesen Dingen gar nichts verstand. Dann ließ sich Georgina zu einer gewagten Frage hinreißen. Ohne sich Gedanken über Lady Annes Missbilligung zu machen, die ihr sicher war, meinte sie: »Mr. Martinaw, was denken Sie, wie gelangen Muscheln auf die Gipfel der Berge?«

Er wollte gerade einen Schluck Sherry nehmen und hustete, als hätte er sich verschluckt. Als er sich wieder gefasst hatte, erwiderte er: »Darf ich fragen, wie Sie darauf kommen, Miss Fielding?«

»Ach, ich habe kürzlich einen geologischen Aufsatz gelesen, in dem diese Frage gestellt wurde«, entgegnete sie betont vage. »Sie brachte mich tatsächlich ins Grübeln.«

»Wie Sie wissen, ist die Geologie nicht meine Wissenschaft, Miss Fielding. Ich verstehe nichts von Erdschichten und Vulkanismus, von Kalk- und Sandstein und Granit. Mein Metier sind die Überreste lebender Wesen und das unfassliche Wunder des menschlichen Körpers.«

Der Kellner brachte die Vorspeise, wodurch eine kurze Pause entstand, doch Georgina war fest entschlossen, nicht so rasch nachzugeben.

»Ich würde sagen, dass versteinerte Muscheln durchaus die Überreste lebender Wesen sind, nicht wahr? Wie kann es sein, dass man sie auf den Höhen der Berge findet, fern von Meeren und Flüssen, in denen sie heimisch sind?«

Lady Anne bedachte sie mit vorwurfsvollen Blicken, doch Martinaw schien ungerührt, legte die Fingerspitzen aneinander und antwortete in nachdenklichem Ton: »Meine liebe Miss Fielding, ich würde sagen, dass wir die Lösung dieses scheinbaren Rätsels in der Bibel finden.« Er legte eine bedeutungsvolle Pause ein. »Wenn ich wörtlich zitieren darf: ›*Und die Wasser nahmen überhand und wuchsen so sehr auf Erden, dass alle hohen Berge unter dem ganzen Himmel bedeckt wurden.*‹ Ich spreche von der Sintflut, Genesis 7, Vers 19. Falls das Wasser so hoch stand, dass alles Land überflutet wurde, können auch Muscheln auf die Gipfel der Berge gespült worden und dort versteinert sein.«

»Gewiss, Mr. Martinaw, da haben Sie völlig recht.« Georgina wusste genau, dass sie ihn herausforderte, was für eine junge Dame ebenso unschicklich wie unklug war, doch sie konnte nicht an sich halten, sie musste das Wissen, das sie Justus verdankte, einfach anbringen. »Aber gestatten Sie mir dennoch einen Einwand.« Sie ignorierte den Blick ihrer Tante, an deren Hals inzwischen rote Flecken erschienen waren. Es sah aus, als hätte sie sich mit Portwein bespritzt. »Ich mag nicht ganz so bibelfest sein wie Sie, meine mich aber zu erinnern, dass die Sintflut durch heftige Regenfälle verursacht wurde.«

»In der Tat, Miss Fielding. ›Und es kam ein Regen auf Erden vierzig Tage und vierzig Nächte.‹ Das sind die Worte der Heiligen Schrift, und so haben die Menschen es immer geglaubt.«

»Das Wetter heute Abend erinnert mich durchaus an die Sintflut«, versuchte Lady Anne zu scherzen, um der Situation die Spannung zu nehmen, was ihr aber nicht gelang.

Georgina fühlte sich, als würde sie von einer Kraft getrieben, die außerhalb ihrer selbst lag, von einem Teufel, der auf ihrer Schulter saß und ihr die Worte einflüsterte, mit denen sie Martinaw gegen sich aufbrachte.

»Mein Einwand ist Folgender, Mr. Martinaw.«

Lady Anne hustete dezent, doch Georgina ließ sich nicht beirren.

»Die Bibel sagt also, die Sintflut sei durch Regen hervorgerufen worden. Wenn es regnet, pflegt das Wasser die Flüsse und Bäche anschwellen zu lassen, so dass sie sich mit größerer Gewalt als sonst der Mündung entgegenstürzen. Und die Mündung liegt gewöhnlich an einem breiteren Strom oder dem Meer. Dabei werden durch die Kraft der Strömung Dinge mitgerissen, die sich am Grund des Gewässers befinden.«

Martinaw war anzumerken, dass seine übliche Ruhe durch die Begegnung vor der Tür gelitten hatte und ihm nun, da Georgina ihre These entwickelte, vollends zu entgleiten drohte. »So ist es, Miss Fielding«, sagte er ein wenig gezwungen.

»Die Sintflut ließ das Wasser auf Erden anschwellen, so dass auch Muschelschalen mitgerissen wurden. Warum aber findet man sie auf den Gipfeln von Bergen, wenn das Wasser doch immer der Mündung entgegenströmt, die sich in genau entgegengesetzter Richtung befindet? Würde der Rhein die Muscheln in die Alpen befördern oder eher in die Nordsee? Würde die Donau sie in die Berge tragen oder ins Schwarze Meer?«

Martinaw war still. Er saß völlig reglos da, nur an seiner Schläfe pochte eine Ader. Dann hob er den Kopf, als wäre er aus einem langen Schlaf erwacht, und schaute sie mit brennenden Augen an. »Von wem haben Sie das? Diese Ideen, diese Fragen? Sie zeigten sich immer interessiert an meinen Forschungen, was mich sehr beglückt hat, aber nie fragten Sie in einer solch – wie soll ich es ausdrücken – zweifelnden Weise.«

»Meinen Sie, jemand hätte mir das eingeflüstert? Vielleicht habe ich mir einfach selbst Gedanken gemacht, Mr. Martinaw. Eine schlechte Gewohnheit, das gebe ich zu, aber ich kann nun mal nicht anders.«

Georgina sah, dass seine rechte Hand, die auf dem weißen Tischtuch ruhte, kaum merklich zitterte. Die Reaktion war eigenartig. Ein anderer Mann wäre darüber hinweggegangen oder hätte versucht, ihre Theorien ins Lächerliche zu ziehen, aber er wirkte geradezu erschüttert. Fast hätte sie Mitleid mit ihm empfunden, spürte aber, dass etwas bislang Unerklärliches dahintersteckte.

Lady Anne klopfte an ihr Glas. »Verzeihung, wenn ich dieses fesselnde Gespräch unterbreche, aber ich finde, wir sollten endlich das Glas auf Mr. Martinaws bevorstehende Ehrung erheben. Wir wünschen Ihnen das Beste für die Zukunft und hoffen von ganzem Herzen, dass Ihr weiterer beruflicher Weg von ebensolchem Erfolg gekrönt sein möge. Auf Sir St. John Martinaw!«

Sie und Georgina hoben ihre Gläser und tranken ihm zu.

Der Rest des Essens verlief ohne Zwischenfälle, doch Georgina erlebte St. John Martinaw zum ersten Mal verunsichert, auch wenn er es zu verbergen suchte. Er schien es zu missbilligen, wenn sie ihn herausforderte, eigene Ideen vorbrachte, Widerstand leistete – eine Eigenschaft, die er mit fast allen Männern ihrer Bekanntschaft teilte. Dennoch, sie hatte ihn anders eingeschätzt.

Ihre Tante plauderte über gemeinsame Bekannte und tat, als hätte es keine Verstimmung gegeben. Georgina hingegen wusste genau, was sie bei ihrer Heimkehr erwartete. Ein derart unziemliches Verhalten hatte seinen Preis.

Vor der Tür rief St. John Martinaw eine Kutsche und entschuldigte sich gleichzeitig, dass er sie nicht im eigenen Wagen nach Hause begleiten könne, doch es sei nur eine Frage von Wochen, er habe bereits Angebote für verschiedene Gefährte eingeholt. Da sie zu dritt fuhren, musste Lady Anne sich beherrschen, bis die Haustür hinter ihnen ins Schloss gefallen war. Dann sah sie ihre Nichte eisig an, beorderte sie in den Salon und befahl ihr, auf dem Sofa Platz zu nehmen.

Sie blieb kerzengerade vor dem Mädchen stehen und schaute auf Georgina hinunter.

»Ich hoffe, du hast eine gute Erklärung für dein Benehmen. Wie du dich heute Abend aufgeführt hast, macht mich sprachlos. Du gehst nicht ins Bett, bevor du mir nicht erklärt hast, was dieses feindselige und schamlose Verhalten gegenüber Mr. Martinaw zu bedeuten hatte. Es wäre schon impertinent, wenn sich irgendeine Frau so verhalten hätte, aber seine zukünftige Braut … Ich werde deinem Großvater davon berichten und hoffe, dass wir überhaupt noch einmal das Glück haben werden, Mr. Martinaw in diesem Haus zu empfangen.«

»Aber ich kann nicht …« Georgina konnte nur noch an Justus denken, an die Begegnung in der Kirche, seine flüchtigen Berührungen …

»Und ob du kannst! Zum Erwachsensein – und du möchtest doch unbedingt erwachsen sein – gehört auch, dass man nicht zuerst an sich selbst denkt, sondern an andere, und stets Haltung bewahrt. Kinder können sich auf den Kuchen stürzen, bevor andere sich ein Stück nehmen, oder ihren Gefühlen freien Lauf lassen. Eine erwachsene Frau kann das nicht.« Sie sah Georgina streng an. »Du wirst einen Brief an Mr. Martinaw aufsetzen, in dem du dich für dein Verhalten entschuldigst und es mit Unwohlsein erklärst. Danach können wir nur noch hoffen. Wir müssen an deine Zukunft denken, mein Kind.«

»Meine Zukunft?« Georgina ballte unwillkürlich die Hände zu Fäusten. Wie immer versuchte Lady Anne, ihr Leben in die gewünschte Richtung zu lenken. Und wie immer wurde Georgina nicht gefragt. Ihr schwirrte der

Kopf. Die Begegnung mit Justus, der Empfang bei Hofe, Mr. Martinaws Werben, das Schicksal von Joshua Hart und der Vortrag von William Buckland. Sie musste in Ruhe nachdenken, sich einen Plan zurechtlegen, um allen Anforderungen, die man an sie stellte, gerecht zu werden. Doch ihr blieb so wenig Zeit.

»Auch ich denke an meine Zukunft. Aber … aber ich weiß nicht, ob ich mit diesem Mann glücklich werden kann.« Sie wollte innehalten, doch die Worte strömten nun, da sie einmal begonnen hatte, aus ihr heraus wie ein Fluss, der ein Wehr durchbrochen hat. »Ich bin erwachsen, und doch wollt ihr immer noch über mich verfügen und mich nach euren Vorstellungen formen. Du und Großvater, ihr sucht mir einen Ehemann aus und erwartet, dass ich eure Wahl akzeptiere. Mehr noch, dass ich euch dankbar bin, weil ihr mein Leben in eure Hände nehmt. Ich soll mich entschuldigen, wenn ihr es wollt, gehorsam sein, wenn ihr es wünscht, und heiraten, wen ihr für mich aussucht.«

»Georgina …« Ihre Tante verstummte.

»Ich habe es lange hingenommen, aber das ist jetzt vorbei. Ich werde mich bei Mr. Martinaw entschuldigen, weil ich möglicherweise zu unverblümt gesprochen habe, nicht aber für den Inhalt meiner Worte. Wenn ich ihm gegenüber nicht meine Meinung äußern darf, werde ich niemals echte Zuneigung für ihn empfinden können.«

Lady Anne war sehr blass geworden und presste die Lippen aufeinander.

»Wie kannst du es wagen, in diesem Ton mit mir zu sprechen, Georgina? Ich habe nur dein Bestes gewollt, als ich mich um die Verbindung zu Mr. Martinaw bemühte …«

Die Enttäuschung und der Zorn, die sich jahrelang in Georgina angestaut hatten, brachen nun mit gewaltiger Kraft aus ihr hervor.

»Ist es dir wirklich um mein Bestes gegangen? War ich dir nicht eher lästig, weil ich dich an deine große Schwester erinnerte, die du am liebsten vergessen wolltest?«

»Das ist ungerecht«, sagte ihre Tante mit überraschend leiser Stimme. »Ich wollte Susan nie vergessen. Das hätte ich auch nicht gekonnt. Aber die Erinnerung an sie war schmerzlich, und wie die meisten Menschen ziehe ich es vor, Schmerzen zu vermeiden.«

Georgina wurde von ihrem jugendlichen Ungestüm mitgerissen. Zu lange hatte sie sich beherrscht und geschwiegen. »Was ist mit meinem Schmerz? Wer hat mich gefragt, ob auch ich ihm entfliehen möchte? Vielleicht hätte ich ihn willkommen geheißen, weil ich durch ihn endlich erfahren hätte, woher ich komme, wer ich bin, wer meine Eltern waren.« Sie spürte, wie sich ihre Frisur löste, die Nadeln herausrutschten und ihr die Haare ins Gesicht fielen, doch das kümmerte sie nicht. »Ich weiß mehr, als du denkst. Zum Beispiel, wer mein Vater war.«

Sie sprang auf, wollte auf dem Absatz kehrtmachen und den Salon verlassen, damit ihre Tante diese Neuigkeit verdauen konnte, doch sie drehte sich noch einmal um und erklärte mit der neu gewonnenen Sicherheit, die sie der Begegnung mit Justus verdankte:

»Übermorgen werde ich übrigens einen Vortrag von Mr. Buckland aus Oxford besuchen. Er ist Geistlicher, und daher dürfte nichts dagegen sprechen, dass ich allein dorthin gehe.«

Lady Anne schluckte. An ihrem Hals pochte eine Ader. Sprachlos hatte Georgina sie noch nie erlebt.

In diesem Augenblick öffnete sich die Tür, und James Fielding, der noch in der Bibliothek gesessen und die Stimmen im Erdgeschoss gehört hatte, trat ein. Er schaute seine Tochter fragend an.

Lady Anne zwang sich zu einem beschwichtigenden Lächeln. »Nur ein kleiner Gefühlsausbruch, Vater. Georgina ist aufgeregt wegen des Essens mit Mr. Martinaw. Das wirst du gewiss verstehen.«

James Fielding nickte erleichtert. Mit den Tränen und Liebesnöten junger Mädchen wollte er nichts zu schaffen haben, das waren Frauensachen, aus denen ein Mann sich tunlichst heraushielt.

Lady Anne richtete sich kerzengerade auf und drückte die Schultern durch, als wollte sie eine Last abwerfen oder zeigen, dass eine Entscheidung gefallen war. »Georgina, ich werde dir nicht untersagen, den Vortrag zu besuchen. Aber ich bestehe darauf, dass du diesen Brief schreibst.«

Sie hatte die Hoffnung also nicht aufgegeben. Gut so, dachte Georgina, auf diese Weise würde sie keinen Verdacht wegen Justus schöpfen. Am besten, sie wiegte sich so lange wie möglich in dem Glauben, Georgina könne sich doch noch mit dem Gedanken an eine Ehe mit St. John Martinaw anfreunden.

»Ich hoffe, wir haben uns verstanden.«

Georgina nickte und verließ unbesiegt und aufrecht den Salon.

KAPITEL XXIII

Nach unserer Chronologie fällt dieser Anfang auf den Einbruch der Nacht vor dem dreiundzwanzigsten Tag des Oktobers im Jahr der Julianischen [Periode] 710. Dem Jahre 4004 vor Christus.

BISCHOF JAMES USSHER

Den Traum hatte er lange nicht gehabt, doch in dieser Nacht kehrte er zurück. Das Schlachtfeld, die Schreie der Soldaten, das Wiehern verletzter Pferde, die panisch mit den Hufen stampften und ausschlugen, der Lärm der Kanonen – alles war wieder da.

Justus von Arnau setzte sich auf und schob sich das verschwitzte Haar aus der Stirn. Einen Augenblick lang wusste er nicht, wo er war, dann kam die Erinnerung an den Grundriss des Zimmers zurück. Er tastete nach der Öllampe, die auf dem Nachttisch stand, und trug sie zum Kamin, in dem noch einige Scheite glommen. Er kniete sich hin, hielt einen Span an das glühende Holz und entzündete damit die Lampe.

Er stellte sie auf den Tisch und hängte sich fröstelnd eine Decke um die Schultern. Dann goss er sich ein Glas Wasser aus dem Krug ein, der auf dem Tisch stand, und setzte sich in einen Sessel. Nachdem er getrunken hatte, klemmte er die Hände zwischen die Oberschenkel, um das Zittern zu unterdrücken, und überlegte, was den Traum ausgelöst haben könnte.

Die Antwort war nicht schwierig. Während es gewöhnlich Gespräche über den Krieg, bisweilen auch laute, unvermittelte Geräusche waren, die solche nächtlichen Störungen hervorriefen, konnte auch seelische Anspannung oder Sorge die Ursache sein. Der Abend war dazu angetan gewesen, solche Gefühle zu erzeugen.

Nachdem er die Begegnung vor dem Restaurant belauscht und Shayle angesprochen hatte, waren sie in ein nahe gelegenes Pub gegangen, wo er sich dem überraschten Arzt vorgestellt und zwei halbe Pint Bier geordert hatte. Das Publikum war ziemlich laut und ungehobelt, doch Justus wollte die Gelegenheit nutzen und fürchtete, Shayle würde sich misstrauisch zeigen und ihm nicht an einen weiter entfernten Ort folgen.

»Sie werden sich wundern, weshalb ich vorhin Ihr Gespräch mit angehört und Sie angesprochen habe, Mr. Shayle«, begann er.

»In der Tat.« Der Arzt holte eine Pfeife aus der Tasche, stopfte sie umständlich und zündete sie mit einem Span an. Dann paffte er, bis die Pfeife zog, und stieß eine Rauchwolke aus, die mit dem dichten Nebel über ihren Köpfen verschmolz. »Da ich jedoch von Natur aus neugierig bin, höre ich mir an, was Sie zu erzählen haben.« Er ließ seinen Worten eine auffordernde Geste folgen.

Justus berichtete von seiner Bekanntschaft mit Georgina, wobei der Name kein Zeichen des Wiedererkennens bei seinem Gegenüber hervorrief.

»Bedauere, ich habe von dieser Dame noch nie gehört«, sagte Shayle dann auch verwundert.

»Aber Sie erwähnten gegenüber Mr. Martinaw den Namen Joshua Hart, oder habe ich mich verhört?«

Shayle schüttelte den Kopf. »Was haben Sie mit Joshua Hart zu tun? Der Mann ist seit Langem tot.«

Die Vermutung wurde zur Tatsache, ein Bruchstück fügte sich ins Bild.

»Wie ist er gestorben? Was wissen Sie überhaupt von ihm?«

»Bevor ich einem Wildfremden solche Fragen beantworte, Herr von Arnau, wüsste ich gern, was Ihr Anliegen ist. Ich möchte Sie nicht kränken, aber Sie werden verstehen, dass Ihr Verhalten recht ungewöhnlich ist.«

Justus zwang sich, seine Ungeduld zu zügeln. Der Mann hatte ja recht, er hatte ihn in dieses Wirtshaus geführt, obwohl sie einander überhaupt nicht kannten, und überfiel ihn nun mit seinen Fragen. Er würde sich mehr Zeit nehmen müssen.

Also begann er am Anfang und berichtete, wie er Miss Fielding kennen- und schätzen gelernt hatte, ohne jedoch auf die ungewöhnlicheren Details ihrer Bekanntschaft einzugehen. Er beschrieb die geheimnisvollen Truhen, die Steinsammlung und das Notizbuch des Mannes mit Namen Joshua Hart, von dem Miss Fielding nie gehört und der ihr dennoch seinen Besitz hinterlassen hatte. Er verschwieg, dass Georgina in ihm ihren unbekannten Vater vermutete.

»Das ist ja eine geradezu unglaubliche Geschichte, Herr von Arnau. Sie könnte einem Roman entstammen.«

»Sie entspricht aber der Wahrheit. Da ich eine tiefe Zuneigung zu Miss Fielding hege, möchte ich ihr natürlich helfen, die Rätsel der Vergangenheit zu entschlüsseln.« Ihm entging nicht der besorgte Blick, mit dem der junge Arzt ihn betrachtete.

»Stimmt etwas nicht, Mr. Shayle?«, fragte er argwöhnisch.

Der Arzt bestellte noch eine Runde – »Dieses Bier geht auf mich, Sir« – und biss sich auf die Lippen, als fürchtete er, eine unangenehme Wahrheit auszusprechen. »Nun gut. Sie sagten, Miss Fielding sei heute Abend in Begleitung von Mr. St. John Martinaw bei *Rules* gewesen.«

»So ist es.«

»Besteht eine engere Bindung zwischen den beiden, oder handelte es sich um eine rein gesellschaftliche Begegnung?«

Justus seufzte. »Ich gehe davon aus, dass Mr. Martinaw ihr in nächster Zukunft einen Antrag machen wird, was ihre Familie nicht nur gutheißt, sondern ausdrücklich befürwortet.«

Shayle sah ihn entsetzt an. »Das müssen Sie verhindern, Sir.«

»Dessen bin ich mir bewusst, doch dürften meine Beweggründe anderer Natur sein als die Ihren. Darf ich sie erfahren?«

Der Arzt sah ihn offen an. »Sie haben mir Ihre Geschichte erzählt, also sollen Sie auch die meine hören.« Dann schilderte er seine Entlassung und die lange vergebliche Suche nach einer neuen Stelle.

»Wie kamen Sie auf den Gedanken, Mr. Martinaw könne diese Intrige gegen Sie angezettelt haben? Der Direktor des Krankenhauses hat sicher keinen Namen genannt, oder?«

»Er ließ eine Andeutung fallen. Dann las ich von Martinaws Berufung zum Leibarzt und erinnerte mich wieder an das Gespräch, in dem er meine Beschäftigung mit Monsieur Lamarcks Theorien kritisierte. Zuvor waren wir gut miteinander ausgekommen, er hatte mich sogar gefördert, und so glaubte ich ihm auch, dass er sich in diesem Fall vergeblich für mich eingesetzt hatte. Rückblickend gelangte ich jedoch zu der Ansicht, dass er nicht die Einwände des Krankenhausdirektors, sondern seine eigenen gegen mich vorgebracht hatte.«

Justus von Arnau trank sein Bier aus und bestellte zwei neue, da die Luft im Wirtshaus warm von den vielen menschlichen Körpern war und ihm die Kehle ausdörrte. »Ich verstehe. Wie aber kamen Sie auf die Verbindung zwischen Mr. Martinaw und Joshua Hart?«

Shayle schilderte, wie er sich auf die Spurensuche begeben und mit welchen Menschen er dabei gesprochen hatte, wobei sich Stück um Stück ein Charakterbild Martinaws zusammenfügte. Als er bei der Begegnung in der Fleet Street angelangt war, horchte Justus auf.

»Sie wollen sagen, Martinaw habe seinen Freund persönlich wegen dieses Diebstahls angezeigt und vor Gericht gegen ihn ausgesagt? Und dieser Freund war Joshua Hart?«

»So haben es mir die Zeitungsleute jedenfalls berichtet. Sie genossen es geradezu, mir die Geschichte, die an Dramatik kaum zu überbieten ist, in allen Einzelheiten zu schildern.«

Justus atmete tief durch. Was er hier erfuhr, würde von größter Bedeutung für sein Leben sein, das spürte er genau. Sollte es wirklich Vorfälle gegeben haben, die einen Schatten auf Martinaws makellosen Ruf warfen, könnte Georgina dieses Wissen verwenden, um ihre Familie von der Heirat abzubringen. Ganz wohl fühlte er sich dabei zwar nicht – er hätte ein offenes Gespräch mit Großvater und Tante vorgezogen –, doch Lady Anne hatte ihm ihre Abneigung sehr deutlich gezeigt.

»Er wurde verurteilt, obwohl das Diebesgut nicht gefunden wurde. Vielleicht ist Ihnen bekannt, dass die englische Rechtsprechung oftmals drakonische Strafen für gering erscheinende Vergehen verhängt. So auch bei Joshua Hart. Er wurde zu sieben Jahren Deportation in die australischen Kolonien verurteilt.«

Justus gab sich überrascht. Shayle musste ja nicht merken, dass er schon davon wusste. »Nur weil er ein Blatt Papier gestohlen hatte?«, fragte er.

»Ein wertvolles Blatt.«

»Gewiss, aber … War Martinaw bewusst, was seinem Freund bevorstand, als er gegen ihn aussagte?«

Shayle zuckte mit den Schultern. »Diese Frage kann Ihnen wohl nur Mr. Martinaw selbst beantworten. Damit ist die Geschichte allerdings noch nicht zu Ende. Noch eine Runde?«

Justus lehnte dankend ab. Er musste einen klaren Kopf bewahren, aufmerksam zuhören und später überlegen, was er mit seinem Wissen anfangen sollte.

»Sieben Jahre, so hatte es das Gericht entschieden. Allerdings konnte Hart es wohl nicht aushalten. Er kehrte vorzeitig zurück – mit anderen Worten, er floh und tauchte vier Jahre nach seiner Verurteilung wieder in London auf. Weshalb er sich in diese Gefahr begab, konnte niemand sagen, denn er hätte überall auf der Welt ein neues Leben beginnen können. Aber das tat er nicht. Er kehrte nach London zurück, wo ihn über kurz oder lang jemand erkennen würde, was auch geschah. Man verhaftete ihn vor einem Pfarrhaus in Bethnal Green, in dem angeblich sein Bruder wohnte. Rückkehr aus der Deportation mag ein harmlos klingender Tatbestand sein. Die Strafe ist es jedoch nicht.«

Justus musste schlucken. Das Pfarrhaus, natürlich – Georgina hatte davon erzählt. Dort hatte sie die Truhen abgeholt! »Und wie hat man ihn bestraft?« Er ahnte die Antwort, bevor er sie hörte.

»Er wurde gehängt.«

Justus stürzte sein restliches Bier in einem Zug hinunter und wischte sich den Mund mit dem Handrücken ab. Die Umgebung schien auf ihn abzufärben.

Shayle bemerkte seine Bestürzung. »Verzeihung, wenn ich Sie schockiert habe, aber die englische Rechtsprechung ist sehr streng, um es vorsichtig auszudrücken. Joshua Hart kann mit Sicherheit nicht als Verbrecher im eigentlichen Sinn betrachtet werden. Wahrscheinlich war er nicht mehr als ein neugieriger Mensch, der in einem bestimmten Augenblick seines Lebens gefehlt und bitter dafür gebüßt hat. Ich glaube nicht, dass er dieses Schicksal verdient hat, aber das ist meine persönliche Ansicht.«

»Wenn ich es richtig verstehe, kann man Mr. Martinaw

keine Schuld geben, mehr noch, er hat von Gesetzes wegen vollkommen richtig gehandelt, nicht wahr?«

Shayle nickte. »Wenn ihm etwas vorzuwerfen ist, dann nur von einem christlichen oder moralischen Standpunkt. Er hätte seinen Freund mahnen und ihm drohen können, die Sache öffentlich zu machen, damit er das Dokument zurückgab. Vielleicht hätte der Besitzer auf eine Anzeige verzichtet. Es gibt aber keinen Beweis dafür, dass Martinaw das getan hat.«

»Womit sich ein Kreis schließt, Mr. Shayle. Damals hat er Joshua Hart vernichtet und jetzt, viele Jahre später, beinahe auch Ihre Existenz.«

Shayle nickte. »Dies ist auch der Grund, aus dem ich Ihnen das alles erzähle. Ich erkenne darin ein Muster. Martinaw setzt seine Prinzipien rücksichtslos durch. Ob er damals aus religiöser Überzeugung gehandelt hat oder weil er Hart in irgendeiner Weise als Rivalen betrachtete, konnte mir niemand sagen. Was mich betrifft, waren wohl tatsächlich meine wissenschaftlichen Studien der Anlass. Er ist ein gläubiger Mensch, doch allzu inbrünstiger Glaube kann leicht in Fanatismus umschlagen. Ein Fanatiker handelt rücksichtslos und kennt kein Mitleid mit jenen, die seinen Zielen im Weg stehen.«

»Ich habe mich nur einmal für längere Zeit in seiner Gesellschaft befunden, wo er einen recht angenehmen Eindruck auf mich machte. Allerdings wunderte ich mich damals schon, dass er sich bei einer Dinnerparty über seine religiösen Ansichten äußerte. Wie ich die Engländer kenne, neigen sie nicht dazu, solch persönliche Fragen bei Tisch zu diskutieren.«

»Da haben Sie recht«, meinte Shayle lächelnd. »Wetter, Politik, Pferderennen – all das ist erlaubt. Ansonsten halten wir es mit Mr. Thomas Jefferson: ›Sprecht mir nicht von der Religion. Nur Gott kennt sie und ich allein.‹«

Justus war so aufgewühlt, dass er den dringenden Wunsch verspürte, allein zu sein und in Ruhe über alles nachzudenken, was er erfahren hatte. Er bezahlte und wandte sich an Shayle. »Ich kann Ihnen gar nicht genug danken. Sie haben mir nicht nur Ihre Zeit geschenkt, sondern auch Dinge erzählt, die ich ohne Ihre Hilfe nie erfahren hätte.« Er bat den Wirt um ein Stück Papier und einen Bleistift und notierte seine Adresse. »Falls Ihnen noch etwas einfallen sollte, Mr. Shayle. Es wäre schön, wenn Sie mir auch Ihre Anschrift geben könnten.«

Shayle nickte und schrieb Namen und Adresse auf.

»Ich wünsche Ihnen viel Glück mit Ihrer neuen Stellung. Es wird Ihnen hoffentlich eine Genugtuung sein, dass auch andere von Mr. Martinaws niederträchtigen Handlungen erfahren werden.«

Shayle nickte ernst. »So ist es. Meine alte Stellung ist verloren, aber mit genügend Fleiß kann ich mir hoffentlich einen neuen Ruf erwerben. Das wünsche ich mir vor allem für meine Familie.«

Danach waren sie auseinandergegangen, jeder für sich, in Gedanken versunken, in die Nacht hinaus.

Zurück in seinem Zimmer hatte Justus lange wach gelegen, obwohl Song-Li ihm auf Mrs. Williamsons Geheiß noch einen Grog serviert hatte. Und als er endlich eingeschlafen war, kehrte der alte Traum zurück und riss ihn aus dem Schlaf.

Seine Füße waren mittlerweile so kalt, dass sie kein Teil seines Körpers mehr zu sein schienen, und daher legte er sich zu Bett und zog die Decke bis unters Kinn.

Ihm blieb keine Wahl. Er musste Georgina alles erzählen, selbst wenn er ihr damit wehtat. Einiges wusste sie schon, aber der Tod ihres Vaters würde einen dunklen Schatten auf ihr Leben werfen. Er hoffte nur, dass er als Überbringer der Botschaft nicht ihren Unwillen erregen würde. Wenn jemand ihren Zorn verdient hatte, dann ihr Bewerber St. John Martinaw.

Am nächsten Morgen erhielt Justus von Arnau einen Brief von Georgina Fielding, in dem sie ihm ankündigte, dass sie am folgenden Abend um halb acht zum Vortrag von Mr. Buckland im Hause Nr. 20 Bedford Street in Covent Garden erscheinen werde. Es handle sich um den Sitz der Geological Society. Sie würde sich freuen, wenn sie einander dort treffen würden und die Bekanntschaft mit William Buckland erneuern könnten. Sie sei hingerissen von seiner Übersetzung und könne es gar nicht abwarten, Mr. Buckland davon zu berichten.

Nun befand er sich in einem Zwiespalt. Nach der schlaflosen Nacht hatte er gehofft, Georgina alsbald von seinen neuen Erkenntnissen zu berichten, doch sie klang so begeistert, dass er sich nicht vorstellen konnte, ihr bei dieser Gelegenheit die erschütternden Tatsachen zu eröffnen. Vielleicht ergab sich nach dem Vortrag noch eine Gelegenheit zu einem Gespräch unter vier Augen.

Wie sollte er sich die Zeit bis zum nächsten Abend vertreiben? Er konnte Georgina nicht erneut seine Aufwartung machen, das würde gewiss den Unmut ihrer Tante erregen.

Also beschloss er, die Stadt zu erkunden und dadurch auf andere Gedanken zu kommen.

St. John Martinaw hatte in der Bibliothek gearbeitet, um sich von den beunruhigenden Gedanken abzulenken, die ihn den Tag über verfolgt hatten. Bei jedem Schritt durch die Flure des Hospitals hatte er damit gerechnet, unverhofft auf Shayle zu stoßen. Wie viel wusste der Mann?

Gewiss, als Shayle entlassen wurde, hatte Martinaw die Kollegen in den anderen Krankenhäusern davon in Kenntnis gesetzt, dass sich in nächster Zeit vermutlich ein Arzt mit zweifelhaften moralischen Ansichten um eine Stelle bewerben würde. Das war nur rechtens gewesen und diente vor allem dem Wohl der Patienten. Denn wer wollte schon von einem Arzt behandelt werden, dessen religiöse Überzeugung nicht über jeden Zweifel erhaben war? Der an Gottes Worten rüttelte, nur weil er in seinen Mußestunden die Werke eines überspannten Franzosen gelesen hatte?

Hatte Shayle wirklich erfahren, dass er die Warnung ausgesprochen hatte, oder war sein Vorwurf nur ein Schuss ins Blaue? Das konnte Martinaw nach dem kurzen Wortwechsel unmöglich beurteilen.

Dann fragte er sich, ob Shayle nun doch eine neue Anstellung gefunden haben mochte. Gab es einen Krankenhausdirektor, der von Martinaws Empfehlung abgewichen war? Denkbar, aber unwahrscheinlich. Sein Einfluss in medizinischen Kreisen war beträchtlich, sein Wort hatte Gewicht.

Soll er doch Arbeit finden, dachte Martinaw. Nachtragend zu sein, wäre unchristlich. Etwas anderes bereitete ihm größeres Kopfzerbrechen, ein einziger Satz, der ein inneres Feuer in ihm entfacht hatte, das seither nicht erlöschen wollte.

Was würde wohl Joshua Hart dazu sagen?

Ein Name, den er seit mehr als fünfzehn Jahren nicht gehört hatte. Ein Name, der ein Gefühl des Unbehagens in ihm auslöste, vermischt mit leisem Bedauern und Scham.

Sie hatten sich in Cambridge kennengelernt. Schon damals war Martinaw still und in sich gekehrt gewesen, ein eifriger Student, der nie durch Streiche oder exzessives Verhalten auffiel, sondern der sich bemühte, sein Studium so schnell wie möglich zu beenden, um unabhängig von den Eltern zu werden, die das Geld für seine Unterstützung nur schwer aufbringen konnten.

Joshua Hart war in allem sein Gegenteil gewesen. Unbekümmert, mit raschem Auffassungsvermögen und vielen Begabungen, beliebt, gut aussehend, aber auch sprunghaft und von mangelndem Fleiß. Er ließ sich leicht von der Arbeit ablenken, wenn ihm etwas anderes interessanter erschien, war wankelmütig und verweilte nie lang bei einer Leidenschaft, sobald die nächste Verlockung winkte.

Ungleich wie sie waren, schlossen sie, wie es oftmals der Fall ist, eine Freundschaft, die auf gegenseitiger Hilfe gründete. Hart verhalf ihm zu gesellschaftlichen Kontakten, mit denen er sich als Einzelgänger schwertat, während er den Freund im Gegenzug durch so manche Prüfung paukte.

Nach dem Examen – Hart benötigte für sein Studium selbstverständlich länger als er selbst – begegneten sie sich in London wieder. Martinaw war bereits in einem Krankenhaus angestellt und machte gute Fortschritte, während Hart sich für eine eigene Praxis entschieden hatte, da er unabhängig leben und sich niemandem unterordnen wollte. Seine zweifellos vorhandenen medizinischen Fähigkeiten bescherten ihm auch die ersten Patienten, und alles hätte sich gut angelassen, wäre er nicht auf eine neue Leidenschaft verfallen, die seinen Broterwerb alsbald beeinträchtigen sollte.

Hart begann, Steine zu sammeln, eine Tätigkeit, die Martinaw zwar nicht uninteressant fand, aber als reinen Zeitvertreib abtat, für den ihm bei einer ernsthaften Ausübung seines Berufs keine Zeit blieb. Zugegeben, die junge Wissenschaft der Geologie besaß eine gewisse Faszination, der auch er sich nicht entziehen konnte, war aber doch eher für Gentlemen geeignet, die ihre Forschungen aus Liebhaberei betrieben und nicht auf einen Broterwerb angewiesen waren. Dies sagte er auch Hart, der ihn nur auslachte und bemerkte, es fehle ihm an Fantasie, um sich etwas vorzustellen, das über die anatomischen Details des menschlichen Körpers hinausging.

Bisweilen verunsicherte ihn Hart, dessen Überzeugungskraft beträchtlich sein konnte, mit seinen begeisterten Reden über Fossilien und geologische Schichten, bei denen er sich in Überlegungen verstieg, die Martinaw als gläubigem Menschen zuwider waren. Andererseits war das Band, das sie in Cambridge geknüpft hatten, sehr eng, und Martinaw fühlte sich wie mancher kühle Charakter von Harts Leidenschaft angezogen.

Irgendwann bemerkte er eine Veränderung an seinem Freund. Obwohl ihm dieser nichts davon erzählte, spürte er, dass eine Frau in sein Leben getreten war. Sein Blick, sein Reden, seine ganze Haltung hatten sich verändert. Dass er Martinaw die Dame nicht vorstellte, gab diesem zu denken. Entweder war sie gesellschaftlich nicht akzeptabel oder stand weit über Hart, dessen Praxis zunehmend in Turbulenzen geriet, da er oft in Steinbrüchen der Umgebung oder weiter entfernt liegender Grafschaften weilte, statt sich um das Wohl seiner Patienten zu kümmern.

Eines Tages erschien Hart in großer Aufregung bei Martinaw und präsentierte ihm unter dem Siegel der Verschwiegenheit ein altes Dokument, eine Handschrift, die angeblich vom großen Leonardo da Vinci stammte. »Ich habe sie mir zu Forschungszwecken ausgeliehen«, das waren Harts genaue Worte gewesen, und Martinaw sah keinen Grund, an ihnen zu zweifeln.

Auf die Frage, seit wann er sich für die Kunst der Renaissance interessiere, entgegnete Hart, es gehe darin nicht um Kunst, sondern um Wissenschaft. Leonardo habe sich über die biblische Sintflut und über Fossilien geäußert, verkündete er und deutete mit großartiger Geste auf das Blatt in seiner Hand.

Unsinn, antwortete Martinaw, woher er das denn wissen wolle? Das Blatt sei sicher nicht in englischer Sprache abgefasst. Selbst wenn Da Vinci Aufzeichnungen hinterlassen habe, würden sich diese gewiss mit Kunst beschäftigen und nicht mit solch entlegenen Fragen, die die Gefahr der kirchlichen Verfolgung bargen.

Ein Bibliothekar habe diese Vermutung geäußert, lautete die Antwort. Es sei in Spiegelschrift abgefasst, doch Hart habe in langen, mühevollen Stunden einzelne Wörter entziffern können. Auf diesem Blatt nun sei er auf das Wort Sintflut gestoßen. Sowie er die gesamte Schrift enträtselt habe, werde er einen italienischen Gesangslehrer in seiner Nachbarschaft aufsuchen und ihn bitten, den Text für ihn zu übersetzen.

Vielleicht stünden Dinge über die Sintflut darin, die man nicht aus der Bibel kenne, hatte Hart in seinem grenzenlosen Eifer gerufen. Wer könne schon sagen, ob sie überhaupt stattgefunden habe! Auch der Schotte James Hutton habe vor gar nicht langer Zeit erklärt, das Alter der Erde übersteige alles, was die Menschen sich bis dahin vorgestellt hätten oder auch nur hätten vorstellen können. Dann wies er noch spöttisch auf Bischof Usshers Berechnung hin, nach der die Erde gerade einmal sechstausend Jahre alt sei.

Er wolle nichts davon hören, hatte Martinaw entgegnet, er vertraue auf Gottes Wort, das ihn im Leben stets geleitet habe. Für ihn sei die Wissenschaft dazu da, Gottes Wirken in dieser Welt nachzuspüren, und nicht, es zu leugnen.

Hart hingegen wollte nicht ablassen von seinem Drang, Grenzen zu überschreiten und Denkmäler zu stürzen. Wer könne schon wissen, wie alt die Versteinerungen seien, die man allenthalben fände? Man dürfe sich nicht von den Worten der Bibel in seinem Denken behindern lassen!

So ging es immer weiter, zwei unvereinbare Positionen, zwei eigensinnige Männer. Martinaw hätte sich am liebsten die Ohren zugehalten, er ertrug diese Reden nur schwer. Irgendwann hatte er sich verabschiedet, um sie nicht länger anhören zu müssen, und schwer atmend auf der winterlichen Straße gestanden. Dabei fasste er den Entschluss, den gesellschaftlichen Verkehr mit Joshua Hart einzustellen. An einen solchen Menschen wollte er keine Zeit mehr verschwenden.

In den nächsten Tagen war er im Krankenhaus sehr beschäftigt und dachte kaum an Hart, bis er an einem der folgenden Abende endlich Muße fand, vor dem Kamin die Zeitung aufzuschlagen und darin von einem Diebstahl in Holkham Hall, einem herrschaftlichen Anwesen in der Grafschaft Norfolk, las. Ein wertvolles Manuskript sei in der dortigen Bibliothek durch einen Diebstahl beschädigt worden, hieß es darin. Nähere Angaben zu Verfasser und Inhalt der Handschrift enthielt der Artikel nicht. Gleich am nächsten Tag begab sich St. John Martinaw zum Gericht in der Bow Street, um eine Aussage zu machen.

KAPITEL XXIV

Weshalb erkannte niemand, dass Fossilien allein eine Theorie von der Entstehung der Erde begründeten, dass ohne sie niemand je erträumt hätte, dass es aufeinanderfolgende Epochen in der Entstehung der Erde gab?

GEORGES CUVIER

Zum Glück hatte sich das Wetter beruhigt. Das Schneetreiben war vorbei, und die Flocken tauten auf dem schwarz glänzenden Pflaster zu Pfützen. Vor dem Gebäude der Geological Society strömten zahlreiche Herren und auch einige Damen in Richtung Eingang, vor dem sich eine kleine Warteschlange gebildet hatte. Erstaunlich, dass derart viele Menschen zu einem Vortrag drängten, dessen Titel *Versuch einer Deutung der Knochenfunde in vorsintflutlichen Höhlen am Beispiel der Höhle von Gailenreuth* so gar nicht den Erwartungen entsprach, die ein gewöhnliches Publikum an seine Abendunterhaltung gestellt hätte.

Justus von Arnau blieb unter dem Vorbau stehen und hielt Ausschau nach der Kutsche, die Georgina herbringen würde. Noch immer wusste er nicht sicher, ob sie wirklich allein oder aus Anstandsgründen in Begleitung ihrer Tante kommen würde, was eine vertrauliche Unterredung schlechterdings unmöglich gemacht hätte. Wann endlich könnten sie in Ruhe und ungestört miteinander sprechen?

Er war in Gedanken versunken und versäumte so den Augenblick, in dem der Wagen der Fellowes tatsächlich vorfuhr und der Kutscher Georgina beim Aussteigen half. Sie war allein! Sie sah sich suchend um und begegnete seinem Blick, worauf er auf den Gehweg eilte und sich entschuldigend verbeugte.

»Miss Fielding, ich bitte um Verzeihung.« Er lächelte reumütig. »Darf ich Sie hineinbegleiten?«

Ihr strahlendes Lächeln ließ ihn für einen Moment den vergangenen Abend vergessen. Nein, dies war wirklich nicht der Augenblick, ihr alles zu erzählen. Später, sagte er sich, später wird noch Zeit dafür sein.

Georgina wirkte geradezu enthusiastisch – aus Freude über das bevorstehende Wiedersehen mit Buckland, aber gewiss auch, weil das Manuskript sie derart entflammte. Selbst wenn ihr Vater auf unlautere Weise daran gelangt sein sollte, änderte dies nichts am wissenschaftlichen Wert der Handschrift. Und sie war, das spürte er, auch glücklich, ihn zu sehen.

»Ich finde Ihre Übersetzung hervorragend«, sagte sie eifrig. »Wie gern würde ich mir das ganze Manuskript ansehen. Wir müssen unbedingt nach Norfolk fahren …«

Justus hob bittend die Hand und entgegnete in mahnendem Ton: »Lassen Sie uns erst Pläne schmieden, wenn wir mehr über Ihre Zukunft wissen, Miss Fielding.« Er sprach leise, damit die Umstehenden es nicht hörten.

Ein livrierter Diener hielt ihnen die Tür auf, und sie traten in die angenehm warme Eingangshalle. Überall drängten sich die Besucher, eine erwartungsvolle Stimmung lag in der Luft. Als sie gerade den Saal betreten wollten, in dem Buckland sprechen würde, hörten sie eine freundliche Stimme hinter sich.

»Welch angenehme Überraschung.« William Conybeare verbeugte sich. »Es ist mir ein Vergnügen, unsere Bekanntschaft zu erneuern, Miss Fielding, Herr von Arnau. So hat unser gemeinsamer Freund Buckland uns wieder zusammengeführt.«

Sie blieben plaudernd stehen, sprachen über Conybeares jüngste Forschungen und die Entdeckung der Höhle von Kirkdale, die Buckland im nächsten Jahr besuchen und genauer erforschen wollte.

»Er spricht von nichts anderem mehr«, sagte Conybeare mit einem gutmütigen Grinsen. »Darin ist er wie ein Kind, das ein neues Spielzeug entdeckt hat.«

»Was macht seine Menagerie?«, fragte Justus amüsiert, der sich nur zu gut an die Delikatessen à la Buckland erinnerte.

Conybeare hob die Hand, als wollte er etwas Wichtiges verkünden. »Sie werden es nicht glauben: Er hat sich in Afrika eine Hyäne bestellt.«

Georgina sah ihn misstrauisch an. »Sie belieben zu scherzen, Mr. Conybeare.«

»Durchaus nicht.« Er trat beiseite, um einen älteren Herrn mit Gehstock in den Saal zu lassen, der leise vor sich hin schimpfte.

»Er sagt, er benötige sie zu Forschungszwecken. Da in verschiedenen europäischen Höhlen die Knochen von Hyänen gefunden wurden – Verzeihung, nun verrate ich schon den Inhalt seines Vortrags –, möchte er den Körperbau und das Verhalten der Tiere studieren. Am lebenden Objekt, sozusagen. Allerdings argwöhne ich, dass er auch ein gewisses kulinarisches Interesse an dem Tier hegt.«

»Ich weiß nicht, ob ich Mr. Buckland unter diesen Umständen noch einmal zu Hause besuchen werde«, versetzte Georgina, worauf die beiden Herren in Gelächter ausbrachen.

Conybeare warf einen Blick über die Schulter. »Wir sollten hineingehen, Miss Fielding. Wollen wir drei uns nebeneinandersetzen?«

Er führte sie in eine Reihe, wo ein Platz für ihn reserviert war, und bot ihnen die beiden Stühle daneben an. Zur Freude von Justus ließ Conybeare ihn und Georgina höflich vorbei, so dass sie nebeneinandersaßen. Die Sicht auf das Pult des Vortragenden war ausgezeichnet. Als Ruhe im Saal eingekehrt war, trat William Buckland durch eine Seitentür und wurde mit herzlichem Applaus empfangen. Er trug einen schwarzen Gehrock und ein weißes Hemd mit Stehkragen. Ohne seinen Professorentalar wirkte er seltsam unscheinbar.

Er verbeugte sich, trat an das Pult und warf einen Blick in die Runde.

»Ich freue mich sehr, Sie heute Abend hier begrüßen zu dürfen. Mit einem so großen Publikum hatte ich nicht gerechnet und hoffe, Sie mit meinen bescheidenen Ausführungen zum Thema Höhlen nicht zu enttäuschen.« Dann fiel sein Blick auf Georgina und Justus, deren Anwesenheit er mit einem freundlichen Nicken quittierte.

In seinem Vortrag berichtete er von den verschiedenen

Höhlen, die er schon besucht hatte, und ging dann ausführlich auf die Höhle von Gailenreuth in Deutschland ein, die er vor fünf Jahren auf seiner großen Europareise besichtigt hatte. »Die Knochenfunde dort sind beeindruckend. Ich möchte sogar behaupten, es sind an Zahl und Qualität die eindrucksvollsten Stücke, die ich bisher gesehen habe.« Er schaute in die Runde. »Nun werden Sie sich fragen, in welcher Weise diese Höhlenfunde mit der biblischen Sintflut zusammenhängen. Manche meiner geschätzten Kollegen haben angenommen, die Wassermassen hätten diese exotischen Tiere aus tropischen Breiten nach Norden geschwemmt, wobei sie verendeten und in Höhlen gespült wurden, in die irgendwann Menschen hinabstiegen und die knöchernen Überreste entdeckten. Ich hingegen bin zu einem anderen Schluss gelangt.« Er legte eine dramatische Pause ein. »Angenommen, diese Tiere hätten zuvor schon in den Höhlen gelebt und seien in ihrem angestammten Lebensraum von der Sintflut überrascht worden. Dann hätten die mitgeführten Schlamm- und Lehmmassen die Kadaver überlagert und die Knochen bis in unsere Tage erhalten.«

Ein Raunen ging durch den Raum, und Conybeare schaute seine Nachbarn prüfend an.

»Das ist mir auch neu«, flüsterte er.

»Wie gelange ich nun zu dieser Annahme, meine hochgeschätzten Damen und Herren? Betrachten wir einmal als Beispiel die Hyäne. Man hat in der Höhle von Kirkdale in Wales, die ich in nächster Zeit zu erforschen gedenke, derartige Mengen an Hyänenknochen gefunden, dass es wie ein unglaublicher Zufall anmutet, dass sie sich allein durch die Kraft des Wassers an ein und demselben Ort gesammelt haben sollen. Außerdem sind viele Knochen in einer Weise zersplittert, die nicht an eine Naturgewalt, sondern an die Zähne eines anderen Raubtiers, beispielsweise eines großen Bären, denken lässt.«

Die Zuschauer sahen einander verwundert an.

»Mit anderen Worten, ich stelle die Theorie auf, dass in unseren Breiten Hyänen gelebt haben, fraßen und gefressen wurden und ihre Knochen im Zuge der Sintflut unter Schlamm und Lehm begraben wurden.«

Buckland sprach in einer lebhaften Art, unterstrich seine Ausführungen mit Gesten, streute Scherze ein und verstand sich darauf, die Zuschauer für sich zu gewinnen. Als er geendet hatte, erklärte er sich bereit, Fragen zu beantworten, worauf sich ein lebhafter Dialog mit dem Publikum entspann.

Auch seine Ansichten über die Dauer der Schöpfungsgeschichte kamen zur Sprache, und er verteidigte erneut seine These, man müsse die Worte »Im Anfang schuf Gott Himmel und Erde« als ungeheuer langen Zeitraum verstehen, der sich vom Anbeginn der Welt bis zur Jetztzeit erstrecke. Nach und nach seien die heutigen Geschöpfe erschaffen worden, und man müsse die Schöpfungstage als Gleichnis und nicht als exakte Zeitangabe begreifen.

»Das ist ziemlich fortschrittlich gedacht«, sagte Justus leise zu Georgina. »Ich frage mich, ob er auch Da Vincis Argumenten folgen würde.«

»Darauf werde ich ihn ansprechen, aber nicht in der Öffentlichkeit.«

Justus nickte und wandte seine Aufmerksamkeit wieder

Buckland zu, der die Diskussion mit dem Auditorium fortsetzte. Es waren auch konservativ denkende Menschen zugegen, die sich nicht vom Wortlaut der Heiligen Schrift lösen wollten und dazu neigten, sie als historischen Bericht zu deuten. Buckland umschiffte elegant ihre Einwände, da er sich als Mann der Kirche nicht zu kritisch äußern durfte. Schließlich verabschiedete er sich von seinem Publikum.

Conybeare erklärte, für die Mitglieder der Geological Society und geladene Gäste stünde noch ein Imbiss bereit, bei dem man weiter miteinander plaudern könne. Sie beide seien herzlich dazu eingeladen.

Georgina sah Justus aufgeregt an. Die Herren begleiteten sie aus dem Saal und die Treppe hinauf, wo in einem holzgetäfelten Raum Erfrischungen warteten. Überall standen Gäste in angeregtem Gespräch beieinander.

»Sind die Herren alle Mitglieder der Gesellschaft?«, erkundigte sich Justus von Arnau.

»Nein, zu solchen Gelegenheiten kommen viele interessierte Laien«, erklärte William Conybeare. »Die Diskussionen an unseren geschlossenen Abenden sind wohl zu speziell, um das Interesse einer breiteren Öffentlichkeit zu erregen.«

»Es ist in der Tat erstaunlich, wie beliebt die Geologie in den letzten Jahren geworden ist«, sagte Georgina. »Ich bedauere nur, dass keine Damen in Ihre Gesellschaft aufgenommen werden, da es doch gerade auf diesem Gebiet einige gibt, die gründliche und erfolgreiche Forschungen betreiben.«

Conybeare lächelte milde. »Sie denken gewiss an die außergewöhnliche Miss Anning.«

»Ja, unter anderem.«

»Miss Anning ist ein echtes Phänomen«, erwiderte Conybeare anerkennend. »Angesichts ihrer Herkunft und ihres Geschlechts geradezu sensationell, wenn Sie mir diesen unkonventionellen Ausdruck verzeihen.«

In diesem Augenblick trat William Buckland zu ihnen und begrüßte sie herzlich. »Miss Fielding, Herr von Arnau, welch eine Freude, Sie beide hier zu sehen. Ich bin zutiefst bewegt. Schauen Sie nicht so, Conybeare, über Ihre Gegenwart freue ich mich natürlich auch, doch ruft ein bekanntes Gesicht aufgrund der Gewöhnung weniger Vergnügen hervor als Menschen, die zu sehen einem nur selten vergönnt ist.«

Conybeare verbeugte sich lächelnd. »Entschuldigung angenommen, lieber Buckland. Nach Ihrem trockenen Vortrag werde ich Erfrischungen besorgen, um unsere Kehlen zu benetzen.« Mit dieser gutmütigen Spitze entfernte er sich und steuerte den Tisch an, von dem aus Getränke gereicht wurden.

»Sie schauen mich so prüfend an, Miss Fielding«, sagte William Buckland. »Haben Sie etwas auf dem Herzen? Ich hoffe, es war nicht mein Vortrag, der Sie so nachdenklich gestimmt hat.«

Georgina nahm allen Mut zusammen. »Nein, der Vortrag war ausgezeichnet, Mr. Buckland. Ich möchte Ihnen etwas Wichtiges erzählen.« Sie schaute sich um. Der Raum füllte sich zusehends. »Aber das würde ich gern in Ruhe tun. Leider ist es so, dass ich nicht jederzeit abkömmlich bin und mein Besuch Ihres Vortrags bereits eine häusliche Missstimmung erzeugt hat.«

Buckland warf Justus einen fragenden Blick zu.

»Ich bin nicht als Miss Fieldings offizieller Begleiter hier«, sagte er leise und um eine neutrale Formulierung bemüht. »Es gab gewisse Vorbehalte bezüglich meiner Person, so dass Miss Fielding allein hergekommen ist. Sie wollte es sich um keinen Preis nehmen lassen, Ihren Vortrag zu hören.«

Buckland nickte. »Leider ist das Verständnis, das ältere Personen den Interessen junger Menschen, zumal Damen, entgegenbringen, nicht immer groß. Ich persönlich finde gar nichts Anstößiges daran, wenn Damen sich für meine Forschungen interessieren.« Er nickte Justus zu. »Wenn Sie vielleicht ein Glas mit meinem Freund Conybeare trinken möchten … Es gibt einen ruhigen Raum auf dieser Etage, in dem Miss Fielding und ich kurz unter vier Augen sprechen können.«

Justus nickte ihr aufmunternd zu, worauf die beiden den Raum verließen. Er unterhielt sich angeregt mit Conybeare, nachdem dieser mit vier Gläsern Bowle zurückgekehrt war, aber nur noch einen Gast vorgefunden hatte. Sie beschlossen, die köstliche Bowle zu zweit zu genießen, und plauderten entspannt über Conybeares jüngste Unternehmungen. Gewiss war es ein gutes Zeichen, dass Georgina und Buckland so lange wegblieben, ein Beweis für Bucklands großes Interesse an dem Manuskript, was Georginas Hoffnungen aufs Schönste bestätigen würde.

Auf einmal hörte er Schritte hinter sich, und William Buckland trat neben ihn. Er wirkte völlig anders als gewöhnlich, blass, die Lippen aufeinandergepresst, innerlich aufgewühlt. Justus sah ihn fragend an.

»Herr von Arnau, Sie sollten nach Miss Fielding sehen.«

»Ist etwas vorgefallen, Mr. Buckland?«, fragte er besorgt und bemerkte flüchtig, dass Conybeare genauso überrascht schien wie er selbst und von einem Mann zum anderen blickte.

»Es gab – wie soll ich sagen – eine kleine Meinungsverschiedenheit, nichts weiter. Danach war Miss Fielding jedoch sehr aufgebracht und lief eilig die Treppe hinunter. Vielleicht sollten Sie ihr nachgehen, damit ihr nichts zustößt«, sagte der Geologe und steckte einen Finger in seinen Kragen, als wäre er ihm plötzlich zu eng geworden.

Justus verbeugte sich vor den beiden Herren und verließ rasch den Raum. Von Georgina war keine Spur zu entdecken. Er lief die Treppe hinunter zur Tür, die ihm ein Diener beflissen aufhielt.

Da stand sie, ganz allein und verlassen, am Straßenrand. Hatte eine Hand erhoben, um dem Kutscher zu winken, der ein Stück weiter auf dem Bock saß und Pfeife rauchte.

Justus eilte zu ihr und berührte sie an der Schulter. Sie zuckte zusammen und fuhr herum.

»Was ist geschehen?«, fragte er besorgt. Sie atmete sehr schnell und flach.

»Ich kann jetzt nicht darüber sprechen. Nicht hier.«

»Darf ich Sie wenigstens nach Hause begleiten? Ich möchte Sie in dieser Verfassung nicht allein lassen, Miss Fielding.« Die förmliche Anrede erschien ihm in diesem Augenblick geboten. »Ich muss kurz zur Garderobe. Bitte warten Sie auf mich.«

Sie nickte wortlos, ließ sich vom Kutscher den Wagenschlag aufhalten und stieg ein.

Justus holte drinnen die Mäntel und warf seinen nur um die Schultern, da er befürchtete, Georgina könne aus einem Impuls heraus den Befehl zur Abfahrt geben, bevor er im Wagen saß. Dann stieg er rasch ein. Als die Kutsche mit einem leichten Ruck anfuhr, lehnte sie sich zurück in die Polster und schloss die Augen.

»Sagen Sie mir bitte, was geschehen ist, Miss Fielding. Mr. Buckland erwähnte etwas von einer Meinungsverschiedenheit.«

Sie lachte leise und freudlos. »Meinungsverschiedenheit? Das ist vornehm ausgedrückt.«

»Erzählen Sie mir davon.«

Wieder einmal saßen sie im Dunkeln in einer Kutsche, wie damals auf dem Weg nach Oxford, als er ihr von seinen bösen Träumen erzählt hatte. Wieder schienen sie allein auf der Welt zu sein, in der Dunkelheit, die schwierige Eingeständnisse erleichterte.

Sie räusperte sich.

»Zuerst wirkte er interessiert und ließ mich das Manuskript näher beschreiben, was ich natürlich nur aufgrund Ihrer Schilderung und des einzelnen Blatts tun konnte. Er sei ein Bewunderer Da Vincis und habe sogar einige seiner Werke im Original gesehen. Er habe gar nicht gewusst, dass sich ein solches Kleinod in England befände. Dann wollte er wissen, worum es in der Handschrift ging. Ich sagte, Da Vinci schreibe unter anderem über das, was wir heute Geologie nennen.«

»Und dann?«

»Ich fasste kurz zusammen, was ich Ihrer Übersetzung entnommen hatte. Auf einmal fiel ein Schatten über sein Gesicht. Zunächst dachte ich, er glaube mir nicht oder nehme Anstoß daran, dass ich keine Geologin, sondern eine interessierte Amateurin bin, die mit wissenschaftlichen Fragen dilettiert. Also ging ich ins Detail, um ihn von der Bedeutung der Handschrift zu überzeugen. Ich zitierte sogar einige Passagen.«

Justus stöhnte leise. »Lassen Sie mich raten. *Eine Sekte unwissender Menschen erklärt, die Natur oder der Himmel habe sie durch göttlichen Einfluss an diesen Orten erschaffen?*«

Georgina nickte. »Ich hatte mich so in die Begeisterung hineingeredet, dass ich seinen geistlichen Stand völlig vergaß.«

Justus beugte sich vor und versuchte, im Dunkel ihre Augen zu erkennen. »Georgina, Sie müssen sich nicht grämen. Er ist Wissenschaftler, aber zugleich auch ein Mann der Kirche. Sein fester Glaube hindert ihn daran, manche Gedanken zuzulassen. Außerdem ist er nicht der einzige Geologe in England.« Gewiss hatte er sie beschwichtigt. Gleich würde sie lächeln und gestatten, dass er ihre Hand ergriff.

»Aber einer der einflussreichsten«, rief sie in leidenschaftlichem Ton. »Und er hat gesagt, er könne solchen Unsinn nicht dulden. Derart gottlose Ideen hätten keinen Platz in der Wissenschaft eines christlichen Landes. Ich solle mich lieber wie andere Damen auch mit dem Sammeln hübscher Steine abgeben oder Blätter und Blumen pressen, statt meinen Verstand mit solchen Theorien zu belasten.«

Georgina schluckte hörbar und fuhr fort. »Es geht mir gar nicht darum, persönlichen Ruhm zu erlangen. Ich spüre, dass in dieser Handschrift Wahrheiten stecken, von denen wir nicht einmal geträumt haben. Und Joshua Hart …«, sie hielt einen Augenblick inne, »mein Vater hat es geahnt. Was immer er getan hat, er war auf dem richtigen, wenn auch nicht auf dem rechten Weg. Ich hatte … wie soll ich sagen … ich hatte gehofft, meinem Vater nachträglich zu seinem Recht zu verhelfen, indem ich dieser Handschrift Anerkennung verschaffe. Doch selbst nach all diesen Jahren scheinen die Vorbehalte zu groß zu sein.«

Plötzlich fühlte Justus sich wieder an St. John Martinaw erinnert, der einen Freund verraten hatte, weil ihm dessen wissenschaftliche Theorien missfallen und seine eigenen Überzeugungen infrage gestellt hatten. Schon damals war es um dieses Manuskript gegangen. Wäre er ein abergläubischer Mensch gewesen, wäre ihm der Verdacht gekommen, die Handschrift bringe Unglück.

Das war natürlich Unsinn, doch hinderte ihn der Zwischenfall erneut daran, Georgina von der Begegnung mit Anthony Shayle zu berichten. Die Geschichte des Arztes brannte ihm auf der Seele. Er spürte den Drang, endlich sein Wissen mit ihr zu teilen, doch schien es taktlos, Georgina in ihrem enttäuschten und aufgewühlten Zustand auch noch zu eröffnen, dass ihr Vater wie ein Verbrecher am Galgen gestorben war.

Als die Kutsche schließlich am Bloomsbury Square hielt, machte Georgina zunächst keine Anstalten auszusteigen. Als der Kutscher die Tür öffnen wollte, sagte sie:

»Einen Augenblick noch.« Dann fügte sie leise hinzu: »Ich muss nachdenken. Sie hören von mir, Justus.« Ihre Stimme klang müde und kraftlos, ganz anders als sonst.

Besorgt schaute er ihr nach, als sie mit langsamen Schritten die Stufen hinaufstieg und den Türklopfer aus Messing betätigte.

Er spürte, etwas war an diesem Abend in ihr zerbrochen. Erst jetzt wurde ihm klar, wie ernst es ihr mit der Handschrift gewesen war, wie viel Hoffnung sie in ihre Ermittlungen gesetzt hatte.

Georgina hatte versucht, eine Brücke zu ihrem Vater zu schlagen, den sie nie gekannt hatte, und war von einem Mann, dessen Meinung sie schätzte, nicht ernst genommen, mehr noch, herabgewürdigt worden.

Justus lief ihr aus einem Impuls heraus hinterher. So durfte er sie nicht gehen lassen.

»Darf ich Ihnen schreiben, Miss Fielding?«

Sie nickte. Das Hausmädchen öffnete, und Georgina trat in das helle Rechteck der Tür. Sie drehte sich nicht mehr um.

KAPITEL XXV

Die frühere Geschichte unseres Globus muss durch das erklärt werden, was wir jetzt noch beobachten können.

James Hutton

»Miss, vorhin kam noch ein Brief für Sie.« Carrie hatte Georgina die Tür geöffnet und ihr den Mantel abgenommen. »Ein Kutscher hat ihn abgegeben. Ein Geistlicher habe ihn gebeten, ihn von Oxfordshire aus mitzunehmen. Es sei eilig, meinte er.«

Es war nicht ungewöhnlich, anderen Leuten Briefe mitzugeben, um das enorm teure Porto zu vermeiden. Georgina gingen jedoch völlig andere Dinge im Kopf herum, und sie streckte geistesabwesend die Hand nach dem Brief aus, ohne ihn anzusehen. Dann trat sie in den Salon, wo ihre Tante saß und stickte.

»Georgina. Ich hoffe, du hattest einen angenehmen Abend«, sagte sie überraschend freundlich und lieferte gleich die Erklärung. »Stell dir vor, Mr. Martinaw hat mir geschrieben und sich nach deinem Befinden erkundigt. Er habe deinen Brief erhalten und könne gut verstehen, dass die Kopfschmerzen dich ein wenig ungeduldig und gereizt werden ließen, was sonst gar nicht deine Art sei. Er freue sich auf ein Wiedersehen und wolle bald wieder vorstellig werden.«

Georgina setzte sich auf ein Sofa, ohne auf Lady Annes Worte einzugehen, und legte den Brief auf ihre Knie. Ein Schreck durchfuhr sie, als sie die Adresse las. Das Schreiben kam aus Langthorne House, doch als Absender war Reverend Aynscroft angegeben. Weshalb hatte er ihr vom Haus ihrer Großtante aus geschrieben? Beklommen öffnete sie das Siegel und entfaltete das Schreiben.

Langthorne House, Dezember 1821

Meine liebe Miss Fielding,

ich wende mich heute in einer traurigen Angelegenheit an Sie. Der Gesundheitszustand Ihrer Großtante hat sich in den vergangenen Tagen plötzlich verschlechtert. Sie wissen vielleicht, dass die alte Dame seit dem Frühjahr unter Herzbeschwerden leidet, die mit Medikamenten und viel Ruhe eingedämmt werden konnten. Nun aber trat eine unerwartete Wendung zum Schlechteren ein, die Anlass zu allergrößter Sorge gibt. Ihre Großtante erlitt einen Schwächeanfall, von dem sie sich bis jetzt nicht erholt hat. Der Arzt hat sein Möglichstes getan, um ihre Herzbeschwerden zu lindern, konnte uns aber keine großen Hoffnungen auf Besserung ihres Zustands machen.

Ihre Großtante kann zwar sprechen, ist aber nicht in der Lage, selbst einen Brief zu verfassen, und hat mich daher gebeten, diese Aufgabe für sie zu übernehmen, was ich hiermit tue. Es ist Ihrer Groß-

tante eine Herzensangelegenheit, Sie noch einmal zu sehen, bevor sie, womit wir rechnen müssen, in nicht allzu ferner Zukunft zu ihrem Schöpfer heimgeht.

Falls es Ihnen irgendwie möglich sein sollte, würde ich es begrüßen, wenn Sie sich in den nächsten Tagen in Langthorne House einfinden könnten, meine liebe Miss Fielding. Seien Sie unbesorgt, ich werde für Lady Agatha beten und ihr menschlichen und geistlichen Beistand leisten.

Ich freue mich, Sie alsbald wiederzusehen, auch wenn ich die Umstände, unter denen dies geschieht, zutiefst bedauere. Es tut mir sehr leid, dass ich Ihnen keine frohere Botschaft überbringen kann, und verbleibe mit den allerbesten Grüßen,

Ihr
Edward Aynscroft

Mit einer langsamen, kraftlosen Geste legte Georgina den Brief auf den Tisch und erinnerte sich an die Augenblicke, da ihr Tante Agas Verhalten so unverständlich gewesen war. Hatte diese geahnt, dass sie nicht mehr lange leben würde, und die Zukunft ihrer Nichte sichern wollen? Wurzelten ihre Zurückhaltung Justus von Arnau gegenüber und das Wohlwollen, das sie Martinaws Werben entgegenbrachte und das Georgina so enttäuscht hatte, in dieser Ahnung? Daran zweifelte Georgina nun nicht mehr.

»Was ist das für ein Brief? Du bist ja ganz blass geworden«, fragte Lady Anne mit strenger Stimme, als sie Georginas entsetzten Gesichtsausdruck bemerkte.

Georgina reichte ihr das Papier mit gesenktem Blick.

Lady Anne überflog das Schreiben. »Mein Gott, das kommt wirklich unerwartet! Eine traurige Nachricht. Ich werde deinen Großvater davon in Kenntnis setzen.« Ihre Stimme klang angemessen pietätvoll, verriet aber keinen echten Kummer.

Georginas Kopf zuckte hoch. »Ich muss gleich morgen abreisen. Tante Aga hat gewünscht, dass ich komme.«

Lady Anne hob warnend die Hand. »Ich würde es vorziehen, wenn du den nächsten Besuch von Mr. Martinaw abwarten würdest. Er hat dir so freundlich geschrieben. Außerdem, so kurz vor Weihnachten ...«

»Sie könnte sterben, bevor Mr. Martinaw mir seinen nächsten Besuch abstattet«, versetzte Georgina mit entschlossener Stimme. »Du weißt, wie sehr ich an Tante Aga hänge.«

Sie bemerkte, dass ihre Tante bei diesen Worten zusammenzuckte, und dachte, gut so. »Ich kann Tante Aga nicht im Stich lassen. Sie war immer für mich da. Ich fahre morgen.«

Lady Anne erkannte, dass zurzeit jedes Gespräch mit ihrer Nichte in einen Streit münden würde, und trat den Rückzug an. »Ich werde Mr. Martinaw informieren, dass du in einer familiären Angelegenheit dringend verreisen musst. Dafür sollte er Verständnis aufbringen. Hoffen wir nur, dass du zur Investitur wieder in der Stadt bist.« Sie verstummte, als sie Georginas vorwurfsvollen Blick bemerkte, denn die soeben geäußerte Hoffnung kam dem Wunsch gleich, Lady Agatha möge innerhalb dieses Zeitraums sterben.

Als Georgina endlich in ihrem Zimmer war, sank sie auf die Knie, schlug die Hände vors Gesicht und schluchzte. Innerhalb weniger Stunden hatte das Unglück sie zweimal getroffen. Nach dem Gespräch mit Buckland war ihr, als hätte sie ihren Vater zum zweiten Mal verloren. Sollte Tante Aga sterben, verlöre sie ihren einzigen Zufluchtsort, ihre Verbündete, auf die sie sich immer verlassen konnte. Auf einmal verspürte sie den dringenden Wunsch, mit Justus zu sprechen, ihm ihr Herz auszuschütten, von ihrer Angst vor einem Leben an der Seite Martinaws zu berichten. In diesem Haus wollte niemand etwas davon hören.

Als sie wieder ruhig atmen konnte, stand sie auf, zog ihr Kleid aus und legte sich im Unterhemd aufs Bett. Sie verschränkte die Arme im Nacken und schaute an die Decke, wo die Kerze, die auf ihrem Nachttisch brannte, Schatten wie Nachtgetier umherhuschen ließ.

Wie sollte sich ihr Leben jemals wieder zusammenfügen? Es war, als zerbräche alles in Einzelteile, als passte nichts mehr zusammen. Noch nie hatte sie sich so unsicher gefühlt. Vor Kurzem erst hatte sie sich erlaubt, von einer Zukunft mit Justus von Arnau zu träumen und davon, zu erleben, wie das Werk, das ihr Vater begonnen hatte, Anerkennung fand und fortgesetzt werden würde. Sie hatte sich insgeheim ausgemalt, mit Justus jene Teile des Manuskripts zu übersetzen, die von der Erde, ihrer Geschichte und Zusammensetzung handelten. Nun war das alles gefährdet. Ihr war es nicht gelungen, St. John Martinaw von seinem Werben abzubringen, und es würde sich vermutlich kein angesehener Geologe finden, der dem Manuskript Beachtung schenkte, wenn Buckland es als unmoralisch und unwissenschaftlich kritisierte. Sollte sie das eine Blatt behalten oder es an seinen rechtmäßigen Besitzer zurückschicken? Damit wäre der Gerechtigkeit, wie das Gesetz sie vorsah, Genüge getan.

Unmöglich. Solange sie nicht wusste, was mit ihrem Vater geschehen war, klammerte sie sich an das Blatt, das er ihr hinterlassen hatte.

Sie drehte sich auf die Seite, schloss die Augen und sank schließlich in einen unruhigen Schlaf.

Am nächsten Morgen trug sie ihrer Tante zum ersten Mal im Leben eine Bitte vor, die über eine bloße Kleinigkeit hinausging: Lady Anne möge ihr die eigene Kutsche zur Verfügung stellen, damit sie alsbald aufbrechen könne und nicht auf die Abfahrtszeiten der Kutschverbindungen zwischen der Hauptstadt und Oxford angewiesen sei. Zudem bedürfe sie keiner zusätzlichen Begleitung, wenn der Kutscher, der das Vertrauen der Familie genieße, bei ihr sei.

Nachdem sich Lady Anne mit ihrem Ehemann beraten hatte, erklärte sie sich einverstanden, Georgina gegen Mittag fahren zu lassen, vorausgesetzt, es würden nur die unbedingt notwendigen Zwischenhalte eingelegt. Sie wollte ihre Nichte vor unpassenden Begegnungen in Kutschenstationen oder Wirtshäusern geschützt wissen, die stets eine Gefahr für alleinreisende Damen darstellten. Nachdem dies alles beschlossen war, wollte Lady Anne eigentlich nur noch das Frühstück genießen, während das zweite Hausmädchen bereits mit dem Packen begann.

James Fielding war noch in seinem Zimmer. Die Nachricht vom nahen Tod seiner Schwester hatte ihn wohl mehr erschüttert, als er zugeben wollte, und er zog sich zurück, um seine Gefühle zu verbergen, wie es seiner Natur entsprach.

Der morgendliche Friede wurde aufs Neue gestört, als Carrie einen frühen Besucher meldete. »Justus von Arnau, Mylady.«

Georgina, die bisher gedankenverloren dagesessen hatte, während sie im Geiste schon unterwegs nach Langthorne war, schaute ruckartig in die Höhe.

»Doch nicht um diese Zeit« entgegnete Lady Anne aufgebracht. »Ich empfange grundsätzlich nicht vor elf, schon gar keine unangemeldeten Besucher.«

Carrie räusperte sich. »Verzeihung, Mylady, aber der Herr möchte zu Miss Fielding.«

Georgina erhob sich vom Tisch.

»Wo willst du hin?«, fragte ihre Tante ungehalten.

»Ich werde meinen Besuch im Salon empfangen, Tante Anne, damit du in Ruhe weiterfrühstücken kannst.« Bevor Lady Anne Einspruch erheben konnte, hatte Georgina den Raum bereits verlassen.

Während sie in den Salon ging, schossen ihr ungeordnete Gedanken durch den Kopf. Allmählich drohte ihr alles zu entgleiten. Sie musste dringend nach Langthorne reisen, hatte aber noch immer keine Zeit für ein ausführliches Gespräch mit Justus gefunden. Sie wusste nicht einmal, wie lange er in London zu bleiben gedachte, und sie hatten so wenig Zeit miteinander gehabt! Auch ihre Beziehung zu Martinaw blieb weiter ungeklärt. Zudem konnte sie nicht einschätzen, wie lange sie bei Tante Aga bleiben würde; das hing ganz vom Verlauf der Krankheit ab.

Wäre sie nicht furchtbar hin- und hergerissen, wenn sie am Bett ihrer Großtante saß und insgeheim an Justus und Martinaw dachte, vielleicht gar das Ende herbeisehnte? Das durfte nicht geschehen.

Justus stand mitten im Zimmer und blickte ihr etwas schüchtern entgegen. Trotz ihrer Verwirrung bemerkte Georgina, dass er ähnlich blass und übernächtigt aussah wie sie selbst, und erinnerte sich, wie er ihr damals in der Kutsche von seinen schlechten Träumen erzählt hatte. Hatten sie ihn auch jetzt wieder heimgesucht?

Nachdem Carrie die Tür geschlossen hatte, trat er auf sie zu und ergriff ihre Hände. »Miss Fielding, Sie haben sich Zeit zum Nachdenken erbeten, aber ich konnte nicht warten. Seit sechs Uhr früh laufe ich durch die Stadt, weil es mich nicht im Haus hielt. Gestern Abend war die Gelegenheit ungünstig, doch gibt es Dinge, die Sie unbedingt erfahren müssen.«

Justus hatte versucht, sich passende Worte zurechtzulegen, aber es war wohl nicht möglich, ihr schonend von der Hinrichtung ihres Vaters zu erzählen. Also war er hergekommen, fest entschlossen, es hinter sich zu bringen, und Georgina zu versichern, dass es an seinen Gefühlen für sie nichts änderte. Er beugte sich über ihre Hände und küsste sie. Als Georgina immer noch schwieg, hob er den Kopf und schaute sie besorgt an. »Was ist denn? Verzeihen Sie mir, falls ich zu weit gegangen bin, aber …«

»Nein, das ist es nicht, Justus. Bitte setzen Sie sich. Auch ich habe Ihnen etwas zu sagen. Und ich möchte es, wenn Sie es erlauben, zuerst sagen.«

Als er Platz genommen hatte, berichtete sie von dem

Brief und ihrer bevorstehenden Abreise. Angesichts dieser erschütternden Nachricht war keine Rede mehr von der Begegnung mit Buckland, geschweige denn, dass Justus seine neuen Erkenntnisse hätte ansprechen können. So dringend er sein Wissen mit ihr teilen wollte, musste er sich wieder in Geduld üben.

»Schon heute?«, fragte er überrascht. »Dann bleibt uns wieder keine Zeit, um in Ruhe miteinander zu sprechen?«

»Ich fürchte nicht. Verzeihen Sie, aber mir geht so vieles durch den Kopf, dass ich Ihnen einfach nicht in angemessener Weise zuhören kann.«

Sie bemerkte seine Enttäuschung. »Bitte, Justus, ich meine es nicht so grob, wie es klingt. Natürlich möchte ich hören, was Sie erfahren haben, lieber heute als morgen, aber ... Meine Großtante ist der einzige Mensch in meiner Familie, der mir wirklich viel bedeutet. Sie war mir Mutter und Vater zugleich. Ohne sie hätte ich nie so viele Dinge lernen dürfen, hätte nichts von der Welt gesehen.« Sie errötete. »All das, was Ihnen, wie ich hoffe, ein wenig an mir gefällt, habe ich ihr zu verdanken. Den Mut, den ich besitze, hat sie mir eingeflößt, indem sie mir ein Beispiel war. Sie hat mich ermuntert, mich mit wissenschaftlichen Fragen zu beschäftigen statt zu sticken und französische Konversation zu betreiben. Langthorne war meine Zuflucht, wohin ich mich gesehnt habe, kaum dass ich nach einem Urlaub wieder das Haus meines Großvaters betrat. Sollte sie sterben, ohne dass ich sie noch einmal gesehen habe, würde ich es mir niemals verzeihen.«

Justus stand auf und nahm sie wortlos in die Arme. Georgina ließ es geschehen. Er unternahm keinen Versuch, sie zu küssen, sondern strich nur flüchtig mit dem Mund über ihr Haar. »Ich werde warten. Schreiben Sie mir, wenn Sie mich brauchen. Ich kenne den Weg und reite sehr schnell.«

»Das weiß ich«, meinte sie lächelnd.

Er trat einen Schritt zurück und betrachtete sie, als wollte er sich ihr Bild einprägen. »Nun geht es aufs Neue ans Abschiednehmen. Ob das wohl jemals aufhört?«

»Möchten Sie denn, dass es aufhört?« Sie stieß die Frage leise hervor, überrascht von ihrem eigenen Mut. War sie zu weit gegangen?

»Ja. Wissen Sie das nicht?« Sein Gesicht wirkte auf einmal sehr verletzlich.

Georgina legte ihm den Zeigefinger sanft auf den Mund. »Doch.« Sie machte einen Schritt zur Tür, langsam und unwillig, als könnte sie sich nicht von ihm lösen. »Ich muss vor der Abreise noch einiges erledigen. Ich schreibe Ihnen, sobald ich angekommen bin.«

Dann war sie verschwunden.

Die Fahrt nach Langthorne verlief ohne Zwischenfälle, und Georgina war ihrer Tante wirklich dankbar, dass sie deren Kutsche benutzen durfte. Ohne diese Möglichkeit wäre der Weg sehr viel beschwerlicher gewesen. Während der Kutscher unterwegs die Pferde tränkte, nahm sie eine leichte Mahlzeit zu sich. Als sie sich Oxford näherten, dachte sie mit Wehmut an den letzten Sommer, als sie diesen Weg voller Vorfreude und Tatendrang gefahren war. Wie viel hatte noch vor ihr gelegen, wie viel war seither geschehen! Der Sommer hatte ihr viel Gutes beschert; vor allem hatte sie Justus von Arnau kennengelernt. Doch die Zeit nach ihrer Rückkehr war schwierig und bisweilen bedrückend gewesen. Nun war sie inmitten großer Ungewissheit aufgebrochen und hatte viele offene Fragen zurückgelassen.

Georgina war ein Mensch, der klare Verhältnisse bevorzugte, und hatte es bisher versäumt, St. John Martinaw gegenüber ehrlich zu sein. Bei *Rules* hatte sie sich ihm widersetzt, ihn auf seinem ureigenen Terrain angegriffen und auf diese Weise zeigen wollen, dass sie sich eine Zukunft mit ihm nicht vorstellen konnte. Doch er hatte es wohl nicht verstanden. Ihre Tante hatte es ihrer angeborenen Widerspenstigkeit zugeschrieben, nicht aber einer aufrichtig empfundenen Abneigung gegen den Mann.

Sie konnte auch gar nicht benennen, was sie an Martinaw störte, wenn man einmal davon absah, dass sie ihn nicht liebte. Die wenigsten Ehen wurden auf Liebe gegründet. Nein, es musste noch einen anderen Grund dafür geben, dass ihre anfängliche Sympathie so rasch in Unbehagen umgeschlagen war.

Am schlimmsten aber war, dass sie sich schon wieder von Justus hatte trennen müssen, obwohl sie seit seiner Ankunft noch gar nicht richtig zusammen gewesen waren. Nur bei dem verstohlenen Treffen in der Kirche, der kurzen Unterredung an diesem Morgen und dem gestrigen Abend, auf den sie sich so gefreut und den sie an Justus' Seite anfänglich so genossen hatte, der dann aber in Bitternis endete. Dabei sehnte sie sich danach, mit ihm allein zu sein und erst einmal lange zu schweigen, um seine Nähe zu genießen.

Endlich rollte die Kutsche die vertraute Auffahrt entlang. Der Kutscher hielt ihr den Schlag auf, und sowie ihre Schuhe den Kies berührten, öffnete Reverend Aynscroft die Haustür und kam ihr mit ausgestreckten Armen entgegen.

»Meine liebe Miss Fielding, wie gut, dass Sie so schnell herkommen konnten. Kommen Sie bitte herein, es ist ein so ungemütlicher Tag. Verzeihung, wenn ich mich als Hausherr gebärde.« Er lächelte entschuldigend.

Drinnen reichte Georgina dem Hausmädchen Katie ihren Mantel und betrat den Salon, in dem ein Kaminfeuer anheimelnd knisterte und knackte. Mrs. Wright, die Köchin, der die Sorge um ihre Herrin deutlich anzusehen war, begrüßte sie ebenfalls und sagte: »Katie wird Ihnen gleich Tee und einen Imbiss bringen.«

Als Georgina Platz genommen hatte, wandte sie sich an den alten Pfarrer: »Sie brauchen sich nicht zu entschuldigen, Mr. Aynscroft. Ich bin Ihnen unendlich dankbar, dass Sie sich so rührend um meine Großtante kümmern. Nachdem ich Ihren Brief erhalten hatte, stand für mich fest, dass ich so schnell wie möglich herfahren musste.« Sie schluckte. »Ist ihr Zustand wirklich so besorgniserregend?«

Der Geistliche nickte und setzte sich ihr gegenüber in einen Sessel. »Leider ja, Miss Fielding. Ich bin zwar kein Arzt, habe in meinem langen Leben aber viele Menschen gesehen, die krank und dem Tod nahe waren, und ich fürchte, mit Lady Agatha wird es bald zu Ende gehen.«

Georgina war, als trüge sie einen Stein in der Brust, als hätte ihr eigenes Herz aufgehört zu schlagen. »Natürlich habe ich gemerkt, dass sie sich schon in den Sommermonaten anders verhielt als sonst. Ich fragte sie danach, und sie antwortete, sie fühle sich nicht recht wohl. Dass es so ernst sein könnte, hätte ich nicht erwartet.«

»Auch mir ist aufgefallen, dass es ihr am üblichen Widerspruchsgeist mangelte. Für mich war das ein beunruhigendes Zeichen, denn gerade den habe ich an Ihrer Großtante immer so geschätzt. Zum Glück ist sie eine gläubige Frau, die auf die Weisheit ihres Schöpfers vertraut. Das wird ihr helfen.«

In dieser Frage war sich Georgina nicht so sicher wie der Geistliche, doch kam es nicht selten vor, dass auch skeptische Menschen sich Gott zuwandten, wenn es ans Sterben ging.

»Ich würde meine Großtante gern sehen, Mr. Aynscroft. Ist sie wach?«

»Sie hat vor zwei Stunden einen beruhigenden Trank erhalten«, antwortete der Geistliche. »Wir sollten ihr noch ein bisschen Zeit lassen.«

»Hat sie Schmerzen?«

»Nicht so sehr Schmerzen, aber sie leidet häufig unter Atemnot. Zuerst traten diese Anzeichen nur bei körperlicher Anstrengung auf, inzwischen aber auch, wenn sie ruht. Dies geht mit beträchtlichen Angstzuständen einher. Der Arzt hat ihr Mittel zur Beruhigung gegeben und Adonispulver zur Stärkung des Herzens. Das erwies sich jedoch als zu schwach, worauf er Digitalistinktur mit Baldrian verordnet hat.«

Es entstand eine Stille, als beide ihren Gedanken nachhingen. Dann klopfte es, und Katie trat mit dem Teetablett ein. Georgina nahm die Unterbrechung zum Anlass, um das Thema zu wechseln, da sie nicht weiter über Tante Aga sprechen wollte.

»Übrigens habe ich in London Mr. Buckland getroffen.«

»Tatsächlich? Erzählen Sie bitte.«

»Er lud mich zu einem seiner Vorträge ein, bei dem er über Höhlen und Hyänen sprach. Mr. Conybeare war auch zugegen.«

Der Geistliche sah sie staunend an. »Welch kurioses Thema! Nun, bei Buckland wundert mich gar nichts. Aber es gibt sicher noch andere Vergnügungen in London, die Sie hier vermissen werden.«

Georgina schüttelte entschieden den Kopf. »Gewiss bietet die Hauptstadt viel Zerstreuung. Doch was auch geschieht, ich werde so lange hierbleiben, wie Lady Agatha mich braucht.«

Aynscroft lächelte milde. »Mein Kind, Sie sind jung und gehen gern unter Menschen, das ist doch nicht verwerflich. Dass Sie Ihrer Großtante in großer Zuneigung verbunden sind, habe ich gleich gemerkt, Miss Fielding.«

»Sie sind ein weiser Mann, Mr. Aynscroft.« Georgina musste an ihre Tante Anne denken, die sie ständig beobachtete, kritisierte und nach ihren Vorstellungen zu ändern versuchte. Seine nächsten Worte ließen sie zusammenzucken.

»Haben Sie eigentlich noch einmal von diesem deutschen Reiseschriftsteller gehört, der bei Mr. Bucklands Dinner zu Gast war? Ein angenehmer Mensch.« Sein Gesichtsausdruck wirkte so harmlos, dass er unmöglich Hintergedanken hegen konnte.

»Ja, auch er hat Mr. Bucklands Vortrag besucht. Wie es scheint, hat er Gefallen an der Geologie gefunden.«

»Miss Fielding«, Aynscroft hob die Hand, »Verzeihung, wenn ich Sie so grob unterbreche, aber mir fällt gerade etwas ein. Vor einiger Zeit erkundigte sich Lady Agatha bei mir, ob ich wüsste, wohin Herr von Arnau abgereist sei. Sie habe ihm schreiben wollen, wisse aber nicht, wo er sich befände. Ich verwies sie an Mr. Buckland. Danach habe ich nichts mehr von dieser Sache gehört.«

Georgina runzelte die Stirn. Was mochte Tante Aga von Justus gewollt haben? Er konnte das Schreiben nicht erhalten haben, sonst hätte er ihr davon erzählt oder es in einem seiner Briefe aus Norfolk erwähnt. Andererseits hatten sie einander in London kaum gesehen. Noch ein Rätsel, das es zu lösen galt.

»Mir hat dieser Herr von Arnau recht gut gefallen. Für einen Ausländer wirkte er sympathisch und offen«, erklärte der Reverend, was Georgina ein leises Lächeln entlockte. »Er scheint ein … wie soll ich sagen … eine Art Vagabundenleben zu führen, natürlich in einem angemessenen Rahmen, aber er reist durch die Welt und schreibt darüber, als hätte er kein Zuhause, keinen festen Ankerpunkt.« Der Geistliche verstummte. »Sicher rede ich dummes Zeug. Ich kenne den Herrn ja gar nicht näher und reime mir solche Dinge nur zusammen.«

»Er erzählte mir einmal, es sei zu einem Zerwürfnis mit seinem Vater gekommen«, sagte Georgina. »Seither meide er seine Heimat und ziehe es vor, fremde Länder zu bereisen.«

»Wie ungewöhnlich. Ich bin immer ein Mensch gewesen, der seiner Scholle verbunden ist, fast wie ein Bauer, möchte ich sagen.«

»Ich finde die Vorstellung, andere Länder kennenzulernen, durchaus reizvoll«, sagte Georgina. »Leider ist es für eine Frau sehr schwierig, derartige Reisen zu unternehmen.« Das Bedauern in ihrer Stimme war nicht zu überhören.

Der Geistliche schaute sie mit einem milden Lächeln an. »Unser Land ist wunderschön, Miss Fielding. Man kann sein Glück auch zu Hause finden, das versichere ich Ihnen.«

In diesem Augenblick klopfte es, und das Hausmädchen Katie trat ein. »Miss Fielding, Sir, Mylady ist aufgewacht und hat nach Ihnen gefragt.«

Georgina sprang auf und eilte so rasch zur Tür, dass der Reverend ihr kaum folgen konnte.

Bald wurde klar, dass Georginas Besuch nicht von langer Dauer sein würde. Lady Agatha wurde nur von der Hoffnung, ihre Nichte noch einmal zu sehen, am Leben erhalten. In den düsteren Herbstmonaten hatte sich ihr Zustand stark verschlechtert, und Georgina erkannte sie kaum wieder, als sie das Schlafzimmer betrat.

Lady Agatha lag im Bett, von Kissen gestützt. Ihre bläulichen Lippen und die blasse Haut, die knittrig wie feines Papier war, ließen sie erschreckend alt aussehen. Sie versuchte, sich aufzurichten, als sie die junge Frau eintreten sah, sank aber ermattet zurück. Georgina beugte sich über sie, küsste ihre Stirn und nahm auf einem Stuhl Platz, den der Geistliche ihr hingeschoben hatte. Er verbeugte sich leicht vor dem Bett und sagte dann leise an Georgina gewandt:

»Ich werde Sie jetzt mit Ihrer Großtante allein lassen, Miss Fielding. Wenn Sie mich brauchen, ich halte mich in der Nähe auf.« Zögernd, als wollte er ihr in dieser Lage am liebsten beistehen, ging er zur Tür und verließ das Zimmer.

Eine kühle Hand griff nach ihrer. Georgina war erstaunt, wie fest sich die Finger um ihre eigenen schlossen.

»Endlich bist du gekommen, Kind.« Die alte Frau rang nach Atem. »Ich hatte befürchtet, du würdest es nicht rechtzeitig schaffen. Ich kenne deine Tante …«, flüsterte sie mit einem matten, aber vielsagenden Lächeln.

»Nachdem ich Mr. Aynscrofts Brief erhalten hatte, konnte ich nicht länger in der Stadt bleiben.«

»Dabei hattest du doch sicher wichtige Dinge zu tun.«

Georgina sah sie fragend an, denn etwas im Tonfall ihrer Großtante ließ sie aufhorchen. Konnte sie ahnen, was sich in den vergangenen Monaten zugetragen hatte?

Die alte Frau deutete auf ihr Schreibpult, das vor dem Fenster stand. Sie hatte mehrere Zimmer des Hauses mit Schreibtischen und Sekretären versehen, als wollte sie sich versichern, dass sie immer und überall ihre Gedanken zu Papier bringen konnte. Sie würde nie wieder dort sitzen, das spürte Georgina auf einmal mit schmerzlicher Gewissheit.

»Da liegt ein Brief. Hol ihn.« Lady Agatha sprach in kurzen, abgehackten Sätzen, als müsste sie nach jedem Satz erst neue Kraft schöpfen.

Georgina stand auf und trat an den Schreibtisch. In der

linken oberen Ecke lag der Brief, der bereits gefaltet und mit einer Adresse versehen war. Die Tinte war ein wenig verlaufen, als wäre der Brief feucht geworden. Sie nahm ihn und schaute Lady Agatha fragend an.

»Lies.« Ihr Tonfall duldete keinen Widerspruch.

Langthorne, im Oktober 1821

Sehr geehrter Herr von Arnau,

Sie werden sich fragen, weshalb ich mich an Sie wende. Ich bin kein Mensch, der sich mit langen Vorreden aufhält, und hoffe auf Ihr Verständnis, wenn ich mein Anliegen in kurzen unverblümten Worten vortrage.

Wir hatten nicht das Vergnügen, uns näher kennenzulernen. Ich bin eine alte Frau und leidend, so dass mir nur das geschriebene Wort bleibt, um eine Bitte vorzutragen.

Sie haben meine Großnichte Georgina kennen und, wie ich glaube, schätzen gelernt. Sie ist ein junges unerfahrenes Mädchen, dessen Wohl mir am Herzen liegt, als wäre sie mein eigenes Kind. In bestem Glauben habe ich ihr geraten, Vernunft und Zuneigung miteinander zu vermählen und sich einem Mann zuzuwenden, dem sehr an ihr gelegen ist. Ich habe ihr ganz offen geraten, Mr. St. John Martinaw zum Mann zu nehmen, sofern er um ihre Hand anhalten sollte.

Inzwischen sind mir jedoch Bedenken gekommen, ob mein Handeln wirklich Georginas Wohl dient. Ich selbst habe mich selten – wenn überhaupt – danach gerichtet, was andere von meinen Entscheidungen halten könnten. Daher möchte ich Sie nur um eines bitten, verehrter Herr von Arnau:

Sollte Ihnen etwas am Glück meiner Großnichte liegen und sollten

Sie sich mit ehrlichen Absichten tragen, schlagen Sie alle Bedenken in den Wind und erklären sich. Wenn Georgina Sie wirklich liebt, wird selbst ihre Familie kein echtes Hindernis darstellen. Allerdings sollten Sie bald handeln.

Ich hoffe, Sie verzeihen mir dieses unkonventionelle Schreiben. Einem alten Menschen, der am Ende seines Weges angelangt ist, sollte man offene Worte, die sich nicht an gesellschaftliche Gepflogenheiten halten, nachsehen.

Hochachtungsvoll,
Lady Agatha Langthorne

Mit Tränen in den Augen ließ Georgina den Brief sinken und setzte sich wieder ans Bett.

»Warum hast du ihn noch hier bei dir?«

»Ich kam zu spät. Er war schon abgereist. Ohne eine Adresse zu hinterlassen. Ich habe Buckland gefragt. Auch er wusste nichts. Erwähnte nur etwas von Norfolk.«

Georgina nickte. »Ja, dorthin ist er für mich gefahren. Er war in Holkham Hall und hat in der Bibliothek Nachforschungen angestellt.« Sie schluckte. »Ich wünschte, er hätte den Brief bekommen.«

Tante Aga schien auf einmal sehr erregt und rang nach Luft. Georgina wollte aufspringen, doch die alte Frau hielt ihr Handgelenk fest umklammert. »Bist du etwa schon verlobt? Mit Martinaw?«

Georgina schüttelte den Kopf. »Ich glaube, ich kann ihn nicht heiraten. Wir passen einfach nicht zueinander. Vor allem aber liebe ich ihn nicht. Das habe ich bei unserer letzten Begegnung ganz deutlich gespürt. Ich fühlte mich ständig herausgefordert, ihn zu reizen und ihm zu widersprechen, und das tut man doch nicht mit einem Menschen, den man liebt, oder?«

»Ich glaube, du würdest jedem widersprechen. Genau wie ich«, keuchte Tante Aga. »Man kann es aber auf liebevolle oder feindselige Weise tun.«

»Wenn ich schon jemandem widerspreche, dann lieber Herrn von Arnau«, sagte Georgina unverblümt.

Die alte Frau nickte. »Habt ihr euch wiedergesehen?«

»Ja, er ist kürzlich nach London gekommen. Wir hatten bisher kaum Gelegenheit, miteinander zu sprechen, wissen aber beide, was wir füreinander empfinden. Allerdings muss ich Großvater und Tante Anne meine Wünsche begreiflich machen, und das dürfte sehr schwer werden. Beide befürworten eine Ehe mit Mr. Martinaw, zumal er in nächster Zeit in den Adelsstand erhoben wird.«

Lady Agatha winkte ungeduldig ab. »Unsinn, ein Ritterschlag wird dich nicht glücklicher machen.« Der schroffe Satz, in dem ein Hauch ihres früheren Selbst anklang, hatte sie erschöpft. Sie deutete auf den Nachttisch, auf dem eine Medizinflasche stand. »Ein kleines Glas«, stieß sie hervor. »Das ist Laudanum. Es tut mir gut.«

Vorsichtig schüttete Georgina etwas von der Flüssigkeit in ein kleines Glas und hielt es ihrer Großtante an die Lippen. Diese trank und schloss die Augen. Dann sagte sie mit leiser Stimme: »Ich muss ausruhen. Morgen erfährst du mehr.«

Mit diesen Worten schlief sie ein.

Der Abend verlief ruhig. Reverend Aynscroft blieb zu einem zeitigen Abendessen, bei dem sie über unverfängliche Dinge plauderten, und fuhr dann heim, da er sich, wie er sagte, um seine Gemeinde kümmern müsse. Er versprach, am nächsten Mittag wieder vorbeizuschauen. Georgina saß noch lange allein am Kamin, eine warme Decke über den Knien, und hing ihren Gedanken nach. Im Haus schien es viel kälter zu sein als früher, doch das war sicher Einbildung, hervorgerufen durch ihre tiefe Traurigkeit.

Es tat weh, Tante Aga so geschwächt zu sehen. Von ihrer Energie und Lebendigkeit, die Georgina immer so bewundert hatte, war nicht viel geblieben. Georgina sehnte sich nach Justus. Wie gern hätte sie ihm den Brief gezeigt, den er nie erhalten hatte, und sich von ihm trösten lassen. Also holte sie Papier, Feder und Tinte und machte sich daran, von ihrem ersten Tag in Langthorne zu berichten, um die Einsamkeit zu vertreiben.

Sie schüttete ihm auf dem Papier ihr Herz aus, erzählte von den früheren Besuchen in Langthorne House und den glücklichen Stunden, die sie im Garten und in der Werkstatt verbracht hatte. Sie beschrieb die lange zurückliegende Reise nach Lyme Regis und die Begegnung mit Mary Anning, die ihnen den sensationellen Fund aus den Klippen vorgeführt hatte. Sie vertraute dem Brief alles an, was sie ihm in der kurzen Zeit, die sie in London miteinander verbracht hatten, nicht hatte sagen können.

Georgina schrieb wie im Fieber und ohne auf die Uhr zu schauen. Auf ihrem erkaltenden Tee bildete sich eine glänzende Schicht, während ihre Feder über die Seiten kratzte. Sie offenbarte ihre innersten Gefühle, berichtete von den einsamen Tagen der Kindheit und der klaffenden Lücke, die ihre Eltern hinterlassen hatten, als würde sie von einer unsichtbaren Kraft getrieben. Danach atmete sie tief durch und lehnte sich zurück. Ihr kam es vor, als hätte sie schwere körperliche Arbeit geleistet.

Dann wandte sie sich den Fragen der Gegenwart zu.

Was hatte Tante Aga mit ihrer letzten Bemerkung gemeint? Was wollte sie ihr anvertrauen? Georgina bezweifelte, dass sie in dieser Nacht gut schlafen würde, da ihr so vieles durch den Kopf ging. Irgendwann erlosch das Feuer im Kamin, und sie begab sich in das Zimmer, in dem sie schon immer geschlafen hatte, wenn sie in Langthorne war und das sie nun wie ein vertrauter Arm umfing. Sie fror vor lauter Müdigkeit, warf die Kleider unordentlich über einen Stuhl und sank ins Bett. Entgegen ihren Erwartungen schlief sie bis zum nächsten Morgen durch, ohne dass bedrohliche Träume und die Schatten der Vergangenheit ihre Ruhe störten.

Nach dem Frühstück erschien der Hausarzt Dr. Ingram, um Lady Agatha zu untersuchen, und erklärte ihren Zustand für unverändert. In einem Gespräch mit Georgina wiederholte er noch einmal, was sie schon von Reverend Aynscroft erfahren hatte. Mit dem Tod ihrer Großtante sei in nächster Zeit zu rechnen, Hoffnungen könne er ihr leider keine machen. Mit den Medikamenten, die er ihr verordnet hatte, werde Lady Agatha keine Schmerzen leiden und vermutlich irgendwann sanft ins Jenseits hinübergleiten. Er sprach knapp und ohne große Gefühle, was Georgina nicht weiter bekümmerte, da sie sich Tante Agas Zustand bewusst war und von dem Arzt keine Tröstungen erwartete. Nachdem sie ihn verabschiedet hatte, begab sie sich zu ihrer Großtante.

Überrascht sah sie, dass einige Briefe auf Tante Agas Bettdecke lagen. Sie drehte den Kopf, als Georgina das Zimmer betrat, und sah ihrer Nichte ernst entgegen.

»Setz dich. Es gibt einiges zu sagen.«

Georgina setzte sich auf denselben Stuhl wie am Vorabend und warf einen fragenden Blick auf die Briefe.

»Ich hätte sie dir viel früher geben sollen. Es wäre dein Recht gewesen. Manchmal ist es falsch, Menschen Schmerz ersparen zu wollen. Du hättest es früher erfahren müssen.«

Georgina versuchte, in den kurzen Sätzen einen Sinn zu lesen. Von wem stammten die Briefe?

»Deine Mutter hat sie mir geschrieben«, sagte Tante Aga und beantwortete damit Georginas unausgesprochene Frage. »Wir verstanden uns gut, genau wie du und ich. Ich habe alles aufbewahrt. Für dich. Der Tag würde einmal kommen. Leider habe ich zu lange gewartet.«

Mühsam schob sie die Briefe über die Decke zu Georgina hin, die sie rasch nahm und am liebsten gleich mit dem Lesen begonnen hätte.

»Darin steht viel, aber nicht alles. Deine Mutter starb vor deinem Vater. Daraus erfährst du nichts über seinen Tod.« Lady Agatha rang nach Luft und sah ihre Nichte aus angstvollen Augen an. Georgina wollte schon aufstehen und um Hilfe rufen, doch die alte Frau hob eine blau geäderte Hand. »Nicht.« Sie atmete tief durch und deutete auf die Medizin.

Georgina wollte ihr das Laudanum geben, doch Lady Agatha schüttelte den Kopf. »Das andere.«

»Wie viel?«

»Dreißig Tropfen in ein Glas Wasser.«

Georgina maß die Digitalistinktur ab und hielt ihrer Großtante das Glas an die Lippen. Diese ließ sich wieder zurücksinken und schloss kurz die Augen. Sie schien Kraft zu sammeln, um fortzufahren.

»Dein Vater war der Arzt Joshua Hart. Das weißt du.«

»Ich weiß noch mehr«, unterbrach Georgina sie. »Er hat vor Gericht gestanden, im Jahre 1801. Er wurde in Old Bailey wegen Diebstahls zu sieben Jahren Deportation verurteilt. Vorher brachte er seine Steinsammlung und wichtige persönliche Unterlagen zu einem Pfandleiher in St. Giles. Ich habe selbst mit dem Mann dort gesprochen. Er ist alt, konnte sich aber gut an Joshua Hart erinnern.«

Lady Agatha schaute sie erstaunt an. »Meinen Respekt, Georgina. Ausgezeichnete Arbeit.«

Georgina lächelte traurig. »Ich wünschte, ich hätte das nicht alles mühsam herausfinden müssen.«

Ihre Großtante wirkte ein wenig beschämt. »Was weißt du noch?«

»Ich weiß nur, dass er die Truhen im Oktober 1805 wieder abgeholt und vermutlich bei seinem Bruder untergestellt hat, der Pfarrer in Bethnal Green war. Damit verliert sich seine Spur.«

Sie sah, wie es im Gesicht ihrer Großtante arbeitete. Sie schien mit sich zu ringen, und Georgina befürchtete schon einen Herzanfall, doch die alte Frau hob warnend die Hand.

»Er wurde noch einmal verurteilt. In Old Bailey, 1805. Zum Tode.«

Georgina sah sie entsetzt an. Sie hatte nicht wirklich geglaubt, ihr Vater könne noch am Leben sein, doch das … Er war wie ein Verbrecher gestorben. Sie schluckte mühsam, dann brach sie in Tränen aus. Als sie sich ein bisschen gefasst hatte, sagte sie: »Sprich weiter.«

»Er ist von dort geflohen. Aus Australien. Um sein Kind endlich zu sehen. In London erfuhr er wohl, dass Susan tot war, seine Tochter bei den Großeltern lebte. Deren Namen trug. Nie von ihm gehört, ihn nie gesehen hatte.«

Georgina war so aufgewühlt, dass sie aufsprang und ans Fenster trat, um in den trüben Wintertag hinauszuschauen. Sie spürte den eindringlichen Blick der alten Frau im Rücken.

Nichts, was sie sich als Kind heimlich ausgemalt hatte, wenn sie sich ihre Eltern vorstellte, entsprach der Wirklichkeit. Sicher, ihr war längst bewusst gewesen, dass es Gründe für das Stillschweigen gab, doch die Wahrheit übertraf ihre Befürchtungen bei Weitem. Ihre Mutter hatte eine skandalöse Beziehung zu einem Mann unterhalten und ein uneheliches Kind geboren; ihr Vater war ein verurteilter Dieb gewesen, den man wie einen Schwerverbrecher gehängt hatte. Georgina war den gesellschaftlichen Konventionen oft mit Verachtung begegnet und spürte erst jetzt, wie tief auch sie von ihnen durchdrungen war. Sie trug einen doppelten Makel, der wie ein dunkler Fleck auf ihr lag. Hatten die Eltern ihr womöglich schlechte Wesenszüge vererbt?

Dann kam ihr ein neuer erschreckender Gedanke. Bevor sie abgereist war, wollte Justus dringend mit ihr sprechen, doch sie hatte ihn auf ihre Rückkehr vertröstet. Wusste er womöglich von alldem und hatte es ihr nicht sagen können?

Georgina stand auf und strich ihrer Großtante über die Wange. »Versuch zu schlafen. Ich muss in Ruhe nachdenken.«

Die alte Frau nickte.

Georgina nahm die Briefe vom Bett und wandte sich zum Gehen. Ein Impuls trieb sie dazu, sich noch einmal über die Kranke zu beugen.

»Ich danke dir. Für alles.« Sie drückte die knochige, braun gefleckte Hand an ihre Wange und verließ das Zimmer.

Lady Agatha Langthorne starb zwei Stunden später friedlich im Schlaf. Es war, als hätte sie ihre ganze Kraft für die Begegnung mit ihrer Großnichte aufgespart. Nun war alles gesagt. Den Rest des Weges musste Georgina allein gehen.

KAPITEL XXVI

Ich weiß nicht, wie ich der Welt erscheinen mag; aber mir selbst komme ich nur wie ein Junge vor, der am Strand spielt und sich damit vergnügt, ein noch glatteres Kieselsteinchen oder eine noch schönere Muschel als gewöhnlich zu finden, während das große Meer der Wahrheit gänzlich unerforscht vor mir liegt.

Isaac Newton

Georgina las die Briefe abends vor dem Kaminfeuer. Am Ende schmerzten ihre Augen und ihr Herz. Ihr ganzer Körper bebte vor Schluchzen. Mrs. Wright, selbst mit rot geweinten Augen, schaute herein und erkundigte sich, ob sie einen heißen Kakao haben wolle. Eingehender nachzufragen hätte ihr nicht angestanden; zudem schrieb sie Georginas Zustand der verständlichen Trauer über Lady Agathas Tod zu.

Gewiss weinte Georgina um ihre Großtante, mehr noch aber um ihre Mutter und ihren Vater, die sie nie gekannt hatte und die in diesen Briefen endlich Gestalt annahmen. Zum ersten Mal sprach die Stimme ihrer Mutter zu ihr, über die Kluft der Jahre hinweg, als verblichene Tintenschnörkel auf Papier und doch so lebendig, als säße sie neben ihr – jung, überschwenglich und sorglos:

Liebste Tante Aggie,

ich wage kaum, diese Worte dem Papier zu überantworten, so groß ist die Furcht, es könnte in die falschen Hände gelangen. Du kennst ja Anne, sie hat ihre Augen überall. Du aber sollst es sofort erfahren, einem Menschen muss ich mein Geheimnis anvertrauen. Vielleicht wunderst du dich, dass ich lange nicht geschrieben habe, aber es ist so viel geschehen. Lass mich von Anfang an erzählen.

Ich habe einen ganz wunderbaren Mann kennengelernt, aber Vater und Mutter wissen nichts davon. Du bist die Erste und sollst vorerst auch die Einzige bleiben, die davon erfährt. Wenn du hörst, wie wir uns begegnet sind und was sein Beruf ist, wirst du verstehen, weshalb meine Eltern ihm mit größtem Argwohn begegnen würden, sollte er ihnen, was Gott verhüten möge, jemals vorgestellt werden.

Es war ein unglaublicher Zufall, der uns an diesem Tag zusammenführte, und ich möchte beinahe sagen, dass ich Gottes Wirken darin spüre. Welch Vermessenheit, ich vergesse mich!

Jedenfalls war ich zu unserer Schneiderin gefahren, um Änderungen an dem Kleid zu besprechen, das ich bei meinem ersten Ball tragen soll. Natürlich hätte Mutter mich begleitet, wäre nicht in letzter Minute eine gewisse Lady Parson zu Besuch gekommen, die sie keinesfalls vor den Kopf stoßen konnte. Die Dame gehört nämlich einem Komitee an, das Einladungen für wichtige Gesellschaften ausspricht, darunter auch für ebenjenen Ball, bei dem ich in die Gesellschaft eingeführt werden soll.

Nun, ich stieg vor dem Schneideratelier aus der Kutsche und rutschte dabei so unglücklich aus, dass ich mir den Fuß verstauchte. Ich war wie benommen vor Schmerz. Es heißt ja, eine Verstauchung sei bisweilen unangenehmer als ein Knochenbruch.

Der Kutscher wollte gerade Hilfe aus dem Atelier holen, als ein junger Mann – er war schön wie Apoll, auf mein Wort – über die

Straße eilte, mir aufhalf und mich stützte, so dass ich sicher das Atelier betreten konnte. Dort stellte er sich als Joshua Hart vor. Er sei Arzt von Beruf und bot an, im Beisein der Schneiderin meinen Fuß zu untersuchen.

Jede Bewegung verursachte mir unerträgliche Schmerzen, doch Mr. Hart erklärte, es sei nichts gebrochen. Der Fuß müsse lediglich mehrere Tage hochgelegt, ruhig gehalten und gekühlt werden, dann sei er wieder wie neu.

Ich bedankte mich aus tiefstem Herzen und erkundigte mich nach seiner Adresse, damit wir seine Rechnung bezahlen könnten, wovon er jedoch nichts hören wollte. Als die Schneiderin kurz den Raum verließ, beugte er sich zu mir und sagte leise: »Ich möchte Sie wiedersehen.«

Das überraschte mich so sehr, dass mir ganz schwindlig wurde. War es Unverfrorenheit, ein Verstoß gegen den Anstand? Das könnte man meinen, doch sein Charme überwältigte mich.

So hatte es begonnen, dachte Georgina. Eine Zufallsbegegnung auf der Straße, die ihre Mutter als Zeichen des Schicksals gedeutet hatte. Susan Fielding hatte sofort geahnt, dass dieser Tag ihr Leben verändern würde, aber auch, dass sie ihren Eltern nicht davon erzählen konnte. Auf einmal fühlte sie sich ihrer Mutter ganz nah.

So war es ihr selbst mit Justus von Arnau ergangen. Gleich bei ihrer ersten Begegnung hatte sie gewusst, dass diese kostbaren Stunden nur ihnen gehörten und niemand außer Tante Aga davon erfahren durfte. Nun wurde ihr klar, dass es durchaus Ähnlichkeiten zwischen ihrem Leben und dem ihrer Mutter gab.

Sie las weiter, immer schneller, begierig darauf, in dieses ferne, längst verloschene Leben einzutauchen, das mit ihrem so eng verbunden war.

Bitte verurteile mich nicht vorschnell, wenn du hörst, was danach geschah. Einige Tage später wurde ein Päckchen für mich abgegeben, besser gesagt, es wurde der Köchin zugesteckt, als sie auf den Markt ging. Was glaubst du, lag darin? Ein Stein, ganz glatt, wie poliert, der schwer in meiner Hand wog. Dazu eine kurze Nachricht, nur wenige Worte: Kein Herz aus Stein, ein Stein fürs Herz. Mehr stand nicht darin. Was sollte ich damit anfangen? Ich hob ihn dennoch auf, legte ihn in eine Schublade meines Sekretärs und grübelte, von wem die geheimnisvolle Gabe stammen mochte.

Kurz darauf besuchte ich mit meiner Mutter ein Konzert und fand beim Nachhausekommen ein Stück Seide in der Tasche meiner Pelisse, in das eine hübsche Versteinerung eingewickelt war. Ein Schneckenhaus, schön gewunden und perfekt erhalten. Mein Stein sei dein, stand auf dem Zettel, der dabei lag. Es wurde immer rätselhafter. Auch ihn verbarg ich vor meinen Eltern, vor allem aber vor Anne.

Durch Zufall erfuhr ich die Wahrheit. Ich besuchte mit meiner Mutter eine Ausstellung und begegnete dabei dem Herrn, der mir nach meinem Unfall geholfen hatte. Er kam auf mich zu, stellte sich vor und erkundigte sich nach meinem Befinden. Aus einem Impuls heraus hatte ich meinen Eltern nicht von diesem Zusammentreffen erzählt, konnte nun aber nicht umhin, meiner Mutter zu berichten, wie freundlich er mir beigestanden hatte.

Daraufhin luden meine Eltern Mr. Hart zum Tee ein und dankten ihm für seine Hilfe und den großzügigen Verzicht auf eine Entlohnung. Nun saß er mir im Salon gegenüber und erwähnte beiläufig, er beschäf-

tige sich in seinen Mußestunden mit Geologie. Dabei sah er mich so eindringlich an, dass mich die Erkenntnis mitten ins Herz traf. Joshua Hart und kein anderer war der Unbekannte, der durch die Steine zu mir sprach! Er musste meine Anschrift von der Schneiderin erfahren haben.

Was soll ich sagen? Er ist wunderbar! Mein Herz ist so übervoll, dass ich es gar nicht fassen kann. Du solltest seine Hände sehen! Er hat geschickte, feingliedrige Finger, die ein Skalpell halten oder einen Stein polieren können. Was immer er tut, es geschieht mit größter Umsicht und Achtsamkeit, als fürchtete er, etwas zu zerstören.

Vater und Mutter begegneten ihm freundlich, doch wurde mir schnell klar, dass eine nähere Bekanntschaft für sie ausgeschlossen war, da sie ihn als nicht standesgemäß erachteten. Undenkbar, ihn als Schwiegersohn in Betracht zu ziehen. Er hat kürzlich eine eigene Praxis eröffnet, die jedoch in einem recht armen Viertel gelegen ist und wenig gesellschaftliches Ansehen verspricht. Für mich haben sich meine Eltern einen anderen Bewerber vorgestellt, einen Mann, der vielleicht sogar einen Titel trägt und so den Makel des Anwaltsberufs, den Vater zum Broterwerb ausübt, vergessen machen könnte.

Ich aber konnte nicht zurück, ich war ihm verfallen.

Beunruhigt fuhr sich Georgina durchs Haar, das sich aus den Kämmen gelöst hatte und ihr ins Gesicht fiel. Die Geschichte nahm eine Wendung, die ihr Angst machte. Ein drohender Unterton, der sich wie ein düsterer Missklang in eine fröhliche Melodie stahl. Sie wusste natürlich, wie die Geschichte ausgehen würde, als hätte sie in einem Roman das letzte Kapitel zuerst gelesen, doch war dies kein Roman. Es war die Geschichte ihrer Eltern und damit auch ihre eigene.

Ich weiß, ich hätte es nicht tun dürfen, aber ich war wie in einem Rausch gefangen, ritt auf einer Welle dahin, schwebte über dem Boden, du kennst diese nutzlosen Vergleiche, die nicht annähernd wiedergeben können, was man wirklich empfindet.

Ich habe mich aus dem Haus geschlichen. Schon mehrfach. Wenn Vater und Mutter ausgegangen waren, stahl ich mich über die Hintertreppe nach draußen, nachdem ich Kopfschmerzen vorgeschützt und die Dienstboten angewiesen hatte, mich nicht zu stören.

Kürzlich hat er mir ein Geschenk gemacht – ein Medaillon, das keine Haarsträhne oder ein Porträt enthält, sondern das filigran gemalte Bild einer Klippe. In einer solchen Gegend habe er wunderbare Steine gefunden, und das Bild solle mich stets an ihn erinnern. Natürlich wäre mir sein Gesicht lieber gewesen, doch hätte ich dann immer die Entdeckung fürchten müssen. Die Klippe ist unverfänglich, könnte als Geschenk einer Schulfreundin erklärt werden.

Georgina konnte kaum weiterlesen, wissend, worin das alles gipfeln, welch furchtbare Wendung es nehmen würde. Ihre Mutter war Wagnisse eingegangen, die weit über das hinausgingen, was sie selbst in Oxford riskiert hatte.

Kürzlich unternahm Joshua eine Exkursion aufs Land und brachte mir einige Versteinerungen mit, die erstaunlich anzusehen sind. Wie Sendboten einer fernen Vergangenheit lagen sie in meiner Hand, erst kühl, dann zunehmend wärmer, bis sie die Temperatur meines Körpers anzunehmen schienen. Er träumt davon, seinen Beruf aufzugeben und nur noch als Wissenschaftler zu arbeiten, doch das ist ziemlich aussichtslos. Um eine Stelle in Oxford oder Cambridge zu erhalten, müsste er nicht nur viel mehr über Geologie lernen, sondern auch Geistlicher werden.

Gestern sprach er von einem Plan, der ihn, so Gott will, seinem Ziel näherbringen wird. Es hat etwas mit einer alten Handschrift zu tun, mehr wollte er nicht sagen und beschwor mich auch, es für mich zu behalten. Daher muss ich schweigen, um sein Vertrauen nicht zu enttäuschen.

Ihr Vater hatte sich von der Handschrift viel erhofft, genau wie sie. Anerkennung als Wissenschaftler, vielleicht eine Anstellung, die es ihm ermöglichen würde, den Arztberuf aufzugeben und sich ganz seiner Leidenschaft zu widmen.

Es war beängstigend, wie parallel das Leben ihrer Eltern und ihr eigenes zu verlaufen schienen. Georginas Kehle wurde eng, ein Druck lastete auf ihrer Brust. Sie faltete den Brief zusammen, wobei sie sich fragte, wie Tante Aga so lange ihr Schweigen hatte bewahren können. Die Äußerungen ihrer Mutter waren alarmierend, und eigentlich wäre es Tante Agas Pflicht gewesen, die Fieldings zu warnen. Oder war ihr trotz der überschwenglichen Worte nicht bewusst gewesen, wie weit die Beziehung zwischen ihrer Nichte und dem jungen Arzt gediehen war? Georgina griff zum nächsten Brief, der nur wenige Wochen später geschrieben war – die Handschrift war unregelmäßig, die Blätter voller Tintenkleckse, als hätte ihre Mutter ihn in größter Eile verfasst.

Liebste Tante Aggie,

ich bin außer mir. Man hat Joshua verhaftet! Ich wollte ihn aufsuchen und stand vor dem Haus, in dem er zur Miete wohnt, doch niemand öffnete mir die Tür. Ich schaute mich verzweifelt um, da ich nicht wagte, jemanden zu fragen, als die Hauswirtin die Tür öffnete und mich von oben bis unten musterte. Ich erkundigte mich nach Joshua. »Den haben sie geholt«, erwiderte sie gehässig. »Geholt?«, fragte ich. »Ja. Er soll gestohlen haben. Während er in meinem Haus lebte!« Sie fügte hinzu: »Sie sollten sich lieber von dem Herrn fernhalten, wenn ich einer jungen Lady wie Ihnen einen Rat geben darf.«

Du kannst dir vorstellen, in welcher Verfassung ich nach Hause kam. Es gab niemanden, den ich um Rat fragen oder der mir erklären konnte, was geschehen war.

Am nächsten Tag las ich es in der Zeitung. Joshua hat angeblich ein altes Dokument gestohlen, das in einem Schloss in Norfolk aufbewahrt wurde. Es muss sich um die Handschrift handeln, von der er mir begeistert erzählt hatte.

Stundenlang lief ich in meinem Zimmer auf und ab. Was sollte ich tun? Ihn im Gefängnis zu besuchen, war undenkbar, einen solchen Skandal konnte ich nicht riskieren. Und doch wusste ich genau, dass er kein Verbrecher war, das konnte nicht sein.

In den nächsten Tagen konnte ich kaum etwas zu mir nehmen. Mir war ständig übel, ich schlief viel, und Mutter machte sich Sorgen, doch ich schob alles auf die Aufregung und einen verdorbenen Magen. Ich blieb den ganzen Tag in meinem Zimmer und grübelte, wie ich Joshua sehen, ihm wenigstens schreiben und ihn meiner Liebe und meines Vertrauens versichern könnte.

Georgina musste den Brief weglegen. Sie stand auf und ging umher, um ihrer inneren Erregung freien Lauf zu lassen. Alles, was sie vermutet und bei ihren Nachforschungen herausgefunden hatte, fand sie nun bestätigt. Dass ihr Vater als nicht standesgemäß erachtet wurde und ihre Mutter deshalb ein heimliches Verhältnis mit ihm begonnen, dass er Steine gesammelt und – vielleicht in einem Augenblick leidenschaftlicher Gedankenlosigkeit – das Blatt aus der Bibliothek von Holkham Hall mitgenommen hatte. Doch war es etwas völlig anderes, die Geschichte in den Worten ihrer Mutter zu lesen, die ihr Glück und ihre Verzweiflung freimütig herausschrie.

Georgina setzte sich wieder, wollte ihre Aufgabe zu Ende bringen. Sie zog es vor, dass der Schmerz rasch und heftig aufflammte, als dass er lange schwelte und andauernde Qual verursachte.

Aus der Zeitung habe ich erfahren, wie es zu der Verhaftung kam. Ein Freund Joshuas wusste von dem Diebstahl und hat ihn verraten. Er sagt, er habe es aus moralischen Beweggründen getan, doch schwingt in seinen Worten eine Selbstgerechtigkeit mit, die mir Unbehagen verursacht. Sie kannten einander, da sie Kommilitonen an der Universität waren und später den gleichen Beruf wählten.

Es war eine Vorahnung, mehr nicht. Wie gebannt schaute Georgina auf die letzte Zeile und wagte kaum, das Blatt herumzudrehen. Darauf klebte ein kleiner Zeitungssausschnitt:

»Wenn es um Fragen von Moral, Recht und Ordnung geht, kann ich persönlichen Beziehungen keinen Vorrang einräumen. Recht muss Recht bleiben«, erklärte St. John Martinaw, Chirurg am Londoner St. Thomas' Hospital auf die Frage, weshalb er den Diebstahl seines Freundes zur Anzeige gebracht habe.

Fast hätte sie den Brief aus einem Impuls heraus ins Feuer geworfen. Martinaw hatte ihren Vater gekannt, ihm nahe gestanden und ihn ins Unglück gestürzt! Sie verdrängte die aufkommende Wut – dafür war später noch Zeit – und griff zum letzten Brief, der einige Monate später datiert war.

Liebste Aggie,

mein Leben zerrinnt mir zwischen den Fingern. Ich bin eine Gefangene im Haus meiner Eltern und darf aufgrund meines Zustands nicht mehr unter Menschen gehen. Obgleich die Dienstboten nichts von den Hintergründen wissen, ist mir, als begegneten sie mir mit einer Mischung aus Mitleid und Verachtung.

Wie anders habe ich mir mein Leben vorgestellt! Was habe ich mir erträumt in den Stunden mit Joshua, die ich dem Schicksal abgetrotzt habe. Ich stellte mir vor, wie wir zu dritt einen Ausflug in der Kutsche machen, an einem herrlichen Sommertag, zwischen uns einen kleinen Jungen oder ein Mädchen mit langen Zöpfen, wie wir im Schatten eines Baums anhalten und Joshua mit seinem Werkzeug in den Steinbruch geht, während wir ihm von oben aus zuschauen. Ich lese unserem Kind ein Märchen vor oder lasse es Steine in einem Körbchen sammeln, die es später voller Stolz seinem Vater zeigt. Wir leben in einem bescheidenen, aber doch komfortablen Haus und sind glücklich mit dem, was uns das Leben geschenkt hat.

Aber das Leben macht keine Geschenke. Alles hat seinen Preis. Es war nur ein Traum, und das Erwachen ist bitter. Wir beide, Joshua und ich, haben in einem entscheidenden Augenblick das Gefühl über die Vernunft gestellt, den Ehrgeiz und die Leidenschaft über das Gewissen und sind dafür bestraft worden. Dennoch frage ich mich, ob die Strafe nicht allzu hart ausgefallen ist.

Wenn er heimkehrt – sollte er die Deportation überleben, was beileibe nicht allen Gefangenen vergönnt ist –, wird sein Kind sechs oder sieben Jahre alt sein und seinen Vater nie gesehen haben. Womöglich werde ich mit einem anderen Mann verheiratet sein, falls jemand bereit sein sollte, gnädig über meine Vergangenheit hinwegzusehen, an die er durch mein Kind fortwährend erinnert wird.

Ich weiß es nicht. Ich bin hilflos, kann nicht weggehen von hier und muss abwarten, wie meine Eltern für mich entscheiden. Ich hätte das Kind gern bei dir geboren, aber du weißt, dass meine Eltern deine Lebensweise nicht gutheißen. Sie haben sogar angedeutet, mein Verhalten habe seine Wurzeln in deinen unkonventionellen Ansichten, die du allzu oft in meiner Gegenwart geäußert hättest. Ihr einziger Trost liegt darin, dass niemand von meiner Beziehung zu Joshua weiß und man mein Kind somit nicht mit einem verurteilten Verbrecher in Verbindung bringen wird.

Eines möchte ich dir offen sagen, liebste Aggie, weil ich weiß, dass du mich vielleicht ein wenig verstehen wirst. So hart uns das Schicksal getroffen hat und so aussichtslos mein Leben scheint, bereue ich dennoch nicht, Joshua zu lieben. Das Glück, das ich in den Stunden mit ihm empfunden habe, kann mir niemand nehmen. Und das Kind, das er mir geschenkt hat, wird mich an ihn erinnern. Vielleicht finde ich irgendwann den Mut, meinem Sohn oder meiner Tochter vom Vater zu erzählen, dass er ein kluger und gütiger Mensch war und nur von einem leichtsinnigen Zug seines Wesens, einer allzu sorglosen Ader, zu dieser Tat getrieben wurde.

Es war der letzte Brief. Er fiel ihr aus der Hand. Georgina legte die verschränkten Arme auf den Tisch und ließ den Kopf darauf sinken.

Noch nie hatte sie sich so einsam und betrogen gefühlt. Alle Menschen, die ihr nahestanden, hatten ihr diese Dinge vorenthalten – Tante Aga, ihr Großvater, ihre Tante, St. John Martinaw. Wie aber hatte Tante Aga verschweigen, was Martinaw getan hatte, ihr sogar zeitweise zureden können, eine Ehe mit dem Mann ins Auge zu fassen? Hatte sie durch ihre Krankheit den Verstand verloren? Verzweifelt ballte Georgina die Fäuste. Sie konnte ihre Großtante nicht mehr fragen.

Oder wurde sie in ihrer Verzweiflung ungerecht? Immerhin lagen die Ereignisse, die die Briefe beschrieben, zwanzig Jahre zurück. Georgina würde sich mit dem Gedanken, dass ihre Großtante stets das Beste für sie gewollt hatte, zufriedengeben müssen. Eine letzte Gewissheit würde sie nie erhalten.

All das half ihr jetzt nicht. Sie musste überlegen, wie ihr weiteres Leben aussehen sollte. Was würde geschehen, wenn sie mit ihrem Großvater und ihrer Tante über Martinaw und ihren Vater sprach? Würden sie verstehen, dass sie ihn unmöglich heiraten konnte, oder aber die Ehe mit einem distinguierten Mann über persönliche Vorbehalte stellen? Immerhin war Joshua Hart ein Fremder für sie, der ihre Tochter und Schwester kompromittiert und deren Leben zerstört hatte.

Wieder einmal war sie allein mit ihren Fragen. Sollte sie Justus damit behelligen? Was würde er sagen, wenn er erfuhr, dass man ihren Vater wie einen Schwerverbrecher deportiert und später gehängt hatte?

Georgina stand auf und ging umher, als könnte es ihr beim Nachdenken helfen. Irgendwann war sie so müde, dass ihre Schritte unsicher wurden, und sie begab sich in ihr Zimmer. Sowie sie im Bett lag, fielen ihr vor Erschöpfung die Augen zu. Auch in dieser Nacht hatte sie keine schlechten Träume. Zumindest konnte sie sich später nicht daran erinnern.

Der nächste Morgen brachte eine Aufgabe, die sie fürs Erste vom Grübeln abhielt. Das Hausmädchen trat ein und reichte ihr ein Tablett, auf dem ein Brief lag.

Georgina warf einen Blick auf den Absender – ein Rechtsanwalt namens Thomas Gray. Tante Aga hatte einmal erwähnt, er kümmere sich um ihre sämtlichen rechtlichen Angelegenheiten. Georgina ahnte, worum es in dem Schreiben ging, und fand sich beim Lesen bestätigt.

Mr. Gray drückte ihr sein tiefes Beileid aus und äußerte sich lobend über den Charakter und die Großzügigkeit der Verstorbenen. Es sei nun seine traurige Pflicht, das Testament zu eröffnen, und er wünsche, einen Zeitpunkt für seinen Besuch mit ihr zu vereinbaren.

Georgina verfasste umgehend eine Antwort, in der sie ihm anbot, noch an diesem Tag Langthorne House aufzusuchen und mit ihr alles Notwendige zu besprechen. Auf diese Weise könnte sie sich von der stillen, kalten Gestalt ablenken, die im Stockwerk über ihr auf ihrem Bett lag, zugedeckt, die Haare sorgfältig gerichtet, die Augen geschlossen, das Kinn hochgebunden, neben sich auf dem Nachttisch eine brennende Kerze. Georgina hatte das Zimmer nur noch einmal betreten, um sich von Tante Aga zu verabschieden. Sie würde nicht mehr hineingehen, bevor man die Tote in den Sarg bettete, da sie es vorzog, sich an ihre Großtante zu erinnern, wie sie in ihren besten Augenblicken gewesen war – unkonventionell, lebendig, manchmal schroff, aber immer unterhaltsam und im tiefsten Inneren liebevoll.

Am Vormittag besprach sie mit Reverend Aynscroft die Vorbereitungen für das Begräbnis, zu dem eine große Trauergemeinde erwartet wurde. Der alte Geistliche ließ es sich natürlich nicht nehmen, den Gottesdienst selbst zu halten. Georgina war bereit, ihm alle notwendigen Vorkehrungen zu überlassen, während sie sich auf die Zusammenkunft mit dem Rechtsanwalt vorbereitete.

Später verfasste sie einen Brief an ihren Großvater, in dem sie in schlichten, mitfühlenden Worten schilderte, wie seine Schwester gestorben war.

Gegen vier Uhr traf Mr. Gray ein. Er war ein älterer Herr mit scharf geschnittenem Gesicht, das auf einen ebenso scharfen Verstand schließen ließ. Die Lachfältchen um seine Augen verrieten, dass er nicht immer so ernst war wie in diesem Augenblick. Er sprach Georgina erneut sein Beileid aus und zeigte Verständnis, als sie möglichst schnell zum Anlass seines Besuchs kommen wollte. Sie bat ihn in die Bibliothek und ließ Tee servieren.

Er legte eine schwarze Mappe auf den Tisch, setzte einen Kneifer auf und schaute Georgina über die Tassen hinweg prüfend an. »Ich weiß nicht, ob Ihnen der Inhalt von Lady Agathas Testament bekannt ist …«

Georgina schüttelte den Kopf. »Darüber haben wir nie gesprochen.«

»Gut.« Zunächst verlas er die Formel, dass Lady Agatha im vollen Besitz ihrer geistigen Kräfte diesen letzten Willen abgefasst habe. Darauf folgte eine Reihe kleinerer Vermächtnisse für die Dienstboten und wohltätige Einrichtungen in der näheren Umgebung. »Nun komme ich zum entscheidenden Absatz, Miss Fielding.« Er räusperte sich erneut. »›Meinen übrigen weltlichen Besitz, als da wären Langthorne House mit den dazugehörigen Ländereien und mein gesamtes Vermögen, vermache ich meiner Großnichte Miss Georgina Fielding.‹«

Georgina schaute ihn fassungslos an, doch er hob die Hand, um mögliche Fragen abzuwehren. »Bitte lassen Sie mich aussprechen. Vor einigen Wochen hat die Verstorbene einen Nachsatz hinzugefügt: ›Ich hoffe, sie wird klug damit verfahren und das Geld so einsetzen, wie sie es für richtig hält. Es wird ihr eine Unabhängigkeit ermöglichen, die ihre Mutter nie besessen hat. Möge sie diese so nutzen, dass sie ihr größtmögliches Glück beschert.‹ Ein ungewöhnlicher Nachsatz, aber Lady Agatha war auch eine ungewöhnliche Frau«, sagte der Anwalt mit einem Lächeln, das seine sachliche Art Lügen strafte. »Nehmen Sie das Erbe an, Miss Fielding?«

»Ja.« Mehr brachte Georgina nicht heraus. Sie konnte nicht klar denken, in ihrem Kopf wirbelte alles durcheinander. Gewiss würde es Tage dauern, bis ihr klar wurde, was das Testament für sie bedeutete. Sie konnte die neuen

Entwicklungen, die in so kurzer Zeit über sie hereingebrochen waren, kaum verdauen.

»Wie ich sehe, wurden andere Familienmitglieder nicht bedacht, Miss Fielding. Ich hoffe, dass dies nicht zu Uneinigkeit führen wird, wie dies in Familien leider manchmal der Fall ist, aber ich werde Ihnen jederzeit mit meinem Rat zur Seite stehen, falls Sie dies wünschen sollten.«

»Danke«, sagte Georgina schlicht und überlegte, was Lady Anne wohl zu diesem Testament sagen würde. Vermutlich rechnete sie ohnehin nicht damit, von ihrer Tante bedacht zu werden, doch dass Georgina alles erben sollte, würde sicher ihr Missfallen erregen. Bisher war die Tatsache, dass Georgina nicht länger von ihrem Großvater abhängig sein sollte, das stärkste Argument ihrer Tante für eine vielversprechende Eheschließung gewesen. Nun aber wäre sie frei in ihren Entscheidungen.

Der Rechtsanwalt erhob sich und klappte die Mappe, in der das Testament lag, wieder zu. »Ich werde mich um alles Weitere kümmern und überlasse Sie jetzt Ihren anderen Pflichten. Sie haben sicher vieles vorzubereiten und zu überdenken, Miss Fielding. Zum Begräbnis werde ich selbstverständlich erscheinen, um Ihrer Großtante meinen Respekt zu bezeugen. Es ist mir eine Ehre, sie gekannt zu haben.« Er verabschiedete sich mit einer angedeuteten Verbeugung und verließ die Bibliothek.

Georgina stand ganz still da. Sie konnte es nicht fassen. Sie war unabhängig. Plötzlich besaß sie ein eigenes Vermögen, das sie zu einer selbständigen Frau machte, die nicht mehr um Erlaubnis bitten musste, wenn sie etwas kaufen, eine Reise unternehmen oder einen Vortrag besuchen wollte. Der Gedanke war geradezu verstörend in seiner Ungeheuerlichkeit. Er bedeutete auch, dass sie keine Ehe eingehen musste, zu der man sie drängen wollte, und dass sie selbst entscheiden konnte, ob und wen sie heiratete.

Sie spürte, wie ihr die Tränen übers Gesicht liefen. Die Gefühle überwältigten sie. Die Enttäuschung über Buckland, der Tod ihrer Großtante, die Geschichte ihrer Eltern und die Wahrheit über Martinaw; das Gefühl, einen Käfig hinter sich zu lassen. Und natürlich ihre Liebe zu Justus. All das türmte sich wie ein Berg vor ihr auf, den sie nicht allein überwinden konnte.

Wenn sie heiratete, würde ihr Vermögen in den Besitz ihres Mannes übergehen, und sie stünde erneut mit leeren Händen da. Schlimmer noch, als kein Geld zu besitzen, wäre das Gefühl, nach einem kurzen Blick auf die Freiheit wieder in ein Gefängnis zurückzukehren.

Wäre es auch eine Art Gefangenschaft, mit Justus von Arnau verheiratet zu sein? Zum ersten Mal gestattete sie sich diese Frage, die an etwas in ihrem Innersten rührte. Durfte sie so denken? Hatte er ihr nicht wieder und wieder bewiesen, dass er ihre Meinung respektierte und ihr seinen Willen nicht aufzwingen wollte? Und doch, ein letzter Zweifel blieb. Auch William Bucklands Großzügigkeit, mit der er Frauen eine eigene Meinung gestattete, war an ihre Grenzen gestoßen, als Georgina ihm von Da Vincis Theorien berichtete.

Eben erst war ihr die Verheißung von Unabhängigkeit wie ein Geschenk in den Schoß gefallen, und nun sah sie sich vor der Entscheidung, auf sie oder aber auf die Liebe zu verzichten.

In dieser Nacht fand sie keinen Schlaf.

KAPITEL XXVII

Ich weiß, dass ich von Natur aus sterblich bin und vergänglich; doch wenn ich zu meinem Wohlgefallen dem Hin und Her der himmlischen Gestirne nachspüre, berühren meine Füße nicht länger den Boden; ich stehe in Gegenwart von Zeus höchstselbst und labe mich an Ambrosia, der Götter Nahrung.

CLAUDIUS PTOLEMÄUS

Das Begräbnis zog trotz eisigen Wetters und leichten Schneefalls eine Menschenmenge an, die Georgina tief berührte. Sie hatte nicht erwartet, dass ihre oft schroffe und kompromisslose Großtante solches Ansehen in der Grafschaft genossen hatte, doch die Leute strömten von überall herbei, um ihr die letzte Ehre zu erweisen. Reverend Aynscroft zelebrierte den Gottesdienst und sprach von ihr als einer großherzigen Frau, die immer auf ihr Gewissen gehört und ihren eigenen Weg gegangen sei, wobei ihm der tiefe Respekt anzumerken war, den er ihr entgegengebracht hatte. Er erwähnte sogar ihre Begeisterung für die Chemie, die »Suche nach den Stoffen, aus denen das Leben besteht«, wie er es auszudrücken pflegte. Nicht ganz die Worte, die Tante Aga gewählt hätte, dachte Georgina. Dennoch hätte sie sich gefreut, dass er auch diesem Aspekt ihres Wesens Tribut zollte.

Ihr Großvater, Lady Anne und Sir Richard hatten sich entschuldigen lassen, da sie dem alten Mann um diese Jahreszeit nicht den beschwerlichen Weg nach Oxfordshire zumuten und ihn auch nicht im Stadthaus allein lassen wollten. Eigentlich war sie ganz froh darüber, da sie auf diese Weise allein von einer Frau Abschied nehmen konnte, die ihr nähergestanden hatte als ihre übrige Familie. Auch scheute sie in ihrer augenblicklichen Stimmung vor einer Auseinandersetzung mit ihrer Tante zurück, die es gewiss geben würde, wenn der Inhalt des Testaments bekannt wurde.

Wie in Trance schritt sie hinter dem Sarg zum Friedhof, den schwarzen Schleier vor dem Gesicht, der die ganze Welt um sie herum in Düsternis tauchte. Der Schnee knirschte unter ihren Füßen. Sie kümmerte sich nicht darum, dass ihre Schuhe allmählich feucht wurden. Der Verlust war zu schmerzlich, um an solche Alltäglichkeiten zu denken, zumal er sich mit einem Gefühl des Verratenseins mischte, dem Wissen, dass niemand in ihrer Familie wirklich ehrlich zu ihr gewesen war. Tante Aga hatte ihre Unaufrichtigkeit bereut und versucht, den Fehler wiedergutzumachen, doch die Jahre, in denen Georgina nichts von ihren Eltern gewusst hatte, waren unwiederbringlich verloren.

Eines war gewiss: Die letzten Tage hatten sie verändert. Sobald sie Ruhe zum Nachdenken fand, musste sie sich überlegen, wie sie ihr weiteres Leben gestalten wollte.

Das Erbe hatte ihr eine Freiheit geschenkt, mit der sie nie gerechnet hatte. Sie hatte Lady Agatha immer beneidet, weil sie niemanden um Erlaubnis fragen musste und tun und lassen konnte, was sie wollte. Sollte sie nun nach

Langthorne House ziehen und ein unabhängiges Leben wie ihre Großtante führen? Wollte sie das wirklich? Im Alter war es einsam um die alte Dame geworden, eine Schattenseite ihrer selbst gewählten Bindungslosigkeit. Georgina hatte schlechte Erfahrungen gemacht, doch eine Familie konnte Zuwendung, Nähe, Verständnis, Liebe bedeuten und die Geborgenheit spenden, nach der sie sich immer gesehnt hatte. Sie war hin- und hergerissen zwischen der Verlockung der Freiheit und dem Wunsch nach Nähe.

Eine Zukunft mit St. John Martinaw war vollends undenkbar geworden. Was aber war mit Justus? Wie hatte sich Reverend Aynscroft ausgedrückt? *Er scheint eine Art Vagabundenleben zu führen* … Georgina hatte ihm nicht von dem Begräbnis geschrieben. Überhaupt litt sie unter einer inneren Betäubung, die nichts mit Tante Agas Tod zu tun hatte, sondern schon vorher, bei ihrem letzten Gespräch mit ihm, in ihr gewachsen war. Sie dachte mit einer seltsamen Distanz an Justus. Was geschah mit ihr? Er hatte beteuert, die Geschichte ihrer Herkunft habe keine Bedeutung für ihn und dass er sie nie an dem messen werde, was ihre Eltern getan hatten. Allerdings hatte er damals nicht gewusst, was für ein Mensch ihr Vater gewesen war und welches Schicksal er erlitten hatte. Der Gedanke, ihm davon zu erzählen, erfüllte sie mit Scheu.

Der Aussprache mit St. John Martinaw blickte Georgina dagegen furchtlos entgegen. Wie mochte er reagieren, wenn er erfuhr, dass sie die Tochter jenes Mannes war, dessen Leben er vor so vielen Jahren aus Gründen, die sie sich nicht vorstellen konnte, zerstört hatte? Hatte er es nie geahnt? Vermutlich nicht, und es gab keine Hinweise darauf, dass Joshua Hart den Namen seiner Geliebten verraten hatte.

Georgina war derart in Gedanken versunken, dass sie sich schon unmittelbar vor dem ausgehobenen Grab befand, als sie sich ihrer Umgebung wieder bewusst wurde. Reverend Aynscroft stand mit seinem Gebetbuch neben der Grube, den Sarg hatten die Träger auf Brettern abgestellt, an denen mit pudrigem Schnee bestäubte Seile befestigt waren. Die Menge stellte sich im Halbkreis um das offene Grab auf und lauschte den Worten des Geistlichen.

»Ich bin die Auferstehung und das Leben; wer an mich glaubt, wird leben, auch wenn er gestorben ist; und jeder, der da lebt und an mich glaubt, wird nicht sterben in Ewigkeit.«

Georgina sprach die vertrauten tröstlichen Worte des Johannes-Evangeliums flüsternd mit. Sie hatte selten mit ihrer Großtante über Religion gesprochen und wusste nicht, ob diese ein gläubiger Mensch gewesen war, wenngleich sie mehr oder weniger regelmäßig den Gottesdienst besucht hatte. Tante Aga hatte immer zu Skepsis und Zweifel geneigt, hatte Dinge messen und wiegen wollen, um ihre Natur genau zu bestimmen.

Als der Geistliche zu Ende gesprochen hatte, trat Georgina einen Schritt vor und schlug den Schleier hoch.

»Ich möchte noch einige Worte sagen.« Ihr Atem schwebte als Wolke vor ihrem Gesicht.

Die Trauergemeinde sah sie erstaunt an, da es nicht üblich war, dass Angehörige, zumal Damen, am Grab noch eine Rede hielten.

»Lady Agatha Langthorne war meine Großtante, aber

sie war viel mehr für mich. Sie hat mir die Eltern ersetzt und war in vielen Dingen meine Lehrerin. Sie besaß einen offenen und neugierigen Geist, der mich mein Leben lang begleiten wird. Ich widme ihr ein Zitat von Claudius Ptolemäus, das ihr Wesen treffend wiedergibt: ›Ich weiß, dass ich von Natur aus sterblich bin und vergänglich; doch wenn ich zu meinem Wohlgefallen dem Hin und Her der himmlischen Gestirne nachspüre, berühren meine Füße nicht länger den Boden; ich stehe in Gegenwart von Zeus höchstselbst und labe mich an Ambrosia, der Götter Nahrung.‹«

Einige Trauergäste flüsterten leise miteinander, als sie dieses heidnische Zitat hörten, doch Aynscroft blieb gelassen; er hatte Lady Agatha gut gekannt.

Georgina trat einen Schritt zurück, während die Bretter weggezogen wurden und der Sarg hinabgelassen wurde.

»Eine bewegende Rede«, sagte eine Stimme hinter ihr. Sie fuhr mit einem Ruck herum.

Justus von Arnau stand da in einem makellosen schwarzen Frack, den Zylinder in der Hand. Er schien völlig zu Hause auf diesem englischen Dorffriedhof, ein höflicher Besucher, der gekommen war, um einer außergewöhnlichen Frau die letzte Ehre zu erweisen.

In diesem Augenblick war es um Georgina geschehen. Monatelang hatte sie Haltung bewahrt, als erschütternde Erkenntnisse ihr Leben heimsuchten. Sie hatte ihrer Familie getrotzt, die ihr eine Lebensbahn vorzeichnen wollte, die ihren eigenen Wünschen widersprach; hatte herausgefunden, dass man ihr die Wahrheit verschwiegen hatte, was auch eine Art der Lüge war. Sie war von einem Mann enttäuscht worden, von dessen Meinung sie sich viel erhofft hatte. All das hatte sie nicht aus der Fassung bringen können. Nun aber schlug sie die Hände vors Gesicht, was die Umstehenden hoffentlich auf ihre Trauer zurückführten, und ließ sich von Justus am Arm nehmen und behutsam wegführen.

»Es tut mir leid, wenn ich Sie überrascht habe. Ich hätte mein Kommen ankündigen sollen, bin aber ganz impulsiv aus London aufgebrochen. Ich konnte es nicht ertragen, Sie in dieser Lage allein zu lassen.« Er schaute sich um. »Ich weiß, dass dies weder der richtige Ort noch der richtige Zeitpunkt für eine Unterredung ist, aber ich kann nicht länger schweigen, Georgina. Es gibt etwas, das Sie unbedingt erfahren müssen! Hören Sie mich bitte an. An dem Abend, an dem Sie mit Mr. Martinaw bei *Rules* gegessen haben, war ich auch dort und habe draußen auf der Straße die Begegnung zwischen Martinaw und einem gewissen Mr. Shayle miterlebt.«

»Den Namen Shayle habe ich schon einmal gehört«, sagte Georgina nachdenklich.

»Natürlich, es war der Herr, der Mr. Martinaw vor dem Restaurant angesprochen hat.«

»Jetzt erinnere ich mich.«

»Hören Sie mir gut zu, es ist wichtig. Ich habe Mr. Shayle auf ein Glas eingeladen und mich lange mit ihm unterhalten. Er kennt Martinaw sehr gut. Er hat mir auch vom Schicksal Joshua Harts berichtet. Und von seinem Ende.«

Georgina wich instinktiv einen Schritt zurück und sah ihn aus großen Augen an. »Sie wissen es schon?«

Justus schaute sich um, ob sie sich in ausreichender

Entfernung von der Trauergemeinde befanden. »Ja, Georgina, ich weiß, dass Ihr Vater zunächst wegen Diebstahls nach Australien deportiert und später in London gehängt wurde. Ich weiß auch, dass der Mann, der ihn der Justiz auslieferte, niemand anderes war als sein Studienfreund St. John Martinaw.«

Er hat es gewusst, dachte Georgina, und mir erzählen wollen, doch ich habe ihn daran gehindert.

»Sie können sich vorstellen, in welcher Lage ich mich befand, als ich Sie aufsuchte, um Ihnen davon zu berichten, und bei dieser Gelegenheit von der Erkrankung Ihrer Großtante erfuhr. Um Sie nicht in Bedrängnis zu bringen, habe ich geschwiegen und Sie fahren lassen. Doch ich konnte die Ungewissheit nicht länger ertragen und nahm die erstbeste Kutsche.«

Georgina suchte nach Worten. »Justus … ich bin sehr froh, dass Sie gekommen sind. Ich weiß von Martinaws Schuld. Aus Briefen meiner Mutter, die Tante Aga mir hinterlassen hat.« Sie holte tief Luft. »Ich befinde mich in einer schwierigen Lage. Es sind so viele Dinge in kurzer Zeit geschehen, dass ich mich vollkommen überwältigt fühle. Der Verlust meiner Großtante bedeutet Umwälzungen in meinem Leben, derer ich mir nicht bewusst war.«

Justus sah sie fragend an. Es war, als stünden sie ganz allein auf dem Friedhof; sie nahmen ihre Umgebung und die Trauernden, die nun nacheinander vortraten und eine Schaufel Erde ins offene Grab warfen, gar nicht wahr.

»Justus, meine Großtante hat mir fast ihr gesamtes Vermögen vermacht. Mit einem Mal bin ich unabhängig, das ist sehr ungewohnt für mich.«

Sein Blick war schwer zu deuten. »Ich gratuliere Ihnen. Das ist gewiss eine gute Nachricht für Sie.«

Georgina schaute zu Boden und suchte nach Worten. »Ich weiß noch gar nicht, was ich mit dem Besitz anfangen werde. Keinesfalls werde ich im Haus meines Großvaters bleiben. Der Gedanke, stattdessen nach Langthorne zu ziehen, hätte mich bis vor Kurzem sehr glücklich gemacht. Andererseits hat die Vorstellung, in der Nähe von Oxford zu wohnen, nach meiner letzten Begegnung mit Mr. Buckland an Reiz verloren. Natürlich werde ich die Verbindung zu Mr. Martinaw umgehend beenden. Durch diese Erbschaft werde ich unabhängig und bin nicht gezwungen, eine Ehe einzugehen, die mir widerstrebt.«

Sie wusste, dass sie nicht das ausgedrückt hatte, was tatsächlich in ihr vorging, doch fiel es ihr schwer, in diesem aufgewühlten Zustand klare Gedanken zu fassen. Sie konnte Justus ansehen, dass er sich ihr Zusammentreffen anders vorgestellt hatte.

»Ich verstehe, Miss Fielding. Vielleicht brauchen Sie Zeit, um ihn Ruhe über alles nachzudenken. Ich empfehle mich.« Er wandte sich zum Gehen.

Georgina schaute ihn entsetzt an. »Wohin wollen Sie?«

Er zuckte mit den Schultern. »Wohin es mich treibt. Wie Sie wissen, bin ich eine Art Vagabund, der von einem Ort zum anderen zieht.«

»Warten Sie …«

Justus drehte sich noch einmal um. »Ich warte vor dem Tor auf Sie.« Er neigte knapp den Kopf, drehte sich um und schritt davon.

Georgina stand wie erstarrt, nicht vor Kälte, sondern

vor Entsetzen. Aus dem Augenwinkel bemerkte sie, dass Reverend Aynscroft mit besorgter Miene auf sie zukam. Sie durfte den alten Herrn, der so freundlich zu ihr gewesen war, nicht vor den Kopf stoßen. Daher ging sie mit gemessenem Schritt zum Grab zurück. Um ihre tobenden Gefühle zu verbergen, warf sie eine Schaufel Erde hinein und blieb einige Minuten mit gesenktem Kopf stehen. Dann nickte sie dem Geistlichen zu. »Wenn Sie mich bitte entschuldigen, Reverend. Die Angelegenheit duldet keinen Aufschub. Danach möchte ich Sie und die Anwesenden nach Langthorne zum Essen bitten.«

Sie hoffte, dass dem Anstand damit Genüge getan war, und wandte sich mit energischem Schritt zum Friedhofstor, wobei sie die Blicke der Trauergemeinde im Rücken spürte.

Nun brachen sich ihre Gefühle Bahn. Hatte sie Justus mit der Ankündigung, ein unabhängiges Leben führen zu wollen, in seiner Ehre gekränkt? Oder störte ihn der Gedanke an eine wohlhabende Frau? Was immer der Grund für seinen abrupten Weggang sein mochte, so durfte sie ihn nicht gehen lassen. Ein heißer Strom durchzuckte sie, breitete sich in alle Gliedmaßen aus. Trotz des kalten Wetters trat ihr der Schweiß auf die Stirn. Ihr Herz schlug so heftig, dass sie sich instinktiv an die Brust griff.

Er wartete vor dem Tor auf sie, doch sein Gesicht war unter der Krempe des Zylinders nicht zu erkennen.

Georgina blieb keine Zeit, sich die Worte lange zu überlegen. Sie musste sofort handeln, sonst wäre es zu spät. »Ich weiß gar nicht mehr, was ich denken soll. Wer ich eigentlich bin und sein möchte. Mir käme es nie in den Sinn, Sie als Vagabunden zu bezeichnen. Es ist nur so … wie soll ich sagen … zum ersten Mal habe ich das Gefühl, dass ich mein Leben so gestalten kann, wie ich es will. So wie meine Großtante es lange Jahre getan hat.«

»Auch wenn der Preis dafür ist, auf Liebe zu verzichten?«, fragte er leise.

Das Wort traf sie völlig unerwartet. »Mit Liebe kenne ich mich nicht gut aus.« Sie schluckte.

»Ach nein?«, fragte er mit sanftem Spott. »Gut, dann versuche ich es anders. Ich locke Sie nicht mit Liebe, sondern mit Reisen in fremde Länder. Ich biete Ihnen kein hübsches Anwesen auf dem Land mit einem Rosengarten, in dem Sie lustwandeln können, sondern Hotels und Gasthöfe mit abenteuerlich anmutenden Zimmern, in denen niemand Sie versteht. Ich biete Ihnen keinen Fasan auf goldenen Platten, sondern Gerichte, wie Sie sie noch nie gekostet haben. Lassen Sie uns Muscheln auf Berggipfeln suchen und in tiefe Höhlen hinabsteigen, in denen Hyänenknochen und Bärenschädel auf uns warten.«

Das klang aufregend. Nun musste sie die richtige Antwort finden, sonst würde er gehen, und sie wäre allein. Was aber war die richtige Antwort? Erwartete man nicht von den Männern, dass sie in solchen Situationen handelten? Erwarteten die Männer nicht, dass Frauen schwiegen, die Augen niederschlugen und sittsam Ja oder Nein sagten? Dann begriff sie. Eben das unterschied Justus von Arnau von anderen Männern und hatte sie schon lange angezogen. Er würde ihr die Entscheidung über ihr Leben nicht abnehmen. Er würde zuerst versuchen, ihren Geist zu verführen, und dann ihren Körper. Doch sie hatte zu lange geschwiegen.

»Wenn Sie glauben, dass ich Sie nicht ernst nehmen und als dummes Ding betrachten werde, das keinen vernünftigen Gedanken fassen kann, wenn Sie glauben, dass ich Ihr Geld an mich nehmen und nach Belieben darüber verfügen werde, und wenn Sie glauben, dass ich darüber bestimmen werde, in welcher Stadt und in welchem Land Sie mit mir leben, rate ich Ihnen, nach Langthorne House zu ziehen. Dann ist Ihre Entscheidung, ein Leben wie Ihre Großtante zu führen, gewiss die richtige.«

Sie trat so impulsiv vor, dass er sie überrascht ansah. »Wie schwer wollen Sie es mir denn noch machen, Justus?«

»So schwer wie nur irgend möglich, Georgina. Denn nur so werden Sie niemals das Gefühl haben, von mir überrumpelt worden zu sein. Sie sollen nicht denken, ich hätte Sie gegen Ihren Willen zu einer Entscheidung gedrängt. Das ist es, was ich mir wünsche.«

»Was wünschen Sie sich sonst noch?«

Statt einer Antwort legte er behutsam beide Hände an ihre Wangen und zog sie zu sich heran. Dann küsste er sie sanft auf die Lippen.

»Ist das Antwort genug?«

»Nein.«

Er sah sie überrascht an. »Nein?«

»Diese Antwort würde ich gern noch einmal hören.«

Erleichtert atmete er aus, bevor sich ihre Lippen ein zweites Mal berührten. Dann sagte er sanft: »Versprich mir, in unserer Ehe möglichst viele Widerworte zu geben.«

Noch nie war ihr ein Versprechen so leichtgefallen.

EPILOG

So ziehn wir denn in Frieden,
Denn Freiheit ist uns, nicht der Bann beschieden.

William Shakespeare

Januar 1822

Um die Etikette zu wahren, fand die Unterredung mit St. John Martinaw in Lady Annes Beisein in der Bibliothek am Bloomsbury Square statt. Georgina hatte Martinaw ins Haus ihres Großvaters gebeten, um ihm mitzuteilen, dass sie jegliche Verbindung zu ihm aus persönlichen Gründen abbrechen werde. Am Vorabend hatte Georgina ihrer Tante erklärt, weshalb sie Martinaw unmöglich heiraten konnte. Darüber kam es zu einer Auseinandersetzung, da Lady Anne zunächst die Ansicht äußerte, Martinaw habe aus moralischen Prinzipien gehandelt, so dass ihn keine Schuld an der Verurteilung von Joshua Hart träfe.

Unerwartet ergriff James Fielding die Partei seiner Enkelin. »Meine liebe Anne«, sagte er in einem Ton, der keinen Widerspruch duldete, »ich bin mir deines gesellschaftlichen Ehrgeizes sehr wohl bewusst, aber du wirst Georgina nicht dazu zwingen, diesen Mann zu heiraten.

Durch ihn würde sie Tag und Nacht an das unglückliche Schicksal ihrer Eltern erinnert, und das kannst selbst du nicht wollen. Dies wäre keine vernünftige Grundlage für eine Ehe.«

Georgina hatte ihrem Großvater gedankt, worauf er nur traurig genickt hatte. Es schien, als hätte ihn der Tod seiner Schwester tiefer getroffen als erwartet und als spürte er nun mehr als sonst seine eigene Sterblichkeit. Vielleicht hatte ihn diese Erfahrung milde gestimmt.

St. John Martinaw hatte mit großen Erwartungen die Bibliothek betreten, da er damit rechnete, sein Werben endlich zu einem erfreulichen Abschluss zu bringen. Umso überraschter war er, als er von Georginas Entscheidung hörte, und beharrte darauf, die Ursache zu erfahren. So sagte sie ihm schließlich die Wahrheit.

Martinaw lief rot an und wurde dann totenblass. »Sie … niemals hätte ich geglaubt …«

»Es ist aber so, Mr. Martinaw. Daher werden Sie verstehen, dass eine engere Bindung zwischen uns völlig ausgeschlossen ist. Ich danke Ihnen für Ihre Freundlichkeit und wünsche Ihnen alles Gute für die Zukunft.«

Georgina hoffte, das Gespräch sei damit beendet, doch Martinaw schien noch etwas auf der Seele zu liegen. Er gewann erstaunlich schnell die Fassung wieder, räusperte sich und trat einen Schritt vor. »Miss Fielding, dürfte ich Sie dennoch um einen letzten Gefallen bitten?«

»Sicher, wenn es in meiner Macht steht.«

»Dürfte ich Sie im Hinblick auf meine bevorstehende Investitur um Diskretion in dieser Angelegenheit bitten? Ich möchte vermeiden, dass ein Schatten darauf fällt, auch wenn ich mich damals in keiner Weise schuldig gemacht habe.«

Nun würde die Unterredung wohl doch nicht friedlich enden. »Habe ich Sie richtig verstanden, Mr. Martinaw?«, fragte Georgina, ohne auf den beschwörenden Blick ihrer Tante zu achten. Sie hatte sich zur Höflichkeit gezwungen, doch das völlige Fehlen von Reue, mehr noch, die unerträgliche Selbstgerechtigkeit des Mannes, waren mehr, als sie hinnehmen konnte.

»Es ist die Pflicht eines aufrechten Christen, ein Vergehen anzuzeigen, wenn es ihm geboten erscheint«, erklärte Martinaw. »Daran können auch längere Bekanntschaft oder gar Freundschaft nichts ändern. Moral darf keinen persönlichen Neigungen unterworfen sein.«

Nun, da sie keine Rücksicht auf seine Gefühle mehr nehmen musste, sprach Georgina ganz offen. »Ich glaube nicht, dass Sie in Ihren Entscheidungen immer von derart lauteren Motiven getrieben werden, Mr. Martinaw. Sie hätten mit meinem Vater …«

Lady Anne zuckte sichtlich zusammen.

»… unter vier Augen sprechen und ihn dazu bewegen können, den unrechtmäßig angeeigneten Gegenstand zurückzugeben, wie es einem Freund und Christenmenschen angestanden hätte. Andererseits ist es auch denkbar, dass mein Vater Ihrem beruflichen Fortkommen im Wege stand oder Sie fürchteten, von ihm auf wissenschaftlichem Gebiet übertroffen zu werden.«

»Das ist lächerlich, wenn Sie mir dieses harsche Wort gestatten«, versetzte Martinaw ungehalten.

»Gewiss gestatte ich es Ihnen und erinnere Sie gleichzeitig an Mr. Anthony Shayle, dessen Leben Sie ebenfalls selbstherrlich durchkreuzt und in eine Bahn gelenkt haben, die das Wohl dieses Mannes und seiner Familie gefährdete.«

Martinaw sah sie entsetzt an, als könnte er nicht fassen, dass sie an dieses Wissen gelangt war. Lady Anne schien der Unterhaltung überhaupt nicht mehr folgen zu können.

Georgina lächelte. »Sie wundern sich, woher ich das weiß? Nun, vielleicht erinnern Sie sich an Herrn Justus von Arnau, welchen kennenzulernen Sie bei einer Tischgesellschaft das Vergnügen hatten. Herr von Arnau wiederum begegnete Anthony Shayle und erfuhr von dessen Entlassung und dem Rufmord, dessen Opfer er wurde. Ich erkenne darin gewisse Ähnlichkeiten zum Schicksal meines Vaters und hege folglich Zweifel an Ihren sogenannten moralischen Entscheidungen.« Sie genoss seinen verstörten Blick und fügte dann großzügig hinzu: »Da ich jedoch vermeiden möchte, dass die Geschichte meiner Eltern an die Öffentlichkeit gezerrt wird, sehe ich davon ab, Ihre Investitur zu gefährden, Mr. Martinaw. Damit dürfte alles zwischen uns gesagt sein.«

Er widersprach ihr nicht.

Einige Tage darauf bog eine Kutsche durch das Tor von Holkham Hall.

Georgina streckte den Kopf aus dem Fenster und bewunderte das Rotwild, das friedlich durch den weitläufigen Park streifte, und den Obelisken, der auf einer Anhöhe wie ein Zeigefinger in den Himmel ragte. Sie war Lady Anne sehr entschieden gegenübergetreten, als diese ihr untersagen wollte, mit Justus zu reisen, zuerst nach Holkham Hall, später nach Manchester, wo er ihr seine Tante vorstellen wollte. Es sei unziemlich, wenn ein junges Mädchen ohne weibliche Begleitung mit einem Herrn reise, selbst wenn dieser ihr Verlobter war. Doch Georgina ließ sich nicht einschüchtern. Sie erklärte in gelassenem Ton, Lady Annes Ruf und das gesellschaftliche Ansehen ihrer Kinder könnten leiden, wenn bekannt würde, dass Georgina das uneheliche Kind von Susan Fielding und ihr eigener Vater am Galgen gestorben sei. Lady Annes Mienenspiel hatte ihr Entsetzen über diese Drohung gespiegelt, und sie hatte sich ohne ein weiteres Wort dem Willen ihrer Nichte gebeugt.

Der Hausherr von Holkham Hall erwartete sie bereits und bot Georgina die gleiche Führung, die auch Justus bereits genossen hatte.

»Ich finde es wunderbar, Herr von Arnau, das Sie mich so schnell wieder beehren und nun auch noch gemeinsam mit Ihrer reizenden Verlobten. Es ist mir ein Vergnügen, Ihnen die Schönheiten des Hauses zu zeigen.«

Georgina bewunderte das Gebäude und die prachtvolle Einrichtung, vor allem aber die Bibliothek. Langsam und in Gedanken versunken schritt sie zwischen den Büchern umher, hielt dann und wann inne und schaute sich um. Noch nie war sie ihrem Vater so nahe gewesen wie an diesem Ort, an dem er sich viele Stunden aufgehalten, an dem er fieberhaft gegrübelt und voller Hoffnung auf Entdeckungen gesessen hatte.

Schließlich blieb sie vor Mr. Coke stehen und sagte zu Justus: »Würdest du mir bitte das Blatt geben?«

Justus schlug die lederne Mappe auf, in der er seine Schreibutensilien aufbewahrte, und nahm behutsam die fehlende Seite der Da-Vinci-Handschrift heraus. Georgina ergriff sie mit beiden Händen, strich noch einmal zärtlich darüber, als wollte sie Abschied nehmen, schluckte und hielt sie dem Schlossbesitzer entgegen. Mr. Coke schaute sie fragend an.

»Hier habe ich etwas, das Ihrer Familie gehört. Mein Vater hat es vor langer Zeit unrechtmäßig an sich genommen. Heute bin ich gekommen, um Ihnen Ihr Eigentum zurückzugeben.«

Verblüfft blickte Coke von dem Blatt, das sie in Händen hielt, zu seiner Besucherin und schien zunächst nicht zu begreifen, was er da in Händen hielt. Er trat mit dem Blatt ans Licht und betrachtete es prüfend, dann ging ein Leuchten über sein Gesicht. »Sagen Sie … sollte es tatsächlich das fehlende Blatt aus unserem Codex Leicester sein? Wir hatten nicht damit gerechnet, es jemals wiederzubekommen. Dieser junge Arzt … es wurde nie bei ihm gefunden.« Er räusperte sich verlegen. »Er war also Ihr Vater, Miss Fielding? Ich danke Ihnen zutiefst, dass Sie den Mut gefunden haben, mir das Blatt zurückzubringen. Eins aber wüsste ich gern. Wo hat er es all die Jahre aufbewahrt?«

Georgina berichtete von den Truhen mit der geologischen Sammlung, die lange Jahre in dem düsteren Pfarrhaus auf sie gewartet hatten.

Als sie zu Ende gesprochen hatte, schaute Coke sie beeindruckt an. »Sie sind eine wirklich mutige Frau, dass Sie sich so offen zu Ihrem Vater bekennen.«

»In der Tat, das ist sie«, warf Justus ein, bevor Georgina etwas sagen konnte. »Wir hätten aber noch eine Bitte an Sie, Mr. Coke.«

»Nur zu, wer einen solchen Schatz zurückbringt, darf auch etwas dafür verlangen.«

»Wenn meine zukünftige Frau den Wunsch verspüren sollte, das Manuskript zu untersuchen und von mir in Teilen übersetzen zu lassen, wären Sie damit einverstanden? Wir versprechen auch, dass nach unserem Besuch ebenso viele Blätter vorhanden sein werden wie zuvor.«

»Meine Herrschaften, als wenn ich daran auch nur den geringsten Zweifel hätte. Sie sind jederzeit herzlich in Holkham Hall willkommen. Bitte geben Sie Bescheid, wann immer Sie kommen möchten. Mein Bibliothekar wird Ihnen zur Verfügung stehen.«

Nachdem Georgina diesen Gang getan hatte, vor dem sie sich ein wenig gefürchtet hatte und der nun so erfreulich verlaufen war, verabschiedeten sie sich von Thomas Coke und kehrten zur Kutsche zurück. Justus half Georgina beim Einsteigen und warf noch einen letzten Blick auf das prachtvolle Anwesen. Gewiss waren sie nicht zum letzten Mal hier gewesen. Doch von England hatte er fürs Erste genug gesehen, es zog ihn wieder nach Italien. Vorher vielleicht in die Schweiz, sie würden die Alpen überqueren. Wie viel würde er Georgina dort zeigen können!

Die Sammlung von Joshua Hart lagerte sicher in Langthorne House, das Georgina behalten wollte, bis sie sich überlegt hatte, was aus dem Anwesen werden sollte. Von dem Geld, das Lady Agatha ihr hinterlassen hatte, konnte sie die Dienstboten entlohnen, bis sie vom Kontinent zurückkehrte. Vielleicht würde es irgendwann ein naturkundliches Museum oder einen Wissenschaftler geben, dem sie die Steine ihres Vaters überantworten konnte, damit diese endlich in einem angemessenen Rahmen gezeigt werden konnten. Das würde sie mit Stolz und dem ausdrücklichen Hinweis tun, dass die Sammlung einst Mr. Joshua Hart gehört hatte.

Nun aber begann die Reise.

Mit einem Ruck rollte die Kutsche an, die Auffahrt hinunter. Das Tor stand weit offen.

EIN PAAR WORTE ZUM SCHLUSS

Dieses Buch entstand aus einer ganz bestimmten Lektüre heraus, die meine Leidenschaft weckte – für mich der ideale Beginn einer literarischen Reise. Bill Brysons *Eine kurze Geschichte von fast allem* öffnete mir wie kein Buch zuvor die Augen für die Faszination der Naturwissenschaften. Am meisten schloss ich die »Steineklopfer« ins Herz, Pioniere einer neuen Wissenschaft, die Jahrzehnte vor Darwin an die Grenzen des Glaubens und der wörtlichen Bibelauslegung stießen. Sie erforschten die Erde unter ihren Füßen und entschlüsselten die Geschichte unseres Planeten.

Gab es die Sintflut? Wurde die Erde doch nicht am 23. Oktober 4004 v. Chr. gegen sechs Uhr abends erschaffen? Weshalb finden sich Meeresmuscheln hoch oben im Gebirge – wie sich schon Leonardo da Vinci fragte? Was hatten Riesenfarne, Palmen und gigantische Echsen im kühlen Großbritannien zu suchen? Und was verbirgt sich im Inneren der Erde?

Neben meinen eigenen Figuren bevölkern auch historische Persönlichkeiten diesen Roman, die ich so wahrheitsgetreu wie möglich schildere: Mary Anning, William Conybeare, William Smith, George Bellas Greenough und der unvergleichliche William Buckland. Will jemand mehr über diese faszinierenden Geologen der ersten Stunde erfahren, seien ihm die folgenden, überaus lesenswerten Bücher ans Herz gelegt:

Deborah Cadbury, *Dinosaurierjäger*, Rowohlt 2003; Stephen Baxter, *Ages in Chaos. James Hutton and the Discovery of Deep Time*, London 2003; Simon Winchester, *Eine Karte verändert die Welt. William Smith und die Geburt der modernen Geologie*, btb 2003 (Diesem Buch verdanke ich das Chedworth-Brötchen); Stephen Jay Gould, *The Theory of the Living Earth*, 1997; Christopher McGowan, *The Dragon Seekers*, Cambridge (MA) 2001; Bill Bryson, *Eine kurze Geschichte von fast allem*, Goldmann 2006.

Die düsteren Straßen von St. Giles und Seven Dials wurden in Peter Ackroyds brillanter London-Schilderung für mich lebendig (*London. Die Biographie*, Knaus 2006).

Auf den Spuren der Steineklopfer besuchte ich das Londoner Natural History Museum und stand in der Fossiliengalerie ehrfürchtig vor Mary Annings erstaunlichen Funden. Dort kommt ihr endlich der Ruhm zu, den sie verdient – die Plaketten weisen die junge Frau aus Lyme als Entdeckerin der spektakulären Meeressaurier aus.

Die engen, von kleinen Läden gesäumten Straßen von Lyme Regis laden dazu ein, sich zweihundert Jahre zurückzuversetzen und Mary im Geiste – oder zu Fuß – zu den steilen Klippen zu folgen, denen sie so viele Zeugnisse einer Welt entlockte, die kaum jemand für möglich gehalten hätte. Der Ort besitzt ein kleines Heimatmuseum, in dem ich mich unerwartet vor einem Tisch mit einer hübschen Steinplatte wiederfand. Verblüfft las ich, dass er einst William Buckland gehört hatte. Sein schrulliger Plan, ein Möbelstück aus Koprolithen zu erschaffen, war also Wirklichkeit geworden.

Von unschätzbarem Wert war der Auktionskatalog von Christie's, der anlässlich der Versteigerung des Codex Leicester am 12. Dezember 1980 herausgegeben wurde und Fotografien aller Seiten der Handschrift mit detaillierten Informationen enthält. Der Codex befindet sich seit 1984 im Besitz von Bill Gates, der ihn für die Rekordsumme von 30,8 Millionen Dollar erwarb und seither regelmäßig in verschiedenen Ländern der Öffentlichkeit zugänglich macht.

Zum Schluss möchte ich den Menschen danken, die auf vielfältige Weise zur Entstehung des Romans beigetragen haben:

Dr. Marianne Sommer, Eidgenössische Technische Hochschule Zürich
Prof. Dr. Frank Zöllner, Institut für Kunstgeschichte der Universität Leipzig
Dr. Suzanne Reynolds, Kuratorin der Manuskriptsammlung in Holkham Hall
Sandra Chapman und Scott Moore-Fay, Natural History Museum, London
Professor Martin Kemp, Oxford
Ulrike Seifert und Giuseppe Cilia
Justus Schlück und Justus Turinsky, die meinem Helden ihren Namen liehen
Antje Eßer, Hanne Goga, Axel Klinkenberg und Ruth Löbner für ihr kritisches und konstruktives Testlesen
Meinen Kindern Lena und Felix für ihre fortwährende Ermutigung und ihr Interesse

QUELLENVERZEICHNIS

Austen, Jane: *Mansfield Park*, 1814

Brewster, David: *Memoirs of the Life, Writings, and Discoveries of Sir Isaac Newton*, 1855

Buckland, William: *Vindiciae Geologicae: or The connexion of geology with religion: explained in an inaugural lecture, delivered before the University of Oxford, May 5, 1819*, Oxford University Press, 1820

Buckland, William nach Young, George: »Account of a Fossil Crocodile«, *Edinburgh Philosophical Journal*, Bd. XIII (1825), S. 76–81, zitiert nach: Cadbury, 2003

Cadbury, Deborah: *Dinosaurierjäger*, übersetzt von Monika Niehaus, Rowohlt, 2003

Cuvier, Georges: *Discours sur les révolutions de la surface du globe*, 1825

Duncan, Philipp: »A Picture of the Comforts of Professor Buckland's rooms in Christ Church, Oxford« (1821), zitiert in Gordon, Anna: *The Life and Correspondence of William Buckland*, 1894

Herschel, Sir John, *Preliminary Discourse on the Study of Natural Philosophy*, 1831

Hutton, James: *Theory of the Earth*, 1785

Lamarck, Jean-Baptiste: *Hydrogéologie*, 1802

de Lavoisier, Antoine-Laurent: *Traité élémentaire de chimie*, 1789

Pinney, Anna Maria aus: »Mary Anning and Anna Maria Pinney«, *Natural History Magazine*, Bd. 76 (1956, S. 147, zitiert nach: Cadbury, 2003

Ptolemäus, Claudius: *Almagest*

Shakespeare, William: *Wie es euch gefällt*, in: von Schlegel, August Wilhelm: *W. Shakespeare: Dramatische Werke*, 9 Bde., *1797–1810*

Shuttleworth, Nicholas, zitiert nach Dickson White, Andrew: *A History of the Warfare of Science with Theology in Christendom*, 1896

Tocqueville, Alexis de: *Voyage en Angleterre et en Irlande de*, 1835

Ussher, Bischof James: *Annales veteris testamenti, a prima mundi origine deducti(Annals of the world)*, 1658

da Vinci, Leonardo: *Codex Leicester*

da Vinci, Leonardo: *Notizbuch XVI: Physikalische Geographie*, aus: Richter, Jean Paul (Hg.): *The Notebooks of Leonardo da Vinci*, 1880

Wollstonecraft, Mary: *A Vindication of the Rights of Women: with Strictures on Political and Moral Subjects*, 1792

Alle Bibelzitate stammen aus folgender Ausgabe:

Die Bibel. Nach der Übersetzung Martin Luthers mit Einführungen und Bildern. Mit Apokryphen. Bibeltext in der revidierten Fassung von 1984. Herausgegeben von den Evangelischen Kirchen in Deutschland Deutsche Bibelgesellschaft, Stuttgart 2006

Soweit nicht anders angegeben, stammen alle Übersetzungen ins Deutsche von der Autorin.